BESTSELLER

Bernard Minier (Béziers, 1960) pasó su infancia al sur de los Pirineos y en la actualidad reside en París, donde se dedica a la escritura. Es autor de diez novelas, entre las que destacan *Bajo el hielo* (Premio Polar en el Festival Polar de Cognac, Premio de l'Embouchure y adaptado a una serie de televisión emitida con gran éxito en M6 y Netflix), *El círculo* (Premio de las Bibliotecas y Mediatecas de Cognac), *No apagues la luz*, *Una maldita historia* (Premio Polar en el Festival de Cognac), *Noche*, *Hermanas* y *Lucía*. Traducido a veinticinco idiomas, Minier se ha convertido en una referencia imprescindible del thriller francés y europeo, y las ventas de su obra ascienden a más de cinco millones de ejemplares.

BERNARD MINIER

No apagues la luz

Traducción de
Dolors Gallart

DEBOLS!LLO

Papel certificado por el Forest Stewardship Council®

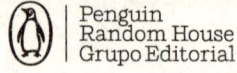
Penguin
Random House
Grupo Editorial

Título original: *N'éteins pas la lumière*

Primera edición en Debolsillo: octubre de 2024

© 2014, XO Éditions
© 2015, 2024, Penguin Random House Grupo Editorial, S.A.U.
Travessera de Gràcia, 47-49. 08021 Barcelona
© 2015, Dolors Gallart, por la traducción
Diseño de la cubierta: Penguin Random House Grupo Editorial / Claudia Sánchez
Imagen de la cubierta: © Ayal Ardon / Arcangel Images

Printed in Spain – Impreso en España

ISBN: 978-84-663-7786-7
Depósito legal: B-12.788-2024

Impreso en Black Print CPI Ibérica
Sant Andreu de la Barca (Barcelona)

P 377867

No apagues la luz

OBERTURA

Bosque de Bialowieza,
frontera entre Polonia y Bielorrusia

Caminaba en pleno corazón del bosque, en medio de la nieve y la ventisca. Tenía tanto frío que le castañeteaban los dientes. Los cristales de hielo se le pegaban a las cejas y las pestañas; la nieve formaba costras en su anorak y en la lana húmeda del gorro, e incluso el propio *Rex* tenía dificultades para avanzar sobre aquel grueso manto blanco, en el que se hundía hasta el espinazo con cada salto. El animal ladraba a intervalos regulares, sin duda para expresarle su desaprobación, y el eco devolvía sus ladridos. De vez en cuando se paraba para sacudirse como si acabara de salir del agua y lanzaba en torno a su pelaje negro y pardo una nube de nieve y agujas de hielo. Sus patas finas y musculosas imprimían un profundo rastro en el sudario blanco, y su vientre, una huella curvada en la superficie, como la de un trineo de plástico.

Estaba anocheciendo y comenzaba a soplar el viento. ¿Dónde estaba ella? ¿Dónde estaba la cabaña? Se detuvo para recobrar el aliento. De sus pulmones brotaba un ronco jadeo y el sudor le empapaba la espalda bajo el anorak y el jersey. El bosque, con sus ruidos, le parecía un ser vivo: el roce de las ramas cargadas de nieve que se movían con el viento, los chasquidos secos de la corteza resquebrajada por la mordedura del frío, el susurro del cierzo que, por momentos, sonaba desmesurado, el balbuceo cristalino de un riachuelo cercano, que aún no se había helado del todo... Y luego estaba el sedoso crujido de sus pasos, que marcaba el ritmo de su marcha mientras levantaba bien alto las rodillas y tenía que hacer cada vez mayor esfuerzo para arrancarse de la presa de la nieve. Y del frío. Por Dios, qué frío hacía; no había tenido tanto frío en toda su vida.

A través de la penumbra del crepúsculo y de los copos que se le metían en los ojos, atisbó algo en la nieve, al frente. Reflejos metálicos, dos cercos dentados... «Una trampa...» Sus mandíbulas de acero retenían una figura oscura.

Durante unos segundos, sintió un malestar indefinible. Lo que allí había no guardaba ya parecido alguno con una criatura viva. «Aquello» había sido devorado, despedazado, desgarrado. Una sangre viscosa mezclada con pelos manchaba la nieve alrededor del cepo. Había también vísceras rosadas y huesecillos recubiertos de una fina capa de hielo.

Todavía observaba la trampa cuando sonó aquel alarido que lo traspasó como la hoja de un arma oxidada. No recordaba haber oído nunca un grito semejante, tan lleno de terror, de dolor, de un sufrimiento casi inhumano. De hecho, ningún ser humano habría podido emitir un sonido como aquél. Provenía de la espesura del bosque, más adelante. «No muy lejos...» Se le heló la sangre en las venas cuando el alarido volvió a hendir el aire del crepúsculo, al tiempo que se le erizaba el vello del cuerpo. Después el grito murió en el ocaso, transportado por el viento polar.

Por un instante, el silencio pareció instalarse de nuevo. Luego, otros alaridos, más lejanos, más modulados, hicieron eco al primero. A derecha e izquierda, «por todas partes»; provenían del bosque invadido por la oscuridad. «Lobos...» Un largo escalofrío le recorrió la piel, de la nuca a los dedos de los pies. Reanudó la marcha levantando las rodillas con más vigor aún, con una energía desesperada, hacia el punto de donde había brotado el grito. Entonces vio la cabaña. Su silueta se recortaba, sombría y encogida, al final de una especie de avenida natural dibujada por los árboles. Recorrió los últimos metros de suelo helado casi a la carrera. *Rex* parecía haber olido algo, porque se abalanzó hacia allí ladrando.

—¡*Rex*, espera! ¡Ven aquí, *Rex*! ¡*Rex*!

Pero el pastor alemán ya se había precipitado por la puerta entreabierta, bloqueada en esa posición por un alto montículo de nieve. En el claro reinaba una insólita calma. De las profundidades del bosque se elevó de improviso un aullido más potente que los otros, que obtuvo como respuesta un concierto de gañidos: ecos guturales que se llamaban unos a otros. Que se acercaban. Entró en la cabaña sorteando con dificultad la nieve acumulada. Lo acogió la luz, cálida como la mantequilla fundida, del quinqué que iluminaba el interior.

Volvió la cabeza y se quedó inmovilizado. Una aguja de hielo le traspasó el cerebro.

Cerró los ojos. Volvió a abrirlos.

«Es imposible. No puede ser real. Estoy soñando. Tiene que ser un sueño.»

Estaba viendo a Marianne. Yacía desnuda encima de una mesa, en el centro de la cabaña. Su cuerpo aún estaba caliente, porque humeaba literalmente en medio del aire helado. Pensó que Hirtmann no debía de estar lejos. Durante un instante sintió la tentación de lanzarse a perseguirlo. Entonces tomó conciencia de que le temblaban los brazos y las piernas, de que estaba al borde de un negro abismo, del desmayo o de la demencia, a punto de sufrir un síncope. Dio un paso y luego otro. Se obligó a mirar. El torso de Marianne estaba abierto desde la pequeña depresión de la base del cuello hasta la ingle; saltaba a la vista que se lo habían hecho estando viva, porque había sangrado mucho. El torso estaba barnizado de rojo en los costados y la mesa sobre la que reposaba, así como las toscas planchas del suelo, estaban casi totalmente impregnadas de una sangre densa, aún humeante también. El verdugo había separado después la piel y la caja torácica de un tirón. Los órganos parecían intactos, sólo faltaba uno... «El corazón...» Hirtmann lo había depositado delicadamente sobre el pubis de Marianne antes de irse. El corazón estaba todavía más caliente que el resto. Servaz veía el vapor blanco que ascendía en la atmósfera glacial de la cabaña. Le extrañó no sentir náuseas ni asco. Había algo que no encajaba. Debería haber vomitado hasta las tripas ante aquel cuadro. Debería haber gemido, gritado. Estaba dominado por un embotamiento raro. Entonces *Rex* soltó un gruñido. Se volvió hacia el animal. El pastor alemán miraba por la puerta entreabierta con el pelo erizado. Amenazador y «asustado».

Servaz sintió que un intenso frío se apoderaba de él.

Se acercó a la puerta y se aventuró a mirar fuera.

Estaban allí mismo, en el claro. Rodeaban la cabaña. Contó ocho. «Ocho lobos.» Flacos y hambrientos.

«Marianne...»

Tenía que llevarla hasta el coche. Pensó en su arma, que había dejado olvidada en la guantera. *Rex* seguía gruñendo. Adivinó el miedo y la tensión del animal y le acarició la cabeza. Bajo el pelaje percibió el temblor de los músculos.

—Tranquilo —le dijo con un nudo en la garganta mientras se agachaba para rodearlo con los brazos.

Rex le dirigió una mirada tan dulce y afectuosa que notó que las lágrimas le afloraban a los ojos. El cálido flanco del pastor alemán subía y bajaba rápidamente junto al suyo. Servaz sabía que sólo tenía una posibilidad de salvarse. Y era lo más triste, lo más difícil que había tenido que hacer nunca.

Tras volverse hacia la mesa, cogió el corazón y lo colocó de nuevo en el pecho de Marianne. Tragó saliva, cerró los ojos y tomó en brazos el cuerpo desnudo y ensangrentado. Pesaba menos de lo que había creído.

—¡Vamos, *Rex*! —dijo con firmeza dirigiéndose a la puerta.

El animal emitió un ronco ladrido de protesta, pero siguió a su amo sin dejar de gruñir, con el trasero bajo, la cola entre las piernas y las orejas gachas.

Los lobos aguardaban, dispuestos en semicírculo.

Sus ojos amarillos parecían incandescentes. El pelo de *Rex* se erizó con más fuerza que antes, al tiempo que enseñaba de nuevo los colmillos. Los lobos respondieron con gruñidos aún más potentes: bocas abiertas armadas de terroríficos caninos. *Rex* les dedicó un ladrido. Uno contra ocho. Un animal doméstico contra las fieras. No tenía la menor posibilidad.

—¡Vamos, *Rex*! —lo azuzó no obstante—. ¡Vamos! ¡ATACA!

«¡No, no vayas! ¡No ataques! ¡No me hagas caso!», gritaba en silencio, con las mejillas inundadas de lágrimas y el labio inferior temblando. El perro ladró varias veces, sin moverse un ápice. Aunque estaba adiestrado para obedecer órdenes, aquélla chocaba demasiado con su instinto de supervivencia.

—¡Ataca, *Rex*! ¡Ataca!

Sin embargo, la orden provenía de su amo, su adorado amo, por quien nadie sentiría nunca tanto amor, fidelidad y respeto como él le profesaba.

—¡POR DIOS, ATACA DE UNA VEZ!

El animal percibió entonces la cólera en la voz de su dueño. Y también captó algo más. Quería ayudarlo, demostrarle su apego y su lealtad. A pesar de su miedo.

Atacó.

Al principio, casi pareció que adquiría ventaja cuando uno de los lobos, sin duda el cabecilla de la manada, se precipitó hacia *Rex*, que, tras esquivarlo con habilidad, lo agarró por el cuello. El lobo aulló de dolor y los demás retrocedieron prudentemente un paso en la nieve. Los dos animales rodaron aferrados el uno al otro. El propio *Rex* se había transformado en una bestia feroz, salvaje, sanguinaria.

Servaz no podía esperar más.

Dio media vuelta y se puso en marcha. Los lobos ya no le prestaban atención. De momento. Se fue por el camino abierto entre los árboles, con Marianne en brazos, el anorak impregnado de sangre y la cara empapada de lágrimas. Oyó tras él los primeros aullidos de dolor de su perro y los gruñidos redoblados de la manada. Se le heló la sangre. *Rex* aulló de nuevo. Un grito agudo. Lleno de dolor y de terror. Estaba pidiéndole socorro. Apretó la mandíbula y aceleró el paso. Aún faltaban trescientos metros...

Un último grito entre el viento de la noche.

Rex había muerto... Lo comprendió por el silencio que siguió. Se preguntó si los lobos iban a conformarse con aquella victoria o iban a perseguirlo a él. Enseguida tuvo la respuesta. Tras él se oyeron unos ladridos, en medio de la tormenta. Al menos una parte de los lobos había reanudado la caza. Y aquella vez la presa era él.

«El coche...»

Estaba aparcado en el camino, a menos de cien metros. Una capa de nieve había empezado a cubrir la carrocería. Aceleró aún más, con los pulmones abrasados, espoleado por el miedo. Los gruñidos se oían justo a su espalda. Se dio la vuelta. Los lobos lo habían alcanzado. «Cuatro de ocho...» Lo miraban con fijeza con aquellos ojos amarillentos y desvaídos como el ámbar, calibrándolo. No iba a llegar al coche. Estaba demasiado lejos. Y el cuerpo de Marianne pesaba cada vez más en sus brazos.

«Está muerta. No puedes hacer nada por ella. Pero tú todavía puedes salir de ésta...»

¡No! Su cerebro rechazaba la idea. Ya había sacrificado a su perro. Ella aún estaba tibia contra su torso. Sentía la sangre cálida que le impregnaba el anorak. Levantó los ojos al cielo. Los copos caían hacia él como estrellas, como si el firmamento se descolgara, como si el universo entero se precipitara para engullirlo. Soltó un grito de rabia, de desesperación. Pero aquello no pareció impresionar a las fieras. Los famélicos lobos se habían cansado de esperar; sentían que no tenían gran cosa que temer de aquella presa solitaria. Olfateaban su miedo... y sobre todo la sangre que manaba de aquella segunda presa. Dos festines en uno. Estaban demasiado hambrientos, demasiado excitados. Avanzaron.

«¡Largo! ¡Marchaos! ¡BESTIAS INMUNDAS, MARCHAOS!»

Se preguntó si había gritado realmente o si sólo había sido su cerebro el que gritaba.

«¡Huye! ¡Rápido! No puedes hacer nada por ella. ¡Huye!»

Entonces sí escuchó su voz interior. Soltó las piernas de Marianne y, mientras los pies aterrizaban en la nieve,

hundió una mano en su pecho. Apretó con los dedos enguantados el corazón aún caliente, firme y elástico, y lo
sacó de la caja torácica. Luego lo deslizó bajo su anorak,
contra su pecho, pegado a su propio corazón. Notó que
la sangre le impregnaba el jersey. Después la dejó caer en
la nieve. El pálido cuerpo desnudo se hundió en el manto
blanco con un silbido apagado. Retrocedió tres pasos,
despacio. Los lobos se arrojaron sobre ella al instante. Él
giró sobre sí mismo y huyó. Llegó al coche. El cierre no
estaba activado, pero por un momento creyó que el frío
había bloqueado la puerta. Tiró de la manecilla con toda
la fuerza de que eran capaces sus dedos ensangrentados.
Estuvo a punto de caer de espaldas cuando la puerta se
abrió de golpe, con un chirrido. Se dejó caer en el asiento
del conductor. La mano le temblaba con tanta violencia
bajo el pegajoso guante escarlata que cuando sacó la llave
le faltó poco para que se le cayera entre los asientos. Echó
un vistazo por el retrovisor. De repente se dio cuenta de
que había alguien sentado atrás. Entonces supo que estaba
volviéndose loco. «¡No, no puede ser!» Pero, ella habló:

—Martin —suplicó.

«¡MARTIN! ¡MARTIN!»

Se sobresaltó. Abrió los ojos.

Estaba hundido en el viejo sillón de cuero gastado.
Rex le lamía la palma de la mano derecha, que colgaba del
brazo del asiento.

—Largo —le dijo la voz al perro—. ¡Vete a molestar
a otro! ¿Está bien, Martin?

Rex se alejó meneando la cola en busca de otro compañero de juego. Allí no le faltaban. *Rex* pertenecía a todos y a nadie, era el auténtico amo del lugar. Servaz se sacudió como había hecho el perro en su sueño y miró la tele
que tenía delante. En la pantalla desfilaba un reportaje
sobre la aventura espacial francesa. Reconoció el enorme
mapamundi de la Ciudad del Espacio, al este de Toulouse,
que por las noches resaltaba con un trazo de luz azul el

contorno de los continentes. Después aparecieron los edificios del Instituto Superior de Aeronáutica y del Espacio, al lado de Jolimont, en la otra vertiente de la colina que dominaba el centro de la ciudad.

Servaz se encontraba solo en el salón, con excepción de Élise. Se dio cuenta de que se había dormido delante del televisor, vencido por el calor reinante en el edificio aquella letárgica tarde de invierno que se alargaba de manera interminable. Volvió la mirada hacia el ventanal, donde el sol había brillado toda la mañana sobre el paisaje blanco. Durante aquellas pocas horas ideales, entre el olor del café suspendido por los pasillos, las risas de las empleadas, el gran abeto decorado y la deslumbrante blancura del exterior, había recuperado un poco de su alma de niño.

Luego, poco después de la comida servida en la sala común, el sol se había escondido entre las nubes, se había levantado un viento frío, las ramas desnudas habían comenzado a agitarse tras el cristal y el termómetro exterior había bajado en picado de cinco grados a uno bajo cero. Con ánimo melancólico, el policía se había dejado caer entonces en un sillón, frente al televisor sin sonido, antes de abandonarse a un sueño lleno de pesadillas.

—Ha tenido una pesadilla —dijo Élise—. Estaba gritando.

La miró, aún embotado. Después lo recorrió un escalofrío. Volvió a ver el extenso bosque nevado, la cabaña, los lobos... «Y a Marianne...» La pesadilla que no lo era en realidad. ¿Qué esperanza le quedaba? Respuesta: ninguna.

—¿Seguro que está bien?

Élise, una mujer de cuarenta y tantos años, regordeta, con una mirada risueña que mantenía incluso cuando intentaba adoptar una expresión de preocupación, era la única empleada del centro a la que apreciaba. Y sin duda también era la única que lo soportaba a él. Los demás eran antiguos policías que habían ido allí para seguir una terapia antes de convertirse en voluntarios del lugar. Los llamaban los PAMS, policías asistentes médicos sociales. Trataban a los otros residentes con una mezcla de atención, fraternidad y compasión que a Servaz le recordaba a la gelatina. No le tenían ninguna simpatía. Se negaba a seguir su juego: confraternizar, apiadarse de su suerte. Colaborar...

A diferencia de ellos, Élise no esperaba nada de él.

Además, ella nunca había trabajado en la policía. Un día había decidido divorciarse de un marido que la humillaba, la amenazaba y la «atropellaba» desde hacía años, después de que éste, a raíz de un desacuerdo de poca importancia, cometiera el error de abandonarla junto con su hijo en medio del campo y se marchara solo con el coche en plena noche. Después del divorcio, había seguido acosándola con llamadas telefónicas día y noche, la había esperado a la salida del trabajo o en el supermercado para suplicarle que volviera con él o para amenazarla con secuestrar a su hijo, o con matarlos a ambos y suicidarse después, y, en una ocasión, la había empujado con tal fuerza en el aparcamiento que Élise se había golpeado la cabeza contra el parachoques del coche y había perdido el conocimiento. Delante de su hijo. A partir de aquel incidente, el juez dictó una orden de protección para ella y de alejamiento contra el ex marido. Pero aquello no lo arredró. Él ya había tenido que vérselas con la justicia y sabía que ese tipo de órdenes raras veces tenía consecuencias tangibles. Luego Élise había encontrado trabajo en aquella casa de reposo para policías agotados, donde rápidamente se había ganado la adoración general. Había acabado confiando sus problemas a algunos de los residentes y, de la noche a la mañana, el ex marido se había encontrado con policías que iban a visitarlo con regularidad por motivos fútiles, que lo llamaban mañana, tarde y noche al trabajo, pasaban a saludarlo «amistosamente», aparcaban el coche delante de su casa al menos dos veces por semana y lo abordaban en la calle, delante de sus vecinos, con cualquier pretexto, tuteándolo, y a veces avasallándolo un poco, mucho menos, en todo caso, de lo que él había avasallado a Élise. Él los había amenazado con denunciarlos por acoso, pero no había hecho nada; sí había dejado, en cambio, de acosar a Élise y a su hijo. Una vez que el ex marido hubo salido de su vida, ella enseguida había vuelto a ser la que era antes de conocerlo: una mujer enérgica, de risa contagiosa, alegre y vital.

—Ha llamado su hija.

Servaz la miró enarcando una ceja.

—Como dormía, no ha querido molestarlo —añadió ella—. Pero dice que pasará pronto.

Él apagó el televisor con el mando y se levantó. Luego se fijó en su jersey ajado, que empezaba a desgastarse en los puños y los codos, y se acordó de que al día siguiente era Navidad.

—Quizá podría aprovechar para afeitarse —sugirió la mujer con tono desafiante.

Él guardó silencio un instante.

—¿Y si no lo hago?

—Entonces confirmará lo que casi todo el mundo piensa de usted aquí.

Servaz volvió a enarcar las cejas.

—¿Y qué es lo que piensan?

—Que es un tipo huraño, intratable.

—¿Y usted piensa lo mismo?

—Depende del día... —respondió la mujer encogiéndose de hombros.

Servaz se echó a reír y ella se sumó a su carcajada mientras se alejaba. Pero en cuanto hubo desaparecido, a él se le estranguló la risa en la garganta. No le preocupaba nada lo que pensaran los demás... pero no quería que Margot lo viera en aquel estado. Su última visita había sido hacía más de tres meses: no había olvidado la turbación y la tristeza que percibió en la mirada de su hija.

Cruzó el vestíbulo y enfiló la escalera. Su habitación se encontraba arriba del todo, bajo el tejado. En poco más de nueve metros cuadrados, tenía una cama igual de estrecha que el jergón de Ulises a su regreso de incógnito a Ítaca, un armario, un escritorio, unos estantes con libros de Plauto, Cicerón, Tito Livio, Ovidio, Séneca... Un decorado espartano. Pero la vista sobre los campos y los bosques era hermosa, incluso en invierno.

Se quitó el jersey viejo y la camiseta que llevaba debajo y se puso una camisa y un jersey limpios, el anorak, una bufanda y guantes. Luego volvió a bajar la escalera hasta el vestíbulo y se dirigió a la puerta de atrás, la que daba acceso a la inmaculada extensión de nieve.

Caminó en silencio por la llanura blanca hasta el bosquecillo. Aspiró el aire húmedo y frío. No había la menor huella en la nieve. Nadie había pasado por allí.

Había un banco de piedra bajo los árboles de troncos blanquecinos. Con la mano enguantada, barrió la nieve que lo cubría. Al sentarse, notó la humedad y el frío en las nalgas.

Unos cuervos montaban guardia en un cielo que era casi del mismo color que el resto del paisaje.

Sus pensamientos, por su parte, tenían el mismo tono sombrío que el plumaje de los cuervos. Echó la cabeza hacia atrás y respiró hondo mientras la sonrisa de ella volvía una vez más a su memoria, como una persistencia retiniana. Servaz había dejado de tomar los antidepresivos el mes anterior, sin consultar al médico, y de repente lo asaltó el temor de que las tinieblas volvieran a engullirlo.

Tal vez fuese demasiado rápido...

Sabía que el trastorno que padecía podía matarlo, que luchaba simplemente para sobrevivir. Se debatía en las garras de una grave depresión, y cuanto más forcejeaba, más sentía cerrarse a su alrededor la maléfica tenaza, como un nudo corredizo. Se preguntó con angustia durante cuánto tiempo más tendría fuerzas para soportar un sufrimiento tan devastador.

Tan radical.

Seis meses antes había recibido en su casa un paquete enviado por UPS. El remitente era un tal señor Osoba, domiciliado en Przewloka, un lugar situado al este de Polonia, en pleno bosque, cerca de la frontera bielorrusa. La caja de cartón contenía un segundo envase, éste isotérmico. Servaz había sentido que se le aceleraba el pulso al despegar el sello de lacre con ayuda de un cuchillo de cocina. Ya no se acordaba de qué era lo que esperaba encontrar, seguramente un dedo cortado, una mano incluso, dado el tamaño del paquete... Pero lo que apareció fue mucho peor. Era rojo, del mismo encarnado brillante de la carne fresca, con forma de pera grande. «Un corazón...» Humano, sin duda. La nota que lo acompañaba no estaba escrita en polaco, sino en francés:

Ella te partió el tuyo, Martin. He pensado que, después de esto, te sentirías liberado. Al principio vas a sufrir, claro está. Pero ya no tendrás que seguir buscándola, esperando. Piénsalo.
Cordialmente,

J. H.

Aún le quedaba una última esperanza, tenue y vacilante.

La posibilidad de que se tratara de una espantosa broma de mal gusto, de que fuera el corazón de otro. El Departamento de Biología del laboratorio de la policía científica había efectuado una prueba de parentesco a partir del ADN de Hugo, el hijo de Marianne. La ciencia había dado su veredicto... y Servaz había sentido que su cordura se tambaleaba. La dirección correspondía a una casa aislada en el corazón del vasto bosque de Bialowieza, uno de los últimos bosques primarios de Europa, último vestigio del inmenso bosque herciniano que cubría todo el norte del continente europeo a principios de la era cristiana. Las muestras de ADN recogidas habían confirmado que Hirtmann había pasado una temporada allí, al igual que varias mujeres desaparecidas en diversos países de Europa en el transcurso de los años precedentes. Entre ellas, Marianne... Servaz había averiguado asimismo que el nombre «Osoba» significa «persona» en polaco. Hirtmann también había leído a Homero.

La pista acababa allí, por supuesto...

Un mes más tarde, a Servaz le habían dado la baja laboral y lo habían mandado a aquel centro para policías deprimidos, donde lo obligaban a hacer dos horas de deporte al día y a cumplir tareas cotidianas como barrer la hojarasca. Realizaba las faenas sin rechistar; se había negado, en cambio, a participar en las sesiones de terapia de grupo. También evitaba el trato con los otros residentes: ya fuera por lo que habían vivido o por una tendencia atávica, casi todos eran alcohólicos al llegar allí. Se trataba de policías que, después de pasar años frecuentando las orillas de lo inmundo, habían acabado desmoronándose. Que ya no soportaban seguir siendo tratados día tras día de maderos, de pasma, de perros, de sicarios, de canallas, ver cómo agredían a sus hijos en el patio de la escuela porque sus padres eran policías, cómo sus mujeres los dejaban porque estaban hartas, pasar la vida entera siendo aborrecidos mientras los verdaderos canallas permanecían repantingados en las terrazas de los bares o en sus camas... La mayoría de los que estaban allí se habían metido el cañón de su arma de servicio en la boca al menos una vez.

Entre otros efectos, la depresión lo vuelve a uno incapaz de llevar a cabo la más mínima tarea. Stehlin, su jefe, había dictaminado enseguida que ya no se encontraba en condiciones de ejercer correctamente su trabajo. Él mismo habría podido confirmarlo si se lo hubieran preguntado: a aquellas alturas, lo traían al fresco los asesinos, los violadores y los cabrones en general. También lo tenía sin cuidado todo lo demás: el sabor de la comida, las noticias de la tele, la situación del mundo e incluso sus amados autores clásicos.

Y hasta la música de Mahler...

Este último síntoma le había parecido el más preocupante. ¿Había remontado ya la pendiente? No estaba seguro. No obstante, de un tiempo a esa parte, como en un lento deshielo, los pequeños brotes comenzaban a reverdecer a través del paisaje sombrío y desolado en que se había convertido su vida... y la sangre volvía a afluir a sus arterias. De un tiempo a esa parte, asimismo, experimentaba una especie de comezón al pensar en un expediente que había quedado inconcluso en su oficina. Incluso le había preguntado por él a Espérandieu, su ayudante y único amigo de verdad. «¡Mira por dónde!», había exclamado el joven esbozando una sonrisa. Y Servaz sonrió a su vez. Pese a que escuchara rock independiente, leyera manga y se apasionara por cosas tan profundas como los videojuegos, la ropa y los chismes tecnológicos, Vincent era una persona a la que Servaz escuchaba y respetaba. Le había explicado a Martin los últimos pormenores de los dos casos especialmente delicados en los que habían trabajado juntos y que aún estaban por resolver, y su sonrisa se había ensanchado como la de un chiquillo que acaba de cometer una travesura al descubrir la pequeña chispa de nostalgia en la mirada de su jefe.

A la mitad del camino de nuestra vida
me encontré en una selva oscura,
porque había perdido la buena senda.

—¿Cómo? —dijo Espérandieu frunciendo el ceño.
—Dante —aclaró Servaz.
—Hum... ¿Sabes?, Asselin se ha ido.
El comisario Asselin dirigía el Departamento de Asuntos Criminales.
—¿Qué tal es su sustituto?
Espérandieu hizo una mueca. Servaz vio un bosque iluminado por un sol primaveral. El suelo seguía helado. Él estaba perdido en el corazón de aquel bosque y el frío le penetraba hasta los huesos a pesar de los tibios rayos de sol entre el follaje. Ahuyentó aquella visión. Era un simple sueño. Un día muy próximo saldría de aquel bosque. Y no sólo en sueños.

PRIMER ACTO

«Que tu alma se vea abocada
al inminente suplicio.»

Madama Butterfly

1

SE LEVANTA EL TELÓN

Escribo estas palabras, las últimas, y mientras lo hago sé que se ha acabado. Esta vez ya no habrá manera posible de volver atrás.

No va a gustarte nada que te haga esto una noche de Navidad. Ya sé que eso va totalmente en contra de tu dichoso sentido de la conveniencia. Tú y tus dichosas formas. Y pensar que creí en tus mentiras, en tus promesas... Palabras y más palabras, y cada vez menos verdad: eso es el mundo hoy en día.

De verdad pienso hacerlo, para que lo sepas. Eso, al menos, no es un cuento. ¿Acaso te tiembla un poco la mano ahora? ¿Te has puesto a sudar?

O puede que, al contrario, sonrías al leer esta nota. ¿Eres tú el que está detrás de todo esto? ¿O más bien tu fulana? ¿Sois vosotros los que me habéis enviado todas esas óperas? Y lo demás, ¿habéis sido también vosotros? Da igual. Hubo un momento en que habría dado lo que fuera por saber quién podía odiarme hasta ese punto, un momento en que ansiaba desesperadamente saber cómo había podido suscitar tanto odio. Porque el origen tenía que estar en mí a la fuerza, me decía. Pero ahora ya no me lo planteo.

Creo que estoy volviéndome loca. Loca de atar. A menos que sean los medicamentos. De todas maneras, esta vez ya no me quedan fuerzas. Esta vez se ha acabado. Me paro. Stop. Sea quien sea, él ha ganado. Yo ya no puedo seguir. Ya ni duermo. Se acabó.

No me casaré nunca, nunca tendré hijos. Leí esta frase en una novela. Mierda. Ahora entiendo lo que significaba. Hay cosas que voy a echar de menos, desde luego. La vida puede ser estupenda a veces, sin duda para herirnos mejor a continuación... Lo nuestro podría haber acabado funcionando con el tiempo. O puede que no... No importa. Sé que no tardarás en olvidarme, en relegarme al baúl de los recuerdos desagradables, esos que es preferible no evocar. Le dirás a tu fulana, afectando un aire apenado: «Estaba loca, deprimida; no me había dado cuenta de hasta qué punto.» Y después, pasaréis enseguida a otra cosa. Reiréis y follaréis. Es igual, me da lo mismo. Por mí como si revientas. Mientras tanto, soy yo la que va a morir.
FELIZ NAVIDAD DE TODAS FORMAS.

Christine miró el dorso del sobre. No había remitente. Tampoco sello. Ni siquiera figuraba su nombre, Christine Steinmeyer. Alguien la había metido directamente en su buzón. Debía de ser un error... Tenía que ser un error. Aquella carta no tenía nada que ver con ella. Pensó en las hileras de buzones alineados contra la pared, con los nombres escritos a mano en las etiquetas; la persona que había metido la carta en la ranura se había equivocado de buzón, eso era.

«Esta carta está dirigida a otra persona... a alguien que vive en este edificio.»

La idea que se le ocurrió a continuación la dejó sin aliento: «¿Es realmente lo que parece ser?» Dios santo. La única sensación tangible que experimentó fue la de una momentánea pérdida de equilibrio. Volvió a mirar la hoja doble escrita a máquina. «En ese caso, tengo que avisar a alguien...» Sí, pero ¿a quién? Pensó en la persona que había redactado aquello —en el estado en que debía de encontrarse o en lo que tal vez estuviera haciendo en ese mismo momento— y unos dedos helados se cerraron sobre su estómago. Releyó las últimas líneas, despacio, analizando cada palabra: «Por mí como si revientas. Mientras tanto, soy yo la que va a morir.» No cabía duda, era la carta de alguien que iba a poner fin a sus días.

Mierda...

La noche de Navidad, en aquella ciudad o no muy lejos, una persona se disponía a quitarse la vida, o quizá lo hubiera hecho ya... Y Christine era la única que lo sabía. Y no tenía manera alguna de evitarlo, porque la persona que debía leer la carta aquella noche —una carta que también era, a todas luces, una llamada de socorro— no iba a hacerlo.

«Es una broma. Tiene que ser una broma...»

Releyó de nuevo las primeras líneas buscando indicios de un intento de engaño. Pero ¿quién iba a tomarse la molestia de gastar semejante broma la noche de Navidad? ¿Qué clase de enfermo? Sabía que existía un gran número de personas solas que detestaban aquel período del año porque acentuaba su sentimiento de soledad, pero de ahí a montar un mascarada así había un trecho. Por otra parte, había algo en el tono de aquella carta que sonaba a siniestramente verídico. Por el contenido, se deducía que la persona que iba a leerla conocía ya ciertos detalles.

Si al menos hubiera habido un nombre, cualquier cosa, podría haber ido puerta por puerta preguntando: «¿Conoce a tal o a cual?»

El temporizador de la luz se paró y dejó el portal sumido en la oscuridad, una negrura tan sólo mitigada por la claridad de la calle que atravesaba la doble puerta acristalada de hierro forjado. Con un sobresalto, miró hacia la puerta, como si quien había metido el sobre en su buzón pudiera volver a aparecer de un momento a otro. En la acera de enfrente vio el escaparate decorado de la panadería y, a través de los copos de nieve, distinguió el trineo del Papá Noel. Se estremeció en las tinieblas de la entrada. No sólo a causa de la carta: la oscuridad era para ella un peligro tan terrorífico como una hoja de una navaja.

Aquél fue el momento que eligió su móvil para empezar a vibrarle en el bolsillo.

—¿Qué haces?

· · ·

Christine cerró la puerta acristalada tras de sí, con brusquedad. En la acera, un viento frío le levantó las solapas y los copos le mojaron las mejillas. Había empezado a nevar otra vez. Una fina película recubría ya la calzada. Paseó la vista por la calle, hasta que Gérald le hizo luces con los faros.

Cuando abrió la puerta del lado del acompañante, la recibieron Nick Cave cantando *Jubilee Street* y un agradable aroma de cuero, plástico nuevo y agua de colonia masculina. Se dejó caer en el asiento del aparatoso todoterreno blanco, pero dejó la puerta entreabierta. Gérald se volvió hacia ella —con su sonrisa especial de Navidad en los labios— y, cuando se inclinó para besarla, la suave bufanda de seda gris le produjo un cosquilleo en la barbilla. Al mismo tiempo, percibió el calor que irradiaba de su abrigo de lana y el agradable olor que impregnaba su ropa. Como si de un chute de heroína se tratara, sintió la mordedura de la adicción, el pinchazo del recordatorio de la necesidad en el vientre.

—¿Lista para enfrentarte al señor estas-cosas-no-pasaban-antes y a la señora no-come-usted-nada-querida? —preguntó, mientras encaraba hacia ella su teléfono.

Tocó la tecla de la cámara.

—¿Qué haces?

—Te saco una foto, ya lo ves.

Su voz la calentó como un untuoso trago de café irlandés, pero le costó sonreír de forma espontánea.

—Primero mira esto.

Encendió la luz del techo y tendió a Gérald la hoja con el sobre.

—Christine, ya vamos con retraso...

Voz acariciadora pero firme. Suavidad y autoridad mezcladas. Eso era lo que más le había llamado la atención de él cuando lo conoció, mucho más que su físico.

—Míralo de todas formas.

· · ·

—¿De dónde has sacado esto?

Su tono era casi de desaprobación, como si la considerase responsable de haber encontrado aquel mensaje...

—...De mi buzón.

Pese a la penumbra, ella percibió una intensa sorpresa detrás de sus gafas. E irritación: a Gérald no le gustaban nada los imprevistos.

—¿Y bien? ¿Qué te parece? —preguntó.

—Seguro que es una broma —respondió él encogiéndose de hombros—. ¿Qué iba a ser si no?

—A mí no me lo parece. Suena como si fuera verdad.

Gérald suspiró, se subió las gafas y volvió a fijar la vista en la hoja que tenía entre los dedos enguantados, bajo la débil luz del coche. Unos copos livianos atravesaban por decenas el haz de los faros; un coche pasó cerca de ellos con un silbido sordo. Christine tuvo la sensación de encontrarse a bordo de un batiscafo en aquel habitáculo oscuro y frío, cercado por la nieve. Mientras releía la carta por encima del hombro de Gérald, las palabras se depositaban en su mente como aquellos copos.

—En ese caso, es un error —concluyó él—. Esta carta iba destinada a otra persona.

—Exacto.

Gérald volvió a mirarla.

—Bueno, escucha, ya resolveremos este misterio más tarde. Mis padres deben de estar ya esperándonos.

«Sí, sí, sí, claro: tus padres... Navidad... ¿Qué puede importar que una mujer intente suicidarse esta noche?»

—Gérald, ¿te das cuenta de lo que significa esta carta?

Él despegó las manos enguantadas del volante para posarlas en sus muslos.

—Creo que sí —dijo con seriedad, pero como con desgana—. ¿Qué... qué quieres que hagamos?

—No sé. ¿Se te ocurre algo? No podemos quedarnos de brazos cruzados...

—Escucha. —Una vez más, empleó aquel tono de reprobación con el que parecía decir: «Eres única para meterte en líos, Christine»—. Nos esperan en casa de mis padres, querida. Es la primera vez que vas a verlos y ya llevamos casi una hora de retraso. Puede que esa carta sea auténtica... o que no lo sea... Nos ocuparemos de este asunto una vez allí, te lo prometo, pero ahora tenemos que irnos.

Había hablado con calma, con actitud razonable. Demasiado razonable, de hecho. El tono que había empleado era el mismo que usaba cuando ella lo contrariaba, cosa que sucedía cada vez más a menudo en los últimos tiempos. Era el tono de: «Ya ves cuánta paciencia tengo contigo.» Christine negó con la cabeza.

—Sólo hay dos posibilidades: o bien es una llamada de socorro que nadie oirá porque la persona que debía leerla no lo hará, o bien alguien va a suicidarse realmente esta noche. Y, en ambos casos, yo soy la única que lo sabe.

—¿Cómo?

—Me has oído perfectamente. Tenemos que avisar a la policía.

Gérald puso los ojos en blanco.

—Pero ¡si la carta ni siquiera está firmada! ¡Y no consta ninguna dirección! Aunque vayamos a la policía, ¿qué quieres que hagan ellos? ¿Y te imaginas el rato que tardaríamos? ¡Va a estropearnos la cena!

—¿La cena? ¡Te estoy hablando de una cuestión de vida o muerte!

Sintió que se ponía rígido de exasperación. Su suspiro sonó como el aire que se escapa de un neumático pinchado.

—Pero ¡qué demonios QUIERES QUE HAGAMOS! —exclamó—. ¡No tenemos manera de saber de qué se trata, Christine! ¡NI IDEA! Además, es más que probable que se trate sólo de una bravata. Cuando uno está al límite, no va metiendo cartas en los buzones. ¡Lo que hace es dejar una nota en su propia casa o en su bolsillo! Seguramente se trate de una mitómana que está sola la noche de Navidad y no ha encontrado otra forma de llamar la atención. ¡Que pida socorro no quiere decir que vaya a suicidarse de verdad!

—Entonces, quieres que nos vayamos a cenar como si nada, ¿es eso? ¿Que celebremos la fiesta como si no hubiera encontrado esta carta?

Vio que a Gérald le chispeaban los ojos detrás de las gafas. Y que después miró a través del parabrisas, sobre el que comenzaba a formarse una translúcida capa de nieve, como si esperase que alguien acudiera a auxiliarlo.

—¡Y qué quieres que te diga, Christine! ¡Por Dios! ¡Esta noche vas a conocer a mis padres...! ¿Te imaginas cómo quedaremos si nos presentamos con tres horas de retraso?

—Me recuerdas a esos imbéciles que dicen: «¿No podía ir a suicidarse a otra parte?», cuando su tren se queda bloqueado.

—¿Estás llamándome imbécil?

Su voz había bajado una octava. Christine lo observó de soslayo. Estaba muy pálido; hasta sus labios habían perdido el color.

«Mierda, me he pasado...»

Levantó una mano en son de paz.

—No, no, por supuesto que no. Perdóname. Mira, lo... lo siento mucho. Pero de todas formas, no podemos hacer como si no hubiera ocurrido, ¿no?

Él soltó un suspiro de impaciencia y luego reflexionó, con las manos enguantadas sujetando de nuevo el volante. A ella se le ocurrió la extraña idea de que había demasiado cuero en aquel coche.

Gérald volvió a suspirar.

—¿Cuántos apartamentos hay en tu escalera?

—Diez. Dos por piso.

—Te propongo una cosa: llamamos a todas las puertas, enseñamos la carta y preguntamos a los inquilinos si tienen idea de quién puede ser la persona que la ha escrito.

Christine lo escrutó.

—¿Estás seguro?

—Sí. De todas maneras, es de suponer que al menos la mitad haya salido a celebrar la Navidad. Eso reducirá la búsqueda.

—¿Y tus padres?

—Voy a llamarlos para explicarles lo que pasa y avisar de que llegaremos tarde. Lo entenderán. Incluso podemos restringir todavía más el campo de búsqueda. Es evidente que esta carta va dirigida a un hombre. ¿Cuántos viven solos en tu escalera, lo sabes?

Sí, lo sabía. El edificio era antiguo y, para rentabilizar al máximo la inversión, el anterior propietario lo había dividido en estudios y pequeños apartamentos de dos habitaciones. Sólo había dos pisos grandes para familias, en las dos plantas de debajo de la suya.

—Dos —contestó.

—En ese caso, será cuestión de unos minutos. Eso, suponiendo que estén en casa y no se hayan ido a cenar fuera.

Ella se dio cuenta de que Gérald tenía razón. Debería haberlo pensado antes.

—Llamaremos también a las otras puertas, por si acaso —añadió él—. No creo que tardemos mucho. Y después nos vamos.

—¿Y si no averiguamos nada? —quiso saber.

Él le dirigió una mirada que significaba: «Ten cuidado, no tenses más la cuerda.»

—Llamaré a la policía desde casa de mis padres y les preguntaré. No podemos hacer más, Christine. Y no voy a echar a perder la cena de Navidad por algo que probablemente sea una broma.

—Gracias —dijo ella.

Él se encogió de hombros y miró por el retrovisor antes de abrir la puerta y salir al aire frío de la noche dejando tras de sí un fantasma de calor y de olor masculinos.

Eran las 21.21 horas del 24 de diciembre. Por una vez, la nieve caía en abundancia en Toulouse. El cielo nocturno estaba encapotado, la multitud se apresuraba en medio de un torbellino de siluetas y de luces y los adornos de Navidad relucían en las aceras cada vez más blancas. Christine había cambiado de emisora. Sus compañeros de Radio 5 parecían tan emocionados como si acabaran de anunciar el fin del mundo o la tercera guerra mundial. Entre las ruedas de los vehículos, la nieve se transformaba en barro irisado por los gases de los tubos de escape; los del todoterreno habían patinado un poco sobre aquella melaza en la falda de la colina de Jolimont, después de haber cruzado el puente Pompidou y rodeado el gran arco de la mediateca. A su alrededor, reinaba un alboroto de bocinas, zumbidos y gritos, y un ambiente generalizado de impaciencia y exaltación. El propio Gérald estaba que echaba humo... pero en silencio. Llevaban dos horas de retraso.

Ella volvió a pensar en la carta, en la persona que la había escrito.

No habían averiguado nada, desde luego. Los tres solteros habían salido a cenar fuera, igual que las parejas. En el edificio sólo quedaban dos familias, una de ellas con cuatro hijos, unos niños igual de excitados que el resto de la población. Sus berridos habían obligado a Gérald a alzar la voz mientras agitaba la carta delante de la nariz de sus padres. Al principio, ni el marido ni la mujer habían parecido entender lo que les explicaba. Después, cuando un vago destello de comprensión se hubo abierto paso en su espíritu acaparado por los preparativos de Navidad, Christine había advertido una expresión de suspicacia en la mirada que la mujer dirigió al marido. La ignorancia y la estupefacción de éste parecían, no obstante, genuinas. La otra familia era una pareja joven con un hijo. Parecían muy unidos. Al ver su complicidad, por un instante se preguntó si aquélla sería la imagen que un día transmitirían Gérald y ella. Sus vecinos habían dado la impresión de sentirse sinceramente afectados por el contenido de la carta.

—¡Jesús, qué historia tan horrorosa! —había exclamado la joven, que estaba en avanzado estado de gestación.

Por un momento, Christine había creído que iba a echarse a llorar. Después de aquello, Gérald y ella habían vuelto a bajar la escalera en silencio.

Lo miró a hurtadillas. Conducía con la mandíbula apretada. No había pronunciado una sola palabra desde que había arrancado el coche. Y en la frente tenía aquel pliegue casi doloroso que ella percibía a veces.

—Hemos hecho lo que debíamos —declaró.

Él no respondió. Ni siquiera asintió con la cabeza. Durante un instante, Christine se enojó porque pretendía culpabilizarla. Porque era eso lo que pretendía hacer, ¿no? ¿Acaso no deberían haberse culpabilizado más bien por esa persona a la que no lograrían salvar? Se preguntó si era ella o si bien, desde que su relación había ido adquiriendo un cariz más serio, él la reprendía y contradecía cada vez más. Después, Gérald lo borraba todo con una sonrisa o una palabra amable, pero era innegable: su comportamiento había cambiado desde hacía un tiempo. Christine sabía desde cuándo exactamente. Desde que se había pronunciado la palabra «matrimonio».

«Navidad. Qué mierda. Nuestra primera cena de Navidad. Sus padres esta noche y mañana los míos. No sé si va a caerles bien. Igual es a él al que no le gustan ellos. No deberías preocuparte por eso: todo el mundo aprecia a Gérald. Sus compañeros, sus alumnos, sus amigos, su mecánico, hasta tu perro... Eso es precisamente lo que pensaste cuando lo conociste en aquella recepción en el Capitole, ¿no? ¿Te acuerdas? Había otras chicas más guapas, más despampanantes, más delgadas y, seguramente, más inteligentes, pero fue a ti a quien él abordó, e incluso cuando lo cortaste volvió a la carga. Fue por ti por quien levantó la nariz de su vaso lleno de cubitos, de ron y de grandes rodajas de lima —una caipiriña—, como si se despertara de un largo sueño. Y luego dijo: "Su voz me resulta conocida... ¿Dónde la he oído?" Incluso cuando te alargaste demasiado hablando de tu trabajo en Radio 5, él te escuchó. Te escuchó de verdad... Habrías querido mostrarte divertida, ingeniosa, pero en realidad no fue así. Él, sin embargo, parecía encontrar muy divertido y ameno todo lo que decías.»

Quizá todo el mundo apreciara a Gérald, pero sus padres no eran todo el mundo. Sus padres eran Guy y Claire Dorian. Los Dorian de la tele... No era tan fácil ganarse el aprecio de personas que habían entrevistado a Arthur Rubinstein, Chagall, Sartre, Tino Rossi, Serge Gainsbourg y Jane Birkin, entre otros...

«Bah —insistió aquella vocecilla que Christine había ido aprendiendo a aborrecer y a escuchar al mismo tiempo—. Papá ni lo adorará ni lo detestará. Pasará de él, simplemente. Mi padre es un hombre que sólo se interesa por sí mismo, nada más. No es fácil haber sido uno de los pioneros de la televisión, un personaje que aparecía de continuo en la pequeña pantalla, y haber caído luego en el anonimato. Mi padre es un hombre que vive permanentemente macerado en un jugo de nostalgia y de recuerdos, que ahoga su tedio en alcohol y que no hace siquiera el esfuerzo de disimularlo. Bueno, ¿y qué? Es muy libre de cargarse la última línea recta de su existencia si le apetece. En todo caso, no voy a dejar que se cargue la mía.»

—¿Estás bien? —preguntó Gérald con un tenue matiz de contrición en la voz.

Ella asintió con la cabeza.

—Comprendo que te hayas sentido mal a causa de esa carta, ¿sabes?

Christine lo miró asintiendo de nuevo. «Por supuesto que no, no lo entiendes.» Habían reducido velocidad. Distinguió un gran anuncio fijado en un autobús. Era de Dolce & Gabbana y ya lo había visto en otros puntos de la ciudad. Cinco hombres jóvenes y fuertes rodeaban a una mujer que tomaba el sol tendida en el suelo. Cuerpos musculosos, cubiertos de aceite, relucientes. Eran guapos, hipersexuados. La tensión sexual era evidente. Los hombres tenían el torso desnudo y uno de ellos mantenía a la mujer en el suelo sujetándole las muñecas. Ella se arqueaba, en vano, con un ambiguo gesto de rechazo. Pese a su ropa ultraprovocadora, todo el ingenio de la puesta en escena radicaba —si es que se podía hablar de ingenio— en que era difícil decir si ella consentía o no. La imagen no dejaba, en cambio, ningún asomo de duda sobre lo que iba a ocurrirle. «Provocación de tres al cuarto para consumidores zombis», se dijo. Christine había leído en alguna parte que dos de cada tres franceses eran incapaces de reconocer los anuncios que transmitían estereotipos sexistas. El espacio público estaba saturado de cuerpos de mujeres, mujeres florero, mujeres de póster... Christine había invitado a su programa a la directora de una asociación para mujeres maltratadas. Todos los días de la semana recibía llamadas de esposas agredidas físicamente, de esposas que no tenían derecho a dirigir la palabra a sus vecinos y menos aún a otro hombre que no fuera su marido, esposas aterrorizadas ante la posibilidad de que la cena estuviera demasiado hecha o demasiado salada, esposas cuyos huesos cargaban los estigmas de fracturas y golpes, esposas que no tenían acceso ni a una cuenta bancaria ni a un médico, esposas que —cuando encontraban el valor para presentarse en la asociación— tenían la mirada vacía, extraviada, y la expresión de seres acorralados.

«Un día, siendo sólo una niña, ella misma había sido testigo de una escena...» Por eso sentía la necesidad de invitar a su programa a mujeres fuertes, mujeres ejemplares: mujeres empresarias, mujeres militantes, mujeres artistas, mujeres dedicadas a la política. Por ese mismo motivo no iba a consentir nunca que un hombre dictara su conducta.

«¿Estás bien segura de eso?»

Gérald ya no le prestaba atención. Con la vista fija al frente, estaba absorto en pensamientos cuyo contenido ella ignoraba. ¿Quién era la autora de la carta? Tenía que saberlo.

2

PARTITURA

Christine soñó con una mujer. No fue un sueño agradable. La mujer estaba de pie bajo el claro de luna, en medio de un camino bordeado de tejos oscuros que parecía conducir a un cementerio. Más allá había una verja enmarcada por dos altos pilares de piedra. Pese a que había nevado y hacía una noche muy fría, la mujer iba vestida con un ligero camisón de tirantes que le dejaba los hombros al descubierto. Christine quería dirigirse al cementerio, pero la mujer le interceptaba el paso. «No ha hecho usted nada —le decía—. Me ha dejado en la estacada.»

—Lo he intentado —gemía ella en su sueño—. Le juro que lo he intentado. Ahora déjeme pasar.

Pero en el momento en que pasaba a su lado, la cabeza de la mujer giraba en un ángulo imposible para seguirla con la mirada, al tiempo que se le llenaban los ojos de tinta. Una inmensa bandada de pájaros negros comenzaba a dar vueltas en el cielo, piando de una manera horrible e insistente, mientras la mujer se echaba a reír con una espantosa risa histérica que la despertó. El corazón le galopaba como un caballo en la noche.

«La carta...»

Se arrepintió de haberla dejado en el coche. Habría querido releerla de nuevo, sopesar su contenido, tratar de adivinar quién la había escrito y con qué objetivo. En la mesita de noche brillaba una lamparilla azul que alumbraba vagamente el techo. La luz del plafón del pasillo, también encendida, entraba por la puerta abierta y se proyectaba en el suelo del dormitorio. Lo mismo sucedía en todas las habitaciones. Christine se aventuró a sacar una pierna de debajo de las sábanas y sintió el contacto glacial del aire en el pie. En el cuarto hacía un frío de mil demonios. La noche se pegaba todavía a las persianas, pero el rumor del tráfico ascendía ya hasta su ventana, un tejido sonoro conformado por coches, motos y camiones de reparto. Miró la radio-despertador. Las 7.41 horas. ¡Mierda! ¡Se había dormido! Apartó las sábanas y observó el dormitorio vacío, que bien podría haber sido una habitación de hotel, un sitio para dormir y nada más. Aun así, desde la primera vez que lo visitó, un año atrás, había sucumbido al encanto de aquel apartamento, con sus techos altos y la chimenea de mármol en la sala de estar. En aquel barrio, a la vez íntimo y moderno, del que se había encariñado, con sus calles medievales, sus restaurantes, sus bares, su establecimiento naturista, su lavandería, su bodega y su tienda de productos italianos. El precio era caro, desde luego. Se había hipotecado por treinta años, pero no lo lamentaba. Cada vez que se despertaba en aquella habitación, se decía que era la mejor decisión que había tomado desde hacía años.

Las pequeñas garras de *Iggy* resonaron en las láminas del parquet. Después se subió de un salto a la cama y la atravesó para deslizar una lengua rosada sobre su mejilla. *Iggy* era un cruce de pelaje color caramelo y blanco, orejas puntiagudas y grandes ojos marrones, redondos y de mirada atenta que recordaban a los de la célebre estrella de rock cuyo nombre llevaba. Cuando el animal ladeó la cabeza para mirarla, Christine le alborotó el pelo sonriendo y se levantó.

Tras ponerse un viejo jersey de cuello alto de cachemira y unos calcetines de lana gruesa, lo siguió hasta el salón-cocina.

—Espérate un poco, señor Peludo —le ordenó cuando, impaciente, metió el hocico en la escudilla mientras ella la llenaba.

En la estancia había solamente un viejo sofá de cuero, una mesa baja de Ikea y una pantalla de plasma colocada encima de un mueble de televisor, junto a la chimenea. El único espacio amueblado era el rincón de la cocina. El centro de la zona de estar estaba ocupado por un solitario aparato de remo junto al que reposaban unas pesas. A Christine le gustaba hacer ejercicio viendo la tele, por la noche. En aquel momento, en la pantalla, con el volumen desactivado, se veía un programa matinal. El televisor había estado encendido tota la noche... como todas las demás noches, por otra parte. En el suelo, frente a la chimenea, había pilas de libros, periódicos y revistas. Christine era la presentadora estrella de Radio 5, una emisora privada; ella se encargaba de la franja horaria de las nueve a las once de la mañana todos los días excepto el sábado —en que la emisión era grabada— y el domingo. «Las mañanas de Christine» era un cóctel de información, música, juegos y humor... que con el tiempo daba cada vez menos cabida a las noticias y más al humor. En menos de una hora estaría en el estudio para el programa de Navidad. Habría la música adecuada —John Lennon y Yoko Ono cantando *Happy Xmas (War is Over)* y *I Wish It Was Christmas Today*, de Julian Casablancas— y risas más o menos espontáneas. Después recibiría al psicólogo de la casa, que hablaría de la soledad y el desasosiego que las personas solas experimentaban durante aquel período del año. Habría un poco de compasión en el menú, pero no demasiada. Era Navidad y había que mantener un tono festivo.

Se preguntó si no sería una buena ocasión para hablar de la carta con alguien. Tenía una relación de amistad con Bercowitz. Éste participaba en el programa una vez por semana, por lo general los miércoles, con excepción de aquélla, en que habían adelantado su crónica veinticuatro horas para transmitirla el día de Navidad. Porque era bueno y hacía un buen papel en la radio.

Sí, Bercowitz le daría su opinión sobre la autenticidad de la carta. Hasta cabía la posibilidad de que supiera qué hacer...

Pero también era posible que le reprochara precisamente no haber hecho nada, que hubiese esperado demasiado. A fin de cuentas, ni Gérald ni ella habían avisado a la policía. Ella no había tenido valor para estropear aún más la velada. Los padres de Gérald habían hecho visibles esfuerzos para que todo saliera perfecto. No parecían haberse molestado por las dos horas de retraso. El padre de Gérald era una versión más antigua de su hijo, un modelo que había mejorado en la generación siguiente, pero cuyas principales características intemporales se hallaban ya presentes en el «concepto» inicial: elegancia, solidez, autocontrol, ojos pardos de tonalidad cálida, mirada directa y cautivadora, temperamento discretamente seductor. Una inteligencia brillante, pero también rígida. Un hombre poco dado a los matices y la ligereza. Y con una enojosa tendencia a considerar que la función de las mujeres era secundar a los hombres.

Los genes maternos habían tenido manifiestamente mayor dificultad para imprimir su huella en el ADN del retoño. Christine se preguntaba si el hecho de que la madre no se atreviera nunca a contradecir a su padre, si la manera que tenía de abundar siempre en la misma opinión que su marido, no explicaría los problemas que Gérald tenía para aceptar la contradicción, sobre todo si provenía de su futura esposa.

La habían agasajado con regalos: una tableta táctil, una base con la que podía conectar el teléfono a unos altavoces sin pasar por el ordenador (sospechaba que aquellos regalos eran idea de su futuro suegro, tan aficionado como su hijo a la tecnología y las ciencias), un jersey (la madre de Gérald). Y habían dado la impresión de entusiasmarse con todo lo que les contaba. Sólo Gérald, a quien había sorprendido varias veces mirándola mientras ella hablaba, le había parecido un poco más crítico.

«Seguro que es por lo que ha ocurrido en el coche... Deberías haber sido más suave...»

Una vez que *Iggy* estuvo ocupado hurgando en su cuenco, ella pasó al otro lado de la barra americana y se sirvió un tazón de café, un vaso de zumo de mango y fruta de la pasión y untó de mantequilla baja en grasa dos rebanadas de pan sueco. Estaba mojándolas en el café, sentada en uno de los taburetes de acero inoxidable, cuando la vocecilla se hizo oír de nuevo: «Si de veras crees que tus padres van a facilitarte las cosas, te engañas y mucho. Tú nunca serás Madeleine, Chris. Nunca...»

Notó una brusca acidez en el estómago, acompañada de un espasmo.

«La infancia: no dura mucho, pero uno nunca se cura de ella —continuó la voz—. El niño herido siempre está ahí con nosotros, ¿verdad, Christine?

»Ese niño que tiene miedo cuando se hace de noche... Ese que ve lo que no debería haber visto...»

El vaso de zumo estalló contra las baldosas a sus pies, debajo del taburete, y ella se sobresaltó en su asiento.

Se bajó de él para recoger los trozos de cristal y sintió un dolor fulgurante cuando una minúscula esquirla, que relucía como un diamante, se le clavó en el índice. «¡Mierda!» El dedo empezó a chorrearle sangre, que se mezcló con el charco de zumo como una nube de granadina en un cóctel. Al instante sintió que se le aceleraba el ritmo cardíaco. La boca se le resecó y la frente se le inundó de un fino sudor... «Respira...» No soportaba la vista de la sangre... «Respira...» Bercowitz le había enseñado un ejercicio de respiración abdominal. Con los ojos cerrados, dejó que el diafragma descendiese y su caja torácica se abriera al máximo para luego espirar sin forzarse, metiendo el vientre. Después se levantó y, con mano temblorosa, arrancó una hoja de papel de cocina con la que se confeccionó un tosco vendaje, evitando mirarse el dedo. A continuación, cogió el estropajo y limpió a ciegas la mancha del suelo.

Se arriesgó a lanzar una ojeada y enseguida lo lamentó.

La gruesa venda improvisada se teñía ya de rojo. Tragó saliva. «Menos mal que te dedicas a la radio y no a la tele.»

Miró el reloj de pared.

Las 8.03 horas. «¡Espabila!»

Se apresuró a ir al cuarto de baño, donde se quitó el jersey y los calcetines. El globo de la luz parpadeaba en el techo indicando que la bombilla no iba a tardar en fundirse. Cada minúsculo instante de oscuridad era como un ínfimo cuchillazo en su piel, cada vacilación de la luz una astilla clavada en su carne. «Fobias —dijo la exasperante vocecilla surgida de las profundidades de su ser—. No sólo a la sangre, sino también a la oscuridad, a las agujas, a las inyecciones, al dolor... Kenofobia, nictofobia, algofobia... Cada una tiene su palabra. Y luego está el terror supremo: el miedo a volverse loca a causa de todos esos temores. Eso también tiene un nombre, psicofobia, el miedo a las enfermedades mentales...» Había conseguido amaestrarlas, contenerlas dentro de límites razonables a fuerza de ansiolíticos y de terapias, pero nunca había logrado hacerlas desaparecer del todo. Seguían allí, en alguna parte, siempre listas para resurgir. Apretó los dientes. Lo que vio en el espejo, entrecortado por el efecto estroboscópico de la luz parpadeante, no fue muy de su agrado: una mujer de unos treinta y tantos años, de pelo castaño, con una mecha rubia que le caía a un lado de la cara y el resto del cabello corto. Ojos verdes. Era guapa, sí, pero sus rasgos se habían endurecido con el tiempo y en las comisuras de los ojos asomaban pequeñas arrugas, todavía discretas. Su cuerpo, en cambio, era exactamente el mismo que hacía diez años: caderas estrechas y pecho plano. Se acordó de aquella actriz que había visto en una película sueca. Tenía la cara tan surcada de arrugas que, cuando se desvistió y apareció desnuda delante de la cámara, su cuerpo mucho más joven, bien torneado y firme, parecía pertenecer a otra persona.

Se metió en la ducha con cuidado de mantener la venda de papel alejada del chorro. El agua caliente le relajó los músculos agarrotados por la tensión. Volvió a pensar en la carta, en la mujer que la había escrito. ¿Dónde estaría? ¿Qué estaría haciendo en ese momento? La aprensión cavaba un foso en su vientre. Diez minutos más tarde, tras haber dedicado una última caricia a *Iggy* y con el pelo todavía mojado, cerraba la puerta de su casa.

—Buenos días, Christine —la saludó Michèle, la vecina del rellano.

Se volvió hacia aquella mujer excepcionalmente menuda —de menos de cincuenta kilos— y de cabello cano demasiado largo para su edad, que se mantenía en una zona de sombra. Christine sabía que había sido funcionaria y, por su porte, su pronunciación y su visión del mundo, sospechaba que había trabajado en la enseñanza. Desde su jubilación, Michèle ocupaba el tiempo militando en asociaciones de defensa de los indocumentados o por el derecho a la vivienda y participaba en todas las manifestaciones que denunciaban la política poco de izquierdas del Ayuntamiento. Christine estaba segura de que, a sus espaldas, los amigos de Michèle y ella misma criticaban su programa, en el que daba la palabra tanto a los sindicalistas como a los empresarios, a representantes del Ayuntamiento e incluso de la derecha local, y en el que, muy a su pesar, los temas serios escaseaban cada vez más.

—¿De qué va a ir el programa de hoy? —preguntó su vecina con una voz sorprendentemente fuerte.

—De la Navidad —respondió ella—. Y también de la soledad de algunas personas, las que viven este período con aprensión. Feliz Navidad, a propósito.

Pero al ver la mirada tan poco agradable que le dirigió su vecina, se arrepintió enseguida del intento de autojustificación.

—En ese caso, debería haberlo hecho desde el campamento de la calle Professeur-Jammes. Allí habría visto lo que es la Navidad para las familias que no tienen techo ni porvenir en este país.

«Vete a paseo», replicó para sí. Pensó que la pigmea de su vecina tenía una boca muy pequeña, pero que por ella salían demasiadas cosas.

—Un día la invitaré a usted, no se preocupe —contestó mientras se alejaba por la escalera, sin esperar el ascensor—. Entonces podrá expresarse a sus anchas, se lo prometo.

Le sentó bien el frío de la calle. El termómetro había bajado en torno a los cinco grados bajo cero y por poco no se cayó de bruces en la acera resbaladiza. El aire estaba saturado de olor a gas de tubos de escape y contaminación. La nieve se había acumulado sobre los techos de los coches aparcados, en los alféizares y en las tapas de las papeleras y, aun así, él seguía allí, fiel en su puesto, en la acera de enfrente. Entre sus cajas de cartón. Incluso con un tiempo tan inclemente, prefería dormir en la calle que en un centro de acogida. Reparó en sus ojos claros y de mirada penetrante, fijos en ella. Eran como dos pálidas ventanas abiertas en una cara que parecía un mapa de carreteras. La vida en la calle dejaba señales perceptibles para todos: ojos inyectados en sangre, cicatrices, tics nerviosos, temblores etílicos, dentadura mellada, mejillas hundidas por las enfermedades crónicas, la droga o el hambre, piel tatuada por el sol, la intemperie y las partículas de contaminantes primarios y secundarios. El hombre emergía de las diversas capas de mantas enrolladas en torno a sí. Tenía la barba blanca en los lados y negra en el medio, como el pelaje de un viejo animal. ¿Cuántos años tendría? Debía de estar entre los cuarenta y cinco y los sesenta... Dormía bajo el porche del edificio de enfrente desde hacía varios meses. Christine creía recordar que había aparecido con la primavera. Cuando tenía tiempo, le bajaba un café caliente o una sopa. Esa mañana no, pero de todos modos cruzó la calzada, con el cabello todavía húmedo y una moneda en la mano.

—Buenos días —la saludó él—. Hace frío hoy. Tenga cuidado de no resbalar.

Tendió una mano cuyos dedos y uñas cortas eran casi del mismo color que los mitones negros de los que asomaban. A menos de veinte centímetros de sus cartones y de la masa informe compuesta por sus bolsas de plástico, la nieve cubría la acera.

—Vaya a tomarse algo caliente —le dijo Christine.

Él asintió. Luego frunció un poco el ceño y, bajo las negras y gruesas cejas, sus ojos grises se iluminaron con un destello sagaz. Alrededor de las sienes se perfiló entonces toda una red de pliegues ennegrecidos.

—¿Está segura de que va todo bien? La veo intranquila. Es por el peso de todas esas preocupaciones, ¿verdad? Todas esas responsabilidades...

Christine no pudo evitar sonreír. Él dormía fuera, a cinco grados bajo cero, no tenía nada salvo unas cuantas magras pertenencias metidas en las bolsas de basura negras que cargaba por todos lados, como un caracol su casa, ni familia ni techo ni mucho menos porvenir, que Christine supiera, y se preocupaba por ella... Era aquello lo que la había sorprendido la primera vez que se le acercó para darle una moneda. Él había iniciado la conversación de manera espontánea y ella se había quedado clavada en el sitio bajo el efecto de su voz calmada, clara y llena de aplomo. El tipo de voz al que suele prestarse atención en medio del guirigay de una conversación, el tipo de voz que denota una educación y una cultura superiores. Nunca se quejaba y sonreía con frecuencia. Le hablaba del tiempo que hacía y de la actualidad como si fueran viejos vecinos. Hasta entonces, ella no se había atrevido a preguntarle de dónde era, cómo había llegado allí y qué vida había llevado. Pero se había prometido hacerlo un día, si él aún permanecía en aquel mismo lugar...

—¿Está seguro de que quiere quedarse aquí? ¿No hay un centro de acogida de urgencia en algún sitio?

—Supongo que nunca ha puesto los pies en uno de esos centros de acogida —respondió él sonriendo con indulgencia—. No se lo tome a mal, ¿eh? Es sólo que... no son unos sitios muy... bueno, ya me entiende. No se preocupe por mí. Soy tan resistente como un coyote viejo. Y los buenos tiempos volverán. Es sólo un mal trago que hay que pasar, mi bella dama.

—Hasta esta noche, pues —se despidió ella alejándose.

—¡Que pase un buen día!

Llegó a su coche, aparcado en una calle próxima, extremando la precaución («ya está bien de tantas emociones»). Abrió la puerta del lado del pasajero y sacó el aerosol de descongelante de la guantera. Esa noche había nevado poco y la capa de hielo de la carrocería del viejo Saab 9-3 no se había fundido. Rodeó el coche y se detuvo de repente. Durante un segundo se quedó con los brazos colgando, soltando pequeñas nubes blancas al respirar. En la película que recubría el parabrisas, un dedo había escrito:

Christine se estremeció y miró a su alrededor, presa de un leve vértigo. Notó que el pánico volvía a adueñarse de ella: estaba claro que el malévolo dedo que había grabado aquellas palabras pertenecía a alguien que sabía que el propietario del coche era una mujer.

Soltó un chorro de descongelante encima. Tras dejar el aerosol en la guantera, cerró la puerta con el mando. De todas maneras, no le daba tiempo a hacer el trayecto en coche, sobre todo con aquel tiempo. Se apresuró hacia la boca de metro más cercana, con cuidado de no resbalar.

Llegaba tarde... Era la primera vez que le ocurría en siete años.

No había llegado tarde ni una sola vez.

3

CORO

A las 8.37 horas franqueó las puertas de Radio 5 casi corriendo. El edificio que albergaba la sede de la emisora, en la parte alta de la avenida Jean-Jaurès, era claramente más modesto que los de al lado, gigantes recelosos que se inclinaban con irritación sobre aquel alfeñique que los provocaba con su eslogan:

«TOMAD EL PODER, TOMAD LA PALABRA»

En la entrada, delante de los ascensores, unos carteles proclamaban que Radio 5 era la segunda emisora en número de oyentes de la región Midi-Pyrénées, que era a su vez la región más grande de la Francia metropolitana, con una superficie superior a la de Bélgica e igual a la de Dinamarca (mapa de Europa en mano). Antes de llegar siquiera al piso de la redacción y de los estudios, los visitantes quedaban ya convencidos de la importancia de la misión que allí se llevaba a cabo. «Si su misión era tan importante, ¿cómo se explicaba que estuviera tan mal pagada?», se preguntó Christine. En la planta baja, saludó con la cabeza a la recepcionista y luego, después de bajarse del ascensor en el segundo, se precipitó a la pequeña sala totalmente acristalada que cobijaba las máquinas de café y las fuentes de agua para servirse un *espresso macchiato* «100 % ARÁBICA Y COMERCIO JUSTO».

—Vamos tarde —le susurró alguien al oído—. Más vale que nos demos prisa. Al jefe va a darle algo.

Un perfume familiar, La Petite Robe Noire, y una presencia cercana, demasiado cercana, a su espalda.

—No me ha sonado el despertador —respondió antes de mojarse los labios con el líquido cremoso.

—Ahhh. Conque nos hemos desmelenado en la cama, ¿eh?

—Cordélia...

—¿No quieres hablar del asunto?

—No.

—¿Sabes que eres muy misteriosa? Nunca he visto a nadie con tanto secretismo. A mí puedes contármelo todo, ¿sabes, Christine?

—Pues yo creo que no.

—Hace diez meses que trabajamos juntas y todavía no sé nada de ti, aparte de que eres una tía profesional, currante, rigurosa, inteligente y ambiciosa. Dispuesta a todo para ascender. Igual que yo, en resumen, con la diferencia de que es a ti a quien yo tengo ganas de...

Christine dio media vuelta y se encontró ante un espárrago de un metro ochenta que debía de pesar unos sesenta kilos.

—¿Sabes que podría hacer que te echaran por eso?

—¿Por qué?

—Por decir cosas de ese tipo. Se llama acoso.

—¿Acoso? ¡Vaya por Dios!

La joven empleada en prácticas adoptó un aire escandalizado, con los labios formando una jocosa «O» adornada por las dos pequeñas perlas de acero que llevaba incrustadas en el labio inferior.

—¡Oh, Señor! Pero ¡si tengo diecinueve años! ¡Estoy de prácticas! ¡Gano una miseria! ¿Cómo podrías hacerme eso?

—Tú no eres mi amiga, eres mi ayudante. Y, a tu edad, yo no me metía en la vida de los adultos.

Había hecho hincapié en la palabra «adultos».

—Los tiempos cambian, pequeña.

Inclinándose, Cordélia rodeó a Christine con el brazo para introducir una moneda en la máquina que quedaba detrás de ella. Apretó la tecla «Cappuccino». Sus caras casi se tocaban. El aliento de la joven olía a café y a tabaco.

—¿Qué te has hecho en el pelo? —preguntó Christine mientras se apresuraba para terminar el café pese a que le quemaba la lengua.

—Me lo he teñido. Del mismo color que tú. ¿Te gusta?

Hasta entonces, Cordélia llevaba el pelo rubio platino y negro. Y también un cigarrillo permanentemente colocado detrás de la oreja —como un viejo camionero—, demasiado rímel y unas camisetas de manga larga que pregonaban cosas como «EVEN THE PARANOID HAVE ENEMIES».

—¿Tiene importancia que me guste?

—No te figuras cuánta —respondió la joven, que empujó la puerta acristalada con el vaso en la mano.

—¿Has visto la hora que es?

Era Guillaumot, el director de programación. Guillaumot no trabajaba para la radio: se había casado con la radio. De hecho, se había casado con la dueña de Radio 5 antes de convertirse en director de programación. Que su superior jerárquico y la persona que le pagaba el sueldo fuera también su esposa, lo había llevado a padecer una úlcera que trataba con Sucralfate. También había perdido el cabello, y lo había sustituido con un postizo digno de los Beatles en versión 1963. Desde la perspectiva de Christine, la de la liga de mujeres solteras de entre veinte y sesenta años, el hombre no era nada atractivo. A ella le resultaba incluso un poco repulsivo, como una habitación donde hace mucho que nadie abre los postigos. Además, parecía perpetuamente agobiado por un peso secreto: tal vez el de mantener con vida una radio que ofrecía algo más que música de moda para adolescentes, el de tener que rendir cuentas a una dirección cada vez más pendiente de la audiencia y menos comprometida con el contenido.

—Yo también te deseo feliz Navidad —contestó Christine mientras se adentraba en el ruidoso dédalo de la sala de redacción—. ¿Cómo tenemos lo de la revista de prensa? —le preguntó a Ilan—. A propósito, feliz Navidad.

—¿Feliz qué?

Sentado al escritorio contiguo al de Christine, Ilan le dedicó una sonrisa. Después señaló los artículos recortados y expuestos, así como el reloj de la pared, donde los segundos desfilaban en forma de puntos luminosos.

—Está a punto —dijo—. Sólo faltabas tú.

Con un rotulador y un bolígrafo en la mano, ella leyó rápidamente las noticias. Como de costumbre, Ilan había hecho un magnífico trabajo.

—Está muy bien —comentó mientras echaba un vistazo al artículo del *Parisien* que hablaba de una maternidad de Belén, situada casi a tiro de piedra de la basílica de la Natividad y gestionada por una orden católica, con un noventa por ciento de pacientes musulmanas palestinas.

Repasó los demás artículos. El foie-gras prohibido por los lores británicos (con *God Save the Queen* de los Sex Pistols como fondo sonoro). Un *speed dating* gigante para Navidad en Corea del Sur («¿alguien tiene idea de qué le han pedido todos esos solteros a Papá Noel?»). Una veintena de vuelos cancelados a causa del mal tiempo en el aeropuerto de Blagnac («llamen a su compañía aérea antes de desplazarse»).

—¡Un local de Secours Populaire amenazado de cierre, ¿te interesa?! —gritó alguien a su espalda.

Christine hizo girar el asiento. Becker, el director de informativos, la observaba desde su metro sesenta de estatura. Achaparrado, musculoso y con algo de barriga bajo el jersey marrón. También estaba perdiendo pelo, pero él no había recurrido al peluquín. Como todos los periodistas de radio, Becker estaba convencido de encarnar la auténtica nobleza de la profesión y de estar cumpliendo una misión. Los presentadores no eran para él más que saltimbanquis que debían divertir al público. En su equipo no había, por añadidura, ninguna mujer.

—Hola, Becker, yo también te deseo una feliz Navidad.

—¿Acaso las palabras «solidaridad», «exclusión», «generosidad» no forman parte de tu vocabulario, Steinmeyer? ¿O es que prefieres hablar de la fiebre de los regalos y del pesebre más bonito?

—Ese local está en Concarneau y no en Toulouse.

—¿Ah, sí? ¿Y entonces por qué han hablado de él hasta en las noticias de una cadena de ámbito nacional? Será que el tema no es bastante divertido para tu público... Tampoco he oído nada sobre la autorización de la venta de medicamentos por internet... ni sobre la prohibición total de alcohol para los menores de veinticinco años...

—Me alegra saber que escuchas mi revista de prensa.

—¿A eso lo llamas una revista de prensa? Pues yo lo llamo una tomadura de pelo. Esa revista de prensa tendrían que hacerla periodistas de verdad —declaró tras desplazar la mirada de Christine a Ilan, para detenerla finalmente en Cordélia—. Ése es el problema en esta dichosa emisora, que se olvidan de que la radio es, antes que nada, información.

Christine lo observó alejarse sin la menor emoción. En Radio 5 ocurría lo mismo que en casi todas las emisoras y cadenas de televisión del mundo: las relaciones entre la sección de informativos, los responsables de la programación y los presentadores estrella eran a menudo tensas, por no decir detestables. Se denigraban, se despreciaban, se insultaban. Y cuanto más terreno ganaba internet a costa de todos, más se acentuaban los conflictos.

Con un suspiro, se arrellanó en el asiento y lo encaró hacia sus ayudantes.

—De acuerdo, empezamos. ¿Listos?

—¿Qué título ponemos? —preguntó Ilan.

Estaba de espaldas a Christine, que sonrió al ver su kipa. Se había puesto un gorro judío «de fiesta», con *smileys*, en solidaridad con sus compañeros.

—«Jesús no fue el único que nació en Belén» —respondió ella.

Ilan asintió vigorosamente con la cabeza para manifestar su entusiasmo.

—Ah, ha llegado eso para ti —dijo.

Christine siguió la mirada de su ayudante y abrió el sobre acolchado que aguardaba en un rincón de su escritorio. Dentro había un CD, un viejo CD de ópera. *El trovador*, de Verdi. Ella detestaba la ópera.

—Debe de ser para Bruno —dedujo.

Bruno era el encargado de la programación musical.

—Con nosotros, el doctor Bercowitz, neurólogo, psiquiatra, etólogo y psicoanalista, autor de numerosas obras de referencia. Buenos días, doctor. Hoy nos hablará de esas personas para quienes la Navidad representa un mal momento.

Eran las 9.01 horas del 25 de diciembre. En el estudio, el psiquiatra esperó la pregunta de Christine antes de hablar; Bercowitz era un profesional curtido en el ejercicio de la radiofonía, un especialista de la comunicación. Resultaba evidente que le gustaba la labor que hacía allí. Su voz sugería una personalidad cálida, una autoridad incontestable; su vocabulario no era demasiado profesional ni exageradamente familiar; pero, sobre todo, sabía crear un vínculo con el oyente, como si se encontrara en su cocina o en su sala de estar y no detrás de un micro. Era el colaborador perfecto para una radio, y Christine sabía que hacía poco había recibido una propuesta de una emisora nacional.

—Doctor, un año más han llegado las fiestas —inició el tema—. Luces, alegría en los ojos de los niños... Pero no brillan sólo los ojos de los niños, sino también los de los adultos. ¿Por qué este período nos vuelve tan emotivos?

Ella apenas escuchó la respuesta. La introducción del doctor fue lo bastante lenta para que el oyente fuera habituándose a su voz. Christine captó sólo algunos retazos: «La Navidad nos remite a nuestra propia infancia»; «el hecho de que, en casi la totalidad del planeta, millones de personas celebren lo mismo al mismo tiempo procura la exaltante y a la vez tranquilizadora sensación de estar unidos unos con otros»; «ese mismo sentimiento de comunión que procuran las grandes manifestaciones deportivas, o incluso acontecimientos tan terribles como las guerras». Su tono tenía sólo un leve exceso de autosuficiencia, como siempre, observó la presentadora sin darle mayor importancia. Ya estaba concentrándose en la pregunta siguiente:

—¿Podría explicarnos por qué esta época que es motivo de regocijo para la mayoría de nosotros es fuente de angustia y tormentos para otros?

«Ésta tampoco ha estado nada mal.»

—Eso es porque, paradójicamente, cuando la gente se siente unida entre sí, se acentúa el sentimiento de exclusión en los que están solos —respondió con una dosis de compasión perfectamente calculada—. Hoy en día, los lazos familiares no son tan fuertes como antes. Muchas familias están separadas, no sólo desde un punto de vista geográfico, sino también por sistemas de valores que los distancian. En mi consulta tengo pacientes que empiezan a manifestar síntomas de nerviosismo un mes antes de Navidad y, cuanto más nos acercamos a estas fechas, más aumenta su ansiedad. No hay que olvidar que durante esta época se produce un fuerte reclamo sensorial, con los escaparates de las tiendas, la decoración de las calles, la publicidad... Todo eso supone un bombardeo de estímulos para nuestro subconsciente. Para una persona a la que no le gusta la Navidad porque sabe que estará sola, porque ha vivido una separación o un duelo o porque carece de recursos, dichos estímulos son una fuente de conflicto permanente entre la obligación social de estar contento y su situación real. Por otra parte, la Navidad hace aflorar todas las alegrías, pero también todas las sombras de la infancia.

Una leve sacudida sísmica en el vientre de Christine al oír esas palabras.

—Evidentemente, uno no puede dormirse el veintitrés de diciembre para despertar el dos de enero —subrayó—. ¿Qué pueden hacer, entonces, esas personas para vivir este período sin deprimirse demasiado?

—Ante todo, procurar no pasar solas la noche de Navidad. Pueden crearse una familia de sustitución, festejar la Navidad con los amigos en lugar de con la familia, o incluso con vecinos con los que se lleven bien. Si uno cuenta con el aprecio de los allegados, éstos estarán encantados de invitarlo, por supuesto. Pero para ello tienen que saber

que esa persona está sola, o sea que no hay que tener vergüenza de decirlo. También se puede practicar el altruis-
mo, la solidaridad. El hecho de sentirse útil y de hacer algo
que tenga un sentido en una noche así aporta sin duda una
gran satisfacción. Las asociaciones, los bancos de alimen-
tos, los centros de ayuda a los desvalidos siempre necesitan
voluntarios. Otra posibilidad es cambiar de aires, marcharse si uno tiene la posibilidad. Eso desplazará la atención
hacia situaciones y lugares nuevos.

«Marcharse...» Marcharse en vez de afrontar a sus padres, la comida de Navidad... Las palabras del psicólogo
caían en su ánimo como monedas en el cepillo de la iglesia.

—Y por los que no tienen los medios para irse ni amigos que los acojan, por aquellos que carecen de fuerzas
o de salud para realizar una labor de voluntariado, ¿hay
algo que podamos hacer los demás? —preguntó con una
repentina opresión en la garganta.

Mierda, ¿qué le ocurría? Volvió a ver a la mujer del
sueño: «No ha hecho nada.»

—Desde luego —repuso Bercowitz mirándola directamente a los ojos como si hubiera percibido su turbación—.
Siempre se puede hacer algo...

Tras el cristal que separaba el estudio de la cabina técnica, Igor, el realizador, un treintañero barbudo y con el
pelo largo y grasiento, se inclinó hacia su micro.

—Un poco más rápido, doctor —dijo a través de los
cascos.

El psiquiatra asintió antes de volverse hacia Christine.

—Debemos prestar más atención que nunca a los signos de malestar... Un vecino solitario... Unas palabras am-
biguas que pueden ser una llamada de auxilio...

«Me ha dejado en la estacada», repetía la mujer en su
sueño. De repente, la habitación —un espacio de quince
metros cuadrados, con una pared acristalada que la separaba de la cabina técnica y otra, cegada con persianas, de
la redacción, sin más ventilación que la del aire acondicio-
nado— le pareció a Christine un opresivo cubículo. Tuvo
la sensación de que la temperatura del estudio se elevaba.

Bercowitz hablaba...

La miraba...

Christine veía cómo se movían sus labios, pero no lo oía.

Oía otra voz...

«No ha hecho nada.»

—Diez segundos —anunció Igor por los cascos.

En un primer momento, no advirtió que el psiquiatra había concluido. Fue una fracción de segundo en blanco, una nimiedad en la escala de un día o de una vida, pero una eternidad para los oyentes. Igor tenía la vista clavada en ella desde el otro lado del cristal, y lo mismo ocurría con Bercowitz, que, en aquel instante, parecía un jugador de rugby aguardando con desesperación a que su compañero se coloque por fin en posición para recibir el balón.

—Eh, gracias —dijo Christine—. Y ahora vamos a... eh... dar paso a las preguntas de los oyentes.

Las 9.21 horas. Se ruborizó y fijó la mirada en su portátil mientras Igor, desconcertado, ponía la sintonía. La pantalla parpadeaba con impaciencia, anunciando tres oyentes en espera: líneas 1, 2 y 3. Aparte, estaban los SMS. El público podía plantear las preguntas por ese canal, dejar un mensaje o bien pedir que les permitieran hablar en directo. En ese caso, la coordinadora respondía primero y, tras efectuar una valoración de la calidad de la comunicación, la pertinencia de las preguntas y la facilidad de expresión, hacía breves comentarios destinados a Christine.

Ésta reparó enseguida en el número 1 de la lista. Treinta y cinco años. Arquitecto. Soltero. La coordinadora lo había presentado con entusiasmo: «Inteligente, pregunta pertinente, voz agradable, elocución fácil, ligero acento: perfecto.» Como de costumbre, Christine decidió reservarlo para el final y le indicó a Igor que abriera la línea 2.

—Primera pregunta —dijo—. Saludamos a Reine. Buenos días, Reine. Usted vive en Verniolle, tiene cuarenta años y es maestra.

La oyente de la línea 2 aportó algunos breves datos autobiográficos, tal como le habían pedido. Luego formuló su pregunta y el psiquiatra se abalanzó sobre ella con afán. Al oír el ronroneo de su voz, Christine se dijo que lo iba a echar de menos cuando se fuera a trabajar para una audiencia de ámbito nacional.

Después de invitarlo a responder a un SMS, le dio la palabra a Samia, que esperaba en la línea 3.

—Gracias —dijo Christine una vez que el psiquiatra le hubo respondido—. ¿Una última pregunta? Mathias, le toca a usted.

El número 1.

Las nueve y media de la mañana.

Dio la señal para que abrieran la línea.

—¿No te sientes mal por haber dejado morir a alguien?

Durante una fracción de segundo, el estupor la dejó petrificada. La voz era potente e insinuante, con un timbre grave, cálido y profundo a la vez, y unas inflexiones vagamente sibilantes. Evocaba una boca pronta a murmurar confidencias o amenazas al oído, y una personalidad capaz de cumplirlas... «Algo reptante, resbaladizo...» Sin saber por qué, tuvo la impresión de que el individuo que hablaba estaba a oscuras. Con un prolongado estremecimiento, se preguntó si su cerebro no estaría deformando unas palabras mucho más anodinas. Pero no era así, puesto que la voz proseguía en la misma línea:

—Hablas de solidaridad, pero dejaste que alguien se suicidara la noche de Navidad pese a que te había pedido ayuda.

Christine intercambió una mirada con el psiquiatra, que abrió la boca y volvió a cerrarla sin decidirse a hablar.

—¿Cuál... es... su... pregunta?

Su propia voz le pareció descarnada, sin timbre, muy distinta de aquel instrumento dócil y maleable, casi erótico, del que normalmente se servía.

—¿Qué clase de persona eres?

Sintió que tenía las manos húmedas. Luego vio los ojos desorbitados de Igor detrás del cristal de la cabina técnica y su propio semblante atónito reflejado en él. Por fin, levantó la mano para indicarle que cortara la línea.

—Eh... gracias... gracias también al doctor Bercowitz por haber aclarado nuestras dudas... Feliz Navidad a todas y a todos.

Sonó la música del programa: *Notion*, de los Kings of Leon. Entonces se echó hacia atrás en el asiento, aturdida, como si la sangre se negara a circular por sus arterias. Le faltaba el aire. La asfixiaba el espacio cerrado del estudio, donde aún resonaban las palabras de aquel hombre.

Vio que Igor se inclinaba sobre su micro. Su voz brotó por los cascos:

—¿ALGUIEN PUEDE EXPLICARME DE QUÉ IBA ESO? POR EL AMOR DE DIOS, CHRISTINE, ¿ESTABAS DORMIDA O QUÉ?

—Tendrías que haberlo cortado al momento —aseguró en tono reprobador el director de programación—. Desde el principio, en cuanto te ha tuteado. No deberías haberlo mantenido en antena.

Guillaumot la estudiaba con mala cara. Su voz le llegaba como a través de un filtro, de una densa capa de embotamiento. Como si su cerebro estuviera tapizado con el mismo revestimiento de propiedades acústicas especiales que las paredes del estudio. Su micrófono tenía teclas para abrirlo y cerrarlo. En la consola de la cabina técnica había también un montón de teclas para mezclar los sonidos, poner una música, un anuncio grabado, añadir efectos sonoros... pero no disponía de ninguna que parase el ruido que le llenaba la cabeza.

—¿Qué te pasa hoy, Christine? —preguntó Salomé, la coordinadora—. Ha sido un verdadero caos.

—¿Cómo?

—Tu comportamiento no era... ¡Has dejado un blanco que se ha notado, jolín! ¡Parecías completamente ausente!

Tras las gafas, los ojos de Salomé tenían un brillo desaprobador.

—No olvides que tú eres la imagen de esta emisora, querida. O más bien su voz. Los oyentes deben imaginar una personalidad jovial, positiva... profesional. ¡No alguien que pasa de todo y que tiene los mismos problemas que ellos!

La injusticia de aquel reproche la sacó de su estupor.

—Gracias, pero hace siete años que hago este trabajo. Por una vez que tengo un fallo... Y además, ¿quién ha soltado a ese enfermo en antena?

La furia destelló en los ojos de Salomé. Se había cometido un error. Habría un informe...

—¿Podría... volver a escucharlo? —pidió Christine.

Todos los programas quedaban grabados. Se conservaban durante un mes y luego se enviaban al Consejo Superior del Audiovisual. Allí se analizaban todos los incidentes como aquél.

—¿Qué? —vociferó Igor ladeando la cabeza para apartarse de la cara y la barba la larga cabellera rizada—. ¿Para qué, si puede saberse?

El director de programación miró a Christine con suspicacia.

—¿Conoces a esa persona? ¿Tienes idea de qué quería decir con ese asunto del suicidio?

Ella negó con la cabeza. Sentía el peso de sus miradas.

—Tenemos su número de teléfono en el archivo. Vamos a avisar a la policía —dijo Salomé.

—¿Y luego qué? ¿Qué van a hacer? ¿Detenerlo por «actos radiofónicos»? —ironizó Igor—. Más vale dejarlo correr... Es un chalado como tantos otros. ¿Qué era lo que decía Audiard? «Dichosos los desquiciados porque ellos dejarán pasar la luz.»

—Yo me tomo esto muy en serio —replicó el director de programación—. ¡Era la emisión de Navidad, por Dios! ¡Y aparece un tipo que en directo, en antena, nos acusa de dejar que la gente se suicide! ¡Delante de quinientos mil oyentes!

—¿Gérald?

—¿Chris? ¿Qué pasa? Te noto una voz rara.

Se hallaba delante de la máquina de café, fuera del alcance de los oídos de la gente de redacción. No había encendido la luz y la estancia estaba sumida en la penumbra.

Sólo la luminosidad de los días de nieve entraba por la ventana y se reflejaba en el cristal de la máquina. Acababa de cruzarse con Becker, que le había dedicado una sonrisilla melosa... como si realmente escuchara su programa.

—¿Tienes todavía la carta? —preguntó ella al teléfono.

—¿Cómo?

Percibió sorpresa e irritación a un tiempo en el tono de Gérald.

—Sí... Bueno, eso creo —dijo él.

—¿Dónde?

—Pues debe de haberse quedado en la guantera, me imagino. Jesús, Christine, no me digas que...

—¿Estás en tu casa?

Captó una breve vacilación.

—No, no, estoy en la oficina.

Una fracción de segundo de duda y un tono raro, como si hubiera estado a punto de mentir y al final se hubiese echado atrás. Christine notó que su sistema de alarma se disparaba. Había aprendido a reconocer los pequeños engaños de Gérald, como aquella vez en que, al ir a poner una película en el ordenador, había descubierto que se había bajado porno la noche anterior. Él había fingido que era un error, que su intención era descargar otra cosa. Ella sabía, no obstante, que no era verdad.

—¿En la oficina? ¿El día de Navidad?

—Es que... tenía una cosa urgente que resolver... Chris, ¿estás bien? ¿Seguro?

—¿No habrás olvidado que tenemos cita en casa de mis padres dentro de dos horas?

En el teléfono sonó una carcajada que parecía un estornudo.

—Chris, no es el tipo de cosas de las que uno se olvida así como así.

4

BARÍTONO

Clic. No está segura de lo que ha visto. ¿Espejismo? ¿Auto-sugestión? ¿Realidad? Clic. En su cabeza pasa revista a cada detalle, como si fuera una cámara fotográfica. Clic. Clic. Recorre el conjunto de la escena. Clic. Y de nuevo vuelve al mismo sitio, como uno de esos movimientos de cámara de una vieja película muda de los años veinte, cuando la imagen temblorosa e inestable, llena de estrías y centelleos, se cierra en un redondel cada vez más reducido en torno a...

«... sus manos».

Luego, las líneas de diálogo invaden la pantalla negra de su cabeza: «¿Has visto sus manos sí o no? Estaban posadas una al lado de otra, cerca, muy cerca incluso, en el momento en que has empujado la puerta... Pero ¿cerca hasta qué punto?» Después de haber recorrido los solitarios pasillos del Instituto Superior de la Aeronáutica y el Espacio, iba tarareando *Driving Home for Christmas*, una canción de Chris Rea que ya nadie cantaba, cuando empujó la puerta. Todavía tenía copos de nieve encima del anorak blanco y las mejillas encendidas a causa del frío.

—Hola —había dicho, como una tonta, al verlos.

La sorpresa que le había producido ver a Denise era equiparable a la que había leído en sus ojos, y también en los de Gérald. Después había captado el movimiento. Más abajo. Sus manos... Sujetando el borde del escritorio. La izquierda de él, morena y fuerte, muy próxima a la derecha de ella, fina, elegante, coronada por unas uñas perfectas... No habría sabido decir cuál de los dos había apartado la suya, sólo había captado el movimiento. «¿Estaban cogidos de la mano cuando he entrado?» No estaba segura. De lo que sí estaba segura, en cambio, era de la incomodidad de ambos. Aunque, por supuesto, aquello no significaba nada, se apresuró a aducir su voz interior más razonable. Si ella hubiera estado en una habitación con otro hombre, casi tocándose, y Gérald hubiese entrado en ese momento inesperadamente, también se habría sentido incómoda. Sí. Salvo que eso nunca había sucedido. Salvo que no era la primera vez que aquellos dos estaban cerca el uno del otro, en una fiesta o en una barbacoa. Salvo que se encontraban los dos solos en un edificio prácticamente desierto. El día de Navidad. Y que se suponía que no debían estar allí. Christine había decidido darle una sorpresa a Gérald y, desde luego, lo había conseguido. Oh, sí, la sorpresa había sido mayúscula para todos...

—Hola —dijo... Y nada más.

Se había quedado petrificada, muda.

Notó que se le subían los colores a la cara, como si hubiera sido ella a quien hubieran pillado in fraganti. Pero ¿in fraganti respecto a qué? Por otra parte, también podía deberse al contraste entre el frío de fuera —incluido el que reinaba en el Saab a causa del mal funcionamiento de la calefacción— y la temperatura de los pasillos.

Sin embargo, había llamado a la puerta. Se le quedó grabada en la memoria la hora que marcaba el reloj de la pared: las 12.21 horas.

—Hola, Christine —respondió Denise—. ¿Cómo estás?

Tal vez Denise tuviera un nombre de pila algo pasado de moda, pero era lo único anticuado en ella. Tenía veinticinco años. Era más bien baja, pero contaba con los atributos de la belleza, una sonrisa capaz de arruinar a un dentista y un cerebro de doctoranda muy bien desarrollado. También tenía unos ojos del mismo color profundo y turbio de la bebida preferida de Gérald. Unos ojos caipiriña. Sin hielo... Gérald era su director de tesis en el ISAE.

Christine tenía la costumbre de clasificar a las amigas de Gérald en tres categorías: inofensivas, interesadas y peligrosas. Denise habría necesitado una categoría para ella sola: supremamente interesada/en absoluto inofensiva/muy peligrosa... «¿Cómo te parece que estoy? Te encuentro sola con mi prometido el día de Navidad en un edificio desierto, cuando ni tú ni él tendríais por qué estar aquí, y tan cerca el uno del otro que si él estuviera sentado tú ya estarías probablemente en su regazo, demostrando siempre un celo de doctoranda tan exagerado que raya en la pura y simple devoción. ¿Cómo crees que estoy, pues?»

Con todo, su sentido común le aconsejaba moderar su reacción.

Gérald seguramente no viese las cosas de ese modo. Los hombres nunca ven las cosas de ese modo. Lo miró de reojo. Él le correspondió con una sonrisa que sólo alcanzaba a calificar de relajada y que tenía el don de confortarla, de tranquilizarla. Pero esa vez no fue así. Ni mucho menos. En esa ocasión ella se percató de que la sonrisa no era tanto relajada como automática, un simple reflejo muscular, con un punto de nerviosismo. ¿O sería de irritación?

—¿No debíamos encontrarnos en casa de tus padres? —dijo.

Como si se tratara de una señal, Denise se apartó del escritorio impulsándose con sus bonitos brazos.

—Bueno, yo voy a marcharme. Al fin y al cabo, hay una vida más allá del trabajo... Además, esto puede esperar hasta el miércoles. Feliz Navidad, Christine. Feliz Navidad, Gérald.

Hasta su voz era perfecta, ronca y velada en la justa proporción. Se oyó respondiéndole lo mismo, pese a que en el fondo no le deseaba unas fiestas muy felices. La vio pasar y reparó en su perfecto trasero, moldeado por un vaquero ceñido, perfecto también. Una vez hubo cerrado la puerta, oyó los tacones que se alejaban por los pasillos del ISAE, completamente silencioso.

—¿Qué pasa? —preguntó Gérald—. ¿Es otra vez por lo de la carta?

Parecía contrariado. ¿Sería porque tenía otros proyectos para ocupar la siguiente hora? «Para ya...»

—¿La tienes?

Él hizo un gesto evasivo.

—Ya te he dicho que debió de quedarse en el coche. No lo he comprobado. ¡Vamos, Christine, no empieces otra vez con eso!

—No tardaré. Llevaré la carta a comisaría y después nos vemos en casa de mis padres, tal como habíamos quedado.

Él se apartó a su vez del escritorio y, con actitud resignada, cogió su abrigo de lana y la bufanda.

—¿No crees que es ir demasiado lejos? —comentó mientras caminaban por el pasillo.

—¿Qué haces aquí el día de Navidad? —preguntó ella sin poder evitarlo.

—¿Cómo? Tenía un asunto que resolver...

—¿Y Denise estaba aquí por ese mismo asunto?

Lo lamentó en cuanto lo hubo preguntado.

—¿Qué quieres decir?

Si la voz de Gérald hubiera sido un termómetro, habría acusado una vertiginosa bajada del mercurio.

—Nada...

Él empujó la puerta de cristal que daba al aparcamiento; el fuerte viento, nuevamente cargado de nieve, los golpeó.

—Sí, dilo de una vez. ¿Qué insinúas?

Se había enfadado demasiado. Gérald se enfadaba cada vez que sentía que lo habían pillado haciendo algo que no debía.

—No insinúo nada. No me gusta que esté siempre rondando a tu alrededor, eso es todo.

—Denise no ronda a mi alrededor. Soy su director de tesis. Y ella es una apasionada. Igual que yo. Es algo que deberías comprender. A ti también te gusta tu trabajo, ¿no? Tú también tienes ese ayudante, ese... Ilan, que bebe los vientos por ti. Y has trabajado el día de Navidad, ¿no?

Los argumentos se encadenaban con lógica, pero se trataba de una lógica un tanto sesgada, como no dejó de notar Christine; el propio tono era asimismo un poco forzado. Gérald abrió su coche, se inclinó hacia el interior y volvió a levantarse con el sobre en la mano; las ráfagas le agitaban el flequillo delante de las gafas.

—Hasta luego —dijo con sequedad.

Después se alejó hacia los edificios. Christine entró en el Saab y se sentó. Hacía frío dentro. Notó el cuero helado del asiento a través del vaquero. Al darle al contacto, la radio se encendió al mismo tiempo que el renqueante aire de la calefacción. Lou Reed cantaba que aquél era un día perfecto, ya ves. Encendió los faros y accionó el limpiaparabrisas para eliminar la fina película de nieve que se había depositado en él. Luego echó un vistazo a los asientos de atrás, donde se amontonaban los paquetes de regalos. El día anterior, después de la radio, había ido a varias tiendas y grandes almacenes. Había comprado un abrigo de invierno, cálido y elegante, para su madre, un cofre con la colección completa de las películas de Kubrick —complementado con el libro *The Stanley Kubrick Archives*— para Gérald, y un conjunto de lencería sexy para ella (mientras se miraba al espejo del probador había imaginado el efecto que causaría en Gérald, y la idea de recibirlo así la había alegrado y excitado, pero desde que había visto a Denise ya no la encontraba tan oportuna). Para su padre, había tenido que buscar más. Después de acordarse in extremis de que llevaba dos años seguidos regalándole una pluma, había acabado optando por una tableta táctil: la más barata del mercado.

También había comprado, por encargo de su madre, ostras, higos, queso parmesano, panecillos de Navidad trufados de frutas confitadas, un vino blanco aromático para el foie-gras y «café para comidas festivas». Se imaginó las guirnaldas, las velas, el fuego de manzano y de roble en la chimenea y, como siempre que iba a visitar a sus padres, cada vez con menor frecuencia según pasaban los años, casi sintió náuseas. Después distinguió el coche de Denise, un Mini rojo y blanco, todavía estacionado en el aparcamiento... y un leve vértigo se apoderó de ella de improviso.

Volvió la mirada hacia los edificios.

Una voz interior la animaba a esperar a que salieran, pero otra, más potente, la urgía a no hacer nada y marcharse de allí. Decidió escuchar la segunda. Arrancó despacio sobre la fina capa de nieve que cubría el suelo como si fuera talco. La segunda voz le reprochó su falta de confianza acusándola de ceder a la paranoia. No tenía ningún motivo para estar celosa. Al fin y al cabo, Denise no era la primera ni sería la última en revolotear en torno a Gérald.

«Tengo que aprender a confiar en los demás y en él especialmente.» Sabía de sobra de dónde provenía aquella falta de confianza. ¿Cómo podía fiarse de nadie cuando había sido traicionada por la única persona en el mundo que no debería haberlo hecho? Sí, todo venía de ahí, del agujero negro que durante tanto tiempo había absorbido la luz. La presencia de Denise en el despacho de Gérald no significaba nada, por supuesto que no. Había llegado justo en el peor momento para recordarle su falta de confianza en sí misma; estaban en su lugar de trabajo, no en una habitación de hotel o en un coche aparcado en pleno bosque. «¡Trabajan juntos, por el amor de Dios! No es culpa de tu novio que su mejor investigadora esté como un tren. Y que además sea brillante, simpática... y peligrosa...»

«Mentira —replicó la otra voz, la que había heredado del período oscuro—. No te engañes, guapa. ¿Has visto lo de las manos sí o no? En el fondo, eres bien consciente de que no es una cuestión de confianza, ¿verdad, Christine? No, es otra cosa. Una vez más, tienes miedo a mirar la verdad cara a cara.»

—¿Y por qué ha esperado tanto?

El policía la miraba con semblante impasible, impenetrable. Lo único que movía eran los dedos, para estrujar la fea corbata que llevaba.

—Era Nochebuena —respondió ella tras un instante de vacilación—. Es que... esa noche iba a conocer a los padres de mi novio... No quería llegar tarde.

—De acuerdo. —El policía consultó el reloj—. Pero es la una y cuarto. Podría haber venido antes.

—Trabajo en la radio y esta mañana tenía un programa. Además, hace cuarenta minutos que espero fuera.

—¿Y qué hace usted en ese programa? —preguntó el hombre, que de pronto parecía más interesado.

—Soy la presentadora.

Él sonrió.

—Ya decía yo que había oído su voz en alguna parte... Tengo una reunión dentro de media hora y, desgraciadamente, no dispongo de mucho tiempo.

Devolvió su atención a la carta que tenía desplegada ante sí con mayor interés. Como si el hecho de que ella fuera una personalidad pública cambiara las cosas.

—¿Qué le parece? —preguntó Christine al ver que el silencio se eternizaba.

—No sé. No soy psicólogo —reconoció con un encogimiento de hombros—. De todas maneras, anoche no nos informaron de ningún caso de suicidio, ni tampoco esta mañana. Por si eso la tranquiliza...

Había pronunciado aquellas palabras como si hablara de un simple atraco o del robo de un bolso.

—La carta me parece rara —añadió luego—. Tiene algo turbio.

—¿A qué se refiere?

—No sé... Es el tono... No parece verídico. ¿Quién se expresa de esa manera? ¿Quién pide socorro de esta manera? Nadie...

Pensó que tenía razón. Ella misma había tenido una sensación idéntica tras leerla por novena o décima vez. La curiosa impresión de que el texto tenía algo extraño, una anomalía, o incluso una amenaza, aparte de la del suicidio en sí.

El policía la observaba con atención.

—¿Y si esta carta no hubiera ido a parar a su buzón por error?

—¿Qué quiere decir?

—¿Y si la persona que la redactó quería que usted la leyera?

Sintió que la recorría un escalofrío.

—Eso es absurdo... Yo no tengo la más remota idea de qué habla.

El hombre seguía escrutándola con sus indagadores ojillos de policía.

—¿Está segura?

—¡Sí!

—De acuerdo.

—¿Hay otras huellas dactilares aparte de las suyas? —preguntó mientras doblaba la carta.

—Las de mi novio. Entonces, ¿de verdad va a ocuparse del asunto?

El hombre se miró las manos antes de volver a estudiarla a ella.

—Veré qué puedo hacer. ¿Cómo se llama su programa?

¿Estaba flirteando con ella? Buscó una alianza en sus dedos. No llevaba ninguna.

—«Las mañanas de Christine.» En Radio 5.

Él asintió.

—Ah, sí. Me gusta mucho esa emisora.

5

CONCERTATO

—Explíquenos en qué consiste su trabajo, Gérald.

Los iris azules de su madre, cargados de curiosidad, como en la época en que presentaba en la primera cadena aquel programa en el que recibía a todas las eminencias del país: actores, políticos, cantautores, pensadores. Por aquel entonces había menos cómicos, y la telerrealidad —ese equivalente televisivo de la alcantarilla a cielo abierto— no existía todavía.

Christine miró a sus padres, tan perfectos. Sentados uno al lado del otro en el sofá, cogidos de la mano igual que el primer día después de cuarenta años de matrimonio. En casa de los Steinmeyer se cultivaba la imagen perfecta, el detalle perfecto. Hasta llevaban la ropa combinada: pantalones y camisas de colores casi idénticos, pliegues impecables, armonía de gustos en cuanto a la indumentaria, lo culinario, lo artístico... Christine se percató de la ligera vacilación de Gérald cuando éste se lanzó a unas explicaciones que pretendían ser simples y didácticas, pero que acabaron siendo tediosas.

«Seguro que no esperabas encontrarte con el equivalente familiar de un plató de televisión. Es culpa mía, tendría que haberte avisado. Vaya, y yo que quería darte una sorpresa...»

—Pero todo esto debe de parecerles, bueno, aburrido —concluyó él ruborizándose—. Aunque tengo que reconocer que para mí es un oficio... apasionante, sí... Al menos para mí, en todo caso —consideró oportuno añadir.

«¡Ay, por el amor de Dios, Gérald! ¿Qué se ha hecho de tu dichoso sentido del humor?»

Gérald le dirigió una mirada en busca de apoyo. Su madre esbozaba una sonrisa llena de indulgencia. Christine conocía aquel gesto. También reconoció el vistazo que le lanzó a ella. Allí, en sus ojos, estaba la mirada que habría dedicado a un invitado particularmente falto de carisma veinte años atrás, en el plató de su programa: «Domingo en la Primera.» Empezaba a las cinco de la tarde, todos los domingos. Después había pasado un período en blanco, tras el cual había dirigido un magacín semanal ya en declive; un declive relativo que se había transformado en muerte lenta con la entronización de internet, cuando mucha gente había empezado a considerar que los periodistas tradicionales eran anticuados o estaban comprados y que una información de tres líneas en un periódico gratuito o un tuit de un máximo de ciento cuarenta caracteres bastaban como alimento intelectual.

—No, no, no —mintió su madre con descaro—. Lo encuentro realmente apasionante, francamente. —Siempre hay que desconfiar de las personas que emplean «realmente», «francamente», «sinceramente» a diestro y siniestro: y sin embargo había sido su madre quien le había enseñado aquello—. Aunque debo reconocer que no lo he entendido todo. ¿A qué esperas para invitarlo a tu programa, cariño?

Ambas soltaron unas carcajadas de complicidad.

«¿Para que duerma a mis oyentes? —pensó Christine—. No, eso sería demasiado cruel...»

¿Y su padre qué hacía mientras tanto? Sonreía. Asentía con la cabeza. Les dejaba llevar la batuta de la conversación, con la mirada ausente.

—Eh... este vino es excelente —alabó Gérald.

—Sí —dijo su madre—. Francamente, cariño, Gérald tiene razón, tu vino es una pura maravilla.

—Grand-Puy-Lacoste del 2005 —informó lacónicamente su padre.

Se inclinó para volver a servirles. Christine se preguntó en qué momento sacaría a colación a Madeleine y cómo abordaría el tema. Porque tarde o temprano su padre iba a hablar de ella, aunque sólo fuera de pasada o de manera alusiva, con un breve temblor en la voz. Era algo tan inevitable como el pavo de Navidad. Madeleine había muerto hacía diecinueve años, y desde entonces su padre guardaba luto, un luto constante, permanente... casi profesional.

«—¿A qué se dedica usted?

»—Fui periodista, escritor, presentador de radio y de televisión. Seguramente habrá oído hablar del programa "El Gran Desbarajuste"...

»—¿Y en la actualidad?

»—Me dedico al luto, ponga al luto...»

Su entrada en la Wikipedia indicaba que Guy Dorian, seudónimo de Guy Steinmeyer, era un periodista y escritor francés nacido el 3 de julio de 1948 en Sarrance —Pirineos Atlánticos—, que había presentado durante veinte años el programa radiofónico diario más célebre de Francia, creado el 6 de enero de 1972 y que llegó a contabilizar 6.246 emisiones, en el curso de las cuales había entrevistado a los más destacados artistas, políticos, deportistas, escritores, científicos... e incluso a tres presidentes, dos de ellos en ejercicio. (Christine se acordaba de algunos nombres entre los centenares de invitados del programa: Brigitte Bardot, Arthur Rubinstein, Chagall, Sartre...) Después había pasado a la televisión, donde había tenido el mismo éxito. Así fue al menos antes de que a las agencias de publicidad que compraban tiempo de antena les diera por decidir la programación y de que un programa que ocupaba toda la velada centrado en un solo invitado —un programa en el que además se decían cosas interesantes, cosas inteligentes e incluso cosas íntimas— se convirtiera en algo inimaginable en una hora de máxima audiencia.

—Estamos tan contentos de conocerlo por fin... —dijo su madre—. Christine nos ha hablado mucho de usted.

«¿Ah, sí? ¿Cuándo?»

Gérald, confuso, miró a Christine.

—Sí... Ella también me ha hablado mucho de ustedes.

Era una gran mentira que sonó como tal.

—Y estamos tan contentos de que por fin haya encontrado la horma de su zapato...

«Oh, no, por favor, eso no.»

—Christine es una persona que sabe lo que quiere —declaró por fin su padre.

La pareja perfecta volvía la cabeza hacia ella, como un par de robots bien sincronizados.

—Por eso estamos tan orgullosos de nuestra hija —lo secundó su madre.

Sus progenitores posaron una vez más la vista en ella. Aunque en su expresión se traslucía menos orgullo del que Christine trataba de percibir.

—Quiso seguir nuestras huellas, y trabaja duro para conseguirlo.

—Estamos muy orgullosos de ella —reiteró su padre—. Siempre hemos estado orgullosos de nuestras hijas.

—¿Christine tiene una hermana?

Ése era Gérald.

Ya estaba... Notó el sabor de la bilis en la garganta.

—Madeleine era la hermana mayor de Christine —se apresuró a explicar su padre y, por un instante, la voz le mudó como la de un adolescente—. Murió en un... accidente. Maddie tenía todos los dones, todos los talentos... Para Christine no era fácil vivir a su sombra. Pero salió adelante y está demostrado que tiene temple.

Un recuerdo se abrió paso... como un flash brutal de la memoria. El verano del 91, en la casa de Bonnieux. Los amigos al borde de la piscina, tan numerosos y con caras tan familiares a fuerza de verlas en la pantalla que aquello parecía un plató de la tele en carne y hueso. Y Madeleine en medio. Madeleine —trece años pero con aspecto de dieciséis con sus pechos de mujer bajo la camiseta, sus caderas de mujer y sus pequeñas nalgas redondeadas de mujer resaltadas por el ceñido pantalón corto—, que servía la comida captando la mirada de los hombres, jugando con una alegre inconsciencia de sus encantos, probando el efecto de sus poderes precoces en las libidos masculinas —¿la había visto Christine realmente así?, ¿a los diez años?, ¿o era que su memoria reconstruía la escena a posteriori?—, imitando y eclipsando como una ninfa ingenua y pequeña a las hembras adultas... cosa que Madeleine nunca llegaría a ser: una Baby Doll atrapada para siempre en un cuerpo de niña-mujer. Toda referencia a su hermana la alteraba hasta tal punto que el rostro de ésta acababa flotando siempre delante de ella. Volvía a verla dejando la bandeja encima de una mesa de hierro, quitándose despacio el pantalón corto de tela vaquera y la camiseta sin mangas para dejar al descubierto, con un gesto cándido pero infinitamente provocador, su cuerpo menudo, sus piernas bronceadas y su escueto bikini azul, que llenaba de manera sorprendente para su edad. Y Christine había visto —creía haber visto, se figuraba, imaginaba— a los hombres que había alrededor acariciando con la mirada la inquietante perfección de aquel joven cuerpo prenúbil —«salvo en Irán», señaló la feminista que llevaba dentro—, al tiempo que se esforzaban en negar su propia concupiscencia —era como si sus miradas se tornaran brumosas y ausentes— antes de que la turbadora Lolita diera tres pasos, ligeros como un soplo, hacia el borde de la piscina y reventara con una zambullida perfecta la superficie acariciada por la luz del atardecer. Salvas de aplausos. Explosión de alegría. Alivio. Y toda la tensión bruscamente liberada en un resurgir salvador... Señoras y señores: la reina de la velada. Y no sólo de aquélla. Madeleine era la reina las veinticuatro horas del día... mientras Christine permanecía condenada al papel de dama de compañía.

Cruzó una mirada con Gérald, captó su perplejidad. «No me habías hablado nunca de tu hermana... Tampoco me habías dicho que tus padres eran... por Dios... famosos...»

Le agradeció que se callara.

—Cuando era pequeña —dijo su madre sonriendo—, Christine se desvivía por estar a la altura de su hermana.

«Oh, no, por piedad, no empieces tú también, mamá.»

—Como cuando su padre le enseñó a nadar...

Se echó a reír. Sin embargo, su padre no rió, y tampoco la miró. Tenía la vista posada en sus largas manos.

—Fue muy laborioso, pero ella perseveró. No quería renunciar. Nunca. Así es Christine. Tuvo ante los ojos un modelo muy difícil de igualar durante su infancia...

Sí, fue su padre quien le enseñó a nadar; fue él quien le hizo descubrir *La llamada de la selva*, *Veinte mil leguas de viaje submarino* y *El libro de la selva*; y también fue él quien la acompañó a sus primeras sesiones de cine. Y no obstante, por más tierno, indulgente y bromista que hubiera sido siempre con ella —«¿Qué? Yo también tengo derecho a un beso, ¿no?, no sólo tu madre ¿eh, monito?»—, siempre lo había sido un poco menos que con su hermana. Con Madeleine, la cosa era distinta. Entre ellos existía un vínculo que sólo podía calificar de... superior. («Para ahora mismo con eso», le ordenó su voz interior.) Pero era la verdad, ¿no? «¿Me quieres?», le había preguntado un día a su padre... Fue el día en que cumplió diez años, se acordaba. «Por supuesto que te quiero, miquito...» Le encantaba que la llamara así, con su amplia sonrisa de personalidad televisiva y su voz profunda, reconocible entre un millón. La hacía estallar en carcajadas y, al mismo tiempo, le ponía carne de gallina. Pero no había dicho «mi»... Con Madeleine, siempre era «mi cariño», «mi colibrí», «mi rayo de sol»... Madeleine nunca le había preguntado a su padre si la quería. Porque no tenía necesidad. Lo sabía...

Aunque lo negara, aunque lo disimulase y aunque estuviera convencido de haber repartido de manera equitativa las demostraciones de afecto paternal —«¡Caray, chica, cómo te expresas a veces!»—, su padre siempre había preferido a Maddie. Ya a los diez años, con su pequeño cerebro inmaduro, Christine lo había comprendido de manera instintiva.

Lo más irónico era que, físicamente, era ella quien más se le parecía. Cuántas veces se lo habían comentado: «tienes la misma cara de tu padre», «tienes su manera de hablar», «tienes sus ojos», «tienes...».

—Dios santo, ¡habrías podido avisarme!

Gérald, en el coche.

—¿Avisarte de qué?

Sus ojos se veían redondos como canicas.

—¡De que tus padres eran famosos!

—¿Famosos? ¿Cuánta gente se acuerda de ellos?

«Mucha», respondió la voz. Quince años después de la difusión de sus últimos programas, sus padres seguían recibiendo kilos de cartas cada año. La fama era como algunos cánceres: dejaba metástasis por todas partes.

—¡Pues yo me acuerdo! Recuerdo que encontraba a mi madre pegada a la radio cuando volvía del colegio, escuchando con fervor la voz de tu padre mientras entrevistaba a algún político, un artista o un intelectual. Y aquella famosa sintonía...

—Georges Delerue —precisó ella a regañadientes.

—Sí.

Gérald tarareó algunos compases. Clavecín, órgano Hammond y flauta, recordó Christine. Una música intemporal... una llave de acceso a la infancia, una magdalena musical.

—¿Eres consciente de que aquellos programas cambiaron nuestra manera de ver el mundo? ¿De que formaron a toda una generación? ¡Y tu madre! ¡Cuántas veces me encontré con ella al encender la tele durante mi adolescencia! ¿Por qué no adoptaste su apellido?

—¡Es que éste es mi apellido! —replicó ella con vehemencia—. ¡No veo por qué razón tendría que cambiarlo!

—De todas maneras, habrías podido avisarme...

—Perdona, quería darte una sorpresa.

—Pues lo has conseguido. Tus padres son increíbles. Increíbles... Qué pareja tan perfecta forman. ¿Cuántos meses hace que salimos? Y nunca me habías hablado de ellos. ¿Por qué?

«Buena pregunta.»

—No son mi tema preferido.

Mierda... Cerró el Saab y cruzó la calle nevada en dirección al edificio. Un paisaje lleno de montículos, de relieves insólitos y de trampas que le producía una sensación tan extraña como si caminara por la Luna. Tenía un principio de náuseas y el estómago a punto de estallar. Pensó que había algo indecente en aquel despilfarro anual de comida.

«Algo obsceno...»

Tan obsceno como la pena de su padre. A veces Christine sentía un resentimiento atroz hacia él a causa de aquella especie de duelo inacabable en el que se había encerrado. Le daban ganas de gritarle: «¡Nosotras también la perdimos! ¡Nosotras también la queríamos! ¡Tú no tienes el monopolio de la pena!» Ya lo habían operado una vez de un cáncer de las glándulas salivares. ¿Cuándo desarrollaría el próximo? Por un instante, Christine se preguntó si uno podía suicidarse por medio del cáncer.

Estaba tan agitada que tuvo que marcar dos veces el código de la entrada. El portal, oscuro y frío, la acogió como un sepulcro. Con un estremecimiento, lo atravesó hasta los buzones. Abrió el suyo con aprensión. «No hay correo.» Christine respiró de nuevo. Luego descubrió el cartel «NO FUNCIONA» en la reja del ascensor y soltó una palabrota. Con un encogimiento de hombros, se dijo que era la conclusión lógica de un día catastrófico.

Empezó a subir la escalera, que, como el resto del edificio, estaba sumida en un completo silencio. Se demoró un poco en el segundo piso, cuando el temporizador se paró, y captó algunos retazos apagados de sonidos de televisores y gritos de niños a través de las puertas. Después reanudó el ascenso sin encender la luz. Tenía suficiente con la claridad gris que entraba por el tragaluz del techo.

Se sentía cansada, desmoralizada. Aquel día había sido un absoluto desastre de principio a fin.

«Tus padres son increíbles. Increíbles... ¡Qué pareja tan perfecta forman!»

«Mi pobre Gérald, tienes unas salidas tan cómicas...»

De su rellano no llegaba ningún ruido, pero era normal, ya que su vecina era más silenciosa que un ratón... excepto cuando abría la maligna boca. Le quedaban dos escalones por subir cuando empezó a notar el olor.

Se tapó la nariz.

¡Qué olor tan raro! Flotaba en el aire. No se trataba del tufo —desagradable pero habitual— de la moqueta polvorienta y raída de la escalera.

Era un olor fuerte.

«Como de amoníaco...»

Christine tragó saliva. Apestaba a orina. «Puaf, qué horror.» Avanzó hacia la puerta de su apartamento. El olor venía de allí. «Agh, qué asco, realmente asqueroso...»

Apretó el interruptor de la luz y se agachó tratando de respirar por la boca en lugar de por la nariz; reprimió una arcada: la parte baja de la puerta y su felpudo estaban mojados... Un charco se extendía debajo. Un animal había orinado en su puerta hacía poco. «Mierda.» Lo raro era que su vecina de rellano no tenía ningún animal. Abominaba de «esa gente que se preocupaba más de los animales que del resto de la humanidad», tal como le había explicado un día al ver pasar a la vecina de arriba con su caniche. ¿Habría sido el caniche del último piso, precisamente, que no habría esperado hasta llegar a la calle? Era la primera vez, pero su dueña podría haber limpiado de todas maneras... Christine se dijo que se lo señalaría la próxima vez que la viera. El teléfono fijo eligió ese momento para ponerse a sonar al otro lado de la puerta.

Revolvió en el bolso en busca de las llaves. Como siempre, éstas se encontraban bien al fondo, bajo un caos de kleenex, auriculares, chicles de menta, bolígrafos y barras de labios... El timbre seguía sonando, imperioso e impaciente, dentro del piso.

Abrió la puerta. Saltó la mancha oscura del felpudo, dejó caer el bolso abierto sobre el sofá y se precipitó hacia el teléfono.

—¿Diga?

Una respiración lenta al otro lado de la línea.

—¿Diga? —repitió.

—Podrías haber salvado a esa pobre mujer, Christine... Pero no lo hiciste... Ahora es demasiado tarde.

Se sobresaltó. Era una voz de hombre. El corazón se le aceleró en el pecho.

—¿Quién habla?

No hubo respuesta. Sólo la respiración, pero ya había reconocido la voz: cálida, profunda, vagamente sibilante, con un ligero acento... y la misma impresión de que el hombre estaba rodeado de sombra, de que hablaba desde el fondo de la oscuridad.

—¿Quién es usted? —preguntó.

—¿Y tú, Christine, sabes quién eres? ¿Quién eres realmente? ¿Te lo has preguntado alguna vez?

Aquel individuo la llamaba Christine. ¡La conocía! Recordó las palabras del policía: «¿Y si esta carta no hubiera ido a parar a su buzón por error?»

Al contestar, oyó el eco de su propio miedo en su voz.

—¿Quién habla? Voy a llamar a la policía.

—¿Y qué vas a decirles?

El tipo no parecía estar nada nervioso. Su calma y su aplomo multiplicaron el pánico de Christine.

—Hice lo que pude. Le he dado la carta a la policía —se justificó con un zumbido en los oídos, como si fuera normal que se justificara con un desconocido—. ¿Y usted, qué...?

«¿No te sientes mal por haber dejado morir a alguien?»

—¿...ha hecho? ¿Y cómo ha conseguido mi número de teléfono?

—Bah... Me temo que no sea suficiente. Ni mucho menos. Pienso que habrías podido hacer mucho más. Pero no tenías ganas de fastidiarte la Navidad, ¿verdad?

—Dígame quién es o...

«Hablas de solidaridad, pero dejaste que alguien se suicidara la noche de Navidad.»

—...cuelgo. ¿Qué quiere de mí?

Era como si tuviera un avispero en el cráneo.

—¿Te gusta este juego, Christine?

No respondió. ¿A qué juego se refería?

—Christine, ¿me oyes?

Sí, claro que lo oía, pero ya no tenía fuerzas para pronunciar ni una palabra.

—¿Te gusta? Porque no ha terminado. Qué va. No ha hecho más que empezar.

6

SOLISTA

Servaz observaba el paquete con la garganta seca. Tenía la impresión de que unas zarpas le acariciaban la nuca, de que se le hundían en el pecho. El paquete era, no obstante, mucho más pequeño que la vez anterior. El matasellos indicaba que lo habían enviado desde Toulouse, aunque eso no significaba nada, desde luego. De todas formas, aquella vez no podía tratarse de una caja isotérmica, en vista del tamaño. Medía unos once por nueve centímetros.

Tampoco llevaba un nombre de remitente ficticio, como el del señor Osoba...

Tras un titubeo, desgarró el papel de regalo con un ruido seco. Sabía que no debería haberlo hecho; debería haber llamado a la policía científica para que examinara el paquete desde todos los ángulos, lo recubriese de polvo revelador, lo metiera en una bolsa precintada y lo llevase al laboratorio. Pero no habían encontrado nada en el envío anterior, y estaba convencido de que tampoco habría nada detectable en aquél.

La caja era de cartón rígido de color gris perla y la tapa encajaba perfectamente. Después de mirar el paisaje nevado por la ventana, respiró hondo y la levantó lentamente con dedos temblorosos. Hundió la mirada en el fondo de la caja. Sus pulmones fueron llenándose de aire a medida que lo invadía el alivio: no era lo que había esperado. Un dedo, eso era lo que temía encontrar. O un mechón de pelo.

Una oreja... En lugar de eso, tenía ante sí un pequeño rectángulo de plástico blanco con un logotipo rojo que representaba una corona, una llave y las letras «T» y «W».

«GRAND HOTEL THOMAS WILSON»: estaba escrito justo debajo, en caracteres pequeños.

Una llave de hotel electrónica... También estaba el número de la habitación, 117, y un trozo de papel doblado debajo, sobre el fondo de satén rojo. Lo desplegó.

Cita mañana habitación 117

Un escritura redonda, fluida, ligada. Tinta azul... ¿Femenina?

Se preguntó qué mujer podría tener ganas de citarse en un hotel de lujo con un policía depresivo. Y de qué clase de cita se trataba. ¿Una cita galante? ¿Qué podía ser, si no, en una habitación de hotel? «¿Charlène?» Había ido a verlo en un par de ocasiones a lo largo de su «convalecencia». Charlène Espérandieu no era sólo la mujer más guapa que hubiera conocido nunca, sino también la esposa de su ayudante. Cuatro inviernos antes, Servaz y ella habían estrechado su relación hasta llegar casi al punto de cometer lo irreparable. Y es que además Charlène era una mujer muy interesante. Claro que, en el momento en que habían experimentado aquella irresistible atracción mutua, ella estaba embarazada de siete meses, a lo que había que sumar que Vincent era su mejor amigo... Por lo demás, él era el padrino del niño.

Después, Marianne había regresado a su vida y Charlène Espérandieu se había sumergido en la bruma de una existencia que habría podido ser, pero que había permanecido en estado embrionario. No obstante, las dos veces en que había ido a visitarlo allí, no sólo había causado una fuerte impresión en los residentes con quienes se había cruzado, sino, de alguna manera, también en él mismo. Sabía que se debía a su estado de vulnerabilidad, depresión y soledad. Era una presa fácil y Charlène seguía igual de guapa, igual de sexy, igual de encantadora.

Igual de perdida...

¿Sería ella la que le proponía una cita? Y en caso afirmativo, ¿por qué así de repente? ¿Por qué entonces?

¿O es que aquella llave tenía otro significado?

Volvió a observarla y sintió un escalofrío. Servaz ya había entrado en aquel hotel de la plaza Wilson, uno de los más lujosos de Toulouse, en el curso de una investigación. Debajo del nombre había un número de teléfono. Sacó el móvil.

—Grand Hotel Thomas Wilson.

—Querría reservar una habitación.

—Sí, señor. ¿Normal, superior o suite?

—La ciento diecisiete.

Al otro lado de la línea se produjo un silencio.

—¿Para cuándo la necesita?

—Para mañana.

Oyó teclear.

—Lo siento, esa habitación ya está reservada. Pero puedo proponerle otra similar...

—No, gracias. Ésa es la que quiero.

—¿Puedo saber por qué desea ésa en concreto? —El tono era ahora de recelo—. Es una habitación muy bonita, desde luego, pero tenemos otras igual de...

—Ya le he dicho que la que quería era ésa.

Un nuevo silencio.

—Bien, en tal caso, sólo veo una posibilidad: tengo su número de teléfono, así que si hubiera una anulación, le avisaría de inmediato, ¿señor...?

Dudó un segundo. ¿Por qué no, a fin de cuentas?

—Servaz —dijo.

—¿Ha dicho «Servaz»: S-E-R-V-A-Z?

—Sí, ¿por qué?

—No lo entiendo, la verdad. La habitación está reservada precisamente a ese nombre.

7

VIBRATO

Soñó que corría por un bosque, perseguida por algo terrible y monstruoso. Aunque no sabía qué era, no abrigaba dudas sobre el carácter espantoso de la cosa que tenía detrás. Distinguía una vieja granja con sus dependencias entre los árboles. Exhausta, se derrumbó a tan sólo unos metros de la puerta, sobre la nieve. Cuando levantó la cabeza, su padre se encontraba en el umbral, en camiseta, con un pantalón alto con tirantes y zapatones de campesino. «Hay una carta para ti», dijo. La arrojó al suelo delante de ella y cerró de un portazo. En aquel momento se despertó.

Miedo. Sudor. Ritmo cardíaco alterado. Pum-pum-pum...

Se incorporó de golpe y abrió los ojos y la boca: la taquicardia seguía desatada en su pecho. Las axilas, la frente, la espalda; empapados. El sudor había mojado las sábanas. Un pálido sol de invierno se insinuaba como una fiebre entre las lamas de las persianas. ¿Cuánto tiempo habría dormido?

Las 8.01 horas.

«¡Oh, no, otra vez no!» Tenía la boca pastosa; recordó que había tomado un somnífero la noche anterior. El primero desde hacía mucho. Un somnífero y un gin-tonic. No, dos gin-tonics... Se levantó con los ojos hinchados de sueño; en cuanto se movió, *Iggy* se precipitó encima de la cama para lamerle la mejilla y cosechar su ración matinal de mimos. Christine lo acarició maquinalmente. Los recuerdos flotaban en su cerebro, inconexos como jirones: «la comida de Navidad, la llamada durante el programa, la mancha de orina en el felpudo y, para acabar, ese individuo al teléfono...».

Se obligó a respirar más despacio. Escuchó el silencio del piso, como si pudiera haber alguien dentro. Volvió a escuchar...

Nada. Excepto *Iggy*, que se impacientaba. La miraba con los ojillos tiernos y redondos, sin comprender. La pequeña lengua rosada asomaba bajo el hocico negro. Christine se levantó, salió de la habitación y entró en el cuarto de baño. Se abrió paso entre las montañas de camisetas, sábanas enrolladas, bragas y toallas húmedas hasta el lavabo, donde llenó de agua el vaso del cepillo de dientes. Se la bebió de un trago. La luz del techo seguía parpadeando y la ponía nerviosa. Entró en el salón-cocina para servirse café en un tazón. En el momento de abrir la nevera, se dio cuenta de que no tenía hambre.

Volvió a pensar en la mancha de orina...

La noche anterior no había tenido ánimos para limpiarla. Se había limitado a cerrar la puerta con dos vueltas de llave. Se encaminó a la entrada y abrió. El olor seguía allí, aunque reducido a un vago tufo residual que obligaba a arrugar ligeramente la nariz. Sin más.

No tenía tiempo de ocuparse de eso antes de marcharse. Decidió que lo más sencillo sería tirar el felpudo y sustituirlo por otro nuevo. Aquella noche lo bajaría directamente al cuarto de las basuras. Ni por asomo pensaba entrar aquello —fuera lo que fuese— en su piso.

De repente, se le ocurrió una idea —desagradable, malsana, perturbadora—. «¿Y si NO era orina animal?» El teléfono había sonado justo cuando llegó delante de la puerta. No podía ser una coincidencia... Alguien la había estado esperando, espiando... ¿El hombre que también la había llamado a la radio? ¿Era posible que hubiera hecho pis en su puerta? Sólo de pensarlo le dio una arcada y retrocedió un paso, observando con repugnancia el felpudo sucio. El miedo apareció como un efecto secundario al pensar que quizá hubiera estado allí, sentado en la escalera, justo encima, acechando su llegada. Miró con aprensión en dirección a la caja de la escalera. Luego volvió la vista hacia el ascensor, con el pulso acelerado. Por si acaso, tendió la mano y apretó el botón. Enseguida se hizo audible el ronroneo del motor y los chirridos de la cabina, que se ponía en marcha en el fondo del hueco...

¿Era también él quien había hecho que no funcionara el ascensor? ¿O es que estaba volviéndose paranoica?

«La radio...»

El tiempo corría. ¡Nunca había llegado tarde —jamás en siete años— e iba a hacerlo dos días seguidos! Se apresuró a volver al piso y cerrar la puerta.

Bajo la ducha, de pronto pensó que lo único que la separaba de aquel desconocido era una cerradura vieja y sin duda ineficaz. Tenía que hacer que se la cambiaran cuanto antes y añadir un cerrojo interior. Con urgencia... Después de secarse, se acercó al ordenador envuelta en una toalla y tecleó un momento para abrir las páginas amarillas en línea. Los tres primeros cerrajeros que logró contactar le respondieron que no podrían ir hasta al cabo de varios días. Miró el reloj de la pared. Las 8.25 horas. «¡Date prisa!»

—Esta tarde a las cinco, ¿le conviene? —respondió el cuarto.

—Perfecto.

Le dio la dirección y colgó. Luego se vistió a toda velocidad. Nada de maquillaje aquel día, no había tiempo. *Iggy* estaba sentado delante de la puerta meneando la cola alegremente. A Christine se le encogió el corazón. La noche anterior ya había tenido que renunciar a sacarlo y él había orinado dócilmente en la caja llena de papel de periódico prevista para casos de urgencia. Le había dado pánico la idea de salir a la calle después de lo ocurrido, y el perrillo había aguardado en vano su paseo, realizando idas y venidas cada vez más mortificadas e incrédulas entre la puerta y ella.

Hacía más de veinticuatro horas que ese perro no había asomado el morro fuera...

—Lo siento mucho —le dijo al tiempo que le rascaba la estrecha cabeza con un nudo en la garganta—. De veras lo siento, *Iggy*. Te prometo que esta noche daremos un largo paseo, ¿vale?

El animal le dirigió una mirada interrogativa sin comprender por qué se veía privado una vez más de salir.

—Te doy mi palabra. Un paseo muy largo...

No obstante, lo cierto era que la aterrorizaba la idea de tener que afrontar de noche las calles desiertas con ese loco suelto.

—¡Por el amor de Dios, Christine! ¿Qué demonios hacías?

—¡Perdón, no volverá a ocurrir!

Quiso pasar deprisa delante de Guillaumot, el director de programación, pero éste le posó una mano en la muñeca.

—Ven a mi despacho.

—¿Cómo? Pero si ya vamos con retraso, ¡faltan menos de veinte minutos para que empiece el programa!

—Da igual. Tengo que enseñarte una cosa.

El tono de sus palabras le puso la mosca detrás de la oreja. Guillaumot se apartó para dejarla pasar y después cerró la puerta de su despacho tras ella. En el interior, carteles que elogiaban las virtudes de la radio en las paredes, una cafetera de cápsulas y un ordenador que difundía continuamente los programas. El director se inclinó hacia la cafetera.

—¿Quieres uno?

—¿Hay tiempo?

—¿Expreso o largo?

—Corto, con un terrón.

Guillaumot dejó la taza delante de ella y se sentó en su silla. Entonces entrelazó los dedos y clavó la mirada en los ojos de Christine.

—Yo... siento mucho el retraso —empezó a disculparse ella.

Él restó importancia al asunto con un gesto y una sonrisa comprensiva en los labios.

—No tienes que preocuparte por eso; siempre has llegado a la hora, Christine. ¿Cuánto hace que trabajamos juntos? ¿Seis o siete años? Y nunca te he visto llegar tarde. ¿Puedo hacer algo por ti? ¿No estarás incubando una gripe o algo así? Hay mucha gente que la tiene últimamente...

—No, no, de ninguna manera.

El director inclinó la cabeza, tranquilizado.

—Tanto mejor, sí... ¿Y cómo va el ambiente en este momento?

Por un instante, ella se preguntó adónde quería ir a parar.

—Pues... no seré yo la que te enseñe cómo son las cosas en la radio —respondió—. Va bien... ¿por qué?

—Y con Becker, ¿qué tal va?

Christine esbozó una sonrisa.

—Ya conoces a Becker... y el carácter que tiene. Eso nunca me ha preocupado. No veo por qué debería empezar a hacerlo ahora. Oye, gracias por el café, pero tengo que...

Pero él la interrumpió con un gesto, abrió un cajón y sacó dos tubos de medicamentos. Se los tendió.

—¿Qué es esto? —preguntó Christine.

Guillaumot la sondeó con la mirada.

—Eres tú la que tiene que decírmelo.

Miró las etiquetas. «XANAX», un potente ansiolítico. «FLOXYFRAL», un antidepresivo para casos de depresión grave y trastornos obsesivo-compulsivos. Química agresiva para problemas de importancia. Christine miró una vez más los dos tubos y, después, al director de programación. No comprendía nada.

—No lo entiendo —dijo frunciendo el ceño.

—¿Estás segura de que todo va bien, Christine? Últimamente estás rara... ¿No tienes nada que decirme?

Ella volvió a pensar en lo que había pasado la noche anterior, en la llamada del hombre. Tenía ganas de hablar con alguien, pero no con él, desde luego. No se tenían nada de confianza. Gérald; tenía que hablar con Gérald de lo ocurrido.

—Perdóname —prosiguió Guillaumot—. No tendría que haber hurgado en tus cajones... pero buscaba la lista de los próximos invitados y me he topado con esto... ¿Estás segura de que no quieres hablar de ello?

—¿Dices que los has encontrado en mi cajón?

Él la miró con esa expresión que adoptan los polis de las series delante de un culpable que niega la evidencia.

—Vamos, Christine... Soy tu amigo... Puedes...

Sintió que se ponía colorada.

—¡No sé cómo ha ido a parar eso a mi cajón! Alguien ha debido de equivocarse de escritorio... ¡No es mío!

Guillaumot no pudo reprimir un suspiro.

—Escucha. Todos tenemos altibajos...

—¡No es mío, MIERDA! ¿Cómo tengo que decírtelo?

Había levantado la voz. El director la observó con las cejas enarcadas. Y antes de que pudiera añadir nada más, Christine salió dando un portazo y se encaminó a su despacho bajo el fuego graneado de todas las miradas del espacio abierto.

—Joder, Chris, ¿dónde estabas? —exclamó Ilan—. ¿Has visto la h...?

Calló de inmediato al ver su mirada.

—Cierra el pico, ¿vale?

—Reunión dentro de cinco minutos, Christine.

Esa vez ni siquiera se tomó la molestia de mirarla. Se metió en su despacho. Ella apretó los dientes y contempló sus correos electrónicos en la pantalla del ordenador. Había vuelto a pifiarla de nuevo. Pero ¿cómo iba a concentrarse con ese loco cuyas palabras le comían el cerebro? ¿Y cómo habían ido a parar aquellos medicamentos a su cajón? Suspiró, cerró los ojos y volvió a abrirlos al cabo de un instante. Echó un vistazo a su alrededor.

Sentado al escritorio de al lado, Ilan estaban tan colorado que parecía a punto de estallar. Tampoco él se atrevía a mirarla. Fingía estar absorto en las revistas y los periódicos que tenía abiertos delante para la próxima revista de prensa... pero el bolígrafo le temblaba de furor en la mano.

—¡Joder! ¿Has visto esto? —dijo de repente.

Christine lo miró inquieta. El bolígrafo seguía temblando, igual que su voz.

—¡Una madre llamó a su hijo, nacido un once de septiembre, Yihad! Y lo mandó a la escuela con una camiseta en la que había escrito: «NACÍ UN ONCE DE SEPTIEMBRE, ¡SOY LA BOMBA!» Parece que esas camisetas se venden sin problema y que tienen bastante éxito... Un niño de tres años, mierda... ¡Fue su tío quien se la regaló! ¿Y sabes cuál fue la defensa de su abogado? «Si mi cliente hubiera querido utilizar a su hijo de tres años para hacer apología del crimen, no le habría puesto esa camiseta para ir a la escuela, rodeado de niños que no saben leer, sino que lo habría hecho pasear por toda la ciudad...» Increíble, ¿eh? ¿Puedes creerlo? ¿Es que acaso los profesores y los padres de los alumnos no saben leer?

Negó con la cabeza, indignado. En ese momento, el teléfono de Christine empezó a vibrar en su bolsillo. Sintió un escalofrío. La pantalla indicaba número desconocido.

—¿Diga?

—¿Christine Steinmeyer?

Era una voz de hombre, pero no la de la noche anterior; se trataba de una voz sin acento, menos grave, menos insinuante.

—Soy yo —contestó con cautela.

—Aquí la comisaría. La llamo a propósito de la carta que nos trajo ayer.

Su admirador: se había dado prisa.

—¿Podría pasar a vernos?

—Bueno... es que estoy trabajando.

—Pues pase en cuanto termine. Pregunte por el teniente Beaulieu en recepción.

Ella le dio las gracias y colgó. Se percató de que había recibido un mail nuevo. Lo clicó. El «Asunto» era «JUEGO». La dirección del remitente, malebolge@hell.com, le resultaba desconocida, de modo que estuvo a punto de mandarlo directamente a la papelera, pero el mensaje le llamó la atención en el último momento:

Échale un vistazo a esto
Gérald

Frunció el ceño. ¿Por qué Gérald le escribía desde una dirección desconocida? ¿Sería una broma? En tal caso, era de lo más inoportuna.

Hizo clic en el enlace.

Eran imágenes en formato jpeg.

Inició la descarga y el lector multimedia se abrió enseguida. La primera foto representaba una terraza de café. Unos clientes estaban sentados a las mesas redondas, en la acera, de espaldas al cristal: una pareja de estudiantes, una anciana con un chihuahua atado a la pata de la mesa, un hombre con gabardina que leía un periódico... ninguna cara que le resultara conocida. El diaporama se había puesto en marcha y una segunda foto sucedió a la primera al cabo de dos segundos. Christine tragó saliva. Una sirena empezó a aullar en su cerebro, como si fuera un submarino dotado de sónar. «¡Zafarrancho de combate! ¡Todo el mundo a sus puestos!» La segunda foto mostraba a Gérald y Denise sentados frente a frente detrás del cristal de aquel mismo café. «¡Torpedo en las proximidades!», gritaba histérico el operador del sónar de su cabeza. El fotógrafo los había captado con zoom por encima del hombro del señor del periódico. Se inclinaban el uno hacia el otro y reían mirándose a los ojos. La alarma seguía sonando en su interior, cuando, sin apenas tiempo para que se desvaneciera el impacto de aquella imagen, el diaporama mandó el siguiente torpedo. Su postura casi no se había modificado, estaban igual de cerca el uno del otro, aunque a una distancia que aún podía dejar planear la duda —y por lo tanto la esperanza— en lo tocante a su actitud y sus intenciones. Lo malo era que la mano enguantada de Denise acariciaba ahora la mejilla de Gérald...

No era, desde luego, la clase de gesto que se espera de una doctoranda hacia su director de tesis... En la cuarta, Denise miraba la calle a través del cristal, como si temiera que alguien hubiese sorprendido su gesto.

Una oleada de odio puro atravesó a Christine. Aun desde aquella distancia y con teleobjetivo, Denise resplandecía de belleza y juventud. Y Gérald parecía totalmente embelesado. Se la comía con los ojos.

Su querido prometido... su futuro marido...

Se frotó la cara y refrenó las lágrimas que le afloraban a los ojos. ¿Quién? ¿Quién había sacado esas fotos y por qué? ¿Quién se las había enviado? ¿Con qué propósito?

—Christine... Christine...

Se dio cuenta de que Ilan adelantaba el torso hacia ella, con los ojos muy abiertos, y de que estaba llamándola desde hacía unos instantes.

—¡Están esperándote! ¡Para la reunión!

Por suerte, desde donde estaba, su ayudante no podía ver la pantalla. En la última foto, Denise y Gérald salían del café. Denise lo llevaba cogido del brazo, ¡como si fuera el novio de esa pájara y no el suyo! Y además reía diciéndole algo al oído. Gérald sonreía con ese aire satisfecho y fatuo del tipo que va del brazo de la chica más guapa.

«Maldito gilipollas...»

Apartó la silla con brusquedad y se apresuró hacia el baño ante la mirada atónita de Ilan. Empujó la puerta común y luego la de las mujeres, con tal violencia que golpeó el secamanos sujeto al tabique. No había nadie. Se precipitó a uno de los retretes de paredes rojas y beige. Se encorvó sobre la taza tosiendo e hipando. Por un instante creyó que iba a vomitar, pero no le salió nada. Sólo un hipido y un espasmo. Tenía ganas de llorar, pero algo en ella se negaba a hacerlo. Estaba tan aterrorizada... ¿Qué ocurría? ¿Quién le enviaba esas fotos y la llamaba por teléfono? No entendía nada.

Una vibración en sus vaqueros... Un mensaje de texto. Sacó el móvil del bolsillo y vio el sobrecito en la esquina superior de la pantalla. Pasó el dedo por encima.

¿Todavía tienes ganas de jugar, Christine?

Estuvo a punto de estrellar su smartphone contra la pared.

—¡VETE A TOMAR POR CULO, TARADO DE MIERDA! —gritó.

Su voz resonó en el espacio vacío.

Seguro que había solicitado acuse de recibo del mail. Era él otra vez. El tipo del teléfono. El que había orinado en su puerta. Se acordó del mensaje del parabrisas. «FELIZ NAVIDAD, PUTA ASQUEROSA.» ¿También había sido él? ¿Qué quería? ¿Por qué se ensañaba con ella? ¿Era porque no había reaccionado con suficiente rapidez después de recibir la carta? Pero ¿cómo sabía también eso?

—Christine... Christine... ¿qué te pasa?

La voz de Cordélia. Se volvió con un sobresalto. Parada delante de ella, inquieta, la alta estudiante en prácticas la escrutaba con los ojos inundados de maquillaje negro. Christine no la había oído entrar. Cordélia le apoyó una mano en el brazo y le rozó la mejilla con la otra. Su mirada evidenciaba curiosidad, ternura, preocupación.

—¿Hay algún problema? ¿Qué te pasa?

La joven la atrajo hacia sí. Christine titubeó una fracción de segundo antes de entregarse al abrazo.

—¿Qué te ocurre, Christine?

Su voz era dulce, tranquilizadora... Un sollozo la sacudió y las lágrimas rodaron al fin por sus mejillas.

—Cuéntame qué te pasa...

El perfume de Cordélia en su nariz, su cabello impregnado de olor a tabaco contra su sien.

—Ya sabes que puedes confiar en mí...

¿Era cierto? Dudó. Le habría gustado mucho abandonarse, confiarse a alguien... Los brazos de la joven la rodeaban, la mecían. A pesar de todo, eso la consolaba, ansiaba dejarse ir. Entonces Cordélia se inclinó para darle un beso en la mejilla.

—Estoy aquí... contigo...

Otro —más tierno— en la comisura de los labios... La estudiante ladeó a continuación la cabeza, buscando con su boca la de Christine. La encontró... Y ésta se puso tiesa como si acabara de meter los dedos en un enchufe.

—¡SUÉLTAME!

Había empujado con violencia su alto cuerpo anguloso. La joven se golpeó de espaldas contra el tabique del retrete. Bajo la amarillenta luz de los lavabos, en su cara se dibujó una sonrisa predadora. Todo rastro de ternura había desaparecido.

«¿Ha sido ella la que...?»

Pero en tal caso, ¿quién era el hombre? Christine salió del retrete y se precipitó hacia la puerta. En el momento en que ésta se cerraba, captó el eco de la risa de Cordélia detrás de ella.

Al transponer las puertas de las dependencias de la policía, tuvo la sensación de proyectarse contra un muro. Un muro de rabia y frustración. Un muro de tristeza. Un muro de resignación. Se acordó de una película que había visto hacía tiempo, *El cielo sobre Berlín*, en la que unos ángeles invisibles escuchaban los monólogos interiores de los humanos buscando en ellos indicios de belleza y sentido. ¿Qué sentido y qué belleza habrían hallado en los suyos? ¿Qué imagen que no fuera la ausencia de esperanza?

La fila de espera se alargaba de la entrada hasta el mostrador. Todos los asientos estaban ocupados, había más gente allí que en el vestíbulo de una estación. Se topó con miradas duras como piedras, con algunas perdidas, azoradas, y con otras más mustias que unos kleenex usados. En la recepción, la auxiliar procuraba hacer frente a la avalancha. Un individuo delgado, que debía de salir de detención preventiva, estaba poniéndose los cordones de los zapatos delante de los ascensores. Cuando levantó su mirada pálida, que se cruzó con la de Christine en medio del gentío, ésta sintió una oleada de frío en su interior. Advirtió la presencia en el mostrador del mismo gato que la vez anterior, un gato callejero negro y gris, que dormía ovillado en una cesta de plástico.

—Tengo cita con el teniente Beaulieu —dijo cuando llegó su turno.

La auxiliar descolgó el teléfono sin mirarla. Después de hablar brevemente por él, señaló con la barbilla hacia la izquierda. Sus miradas no se encontraron en ningún momento. Christine tuvo la impresión de ser un insecto.

Franqueó los torniquetes y se encontró con el tipo delgado que se había puesto los cordones de los zapatos delante de los ascensores. El hombre se estiró los vaqueros encima de las Dr. Martens, se irguió y fijó en ella unos ojos igual de descoloridos que su pantalón. Parpadeó varias veces mientras la escrutaba de la cabeza a los pies con aquellos ojos del tamaño de unos botones de camisa y brillantes como monedas. Él al menos le prestaba atención, aunque era un tipo de atención del que habría preferido prescindir. Sus labios se tensaron en una sonrisa afilada y peligrosa. Tenía cortes en la barbilla y cerca de las orejas, como si se hubiera afeitado demasiado deprisa o con una cuchilla sin filo. Después se inclinó hacia ella.

—Eh, guapa, eres de miedo en otoño —le susurró cerca del oído.

El olor de su colonia y de su sudor casi la hizo tambalearse.

—¿Cómo? —balbució sin comprender—. ¿Qué dice?

—¿Quieres que te meta el dedo en el coño? —repitió.

Christine se estremeció de arriba abajo.

—Tengo el coche fuera —le insistió con voz viscosa al oído—. Tengo cien euros y la verga más gorda que hayas visto en tu vida.

Al menos sabía utilizar el subjuntivo. Con una sensación de vértigo creciente, Christine comprobó que llevaba la camisa abrochada hasta arriba y apoyó la palma de la mano en la pared. Sentía un soplo de calor en la cara, como si del cuello de la camisa ascendiera el aire caliente de una salida de ventilación.

—Déjeme en paz.

Los ojos pálidos la lamían igual que una lengua obscena.

—Venga, muñeca... No me digas que no te gusta hacer cosas guarras, cosas viciosas.

—Déjeme tranquila.

No podía creer lo que oía. Seguro que ese tipo había estado en detención preventiva por una agresión sexual y, en cuanto lo soltaban, se abalanzaba ya contra una nueva víctima, en el mismo edificio de la policía, a unos metros de los agentes, sin el menor reparo. Las puertas del ascensor se abrieron y de él salió un hombre vestido de civil.

—Hector, deja tranquila a la señora, ¿me oyes? ¿Christine Steinmeyer?

Treinta y tantos años, ojos castaños, abundante cabello rizado y mandíbula un poco desdibujada: no era el mismo que la otra vez. El único punto en común era el mal gusto para las corbatas.

—Teniente Beaulieu —dijo—. Tenga la amabilidad de acompañarme.

Se volvió, sacó su tarjeta magnética y entraron en el ascensor. Christine se adentró cuanto pudo en él. Durante el ascenso, sintió su mirada clavada en ella y acabó por sostenérsela. Él no cejó, sin embargo, en su escrutinio. Parecía considerar que formaba parte de sus prerrogativas mirar de hito en hito a la gente. Tenía ojeras y el aspecto de alguien que no siente tanto entusiasmo por su oficio como al principio. Salieron en el segundo piso.

En su despacho abarrotado de expedientes, el teniente Beaulieu apartó una pila de documentos de una silla y la invitó a sentarse. Sonó el teléfono. Él respondió con monosílabos antes de colgar con violencia.

—Discúlpeme —dijo.

Pero su tono no expresaba el menor asomo de contrición. Volvió a fijar la vista en ella, sin parpadear, con sus grandes ojos redondos y saltones.

—¿Ha tenido problemas personales últimamente? —preguntó de sopetón.

La pregunta la pilló desprevenida.

—¿Cómo dice?

—Bueno... ¿hay algo que la preocupe en este momento, señorita Steinmeyer?

—No veo a qué viene esa pregunta.

—Le pregunto si todo va bien.

—Ya lo había comprendido... Un momento, estoy aquí por la carta que les entregué, ¿no es así?

—Exacto.

—En ese caso, ¿qué relación tiene esa pregunta con ella?

Él la observó con expresión huraña y suspicaz.

—¿Qué hizo usted el día de Navidad? —preguntó—. ¿Estuvo sola... o en familia?

—¿Qué? Estuve con mi prometido...

Como él no decía nada, consideró oportuno añadir:

—Celebramos la comida de Navidad en casa de mis padres.

Se revolvió en la silla, preguntándose si debía hablarle del tipo del teléfono. Y de la orina que había encontrado en la puerta. Pero su vocecilla interior le dijo que por el momento no sería una buena idea. El teniente Beaulieu no parecía muy receptivo. Se preguntó si su compañero le habría contado a qué se dedicaba, aunque de todas maneras dudaba que eso hubiera supuesto una mejor disposición hacia ella.

—Muy bien —continuó el teniente—. Hablemos de esa carta... La encontró el veinticuatro de diciembre, antes de la cena, en su buzón. ¿Es así?

—Sí. Teníamos que ir a casa de los padres de Gérald y llevábamos retraso. Él estaba un poco... tenso.

—¿La carta iba en un sobre?

—Sí. Se lo entregué a su...

—Ya lo sé. ¿Y no tiene la menor idea de quién pudo escribirla?

—No. Por eso preguntamos a los vecinos —explicó—. Porque pensamos que, seguramente, la persona se había equivocado de buzón y que la carta quizá fuese destinada a otra persona del edificio.

—Sí, sí. ¿Y su prometido qué opinó de la carta?

—No le entusiasmó mucho tener que interrogar a los habitantes del edificio la noche de Navidad —respondió tras un instante de vacilación.

El teniente Beaulieu enarcó las cejas.

—No quería que nos retrasáramos aún más —precisó ella.

—Ah. Y... aparte de eso, ¿su relación va bien?

—Sí. ¿Por qué?

—¿No hay... tensiones? ¿Peleas?

—¿Qué tiene que ver eso con la carta?

—Responda, por favor.

—Acabo de decírselo: todo va bien. Vamos a casarnos pronto.

—¡Ah! —Esbozó una sonrisa sin gran convicción—. Felicidades. ¿Cuándo?

Christine titubeó un instante. Tenía la creciente y desagradable sensación de que intentaba tenderle una trampa, aunque no veía por qué motivo iba a hacerlo.

—Aún no hemos decidido la fecha —reconoció.

Beaulieu abrió un poco los ojos. Inclinó la cabeza con aire ausente, como si en ella debatieran dos personas que sostenían opiniones diametralmente opuestas. Christine lamentó enseguida haberle hecho aquella confesión a un desconocido que, sin duda, podía malinterpretarla.

—Escuche —dijo él mientras se masajeaba los párpados entre el índice y el pulgar—. No se lo tome a mal, pero... no hemos tenido ningún suicidio ni el veinticuatro ni al día siguiente, y tampoco, crucemos los dedos, hoy. Es una buena noticia, desde luego, una hazaña en sí misma, créame. Éste es un período en el que las personas depresivas tienden a ver las cosas aún más negras que de costumbre, ¿entiende? La gente desesperada a menudo pasa a la acción por estas fechas. No es un período fácil para las personas solas...

Le dieron ganas de decirle que estaba al corriente, que incluso acababa de hacer un programa sobre la cuestión, pero no lo consideró oportuno. Valía más dejar que llegara adonde quisiera ir a parar.

—Y, sin embargo, este año, aleluya: nada, nada de nada —recalcó el teniente—. Y, créame, los suicidios no son algo muy agradable que digamos.

Ella sintió un profundo alivio. No había habido ningún suicidio... Se había quitado un peso de encima. Puesto que no había ocurrido nada, no era culpable de nada. Y el hombre que la acosaba no tenía ya ningún motivo para culpabilizarla.

—Pero ustedes tienen medios para llegar hasta esa persona, ¿no? —insistió de todos modos—. Que no haya pasado a la acción, no... Bueno, aun así la amenaza me parece preocupante, ¿no le parece?

95

—Hum. ¿Eso cree?

—Sí. ¿Usted no? Bueno, no sé, yo no soy psicóloga —rectificó ruborizándose ante la intensidad de su mirada—. De todas formas... por la manera como está redactada esa carta, no creo que sea mentira.

La mirada del policía se aguzó. Pareció despertar de su apatía.

—¿Ah, sí? ¿Qué le hace pensar eso?

—¿Cómo?

—¿Qué le hace pensar que podría tratarse de una fabulación? El hecho de que se lo haya planteado es bastante revelador, ¿no? ¿Cómo se le ocurrió esa hipótesis?

Preocupada, Christine se tocó el cuello de la camisa.

—Eh... no sé. Nunca se sabe.

—Piensa que alguien podría haber escrito una carta falsa y haberla puesto en su buzón, ¿es eso? —Separó las manos—. ¿Por qué motivo haría alguien eso, según usted? ¿No es una idea un poco... extraña?

Ella frunció imperceptiblemente el ceño. Acababa de detectar en su voz algo que antes no estaba ahí.

—Sí... es posible... yo... no sé. He tratado de tomar en consideración todas las hipótesis posibles.

—En ese caso, ¿no es mucho más lógico plantearse que esa carta fuera escrita por alguien que pretende llamar la atención?

—Sí, desde luego... Pero esas dos hipótesis no son incompatibles.

—Alguien que busca de manera consciente o inconsciente que hablen de él... o de ella... que quiere alertar de la gravedad de su situación... de su angustia...

La perplejidad de Christine iba en aumento. Comenzaba a darse cuenta de que aquel policía no hablaba al azar, ni mucho menos. Describía círculos concéntricos cada vez más pequeños en torno al verdadero objetivo de aquella conversación, el que él mismo había fijado desde el principio.

—Lo siento mucho —dijo el hombre inclinándose hacia delante, apoyado sobre los antebrazos, y mirándola desde abajo—. El caso es que en esa carta y en ese sobre no hay ninguna huella aparte de las suyas. ¿Qué impresora tiene?

—¿Qué? ¿A qué viene eso? ¿No pensará que...?

—¿Es su novio el que quiere retrasar la fecha de la boda, señorita Steinmeyer? ¿Acaso ha expresado su deseo de hacer una pausa en la relación? ¿O sus dudas? ¿Le ha hablado de... una posible ruptura?

No podía creer lo que oía.

—¡De ninguna manera!

Él elevó la voz:

—¿Ha recibido alguna vez tratamiento por problemas psiquiátricos? No me mienta. Ya sabe, me sería muy fácil comprobarlo.

Christine tuvo la impresión de que el suelo se hundía bajo sus pies. Era allí adonde el teniente había querido ir a parar desde el principio. ¡Aquel cretino creía que ella era la autora de la carta! ¡La tomaba por una mitómana, por una chalada!

—¿Está insinuando que yo misma habría escrito esa carta antes de traérsela? —preguntó incrédula.

—¿Acaso he dicho eso yo?

Se inclinó de nuevo hacia ella, con los ojos brillantes.

—¿Es eso lo que hizo? ¿Tiene algo que contarme al respecto?

—Váyase al cuerno —respondió ella al tiempo que empujaba la silla y se levantaba.

—¿Qué? ¿Cómo ha dicho?

Vio que el teniente se erguía y se ponía colorado.

—Podría demandarla por ultraje y rebel...

—Acompáñeme a la salida —lo interrumpió Christine—. No tenemos nada más que hablar.

—Como quiera.

8

MELODRAMA

Servaz entró por las puertas blasonadas del Gran Hotel Thomas Wilson a una del mediodía. Atravesó el vestíbulo en dirección a la recepción, pasando de una alfombra a otra —cuero, artesonados, artesonados, más cuero—, y depositó la llave electrónica en el mostrador. Después sacó la placa.

—Es una llave electrónica que proviene de su establecimiento.

En realidad no era una pregunta. La joven recepcionista examinó a un tiempo la llave y a su propietario. Él reparó en el escote de su camisa blanca y en el encaje del sujetador. Después, ella consultó el ordenador que tenía delante.

—Sí. Pero esa llave debe de estar desactivada; veo que alguien ha ocupado la habitación ciento diecisiete esta mañana. ¿Dónde la ha encontrado?

—¿Desaparecen a menudo?

—A veces ocurre. Se pierden, las roban... —admitió la joven con una mueca seguida de un mohín—. En otras ocasiones el cliente olvida devolverla antes de tomar el avión para China.

—¿La habitación ciento diecisiete está reservada?

Ella volvió a consultar la pantalla.

—Sí.

—¿A qué nombre?

—No sé si puedo...

—Servaz, ¿no es así?

La joven asintió con la cabeza. Era bastante guapa, por cierto.

—¿Cuándo se efectuó la reserva?

—Hace tres días. A través de la página web del hotel.

Servaz la miró como un yonqui miraría a un camello.

—¿Tienen una dirección de correo electrónico? ¿Un número de tarjeta bancaria?

—Sí. Y también un número de teléfono.

—¿Puede imprimírmelos? ¿Ahora mismo?

—Eh... quizá debería hablar antes con el director.

Llamó por teléfono y luego esperaron. El director del hotel apareció al cabo de dos minutos. Era alto, con unas gafas redondas en cuyos cristales se reflejaban las lámparas del vestíbulo. Se teñía el pelo —de un color raro, entre castaño y caoba—, salvo en las sienes, que eran grisáceas. Estrechó ceremoniosamente la mano del policía.

—¿De qué se trata?

Servaz reflexionó un momento. Estaba de baja laboral. No tenía ningún derecho a estar allí ni a hacer preguntas. Y mucho menos disponía de una orden judicial.

—De una investigación de la Policía Judicial —mintió—. Un caso de usurpación de identidad. Alguien ha reservado una habitación en este hotel a nombre de otra persona sin informarla. Además, ha cometido varios actos delictivos en su nombre y con su tarjeta... Le he pedido a su empleada que me imprima una copia de la reserva.

—Ah. Ya veo. No hay inconveniente. —Se volvió hacia la recepcionista—. Marjorie...

Ella puso en marcha la pequeña impresora de debajo del mostrador, se agachó para recoger la hoja y se la tendió. El director le echó un vistazo rápido antes de presentársela a Servaz con un imperceptible fruncimiento de ceño que éste no dejó de observar...

—Eh... aquí tiene.

—Gracias. Esa habitación, la ciento diecisiete, ¿tiene algo de particular? —preguntó de pronto Servaz.

La joven recepcionista y el director intercambiaron una mirada. Aquella comunicación muda disparó la alarma interna del policía.

—Bueno, es que —farfulló el director después de aclararse la garganta—, es decir, sí... hummm... efectivamente, hace un año ocurrió algo en esa habitación...

Se pasó una mano por la cara y después por el pelo.

—Una mujer se suicidó en ella.

Su voz había adoptado un curioso timbre atiplado, acompañado de un temblor. Después, lo sucedió un murmullo semejante a un roce de hojas:

—Fue horrible... espantoso... Se... se... bueno, digamos que primero... hummm... eh, rompió todos los espejos del cuarto de baño... y de la habitación... Y después... después, se abrió las venas y... hummm... trató en vano de... de... —su voz se tornó tan débil que Servaz tuvo que aguzar el oído— de abrirse el abdomen con un trozo de espejo, pero como tardaba demasiado, se degolló.

El director miró a su alrededor para cerciorarse de que los hombres de negocios que había sentados en los sillones de un poco más allá no habían oído aquella abominación. Servaz tenía la impresión de que bajo sus propias sienes latían dos venas gruesas. Evocó su sueño: Marianne desnuda y destripada en aquella cabaña. Sintió vértigo... Era el miedo lo que le provocaba la turbulencia bajo la piel de la frente: la voz helada y familiar del terror.

—¿Puedo ver la habitación?

Le pareció que su voz tampoco sonaba muy firme ni calmada. El director asintió con la cabeza. Luego tendió una mano en la que la recepcionista depositó una tarjeta plastificada idéntica a la que había recibido Servaz.

—Sígame.

En el ascensor, sus reflejos los acecharon desde los espejos como clones inquietantes. Servaz distinguió un poco de humedad en la raíz del cabello caoba y también bajo el techo de la cabina. Sólo se oía la respiración trabajosa del director. Las puertas se abrieron a un pasillo enmoquetado.

—Se trata de una habitación «platinium» —dijo el director mientras avanzaba por el largo pasillo silencioso—.

Treinta y dos metros cuadrados, cama de uno ochenta, pantalla LCD, cincuenta cadenas, minibar, caja fuerte, cafetera, albornoz, zapatillas, ADSL y wifi gratuitos, bañera de dos plazas.

Servaz pensó que explicaba aquellos servicios para aferrarse a algo tranquilizador, algo familiar. No debía de ir con frecuencia a la habitación 117. Debía de dejárselo a las mujeres de la limpieza y los camareros de planta. ¿Habría sido él quien encontró el cadáver?

—¿Recuerda su nombre?

—Por desgracia, esas cosas no se olvidan. Célia Jablonka. Una artista...

Un nombre que Servaz ya había oído, o tal vez leído. Algunos recuerdos inconexos de artículos de periódico, de un año atrás. Los suicidios no eran competencia de la Policía Judicial, sino de la Seguridad Pública. No obstante, la manera en que se suicidó la joven y su oficio habían dado que hablar en su momento.

El director se detuvo.

En el interior de la puerta 117 sonó un clic cuando pasó la tarjeta magnética delante de la voluminosa cerradura dorada. En la habitación reinaba el mismo olor a perfume floral, a producto de limpieza y a ropa limpia que en todos los hoteles de lujo. Un pequeño pasillo con un portaequipajes y dos albornoces blancos colgados en perchas. La puerta del cuarto de baño estaba entornada. La habitación... Una cabecera compuesta de grandes rombos acolchados de color plateado que subían hasta el techo, almohadas rojo intenso, suelo laminado gris, paredes de ébano negro; las lamparillas cromadas horadaban la penumbra.

Muy *kitsch*...

Producía la impresión de hallarse dentro de una caja de bombones con una capa doble de bolas de praliné separadas con papel plateado.

Silencio, sólo roto por la respiración afanosa del director a su espalda. El doble vidrio sofocaba los ruidos de la plaza circular de abajo, y las paredes tenían un buen grosor... proporcional sin duda al precio de las habitaciones. Servaz miró la danza blanca de los copos de nieve a través de las persianas, entre las cortinas oscuras. Nunca había visto caer tanta nieve en Toulouse.

—Muéstreme qué espejos rompió, cómo la encontraron, cómo procedió la mujer, qué hizo...

La respiración sibilante del director durante unos segundos...

—Sí —contestó finalmente con un hilo de voz.

Servaz notó que iba poniéndose tenso. El nerviosismo del director era contagioso. Las lamparillas se reflejaban en los cristales de sus gafas y al policía le costaba distinguirle los ojos. El otro hombre dio dos pasos hacia la entrada, apretó un interruptor y el cuarto de baño se iluminó. Servaz se metió dentro. Una burbuja de luz. Dos lavabos, grifos en cascada, un cesto lleno de jaboncillos y champús, toallas limpias primorosamente plegadas, un gran espejo... en el que ambos aparecieron deslumbrados, boquiabiertos y con cara de estúpidos bajo la ducha de luz.

—Éste —señaló el director—. Había cristales por todas partes... y sangre... Era... horroroso... Los lavabos, el suelo, las paredes... todo estaba salpicado de sangre. Un espectáculo insoportable. Pero no fue aquí donde la encontraron...

Volvió a salir y se adentró en la habitación.

—Y también ése.

El espejo situado enfrente de la cama, sobre un escritorio en el que había una bandeja con un hervidor eléctrico, una lámpara y papel de carta. Abajo, un minibar.

—La encontraron tendida en la cama, con los brazos en cruz...

El director respiraba como un submarinista que se dispone a zambullirse en apnea.

—Desnuda —precisó.

Servaz guardó silencio. En su cerebro soplaba un viento llegado de Polonia. Aullidos de lobos. Sangre sobre la nieve. Una cabaña en la noche. Tragó saliva y notó un temblor en las rodillas, bajo el pantalón. Aún no estaba preparado... Era demasiado pronto.

—¿Quién la encontró? ¿Usted?

El director debió de percibir la turbación en su voz, porque le dirigió una mirada de sorpresa. Debía de extrañarle que un agente de la Policía Judicial pudiera ser tan emotivo. Por un instante, sus miradas se cruzaron y fuera sonó un bocinazo.

—No. Fue el camarero de planta. La puerta de la habitación estaba entreabierta y la música sonaba a todo volumen. Se oía hasta en el pasillo... Le pareció raro, así que empujó la puerta y llamó. No respondió nadie... Y aquella música a tope... era... ópera...

Había pronunciado la última palabra como si se tratara de un desatino.

—¿Ópera?

—Sí. Encontramos el CD a su lado, en la cama. ¿Sabe qué era? *El buque fantasma*, de Richard Wagner. Esa ópera en la que una joven llamada Senta se arroja desde lo alto de un acantilado... Un suicidio —precisó por si el policía no lo había captado.

Para él, los policías debían de ser todos obtusos, como en las películas.

Servaz estaba pensando otra cosa. Música allí. Música en aquel instituto psiquiátrico, allá arriba, en la montaña, cuatro años atrás. La tenaza de la aprensión se cerró aún más sobre su corazón oprimido. Le latía con fuerza, duro e hinchado, en el pecho.

—El pobre camarero entró... primero vio los pies...

La dicción del director resultaba cada vez más trabajosa. Era como si se acoplara al ritmo de avance del camarero de planta.

—Después las piernas, las caderas... Lo primero que le llamó la atención fue la herida del vientre... Se había hecho surcos y cortes, una verdadera carnicería... pero sin llegar a afectar ningún órgano vital. Luego, a medida que avanzaba, vio las muñecas abiertas... y, por fin, la garganta... Se le había quedado clavado un trozo puntiagudo de vidrio... La sangre había salpicado por todas partes, la cama, las paredes, el suelo. Hubo que cambiar la cabecera de la cama; quedó irrecuperable. Según los forenses, primero intentó hacerse el haraquiri clavándose el triángulo de vidrio en el abdomen y, como no lo conseguía, acabó por rebanarse la garganta.

Servaz observaba la cama vacía tratando de reconstruir la escena, la visión del camarero de planta. Las horrendas heridas en el vientre, las muñecas, la garganta. El pedazo de vidrio afilado aún clavado. La ópera a todo volumen retumbándole en los tímpanos. La mirada muerta, la boca abierta. ¿Seguiría teniendo pesadillas el chico? Seguro que sí...

—¿Ese camarero trabaja aún aquí?

—No, se fue. En realidad, no se presentó al día siguiente. No volvimos a verlo. Pero no íbamos a despedirlo, por supuesto... teniendo en cuenta las circunstancias. Recibimos su carta de renuncia por correo electrónico unas semanas después.

—¿Y usted la vio?

Unos segundos de vacilación.

—Sí... sí, la vi. Fue a mí a quien llamó el chico.

No tenía ganas de añadir nada más. Servaz lo comprendía. De todas maneras, podría obtener los detalles por otra fuente.

—No veo ningún lector de CD ni de MP3 —señaló.

—Lo había traído ella. Hay cadenas musicales y de radio en la tele, pero no lector.

—¿Quiere decir que se trajo el suyo? ¿Sólo para que sonara esa música en el momento en que se suicidaba?

—Supongo que para ella era importante morir con esa obra —dijo el director con el mismo tono que habría empleado un policía—. Ya sabía que no encontraría ese tipo de aparato en un hotel. Quién sabe lo que se le pasaría por la cabeza en ese momento...

—En ese caso, ¿por qué no se suicidó en su casa?

El director lo miró como diciendo: «El policía es usted, no yo.»

—No tengo ni idea...

—¿Recuerda cuánto tiempo llevaba aquí?

—Había llegado aquel mismo día.

«Una elección deliberada.» Aquel hotel tenía un significado especial. Era importante para la puesta en escena de Célia Jablonka. Lo mismo que la ópera... ¿Se habrían preocupado por aquellos detalles los de la Seguridad Pública?

¿O habrían archivado el caso en un santiamén? ¿Y quién se había encargado de la autopsia? Servaz albergaba la esperanza de que fuera Delmas. Pese a su carácter irascible, era muy profesional. Como él antes...

Quedaban los dos interrogantes principales: ¿quién le había enviado esa llave un año después? ¿Y por qué?

9

ENTREACTO

La hoja se desprendió del árbol, planeó un instante frente a él describiendo arabescos invisibles y por fin cayó delante de la punta de sus zapatos, en la nieve sucia de la acera. ¿Cómo había conseguido mantenerse hasta entonces, sola en el árbol desnudo, cuando todas las demás se habían desprendido hacía tiempo? Con el cigarrillo temblando del mismo modo en sus labios, de repente la percibió como una conmovedora metáfora de su propia fragilidad, de su propio combate. ¿Conocería su alma la primavera?

Se quitó el cigarrillo no consumido de los labios y, encogiéndose de hombros, lo aplastó con el talón, cerca de la hoja carmesí. Un pequeño ritual de fumador arrepentido. «Ocho meses ya...» Antes de volver a atravesar la calzada y refugiarse en el calor del vestíbulo, sacó el móvil y llamó a Delmas.

—Una artista llamada Célia Jablonka que se suicidó el año pasado en una habitación del Gran Hotel Thomas Wilson, ¿te suena de algo?

—Hummm.

—¿Eso quiere decir que sí o que no?

—Que sí. Fui yo el que hizo la autopsia.

Servaz sonrió.

—¿Y?

—¿Y qué?

—¿Suicidio o no suicidio?

—Suicidio.

—¿Estás seguro?

—¿Acaso tengo por costumbre hablar sin ton ni son? —soltó el forense.

La sonrisa de Servaz se ensanchó.

—No —admitió.

—No había la menor duda.

—De todas maneras —insistió—, reconocerás que ese asunto de la ópera y esa manera de degollarse con un trozo de espejo...

—Escucha. Esa chica se hizo todo eso sola, por increíble que parezca. Nadie la ayudó. Es así. No tienes ni idea de lo que la gente puede llegar a hacerse. El tipo de herida, la ausencia de marcas en las muñecas... si alguien hubiera querido obligarla a degollarse, habría forcejeado, créeme. Los análisis toxicológicos, las proyecciones y salpicaduras, las heridas ante mórtem de la mano derecha... No me acuerdo ahora de los detalles, pero todo era coherente, sin ninguna zona de sombra. Claro, limpio y preciso.

—¿Qué salió en el análisis toxicológico, te acuerdas?

—Sí. Había tomado un somnífero unas quince horas antes. En su sangre también había suficientes antidepresivos y calmantes como para tumbar un elefante... Pero nada de droga. Me acuerdo porque, en vista de su encarnizamiento contra sí misma, primero creí que habría tomado un alucinógeno; después pensé en una descompensación causada por las benzodiazepinas... Con ideas suicidas previas, sin duda. ¿Has vuelto al trabajo?

—Eh...

—Eso significa que no, me imagino... Querría recordarte, con todos los respetos, que, primero, ese caso está archivado desde hace un siglo, segundo, estás de baja laboral y, por consiguiente, no debería comunicarte detalles como éstos. ¿Por qué te interesas por esa pobre chica? ¿La conocías?

—No la conocía de nada hasta hace una hora.

—Bueno, de acuerdo. Si ahora no tienes ganas de hablar del asunto, no hables. Pero llegado el momento, me gustaría saber a qué viene ese repentino interés por ella, y también qué te traes entre manos exactamente, Martin.

—Más tarde. Gracias.

—Cuídate. ¿De veras crees que estás listo?

«¿Listo? ¿Listo para qué?», pensó él. Sólo estaba recabando un poco de información.

—Oye, esta conversación no ha tenido lugar —le advirtió a Delmas.

Un silencio.

—¿Qué conversación?

Servaz colgó. Estaba claro que la chica se había suicidado... Ningún espabilado habría podido engañar a Delmas. En ese caso, ¿por qué le habrían enviado la llave a él, a un policía de la criminal? Los suicidios no eran de su competencia. ¿Y por qué lo habían elegido a él, que no estaba en activo, que convalecía en una casa de reposo, que estaba prácticamente retirado? Igual de anquilosado que un boxeador que no se entrena desde hace meses. Sacó la llave rectangular del bolsillo y la miró, con su logotipo y las letras «T» y «W», antes de desplazar la atención al papel en el que habían escrito con tinta azul:

Cita mañana habitación 117

Aquello no tenía más sentido que la hoja que se había quedado prendida del árbol mucho después de que todas las demás hubieran caído, para acabar haciendo lo mismo. Era igual de absurdo que un sueño con nieve y lobos y que la minúscula tragedia de un hombre aplastado por fuerzas que lo sobrepasaban. Como otros miles de personas. Y, sin embargo, alguien se había dirigido a él. Antes que nada, debía averiguar quién era.

10

SOPRANO

Christine observó al joven que se afanaba en su puerta, con la caja de herramientas abierta al lado. Ya había cambiado la vieja cerradura de cilindro por una de tres puntas e instalado una cadena de seguridad. En aquel momento, horadaba la madera con un taladro para poner una mirilla. Le había explicado que lo ideal habría sido sustituir la antigua puerta por una blindada de acero, con planchas integradas en el marco y pivotes antipalanca, pero ella no tenía intención de recluirse en el fuerte de El Álamo. Y, ya puestos, ¿por qué no una habitación del pánico?

El cerrajero era joven, pero su cara fofa y el voluminoso trasero apreciable bajo el mono azul delataban unos hábitos alimentarios a base de patatas fritas, hamburguesas y helados. Un largo mechón de cabello moreno y grasiento le caía sobre la nariz, y aún tenía un persistente acné visible en el cuello y las mejillas.

—El sesenta por ciento de los ladrones renuncian si no han conseguido entrar al cabo de dos minutos, y el noventa y cinco por ciento al cabo de tres minutos. El sesenta y tres por ciento entran por la puerta. Y ya sabe que el sesenta y cinco por ciento de las violaciones tienen lugar en el domicilio de la víctima.

—¿Violaciones? —repitió ella con un sobresalto—. ¿Por qué me habla de violaciones?

El joven se apartó el mechón de pelo para mirarla con sus ojos castaños amablemente condescendientes.

—Los ladrones a veces son violadores. En realidad pasa más a menudo de lo que la gente cree.

«¿Por qué siente la necesidad de engatusarme? Ya me ha vendido su mercancía, ¿no? Quiere colocarme otra cosa...»

—¿Tiene algo más que vender? —preguntó.

El cerrajero interrumpió su labor para meterse una mano en el bolsillo de delante del mono, de donde sacó un prospecto.

—Con eso estará segura.

Christine miró el folleto. Un sistema de alarma completo. Cinco detectores de movimiento, tres detectores magnéticos, una sirena de ciento veinte decibelios con flashes, conexión con un centro de televigilancia... El prospecto aseguraba que, en caso de activación de la alarma, la policía —con quien la empresa mantenía una estrecha colaboración— llegaría al cabo de quince minutos como máximo; los detectores de movimiento sacarían incluso fotos del intruso, y las enviarían a su móvil y a la central. Era un folleto muy bonito, impreso en papel cuché, que inspiraba confianza con sus fotos en color de calidad y sus esquemas explicativos. Todo ello sugería, por supuesto, que se trataba de una empresa respetable y próspera, con cierto nivel.

—Gracias —dijo al devolvérselo—, pero todavía no estoy dispuesta a transformar mi piso en una fortaleza.

—Usted verá. Puede quedárselo, por si cambia de idea... ¿Ha visto *La naranja mecánica*?

Christine se preguntó si bromeaba, aunque todo parecía indicar que no.

—¿Y la verificación de alarma? —replicó Christine.

—¿Qué?

—Antes de poder avisar a las fuerzas del orden, su empresa debe pasar obligatoriamente por una etapa legal llamada «verificación de alarma». Primero debe llamar al domicilio, pedir la contraseña si responde alguien o bien comprobar la intrusión por medio de fotos digitales o videovigilancia, a condición de que no haya ningún corte de línea, que las imágenes sean lo bastante claras, que el intruso no sea un miembro de la familia al que le haya dado por hacer carantoñas ante la cámara... Por lo tanto, la mayoría de las veces la empresa envía a un empleado, que puede encontrarse más o menos lejos, puesto que, como veo, el ámbito de actuación de su compañía se extiende a toda la región, porque en ningún caso está autorizada a hacer que las fuerzas del orden se desplacen sin previa confirmación de allanamiento o anomalía. En el mejor de los casos, habrá transcurrido una media hora larga, aunque lo más probable es que sea entre una y dos horas, según la disponibilidad de los policías o los gendarmes. La publicidad que garantiza la presencia de la policía al cabo de quince minutos incurre en falsedad, un delito que también está penado por la ley. Además, basta con procurarse un distorsionador de frecuencia de cien euros para neutralizar todos esos artilugios, ya que, como veo, funcionan sin hilo. —Le guiñó un ojo—. Hice un programa sobre ese tema.

Vio que el joven le dedicaba una mirada maliciosa y solapada y supo que estaría pensando «Cabrona de mierda, haces bien en protegerte», o algo por el estilo... El teléfono sonó a su espalda y se puso rígida al instante. Notó que la carne de gallina se expandía por su piel y que todo pensamiento coherente abandonaba su cerebro. El joven cerrajero la miró fijamente. Sin duda había captado algo en su expresión. Christine se encaminó con aprensión al aparato, situado encima de la barra de la cocina... sin apresurarse. El timbre insistía, lacerando el silencio. Avanzó la mano hacia el teléfono con el mismo entusiasmo que si hubiera tenido que coger una serpiente venenosa.

—¿Diga?

—¿Christine?

Era una voz de mujer, conocida.

—Soy Denise.

Un intenso alivio le invadió el pecho. Después, enseguida, un interrogante: ¿por qué la llamaba Denise a su casa? De repente, volvió a ver las fotos del ordenador: el mano a mano detrás del cristal del café... Y una oleada de cólera e inquietud le retorció el estómago.

—Denise, ¿qué pasa?

—Christine, tenemos que vernos.

Su voz le recordó aquellas gomas elásticas que, cuando era niña, se divertía estirando entre los dedos hasta casi romperlas.

—¿Para qué? ¿Es realmente urgente?

—Sí... creo que sí.

En la voz de Denise había un matiz de autoridad. Y también de hostilidad... Christine se puso en guardia. Había ocurrido algo... Una corriente eléctrica se propagó a través de sus nervios.

—¿Qué pasa? ¿No puedes decirme nada más?

—Sabes muy bien de qué se trata.

Esa vez era más que autoridad. En su voz había acusación, y también rabia y desafío. ¿Querría hablarle de su relación con Gérald?

—Quiero verte, ahora mismo.

Christine sintió que se endurecía por dentro: ¿quién se había creído aquella zorra que era?

—Oye, no tengo ni idea de qué me hablas, pero no me gusta nada el tono que empleas. Déjame decirte una cosa: he tenido un día difícil y... tengo la intención de hablar con Gérald... de ti, de él y de mí...

Ya estaba dicho. Aguardó la reacción.

—Dentro de media hora, en el Wallace de la plaza Saint-Georges. Te aconsejo que vayas.

¡Sería posible! No contenta con darle órdenes, ¡la tipeja le había colgado en las narices!

El café Wallace estaba abarrotado y ruidoso cuando entró. Decoración estilo lounge: paredes de falsa piedra en relieve e iluminadas en la base, pequeños sillones cuadrados, barra con una luz azul como la de los acuarios. Clientela de estudiantes en un ochenta por ciento. Música digna de una selección de los *Inrockuptibles*: Asaf Avidan, Local Natives, Wave Machines... Era un local que bien podría haber estado en Sídney, Hong Kong o Helsinki, y sin duda ésa era la clave de su atractivo para jóvenes que se pasaban la vida delante de pantallas.

—Hola —dijo Christine entornando los ojos al tiempo que se sentaba.

Con la cara inclinada sobre su copa, Denise parecía más nerviosa que por teléfono. Agitó el cóctel con la varilla fluorescente antes de levantar lentamente su mirada de hermosos ojos verdes. «Una caipiriña...» Un poco temprano para tomar alcohol, se dijo Christine. Quizá la joven doctoranda lo necesitara para armarse de valor. Pero ¿valor para qué?

—Bueno, aquí me tienes, como me has pedido —dijo—. ¿A qué viene esta cita, pues? ¿Por qué me has hablado en ese tono por teléfono? ¿Por qué tanto misterio?

Denise paseó la mirada por la sala antes de posarla en ella, como a disgusto.

—Ayer, nos... eh... encontraste en el Instituto, a Gérald y a mí, en su despacho...

Christine sintió que el estómago se le retorcía un poco más.

—Has estado a punto de decir «sorprendiste» —señaló con frialdad.

—Sorprendiste, encontraste: da igual... —Otra vez el mismo tono hostil—. No era lo que tú crees. Para nada. Estábamos allí por cuestiones de trabajo, tanto él como yo. El caso es que él es mi director de tesis y...

—Ya estaba enterada, gracias.

—...y no se trata sólo de mi tesis. Hay mucho más en juego. Tienes que entender que trabajamos en un proyecto muy ambicioso. Vamos a proponer un nuevo enfoque para la adquisición de señales GNSS, es decir, en el ámbito de la navegación por satélite. —Le lanzó una ojeada a Christine para cerciorarse de que ésta lo comprendía—. Eh... como tu GPS, por ejemplo, que es estadounidense. Hasta ahora, existían el GPS estadounidense, el GLONASS ruso y el Beidou chino. Desde 2005, la Unión Europea ha lanzado cuatro satélites, y su sistema, Galileo, debería estar operativo

muy pronto. El método que nosotros utilizamos permite...
aumentar la resolución frecuencial de la transformada de
Fourier sin incremento excesivo de la carga de cálculo en
el receptor de posicionamiento. —Hizo un gesto de disculpa—. Ya sé, ya sé... parece un galimatías, y no intento
agobiarte con jerga científica, pero estamos a punto de redactar un artículo muy importante, tan importante que
podríamos ganar el premio de la conferencia ION GNSS, el
evento internacional de más prestigio en el campo de la
navegación por satélite.

Su voz comenzaba a traicionar cierto nerviosismo.

—Ya sé que visto desde fuera parece terriblemente aburrido, pero en realidad es un campo apasionante, y tanto
a Gérald como a mí nos fascina lo que hacemos y las investigaciones que llevamos a cabo. Fue él quien tuvo la idea de
realizar este estudio. Es un director de tesis formidable...
—Hizo una pausa—. Por eso nos da lo mismo que sea el
día de Navidad o cualquier otro... A mí se me ocurrió una
idea de repente y, cuando se la comenté por teléfono, se entusiasmó y enseguida me dijo que fuera a verlo al Instituto.

—Ajá.

Christine comprendía el sentido oculto de toda aquella verborrea. «Para de montarte películas, guapa: no puedes entenderlo, porque no eres lo bastante inteligente ni
avispada, no has estudiado una carrera larga... Es un territorio que tu futuro marido y yo compartimos y al que tú
nunca tendrás acceso. Lo mejor sería que fueras haciéndo-
te ya a la idea, bonita...»

Miró a su alrededor. ¿Cuántos de los clientes serían estudiantes de ramas científicas? Sabía que la industria de la
aeronáutica y el espacio empleaba a decenas de miles de personas en la región y que el campus de Rangueil y los laboratorios de investigación de los alrededores acogían a miles de
estudiantes especializados en los más altos grados de las ma-
temáticas, la informática, las ciencias del universo o del espacio y la aeronáutica.

Denise volvió a posar la vista en ella; desprovista ya de
todo resto de inquietud o nerviosismo, su mirada era simplemente acusadora.

—Pero tú te imaginas cosas que no son, Christine. Porque soy guapa, porque Gérald me aprecia y porque nos llevamos bien... No sé qué se te ha metido en la cabeza, pero...

No le gustó nada la manera en que Denise pronunció las últimas frases. Aquella alusión a la connivencia intelectual y a la complicidad que podía existir entre su futuro marido y ella. Se preguntó si Gérald las compararía de vez en cuando.

Había algo más... Pero ¿qué? Y de pronto supo qué era: Denise le recordaba a Madeleine... Había un parecido innegable entre las dos. Era como una Madeleine que hubiera crecido. Que hubiese llegado a la edad adulta. Cuyos rasgos hubieran perdido el lado infantil y se hubiesen definido...

Aquel pensamiento le produjo una turbación indefinible...

Al mismo tiempo se sentía aliviada. Había temido otra cosa al acudir allí. ¿Qué, en concreto? ¿Una mala sorpresa, como la de los medicamentos que habían encontrado en el cajón de su escritorio? ¿La revelación de que Gérald y Denise tenían un romance? No alcanzaba a precisarlo, pero había tenido un terrible presentimiento al oír la voz de la joven por teléfono.

—Denise, no pasa nada —respondió—. No me imagino nada, te lo aseguro. Sé lo mucho que a Gérald le gusta su trabajo... y cuánto te aprecia. No hay ningún problema en ese sentido.

«¿De verdad? ¿Estás segura?»

—Entonces, explícame esto —replicó Denise con voz gélida desde el otro lado de la mesa.

Christine se puso rígida. Los dedos que asomaban por los mitones habían empujado una hoja impresa delante de ella.

—Hola —saludó el camarero con entusiasmo profesional—. ¿Desea tomar algo?

—¿Qué es? —preguntó ella.

—¿No lo ves? —contestó Denise con voz vibrante de cólera.

El camarero se batió en presurosa retirada. Christine se inclinó. Un mail. Pasó por encima del encabezamiento para ir directamente al texto:

Querida Denise, si crees que no he adivinado el juego que te traes entre manos... Mantente alejada de mi novio. Es un consejo que te doy.
Firmado: Chris saca las uñas

Tuvo la impresión de que la mesa y la sala entera empezaban a dar vueltas. «No es posible... No puede ser...»
Releyó el texto por segunda vez. Cerró los ojos. Volvió a abrirlos. Un pensamiento la fulminó: nada de todo aquello era real.
—Yo no he escrito esto...
—¡Vamos, Christine, por favor! ¿Quién, aparte de ti y de mí, habría podido saber que Gérald te llama así cuando estás enfadada?
—¿Cómo? —Negó con la cabeza—. ¿Gérald me llama así?
Denise la miraba: la impaciencia y el desprecio se disputaban la primacía en su expresión.
—Como si no lo supieras...
—Yo... yo no entiendo nada de lo que ocurre...
La joven reaccionó con un silencio hostil.
—¡Denise, no entiendo nada, te lo aseguro! ¡Yo no te he enviado esto! ¿Cuándo lo has recibido?
Un silencio.
—Anoche.
Era él. ¿Quién si no? Pero ¿cómo podía saber todo eso de ella?
—Christine —dijo Denise con el tono de un profesor que se dirige a un alumno particularmente obtuso—, tu dirección de correo electrónico está en el encabezado. Este mensaje se ha enviado desde tu ordenador. Y esa firma... Todo junto es bastante, ¿no?
—¿Has hablado de ello con Gérald?
Una mirada prudente del campo contrario.
—Todavía no.

—Por favor, no le digas nada.

—¿Reconoces entonces que has sido tú quien ha escrito ese mail?

Dudó un momento. Podía negarlo. Tenía que negarlo. Podía contar lo de la orina en el felpudo de su puerta, el incidente en la radio, su visita a la policía, el mensaje en el parabrisas de su coche... ¿Y luego? Sabía perfectamente la impresión que iba a causar: la de una psicosis paranoide galopante. Imaginó a Denise despachándose con sus amigas: «La pobre está completamente chalada, como para que la ingresen en un manicomio, si queréis que os diga la verdad... No entiendo qué le encuentra Gérald...»

—Sí —reconoció.

Denise la miró, con todos los síntomas de la consternación patentes en la cara. Christine se sintió desnudada, juzgada y condenada... todo en un abrir y cerrar de ojos. La joven doctoranda negó con la cabeza, incrédula, con expresión hermética.

Después se espabiló y Christine adivinó lo que estaba pensando: «Qué mala suerte, joder, he tenido que ir a topar con una loca...»

—Yo siento un gran afecto por Gérald —declaró con suavidad.

En sus palabras había tal convicción que Christine se preguntó si no habría que sustituir «afecto» por «amor».

—No, en realidad, lo quiero mucho. —Clavó sus ojos verdes en los de Christine con actitud de desafío—. Es verdad, es una buena persona y un jefe estupendo. Insisto: no hay nada entre Gérald y yo. Pero lo quiero mucho, sí, es verdad...

«De acuerdo, eso ya lo has dicho, ha quedado claro, pasemos a otro tema...»

—Y me pregunto si...

—¿Si qué?

—Si eres la persona que le conviene...

Christine tuvo la impresión de haber recibido una bofetada.

—¿Puedes repetirlo?

—De todas maneras —prosiguió Denise ya lanzada, sin advertir el cambio de tono—, incluso si hubiera habido algo, no son formas de hacer las cosas. Deberías ir a un psicólogo.

Christine la observaba sin parpadear, como si alguien hubiera pulsado «parar la imagen». Transcurrieron varios segundos antes de que volviera a tomar la palabra:

—¿CÓMO TE ATREVES?!

Había hablado alto. Los estudiantes varones de la mesa de al lado se dieron la vuelta, conscientes de que sucedía algo interesante entre las dos chicas guapas de atrás.

—¿CÓMO TE ATREVES A HABLARME ASÍ?

Su voz era una vibración de baja intensidad que golpeaba directamente al nivel del plexo solar y atravesaba la sala, clara, terriblemente audible, cargada de una tremenda agresividad. Las cabezas se volvían aquí y allá. Denise se batió en retirada:

—Perdona, al fin y al cabo no es asunto mío. Tienes razón, no tengo por qué meterme. —La joven levantó las manos en señal de rendición—. Gérald es lo bastante mayor para saber lo que quiere hacer con su vida...

«Demasiado tarde, bonita.» Christine sintió que su furia de antaño había vuelto. Y ya no era cuestión de reprimirla, no señor...

—En efecto, esto no te importa un comino. Y puesto que ha llegado el momento de poner las cartas sobre la mesa, es verdad que te encuentro un poco demasiado diligente como doctoranda. —Hizo hincapié en la última palabra—. Un poco demasiado... ¿cómo diría...? pegajosa, ¿me entiendes?

Se calló un momento para mirarla. Denise parecía demasiado petrificada para responder.

—De modo que sí, voy a darte un consejo: que de ahora en adelante te ocupes de tus asuntos... y te concentres en tu tesis. En nada más que en tu PUÑETERA TESIS. Antes de que le pida a Gérald que renuncie a dirigírtela... —Se levantó—. ¡MANTENTE ALEJADA DE MI NOVIO!

• • •

Al salir, Christine pasó a menos de un metro del hombrecillo que estaba sentado a la mesa de atrás. Éste cerró el periódico y se llevó la cerveza a los labios. La observó alejarse. Sus ojos estaban tan desprovistos de expresión como dos guijarros negros.

Era bajo, asombrosamente bajo, ridículamente bajo incluso. Un metro sesenta y cinco. Para un hombre, una estatura susceptible de atraer un buen número de pullas, de sonrisas disimuladas y de miradas condescendientes. No obstante, estaba bien proporcionado, con un cuerpo musculoso y una cintura estrecha, aunque la cabeza no ayudaba. Era casi femenina. Nariz delicada, labios gruesos, pómulos altos y dibujo afeminado del resto de la cara. Además, casi no tenía cejas y sí contaba en cambio con unas largas pestañas de un rubio casi blanco. Hasta el cráneo —que llevaba afeitado por completo— evocaba, con su forma perfecta, el de una joven. Lo único que no era femenino en él era la mirada: unos grandes ojos inexpresivos y vacíos, negros, como dos ventanas abiertas a la nada. Ni particularmente hostiles ni penetrantes: vacíos...

Llevaba una parka caqui, una sudadera con capucha negra y una camiseta gris y, de no ser por su baja estatura y su cara afeminada, no se habría distinguido en nada de los estudiantes que tenía alrededor, aparte tal vez de por su edad, pues era unos años mayor que ellos.

Siguió a Christine con la mirada hasta la puerta, examinando con sus ojos inexpresivos sus caderas, su espalda, sus nalgas, cada curva y cada cavidad de su cuerpo de mujer. Satisfecho con su escrutinio, mojó los labios en la cerveza fresca y se fijó en que ninguno de los hombres presentes en el café la había mirado; todos se esforzaban por no inmiscuirse en los asuntos de los demás. Pensó que la mayoría de las personas de aquel país eran de una ingenuidad pasmosa, como ángeles o eunucos: lo ignoraban todo sobre los individuos que frecuentaban cada día, no sabían nada del auténtico sufrimiento, de la tortura, de la agonía, de los infiernos grandes y pequeños que existen en este mundo... de las lágrimas tan imposibles de detener como la savia que resbala por la corteza de los árboles, reflexionó, y su boca femenina se ensanchó en una sonrisa. Qué sabían ellos del momento en que el cerebro se desgarra y cae hecho pedazos bajo el efecto del dolor... Nada, y nada tampoco del tiempo que gotea en el fondo de un sótano que apesta a orina, mierda y sudor... Nada de aquellos que, con la camisa manchada de vómito y de sangre, de repente comprenden —demasiado tarde— que el infierno existe aquí mismo, que todos los días rozamos sus puertas, que nos cruzamos con sus siervos en la calle o en el metro sin verlos.

Rememoró los versos de un poeta de su país:

> *Y el agua helada se vuelve más negra,*
> *más pura la muerte, más salada la desdicha,*
> *y la tierra más verdadera y temible.*

Desplazó la atención a la otra mujer.

Era endiabladamente guapa, y en ese momento estaba terriblemente pálida. Se mordía el labio inferior, con la mirada perdida.

Acababa de levantarse y parecía muy furiosa.

Perfecto; todo se había desarrollado según lo previsto. De forma casi demasiado previsible para su gusto. Dejó que se fuera... ella no era su objetivo.

Lo era la primera que había salido. La que había levantado la voz, llamando la atención de toda la clientela. «Christine Steinmeyer.» Ése era el nombre que le habían proporcionado. Junto con su dirección y multitud de detalles. A través de la pana del pantalón, se apretó furtivamente el miembro endurecido con la mano. El hecho de pensar en Christine Steinmeyer —en lo que iba a hacerla sufrir en los días venideros— lo excitaba. Ella no tenía ni idea de lo que la esperaba.

¡Y pensar que le pagaban por eso! En todas las épocas y en todos los regímenes, había habido trabajo para las personas como él. Practicantes con talento y celo. Expertos en confesiones. Él era capaz de arrancarle una a cualquiera, con cualquier cosa y en cualquier circunstancia. Una vez, hacía mucho, había torturado a un tipo en la cocina de su minúsculo apartamento moderno de Ámster-dam, sin ninguno de los instrumentos habituales de su arte: había llegado con las manos vacías. Cuando le abrió, en los labios del alto holandés —que medía casi un metro noventa— vio aparecer la consabida sonrisa de condescen-dencia. Al cabo de veinte segundos, el gigante estaba en el suelo, con los ligamentos cruzados de ambas rodillas ro-tos. Dos minutos después, estaba sentado en una silla, con los tobillos torcidos en una posición destinada a provocar dolorosos calambres y la boca tapada con cinta adhesiva ultrarresistente. Él había subido entonces el volumen de la cadena de música y los maullidos de Ian Gillan habían re-sonado aún más fuerte al cantar *Child in Time*. En primer lugar, había cogido la cafetera llena —era la hora del desa-yuno— y había vertido el café hirviendo sobre el cráneo, el cabello y la cara del rubio alto. Eso fue mientras esperaba a que se calentaran los fogones de la cocina... Luego le había puesto las dos manos encima, una después de otra. A continuación, había localizado un aerosol de producto para limpiar hornos —a base de sosa, básicamente— y, manteniéndole abiertos los párpados, le había rociado ge-nerosamente la córnea. Para entonces, hacía mucho que la sonrisa condescendiente había desaparecido de los labios del gigante rubio. Intentaba gritar a través de la mordaza, con los ojos en blanco y llenos de lágrimas. El tipo se había desmayado una media docena de veces, y él lo había des-pertado echándole cubos de agua helada. Aun así, era duro de pelar. Un cómplice holandés de los *kanonieri kurdi*, esos hijos de puta georgianos. También era un buen padre de familia, atento y cariñoso, que había dejado a su familia en Delft. Al final, había un gran charco de sudor, de sangre y de orina bajo aquel individuo suspendido por los pies de la barra de ejercicio que había encima de la puerta del cuarto de baño. Y habría sacrificado a su mujer y a sus hijos para que aquello parara. En ese momento, Ian Gillan cantaba *Speed King*... Era probable que el corazón del ru-bio latiera a un ritmo igual de rápido que la música...

El hombrecillo de cara femenina y cráneo liso se termi-nó la cerveza. Nadie se fijaba en él. En aquel país la gente no era curiosa. A fuerza de mirar las pantallas de sus tabletas y smartphones y de evitar la mirada de los demás, se comportaban como zombis. Había, con todo, ciertos detalles que habrían podido llamar la atención. En primer lugar, la cicatriz que trazaba un surco pálido en su barbilla. En segundo lugar, los tatuajes. El primero —que asomaba por el lado derecho del cuello— era sólo visible en parte. Aun así, se adivinaba una cara de Madona triste, como las de los iconos rusos. Si se hubiese desnudado, habría revelado, del cuello a los pectorales, allí donde una cicatriz ocupaba el lugar del pezón ausente, una Virgen con el niño; y numerosos motivos más: cúpulas ortodoxas, estrellas, cráneos... Cada uno con un significado preciso. La Virgen con el niño, por ejemplo: el niño significaba que había conocido la cárcel muy pronto, la Madona simbolizaba la lealtad hacia su clan, las puntas de las estrellas el número de veces que había estado en la cárcel; los de las rodillas, el hecho de que nunca se arrodillaría ante nadie...

Se acordaba de su paso por la marina mercante, a los dieciocho años. Su barco, el *Alexandre Lujin*, un carguero marítimo que efectuaba la ruta entre Múrmansk y Dudinka, en la desembocadura del Yeniséi, había quedado atrapado en el hielo a causa de un brusco cambio de las condiciones meteorológicas. El mal tiempo había retrasado la llegada del rompehielos de rescate y habían pasado tres días —con sus noches— a bordo. Se le habían quedado grabadas las historias de fantasmas que contaban los marinos durante las comidas mientras su navío permanecía preso de la noche ártica y el caos de nieve y hielo. Unos fantasmas que, según ellos, rondaban por la banquisa y volvían locos a los marineros visitándolos mientras dormían cuando sus barcos estaban cercados por el hielo. En sus relatos decían que a veces se encontraban camas vacías por la mañana: las de los marinos que habían escuchado las voces de los fantasmas —como si se tratara de sirenas— y los habían seguido hasta perderse en medio del hielo. Él sabía, por supuesto, que los viejos marinos pretendían asustarlo al verlo tan bajo, tan joven y tan frágil. Se acordaba de aquel gordo mecánico barbudo de brazos enormes que lo había arrinconado abajo, en la sala de máquinas, adonde lo habían enviado los otros... De su sonrisa amarga, del estrépito entrecortado y trepidante que los rodeaba, de la montaña de carne que le ordenó que se desnudase y pusiera de rodillas y de su sorpresa cuando descubrió los tatuajes de su cuerpo delgado, que revelaban una imagen radicalmente distinta de él. No sólo contaban que había estado en la cárcel siendo muy joven, sino también que ya había matado... a los dieciocho años.

—¿Son auténticos? —había preguntado el hombretón con un asomo de inquietud.

Él se había limitado a sonreír sin responder.

—Está bien, sube —había dicho entonces el coloso.

Aquéllas fueron las últimas palabras que pronunció. El puñal de hoja triangular corta le entró a la altura de la nuez, abriéndole la laringe y seccionando las cuerdas vocales. El hombre sobrevivió, pero cuando la policía del puerto de Dudinka lo interrogó, no pudo decir nada, evidentemente. También se había negado a escribir el nombre de su agresor. Le bastaba con evocar los ojos inexpresivos, negros y relucientes clavados en él en la penumbra de la sala de máquinas para que se le quitaran por completo las ganas de hablar.

El dorso de las manos del joven bajito, los metacarpos y las dos primeras falanges estaban asimismo cubiertos de tatuajes. Con una mano repleta de dibujos cogió el bolígrafo dorado situado cerca del periódico y abrió el diario. Luego buscó un espacio en blanco y efectuó unos rápidos trazos. El resultado fue un retrato bastante parecido al original. Un retrato de una mujer en la treintena. Acto seguido, dibujó una corona de espinas alrededor de la frente de ésta... y debajo escribió:

Christine saca las uñas

Cerró el periódico para ocultar el dibujo y lo abandonó encima de la mesa al salir.

11

CRESCENDO

Al día siguiente, Servaz se levantó el primero. Los demás dormían como troncos cuando bajó al comedor y encontró la sala de la planta baja desierta. Las siete de la mañana. La mayoría de los residentes padecían trastornos de sueño y lo compensaban quedándose hasta tarde en la cama.

Servaz se sirvió un tazón de café, tomó una cápsula de crema de leche y fue a sentarse a una de las mesas. Le gustaba estar solo. Apreciaba el silencio, estaba harto de lamentaciones. Todos aquellos polis deprimidos, destrozados por unos trayectos de vida caóticos y por las experiencias traumáticas, se complacían, por lo general, evocando el pasado. Desde que estaba allí, Servaz tenía la impresión de estar sumergido de forma permanente en un baño tibio de nostalgia.

—¿Le apetece un cruasán caliente?

Volvió la cabeza. Élise estaba en el umbral de la cocina. Servaz le sonrió. En ciertos momentos le parecía que Élise era la única persona normal allí dentro. Un niño moreno fue a abrir su mochila cerca de él y sacó un cuaderno y unos rotuladores que colocó encima de la mesa. Después Élise se reunió con ellos y a Servaz se le hizo la boca agua con el olor del cruasán que depositó delante de él.

—¿Ya de pie? —preguntó la mujer tras sentarse al otro lado de la mesa.

—Tengo algo que hacer en la ciudad —respondió él, y le dio un buen bocado al cruasán de delicioso sabor a mantequilla.

Ella lo observó perpleja.

—Repítame eso. Debo de haber oído mal.

Después de raspar el parabrisas, Servaz derramó agua caliente encima y puso la calefacción a tope. Luego, ya sentado al volante, salió con prudencia del aparcamiento. Por allí no habían tirado sal y el fuerte viento llevaba la nieve de los campos hasta la carretera, donde se arremolinaba. Atravesó la llanura blanca, salió a la A66 y después cogió la A61 antes de entrar en Toulouse por el este.

Mientras conducía, pensaba en Hirtmann. El fiscal de Ginebra. El hombre que lo atormentaba en sueños. El que le había quitado a Marianne. En sus momentos de lucidez, se decía que nunca más volvería a oír a hablar de él, que sin duda habría muerto en alguna calle de mala fama de América Latina o de Asia... Que lo único que cabía hacer era olvidar. O, por lo menos, hacer como si hubiera olvidado. Se trataba de un reto que lograba cumplir mientras era de día, pero en cuanto caía la noche, en cuanto la luz menguaba en las estancias más recónditas de su cráneo, se sentía apresado en el lúgubre torno de sus pensamientos y su alma gemía de espanto. En otro tiempo, después de investigar un crimen horrendo, volvía a casa, ponía a su querido Mahler —el único antídoto contra las sombras— y las cosas volvían a su sitio. Pero Hirtmann le había robado incluso ese santuario: el suizo era, como él, un gran admirador del genio austríaco. Una extraña similitud que había resaltado de entrada su peligrosa proximidad espiritual en aquella celda del Instituto Wargnier, cuando había empezado a sonar la música. Volvió a ver al suizo: alto, esbelto con su traje de cuello abierto, con la piel translúcida y, sobre todo, el impacto de aquella mirada eléctrica que no parpadeaba nunca, como si hubiera recibido una descarga de Taser. Y también la manera en que, en cuestión de un segundo, Julian Hirtmann había leído en su interior. Lo había descifrado. Adivinado. Servaz muy raras veces se había sentido tan desnudo ante otra persona.

Había recibido una carta de Irène Ziegler enviada desde Nueva Delhi, adonde la habían destinado. La gendarme trabajaba entonces como agregada de seguridad interna en el seno de la dirección de cooperación internacional, una red de doscientos cincuenta policías y gendarmes desplegados en noventa y tres embajadas y encargados de investigar las ramificaciones de las diversas amenazas —terrorismo, cibercriminalidad, tráfico de droga— que se originaban más allá de las fronteras. La carta sólo contenía dos frases:

¿Todavía piensas en él? Yo sí.

A veces se preguntaba si Ziegler se habría presentado voluntaria para esa plaza con la secreta esperanza de localizar un día el rastro del suizo. No le cabía la menor duda de que para ello aprovechaba los medios informáticos y logísticos que el cargo ponía a su disposición... tal como había hecho cuando, como medida disciplinaria, la habían trasladado a aquella brigada perdida en el campo. Era como pretender vaciar el océano con una cuchara...

Una vez en la ciudad, Servaz tomó la dirección del Grand-Rond y después del Capitole. Las calles estaban repletas de nieve: apenas se distinguían las aceras de la calzada, y los techos de los vehículos estaban tocados con gruesos edredones blancos. Dejó el coche en el aparcamiento subterráneo y atravesó la plaza del Capitole; necesitaba otro café. Se tomó dos mientras hacía tiempo en un bar situado frente al ayuntamiento. Cogió un periódico de una mesa. Alguien había marcado un artículo con un círculo. Lo leyó maquinalmente: el satélite Pléyades-1B había enviado con éxito las primeras imágenes al Centro Espacial de Toulouse. El artículo explicaba que el satélite había sido lanzado desde Kourou, Guayana, por un *Soyuz* el 2 de diciembre a las 20.02 hora local. Las primeras imágenes captadas por el satélite habían sido París, la isla de Bora-Bora, la base de Tucson, en Arizona, y las pirámides de Guiza. Servaz dedujo que el individuo que había marcado el artículo debía de ser uno de los miles de ejecutivos y empleados que trabajaban en el sector de la aeronáutica y el espacio en la región.

A las nueve y media de la mañana se puso en marcha, chapoteando en la melaza de hielo y barro que transformaba la plaza del Capitole en pista de patinaje. El viento del sur levantaba nubes de nieve de los montículos acumulados al pie de las fachadas y los lanzaba contra los ladrillos de color rosa. Nunca había visto semejante ambiente de deportes de invierno en Toulouse. En la manera como la nieve se arremolinaba en las calles, en el silencio, había algo que lo retrotraía deliciosamente a la infancia. Era como si estuvieran en Quebec. Por suerte, la galería de arte de Charlène Espérandieu se encontraba a dos pasos, en la esquina de las calles de la Pomme y Saint-Pantaléon. Las puertas acristaladas se abrieron con un siseo delante de él y sus suelas dejaron un rastro húmedo en el parquet claro. No había nadie. Las paredes, iluminadas con focos, estaban desnudas, y en el suelo había grandes cajas que debían de contener las obras de la próxima exposición.

Servaz se dirigió hacia el fondo, a la estrecha escalera metálica de caracol que comunicaba con el entresuelo.

Arriba sonó un ruido de tacones.

Los peldaños de metal vibraron bajo su peso. Su cabeza emergió desde el nivel del suelo. El policía vio primero unas botas altas de tacón, color burdeos, unas piernas delgadas enfundadas en unos vaqueros, después la parka gris que todavía no se había quitado, y por fin la cascada de cabellos pelirrojos, recogida de manera asimétrica a un lado de la cara.

—¿Martin?

Tenía casi cuarenta años, pero parecía que tuviera diez menos.

—¿Qué te trae por aquí?

—Ya ves, me he aficionado al arte contemporáneo.

Charlène sonrió.

—Tienes buen aspecto —observó mientras él culminaba su ascenso y salía del agujero—. Mucho mejor que la última vez que te vi... en ese sitio siniestro... Parecías un zombi.

—De regreso de entre los muertos —confirmó.

—Te ves muy bien, sí —repitió ella como si tratara de convencerse.

—*Non venit ad duros pallida Cura toros*. «La pálida Inquietud no acude a los lechos duros.»

—Tú y tus latines. Es... —Charlène lo abrazó presionándole fervientemente los brazos con los dedos— una noticia estupenda.

La mejilla de Servaz, todavía fresca, se demoró un poco más de lo necesario en contacto con la de ella. Un suave olor a perfume y a cabello envolvió a Servaz. Después ella se apartó. El frío le había enrojecido la cara y dado brillo a la mirada. Derrochaba belleza, como siempre.

—¿Has vuelto a tu casa o sigues allá? —quiso saber.

—Comida, alojamiento y servicio de lavandería... no está tan mal —respondió él.

—Me alegro. Me alegro de verte, Martin, de verte así. Pero no has venido sólo para hacerme una visita, ¿verdad?

—Exacto.

Ella colgó la parka en un perchero, dio media vuelta y se alejó hacia su escritorio, situado en el otro extremo de la larga habitación, delante de la parte superior del arco que servía también de entrada a la galería del piso de abajo.

—Célia Jablonka, ¿te suena de algo?

Charlène volvió la cabeza sin dejar de darle la espalda, ofreciéndole así la ocasión de admirar su perfil y su grácil nuca, despejada de la masa de rizos pelirrojos.

—¿La artista que se suicidó el año pasado? Sí. La había expuesto poco antes.

Esta vez se volvió por completo hacia él y, apoyándose en el escritorio, le lanzó una mirada penetrante.

—¿No estás harto de interesarte sólo por personas muertas?

Servaz optó por pensar que el doble sentido no era intencionado, que había querido referirse a su trabajo... y a nada más. Aun así, por espacio de un instante, el dolor se despertó.

No estaba listo...

Había creído que al irse de la casa de reposo dejaría allí sus angustias, pero la fatiga, la duda y la lasitud le mordían los talones.

—Háblame de ella —pidió—. ¿Qué clase de persona era? ¿Parecía... depresiva?

Charlène le dedicó una mirada curiosa.

—Era una mujer divertida, impertinente... Y tenía mucho talento.

Se volvió hacia una pequeña estantería —prácticamente el único mueble que había en aquella inmensa habitación, aparte del pequeño rincón sala de estar y del escritorio— y cogió un catálogo voluminoso y lujoso.

—Toma, mira.

Servaz se acercó y leyó «Célia Jablonka o el arte ausente». Ella levantó la tapa y comenzó a pasar las hojas de papel glasé. Fotos de personas sin techo. De familias africanas que vivían hacinadas en apenas diez metros cuadrados. Un individuo muerto a causa del frío, recogido por una ambulancia. Un perro callejero. Un niño mugriento que rebuscaba en un basurero. Otro que pedía limosna en el metro... Y, alternando con esas instantáneas, otras de secciones de supermercados rebosantes de vituallas, de productos de alta tecnología, de juguetes, de tiendas de ropa durante las rebajas, de coches flamantes, de colas en los cines, de locales de comida rápida abarrotados, de pilas de videojuegos expuestos en escaparates, de hileras de surtidores de gasolina, de cubos de basura desbordantes, de vertederos, de incineradoras... El mensaje era claro, inmediato, primario; no había necesidad de reflexionar.

—Rechazaba toda forma de sofisticación, de sutileza. Se negaba de manera categórica a que su arte tuviera una función estética o catártica. Ella buscaba lo contrario. El mensaje sin filtro.

Servaz hizo una mueca. No había ido allí para escuchar consideraciones de índole artística. Además, su estilo preferido era el gótico internacional.

—¿Dónde se tomaron estas fotos?

—En la calle. Y en una casa de okupas. Una parte de la exposición se desarrolló allí. Célia no quería que los visitantes se limitaran a mirar, quería hacerlos entrar en las fotos, según sus propias palabras. Un dispositivo sonoro los invitaba a proseguir la visita en el local de okupas, donde encontrarían el final de la exposición. Célia había pegado unos pequeños carteles a lo largo del recorrido para facilitarles la labor.

—¿Y funcionó?

Entonces fue Charlène quien hizo una mueca.

—No mucho... Algunos atrevidos llegaron hasta el final, pero el público de mi galería no se compone de, bueno, de gente que ayude en los comedores para pobres...

Servaz asintió con la cabeza. Le constaba que Charlène era muy lúcida con respecto a las personas que frecuentaban su galería, así como en lo tocante al mundo del arte contemporáneo en general. En más de una ocasión le había hablado de la opacidad que reinaba en él, de la burbuja especulativa mantenida a base de millones de dólares y de euros, de las subastas amañadas, del dinero del contribuyente dilapidado en las compras a precio de oro por parte de los museos y de las colecciones públicas de artistas con precios hinchados de manera artificial gracias a la connivencia entre marchantes, galeristas y espacios de venta: unas prácticas ilegales que, en cualquier otro sector, habrían llevado a la cárcel a sus autores.

—No sé si soy la persona más indicada para hablar de ello... —se excusó—. No la conocía muy bien. Pero durante el tiempo que duró la exposición charlamos bastante, y... me pareció que su humor iba volviéndose más sombrío, como si toda la alegría y todo el entusiasmo del principio desaparecieran de manera progresiva. En los últimos tiempos, había perdido incluso las ganas de vivir. Por eso... bueno... no me sorprendió demasiado que se suicidara.

Servaz se puso alerta de repente. En sí misma, aquella información debería haber respaldado la tesis del suicidio. No obstante, él la percibía como una especie de sonido discordante. ¿O eran figuraciones suyas? Tal vez buscara a toda costa algo a lo que aferrarse. ¿Y qué mejor ocasión para un investigador que una pesquisa en la que se había pasado por alto lo esencial? No disponía de ningún elemento para apoyar esa hipótesis. Aparte de aquella llave de hotel...

—¿Dices que notaste un cambio en ella a lo largo de vuestra relación?

—Sí.

—¿Cuánto tiempo duró?

—Nos conocimos unos nueve meses antes del suicidio, cuando quiso exponer en la galería...

—Y en aquel momento, ¿cómo era?

Un pliegue apareció en la frente de Charlène.

—No tenía el mismo estado de ánimo en absoluto... Estaba llena de energía, de entusiasmo; tenía montones de proyectos... ¡y diez ideas por minuto! Al final todo le daba lo mismo. Se arrastraba. Había que repetirle continuamente las cosas... Era como un fantasma.

«¿Qué había ocurrido entre medio?», se preguntó el policía. Célia Jablonka había sucumbido a la depresión en cuestión de unos meses. ¿Era la primera que padecía? ¿O se trataba de una recaída?

—¿Tienes la dirección de ese local de okupas? —preguntó.

—¿Por qué quieres saber todo esto?

Una pregunta que él mismo debería haberse planteado. ¿Qué buscaba en concreto? El suicidio de Célia Jablonka no entraba dentro de sus competencias y el caso había quedado archivado hacía tiempo.

—Anteayer recibí esto en mi buzón —contestó al tiempo que se sacaba el cuadrado de plástico del bolsillo.

—¿Qué es?

—La llave de la habitación de hotel donde Célia Jablonka se quitó la vida.

Charlène lo miró sin comprender.

—¿Y sabes de dónde proviene?

—Ni la menor idea.

Percibió una perplejidad creciente en los ojos de la mujer de su ayudante.

—¿No te resulta flipante?

Servaz se detuvo delante de la puerta cochera. Un letrero colgado justo encima anunciaba: «CENTRO SOCIAL AUTOGESTIONADO. OKUPACIÓN, AYUDA MUTUA, AUTOGESTIÓN.» Las ventanas de la planta baja estaban tapiadas. La fachada, que había conocido tiempos mejores, estaba cubierta por un fresco multicolor que, al menos, contaba una historia: un barco rebosante de emigrantes y sacudido por la tempestad en alta mar, unas rejas rematadas con alambre de espino, unos focos cegadores y unos guardias acompañados de perros, unos jueces con toga armados con pistolas, unos policías antidisturbios con las porras en alto, unos niños jugando al fútbol en medio de las ruinas...

Servaz entró en el patio, donde las malas hierbas levantaban el pavimento. Se dirigió hacia la escalinata del fondo, junto a la que había varias bicicletas y coches. En el instante en que franqueó la puerta acristalada, se dio cuenta de que aquel lugar estaba lleno de vida: gritos de niños, reprimendas de madres, dibujos naif y pósteres sujetos a las paredes, abrigos colgados en perchas, voces, risas y pasos por doquier. Desde las paredes amarillas, unos carteles proclamaban: «LA POLICÍA CONTROLA, LA JUSTICIA ENCIERRA», «CONTRA TODAS LAS EXPULSIONES, AUTODEFENSA SOCIAL, OFENSIVA POPULAR: LA LUCHA SE ORGANIZA», «¡NO NOS HARÁN CALLAR!», «¡A LA MIERDA EL ALCALDE!». En el país reinaba un ambiente preinsurreccional, unas corrientes subterráneas lo recorrían haciendo de contrapeso a la resignación de una parte de la población.

—¿Qué desea? —lo interpeló una joven detrás de él.

Dio media vuelta. Esperaba ver a una jovencita con rastas, gorro jamaicano y un porro, pero se encontró con una mujer vestida con vaqueros y jersey, con gafas de intelectual y el cabello recogido en un moño severo.

—Quisiera ver al director del centro.

—¿Al... director? ¿Y usted es...?

Servaz sacó la placa y la joven hizo una mueca, como si hubiera captado un olor desagradable.

—¿Qué quiere? ¿No tienen bastante con...?

—Investigo la muerte de Célia Jablonka, la artista que hizo una exposición aquí. No es nada relacionado con la casa de okupas.

—No es una casa de okupas, es un lugar donde vive gente...

—De acuerdo.

—Un centro social autogestionado donde paliamos las carencias de la administración y del Estado...

—De acuerdo.

—Aquí acogemos a veinticinco familias sin alojamiento. Les proporcionamos un techo, ayuda económica y contacto con abogados; reciben clases de francés y de alfabetización; también hay un espacio multimedia, talleres, un comedor, una guardería autogestionada...

—De acuerdo.

—Ponemos coto a su aislamiento, les enseñamos a enfrentarse al entorno hostil que constituye la justicia francesa, a superar el miedo a la pasma —hizo hincapié en la palabra—, a los carceleros y a los jueces... Esto no es una casa de okupas...

—No es una casa de okupas, ya lo he entendido.

—Espere aquí, por favor.

Desapareció en la escalera. Un niño negro apareció montado en un triciclo y se detuvo a observarlo.

—Buenos días —lo saludó Servaz sin obtener respuesta.

El pequeño atravesó el vestíbulo pedaleando y desapareció. Al cabo de cinco minutos de espera, Servaz oyó pasos en la escalera. Levantó la vista. El hombre que se acercaba medía más de metro noventa y era increíblemente delgado. Lo que más impresionó a Servaz fue su cara, chupada y arrugada, pero en la que aún ardía la llama de la juventud. Brillaba en sus inmensos ojos claros, hundidos en las órbitas, rebosantes de una pureza febril, y en la sonrisa rodeada de surcos. Tenía la nariz aguileña y una belleza impregnada de melancolía...

—¿Quiere echar un vistazo?

Una chispa de regocijo asomó a su mirada. El hombre estaba orgulloso de la labor que hacía allí. Servaz experimentó una simpatía espontánea por aquel tipo maduro y apuesto, seguro de haber elegido el combate acertado.

Una persona que no había caído en la resignación, en el cinismo ni en la apatía.

—De acuerdo —aceptó.

Una hora más tarde, concluían el recorrido por los talleres: en uno se reparaban bicicletas y en otro se enseñaba serigrafía. Servaz esperaba encontrar familias de africanos indocumentados, pero también había visto georgianos, iraquíes, trabajadores pobres, personas en paro, estudiantes y un par de elegantes jóvenes de Sri Lanka que hablaban un inglés fluido, así como niños bien vestidos con cálida ropa de abrigo, listos para ir a la escuela.

—Bueno, todo lo que acaba de ver puede acabar de un día para otro —concluyó el director del centro mientras se dejaba caer en un viejo sillón de cuero gastado, cerca de una ventana que daba al patio.

Servaz se instaló en el sillón que quedaba libre. Sabía que no había tregua invernal para las expulsiones de ocupaciones ilegales.

—¿Así que ha venido por Célia?

Pese a que el alto individuo de aire adolescente lo examinaba sin hostilidad, la fijeza de su mirada incomodaba a Servaz. Sus ojos tenían una agudeza extraordinaria.

—Sí.

—¿Qué quiere saber? Creía que el caso estaba archivado.

—Así es.

El hombre le dirigió una mirada llena de incomprensión.

—Trato de comprender por qué circunstancias llegó a querer quitarse la vida Célia Jablonka.

—¿Por qué? ¿Desde cuándo se plantea ese tipo de preguntas la policía?

No le faltaba razón.

—Digamos que hay zonas de sombra...

No tenía ninguna intención de explicarle a aquel desconocido que se interesaba por ese suceso únicamente porque había recibido una llave electrónica por correo... y porque no tenía nada más que hacer.

—¿A qué se refiere con eso de «zonas de sombra»?

—Hábleme de ella —pidió él para atajar las preguntas—. ¿Había cambiado en los últimos tiempos?

El otro volvió a sondearlo con sus ojos grises, antes de concentrarse en sus recuerdos.

—Ahora que lo dice... —Sacó un paquete de puritos del bolsillo del pantalón y se metió uno entre los labios—. ¿Quiere? ¿No? Hace bien. A mí me encanta esta porquería...

Encendió una cerilla, inclinó el purito y acercó la llama sin tocarlo. Después lo hizo girar entre sus largos dedos nudosos para equilibrar la combustión; dio unas cuantas caladas y, tras cerciorarse de que ardía correctamente, volvió a colocárselo entre los labios.

—Hummm...

Abrió la ventana y una corriente de aire glacial, acompañada de unos cuantos copos de nieve, entró en la habitación. Al hombre no parecía incomodarlo la bajada de la temperatura. Servaz, en cambio, se estremeció, molesto por el frío y el olor.

—En los últimos tiempos, Célia había perdido la cabeza.

El joven expulsó el humo del purito sin tragárselo y sin dejar de mirar con fijeza al policía que tenía enfrente.

Servaz se olvidó del frío.

—Se volvió loca —precisó el gigante clavando la mirada en la suya.

Sus ojos: dos burbujas concentradas.

—Creía que la perseguían, tenía un comportamiento cada vez más paranoico. Estaba convencida de que alguien la seguía, de que la espiaban y querían hacerle daño. Incluso aquí había empezado a desconfiar de la gente. Incluido yo —añadió con genuina tristeza en la voz—. Al principio no presté mucha atención a aquellos trastornos de conducta. Me había percatado de que a veces estaba rara, nerviosa, intranquila... pero lo atribuía a la angustia provocada por la nueva exposición. Estaba ansiosa por que fuera un éxito. Pero a medida que pasaban las semanas, los síntomas iban agravándose. Se mostraba cada vez más hostil y desconfiada; ponía en duda mi lealtad y me acusaba de conspirar contra ella; cualquier nimiedad que se saliera de lo habitual la aterrorizaba. Como si el mundo entero estuviera contra ella.

Servaz estaba totalmente pendiente de los labios del hombre. Aunque había olvidado el frío, otra clase de escalofrío le recorrió la espalda.

—Un día hubo un incidente. Célia había pasado la tarde en un taller de dibujo y pintura con los niños y había sacado fotos. Parecía satisfecha del resultado y relajada, cuando, de repente, vio a alguien en la entrada del patio, en la puerta cochera, un tipo que también llevaba una cámara de fotos en la mano. Desde entonces cambió diametralmente de comportamiento. Se puso a hablar de forma inconexa, al borde de las lágrimas. Como parecía que el tipo estaba sacando fotos del patio, ella pidió ayuda a dos voluntarios y los tres lo atravesaron en dirección al visitante. Una vez estuvieron lo bastante cerca, Célia se arrojó literalmente sobre él, lo insultó, lo golpeó y trató de quitarle la cámara.

De los pisos de arriba descendió una música, un pizzicato de violín gitano.

—Resultó que se trataba de un periodista local que estaba haciendo un reportaje sobre nuestra casa de acogida. Después de eso, nos costó mucho recoger los platos rotos... Ya es bastante complicado conseguir que los medios de comunicación hablen de lo que realmente hacemos aquí, con estas familias... Entonces le pedí que se fuera y que no volviera a poner los pies aquí. Con la perspectiva del tiempo, he lamentado muchas veces ese gesto, desde luego, y no haber vuelto a hablar con ella.

—¿Y sabe de qué tenía miedo? —preguntó Servaz.

Una vez más, las dos bolas de plomo lo apuntaron. En la calle sonó una bocina.

—No era de qué, sino de quién. Poco antes de suicidarse, afirmaba que alguien quería hacerle daño, destrozarle la vida... —El hombre permaneció en silencio un momento—. Señor... ¿cómo ha dicho que se llama? Servaz. Señor Servaz, quisiera hacerle yo también una pregunta.

El policía percibió un nuevo brillo en los ojos grises.

—Adelante —lo animó.

El hombre entornó los ojos.

—¿A qué se debe que venga al cabo de un año a hacerme preguntas sobre Célia? ¿Han vuelto a abrir el caso? Porque encuentro su visita un poco... extraña, para serle franco. —Sacudió la ceniza del purito por la ventana—. Tengo la sensación de que esta visita es, por así decirlo, muy poco oficial. ¿Me equivoco?

—No.

—Entonces ¿en qué le concierne el caso de Célia Jablonka? ¿La conocía?

—En absoluto.

—¿Era amigo de sus amigos? ¿De su familia? ¿Quién le ha pedido que venga, señor Servaz?

—Lo siento, pero no puedo responder a esa pregunta.

—¿A qué departamento ha dicho que pertenece? No recuerdo haberlo visto entre los que vinieron a investigar el año pasado.

—A la dirección de Asuntos Criminales.

El otro frunció el ceño.

—Comprenderá usted mi perplejidad. ¿Desde cuándo la brigada criminal se ocupa de los suicidios? Excepto, claro está, si el suicidio no lo es en realidad...

—Célia Jablonka se suicidó. No existe la menor duda al respecto.

Una nube de humo subió de la boca del hombre hacia el techo.

—De acuerdo. Supongamos que sí... Entonces es algo muy extraño —comentó—. Y, si me permite la observación, usted tampoco parece estar en muy buena forma.

La noche caía ya, glacial y oscura, cuando Servaz regresó al centro. Eran apenas las cinco de la tarde. Maldito mes de diciembre. Detrás de las ventanas, brillaba la luz y el edificio transmitía una sensación de calor y serenidad, atributos de los que sin embargo carecían buen número de sus ocupantes.

Servaz apagó el motor y se miró la mano temblorosa. Aquel hombre lo había puesto terriblemente nervioso con su purito. Bajó del coche y la grava crujió bajo la nieve mientras se encaminaba a la entrada, donde lo acogieron los ecos de las voces procedentes del salón. Allí también había talleres: taller de teatro, taller de juegos de cartas, taller de chismes, taller de lamentaciones, taller de recuerdos...

Subió los escalones de dos en dos hasta su cuarto en el último piso. En la pequeña habitación, fría y saturada de sombras, encendió la lámpara del escritorio y dejó apagada la del techo, que sólo daba una claridad tenue de una tristeza infinita.

A continuación encendió el ordenador e hizo clic sobre el icono que representaba el retrato de Gustav Mahler, en una esquina de la pantalla. Al instante, las notas se elevaron —fluidas, puras, límpidas— para caer en el silencio como gotas de agua helada. La paz que se desprendía de ellas era contagiosa. Un lied. *Ich ging mit Lust*. Interpretado al piano por el propio Mahler. La música se había grabado en cilindro hacia 1890; mucho más tarde, la máquina que leía los rodillos había sido acoplada a un Steinway y, aún después, las notas se habían digitalizado. Tan frágiles y efímeras como mariposas en el momento en que los dedos del ilustre músico las habían liberado del instrumento, habían atravesado sin embargo las eras para llegar hasta él.

La tecnología podía ser a veces milagrosa, pensó, pese a que a menudo era diabólica. En el fondo, era completamente agnóstica. Miró la hora. Las 17.16 horas. Sacó su teléfono.

—Hola, Martin —le respondió alguien.

Desgranges, un policía de la Seguridad Pública con el que había trabajado en otro tiempo, antes de ir a parar a la criminal. Desgranges era un agente cuadrado y metódico, dotado de un olfato digno de un sabueso. También era una persona discreta en quien Servaz confiaba plenamente.

—Hacía mucho que no hablábamos —continuó Desgranges.

Sin duda debía de estar al corriente de lo que le había ocurrido. La historia de la caja enviada desde Polonia se había propagado por todos los departamentos. Tenía, no obstante, demasiado tacto para hacer ninguna alusión directa.

—Estoy de baja —respondió él.

Al otro lado de la línea no hubo comentarios. Por educación, Servaz pidió noticias de las hijas de Desgranges. Tenía dos, guapísimas. Habían crecido tan deprisa que pronto iban a sacarle más de un palmo. Dejaban admirados a cuantos se cruzaban con ellas.

—No me llamas para hablarme de mis hijas, ¿verdad, Martin? —dijo Desgranges cuando hubieron agotado el tema.

—Célia Jablonka —se lanzó Servaz—. ¿Te dice algo el nombre?

—¿La chica que se degolló en el hotel Thomas Wilson? Por supuesto.

—Me gustaría echarle una ojeada al expediente...

—¿Por qué?

Directo y sin rodeos. Servaz sabía que su antiguo compañero esperaba una respuesta igual de clara, de modo que prefirió decirle la verdad.

—Alguien me ha enviado una llave de la habitación donde se suicidó.

El teléfono se quedó en silencio un instante.

—¿Y tienes idea de quién puede ser?

—En absoluto.

Silencio de nuevo.

—¿Una llave, dices?

—Sí.

—¿Has hablado del asunto con los de arriba?

—No.

—¡Joder, Martin! ¡No puedes guardarte eso para ti solo! ¿No pretenderás volver a realizar la investigación a causa de eso?

—Sólo quiero aclarar ciertos puntos. Si merece la pena, les haré llegar la información a Vincent y a Samira. Mientras tanto, sólo necesito verificar algunos hechos.

—¿Cuáles?

—¿Cómo?

—¿Qué hechos?

Servaz titubeó.

—En realidad, sobre todo quiero averiguar quién me envió esa llave, y creo que la respuesta puede estar en el expediente.

Desgranges guardó silencio y Servaz dedujo que estaba reflexionando.

—Ajá. Lógico hasta cierto punto... ¿Y no te has planteado la otra pregunta?

—¿Qué pregunta?

—¿Por qué a ti? Quiero decir: tú no participaste en esa investigación... No es el tipo de casos de los que te sueles encargar y, por lo visto, esa... esa persona sabía exactamente dónde localizarte, ¿no? La depresión de un policía no es el tipo de información que se encuentra en los periódicos. ¿No te parece... raro?

Desgranges estaba al corriente de su depresión, pues. Como, muy probablemente, la práctica totalidad de la policía de Toulouse... Sabía que era eso lo que iba a dificultarle el regreso: la mirada de los otros. Desde luego que era raro.

—Precisamente por eso quiero ver el expediente —confirmó—. La persona que me la ha enviado parece poseer tanta información sobre mí como sobre ese caso.

—También es cierto que estos últimos años has salido en los titulares más de una vez, entre el caso de Saint-Martin y el de Marsac. Si yo fuera un habitante de esta ciudad que quisiera encontrar un policía competente, es probable que tú estuvieras en los primeros puestos de mi lista. Veré qué puedo hacer... Pásate mañana. Iremos a comer juntos y recordaremos los viejos tiempos... ¿Te acuerdas de cuando eras un joven teniente y llegaste con todos tus trastos en el coche? Lo dejaste en un aparcamiento para ir a comer algo y, cuando volviste, ¡te lo habían vaciado! ¡Te lo robaron todo, hasta los calzoncillos! ¡Tu primer destino y lo primero que hiciste fue poner una denuncia!

Una sonrisa fina como una arruga se perfiló en la cara de Servaz.

● ● ●

Eran casi las seis de la tarde cuando Christine marcó el
código de su edificio, empujó la pesada puerta acristalada
y se apresuró a encender la luz del vestíbulo plagado de
sombras. Sus tacones resonaron en las baldosas cuando se
acercó a las hileras de buzones.

Al igual que el día anterior, retuvo el aliento al abrir el
suyo. «Vacío», constató aliviada. Volvió a cerrarlo. Se dirigió al ascensor. La minúscula cabina descendió hasta ella
chirriando y bamboleándose en su hueco enrejado, con un
despliegue de cables debajo, como serpientes suspendidas
de las ramas de un árbol. Tiró de la puerta con un golpe
seco, entró en el exiguo espacio y apretó el botón del tercero. El ascensor volvió a ponerse en marcha. Observó el
desfile de las franjas de sombra que cortaban la caja de la
escalera, que rodeaba el hueco del ascensor; el entramado
en claroscuro le evocó por un segundo las entrañas de una
prisión. Su corazón, ya oprimido, se puso a latir más deprisa. Sin embargo, el día había sido tranquilo. Por fin.
Desde la tarde anterior, desde el incidente con Denise, la
vida parecía haber reanudado su curso normal. Deseaba
creer que aquel tipo había obtenido lo que pretendía —ate-
rrorizarla— y que no quería nada más. Era consciente
de que se engañaba, por supuesto, de que él sabía cosas de
ella que un desconocido no podía saber, de que su razonamiento seguía los derroteros del pensamiento mágico, pero
sólo aspiraba a una cosa: a que aquello parase. Y también
—con gran egoísmo— a que su acosador la tomara con
otra persona.

Cuando la cabina se inmovilizó después de un último
sobresalto, empujó la reja. Al salir al rellano, aguzó el oído.
Nada, aparte de un vago fragmento de música clásica que
subía de las entrañas del edificio. Revolvió en el bolso buscando las llaves nuevas, las que le había entregado el joven
cerrajero, y luego avanzó hacia la puerta de su piso.

Se detuvo con la mano en la cerradura.

Ópera...

Provenía de su casa...

La voz llegaba a través de la puerta. Por un instante, estuvo a punto de dar media vuelta. Pero introdujo la llave nueva, la hizo girar, empujó y se quedó de pie en el umbral: la música venía de la sala de estar, de su equipo de música... La voz de la mujer vibraba con fuerza en el piso, sobre un fondo de violines. «Soprano...»

Encendió la luz y entró con paso indeciso dejando la puerta entreabierta. Dispuesta a batirse en retirada. La sala estaba vacía, pero lo vio enseguida. En la mesa del sofá: un CD. Por la mañana no estaba allí, estaba segura. Lo habría guardado antes de irse. Y, además, ella detestaba la ópera. No había ni un solo disco de ópera en su casa.

Respiró lentamente. Dio un paso, se paró. *Tosca*, de Puccini. Se acordó del CD que había recibido en la radio. No se trataba por tanto de un error...

Formaba parte del plan.

«La pesadilla... otra vez...»

Lo primero que pensó mientras se abalanzaba hacia el rincón de la cocina fue que él estaba todavía en el piso; la brutal aceleración de su ritmo cardíaco estuvo a punto de provocarle un mareo. Abrió el cajón de arriba de golpe y cogió el cuchillo más grande que encontró, produciendo un gran estrépito entre los cubiertos.

—¡Sal de ahí, cabrón! —chilló—. ¡Vamos! ¡Sal!

Había gritado tanto para infundirse valor como para asustar a un posible intruso. Pero sólo le respondió la soprano cantando con notas cada vez más agudas. Se precipitó hacia la cadena para interrumpir aquella voz de pito. Una vez que regresó el silencio, tomó conciencia del estruendo que reinaba en su pecho, como si una orquesta de percusión se hubiera instalado en él. Fue de una habitación a otra, adelantando la hoja con el brazo tenso, igual de trémula que la varilla de un zahorí.

La penumbra de los días de invierno poblaba las estancias, apenas combatida por la claridad de la nieve de fuera y, cada vez que accionaba un interruptor, se paralizaba esperando ver una silueta arrojarse sobre ella.

«¿Quién eres, joder? ¿Quién eres?

»¿De dónde has salido para amargarme así la vida?

»¿Y dónde has averiguado todo eso de mí?»

Parecía conocerla a la perfección. Y lo que era aún más inquietante, había logrado entrar en su casa a pesar del cambio de cerradura. Volvió a pensar en el joven cerrajero. ¿Estaría en el ajo?

«¡Estás volviéndote paranoica, chica!»

Entonces se acordó de que se había ido para reunirse con Denise y le había dicho al joven que dejara las llaves nuevas en el buzón cuando acabara. ¡Qué imbécil! Volvió a la puerta, miró el cerrojo interior y lo corrió... cosa que, evidentemente, no había podido hacer al marcharse. Recordó la palabrería del cerrajero: «Ya puede poner todas las cerraduras que quiera, que, con tiempo, un buen ladrón las hará saltar. La única solución es un cerrojo. Cuando uno está dentro, por supuesto...»

Acabó el recorrido abriendo la puerta del cuarto de baño de un puntapié. Sintió un último estremecimiento de asco y horror cuando vio que alguien había orinado en la taza sin tirar la cadena... cosa que ella no se olvidaba nunca de hacer: una colilla solitaria y provocadora flotaba todavía en medio del charco amarillo. Tiró con furia de la cadena. Se agachó mientras la catarata rugía debajo de ella. Su cuerpo se tensó con las arcadas, pero, igual que en los aseos de la radio, no consiguió vomitar.

Se enderezó, con la cara húmeda de sudor.

Vacío. El apartamento estaba vacío...

Después, un pensamiento la golpeó como un puñetazo en el estómago: «*Iggy*... No está aquí...»

—¿*IGGY*? ¡*IGGY*! ¡Responde, por favor! ¡*IGGYYYYYY*!

El silencio, en el que todavía resonaba su grito, le devolvió el eco de su propio miedo como una pelota de squash. Siguió abriendo con ímpetu puertas de armarios y cajones, tirándolos al suelo, ¡como si su torturador hubiera podido meter a *Iggy* en uno de ellos!

«Cabrón, hijo de puta, te mataré si le has hecho daño a mi perro.»

Las compuertas se abrieron y notó el sabor a sal de sus lágrimas en los labios.

—Cabrón —gimió—. Vete al infierno. Si le has tocado un pelo a mi perro te mataré, cerdo...

Le dio un puñetazo a una puerta y giró sobre sí misma, desorientada. Lo había registrado todo. Incluso había abierto las cajas de zapatos del fondo del ropero. Mirado debajo del fregadero. Abierto el cubo de basura de los envases. Había mirado por todas partes. O casi... «La nevera.» Observó pensativamente el gran frigorífico/congelador metalizado, con los números azules que indicaban la temperatura en la puerta. 2 °C/–20 °C.

«Oh, no, no, no, todo menos eso... Dios mío, de ahora en adelante te prometo sacar a *Iggy* todas las tardes y no dejarlo hacer nunca más sus necesidades en la caja, pero por favor, eso no... ¡Que no esté en la nevera, por favor!» Respiró hondo. Rodeó la barra de la cocina americana y, armándose de valor, tendió la mano hacia el tirador. Cuando estiró, los imanes de la puerta le opusieron una breve resistencia. Cerró los ojos.

Volvió a abrirlos.

Los pulmones se le llenaron de aire y de alivio. No había nada más que yogures, postres de frutas sin azúcar añadido, dos botellas de leche semidesnatada, mantequilla baja en grasa, quesos de casa Xavier, una botella de vino blanco y otra de Coca-Cola Zero, risotto de setas comprado en la tienda italiana, platos para calentar en el microondas... y también tomates, rábanos, manzanas, mangos y kiwis en el cajón de la verdura.

Desplazó la mirada hacia abajo: la puerta del congelador. Estiró con suavidad...

Los cajones estaban llenos de comida, la que había hecho que le llevaran a domicilio recientemente desde un supermercado de venta por internet.

Nada más.

Iggy había desaparecido. Debía rendirse ante la evidencia. «Tu perro no está ya en este piso.» Christine se precipitó hacia la puerta de entrada, la abrió y llamó varias veces a *Iggy*, pero sólo le respondió el sonido lejano e indiferente de un televisor. Cerró de un portazo. Volvió a la sala de estar. Su mirada topó con la caja llena de papel de periódico intacto y en su interior algo se rompió, como un resorte que cede. Se dejó resbalar por la pared, sin fuerza, hasta quedar sentada en el suelo.

La cara se le deformó y no logró contener las lágrimas, que se desbordaron como no lo habían hecho desde aquel día en que volvió del instituto de La Teste, poco después de las vacaciones de Pascua. Christine tenía trece años; entonces vivían a la orilla del mar, en una casa cercana a las dunas, y su padre todavía se desplazaba a París tres veces por semana para grabar su último programa digno de tal nombre (después del cual, ya sólo volvería a dar conferencias en las facultades especializadas en temas audiovisuales). La casa se levantaba entre los pinos: un frágil reino de arena y viento donde las dunas ganaban terreno sin cesar al bosque y a los jardines, donde el bosque ganaba terreno a las abolladas pistas de bicicleta, donde el océano remodelaba la playa y los bancos de arena y donde nada parecía permanente, sino todo lo contrario, efímero, cambiante, provisional. Aquella tarde los truenos rugían por encima del mar amenazando tormenta y ella se había apresurado a volver en su bici pedaleando como una loca, porque le habían enseñado a no quedarse debajo de los árboles durante las tormentas, pero también porque había sacado la mejor nota en disertación. Por eso no había entendido por qué sus padres, que la esperaban en la cocina, parecían tan tristes, por qué su padre la estrechaba con fuerza hasta casi asfixiarla, por qué su madre tenía aquella cara devastada, irreconocible, un rostro que, muchos años más tarde, asociaría en su memoria con una de las máscaras del teatro Nō. Hasta que su padre le anunció, conteniendo las lágrimas, que Madeleine había sufrido un terrible accidente. A través del extraño brillo de locura que atisbó en su mirada, comprendió instintivamente que nunca más volvería a ver a su hermana. Tuvo la impresión de que jamás se recuperaría de una pena como aquélla. Una pena que lo parte a uno en dos, una pena que da ganas de morirse.

«O aquella vez en que...

»Pero no, no quiero pensar en eso ahora...»

Lloró. Lloró y lloró, con la barbilla apoyada en el pecho, abrazada a las rodillas.

Su pensamiento se había vuelto errático. Cuarenta minutos después de haber engullido una ración doble de somníferos, éstos comenzaban a hacerle efecto: las moléculas se propagaban por su sangre, viajaban hacia su cerebro y ella notaba que le pesaban los párpados, que cabeceaba, liberada poco a poco de las garras de la angustia. Quizá también se debiera a su estado de agotamiento nervioso, a la pena y el terror que habían abrasado hasta los últimos recovecos de su espíritu dejando en él sólo apatía y estupor.

En la neblina química que separaba la vigilia del sueño flotaban unas imágenes extrañas, a la manera de peces multicolores. Una multitud de pensamientos reverberantes y de visiones vagamente alucinógenas, psicodélicas, acudían a acariciar las orillas de su conciencia. En un momento dado, cuando había perdido toda noción del tiempo y del espacio, incluso vio a *Iggy* ante sí, lamiéndole la cara, con su tierna mirada posada en ella, el hocico tan cercano que invadía todo su campo de visión, igual de grande que el de una vaca... Antes de quedar definitivamente fuera de juego, apretó una última vez la tecla del teléfono.

La que correspondía a Gérald...

El contestador, otra vez.

Por un corto instante, el pavor disipó el efecto del somnífero. ¿Por qué no respondía? «Porque está con Denise», respondió su malvada vocecilla interior, cada vez más lejana a medida que la hipnosis química ejercía sobre sus neuronas su apaciguador masaje. «Porque está follando con esa cabrona. Y, por consiguiente, no puede responderte, cariño...» Un nudo en el vientre. Pero el Stilnox aún no había dicho su última palabra... y el nudo se deshizo bajo la irresistible acción de los algodonosos dedos del sueño.

La policía. Tenía que avisar a la policía. Estaba en peligro. Pero ¿qué iba a decirles? ¿Que su perro había desaparecido? Después del incidente de la carta, sabía lo que pensarían. «Que estás loca... loca de atar...» Un último sollozo que pareció un espasmo... Una paz inmensa se adueñó de ella. Una paz farmacéutica de mierda... pero paz, de todas maneras...

Un último pensamiento.

¿Había cerrado la puerta con llave? Frunció el ceño, con la cabeza cada vez más pesada. Sí. Sí, seguro que sí... Creía incluso recordar que había corrido un mueble para bloquearla. ¿Lo había hecho realmente o sólo había tenido la intención de hacerlo? Ya no estaba muy segura. La indiferencia se apoderaba de ella. Volvió a dejar el teléfono en la mesita de noche. Bostezó. Apoyó la nuca en la almohada.

Cerrar los ojos.

Por fin.

12

LECCIÓN DE TINIEBLAS

De la profundidades de la noche y del sueño ascienden voces que no querríamos oír nunca. Son como recordatorios de los miedos de la infancia, cuando, una vez apagada la luz y cerrada la puerta, cada objeto de la habitación, cada forma podía convertirse en monstruo; cuando, desde nuestra cama —ese barco salvavidas cercado por las olas inquietantes de la noche—, éramos dolorosamente conscientes de nuestra vulnerabilidad y de nuestra pequeñez. Esas voces nos recuerdan que la muerte forma parte de la vida y que la aniquilación nunca queda lejos. Que los muros que levantamos a nuestro alrededor no son más sólidos que la casa de paja y la casa de madera del cuento de *Los tres cerditos*.

Aquella noche, Christine tuvo pesadillas en las que oyó las voces. Se volvió y revolvió en las sábanas, mojadas de sudor nocturno, gimió y suplicó en sueños. Después abrió los ojos de par en par. De golpe. Algo la había despertado. Miró el techo, donde flotaba la luz de la lamparilla y la radio despertador proyectaba unos números luminosos. 3.05 horas. El aire de la habitación estaba fresco; lo sentía como una mano fría encima de la cara.

¿Qué era lo que la había arrancado del sueño?

Un ruido. Le había parecido oír un ruido que atravesaba como una aguja las diferentes capas de su conciencia dormida. Tendida, completamente inmóvil, con la vista clavada en el techo, aguzó el oído, con todos los sentidos alerta. Pero el piso seguía en silencio. ¿Lo habría soñado? Luego se acordó de *Iggy* y de nuevo se alteró y volvió el llanto. «*Iggy*... Dios mío, ¿dónde estás, mi perrito bonito?» Dejó que las lágrimas mojaran la almohada y, de repente, el corazón le dio un brinco en el pecho. Acababa de oírlo una vez más: el sonido que la había sacado del sueño. Ahora sabía qué era... «¡Un ladrido!» Christine levantó el edredón y se concentró con todas sus fuerzas. Volvió a percibirlo... lejano pero indudable, inconfundible. Un tenue ladrido, claro y suplicante. No había duda: era él. «¡*Iggy*!» Salió de la cama de un salto.

—¡*Iggy*! —gritó—. ¡*Iggy*, estoy aquí!

Corrió del dormitorio a la sala de estar, de donde parecía provenir el ruido; encendió todas las luces.

—¡*Iggy*! ¿Dónde estás?

Giró sobre sí misma como una peonza, tratando de identificar la procedencia de los ladridos, pero éstos habían cesado.

—¡*Iggyyyy!*

«¡Mierda, es como para volverse loca!»

Sabía que no lo había soñado; además, precisamente entonces volvió a oírlo ladrar. Era un sonido apagado, lejano... pero muy real. Parecía como si llegara a través de las paredes. Sí, eso era. Intentó orientarse. «La cocina...» *Iggy* seguía llamándola. «Sí, viene de esa zona...» Se colocó detrás de la barra; los ladridos provenían de... «¡de detrás de la pared!». Su vecina: ¡*Iggy* la llamaba desde casa de la vecina! La vecina que detestaba a los animales... Christine sintió pánico sólo de pensarlo.

—¡*Iggy*! —gritó con la cara pegada a la pared y los labios a unos centímetros—. ¡Estoy aquí! ¡Estoy aquí, bonito!

De todas maneras, se dio cuenta de lo absurda que podía parecer aquella situación: eran más de las tres de la madrugada e *Iggy* ladraba en el piso de al lado. Sin que nadie diera muestras de inmutarse, aparte de ella. Lo más normal sería que los vecinos se hubieran despertado hacía rato. Una idea fugitiva atravesó la cabeza de Christine: ¿y si se habían ido de vacaciones? ¿O se habían... muerto? Aquel pensamiento le provocó unas involuntarias carcajadas. ¡Eran las tres de la madrugada y estaba perdiendo la chaveta! Aquello no tenía ni pies ni cabeza. ¿Cómo habría podido pasar *Iggy* de su piso al de la vecina? Y sin embargo... Pegó el oído a la pared y lo oyó claramente. No cabía la menor duda. Era *Iggy*. Estaba allí, detrás de la pared. ¡Tenía que sacarlo de ahí... enseguida! No soportaría tener que esperar al día siguiente. Sabía que iba a armar un escándalo, pero no estaba dispuesta a dejar ni un minuto más a *Iggy* en casa de esa mujer. ¿Quién sabía de qué era capaz esa bruja? Volvió a la habitación, se puso un jersey y unos vaqueros y fue descalza hasta la entrada. Pero una vez en el rellano tuvo un momento de vacilación: los ladridos habían parado.

Continuó hasta la puerta de los vecinos, respiró hondo y pulsó el timbre con decisión. Una vez. Dos veces. Cuando aplastaba el botón por tercera vez con el pulgar, percibiendo el eco agudo del sonido en el piso silencioso, empezaron a oírse ruidos dentro. Un intercambio de voces furtivas. Unos pasos que se acercaban a hurtadillas a la puerta. Después, silencio: alguien la observaba por la mirilla.

—¡Soy su vecina! —dijo acercando la cara a la puerta.

Una cadena de seguridad que se retira, el chasquido del pestillo en la cerradura, la puerta que se abre unos centímetros... y un trozo de cara que asoma por el resquicio, soñolienta e inquieta, enmarcada por una maraña de cabellos grises.

—¿Christine? ¿Es usted? ¿Qué pasa?

«Joder, vaya pregunta —se dijo—. ¿Qué pasa? ¿Puedes explicármelo tú?»

—Eh... siento mucho despertarla a estas horas.

Tomó conciencia de lo pastosa que tenía la boca, de su elocución torpe por efecto del somnífero, y de que lo que iba a decir sonaría como un desvarío, un desatino, una aberración.

—Pero es que, bueno... mi perro está en su casa...

—¿Qué?

La puerta se abrió del todo. El estupor y la incomprensión se hicieron patentes en los ojos de su vecina.

—*Iggy*... no está en mi apartamento... Lo oigo llamar pidiendo ayuda. Los ladridos vienen de su casa, estoy segura...

Michèle entornó los ojos con expresión recelosa.

—Christine, está divagando... No está en su estado normal... ¿verdad? ¿Ha bebido? ¿Se... se droga?

—¡Claro que no! He... he tomado un somnífero, eso es todo... *Iggy* está en su casa, lo oigo.

—¡Vamos, querida, eso es absurdo!

La vieja estaba cada vez más despierta y menos inquieta; había recuperado su mordacidad diurna.

—Le digo que lo he oído.

—Y yo le digo que no está aquí. Vuelva a su casa.

—¡ESCUCHE!

Se había llevado el índice a los labios. *Iggy* volvía a ladrar.

—¡Viene de su casa! No sé cómo lo habrá hecho... Ha debido... ¡ha debido de entrar sin que se dieran cuenta!

—Aquí no hay ningún perro. ¡Esto es ridículo!

—Déjeme entrar...

Empujó la puerta y a la mujer al mismo tiempo.

—...estoy segura de que está aquí.

Antes de que la vecina tuviera tiempo de reaccionar, ella ya estaba dentro, de camino hacia el lugar de donde provenía el ladrido.

—¡PARE! —chilló la mujer tras ella—. ¡No tiene derecho a entrar así en casa de la gente!

—¡Sólo quiero recuperar mi perro!

—¿Qué ocurre aquí? —preguntó, parpadeando como una lechuza, el marido de Michèle, un hombre rechoncho y medio calvo.

Revuelto por el sueño, el mechón de cabellos blancos que normalmente disimulaba su calvicie flotaba como un alga por encima de su cráneo. Llevaba abierta la camisa del pijama. Justo debajo del ombligo, tenía una mancha de color burdeos que evocaba el mapa de un continente.

—¡Está loca de remate! —exclamó Michèle detrás de Christine—. Afirma que su perro está aquí. Charles, ¡o la echas o llamo a la policía!

«Los ladridos...» Christine volvía a oírlos.

—¡Escuchen! ¿Es que no lo oyen?

Todos guardaron silencio.

—Viene de su casa —dijo el hombrecillo con tono severo—. Ese maldito chucho está en su casa. ¡Y usted no está en su sano juicio, joven!

—¡No, está aquí!

Avanzó en dirección al ruido pese a que le flaqueaban las piernas.

El dormitorio conyugal. La cama deshecha. Las pantuflas encima de la alfombrilla, los muebles anticuados y la ropa tirada de cualquier manera sobre las sillas. Flotaba un olor a personas mayores. El mobiliario, como el resto del piso, parecía pertenecer a un museo de los años sesenta, cuando sólo había dos cadenas de televisión, un teléfono por casa y los niños se echaban cacao en la leche del desayuno.

—¡Voy a llamar a la policía! —gritó Michèle—. ¡MÁRCHESE DE AQUÍ AHORA MISMO!

Christine pensó que era el colmo oír hablar a Michèle de llamar a la policía, pues se pasaba el tiempo echando pestes de las fuerzas del orden y de todo lo que encarnaba el Estado. El abatimiento la atenazaba de nuevo, ahuyentando la esperanza: *Iggy* no aparecía por ningún lado.

—Ya lo ve —le dijo la vecina una vez que hubo recorrido la habitación.

Christine asintió con la cabeza... se sentía perdida, con náuseas.

—Vuelva a su casa —le aconsejó Michèle sin animosidad, con tono casi compasivo... y aquella compasión horrorizó a Christine aún más que todo lo otro.

La cabeza le daba vueltas. Tenía la impresión de que iba a perder el conocimiento.

Se batió en retirada hacia la entrada, conteniendo la respiración. Los ladridos habían parado. Estaba volviéndose loca... Traspasó el umbral. Quiso disculparse, pero no tuvo fuerzas. Dio media vuelta.

—Vaya a ver a un psiquiatra —le aconsejó Michèle con suavidad—. Tiene que cuidarse. ¿Quiere que llame a un médico?

Christine negó con la cabeza. La puerta se cerró tras ella. Oyó el chasquido del pestillo y se apoyó con las dos manos en la barandilla, a oscuras, con una opresión en el pecho. El corazón le latía tan deprisa que tenía la impresión de que iba a darle un ataque. Con la frente apoyada en la reja del ascensor, se echó a llorar. Estaba volviéndose loca... La puerta de su piso había quedado abierta y una franja de luz se proyectaba desde el vestíbulo hacia el descansillo. Se arrastró hasta el interior, guiada por ella, y echó a su vez el cerrojo.

Silencio.

Allí también habían cesado los ladridos.

Christine caminó hasta la sala de estar y se dejó caer en el sofá. Una fuerza invisible, invencible, estaba destruyéndola. ¿En qué momento la había desatado? ¿Por qué? ¿Quién la detestaba hasta ese punto?

Como una marea, la rabia y la determinación que había experimentado al descubrir que se habían llevado a *Iggy* se habían retirado, y en la orilla no habían dejado más que desesperación. Se sentía agotada, aterrorizada y perdida. Sabía que, a pesar de su inmensa fatiga, no volvería a conciliar el sueño. Sólo tenía ganas de acurrucarse en un rincón y aguardar la mañana, igual que un animal herido en su madriguera.

Se ovilló en el sofá, con un cojín entre las rodillas replegadas sobre el vientre. Había una única lámpara encendida en un rincón y una extraña apatía iba adueñándose de ella. Eran casi las cuatro de la madrugada. Dentro de menos de tres horas, debería prepararse para ir a la radio. En aquel preciso momento le daba absolutamente igual saber si sería capaz o no de hacerlo.

De repente, se irguió.

«Un ladrido...»

Luego otro.

Iggy...

¡Seguía allí! En algún sitio. ¡Vivo! Y le pedía ayuda. Se desperezó. El ruido provenía del mismo sitio que antes. «La cocina...» La pared medianera con los vecinos. Por un instante, estuvo tentada de volver a casa de éstos. «O bien...»

Se precipitó detrás de la barra, pasó junto a la encimera, el fregadero y sacó con un golpe seco la tapa metálica del conducto de basuras. La voz de *Iggy* brotó: clara, aguda, desgarradora. Transportada por el eco del tubo.

Iggy *estaba abajo,*
en el cuarto de las basuras,
en el sótano...

Estuvo a punto de estallar en carcajadas, de dar gracias al cielo. ¿Por qué no se le había ocurrido antes? ¡Rápido, tenía que sacarlo de allí! ¡El miedo que debía de tener, solo en la oscuridad, encerrado en un sitio que no conocía! La urgencia le fustigaba la sangre. No obstante, el hilo de sus pensamientos se interrumpió en seco, roto por una voz discordante. La vocecilla le decía que su perro no había llegado solo a ese cuarto, que él no había abierto el conducto de basuras con sus patitas antes de meterse dentro como el alegre inconsciente que era... y que bajar al sótano a aquella hora, con lo que ya había ocurrido, era un poco como bordear demasiado cerca un río plagado de cocodrilos. No estaba loca. Ahí tenía la prueba. Si no estaba loca, si aceptaba ese postulado de entrada, de él se derivaba la conclusión siguiente: estaba en peligro. Y abajo nadie la oiría gritar...

«¿De verdad quieres hacer eso?»

Después, la patética voz de *Iggy* volvió a surgir del conducto, pidiendo socorro... y supo que de ninguna manera iba a dejarlo pasar solo el resto de la noche allá abajo. Se inclinó hacia la abertura.

—¡Iggy! ¡Iggy! ¿Me oyes? ¡Soy yo, bonito! ¡No te muevas, que ya voy!

Su voz sonó amplificada por el eco. El perrillo calló un segundo y luego se puso a ladrar con más vigor. Los ladridos roncos rebotaron en la pared, seguidos de unos gemidos lastimeros que le encogieron el corazón.

Abrió el cajón de arriba. Eligió el cuchillo más largo y sólido. Después volvió a la entrada y abrió la caja donde estaban colgadas las llaves. Cogió una anilla que llevaba prendidas dos, la del sótano y la de recambio del buzón. Se puso unas zapatillas de deporte de color fluorescente que sacó del zapatero. La mano le tembló un poco cuando descorrió el cerrojo de la puerta por segunda vez aquella noche. Las tinieblas del rellano despertaron su temor a la oscuridad, que se desplegó en su cerebro como una nube de tinta mientras sus pulsaciones se disparaban de golpe, aquejadas de una peligrosa arritmia.

«Nunca lo conseguirás, es superior a tus fuerzas.»

Encontró el interruptor y a tientas fue recuperando el aliento muy despacio.

«Cinco minutos... Dentro de cinco minutos, estarás de vuelta, valiente... Venga. A no ser, claro, que alguien te espere abajo... Dime, ¿tanto quieres a tu perro?»

Había apretado el botón del ascensor sin darse cuenta; ya estaba allí. Tras un brevísimo titubeo, abrió la puerta y entró. El estrépito que hacía la cabina al bajar la tranquilizó un poco, pero, una vez que salió a la planta baja y se encontró frente a la puerta del sótano, debajo de la escalera, le faltó poco para renunciar. Estaba al pie del hueco de la escalera, en una parte común separada del vestíbulo propiamente dicho por una doble puerta acristalada de madera, y la claridad grisácea que daba el globo de vidrio polvoriento era tan tenue que difuminaba todos los detalles. Tenía la impresión de contemplar el lugar a través de unas gafas especiales para eclipses. Varios inquilinos se habían quejado al administrador en las reuniones de vecinos: «Cuando vuelvo tarde, es como si entrara en una funeraria», «Cualquiera podría meterse allí dentro», «Un día habrá una agresión y usted será el responsable». No obstante, pese a los escandalosos honorarios que cobraba, el administrador no había hecho nada.

El silencio se había instalado de nuevo y el miedo la golpeó como un muro. Sólo había bajado al sótano una vez, durante la visita inicial. Creía recordar que el cuarto de las basuras estaba a la derecha, al final de la escalera. Su vejiga manifestó de pronto su existencia y lamentó no haber hecho pipí antes de emprender aquella expedición.

Hizo girar la llave en la cerradura. El batiente se abrió con un gemido cuando bajó el picaporte, y de las oscuras profundidades subió un penetrante olor a humedad y a sótano.

Dos tramos de escalera, recordó. Accionó el interruptor y una claridad amarillenta alumbró las paredes leprosas.

«Estoy sola y todo el mundo duerme.

»O bien no estoy sola y todo el mundo duerme... SALVO UNA PERSONA...»

«Respira... respira... respira...»

Estaba a punto de ponerse a gritar, de pedir socorro, de despertar a todo el edificio... Entonces se acordó de Michèle. Si después del incidente de la carta, los antidepresivos del trabajo y el escándalo en casa de los vecinos, alguien la descubría paseándose con un cuchillo en la mano por las partes comunes a las cuatro de la madrugada y encontraban a *Iggy* en el cuarto de las basuras, no habría margen de duda: se habría ganado un internamiento de oficio en una de aquellas casas donde reparaban el cerebro o, si no, lo enviaban a uno gratis al desguace y, mientras tanto, no lo dejaban salir de allí. «Ánimo, guapa, sólo será un mal momento y ya está...» Bajó los primeros escalones, se paró, aguzó el oído. Nada. Las paredes estaban tan negras de hollín y de moho que, en algunos tramos, parecían recubiertas de pelo. Al menos la luz amarilla de la bombilla era bastante potente, a diferencia de la del vestíbulo. Llegó al primer rellano. Cuando lanzó una ojeada al frente, el valor la abandonó de nuevo: al final de los escalones, el pasillo de los sótanos era un pozo de tinieblas, una galería negra y opaca. El pánico volvió a expandirse por su pecho como un ramo de flores venenosas. «*Iggy*, perdóname, no puedo hacerlo. Es demasiado difícil... Perdóname...» Iba a volver a subir, dando ya la espalda a la oscuridad, cuando percibió un ruido débil.

—¿*Iggy*?

No hubo respuesta.

—¡*Iggy*!

Esa vez lo oyó ladrar con toda claridad. Muy cerca...
Bajó los últimos escalones a toda prisa, sin pensar. Las suelas
de sus zapatillas tocaron el suelo de tierra apisonada. Hacía frío allí. Aunque Christine sabía que no era solamente
el frío lo que la helaba de ese modo. Tenía cinco pisos de
más de cien años de antigüedad por encima de la cabeza,
y estaban llenos de gente, pero no había la menor posibilidad de que la oyeran gritar. Examinó el lugar: las puertas
enrejadas de los trasteros a la izquierda —agujeros negros
repletos de bártulos inútiles, de telarañas, de recuerdos
y de ratas—, el cuarto de las basuras a la derecha, detrás
de una puerta metálica pintada de verde.

Posó la mano en el pomo y tiró de la pesada lámina
hacia ella.

—¡*Iggy*, estoy aquí!

El perro ladró en la oscuridad. ¿Dónde estaba el dichoso interruptor? Las tinieblas que se extendían más allá
de la puerta le causaban el mismo terror que si hubiera
descubierto una grieta caminando por un glaciar. Tuvo la
sensación de que hundía la mano en las fauces de un escualo. Palpó las piedras y los intersticios de argamasa con los
dedos hasta que encontró la caja de plástico. La luz brotó,
fuliginosa como un crepúsculo de invierno; la bombilla del
techo generaba más sombras de las que despejaba y Christine distinguió varias formas grandes y achaparradas alinea-
das junto a la pared de la derecha. Los contenedores... Los
ladridos de *Iggy* venían del último, no de aquel —rebosante de bolsas negras— que se encontraba debajo de la boca
del conducto de basura, sino de otro, que también tenía la
tapa abierta. Empezó a avanzar hacia él. El portazo que
sonó a su espalda la hizo estremecerse con violencia. Dos
pasos más... Ahora atisbaba una parte del interior del alto
contenedor... pero todavía no veía a su perro. Sí lo oía, en
cambio, pues el profundo receptáculo hacía las veces
de cámara de resonancia. Las sombras eran más densas allí
y, por un momento, pensó que podía haber alguien escondido.

«No pienses en eso. Ya casi has llegado...»

Dio un paso más...

El hocico de *Iggy* apareció, encarado hacia ella. Al ver su dulce mirada brillante de esperanza en medio de la penumbra, tuvo que contenerse de nuevo para no llorar. El animalillo ladró y meneó la cola. Después, en cuanto se movió, soltó un gemido lastimero seguido de una especie de silbido nasal. Sus uñas repiquetearon en el plástico del contenedor, pero cuando quiso erguirse volvió a emitir un conmovedor quejido. «Jesús, ¿qué te ha hecho ese canalla?» Pensó cómo iba a sacarlo de allí. El gran contenedor le llegaba a la altura del pecho y tenía el brazo demasiado corto para alcanzar a *Iggy*. Tampoco era cuestión de meterse dentro de cabeza. La única manera era tumbarlo primero y luego introducirse a gatas en él. Dejó el cuchillo en el suelo y agarró el contenedor.

Las ruedas de atrás le dificultaron la maniobra más de lo que había previsto. Se vio obligada a forcejear para conseguir por fin inclinar el armatoste y después bajarlo despacio hacia el suelo. A continuación, se metió dentro. Le llegaba un olor a detergente con perfume de limón. Y también otro olor a materia fecal: *Iggy* había hecho sus necesidades allí. El perrillo ladró alegremente desde el fondo, gimió, y volvió a ladrar. Los estridentes ladridos taladraban los tímpanos de Christine en la caja de resonancia formada por el contenedor. Tuvo la vaga impresión de oír que la puerta metálica del cuarto se abría... y un frío helado le subió por la espalda. Se quedó quieta. Notó que se le aceleraba el pulso. Había dejado el cuchillo fuera de su alcance, en el exterior del cubo. Sin embargo, no volvió a oír ningún otro sonido, aparte del tumulto de la sangre en sus arterias. Avanzó más y por fin tocó con los dedos el pelo un poco áspero de *Iggy*. Se acercó un poco más con intención de cogerlo en brazos, pero el perro reaccionó retrocediendo y con un gruñido defensivo cuando le rozó la pata trasera derecha.

«¿Qué le habrá hecho ese cabrón?»

Le tentó la pata suavemente, con la punta de los dedos. Palpó las uñas curvas y las almohadillas rugosas; después, más arriba, los músculos duros, los huesos finos, perceptibles a través del pelo, y cuando llegó a la tibia, *Iggy* volvió a gruñir.

Christine paró en seco.

—Cálmate, *Iggy*, soy yo. Ahora ya no corres ningún peligro.

Con dificultad, levantándose y arrodillándose en el fondo del contenedor, con la espalda doblada y la nuca pegada al plástico, levantó con delicadeza al animal, sin tocarle la pata herida, y lo atrajo hacia sí. *Iggy* le dio las gracias con un lengüetazo cálido y rasposo. Con las lágrimas a punto de desbordarse de sus ojos, hundió la cara en el espeso pelaje rizado de olor almizclado y canino y después retrocedió a gatas, frotando el plástico con las rodillas... hasta que por fin pudo enderezarse.

Cuando miró la pata trasera a la débil claridad de la bombilla, estuvo a punto de desviar la vista: no sólo la tenía rota, sino que en medio del pelo pegajoso afloraba un fragmento de hueso. El resto de la pata colgaba desarticulado, como el miembro desgajado de una muñeca retenido sólo por una goma. *Iggy* debía de estar sufriendo un calvario... Se preguntó si el perro se había roto la pata en el momento en que el hombre lo había arrojado dentro del contenedor o bien si aquel monstruo se la había roto a propósito.

Le vino otro pensamiento: a saber hasta dónde podía llegar una persona capaz de cometer un acto tan cruel contra un animal. Aquello ya no se parecía en nada a una broma. «Otra esperanza que se esfuma, querida: tu amigo aficionado a asustar a las damas está mucho peor de la azotea de lo que te imaginabas... y eso que tú, por lo general, tienes mucha imaginación.»

Miró a su alrededor, estremecida. Se apresuró a recoger el cuchillo.

Después, con *Iggy* en brazos, volvió a la puerta, empujó la barra metálica con el codo y subió deprisa a la planta baja. Hasta que no se halló en su piso, con la llave echada y el cerrojo corrido, no volvió a respirar con normalidad. Tomó conciencia del violento temblor de sus manos y se quedó un buen rato sentada en el sofá con *Iggy* en el regazo, con su terrible herida, pero apaciguado, acurrucado con actitud confiada encima de su dueña. Su salvadora. Su protectora.

Y a ella, se preguntó de repente, ¿quién iba a salvarla? ¿Quién iba a protegerla? ¿Y por qué mierda le hacían eso? Tenía que haber un motivo: no la habían elegido al azar, su torturador la conocía. Conocía su dirección, su oficio, su número de teléfono privado... y, lo que era más asombroso aún, uno de los apodos que le daba Gérald. Sí, era en esa dirección donde tenía que buscar... ¿Quién, de las personas que trataba Gérald, podía tenerle tanta inquina? Sólo se le ocurría una respuesta: Denise. Pero ésta había recibido un falso mail de su acosador. ¿Cabía la posibilidad de que se lo hubiera enviado a sí misma para disimular? ¿Podía imaginarse a Denise metiéndose en su casa? ¿Martirizando a su perro? ¿Orinando en su felpudo? Absurdo. Y en ese caso, ¿quién era el hombre del teléfono? Estaba volviéndose paranoica.

Miró a *Iggy*. No podía dejarlo en ese estado; había que curarle la pata con urgencia, antes de que no tuviera remedio.

Gérald... Gérald tenía un amigo veterinario.

Lo había visto una vez en una fiesta: un tipo insoportable que practicaba escalada, esquí fuera de pista y la caza de toda jovencita de menos de veinte años que se le pusiera a tiro, y que declaraba a quien quisiera escucharlo que había elegido ese oficio para hacerse rico de manera rápida y no por vocación.

Buscó el teléfono, pero una vez lo encontró, se quedó mirando el aparato fijamente. ¿Y si Gérald no respondía? O peor aún: ¿y si estaba con otra persona? Miró de reojo al pobre *Iggy*, que se arrastraba cabizbajo hasta su caja con la pata posterior colgando... y apretó la tecla.

—¿Christine? ¿Qué pasa?

Durante una fracción de segundo, guardó silencio y aguzó el oído tratando de captar una voz, una respiración, un movimiento a su lado.

—Es *Iggy* —murmuró.

—¿Cómo?

Estaba a punto de decirle lo que había pasado: que alguien había entrado en su casa, que había secuestrado a *Iggy* y luego lo había abandonado en el cuarto de las basuras, cuando se dio cuenta de lo que probablemente pensaría él. Que estaba trastornándose... Eso era lo que pretendía su torturador: aislarla, hacerla pasar por loca, por depresiva, ante sus amigos y familiares. Lo mejor era no facilitarle las cosas.

—*Iggy* se ha roto la pata —explicó—. Sufre mucho... Tiene una herida abierta, horrible, y se le ve el hueso. No puede quedarse así... Y ningún veterinario me responderá a esta hora. A no ser... a no ser, quizá, tu amigo... si eres tú quien lo llama...

—Pero ¡Christine, si son más de las cuatro de la madrugada!

—Te lo ruego, Gérald. Se ve que sufre atrozmente.

Un largo suspiro en el auricular.

—Christine... Christine...

«¿Christine qué? Di lo que piensas por una vez, hipócrita...» La sorprendió su propia animosidad. Se acordó de la actitud que había tenido con Denise la tarde anterior. ¿Serían los contratiempos de aquellas últimas horas los que la volvían tan agresiva?

—Denise me lo ha contado todo —soltó de repente—. Vuestra... «entrevista» de ayer. Por el amor de Dios, Christine...

Una mano invisible le levantó el tapón del fondo del estómago, vaciándole el poco ánimo que le quedaba.

«¡La pequeña furcia!»

—Christine —zumbó la voz de Gérald en el aparato—, me cuesta creer que hayas podido escribir ese mail. Pero ¿cómo se te ocurre, joder? ¿Te has vuelto loca o qué? ¿De verdad la amenazaste? ¿De verdad le dijiste «Mantente alejada de mi novio»? Respóndeme, por favor. ¿Se lo dijiste sí o no?

Por eso había dejado sonar el teléfono cuando lo había llamado antes. Porque estaba enfadado con ella. Porque estaba resentido. Curiosamente, eso la tranquilizó. Sabía cómo tratar a Gérald cuando estaba enfadado.

—Hablaremos de eso más tarde —musitó en tono contrito—. Te lo ruego. Te lo explicaré todo... Es más complicado de lo que piensas, créeme. Están pasando cosas difíciles de entender...

—Entonces ¿es verdad? ¿Realmente lo dijiste? ¡No me lo puedo creer, joder! —estalló—. ¿Y de verdad escribiste ese JODIDO MAIL?

—No, el mail no. Hablemos más tarde, por favor... Llama a tu amigo, hazlo por mí. Después hablaremos, te lo ruego, cariño...

Un silencio anormalmente largo. Cerró los ojos. «Por favor, por favor...»

—Lo siento, Christine. Esta vez no. Necesito pensar las cosas. No podemos seguir así...

Se quedó petrificada.

—Es mejor que nos distanciemos un tiempo para saber dónde estamos —continuó—. Para hacer balance... Quiero hacer una pausa en nuestra relación.

Oía las palabras, pero su mente se negaba a comprender el sentido. ¿Gérald había dicho realmente lo que ella creía?

—Y en cuanto a *Iggy*, lo siento mucho, pero seguro que puede esperar unas cuantas horas más. Te agradecería que no intentes volver a ponerte en contacto conmigo en los próximos días. Seré yo quien lo haga.

Christine se quedó mirando el teléfono, incrédula.

Había colgado.

13

ÓPERA BUFA

El amanecer la encontró dormida. Fueron los lametazos de *Iggy* en la cara lo que la despertó. Había dormitado una hora, no más, cuando el agotamiento había podido con sus nervios y secado sus lágrimas. Cuando abrió los ojos, alelada, tenía los párpados pegados por las legañas y la lengua como el cartón.

Estuvo a punto de volver a cerrar los brazos, con *Iggy* acurrucado contra su pecho, pero se acordó in extremis de su pata rota.

Dirigió una prudente mirada en esa dirección y vio que había seguido sangrando encima del edredón, pero no mucho. De ello dedujo que también él había dormido. A pesar del dolor. «Un veterinario...» No podía demorarse más.

Salió con cautela de la cama y, esa vez, el perrillo renunció a seguirla. La miró salir de la habitación con cara de pena. Viéndolo lamerse tristemente la herida, a Christine se le encogió el corazón. Era demasiado temprano para llamar, de modo que se dirigió a la cocina. De camino, pasó delante del zapatero que había pegado a la puerta de entrada antes de irse a dormir. Encima había añadido un jarrón en precario equilibrio, que por fuerza habría caído con estrépito si alguien hubiese intentado empujar aquella torre. Hacía fresco en la sala. Subió la calefacción y, con un escalofrío, se ajustó los faldones de la bata; después se preparó un café solo y panecillos suecos con mantequilla sobre la encimera de aglomerado gris. Curiosamente, tenía hambre. Estaba agotada pero hambrienta. Mientras comía sentada en el taburete de la barra, con los talones apoyados en el reposapiés, inició un proceso de reflexión que la sorprendió a ella misma. La pena y el horror de la noche anterior habían agotado todas sus reservas de autocompasión; a diferencia de su perro, había dejado de lamerse las heridas. Sentía el retorno de un estado emocional familiar. Aunque aún no era más que un atisbo, sabía de qué se trataba: el Gran Rebote de Christine. El Gran Rebote de Christine se producía generalmente después de un bache... y ya había pasado más de uno en su vida («sé a cuál te refieres —dijo la vocecilla—. No pienses ahora en eso, guapa»). Se desencadenaba cuando se encontraba realmente en el fondo del pozo. Y siempre se traducía en un apuntalamiento de su determinación, en una voluntad feroz de no ceder al abatimiento, en un arranque de energía. Era como si en aquellos momentos su cerebro fabricara una clase especial de anticuerpos.

En ese preciso instante, a pesar de su lasitud, a pesar de su cansancio extremo, concentraba todos los pensamientos en su torturador. Si existía un hilo que lo había conducido hasta ella —y ese hilo tenía que existir por fuerza, teniendo en cuenta todo lo que sabía de su vida—, debía de haber una manera de recorrer ese hilo en sentido contrario y llegar hasta él.

«Sí, eso es...» Hasta aquel momento no se había parado a analizar la situación con detenimiento. Todo había ocurrido tan deprisa, demonios: se había visto catapultada de un suceso a otro, incapaz de reaccionar ni de pensar siquiera, como un conejo atrapado en la carretera por el resplandor de los faros, no ya de un coche, sino de toda una caravana de camiones que avanzaban en fila india, con las luces largas, en dirección a ella. Se había esforzado tan sólo en esquivarlos. Con torpeza. Sin convicción. Ahora, en cambio —pese a la sensación de que llevaba un casco de moto pegado a la cabeza—, de repente tenía las ideas mucho más claras.

Y es que lo que le había ocurrido a *Iggy* había sido para ella como un electrochoque.

«No debería haberla tomado contigo, mi pequeñín. Ha sido un grave error por su parte...

»¿Qué es lo que sabes? —se preguntó—. Piensa.»

Como mínimo, dos cosas: 1.º) había llegado hasta su oficina... o bien tenía un cómplice dentro; 2.º) estaba lo bastante cerca de Gérald y de Denise como para saber de qué hablaban... o bien los había espiado... Se acordó de las fotos que había visto en su ordenador: sí, seguro que era eso. Debía de haber escuchado sus conversaciones, ese día u otro. Quedaba una cuestión sin resolver, la misma de siempre: el motivo. ¿Por qué? ¿Y por qué a ella? Una vez que hubiera identificado la causa, lo identificaría a él.

Se acercó el tazón de café a los labios.

Se le ocurrió algo más:

«Está aislándome...»

Sí. Era eso lo que había seguido haciendo aquella noche, indisponiéndola con Gérald y con sus vecinos. Igual que la había indispuesto —ahora se daba cuenta de ello— con la policía y también, en parte, con su jefe, después del incidente de los antidepresivos... Ignoraba por qué lo hacía, pero no cabía duda de que formaba parte de su plan. «Debes romper este aislamiento. Sea como sea.» Debía buscar un aliado. Pero ¿quién? ¿Su madre? («Ja, ja —se burló la vocecilla—, estarás de broma, espero.») No, por supuesto que no. Su madre arrugaría su bonita nariz, posaría en ella sus iris de color zafiro y se preguntaría si su hija se había vuelto loca de repente o si lo había estado siempre. ¿Su padre? Menos aún. ¿Quién entonces? ¿Ilan? ¿Y por qué no? Su ayudante era una persona de confianza, discreta y trabajadora. Pero ¿podía ser algo más que un buen ayudante? No tenía elección: no veía a nadie más. En ese mismo instante, la vocecilla volvió a dejarse oír con una desagradable claridad:

«¿Nadie más? ¿De verdad? ¿Ninguna amiga, estás segura? ¿Alguien en quien confiar que no sea tu querido novio? ¿Qué te parece? ¿No crees que dice mucho de cómo llevas ciertos aspectos de tu vida, guapa?»

Había algo más que debía hacer...

Cogió el portátil, lo abrió en la encimera y lo encendió. Después de suprimir todas las cookies y cambiar las contraseñas, inició la descarga de un nuevo paquete de seguridad completo, con antivirus, cortafuegos, antiespías, antiphishing y toda la retahíla, y fue a ducharse. De regreso del cuarto de baño, volvió al antiguo sistema e hizo un análisis rápido. Una ojeada al reloj. Haría otro más completo en la oficina. De un cajón del mueble de debajo del televisor sacó las carpetas donde guardaba facturas, recibos y cheques y las metió en una bolsa de tela caqui que conservaba desde su época de estudiante. Abriría una caja fuerte en el banco y la guardaría dentro mientras no encontrara una solución mejor. Ya no podía considerar su piso como un lugar seguro cuando se ausentaba. Finalmente, llamó a su veterinario. La secretaria se fue un minuto y volvió a ponerse al aparato para decirle que su jefe aceptaba atender a *Iggy* de urgencia: no tenía más que pasar. «Gracias por haber elegido nuestros servicios. No se ha detectado ningún programa potencialmente peligroso», declaró su ordenador con voz sintética. El análisis había terminado. Metió el portátil en la ya cargada bolsa caqui, fue a buscar la caja transportadora de su perro y volvió al dormitorio... donde *Iggy* la miró acercarse con una conmovedora mezcla de ternura y confianza.

8.20 horas. Otra vez con retraso. Aunque nada comparado con los días anteriores. Además, había llegado antes de hora durante años: unos cuantos retrasos esporádicos no iban a borrar su historial de puntualidad.

Fue directa a servirse un café en la máquina al salir del ascensor. A pesar de todo, se sentía aliviada: *Iggy* estaba bien, le habían administrado un calmante y en su piso ya no había nada que su torturador pudiera utilizar contra ella. No había tenido tiempo de depositar las carpetas en una caja fuerte —todavía las llevaba encima—, pero iba a cerrarlas con llave en su despacho junto con el ordenador («El problema es que tus cajones tampoco son ya seguros», objetó la voz). Sí, pero hasta entonces ella nunca los cerraba con llave. Ahora iba a asegurarse de que la llave estuviera siempre en el bolsillo de su pantalón.

Le daba igual que sus vecinos del espacio abierto se percataran de ello y encontrasen rara tanta precaución.

Reprimiendo un bostezo, pensó en el invitado del día: el director del Centro Espacial de Toulouse. Gérald lo conocía bien. No era la primera vez que Christine invitaba a un representante del mundillo espacial francés a su programa. La vocación aeronáutica y espacial de la ciudad era desde hacía tiempo un motor de su desarrollo industrial y económico. Además, podría decirse que ella tenía una relación particular con el espacio, para lo mejor y para lo peor, a través de los hombres de su vida y... ese pensamiento la bloqueó.

«No es momento de pensar en eso...»

Salió de la habitación acristalada y, con el vaso humeante en la mano y la bolsa caqui colgada en bandolera, se encaminó a su despacho y el de Ilan a través del espacio abierto. Le preguntaría si podían hablar después del programa. Por el momento, lo más urgente era la revista de prensa. La visión del despacho vacío, sin su ayudante, interrumpió el hilo de sus pensamientos.

Ilan no estaba...

¿Dónde se había metido?

Ilan nunca llegaba tarde. Ni un solo día en tres años.

Vio un post-it amarillo pegado a su teléfono. Se inclinó para leerlo.

Ven a verme ahora mismo a mi despacho.

La letra de Guillaumot.

El tono era un tanto conminatorio, pero eso no era nada raro tratándose del director de programación. Christine paseó la mirada por la sala. Todos parecían absortos en su trabajo. Demasiado absortos...

Allí ocurría algo.

De pronto le costó respirar, como si alguien le apretara la garganta con los dedos. Lanzó un prudente vistazo exploratorio hacia el despacho de Guillaumot: la puerta estaba abierta y las persianas bajadas... un mal presagio. Después cayó en la cuenta de que tampoco veía a Cordélia por ninguna parte. A través de las lamas de las persianillas, Christine atisbó tres siluetas.

«Bueno, allá vamos.»

Llegó a la puerta de la pequeña oficina y se detuvo en el umbral. Guillaumot estaba de pie frente a Ilan y Cordélia, que lo escuchaban con atención. Cuando la vio, calló y le indicó que pasara. Los otros dos se volvieron a un tiempo hacia ella.

—Cierra la puerta —dijo el director de programación.

La prudente neutralidad del tono no auguraba nada bueno.

—¿Qué pasa? —preguntó.

—Primero sentémonos —contestó él.

—Tenemos un programa que preparar, me parece —respondió Christine señalando a sus dos ayudantes.

—Sí, sí, ya lo sé, sentémonos —repitió Guillaumot en el mismo tono.

Ella enarcó las cejas. Una vez que tomaron asiento, el director de programación se puso a mirarla con fijeza por encima de las gafas. Tenía un cuaderno abierto delante de él. Después de leer brevemente lo que había escrito en él, volvió a levantar la vista con un bolígrafo en la mano.

—Bueno, eh, no sé muy bien por dónde empezar... Se trata de una situación bastante infrecuente... Quisiera hablaros a los tres. En mi condición de director de programación tengo, como sabéis, la responsabilidad del buen funcionamiento de este departamento. Y también la de asegurarme de que aquí nadie tenga que... eh... sufrir las consecuencias del comportamiento de otros.

Christine miró a Cordélia y luego a Ilan. La cara de la primera era impenetrable y el segundo rehuyó cuidadosamente su mirada. Notó una corriente de aire helado que le subía por la nuca. Guillaumot la observaba sin parpadear.

—Cordélia ha venido a verme esta mañana —se decidió a decir.

Ella lanzó una rápida ojeada a la ayudante en prácticas; las dos mujeres se sostuvieron la mirada en silencio. Con la sangre agolpada en las sienes, Christine lo comprendió: de allí iba a provenir el próximo ataque.

—Se ha quejado de ti... —Respiró a fondo antes de lanzarse al tema—. De tu comportamiento. Bueno, digamos más bien de tu... acoso. Ésa es la palabra que ella ha empleado. Cordélia afirma que hace semanas que la acosas sexualmente, que le haces insinuaciones, gestos fuera de lugar e incluso amenazas de despido si no acepta tu juego. No quiere denunciarte, pero quiere que esto acabe. Estas prácticas son muy importantes para ella, y lo que menos desea es tener problemas. Eso es lo que dice ella. Le gustaría que solucionáramos este asunto entre nosotros.

Christine soltó una breve carcajada sarcástica.

—¿Lo encuentras divertido? —preguntó irritado el director de programación—. ¿De veras crees que es para reír?

Ella reprimió un gesto de furia.

—¿No me digas que te crees esas idioteces? —replicó inclinándose hacia él—. Es decir, ¿tú la has mirado bien?

Las miradas de los tres convergieron en Cordélia. Esa mañana llevaba sobre su alto cuerpo flaco y alargado una falda escocesa supercorta y unas medias negras, un jersey con la palabra «ALCHEMY» en el pecho y unas botas deportivas de color negro con tachones plateados. Tenía las uñas pintadas de un tono rojo sangre, igual que los labios. Y sus piercings labiales relucían en el centro. ¿Cómo podían dar más crédito a una chica disfrazada de Cruella de Vil que a ella?

—Dice que la... hummm... has magreado varias veces en el baño —prosiguió Guillaumot algo ruborizado—. Que... has intentado besarla. Que la invitaste a tomar una copa en tu casa... que...

—Tonterías.

—Que no paras de hacerle proposiciones...

—¡Tonterías!

—Que le inundas el correo de mails de carácter... hummm... sexual, incluso... eh... pornográfico.

—Pero, vamos, ¡esta pobre chica desvaría! ¡Mírala, por el amor de Dios!

—Precisamente...

—¿Precisamente qué?

—Precisamente, pudiste pensar que nadie la creería.

Lo miró como si se hubiera vuelto loco.

—Esto es una broma —replicó—. ¡Habéis perdido todos la chaveta!

Y como él seguía observándola sin responder, añadió:

—¿Recuerdas con quién estás hablando? Estás hablando conmigo, con Christine, que trabaja en esta empresa desde hace siete años... ¿Acaso tengo aspecto de perturbada?

—Ella dice que esto la pone especialmente incómoda por ti.

—¿Ah, sí? Pues entonces que enseñe esos mails... ¿Dónde están, a ver?

Guillaumot la miró de hito en hito y luego empujó hacia ella un fajo de hojas impresas.

—Aquí están.

Se produjo un largo silencio. De reojo, Christine vio que Ilan se hundía un poco más en su asiento. Sintió la mirada de Cordélia fija en ella. El corazón se le desbocó.

—Esto es absurdo...

Fijó la vista en las hojas.

Cordélia, perdóname. No quería amenazarte. Sabes que no quiero hacerte daño. Pienso en ti continuamente, no puedo evitarlo. Cuando huelo tu perfume, cuando oigo tu voz, cuando estás cerca de mí, pierdo el juicio. Es la primera vez que siento esto por una mujer.

Christine

Cordélia, respóndeme, por favor. No me dejes así. No puedo más. No adivinarías lo que estoy haciendo. Me he bebido media botella de vino y estoy acostada en la cama. Desnuda... Pienso en ti. En tu cuerpo, en tus piercings, en tus pechos... y me... Estoy tan excitada... No debería escribir esto, ya lo sé. No debería escribirte por la noche... es, hummm, peligroso.

Tu Christine

Cordélia, ¿qué te parece si cenamos juntas el sábado? Por favor, di que sí. No te compromete a nada, te lo juro. Sólo una cena entre amigas. Te prometo que nadie se enterará. Llámame, por favor.

Christine

Cordélia, como no respondes a mis mensajes, debo deducir que no apruebas mi actitud, que me rechazas. Cordélia, ya sabes que tu porvenir está en mis manos.

C.

Cordélia, te doy veinticuatro horas para darme una respuesta.

Había decenas de mensajes como aquéllos. Sentía un revuelo de pájaros negros en la cabeza. Estaba aturdida, tenía las palmas de las manos calientes y sudorosas.

—Es imposible —articuló mientras recorría los mensajes con mirada incrédula—. Es absurdo. Yo no he enviado ninguno de estos mails... Pero bueno, ¿de verdad me imaginas escribiendo este tipo de cosas? ¡Y para colmo firmándolas!

Guillaumot adoptó una expresión molesta.

—Christine, lo hemos comprobado. No hay duda de que se trata de tu dirección electrónica, de tu ordenador.

—Pero, hombre, ¡cualquiera puede tener acceso a mi ordenador, lo sabes muy bien! Basta con que me hayan espiado al teclear la contraseña. Apuesto a que es esta misma zorra la que se los ha enviado.

El director bajó lentamente la cabeza. La observó con frialdad, con una mirada que nunca antes le había visto, ni siquiera en las ocasiones en que estaba furioso.

—Ilan —le dijo a su ayudante—, ¿estás dispuesto a repetir lo que me has dicho?

Christine sintió un río helado en la columna vertebral. Miró a Ilan. Éste tenía la cara como una amapola.

—Quiero precisar que Christine es una excelente profesional —comenzó con voz casi inaudible—. Hacemos un buen trabajo y... eh... siempre hemos funcionado bien... Estoy muy contento de trabajar con ella, es una persona que respeto... Y quiero decir que la creo cuando dice que no es ella la que ha escrito esas... esas insensateces.

—Muy bien, Ilan —dijo Guillaumot—. Hemos tomado nota de tus objeciones. Pero ésa no era mi pregunta. ¿Tú también has recibido mails inapropiados?

—Sí.

—Perdón, ¿podrías hablar un poco más alto?

—Sí —repitió Ilan con voz estrangulada.

—Procedentes de la misma dirección electrónica, ¿no es así?

—Sí.

—¿Y estaban firmados?

—Eh, sí...

—¿Puedes decirnos lo que había escrito, Ilan? «Christine», ¿no es así?

Ella adelantó el torso y dio un puñetazo en la mesa.

—¡Mierda! ¡Ya está bien de tanta tontería! ¡Ya es suficiente!

—Christine, por favor, cierra la boca y espera, ¿vale? ¿Ilan?

Con una palpitación más violenta que las otras, advirtió que Cordélia la miraba con un brillo venenoso y triunfal en los ojos.

—Sí —repuso Ilan—. Eso es, pero eso no quiere...

—¿Cuándo recibiste esos mails?

—Eh... el mes pasado... pero enseguida paró. Y lo repito: me gusta mucho trabajar con Christine y no tengo absolutamente nada que reprocharle. Estoy seguro de que le han jugado una mala pasada. No veo otra explicación.

Lanzó una mirada suspicaz en dirección a Cordélia.

—¿Qué clase de mails son? —insistió el director de programación sin dejarse ablandar.

—Hummm... bueno, pues... inapropiados, como ha dicho usted...

—¿Puedes ser un poco más preciso, por favor?

—Eh, pues... cosas... hummm...

—¿Proposiciones?

—Sí.

—¿De índole sexual?

—Sí, ese tipo de cosas... pero no duró mucho, repito.

—¿Cuántos hubo, más o menos?

—Varios...

—¿Cuántos?

—Unos diez, quizá...

—¿Más bien diez o más bien veinte?

—Pues... no sé... quizá veinte, sí.

—¿Más?

—No me acuerdo.

—Muy bien, Ilan. De acuerdo. Es un suponer. ¿Cuánto tiempo duró eso, dime?

—Una semana o diez días, como mucho. De eso estoy seguro. Ya le he dicho que paró muy rápido.

—Entonces es que recibías varios al día, ¿no es eso?

Christine tuvo la sensación de que el suelo se movía como si hubiera un terremoto. Las orejas de Ilan habían adoptado una tonalidad morada. Parecían unas prótesis de cine.

—Sí.

—¿Cuántos al día? ¿Tienes una idea?

—No, no los conté.

—¿Cada día?

—Eh... sí.

—¿Durante diez días?

—Un poco más de una semana, sí.

Aquello era más de lo que Christine podía soportar. Se levantó como un resorte y se inclinó por encima del escritorio.

—¡Ya basta! ¡Dejaos de tonterías! Eso no demuestra absolutamente nada. ¡Cualquiera podría haber utilizado mi cuenta de correo cuando estaba abierta en mi despacho! No voy a tolerar que sigáis ensuciando así mi reputación ni un minuto más, ¿entiendes? ¡Este asunto es grotesco y ya ha durado demasiado! ¡No entiendo cómo puedes darle el menor crédito!

—Esos mails, Ilan —continuó Guillaumot sin hacerle caso—, ¿los recibías durante el día o la noche?

Un silencio.

—Día y noche —respondió el joven, incómodo.

De nuevo un largo silencio. Christine, todavía de pie, se sentía extenuada, mareada, grogui. Guillaumot consultó el reloj.

—Gracias por tu sinceridad. Cordélia y tú podéis volver al trabajo. Os doy las gracias a los dos. Id a ver a Arnaud para el programa. Será él quien se encargue de la sustitución hoy. Daos prisa.

Ilan y Cordélia se marcharon. Sin embargo, a esta última le dio tiempo a mirarla con descaro. Christine observó, pasmada, a su jefe.

—Francamente, no entiendo que otorgues la menor credibilidad a todas esas afirmaciones —repitió con desaliento.

—Christine...

—¡Déjame hablar! Tú me has obligado a escuchar esas elucubraciones, o sea que ahora te toca escucharme a mí. ¿Cuánto tiempo hace que trabajamos juntos? Yo siempre he sido buena en esto y tú lo sabes. Nunca he tenido problemas de relación ni personales con los compañeros hasta hoy; no soy histérica como Becker, ni tiránica como tú, ni gandula como muchos de aquí. Soy competente, fiable y todo el mundo me aprecia...

Guillaumot no perdió la ocasión de agarrarse al cable que le tendía.

—¿Que todo el mundo te aprecia? ¡Abre los ojos de una vez, Steinmeyer! ¡Aquí todos te tienen por una cabrona, una diva arrogante y despótica! ¡Todos piensan que, de un tiempo a esta parte, se te han subido los humos! ¡Me sería imposible decir cuántas veces has venido a tocarme las narices por tonterías! —Le dirigió una mirada llena de resentimiento—. ¿Y tengo que recordarte lo que encontré en tu cajón? Por no hablar de todos esos retrasos y del comportamiento poco profesional que has tenido delante del micro estos últimos tiempos...

De repente comprendió. Guillaumot tampoco le tenía simpatía. Y para él, aquélla era una ocasión que se le presentaba en bandeja... Le pareció que el suelo se sacudía, que en el fondo de su alma se desataba una tempestad, negra y espantosa.

—¿De veras crees que la gente está a tus pies? —prosiguió él con el mismo tono de revancha—. ¿Que no podemos prescindir de ti? ¿Que eres indispensable? —Puso los ojos en blanco—. Por supuesto que lo crees... ¡Ése es tu problema, Steinmeyer, que estás desconectada de la realidad! Y ahora esto. Pero ¿quién te has creído que eres? ¡Joder!

No podía dar crédito a lo que oía. Siempre había pensado que su trabajo era valorado y respetado, igual que su profesionalidad, y que estaba bien integrada en el seno de la redacción, a pesar de algunas divergencias de opiniones y algunos enemigos. Consideraba que era normal tenerlos en un ambiente donde reinaba la competitividad y donde muchos codiciaban el puesto de otros.

Guillaumot consultó ostensiblemente su reloj.

—Tengo una reunión con los accionistas y la dirección dentro de una hora. Vuelve a tu casa. Pensaré qué medidas vamos a adoptar. Mientras tanto, mañana no vengas. Arnaud se ocupará de hacer el programa.

Christine estuvo a punto de decir algo, pero renunció. Se hallaba al borde de la extenuación, del derrumbamiento. Apoyó prudentemente una mano en el respaldo de la silla para no caerse.

—Vuelve a casa, Christine —repitió Guillaumot suavizando el tono, como si se diera cuenta de que se había excedido—. Te tendré al corriente. Sea cual sea mi decisión, serás la primera en saberlo.

Ella se batió en retirada. La puerta de la oficina había quedado abierta tras la salida de Ilan y Cordélia: todo el espacio abierto había oído, por tanto, la andanada que le había soltado el director de programación. Se dirigió a toda prisa a su despacho, con la cabeza gacha. A través de la sala sumida en un silencio total. Notaba todas las miradas fijas en ella.

—Christine, yo... —balbució Ilan.

Ella levantó la mano y él se calló. Los dedos le temblaban con tal violencia que tuvo que intentarlo dos veces antes de meter la llave en la cerradura del cajón. Cogió la bolsa caqui, se la colgó al hombro y se fue con paso presuroso hacia los ascensores.

—Adiós, muy buenas —dijo alguien a su paso.

14

COLORATURA

Los bosques detrás, a cierta distancia, y por delante kilómetros de chopos alineados en la llanura como alabarderos en un cuadro de Paolo Ucello. Al sentarse al volante de
su coche, se dio cuenta de que empezaba a apreciar aquel
lugar. Aunque no le gustaban los residentes, salvo alguna
que otra excepción, el sitio en sí no carecía de encanto. Ni
de paz. Tomó conciencia de que no tenía prisa por marcharse, de que temía el regreso a la verdadera vida. ¿Significaba eso que aún le quedaba mucho para curarse?

La palabra tenía un sabor sospechoso para Servaz.
«Curarse...» Pertenecía a un vocabulario de psicólogos
y de médicos. Él desconfiaba de unos y de otros. Contempló la llanura blanca preguntándose cuándo terminaría
aquel episodio de nieve. Y de pronto comprendió que aquel
llano helado era como una imagen de su cerebro: algo se
había congelado en su interior tras la muerte de Marianne.
Su alma aguardaba el deshielo, su alma aguardaba la primavera.

El Cactus no era el tipo de bar que figuraba en las guías.
No tenía más de cien años, como Chez Authié, no estaba
situado en ninguna de las plazas más frecuentadas de la
ciudad, como el Bar Basque, ni tampoco acudían a él los

famosos, como al Ubu Club. No poseía la dignidad agresiva de esos cafés que proclaman a gritos su ambición de ser el último local de moda, ni el ambiente calmado de los cafés restaurante históricos de la plaza Wilson. En apariencia era rigurosamente idéntico a otros cientos de bares, pero las apariencias a menudo son engañosas, tanto en cuestión de bares como de personas. El Cactus contaba con algo mucho más valioso: una clientela de fieles asiduos que habían elegido pasar el tiempo allí, igual que los gatos deciden vivir en alguna parte. Y con una leyenda... Construida por el antiguo propietario, hombre intrépido que recibía en su establecimiento —y echaba— a quien quería, a cualquier hora del día y de la noche: putas, travestis, golfos... y policías. En un barrio en el que a estos últimos no les tenían mucho cariño.

A su muerte, había legado el bar y su leyenda a su empleada, y a partir de entonces, «la patrona» —que escribía poesía en sus ratos libres— llevaba el timón con mano firme pero suave, consciente de que quienes embarcaban en aquella nave lo hacían en parte por ella.

Desgranges estaba sentado en su sitio habitual, delante de una caña. Mientras tomaba asiento, Servaz captó algunas miradas tan calurosas como las de los osos polares: sabía que la policía también podía discriminar a los suyos, que prefería tratar como parias a los que se hundían en lugar de admitir que había un problema. Comprobó asimismo que nada había cambiado: las mismas caras en los mismos lugares.

—Se te ve en forma —comentó sobriamente el policía.

—Paso el tiempo barriendo hojas secas, haciendo deporte y descansando...

Del otro lado de la mesa le llegaron unas risitas.

—Ese asunto de la llave ha llegado en el momento oportuno, por lo que parece. Me alegro de verte, Martin.

Servaz no respondió a esa manifestación de afecto. No hacía falta.

—Y tú ¿qué tal? —preguntó.

—Bien, bien. Me destinaron a Juegos. ¿Quieres saber cuál fue mi última hazaña? Un gallódromo...

—¿Un qué?

—El Maracaná de las peleas de gallos, amigo mío. En Ginestous, en el territorio de los rumanos... Un ring, unas gradas para los espectadores, una sala de cuidados para los gallos heridos, otra climatizada para tener a esas aves idiotas hasta que salen a la arena. Había incluso unas cintas transportadoras de la hostia, como en un club de gimnasia, que funcionaban con un motor de lavadora... ¡para tonificar la musculatura de las patitas de esos campeones! Cuando los encontramos, los campeones estaban fatal... Era más bien de pena. Menudos cabrones...

Servaz recordó haber leído algo sobre aquello en el periódico.

—A la salud de los maderos que acuden a socorrer a los gallos —brindó.

—Y que les cortan las alas a sus verdugos —añadió Desgranges.

—¿Sigues guardando una copia de todos tus expedientes? —preguntó Servaz.

Desgranges asintió con prudencia. Luego cogió la carpeta de cartón que tenía al lado.

—Tienes suerte. Habrían podido confiársela a otro. Le he echado un vistazo antes de venir... Martin, ¿quieres conocer la lista de los suicidios más o menos dudosos que se han producido estos últimos años solamente en Toulouse? Sabes tan bien como yo lo tenue que puede ser la frontera entre el suicidio y el crimen en esta ciudad...

Desgranges había bajado la voz. Servaz hizo un gesto afirmativo con la cabeza: sabía a qué se refería su antiguo compañero. Los años ochenta y noventa... Las páginas más sombrías de la historia de la ciudad, que aún flotaban como papeles mugrientos sobre las aguas estancadas del pasado. Desprendían un olor a azufre que no les gustaba nada percibir a los policías que estaban de servicio en aquella época, ahora ya cercanos a la jubilación. Asesinatos que, de forma inexplicable, se habían declarado como casos de suicidio. Como el de aquel muchacho de veinte años encontrado muerto y maniatado en el canal del Midi, con marcas de golpes en la cara: «suicidio», según el informe del forense. O el de aquella joven que había recibido una paliza de una extrema violencia: «suicidio». O aquella madre de familia bañada en su propia sangre en el suelo de su comedor, con un cordel atado al cuello y un pañal metido en la garganta: «suicidio»... El hombre de veintiocho años muerto de un disparo en la cabeza y cuyo cuerpo había sido desplazado después de su muerte, tal como se había constatado: «Suicidio-suicidio-suicidio...» «Rapto suicida»: ésos eran los dos términos que se repetían de forma incomprensible en los informes de autopsia. Y la lista era igual de larga que un día de Ramadán: muchachas jóvenes que desaparecían entre su trabajo y su domicilio, prostitutas cuyos asesinatos en cuartos de hotel de mala muerte de Toulouse no se aclaraban nunca, autopsias mal hechas, instrucciones chapuceras, sobreseimientos de causa masivos, expedientes archivados sin más, insistentes rumores de corrupción en la policía y en la magistratura, de la existencia de redes de prostitución y de droga en las que estaban implicadas personas importantes, de veladas sadomasoquistas ultraviolentas, de sexo, de pornografía, de violencia, de asesinato... En total, casi un centenar de casos no resueltos entre 1986 y 1998 sólo en la jurisdicción del tribunal de primera instancia de Toulouse. Un récord absoluto. Y como remate, la guinda del estercolero, el asesino en serie Patrice Alègre y el primer magistrado de la ciudad encausados: la ciudad rosa convertida para la prensa estatal en una Gomorra sangrienta, la antesala del infierno; la sospecha generalizada, y la locura también. Una leyenda urbana montada por mitómanos ávidos de publicidad a partir de una letanía de hechos inquietantes, de disfunciones, de negligencias y de incompetencia.

Cada vez que se removía el lodo, el olor volvía a salir; la pestilencia de aquellos años persistía aún en los sitios oscuros, en el fondo de los armarios llenos de archivos, en los sótanos donde acumulaban polvo expedientes que a nadie le apetecía volver a abrir. Los personajes públicos encausados habían sido absueltos, pero la sospecha, en cambio, perduraría para siempre: nauseabunda e imborrable.

Era como si, detrás de cada pared de ladrillo rosado de la ciudad, detrás de cada puerta a pleno sol, existiera un muro de sombra, una puerta de sombra.

—Yo incluso conocí el caso inverso —prosiguió Desgranges—, un suicidio disfrazado de crimen. El tipo esperaba cargarles las culpas a su mujer y al amante de ésta.

—¿Estás diciéndome que no encontraré nada aquí dentro?

—Puede que sí o puede que no...

Servaz enarcó una ceja.

—Antes de llegar a la conclusión de que era un suicidio, en el momento de levantar acta, dado lo inhabitual de las circunstancias, los policías que acudieron al hotel primero pensaron que era un asesinato. Por eso tomaron bastantes muestras, entre las cuales se encontraba esto...

Desgranges sacó de la carpeta una libreta rosa.

—¿Qué es?

—Una agenda.

—¿Cómo es posible que todavía la tengas tú? —quiso saber Servaz.

—Cuando quise devolver las cosas a la familia, llamé a los padres de Célia. Vinieron a buscarlas. Se lo di todo excepto esto...

—¿Por qué motivo?

—Por si acaso... Tenía intención de hurgar un poco, pero como se trataba de un suicidio, lo dejé.

—Pero aun así conservaste la agenda...

—Sí. Quería comprobar una cosa y después no tuve tiempo.

—¿Qué cosa?

—Ya te lo he dicho. Sólo me dio tiempo a husmear un poco antes de que se confirmara el suicidio. No me llevó más de unas horas identificar todos los nombres y apellidos que están ahí dentro. Todos excepto uno: Moki...

—¿Moki?

—Sí. Todos los demás corresponden a amigos, a colegas y a parientes de Célia. Excepto él.

Sus miradas confluyeron: Servaz se puso alerta. ¿Cuántos casos como aquél dormían en cajas guardando para siempre su secreto encerrado entre las páginas de un expediente olvidado? Notó el sabor del fracaso en la lengua.

—¡Vaya, hombre! ¡Cuánto tiempo! —dijo la patrona, de pie junto a él—. ¿De vuelta de entre los muertos?

Servaz se preguntó si incluso ella estaba al corriente. Si llevaba la infamante marca de depresivo tatuada en la frente. Pero la bonita sonrisa de la mujer le sentó bien. Tomó conciencia de que había echado de menos muchas cosas de allí; pidió un solomillo y una ensalada.

Desgranges pasaba las páginas del cuaderno con sus gruesos dedos.

—Aquí está. Mira.

Colocó la agenda delante de Servaz. Éste leyó: «Moki, 16.30»; «Moki, 15.00», «Moki, 17.00», «Moki, 18.00»...

—¿Estás seguro de que se trata de una persona?

Desgranges enarcó las cejas.

—¿Qué si no? En todo caso, ninguno de los conocidos de Célia supo decirme quién era.

—¿Y eso es todo?

Su compañero esbozó una sonrisa.

—¿Y qué esperabas?

—¿Tienes alguna hipótesis?

—Un hombre casado —respondió Desgranges enseguida—. Los horarios coinciden con una jornada de cinco días por siete horas. Moki debe de ser el apodo que ella le daba. Una cosa es segura: el tipo no dio señales de vida tras la muerte. Eso respalda la tesis del hombre casado...

—Podría ser cualquier cosa —observó Servaz—. Un sitio, un bar, un nuevo deporte de moda...

—Hay algo más.

Un pensamiento fugitivo cruzó la mente de Servaz: hacía mucho tiempo que no se sentía tan vivo. Desgranges sacó un recibo de la carpeta y se lo mostró.

—Poco antes de suicidarse, Célia había efectuado unas compras de una naturaleza un poco... particular.

Servaz agachó la cabeza. Una factura. Armería de Toulouse. Fue leyendo las palabras: «Guardian Angel, spray de defensa, cartuchos de pimienta...» Según eso, Célia Jablonka pretendía protegerse... no suicidarse.

Entornó los ojos para leer la fecha de la factura: unos quince días antes de su suicidio.

—Extraño en alguien que quiere quitarse la vida, ¿no? —comentó.

—Hummm —murmuró Desgranges, dubitativo—. A saber lo que pasa por la cabeza de esa gente. Los depresivos no se distinguen por actuar de una manera lógica...

—De todas formas, daba la impresión de que tenía miedo de algo.

—Sí, ésa es la impresión que da. —Desgranges comió un poco de ensalada—. Pero no es más que una impresión...

Servaz comprendió el mensaje. En una investigación, siempre había elementos aparentemente significativos que al final se revelaban sin relación alguna con el caso. A la larga, una investigación era como un nuevo alfabeto que había que descifrar: ciertas palabras eran más importantes que otras, pero al principio no había nada que las diferenciara. De pronto, Desgranges frunció el ceño.

—Ese asunto de la llave me tiene preocupado. ¿Crees que la persona que te la envió sabe algo?

—Quizá sólo quiere que vuelva a abrirse la investigación de una manera o de otra. Pero hay otra cuestión: ¿cómo se procuró la llave?

—Alojándose en el hotel —respondió Desgranges.

—Exacto. ¿Crees que conservan la lista de las personas que han perdido la llave o han olvidado devolverla?

—Me extrañaría, pero quizá merezca la pena intentarlo.

En cuanto hubo salido de El Cactus, hizo una llamada a otra sección de su antiguo cuerpo —al que todavía pertenecía, mientras no se demostrara lo contrario—. El equipo de Documentación Operacional estaba compuesto por cuatro personas que se ocupaban de los archivos «vivos», o lo que era lo mismo, de todos los archivos relacionados con personas que aparecían, aunque sólo fuera de manera tangencial, en los expedientes en curso —testigos, sospechosos, etc.— sin esperar a que fueran procesados. Efectuaban cotejos y cruces de datos —que muchas veces los investigadores no tenían el tiempo o la posibilidad de hacer— entre el conjunto de dichos archivos y el FBS: el fichero de las brigadas especializadas. La Documentación Operacional estaba dirigida por Lévêque, un cabo primera que antes trabajaba en la Criminal y cuyas piernas habían quedado aplastadas por el parachoques de un delincuente en pleno delito de fuga. Del accidente conservaba una cojera del lado izquierdo que se agravaba los días de lluvia y una invalidez para el servicio activo en la vía pública. Después de hacer un cursillo en la Europol, Lévêque se había convertido en analista criminal para invertir en alguna actividad útil su olfato y su experiencia. Puesto que ya no tenía derecho a investigar, lo compensaba husmeando en las investigaciones de los demás, y nada le procuraba más satisfacción que descubrir un detalle que sus colegas hubieran pasado por alto: un nombre o un número de teléfono que se repetía en varios expedientes inconexos, un Renault Clio verde visto en el escenario de un ajuste de cuentas y en el de un robo...

—Soy Servaz. ¿Cómo van tus zancas con este tiempo?

—Tengo un hormigueo en las piernas, y no sólo con este tiempo... ¿Qué es de tu vida? Creía que estabas de baja...

—Eso es. Según parece, yo también tengo hormigueos en las piernas —dijo.

—No me llamas sólo para hablar de hormigueos, ¿no?

—Me gustaría que introdujeras un nombre en tu batidora...

—Acabas de decir que estás de baja... —Silencio al otro lado de la línea—. ¿Qué nombre? —preguntó por fin Lévêque.

—Moki: M-O-K-I.

—¿Moki? ¿Qué se supone que es? ¿Una persona? ¿Una marca? ¿Un pez de colores?

—No tengo ni idea. Pero si no encuentras nada de nada, prueba a combinarlo con «violación», «violencia doméstica», «acoso», «amenazas»...

—Te llamo más tarde.

• • •

La respuesta le llegó al cabo de una hora:

—Nada.

—¿Estás seguro?

—¿Quieres que me enfade? Ese Moki no aparece por ningún lado. Lo he metido por todas partes, lo he combinado con todo lo que se me ha ocurrido... No hay nada. Y luego me he acordado: el año pasado me pidieron lo mismo.

—Ya lo sé. Gracias.

Christine dejó el vaso encima de la mesa con pulso incierto, como un capitán que ahoga las penas en medio de la tempestad mientras sus marineros corren, presas del pánico, hacia los botes salvavidas en el puente azotado por la espuma y los golpes de mar, el viento aúlla y el fondo del barco va llenándose de agua salada. Estaba trompa. Cuando se dio cuenta ya era demasiado tarde; el alcohol había tenido tiempo de pasar del estómago al intestino, y de allí a todo el sistema circulatorio.

Volvió la mirada hacia el cristal empañado. Aunque había parado de nevar un rato, soplaba un cierzo corrosivo que había dejado vacías las blancas aceras de la avenida Jean-Jaurès, donde los coches circulaban muy despacio, colocando las ruedas en los surcos ya trazados. El edificio de Radio 5 se alzaba al otro lado, cual Pulgarcito de ladrillo entre los mastodontes de quince pisos. Cada vez que Christine dirigía la mirada en esa dirección, se le revolvía el estómago. Había creído que el alcohol anestesiaría el dolor, pero no era así. Solamente había incrementado su lasitud y su desánimo.

—¿Seguro que está bien? —preguntó el camarero.

Asintió con la cabeza antes de pedir un café con voz pastosa. Su pensamiento vagaba, incapaz de centrarse. En menos de cuatro días se había quedado sin novio y sin empleo; se preguntó si esas pérdidas eran irreparables.

«¿Y tú qué crees? —replicó aquella vocecilla a la que tanto le gustaba hurgar en las heridas—. ¿Acaso piensas que Gérald tiene ganas de vivir con una chiflada?»

Notó unas lágrimas de amargura a punto de aflorar y tuvo la sensación de hallarse colgada de un acantilado al que sólo se aferraba con la punta de las uñas. Mientras deshacía el azucarillo en el café, se planteó si aquella maldita carta habría sido el punto de partida de todo. Era absurdo, desde luego. Irracional. Sin embargo, tenía la impresión de que el cataclismo se había iniciado en aquel momento. Como si la carta fuera una especie de talismán maléfico. Una maldición que le habían echado: antes de la carta, ella era una mujer feliz que se disponía a presentarles a su novio a sus padres el día de Navidad, que tenía un trabajo interesante y que vivía en un piso bonito. Después, era como si estuviera cayendo por un tobogán que no tenía fin...

«Eso es pensamiento mágico —objetó la vocecilla—. Y tampoco es que fueras tan feliz...»

En ese momento vio a Cordélia, que salía de la radio y se dirigía a grandes zancadas de la calle Arnaud-Vidal a la avenida Jean-Jaurès. Miró el reloj de forma maquinal: las 14.36 horas. La vio caminar por la acera hacia el bulevar de Strasbourg y la boca de metro, situada a cuatrocientos metros de allí. Con los ojos clavados en la delgada silueta, sintió el ardor del odio, semejante a un acceso de bilis. «Mantén la sangre fría; sobre todo, no te dejes llevar por un impulso...» No obstante, cuando la menuda forma recubierta de prendas de abrigo estuvo a punto de salir de su campo de visión, cogió la bolsa caqui de la silla de al lado y se levantó.

—¿Cuánto le debo por las tres cervezas, los dos coñacs y el café?

El camarero la miró por encima de las gafas e hizo un cálculo rápido.

—Veintiún euros.

Con mano temblorosa, Christine sacó un billete de veinte y uno de cinco y los dejó en el mostrador.

—Quédese con el cambio.

El viento rugió cuando salió al frío de la calle, pero el alcohol la mantenía a buena temperatura. Había muy pocos peatones. Al percibir la esbelta silueta a cien metros de distancia, se reajustó la correa de la bolsa y se puso en marcha a paso vivo. Avanzaba con rapidez por la acera de enfrente, sin despegar la vista de su objetivo; sin embargo, debía tener cuidado para no caerse de bruces caminando por aquel barrizal de nieve convertido en hielo.

Cuando Cordélia llegó a la estación —delante del antiguo Hôtel de Paris, rebautizado Citiz Hotel—, Christine atravesaba ya la calzada central, cerca de la gran boca de metro que se adentraba en el atrio a cielo abierto. Llegó a la entrada justo a tiempo para ver que Cordélia bajaba por la escalera mecánica hacia los andenes de la línea A. Ella descendió a su vez por los resbaladizos escalones de cemento y después por la escalera mecánica que se hundía hacia el nivel inferior. Cordélia estaba a punto de pasar los torniquetes. Desde su puesto de observación, Christine distinguía sus mejillas enrojecidas por el frío, su perfil de joven zorra descarada y su figura larguirucha. El odio y la cólera ardieron en su interior. Al llegar delante de los torniquetes, echó un vistazo a los andenes de abajo y advirtió que la chica había tomado la dirección Basso-Cambo. Había llegado el momento delicado: si se dirigía enseguida al andén, se arriesgaba a que Cordélia la descubriera. Dejó que la oleada de pasajeros la pasara. Cuando llegó un metro, al cabo de dos minutos, Christine también franqueó los torniquetes y bajó a toda prisa al andén. Tal como era de prever, Cordélia entró en un vagón sin mirar atrás. Christine subió dos puertas más allá y se pegó a la ventana. Se medio escondió tras un joven que escuchaba Zebda por los cascos, a un volumen excesivo, y un hombre en la cuarentena, que, como no bajara rápidamente de peso, pronto se encontraría tendido en una camilla de cirugía cardíaca. Sin embargo, era consciente de que, si Cordélia era aficionada a observar a los otros pasajeros, acabaría por fijarse en ella.

«Compórtate con naturalidad, chica, saca la tableta y haz como si nada. Siempre son los mirones los que atraen las miradas de las mironas como tú, lo sabes perfectamente.»

Como era de esperar, el corazón le iba a mil por hora. ¡No estaba acostumbrada a hacer de figurante en una película de espionaje!

Lanzó una ojeada hacia el lugar donde se encontraba la estudiante en prácticas y se tranquilizó. Totalmente indiferente a lo que ocurría a su alrededor, la espárrago tecleaba en el móvil con los pulgares a toda velocidad. Dos estaciones más allá, Christine vio que guardaba el teléfono y se acercaba a la puerta: en Esquirol. Aunque ignoraba dónde vivía la joven, estaba segura de que no era en ese barrio. Demasiado caro. A no ser que viviera en casa de sus padres. Lo más probable era que hubiese quedado con alguien. La zona era uno de los lugares preferidos de encuentro de la juventud de la ciudad.

De pronto se preguntó adónde quería ir a parar con aquella persecución. Había actuado movida por un impulso. Quizá hubiera llegado el momento de reflexionar sobre la situación en la que se encontraba, pero el alcohol le impedía pensar de manera racional. «¿Qué pretendes hacer? ¿Secuestrarla como en las películas y torturarla hasta que escriba en un papel: "Soy una zorra y una cerda y me lo he inventado todo"? O piensas llamar a su puerta y decir: "Hola, soy yo, he venido a parlamentar. Enterremos el hacha de guerra. ¿No tendrías té blanco al jazmín, por casualidad?"» La verdad era que no tenía la menor idea de qué estaba haciendo. Y que probablemente su proceder fuera en contra de los dictados del sentido común. Aun así, persistió en seguir a la chica cuando ésta se bajó en la plaza Esquirol.

En cuanto asomó la cabeza a ras del suelo, la vio caminando un centenar de metros más allá. Echó a andar tras ella, manteniendo la distancia. Cordélia empujó la puerta del Unic Bar, donde se sentó a la mesa de tres jóvenes: un chico y dos chicas. Todos iban vestidos más o menos de la misma forma: ropa negra, collares y pulseras de plata, maquillaje de estilo gótico, pelo rojo o violeta... hasta el chico llevaba los ojos pintados con lápiz negro.

Christine miró a su alrededor.

Delante del bar había una pastelería-panadería y un centro de depilación: no eran el tipo de locales donde uno podía hacer tiempo... Si se quedaba en la acera, acabaría llamando la atención. El único punto de observación aceptable era un pequeño café contiguo a aquel en el que había entrado la joven... pero allí el riesgo de ser descubierta era todavía mayor, ya que las dos terrazas, cerradas en invierno, estaban separadas sólo por un cristal. Dio media vuelta. «A ver, piensa.» Miró con disimulo en dirección a Cordélia: ésta había colgado su largo abrigo negro en el respaldo de una silla, seguramente tenía para un rato.

Christine subió por la calle Alsace-Lorraine, una de las arterias de la ciudad, donde se concentraba un gran número de tiendas de ropa. Doscientos metros más allá, entró en una de ellas, escogió una parka de invierno con capucha —francamente fea, pero caliente y cómoda— y se precipitó hacia la caja. Menos de cuatro minutos más tarde, volvía a salir con la capucha puesta, el cinturón anudado en torno a la cintura y su abrigo guardado en la bolsa caqui. Había elegido un tono que no llamara demasiado la atención, evitando los rojos y los amarillos vivos que tan de moda estaban ese invierno. «¿No has encontrado nada más horrendo?», criticó su sarcástica vocecilla interior.

De regreso en la plaza Esquirol, tras comprobar que Cordélia seguía allí, entró en el café de al lado sin quitarse la capucha. Pidió un chocolate caliente. El camarero volvía con él justo cuando Cordélia se levantó, se puso el abrigo y se despidió de sus vecinos. Christine se apresuró a pagar y, al acercarse el chocolate a la boca, sintió que el estómago vacío se le contraía, pero la chica ya caminaba entre las mesas en dirección a la salida.

Tomó dos sorbos a toda prisa, quemándose la lengua, y salió tras ella en dirección a la boca del metro. Una sola línea, se dijo: eso reducía las posibilidades. Los dos relojes de la plaza marcaban las 15.26 horas.

Fue entonces cuando lo sintió. El cambio que se operaba en ella, oculta bajo la capucha y la parka oscura. Había pasado de presa a cazador... Esa inversión de perspectiva le insufló nuevas energías; la sangre le rebullía de impaciencia; las preguntas se sucedían en su cabeza. ¿Era Cordélia la persona que la atormentaba? En caso afirmativo, ¿por qué razón? Ella siempre la había tratado bien; al menos así lo creía: la andanada del director de programación le había hecho comprender que en la radio no estaba tan bien considerada como pensaba, que incluso había quien la detestaba... y aquella revelación había sido un choque. Pero en caso de que Cordélia fuera su acosadora, ¿quién era el hombre del teléfono? ¿Un amigo suyo? Christine pensó que al menos estaba segura de una cosa: Cordélia mentía. Se podía basar en esa certeza. Y si la ayudante en prácticas mentía, de ello se desprendía que cuando menos era cómplice... A diferencia de Ilan, que sin duda había dicho la verdad en lo tocante a los mails.

Se le ocurrió otra deducción de golpe, como un trueno inesperado. Si no era ella, en todo caso Cordélia conocía a su acosador... A través de aquella chica, Christine tenía la manera de seguir el hilo hasta esa persona.

El pensamiento la electrizó.

Recorrió el pasillo hasta la escalera que bajaba al andén e, igual que antes, aguardó arriba hasta que llegó un metro. En dirección Basso-Cambo de nuevo. Corrió hacia el tren y, una vez en el vagón, observó discretamente a Cordélia desde la sombra protectora de la capucha. La chica había reanudado su frenético tecleado en el móvil. Esa vez, el trayecto duró un poco más. Ocho estaciones exactamente. Después de Mirail-Université, Cordélia se preparó para bajar. Christine levantó los ojos hacia la pantalla de información. Al instante sintió que la invadía una ligera inquietud, parecida a una señal de alerta desconocida que se enciende en un panel de control: estación Reynerie. Nunca había puesto los pies en aquel barrio; conocía sin embargo su reputación: agresiones, tráfico de drogas, violencia, bandas... Proporcionaba material para la sección de sucesos con regularidad. El mes anterior, sin ir más lejos, la prensa había hablado de dos taxistas a los que habían agredido junto a un bloque de pisos. Uno de ellos iba a buscar a unos clientes enfermos para llevarlos al hospital. El incidente no tuvo lugar a medianoche, sino a mediodía. En pleno día. Entonces eran casi las cuatro de la tarde... y fuera la luz debía de estar declinando rápidamente.

● ● ●

Bajó del metro detrás de Cordélia y de varios pasajeros más: mujeres, cosa que la tranquilizó un poco. No obstante, cuando salió a la inmensa explanada desierta, barrida por un viento glacial, y percibió las aguas negras erizadas del pequeño lago y los gruesos nubarrones color hollín que avanzaban por encima de los bloques de pisos descoloridos, su valor desapareció y su excitación de «cazadora» se evaporó de manera brutal.

Vio que la delgada silueta con abrigo negro recorría a paso rápido la acera nevada y luego se desviaba para tomar un sendero, cuya nieve había sido pisoteada muchas veces, en dirección a los bloques de hormigón. El viento soplaba con fuerza y la temperatura había vuelto a bajar.

En cuestión de segundos, los pasajeros que habían salido del metro se esfumaron en el anochecer y ella se quedó sola. Reinaba un frío húmedo y penetrante. Aun así, al otro lado del vasto terraplén desierto, distinguió unas figuras encapuchadas que callejeaban aquí y allá: sombras desocupadas, fantasmas inquietantes, junto a los edificios y entre los árboles, sobre el césped blanco que viraba al gris y al azul. Unas tras otras, las luces se encendían por decenas detrás de las hileras de balcones. Y aquello, lejos de resultar tranquilizador, no hacía más que subrayar su llamativa soledad y su destacado carácter «exógeno» mientras caminaba entre la penumbra del anochecer, cercada por las sombras. Dudaba mucho que, en caso de que se pusiera a gritar, alguien acudiera a socorrerla.

«Pero ¿adónde vas? ¿Qué piensas hacer, de todas maneras? La boca del metro está unos diez metros mas atrás. Vuelve a casa...»

Ni hablar... Echó a andar por la larga acera. Los autobuses habían dejado profundos surcos en la calzada. Abandonó la acera para tomar el sendero. Mientras subía la pequeña loma, sin poder evitarlo, se puso a contar las figuras que vagabundeaban cerca de los bloques de hormigón: ocho. Se congratuló de que la capucha bajada hasta la frente le diera una apariencia que, a su parecer, se correspondía con la de una habitante del barrio. Después pensó en lo que había en su bolsa —facturas, recibos de tarjetas, talonarios— y palideció.

Cordélia había traspasado la hilera de coches aparcados al pie del edificio central. Christine alzó la mirada justo a tiempo de verla desaparecer por un portal. ¿Y si había un código para entrar? No se veía pidiéndoselo a una de las sombras que mataban el tiempo allá abajo... ni esperando a que alguien quisiera entrar. Un par de copos solitarios revolotearon en el anochecer y, al levantar la cabeza, vio que el cielo, cada vez más oscuro, se llenaba de nubes por encima de las ramas desnudas.

Un poco más lejos sonaron unos ladridos; oyó que alguien gritaba: «¡*Buba*, ven aquí!» Llegaba música hip-hop procedente de uno de los coches, que tenía el capó abierto; captó unas risas juveniles y voces que se interpelaban y rebotaban como pelotas de tenis en la penumbra:

—Eh, tío, esto está helado, hostia. ¡Deja ya este trasto destartalado!

—Me importa un huevo. Venga, acelera.

—Pero, tío, ¿qué cojones haces? ¡Que así no se hace, coño!

—¿Que no se hace así? ¿Ah, no? ¿Y tú qué sabes, eh?

—¡Hombre, yo trabajé en un taller!

—¿Lo has oído? Joder, trabajó en un taller... Dos semanas y luego te echaron. ¡Menuda vergüenza! Yo me habría cabreado. ¡Se las habría hecho pasar canutas a ese gordo baboso! Pero tú te volviste a casa de mamá con el rabo entre las piernas: bua-bua-bua... ¿Sabes qué? Se te mearon encima, chaval... Eso fue lo que hicieron.

—Eh, no le hables así a mi hermano pequeño, ¿vale? Para que lo sepas, fue él quien se largó de ese garaje de mierda, fue él quien los dejó plantados, ¿te enteras?

—Ya, ya...

—¿Cómo que «ya»?

—Que ya me he enterado, tío. Que guay.

—Ni guay ni nada. No me vengas con chorradas. Si vuelvo a oírte contando trolas y hablándole así a mi hermano, te juro que te parto la cara y luego cuelgo el vídeo en YouTube.

La nieve reflejaba las luces de los edificios, pero los árboles, incluso pelados, retenían la oscuridad. Christine llegó hasta los coches y se deslizó entre los parachoques. El instinto le decía que estaban observándola, así que apuró el paso sobre la nieve apisonada. En torno al coche ya no se oían voces. El corazón comenzó a latirle con irregularidad. Constató con alivio que la puerta había quedado abierta y se metió dentro, aterrorizada por la posibilidad de que los chicos de fuera pudieran seguirla o de que hubiese otros en el interior. Pero en el portal no había chicos, sino abuelos... Sentados en sillas plegables, pese a lo exiguo del espacio. Una media docena. Pararon de charlar en cuanto ella cruzó el umbral.

—Eh... buenas noches —dijo paralizada por la sorpresa.

Hubo susurros y algunas sonrisas cuando vieron que no era un camello. Luego dejaron de interesarse por ella.

En la pared de la izquierda, por encima de las hileras de buzones, una pancarta proclamaba: «VOLVEMOS A TOMAR POSESIÓN DE ESTE SITIO. SONRÍAN, QUE ESTÁN GRABÁNDOLOS. VECINOS VIGILANTES.»

Las conversaciones se reanudaron mientras ella se acercaba discretamente a los buzones. Les pasó revista a toda velocidad.

«No hay ninguna Cordélia... ¡Mierda!»

Volvió a repasarlos, cada vez más nerviosa. Un nombre atrajo su mirada. «Corinne Dĕlia.» Cuarto piso: 19B. Se encaminó al ascensor y echó un vistazo al pequeño comité de vigilancia, pero ya no le prestaban atención. Una vez dentro de la cabina, se esforzó por respirar con tranquilidad. Todas las fibras de su cuerpo le decían que debía irse de allí.

El largo pasillo estaba vacío. Apretó el interruptor de la luz y caminó ante las puertas. A través de éstas le llegaban ruidos de televisores y de platos, de música electrónica, de llantos de bebé y de berridos de niños que resonaban en el interminable corredor... Una esquina. Luego otra. Pintadas en las paredes. Se acercó a la última puerta.

19B.

Se paró a escuchar. Al otro lado sonaba música, el tipo de pop estilo Rhythm and Blues que se oía en cadenas como MTV Base. Respiró hondo. Apretó el timbre. Desde fuera oyó un ruido agudo. Esperaba percibir el repiqueteo de los tacones de Cordélia, pero no. Nada. La música seguía sonando, por tanto tenía que haber alguien dentro.

La luz del pasillo se apagó.

De nuevo se encontró a oscuras. Únicamente del ojo de la mirilla salía un poco de luz. Después desapareció incluso ese brillo y Christine comprendió que estaban observándola. ¿Y si abría otra persona? ¿El hombre que la había amenazado por teléfono, por ejemplo?

Su miedo cerval a las tinieblas iba incrementándose rápidamente: ya reconocía los síntomas en su vientre.

Luego la puerta se abrió de par en par, inundándola de luz y de sonido, y Christine se sobresaltó.

Levantó la cabeza.

Tuvo conciencia de que abría la boca formando una «O» perfecta.

Cordélia estaba de pie en el umbral, desnuda.

Su larga silueta recortada por la luz del piso que la iluminaba desde atrás. Christine se preguntó de dónde provenía el brillo de sus iris, pues su cara permanecía en la sombra. Después bajó la vista y se estremeció: la joven tenía los brazos totalmente tatuados, del hombro a la muñeca. Era como si llevara un encaje transparente encima de la piel. Cayó en la cuenta de que nunca la había visto con los brazos destapados en el trabajo. En el bíceps derecho, una puesta de sol rojiza iluminaba unos rascacielos cárdenos; una estatua de la Libertad y unas olas azules le recorrían el antebrazo. En el otro brazo, una calavera amarilla y risueña con los ojos cercados de negro, una telaraña, unas rosas escarlata y una gran cruz... También tenía tatuajes en los muslos y las caderas... Un alfabeto rudimentario que debía de tener un sentido para quien lo llevaba. Era más o menos, se dijo Christine estremeciéndose, como pasearse con el libro de su vida impreso en la piel. Su mirada abarcó a continuación los pechos apenas perfilados, el ombligo donde —al contrario de lo que habría creído— no brillaba ningún piercing, los abdominales firmes, las caderas estrechas de muchacho. Para detenerse por fin en el sexo: liso como una concha.

Una vez más, sintió un escalofrío en la espalda.

Por un instante, fue incapaz de despegar la vista de los labios menores que formaban, en la sombra, una auténtica costura de carne, aunque lo que retuvo su mirada fue un brillo apagado y metálico: el del piercing genital en forma de semicírculo terminado en dos bolas minúsculas que brillaban en torno al clítoris de la joven.

Tomó conciencia de que la sangre le circulaba más deprisa. De que le daba vueltas la cabeza.

—Entra —dijo Cordélia.

15

DÚO

Un bebé lloraba.

Un llanto rabioso y hambriento surgía de la habitación de al lado; luego se elevó la voz apaciguadora de Cordélia:

—Calma, cariño... calma, mi corazoncito... mi cielo, mi cielo...

Los llantos se aplacaron y pronto cesaron.

Christine miró en derredor.

Muebles de Ikea, objetos de decoración baratos, pósteres de películas: *Carretera perdida*, *El Cuervo*, *Promesas del Este*. La música demasiado fuerte —bajos lancinantes, tecno binario para pista de baile—, el olor a velas, los gritos del bebé, el alcohol, la visión de la desnudez de Cordélia: Christine luchaba contra la dolorosa punzada que sentía en el cráneo.

Hacía demasiado calor en aquel piso. De repente la asaltó una tremenda necesidad de aire. Dejó la bolsa y se precipitó hacia el balcón. La última luz del día se apagaba por encima de los edificios con un fulgor definitivo, bajo un velo de nubes bajas y sombrías. Cuatro pisos más abajo, las sombras encapuchadas continuaban con sus pullas: «¡Eh, tío, fíjate cómo me acojona tu hermano!» Hacían rugir el motor del coche con el capó abierto y la música de rap a tope, eructando más clichés sobre las barriadas de extrarradio que cualquier periodista. Christine se imaginó regresando a pie a la estación de metro y le dio un escalofrío.

Volvió dentro.

Al contrario de lo que había previsto, había sido ella y no Cordélia la que se había llevado una sorpresa. Se preguntó si la joven tenía costumbre de pasearse en pelotas por su casa o si la había recibido así para desestabilizarla. Debía recuperar enseguida el control de la situación. Jamás habría imaginado que Cordélia pudiera ser madre. ¡Esa chica ni siquiera había cumplido los veinte años! No tenía trabajo fijo, sólo un puesto de prácticas mal remunerado... ¿Dónde estaba el padre?

La joven salió de la habitación y cerró la puerta. Esa vez llevaba un batín igual de negro que el resto de su ropa. La única nota de color la ponían los ribetes rojos de las mangas, así como las letras escritas encima: «FUCK ME, I'M FAMOUS.» El batín se acababa en el arranque de sus largas piernas flacuchas.

—¿Qué haces en mi casa?

—He venido para comprender por qué has mentido —contestó ella.

Las dos mujeres se sostuvieron la mirada. Christine se sentó tranquilamente en el sofá desgastado, con las piernas cruzadas.

—Lárgate —musitó la estudiante—. Vete de aquí. Ahora mismo.

Se quedó donde estaba, limitándose a pasear la mirada por la sala de estar, fingiendo una indolencia que contradecía la partida de ping-pong que jugaban los ventrículos en su pecho.

—Bueno, ¿qué? —inquirió levantando la vista al cabo de un momento, como si la sorprendiera que Cordélia siguiese de pie.

Los ojos de ésta, ribeteados de negro, adquirieron un brillo calculador. Claramente, estaba sopesando la situación, buscando una respuesta.

—No tienes derecho a estar aquí —dijo—. Lárgate.

—¡Ah! —exclamó Christine con aire desenvuelto—. ¿Ya está? ¿Y qué vas a hacer? ¿Llamar a la policía?

Le pareció percibir una duda pasajera en la mirada de la joven. Una fracción de segundo más tarde, ésta soltó una risa nerviosa.

—De acuerdo —admitió con un tono que daba a entender que no había perdido del todo el sentido del humor ni la sangre fría.

Desapareció y Christine, más nerviosa de lo que le habría gustado, oyó el ruido de la puerta de una nevera. Cordélia volvió con dos botellas de cerveza destapadas, cubiertas de vaho, y después de dejar una delante de Christine, se dejó caer en el sillón que quedaba libre.

—¿Y ahora qué hacemos, señora mía? —dijo.

El tono era malicioso. Christine advirtió que el batín se le había subido muy arriba y que Cordélia no se molestaba en disimular lo que había debajo. La joven cogió la cerveza y bebió un trago. Christine la imitó. El alcohol que había tomado antes le había dado sed.

—¿Quién te pidió que mintieras? —preguntó al dejar la botella.

—¿Y qué más da?

Christine vio sus pupilas dilatadas en medio del iris y se preguntó si se drogaba.

—¿Has venido hasta aquí sólo para preguntarme eso? ¿A este barrio? ¿No te da miedo? ¡Menuda pinta llevas! ¿De dónde has sacado algo tan feo? ¿Y qué llevas ahí dentro?

—¿Quién es el hombre del teléfono, Corinne? ¿Tu novio? ¿Tu... chulo?

En los ojos de la joven apareció un estallido de cólera.

—¿Cómo? ¿Cómo has dicho? —replicó con voz peligrosamente inestable—. ¡No me hables así, zorra! ¡Quién te has creído que eres, burguesa de mierda!

—¿Dónde está el padre de ese niño? —prosiguió ella, imperturbable.

—No es asunto tuyo.

—¿Lo crías sola? ¿Quién lo cuida cuando no estás aquí? ¿Cómo consigues salir adelante?

Cordélia le lanzó una mirada de soslayo, con expresión enfurruñada. Sin embargo, esa mirada no transmitía tanta dureza ni tanto aplomo como antes.

—No tengo por qué responder a tus preguntas... ¿Qué es esto? ¿Un jodido interrogatorio?

—No debe de ser fácil —continuó Christine en tono conciliador—. ¿Podría... podría verlo?

La joven la miró con suspicacia.

—¿Para qué?

—Para nada en especial. Me gustan los niños.

—Entonces ¿por qué no los has tenido todavía? —contestó la otra entre dientes.

Christine fingió ignorar el ataque, pero acusó el golpe, el vientre se le contrajo como si acabaran de darle un puñetazo.

—¿Cómo se llama? —preguntó con suavidad.

Un silencio.

—Anton...

—Bonito nombre.

—¡No me tomes por imbécil! Si crees que vas a engatusarme poniéndote melosa...

—¿Puedo verlo o no?

La joven vacilaba. Al final, se levantó sin despegar la vista de Christine. Desapareció en la habitación de al lado y volvió con el pequeño dormido en brazos.

—¿Qué edad tiene?

—Un año.

Christine también se levantó y se acercó a la madre y al hijo.

—Es guapo.

—Ya está bien —dijo Cordélia.

Volvió a llevar al niño a la habitación contigua.

—Y ahora te largas de aquí —le espetó al volver—. Fuera. ¡Ahora mismo!

—¿Quién te pidió que mintieras? —repitió Christine sin moverse ni un centímetro.

—¡PARA YA DE FASTIDIARME! ¡Te he dicho que te largues!

La joven tenía la cara a unos centímetros de la suya, y su furia era tan densa que Christine tenía la impresión de enfrentarse a un muro. Inclinada hacia ella, la superaba casi en un palmo de altura.

—No grites... Vas a despertar a Anton... No me iré hasta que me respondas...

Volvió a sentarse, tratando de ocultar el temblor que le sacudía las manos y las rodillas.

—Conozco una excelente guardería privada, con escuela primaria —anunció.

—¿Qué?

—Para tu hijo. El director del centro es amigo mío. Es un poco caro, pero podemos encontrar una solución. ¿O prefieres que Anton crezca en este barrio? ¿Te imaginas lo que pasará dentro de unos años? ¿Cuando tú no estés aquí para controlarlo? ¿Cuando los tipos de abajo le ofrezcan dinero para vigilar... o un poco de droga...? Así empezará todo... ¿Qué edad tendrá entonces? ¿Ocho años? ¿Nueve?

Vio pasar un relámpago de terror por los ojos de la joven.

—Te propongo una solución para que tu hijo pueda ir a una buena escuela, para que tenga mejores oportunidades en la vida, posibilidades de escapar de lo que le espera debajo de este edificio.

—Estás de broma, ¿no? —replicó Cordélia—. ¿De verdad crees que voy a tragarme una trola así? ¡Aunque te diera la información, en cuanto salieras te olvidarías de nosotros!

Christine reparó en el «nosotros» y reprimió una sonrisa. Había mordido el anzuelo... Sacó el teléfono, puso el altavoz y apretó una tecla.

—Alain Maynadier, Crédit Mutuel —respondió una voz en el aparato.

—Hola, Alain, soy Christine Steinmeyer —se presentó—. Quisiera hacer una transferencia a una cuenta. ¿Qué pasos hay que seguir? ¿Puede hacerse por teléfono?

El empleado del banco le dio las instrucciones necesarias.

—Le llamo dentro de un cuarto de hora —dijo ella después de darle las gracias.

Cordélia la miraba fijamente. Había algo distinto en sus ojos.

—¿Y bien?

No hubo respuesta. Pero tampoco sarcasmo.

—Piensa en tu hijo, Cordélia. Piensa en su futuro.

—¿Quién te dice que la persona que me pidió que mintiera no me ha ofrecido una cantidad mayor?

—¿Y te ofreció también un porvenir para tu hijo?

«Bingo...» La chica dio un respingo, como si acabara de quemarse. Christine se arrellanó en su asiento.

—¿Tanto... tanto te importa saber la verdad?

—Alguien está destrozándome la vida. O sea que sí, me importa y mucho.

Vio que Cordélia cavilaba. Debía darle tiempo... Se llevó la cerveza a los labios. El silencio se prolongaba. La joven bebió dos tragos más, pensativa, sin apartar la vista de Christine. Ésta miró su propia botella; sin darse cuenta, se había tomado ya la mitad de la cerveza.

Por fin, Cordélia se decidió a hablar.

—Yo no quería hacerlo. No quería... pero me obligaron.

«Mentira», pensó Christine, pero no dijo nada.

—Me obligaron. Y me dieron dinero. Me dijeron que si no lo hacía iba a verme en la calle. Estoy pendiente de desahucio, y con el niño...

Cruzó las piernas y, una vez más, Christine tuvo que esforzarse para no mirar más abajo.

—Conseguí este piso gracias a un amigo que me lo subarrienda. Me marché de casa de mis padres. Y el padre de Anton se largó sin dejar ninguna dirección...

—¿Por qué te fuiste de casa? —preguntó Christine.

La chica la sondeó con la mirada... y después se soltó, al borde de las lágrimas.

—Mi padre bebía, mi madre bebía, mi hermano bebía... Mi padre está en paro, mi hermano también... A los quince años, mi querido hermanito intentó follárseme y, como no quise, me partió un diente. Cuatro en cincuenta metros cuadrados y una familia de tarados... No quería que mi hijo creciera en ese ambiente.

«¿Fue allí donde te hiciste tan dura? ¿Fue a causa de ellos por lo que te volviste tan fría? ¿Tan calculadora? ¿O es sólo otra trola? ¿Una invención más?» Se parecía tanto a una mentira que cabía la posibilidad de que fuera verdad... Un olor a miseria social, a pobreza intelectual, a mugre y alcoholismo. Pocos o ningún libro... Pero sin duda una consola de juegos y una antena parabólica para emparparse el cerebro de vulgaridad además de alcohol... ¿Demasiado estereotipado, quizá? Sin embargo, no había más que mirar fuera; los estereotipos andaban sueltos por las calles. Surgían incluso de los altavoces de los coches.

—Esas prácticas —dijo de repente Cordélia—, ni Ilan ni tú os imagináis lo que representan para mí... Trabajar en una radio. Aprender. Venir de donde vengo y encontrarme allí... Es como si por primera vez entreviera un futuro...

—¿Cómo las conseguiste?

Un instante de duda. Pero ya había empezado. ¿Por qué no llegar hasta el final?

—Falsifiqué el currículum. Pero me merezco el puesto. Mientras mis padres se repantigaban delante de la tele y el imbécil de mi hermano jugaba a *Grand Theft Auto IV*, yo sacaba libros de la mediateca y devoraba todo lo que caía en mis manos. Durante toda la escuela saqué las mejores notas en lengua, aunque luego dejara los estudios a los dieciséis años. Mentí, es verdad, pero hago bien el trabajo, ¿no? En todo caso, al menos igual de bien que cualquier otro...

«No del todo», pensó Christine. En más de una ocasión la habían sorprendido las lagunas de Cordélia y se había planteado cómo había ido a parar allí.

—Lo único que quiero es mejorar —insistió la joven, tal vez porque había captado un asomo de duda en la mirada de su interlocutora—. Sé que puedo... Trabajo duro y tengo tesón, y eso tú lo sabes.

Christine asintió con la cabeza. Era cierto que la chica tenía tesón. Esa última afirmación tenía un aire de sinceridad, algo que sonaba a verdad y que la emocionó. Se dijo que no debía dejarse ablandar, que debía mantener la cabeza fría. Que la joven trataba de engatusarla.

—El nombre de esa persona —dijo dejando la cerveza en la mesa.

Cordélia se percató del gesto.

—¿Quieres otra?

—El nombre —repitió.

Silencio, cabeza gacha.

—Cordélia...

—Si te lo digo, me lo harán pagar caro.

—Piensa en tu hijo. Te doy mi palabra de que os ayudaré. A condición de que tú me ayudes.

Percibió el debate interior en los ojos temerosos de la chica y se le ocurrió otra idea.

—Oye, te propongo lo siguiente: tú se lo cuentas todo a Guillaumot. Yo te defenderé, diré que has sido víctima de un chantaje. Le diré que te deje en el puesto, que haces un buen trabajo. No sólo no te denunciaré, sino que te ayudaré, también económicamente. Lo único que tienes que hacer es contárselo todo a Guillaumot. El nombre de la persona me lo dices sólo a mí. Es una cuestión que me concierne únicamente a mí, y no pienso hablar de ello con nadie.

—¡Le harán daño a mi hijo!

Al ver otra vez sus pupilas dilatadas, Christine comprendió que estaba aterrorizada. No fingía.

—Eh... bueno... mira, buscaremos un... un sitio... para tu... hijo y para ti...

¿Qué demonios le pasaba?

De repente, las palabras se le pegaban a las encías como caramelos, reacias a abandonar sus labios. Alargó una mano hacia la mesa del sofá y le pareció que se movía a cámara lenta. El cerebro no la obedecía. O tal vez fuese al revés y era el cuerpo el que se amotinaba. Sus dedos chocaron con la botella de cerveza, que se volcó y rodó por la mesa con un ruido redondo, extraño y distorsionado, antes de caer en silencio encima de la moqueta.

—¿Qué... qué me ocurre?

Cordélia la observaba. Con los labios apretados.

Christine se concentró. «Domínate, mujer.»

«Christiiinnneee...
¿seguuurooo que estás biiieeennn?»

203

¿Qué era esa voz? La chica debía de haber tomado algo para hablar de esa manera... Con esa entonación ridícula...

Christine reprimió una risa nerviosa; las dos estaban igual de colocadas.

Una sensación de frío en las venas; la habitación y el sofá cabeceaban como el puente de un barco. La mirada de Cordélia. En algún sitio se disparó una alarma: volvía a ser como antes: fría y calculadora.

Christine notó un velo de sudor frío que se le adhería a las mejillas como una capa de maquillaje. «Oh, mierda, no me encuentro nada bien...» El corazón le latía muy deprisa. Iba a desmayarse, estaba fatal.

Allí estaba ocurriendo algo que no le gustaba nada.

Miró a Cordélia y se quedó sin respiración: ésta estaba quitándose el batín. Su largo cuerpo cubierto de tatuajes —semejante a un jeroglífico— quedó de nuevo al descubierto.

«Cordéliaaaaaa... ¿qué haces?...»

«Me siento maaal... muuuy maaal...»

Vio que le chica se levantaba y cruzaba la habitación en dirección a ella. Que rodeaba la mesa del sofá. Su sexo invadió el campo de visión de Christine. Aturdida y fascinada, observó una vez más el reluciente piercing genital... después la cara todavía infantil lo sustituyó, obstruyéndole la vista, y una boca cálida y húmeda se aplastó contra la suya.

«No te muuuuuuevaaas...»

Christine quiso resistirse. Parpadeaba, se estremecía, tenía la cara empapada. Quiso resistirse, levantarse, irse, pero no se movió un ápice.

Se concentró en los gestos de Cordélia, que le había dado la espalda y abría un ordenador portátil encima de la mesa del sofá.

Pulsó unas cuantas teclas.

Christine veía sus nalgas redondas, la gran espalda nervuda de la joven y sus omoplatos huesudos, los tatuajes que se volvían borrosos...

«Yaaa eeessstáaa...»

Cordélia se volvió. Christine sintió que perdía el conocimiento.

Fundido en negro...

16

RECITATIVO

Un ruido le desgarró el cerebro, como una cuchilla. Se despertó de inmediato. El ruido volvió a sonar, destrozándole los nervios... y entonces comprendió que se trataba de una bocina.

Un rumor de conversación abajo, en la calle; el sonido de un motor... y luego, silencio...

Christine se incorporó.

Casi no había luz, sólo la tenue claridad gris que entraba entre las lamas de las persianas, y notó que su miedo a la oscuridad se activaba. Rodó entre unas sábanas igual de oscuras que la habitación en la que se hallaba, un lugar que le pareció desconocido y extraño hasta que se dio cuenta de que se trataba de su dormitorio. El tacto de la seda en la piel: como un sudario. Estaba desnuda... Una imagen acudió a su mente con el fulgor súbito de una descarga eléctrica: Cordélia, también desnuda, besándola, con la lengua dentro de su boca.

Temblando, buscó a tientas el interruptor de la lámpara, pero cuando lo encontró y lo apretó, no se encendió.

Algo brillaba en la oscuridad, en el extremo de la cama. Un rectángulo de un gris apenas más pálido que las tinieblas circundantes... «Una pantalla...»

La baja luminosidad indicaba que estaba en reposo. Con un agudo sentimiento de vulnerabilidad, se preguntó cómo había llegado hasta allí, quién la había desvestido y quién había encendido su ordenador. Y también qué le habían hecho mientras dormía... Pero esa pregunta la conducía a unas regiones demasiado negras que prefirió mantener a distancia por el momento. Le dolía la columna, y también la zona de las axilas y un codo. ¿La habrían llevado a rastras? Seguro que sí, pero ¿quién lo había hecho? Cordélia sola no habría podido... ¿Cómo habrían conseguido burlar el comité de vigilancia que montaba guardia en el portal del edificio?

De manera instintiva, reptó hacia la pantalla para encenderla... cualquier cosa era preferible a aquella penumbra densa. Se arrastró por la cama, a oscuras, presa del pánico, y, apoyada en un codo, tocó el teclado táctil. El modo de reposo se interrumpió. La repentina claridad de la pantalla la deslumbró, la alivió y proyectó sombras por toda la habitación. Una sesión de vídeo estaba lista para iniciarse. La gran flecha triangular del centro de la pantalla aguardaba su orden, pero algo la detuvo: la certeza de que lo que iba a descubrir iba a hundirla aún más en su pesadilla.

Deslizó el dedo por el teclado táctil y, tras un breve titubeo, activó la lectura del vídeo.

La reconoció enseguida...

La puerta del 19B.

Vista del interior del pequeño apartamento... «Una webcam...» Conectada de cara a la puerta de entrada. Un ruido agudo de timbre. El que había producido ella al apretarlo. Después la larga silueta de Cordélia entra en el campo de la cámara. De espaldas. Desnuda. Las nalgas redondas, pálidas, separadas por un surco profundo. Descorre el cerrojo. Abre la puerta y Christine aparece. De cara. Extrañamente familiar y extrañamente diferente de la idea que tiene de sí misma.

En su ordenador, Christine vio que Christine miraba a Cordélia, después que la mirada de Christine recorría el cuerpo de la joven hasta detenerse y demorarse en el sexo. Notó que se le encendía la cara. En el vídeo, Christine tenía los ojos muy abiertos y la mirada brillante. Y no cabía duda de cuál era el objeto de su fascinación. Después se oía la voz de Cordélia que decía con calma: «Entra», y Christine accedía al piso detrás de ella.

«Como si estuviera esperándote —pensó—. Como si ya hubieras estado allí...

»Como si todo fuera algo previsto y natural...»

Imagen siguiente.

Christine sentada en el sofá, de espaldas a la cámara.

Sólo se le ven la nuca y los hombros; Cordélia está de pie delante de ella. En una pose claramente sugestiva. Separa las piernas; los dedos de uñas pintadas de amarillo chillón entreabren los labios de su sexo, un gesto de chocante impudor y turbadora intimidad. En una especie de trance, con mirada lúbrica, dice: «Esto se llama un piercing del triángulo. No todas las mujeres pueden ponerse uno: hay que tener el capuchón del clítoris lo bastante prominente. Además del aspecto estético, estimula el clítoris por detrás; no te imaginas las sensaciones que te procura esta cosa... no tienes ni idea de lo fabuloso que es...» Christine no se mueve. Está inmóvil como una estatua.

De espaldas a la cámara, su actitud sugiere que mira el sexo de la joven, igual que lo ha hecho en la puerta.

Imagen siguiente. Christine se sobresaltó: Christine y Cordélia desnudas en el sofá, esta vez de cara a la cámara. Se besan. Christine tiene los ojos cerrados, la mano metida entre los muslos de la estudiante. Las bocas de ambas están pegadas. La joven gime. Christine no se mueve... por una buena razón.

Última imagen: Christine ve a Christine en el sofá, de nuevo de espaldas a la cámara; delante de ella, la estudiante cuenta un fajo de billetes:

«1.600...

»1.700...

»1.800...

»1.900... Dos mil... Vale, voy a retirar la queja... Pero no es sólo por el dinero, sino porque me has hecho disfrutar.»

Nieve en la pantalla. Fin de la peliculilla porno para uso privado.

Tragó saliva, sentía un zumbido en las sienes. Había aclarado parte de lo que había ocurrido mientras estaba inconsciente.

Un montaje. Nadie negaría que se habían cortado ciertas partes en caso de que el vídeo llegara a circular. Sin embargo, al verla mirar embobada el coño de aquella bruja nadie pondría tampoco en duda que ella estuviera allí por voluntad propia...

Había caído en una trampa... Si Guillaumot o cualquiera de la radio llegara a ver ese vídeo, no haría más que confirmar las declaraciones de Cordélia. Y su carrera habría acabado de manera definitiva. La de Cordélia también, había que reconocer de paso. Claro que, por una parte, ésta no pasaba de ser embrionaria, al contrario de la suya. Y, por otra, Christine sospechaba que para esa mala pécora no era algo tan importante... que tenía otros proyectos en la vida. Como, por ejemplo, estafar a su prójimo y encontrar otros primos a los que también desplumar.

«¿Un chantaje?» ¿Sería ésa la próxima etapa? ¿Iban a pedirle dinero? ¿Era ésa la finalidad? Pero ya se había quedado sin novio y sin trabajo, ¿qué más podía perder?

Se sentía hecha polvo, grogui. Incapaz de reflexionar. No habría ningún Gran Rebote de Christine esa vez. La droga que le habían administrado debía de circular todavía por sus venas, porque tenía el cerebro embotado y una pesadez general.

La iluminación expresionista que se filtraba entre las lamas de las persianas proyectaba sombras en las molduras del techo. Aquel piso que tanto le había gustado se le aparecía de repente como un lugar hostil, que amenazaba con cerrarse sobre ella y asfixiarla.

De repente, se acordó de la bolsa caqui. Miró alrededor con ansiedad y experimentó un intenso alivio al localizarla en un rincón de la cama. Al lado había un rectángulo blanco, encima de la sábana negra. Un ticket o un mensaje...

Cogió el pedazo de papel y lo acercó a la luz de la pantalla.

Un recibo de retirada de dinero. El pánico se apoderó de ella.

Reconoció las primeras y las últimas cifras: las de su cuenta bancaria... Había escrito: «Fecha de reintegro: 28/12/12, hora: 9.03; cajero: 392081.» ¡Habían sacado dos mil euros de su cuenta esa misma mañana! A esa hora, ella se encontraba en el despacho de Guillaumot escuchando las mentiras de Cordélia. Después, con un hipido de incredulidad, estableció la relación con las imágenes del vídeo donde la chica contaba un fajo de billetes.

La trampa tenía un doble mecanismo...

Había algo más encima de la sábana, al lado del ordenador. La caja de plástico de un CD. La cogió.

Madama Butterfly. Un disco de ópera, cómo no.

Con un escalofrío, se acordó de que, al final, Madama Butterfly se suicidaba. Eso era más o menos todo lo que sabía de ópera.

El miedo se hizo patente entre sus costillas y en todos los recovecos de su cerebro. ¿Era ése el desenlace hacia el que la empujaban? Un recuerdo horroroso: su padre abrazándola muy fuerte hasta hacerle daño, repitiendo sin parar, con una voz extrañamente aguda y entrecortada: «Ay, cariño, ha ocurrido un accidente terrible, terrible, terrible...»

No se enteró de la verdad hasta mucho después: Madeleine se había ahorcado.

Ahorcado... a los dieciséis años.

«¿Por qué me pasa esto a mí? —volvió a preguntarse—. ¿Será como la lotería pero al revés? ¿En lugar de una suerte extraordinaria, una baza entre millones, una desgracia extraordinaria?»

Apagó el lector de vídeo y entonces se percató de que su correo había quedado abierto en la pantalla. O más bien que alguien lo había abierto mientras dormía... Mierda, ¿cómo era posible, si había descargado un pack completo de seguridad, borrado todas las cookies y cambiado la contraseña? Inspeccionó maquinalmente los mensajes que habían llegado desde la última vez que lo consultó. Había uno del veterinario, titulado «*Iggy*», y varios de publicidad. Lue-

go, su mirada se detuvo de golpe: malebolge@hell.com...
El asunto del mail era «ÓPERA». Conteniendo la respiración, abrió el mensaje.

Espero que te guste la ópera, Christine.

Nada más.
«¡Maldito hijo de puta!»
Agarró el ordenador con las dos manos y, en un arrebato vengativo y liberador, lo arrojó con todas sus fuerzas contra la pared de la habitación, donde lo vio y oyó estrellarse antes de caer en el suelo, inutilizado pero casi intacto: los MacBook son resistentes...

En los pequeños altavoces, el primer movimiento de la *Sinfonía n.º 9* —violines ligeros, trompas brumosas y un centelleo de arpa— era como el aliento elegíaco de una mañana de otoño en el bosque, cuando, de pronto, la tormenta de los instrumentos de viento y de cuerda estalló tras el fogonazo de un toque de timbal. En la reducida habitación del último piso sonó una nueva descarga: Servaz despegó un instante la vista de la lectura no para mirar nada, sino para escuchar mejor —con la mirada perdida en la contemplación de la pared— aquel fragmento en que el percusionista marcaba con un redoble sordo la inminencia de la tragedia. A pesar de haberlo escuchado cientos de veces, todavía sentía en la sangre aquel martilleo premonitorio del destino.

Si un día un extraterrestre se bajara de su nave espacial para preguntarle qué había creado de hermoso la humanidad, le haría escuchar a Mahler, pensó sonriendo. No obstante, en vista de la insuperable mediocridad y vulgaridad de la época actual, lo más probable era que dicho argumento resultase insuficiente y que el hombrecillo verde se apresurara a montarse de nuevo en su máquina intergaláctica, no sin antes haber pulverizado a todo el mundo con un rayo a la vez profiláctico y exterminador. Relegando la música a un segundo plano, devolvió la atención a las palabras impresas. Siempre tenía un poco de dificultad con los textos en pantalla. Por eso había pasado por la mediateca antes de volver. En realidad no sabía muy bien qué buscaba, pero había acabado encontrando unas cuantas obras. En ese momento estaba inmerso en libros que tenían títulos del estilo de *Los manipuladores viven entre nosotros* o *El acoso moral, maltrato psicológico en la vida cotidiana*.

De esas obras se desprendía que ciertas personas pueden transformar nuestra vida en un sentido positivo y otras pueden conducirnos hacia el abismo y representar incluso un peligro mortal. Que en el seno de la sociedad existían individuos perversos y manipuladores que todos los días atrapaban en sus redes a personas débiles y vulnerables, hombres o mujeres, a los que se dedicaban a controlar, rebajar y destruir. ¿Sería eso lo que había sufrido Célia Jablonka? ¿Habría conocido a una de esas personas? Al volver, había buscado «Moki» en internet y había descubierto que el Blue Moki era un pez perciforme de Nueva Zelanda; el Moki Bar, un café con música en directo del distrito veinte de París, y que la palabra designaba también una clase de haiku en japonés. Pero ni en la guía telefónica ni en las Páginas Amarillas constaba ningún Moki... ninguno, aparte del de la agenda de Célia Jablonka...

Al proseguir su lectura, Servaz descubrió que existía una primera etapa, denominada de «intrusión», en la que el manipulador se dedicaba a penetrar en el territorio psíquico del otro, a confundirlo, apropiarse de sus ideas y sustituirlas por las propias. Después venían el control y el aislamiento: de la familia, de los conocidos, de los amigos... «Como en una secta», pensó. Y al mismo tiempo la denigración, las humillaciones, los actos de intimidación destinados a provocar una fractura identitaria en el espíritu de la víctima, a hacer tambalearse su autoestima. Todo el mundo podía revelarse como un manipulador en algunas ocasiones; Servaz recordaba haberlo sido en ciertas circunstancias. Pero el individuo realmente perverso lo era de manera constante y metódica. El jefecillo tiránico que pretende ocultar su propia incompetencia, el cónyuge destructivo, la madre abusiva... A Servaz le acudió a la memoria una frase de Orwell en *1984*: «El poder radica en la facultad de destrozar el espíritu humano.»

Si la víctima ofrecía resistencia y no reaccionaba según lo previsto, entonces aparecían las amenazas, la violencia física y, cuando la víctima era una mujer, la violencia sexual... hasta llegar a la violación o incluso el asesinato. Servaz se preguntó una vez más si era eso lo que Célia había vivido. ¿Debía seguir indagando en esa dirección o estaba perdiendo el tiempo? Aunque no estaba casada, tal vez tuviera un novio o un compañero en el momento de los hechos. ¿Lo habrían interrogado? En el expediente que le había entregado Desgranges apenas había información. El caso se había archivado muy rápido.

Reanudó la lectura.

Según aquellos textos, el maltrato psicológico era profundamente igualitario y trascendía todas las clases sociales. Los tiranos domésticos y de medios profesionales pululaban por las calles escondidos detrás de inofensivas máscaras sociales. En el medio laboral existía el delito de acoso moral, pero los agentes de control de la Inspección de Trabajo obligaban a la víctima a demostrarlo mediante testimonios y pruebas antes de poner en marcha cualquier investigación. Eso dejaba el campo libre a las manipulaciones perversas más sutiles e insidiosas: aquellas en el curso de las cuales la víctima se veía rebajada, empequeñecida, sometida a ataques verbales y psicológicos incesantes, degradantes, a humillaciones en presencia de otros y a órdenes contradictorias durante largos períodos. Aun cuando dichos ataques no resultaban mortales —salvo cuando la víctima acababa quitándose la vida en el lugar de trabajo—, el individuo que volvía a su casa tocado, humillado y agotado perdía para siempre su amor propio y su savia vital. Por su parte, el resto de su entorno profesional solía mantenerse al margen, por cobardía o por egoísmo, cuando no acababa simplemente por entrar en el juego del manipulador y estigmatizaba también la incompetencia, el mal humor y la mala voluntad evidentes de la víctima.

En el terreno familiar, el maltrato psicológico adoptaba a menudo la máscara de la educación. Una psicóloga y filósofa suiza había hablado de una «pedagogía negra», que tenía por objeto anular la voluntad del niño. La Convención Internacional de los Derechos del Niño asimilaba al maltrato psicológico la violencia verbal, los comportamientos sádicos y degradantes, el rechazo afectivo, las exigencias excesivas, las consignas contradictorias o imposibles... Finalmente, en el seno de la pareja, el acosador conocía perfectamente a su víctima, sus debilidades y sus fallos, lo que le daba una ventaja considerable. El maltrato psicológico consistía entonces en humillar, en rebajar, en generar un sentimiento de vergüenza y en hacer perder a la víctima toda confianza en sí misma. «¿Qué harías sin mí?» Se aterrorizaba a la pareja por medio de agresiones indirectas, contra los animales o los hijos; se la aislaba de sus antiguos amigos, de sus padres; se minaban sus defensas de manera metódica a través de una serie constante de pequeños ataques, hasta hacerle perder todo espíritu crítico, hasta dejarla sumida en un estado de confusión mental, privada de puntos de referencia, incapaz de distinguir lo normal de lo anormal. Hasta que tolerase lo intolerable... Mantenida en un clima de tensión y de angustia permanentes, la víctima no sabía nunca dónde ni cuándo iba a producirse el próximo ataque. El maltratador presentaba una doble cara: sonriente, afable y simpático fuera; inestable, temible y despreciativo en el secreto del hogar... hasta tal punto que era ella la que acababa por parecer arisca y asocial a los ojos de los demás cuando, un buen día, terminaba reaccionando mal en el momento inapropiado.

Con el desarrollo de internet, los *stalkers* —un anglicismo para designar a los acosadores neuróticos— podían encontrar ahora víctimas fuera del marco familiar o de la empresa. La red había democratizado también esa actividad: los ataques ya no tenían por objetivo sólo a personalidades famosas, como Madonna o Jodie Foster; todo el mundo podía convertirse en víctima de todo el mundo... Los adolescentes no se privaban de cultivar tales prácticas en las redes sociales. Servaz pensó en Élise, que había sufrido el maltrato de su marido durante años. Tal vez debiera hablarle del caso de Célia. Quizá ella reconociese indicios familiares en la poca información de que disponía.

Se levantó y fue hasta la ventana.

La noche caía sobre la extensión de nieve y de bosque, diluida en el gris que poco a poco se transformaba en azul oscuro. Tras él, en el adagio y último movimiento de la *Sinfonía n.º 9*, los violines iniciaron un movimiento de una lentitud, una simplicidad y una austeridad conmovedoras. ¡Qué audacia, qué ternura, qué tristeza! Servaz notó que se le erizaba el vello de los antebrazos y la nuca. Como cada vez que se abandonaba a esa música de dioses. ¿Estaba totalmente inadaptado al mundo moderno? Siempre que encendía uno de los televisores del centro, tenía la sensación de sumergirse en un baño infantilizante de inmadurez, de paladear algo igual de repugnante y pegajoso que el algodón de azúcar. Bueno, tenía suficientes libros y música para aguantar hasta el fin de su existencia... Pensó en lo que habría dicho Vincent Espérandieu, su ayudante. Vincent era un bicho raro; leía a autores japoneses de los que él nunca había oído hablar, jugaba a videojuegos, estaba al día de las últimas series de televisión, escuchaba un tipo de música muy diferente a la suya y parecía en perfecta sintonía con el mundo actual. Sin embargo, apenas se llevaban diez años.

El recuerdo de Vincent lo remitió a Charlène... A aquella sensación de calor y vida que había experimentado al verla. Era consciente de que Charlène era una droga parecida al opio, de que podía aportarle la liberación y el alivio a los que aspiraba. Pero también era la mujer de su ayudante y amigo y la madre de su ahijado: «*È pericoloso sporgersi.*»

Volvió a Célia.

No creía que, si alguien la había conducido al suicidio, lo hubiera hecho de manera gratuita. El crimen porque sí no existe. Los asesinos en serie matan a causa de sus pulsiones sexuales, los crímenes pasionales se deben a los celos, los crímenes por interés a la codicia; hasta los *stalkers* se convierten en tales porque en un momento dado hay algo de su víctima que les llama la atención: siempre hay un móvil. Y ese móvil, en caso de existir, en caso de que Célia Jablonka no hubiera sido simplemente depresiva o paranoica, se encontraba escondido en algún rincón de la vida de la artista.

Detrás de él, el adagio se encaminó en sordina hacia la coda casi vacilante, lenta y furtiva como los pasos de un gamo en el bosque, ligera y frágil como una columna de humo... y todo quedó consumado. Todo salvo el silencio.

17

FIGURANTE

Xanax, Prozac, Stilnox. ¿Por qué todos esos medicamentos tenían nombres que parecían salidos de una película de ciencia ficción? ¿Nombres que parecían peligrosos en sí mismos? Se lo había planteado la noche anterior, mientras observaba con ojos vidriosos la inverosímil cantidad de drogas legales que llenaba su botiquín, la acumulación de cajas con franjas rojas, símbolos y advertencias igual de tranquilizadoras que los avisos colocados en los alrededores de una central nuclear.

«Amiga, quien siente la necesidad de tener siempre semejantes productos y en tales cantidades en su casa debería cuestionarse su estado de salud mental.»

Christine había contemplado en la palma de su mano la cápsula bicolor, el grueso comprimido azul ovoide y divisible y el bastoncillo blanco también divisible —pero ella no había cortado ninguno de los dos—; un antidepresivo, un ansiolítico y un somnífero: recuerdos de una época en que sus demonios habían ocupado un lugar tan amplio en su vida que sólo un caparazón químico podía contenerlos... y se había preguntado si la solución no estaría en multiplicar de golpe las dosis por diez o por veinte. Después se había metido los tres en la boca, antes de acercarse a los labios el vaso del lavabo con una mano tan temblorosa que se había derramado la mitad del agua por la barbilla. Luego había ido a acurrucarse debajo del edredón, con la impresión de que su cerebro era una pista de aterrizaje para ideas suicidas.

En aquel momento, cuando la mañana había acudido a socorrerla, Christine ya no se acordaba de en qué habían consistido esas ideas concretamente —recordaba mejor la especie de semicoma que precedió a la inquietante zambullida en un sueño que parecía un abismo negro y sin vida—, pero sabía que corría peligro. Un peligro mayor que todos los que había vivido. Un peligro sencillamente mortal. Al despertarse esa mañana en un estado de atontamiento y migraña avanzada, supo que si no encontraba la manera de parar rápidamente aquel derrumbe, no llegaría a final de año... «Es así de simple, chica.» El pensamiento la dejó tan helada que empezaron a castañetearle los dientes. Sin embargo, se había enrollado con el edredón y la sábana, dejando al descubierto el resto del colchón. Se levantó con el edredón encima de los hombros, a semejanza de la manta con que el vagabundo de abajo se abrigaba en la calle, y se dirigió con paso inseguro a la sala de estar. No era una mera impresión subjetiva: hacía frío en el piso... Debía de haber bajado la calefacción sin darse cuenta.

La subió a tope antes de ir a la cocina. Entonces su mirada cayó en el reloj y, por un instante, se dijo que debía prepararse para ir a la radio, antes de que volviesen a aflorar, paralizándole las piernas, las palabras pronunciadas por Guillaumot. Se tambaleó y se apoyó en la barra de la cocina para no perder el equilibrio.

Cuando vio el cuenco vacío de *Iggy*, fue como si recibiera otro puñetazo en el estómago. Se precipitó hacia el cuarto de baño. «Rápido, otra cápsula y otra pastilla...»

Agarrada al lavabo, se plantó delante del espejo y descubrió su cara asustada. «¿Y ahora qué? ¿Qué va a pasar?» El comprimido ovalado y la cápsula bicolor —semejante a un helado de dos gustos— aguardaban ya en la palma de su mano. No obstante, la vocecilla interior aún tenía algo que objetar: «Estás reaccionando exactamente como esperan que reacciones —señaló con acritud—. Te comportas conforme a sus previsiones.»

«¿Y qué? —le dieron ganas de contestar—. ¿Acaso eso va a cambiar algo? ¿Tienes alguna solución? ¿No? ¡Entonces, cierra el pico!»

Observó las pastillas... las dejó momentáneamente en el borde del lavabo...

Regresó a la sala de estar con una aspirina efervescente disolviéndose en un vaso, se sentó en el sofá y permaneció así un rato, inmóvil. Escuchó los ruidos del despertar del edificio: cañerías, ruido de pasos, radio lejana, voces apagadas —aquel edificio viejo, tan mal insonorizado—, y supo que estaba sola, sola frente a un adversario invisible, retorcido y mucho más poderoso que ella. Cuando volvió a mirar el reloj, había transcurrido una hora. Se despabiló, pero no sabía qué hacer, adónde ir, ni a quién recurrir. Cualquier tentativa de reaccionar topaba con la inmensa fatiga que le molía los huesos, y el terror al próximo ataque la mantenía paralizada. Ya no tenía puntos de referencia: era un barco sin amarras, a la deriva, sometido a la amenaza constante de chocar contra las rocas... Sería mucho más fácil dejarse llevar... «La verdad es que ya no tengo nada; he perdido mi trabajo, a mi novio... y seguro que la cosa no va a acabar ahí...»

Se sintió aplastada por el peso de aquella verdad. «Mientras tanto, no dejes que eso te impida pensar», insistió, con todo, su vocecilla interior, la misma a la que había cortado antes.

Christine obedeció. Lo primero que pensó fue que se hallaba en un mundo completamente distinto del que había conocido. Todo lo que constituía su vida de antes había sido arrasado como tras el paso de un tornado, y en ese nuevo mundo devastado e irreconocible las reglas habían cambiado. Si quería sobrevivir, iba a tener que adaptarse. Lo malo era que ese mundo nuevo se parecía a un pantano sin superficie estable en la que posarse, y que no tenía brújula ni mapa para orientarse. La sorprendió descubrir, no obstante, que aún le quedaba un pequeño rincón de tierra firme, inalterado: Cordélia. La conclusión a la que había llegado cuando se puso a seguirla continuaba siendo igual de pertinente: Cordélia tenía que conocer a la persona o las personas que estaban detrás de todo aquello... Christine no creía que ella fuera la instigadora. Aquello era demasiado elaborado, demasiado complejo. ¿Cómo habría podido aquella chica orquestar y aplicar un plan semejante con un trabajo a tiempo parcial y un bebé al que cuidar? Su única motivación era, sin duda, de índole económica. Alguien le había prometido —o pagado ya— una buena cantidad de dinero.

Se le ocurrió otra idea, como un chispazo: ¿cómo podía obtener información sobre Cordélia sin llamar la atención de quien la vigilaba constantemente? Respuesta: no podía conseguirlo sola. Un oscuro instinto le decía que había por lo menos dos personas en el campo del adversario, Cordélia y el hombre del teléfono... y quizá más. Ella sola no daba la talla. Tenía que recurrir a alguien más, alguien que actuara en su lugar... Pero ¿quién? Gérald por descontado que no; Ilan, después de lo ocurrido, tampoco. Su padre y su madre, lo mismo...

Después, una idea germinó en su cerebro: pensó en dos personas totalmente imprevistas, a las que sus verdugos no podían conocer en ningún caso; la primera se encontraba precisamente debajo de su casa.

La embargó un repentino y paradójico júbilo: la idea era tan absurda que no podían haberla contemplado. Quedaba por resolver un problema no desdeñable: convencer a la persona en cuestión.

Fue hasta la ventana del dormitorio y lo miró, sentado en su trozo de acera, en medio de sus cartones y las bolsas de basura donde guardaba sus efectos personales.

Movía la cabeza de izquierda a derecha, barriendo la calle con su mirada penetrante. «La persona ideal...» Le vinieron a la memoria las conversaciones que había tenido con él. Siempre le había parecido lúcido, tranquilo, sensato y con una viveza mental asombrosa a pesar de su situación.

«En ese caso, ¿puedes decirme qué hace en la calle?», preguntó su vocecilla interior, tan aficionada a llevarle la contraria.

«Cierra el pico...»

Christine lo vio dar las gracias sonriendo a una viandante que acababa de dejar una moneda en su vaso y luego seguirla con la mirada. Se apartó de la ventana. Lo primero, despertarse. Las moléculas de droga todavía flotaban débilmente diluidas en sus venas; tenía la sensación de que un ejército de insectos transformaba su cerebro en un hervidero monumental.

La ducha casi helada le espoleó la sangre. Se tomó un café bien cargado y se vistió deprisa. Cuando salió a la calle, se sintió extrañamente animada. Lo saludó desde la otra acera y él le devolvió el saludo. Corrió hacia el cajero automático más cercano, el de la plaza de los Carmes. Al llegar, hizo un cálculo rápido. El límite de disponibilidad máximo de su tarjeta de crédito era de tres mil euros al mes y sus verdugos habían retirado ya dos mil el día anterior. Introdujo la tarjeta en la ranura con aprensión. ¿Y si habían sacado más? ¿Iba a quedarse sin tarjeta bancaria? No ocurrió nada de eso y miró con alivio el fajo de billetes que la máquina había escupido. Después se detuvo en la panadería para comprar dos cruasanes; la panadera la fulminó con la mirada cuando le pagó con un billete de cincuenta euros. De nuevo en su casa, cogió un cuaderno y un bolígrafo y escribió una nota que, una vez plegada, se guardó en el bolsillo. Durante un breve momento, se planteó si estaría navegando en pleno delirio. Decidió que no, llenó con un café solo un vaso Tupperware y metió los cruasanes en el microondas. Con el bote de café tapado y los cruasanes calientes en su bolsa de papel, desanduvo el camino hasta el ascensor.

—Tenga, es para usted —le dijo al vagabundo dos minutos después, en la calle, al tiempo que se lo tendía.

Vio cómo se le ensanchaba la sonrisa en el marco de la barba entrecana. En medio de la cara surcada de arrugas aparecieron unos dientes amarillos y torcidos, así como varios raigones de metal que le brillaban en el fondo de la boca.

—¡Caramba, qué bien! Un desayuno de verdad...

El tono dejaba traslucir, sin embargo, asombro.

—¿Cómo se llama? —preguntó ella.

El hombre le dirigió una mirada de sorpresa y cautela.

—Max...

—Max —repitió Christine mientras metía el papel plegado dentro de un billete de veinte euros en el bolsillo del abrigo del hombre—, yo puedo ayudarle. He dejado un papel en su abrigo. Procure que nadie le vea al leerlo. Es muy importante.

En esa ocasión, la expresión del vagabundo fue más de circunspección que de asombro. Asintió sin sonreír y ella notó el peso de su mirada en la espalda durante todo el tiempo que tardó en volver a cruzar la calle en dirección a su edificio. Una vez en casa, se encaminó a la ventana del dormitorio. El hombre tenía la vista levantada hacia su ventana; sabía perfectamente dónde vivía. Incluso a aquella distancia, Christine captó la perplejidad reflejada en sus ojos. Luego él levantó el vaso despacio, como si hiciera un brindis. Sin apartar la mirada de ella. Y sin sonreír. Al cabo de tan sólo un momento, en cuanto se hubo terminado el café y comido los cruasanes, se acostó y desapareció debajo de su cartón y de su manta.

Christine se acordaba, palabra por palabra, de lo que había escrito:

El código del edificio es 1945. Hay otra entrada en la calle de atrás. Espere una hora. Después entre por allí y suba al tercer piso. Puerta izquierda. Tengo un trabajo para usted. Confíe en mí. No es nada ilegal, a pesar de las apariencias.

Hasta que salió del dormitorio, no fue consciente de la aprensión que sentía. ¿Era razonable invitar a alguien así a su casa? ¿Qué sabía de él en realidad? Absolutamente nada. Podía ser una persona con antecedentes penales, un drogadicto con síndrome de abstinencia, un ladrón, un violador...

Demasiado tarde. Ya le había dado el código.

Claro que siempre podía negarse a abrirle. Fue a la puerta y comprobó que el cerrojo estaba echado. Regresó a la habitación. El hombre había vuelto a sentarse y a fijar la mirada en su ventana. Y en ella. No hizo ningún gesto para darle a entender si aceptaba o no. Simplemente se quedó observándola desde abajo, con la cara levantada, impenetrable. De repente, Christine se sintió muy incómoda: debía de tomarla por una loca.

«Pues qué pensará cuando le hayas explicado lo que quieres de él...»

Volvió a la ventana cada cinco minutos, con impaciencia creciente, pero él seguía sin moverse. Al cabo de aproximadamente una hora, volvió a asomarse y se quedó petrificada. La acera se encontraba vacía: el hombre había abandonado su puesto. Cuando el timbre rasgó el silencio del apartamento, se puso rígida. Sin embargo, él estaba haciendo lo que ella le había pedido.

«¡Oh, Señor, estás completamente chalada...!»

Respiró hondo. Recorrió la distancia que la separaba de la puerta, corrió el cerrojo y abrió.

18

VERISMO

Lo primero que pensó fue que era muy alto. Un metro noventa por lo menos. Y muy delgado. Llenaba el marco con sus casi dos metros de estatura, e inclinaba un poco el cuello, como un ganso gigante de un cuento infantil... y Christine se preguntó si no estaba cometiendo una tontería.

«¿Porque crees que uno bajito sería menos peligroso?»

—Me quedaré aquí si quiere —dijo él con una gran sonrisa irónica al captar sus dudas—. También puedo descalzarme... aunque no se lo aconsejo.

Su voz era pacífica, tranquila; Christine se sintió ridícula.

—No, no. Entre.

Se apartó y él pasó delante de ella. Percibió entonces el olor: una mezcla de sudor rancio, mugre, pies sucios y el tufo dulzón pero insistente, en segundo plano, del alcohol que rezuma por todos los poros, incluso cuando hace horas que no se ha bebido. Quizá en la calle apestara menos que algunos de sus semejantes, pero allí, en el espacio cerrado del piso, su pestilencia lo envolvía como una nube de acetona. Acordándose del cuento de la hormiga que tenía cinco narices, se felicitó por no tener más que una. Frunciendo el único órgano olfatorio que poseía, le indicó al hombre la dirección de la sala de estar, manteniéndose a distancia. Mientras él avanzaba tranquilamente, reparó en sus grandes zapatos gastados y mugrientos.

—¿Un café? —le preguntó.

—¿No tiene zumo de fruta?

«¿Del tipo fermentado y destilado?», preguntó la malvada vocecilla interior, pero Christine la hizo callar.

Fue a buscar la botella a la nevera y señaló el sofá.

—¿No le dan miedo los microbios? —ironizó él mientras se sentaba y cogía el vaso, lleno hasta tres cuartas partes, con una manaza casi tan negra como su mitón y cuyas uñas blancas parecían piedrecillas claras dispuestas encima de carbón.

Christine se fijó en cómo le subía y bajaba la nuez mientras bebía a grandes tragos, como si se muriera de sed, sin preocuparse por el ruido que hacía al tragar el líquido con glotonería. Luego se lamió los labios cortados con rapidez y concluyó la operación con un chasquido jocoso. Por los pelos blancos de la barba rodaron unas gotas de zumo de mango que él se secó con el dorso del mitón. A continuación, dirigió hacia Christine sus ojos pálidos y ligeramente velados y ella pensó que en su momento debía de haber sido guapo. Bajo la piel oscura y la red de arrugas que le surcaban las mejillas, los rasgos eran regulares, la nariz recta y la boca bien perfilada. Unas cejas gruesas y negras acentuaban la intensidad de su mirada y los cabellos grises caían sobre sus hombros en largas mechas sucias y embrolladas, pero la impresión de conjunto era la de un cuadro encontrado por azar en un desván, cuya belleza se adivina de entrada bajo las capas de hollín que ocultan los detalles.

Él estuvo observándola un buen rato.

—Gracias por el zumo —dijo—. Pero no estoy dispuesto a hacer cualquier cosa por dinero.

Se metió una mano en el bolsillo del abrigo, plagado de manchas, y colocó el billete de veinte euros ante sí, en la mesa del sofá. Luego puso al lado la nota que ella había escrito.

—¿Por qué tanto misterio si no tiene nada de ilegal?

Había hablado sin animosidad. Más bien como quien siente curiosidad y además encuentra la situación divertida.

—¿Está loca? —preguntó al ver que no respondía.

La pregunta la hizo estremecerse. Aunque reposado, el tono indicaba que aguardaba una respuesta.

—Creo que no —contestó ella.

—¿Cómo se llama?

—Christine.

—Bueno, Christine. Explíqueme.

Acto seguido, se arrellanó en el sofá y cruzó las piernas. Ella estuvo a punto de sonreír al pensar que, pese a su ropa mugrienta y a los largos cabellos que no habían visto unas tijeras desde hacía lustros, su actitud le recordaba a la de un psicólogo.

—¿Cómo llegó a esta situación? —preguntó en lugar de responder—. ¿A qué se dedicaba antes?

Se hizo un breve silencio. El hombre la sondeó con la mirada y luego se encogió de hombros.

—No creo que me haya hecho subir para eso...

—Insisto, Max. Si voy a contarle mi historia, antes tengo que saber algo más de usted.

Él volvió a encogerse de hombros.

—El problema es suyo, no mío. ¿Cree que estoy dispuesto a contar mi vida por veinte euros? ¿Que he caído tan bajo? ¿Es eso lo que piensa de mí?

Estaba ofendido, se percibía en el temblor de su voz. No tardaría mucho en levantarse y marcharse.

—¿Cree que invito a mi casa a todas las personas sin techo? —replicó Christine—. ¿Por qué cree que le he abierto la puerta, si no es porque lo considero alguien digno de confianza? No está obligado a contármelo todo, si le incomoda. Bueno, da igual, no me diga nada si no le apetece. De todas maneras le explicaré por qué está aquí.

Vio que Max dudaba. Después se le endureció la expresión.

—Era profesor de francés —comenzó—, en un colegio privado.

Frunció el ceño y suspiró.

—También acompañaba a los niños en las salidas de los fines de semana o durante las vacaciones de mitad de trimestre o de Semana Santa. En esa época era creyente. Iba a misa todos los domingos, con mi mujer y mis hijos.

Era un miembro importante de la comunidad, una persona respetada y apreciada, y tenía muchos amigos. ¿Sabía que, según afirman ciertos estudiosos, la fe y el comportamiento religioso son rasgos específicamente humanos que se observan en todas las culturas y que no tienen equivalente en el reino animal? Según ellos, existen unos circuitos cerebrales específicamente relacionados con la creencia religiosa.

—¿Qué pasó? —quiso saber ella.

—Estas cuestiones provocan grandes controversias en el seno de la comunidad científica —continuó él, sin hacer caso de la pregunta—. Para algunos, la fe es de origen biológico; para los partidarios de Darwin, la selección natural pudo favorecer a los individuos que son creyentes, porque sus posibilidades de supervivencia eran mayores. Así, el cerebro humano habría evolucionado volviéndose más sensible a todas las formas de creencias, lo que explicaría que las creencias religiosas y la fe estén tan extendidas por el mundo. —Hizo una larga pausa y la miró fijamente—. Yo perdí la mía el día en que los padres de un niño me denunciaron por «comportamiento indecente» con su hijo. Según ellos, le había enseñado el pito... El rumor se propagó muy deprisa. Era una ciudad pequeña y la gente habla. Otros padres interrogaron a sus hijos y se pusieron a hacer correr historias aún peores que aquélla. Seguro que obraban de buena fe. Seguro que sus preguntas eran tan sesgadas y su insistencia tal que, sumado al deseo de los niños de satisfacer la curiosidad de los padres, la respuesta no podía ser otra que la que ellos esperaban... o temían... Me detuvieron y me confrontaron con el niño que me había denunciado. Había detalles que no encajaban. Muchos. Demasiados, de hecho. Al final el pequeño reconoció que se lo había inventado todo y yo volví a casa. Pero la cosa no acabó ahí... Empezaron a circular mails. En ellos contaban que habían encontrado vídeos de pornografía infantil en mi ordenador, que me masturbaba a escondidas mientras miraba a los niños, durante las salidas del fin de semana y que me las arreglaba para estar siempre presente cuando iban al baño o a la ducha... Que había tenido incluso... actitudes inapropiadas con mis propios hijos...

Esas últimas palabras se le estrangularon en la garganta y, cuando levantó la cabeza, Christine vio que tenía los ojos húmedos. Un pequeño músculo le palpitaba bajo la piel de la mejilla derecha. Christine desvió la mirada.

—Para los que propagaban y se pasaban esos chismes, el hecho de que la policía no dispusiera de suficientes pruebas no significaba, evidentemente, que yo no hubiera hecho nada: el niño había negado su testimonio para no tener problemas, el juez había tenido un comportamiento más que dudoso con él, el pobre chiquillo había sufrido presiones, y también sus padres, el caso había sido cerrado por culpa de un simple detalle técnico... y todo así...

Estaba sudando. Christine dedujo que era porque había perdido la costumbre de estar bajo techo.

—Aquello era más que un clima de sospecha. Para ellos yo era culpable. Uno siempre es el culpable de alguien, ¿no? Había demasiados rumores, demasiados indicios, ¿entiende? Entonces, los justicieros de domingo, los cabrones normales que están convencidos de tener la razón de su parte, los que están esperando una ocasión para dar salida a su violencia, empezaron a querer tomarse la justicia por su mano. Mi mujer, mis hijos y yo vivíamos en una casa bonita, un poco apartada del pueblo, cerca del bosque. Incluso eso lo emplearon como argumento contra mí; afirmaban que quería vivir aislado, a cubierto de las miradas, a causa de todas las guarradas que me gustaba hacer. Una noche, mientras estábamos viendo la tele, lanzaron piedras contra los cristales del salón. Lo mismo ocurrió dos días después, en otras ventanas. Una vez, dos veces. Los que las tiraban nunca se dejaban ver, desde luego; sólo oíamos que gritaban mi nombre en la oscuridad asociándolo a palabras inmundas... Acabamos por cerrar los postigos en cuanto se hacía de noche, pero las pedradas seguían lloviendo y hacían un ruido infernal al chocar contra el metal. A veces transcurrían varias noches sin que ocurriera nada. Cuando pensábamos que por fin había acabado, de golpe, a las tres de la madrugada, volvían a empezar. ¡Bang, bang,

bang, bang! Un estruendo terrible, con un sinfín de insultos, con gritos de bestias... Los niños estaban aterrorizados, no hace falta decirlo.

Señaló el vaso y ella volvió a llenárselo. Bebió con la misma avidez que antes, pero sin chasquear la lengua. Ya no estaba de humor.

—Los incidentes fueron acumulándose. Nuestro gato murió envenenado, nos pinchaban los neumáticos a menudo, a mi mujer se negaron a servirle en una farmacia cuando fue a comprar jarabe para la tos del pequeño y le pidieron que no volviera más, algunos amigos nos cerraron las puertas. Cada vez más amigos... Otros dejaron de contestar al teléfono cuando mi mujer los llamaba. O bien ponían siempre una excusa para rechazar nuestras invitaciones... Algunos le colgaban sin miramientos... Había días en los que volvía llorosa del trabajo y no quería decirme por qué. Se encerraba en la habitación y la oía sollozar, pero yo hacía como si nada, no le preguntaba nada. Me daba demasiado miedo lo que pudiera responder. A mis hijos los marginaban, los trataban como parias; ya no tenían amigos con quienes jugar. Tenían que jugar entre ellos. Eran gemelos, un niño y una niña. Tenían siete años aquel otoño, cuando pasó todo eso. Siete años, ¿se imagina? Otras veces los trataban como si tuvieran una enfermedad rara y algunas personas bien intencionadas les hacían toda clase de preguntas compasivas sobre su salud a la salida de la escuela. Los niños no comprendían lo que pasaba. Mi mujer ya no se atrevía a ir a buscarlos a la puerta del colegio. Los esperaba en el coche, al final de la calle.

Le dirigió una sonrisa triste.

—Y después, un día, me miró a la cara y me dijo: «Lo hiciste, ¿verdad?» Incluso ella había acabado por convencerse de que así era. No era posible que hubiera tanta gente equivocada, ¿comprende? Tenía que haber pasado algo, no hay humo sin fuego... Me dejó. Se fue con los niños. Yo empecé a beber. El director de la escuela esperaba mi primer paso en falso para despedirme, él también estaba convencido de que no había humo sin fuego. La casa no estaba pagada del todo y la perdí. Al principio dormía en casa del último amigo que me quedaba, pero luego incluso él me dijo: «Tienes que irte.» No le guardo rencor: su mujer le había dicho que era ella o yo. Me hizo prometerle que nos mantendríamos en contacto, me dio dinero, insistió: «Puedes llamarme cuando quieras.» No volví a verlo más, no hice nada para retomar la relación... ni él tampoco. Era un gran amigo, el mejor que he tenido nunca.

Cerró los ojos con fuerza y todas las arrugas convergieron en las comisuras de sus párpados. Cuando volvió a abrirlos, estaban secos de nuevo, con la misma viveza de antes.

—Bueno, basta ya de hablar de mí —dijo con voz firme, como si acabara de evocar un episodio divertido o entretenido—. ¿Qué quiere de mí, Christine?

¿Qué edad tendría? Parecía estar cerca de los sesenta, pero teniendo en cuenta el tiempo que llevaba en la calle, quizá tuviese diez o veinte años menos. Irradiaba una fuerza serena y comunicativa a pesar de la espantosa historia que acababa de contar. Christine se planteó si le habría dicho la verdad, si sería realmente inocente o si habría cometido al menos una parte de los hechos que se le reprochaban y habría reescrito lo sucedido. No tenía forma de saberlo. Decidió abordar el tema sin rodeos.

—¿Le parezco una persona desequilibrada, inestable o neurótica?

—No.

—Sé que es usted un buen observador, que no se le pasa por alto nada de lo que ocurre en la calle. ¿Le he dado alguna vez la impresión de ser una histérica o una paranoica?

—No. Mucho menos que algunos de sus vecinos.

Eso la hizo sonreír.

—Si le digo que tengo motivos fundados para creer que alguien me sigue o hace que me sigan...

—La creo.

—Que vigila este edificio...

—Parece algo grave, en efecto.

—Lo es. Usted está siempre en la calle, delante de mi puerta —prosiguió—. Quiero que se fije en cualquier persona que pase demasiado a menudo por aquí y muestre interés por este edificio, ¿comprende?

—No soy idiota —contestó sin animadversión—. ¿Por qué cree que alguien hace que la sigan?

—Eso no es de su incumbencia.

—Sí, por supuesto que lo es. Ya le he dicho que no estoy dispuesto a hacer cualquier cosa por dinero.

Christine dudó un instante. En cierta manera, que aquel hombre se aferrara a sus principios le resultaba tranquilizador. Si la codicia no era su única motivación, cabía suponer que no vendería sus servicios al primero que llegara.

—Muy bien —aceptó—. Todo empezó con una carta anónima que encontré en el buzón, hace seis días...

La escuchó sin rechistar, asintiendo con la cabeza de vez en cuando, paciente e impasible. De su paciencia no cabía duda: se pasaba la vida en la calle esperando a que le cayera alguna moneda. No obstante, a medida que Christine avanzaba en su relato, veía que el hombre iba entornando cada vez más los ojos con creciente interés y asombro. En ciertos momentos, al escuchar determinados detalles, le brillaban con un destello que enseguida desaparecía: había visto cosas de todos los colores.

—Interesante —concluyó sencillamente en cuanto ella hubo terminado.

—No me cree, ¿verdad, Max?

—Todavía no... Pero no creo que esté loca... ¿Cuánto? —preguntó.

—Cien euros para empezar. Después veremos.

—¿Veremos qué?

—Los resultados.

Sonrió.

—Cien euros más algo de comer y otro café caliente, ahora mismo.

Ella rió por primera vez desde hacía varios días.

—Trato hecho.

Él la escrutó con la mirada y negó con la cabeza.

—Christine, usted no me conoce y sin embargo me ha abierto la puerta sin dudar. Podría haber aprovechado para robarle, para agredirla... Es una mujer bonita y por lo visto está muy sola. ¿Por qué correr ese riesgo?

—Ya he agotado mi cuota de mala suerte, no creo que pudiera tener más. Además, sí lo conozco. Hace semanas que charlamos casi todos los días. Tengo compañeros de trabajo con los que hablo menos.

Él negó de nuevo con la cabeza.

—¿No lee los periódicos? Personas solas que acogen a gente como yo y que, una noche, sin que se sepa por qué, acaban degolladas mientras duermen.

—Cerraré la puerta con llave cuando se vaya si se queda más tranquilo —replicó con sorna—. No se cree lo que le he contado, ¿verdad?

La sinceridad de su respuesta la dejó sorprendida:

—Por ahora, veo sobre todo una ocasión de ganar un poco de dinero con bastante facilidad. Cumpliré mi parte del trato. Después determinaré si debo creerla o no. Y no me parecerá mal recibir una sopa, un café caliente o un tentempié de vez en cuando. ¿Estamos de acuerdo?

Christine asintió y ambos sonrieron a la vez. Como si de repente circulara entre ellos una corriente cálida y benéfica, la joven tuvo la sensación de que se había creado una repentina connivencia. Le había sentado bien confiarse a alguien, a una persona que no la juzgaba, que le concedía el beneficio de la duda. Por primera vez desde hacía varios días, advirtió con sorpresa que recobraba la esperanza y contemplaba la posibilidad de que su suerte cambiara.

—Bueno —dijo—. Si ve a alguien sospechoso, vendrá a avisarme y a describírmelo. Mientras tanto, si cree que la vía está libre y que nadie vigila el portal, pondrá su vaso para las monedas a su izquierda. Si, por el contrario, ha reparado en algo extraño, pondrá el vaso a su derecha. ¿Está de acuerdo?

Él asintió con la cabeza, esbozando una sonrisa.

—Vaso a la izquierda: la vía está libre. Vaso a la derecha: peligro. Hummm, me gusta...

De pronto, Christine se acordó de algo y se levantó.

—¿Sabe algo de ópera, Max?

—Un poco —respondió él sorprendiéndola una vez más.

Le tendió el CD que había encontrado en la cama.

—¿Qué relación hay entre *El trovador*, *Tosca* y *Madama Butterfly*?

Él examinó la caja.

—El suicidio —contestó después de reflexionar—. En *El trovador*, Leonora toma veneno después de prometerse con el conde de Luna para salvar a Manrico. Madama Butterfly se hace el haraquiri después de que Pinkerton la abandone. Y Tosca se arroja al Tíber desde lo alto de una torre del castillo de Sant'Angelo.

Christine se quedó sin palabras ante sus conocimientos en cuestión de ópera, pero más aún ante la revelación que acababa de hacerle. Claro. Tendría que haberlo sospechado. El mensaje era transparente.

—Max —murmuró con la voz más suave posible—, ¿ha vuelto a ver a sus hijos?

Un silencio.

—No.

19

TENOR

Christine cogió el teléfono. Había otra persona a la que debía llamar. Dedicó una mirada a *Iggy* y, una vez más, le afloraron las lágrimas a los ojos.

Había recuperado a su perro. Ahora el animal llevaba la cabeza rodeada con un ridículo collarín en forma de embudo que le impedía arrancarse la venda. Tenía la pata tiesa como un pirata, sostenida por una tablilla y un vendaje grueso. De hecho, se parecía a un personaje surgido de la imaginación de los estudios Pixar.

Desorientado y asustado, el pobre perro no paraba de sacudirse para tratar de deshacerse de aquellos instrumentos de tortura y de chocar contra los cantos de las puertas y de los muebles al caminar.

—Sabes que te quiero, ¿no? —le dijo.

El perrillo le respondió con un ladrido que le partió el corazón. Luego le dirigió una mirada suplicante, como si quisiera decirle: «¿Cómo puedes hacerme una cosa así?» ¿Y si le pedía a Max que lo paseara un poco? «No tan deprisa, guapa. No nos embalemos. No vas a dejarle las llaves. Casi no lo conoces.»

El veterinario le había preguntado por qué no había ido antes a buscar al perro; Christine había farfullado que tenía problemas familiares, pero había notado que el hombre no se había quedado nada convencido. Y que la observaba con desconfianza: «¿Cómo dice que se hizo esto?»

Con una voz tan diáfana como una mañana de otoño, ella había respondido que a *Iggy* lo había atropellado un coche después de que se le rompiera la correa. Al ver el duro brillo de escepticismo de los ojos del veterinario, había sentido que se le encendían las mejillas de vergüenza.

Christine repasó una vez más el plan que maduraba en su cabeza. «No hay que dejar nada al azar... Hay que adelantarse...» Miró su móvil, la tecla que se disponía a apretar. ¿Y si estaba pinchado? «Pues claro, chica, seguro que la CIA te espía, con la ayuda del KGB... Ah, no, ahora se llama FSB...»

Aunque se sintió ridícula, enseguida se dijo que el ridículo no mataba... En todo caso, menos que la ingenuidad en ese tipo de situaciones. Era muy consciente de que funcionaba en un registro cada vez más paranoico, pero, al fin y al cabo, tenía su parte de razón, ¿no?

Fue hasta la ventana del dormitorio. Max volvía a ocupar su puesto y el vaso estaba a la izquierda de su nuevo aliado: la vía estaba libre. Esa vez él no levantó la vista hacia su ventana. Se atenía al pie de la letra a su nuevo papel. Seguramente estuviera entretenido con el giro de los acontecimientos, además de contento por haber obtenido una fuente de ingresos y una comida caliente a diario con tanta facilidad.

Christine se puso unos vaqueros, zapatillas deportivas, un jersey y una sudadera negra con una capucha que se ajustó bien alrededor de la cara antes de ponerse unas gafas de sol.

Ya en la calle, se encaminó al metro sin mirar al vagabundo. No nevaba, pero la nieve tampoco se fundía, salvo en los sitios por donde los coches pasaban con frecuencia: la temperatura era demasiado baja.

Las luces, los colores vivos y las caras del interior del metro la marearon un poco. Una vez sentada en el vagón, examinó uno por uno a todos los pasajeros. Semblantes jóvenes y viejos, ausentes en su mayoría... Un hombre de treinta y tantos años le llamó la atención: había posado la vista en ella en el momento en que subió al vagón; después la había desviado cuando Christine lo miró a su vez.

La chica se bajó en la parada Palais de Justice. Mientras la larga escalera mecánica la aupaba hacia la superficie, se volvió para observar a las personas que tenía detrás al amparo de las gafas de sol: el joven no estaba. Al llegar a lo alto de la escalera mecánica, se pasó enseguida a la que bajaba, tomando la precaución de asegurarse de que nadie la imitaba. Satisfecha, admiró un instante el gran tapiz del unicornio con el lema «LIBERTAD, IGUALDAD, FRATERNIDAD» escrito en letras mayúsculas y bajó los últimos escalones que la separaban del andén antes de saltar dentro del primer vagón que partía en dirección contraria. Se apeó tres estaciones más allá, en la parada Jean-Jaurès.

Una vez al aire libre, se internó en la multitud concentrada entre los quioscos y la columna Morris, rodeó el tiovivo de caballos de madera y la fuente y, después de atravesar el terraplén central de la plaza Wilson, tomó la calle Saint-Antoine-du-T. Continuó hasta una tienda de telefonía móvil y, en el interior, se bajó la capucha, se quitó las gafas y aguardó a que algún vendedor se dignara atenderla. Al cabo de cinco minutos salía con un teléfono de tarjeta de prepago y entraba en el bar más cercano.

Tras un sinuoso recorrido entre las mesas, se instaló en el fondo cerciorándose de que nadie entraba tras ella. Buscó en el antiguo directorio el número al que tenía intención de llamar y lo marcó en el teléfono nuevo.

A continuación, con el aparato pegado a la oreja, esperó a que la persona con la que nunca habría creído que volvería a hablar respondiera.

Servaz sudaba mucho. Tenía todos los músculos impregnados de ácido láctico. Era tanto el ardor que le producían que tenía la impresión de estar al borde de la tetania. Se imaginó como un cadáver que se deslizaba sobre la cinta de correr, con la voz del entrenador electrónico vociferando: «¡De pie! ¡No es momento de descansar, gandul!»

Paró el programa y cogió la toalla. La camiseta se le pegaba al pecho y a la espalda. Los pulmones le silbaban.

Aun así, se notaba inundado por las olas del bienestar. Se preguntó por qué había esperado tanto tiempo para hacer deporte. En realidad, había esperado hasta que no le quedó más remedio: allí el deporte era obligatorio, igual que las tareas cotidianas, que también formaban parte de la terapia. Servaz se había plegado a aquella disciplina con gran reticencia al principio, pero ahora apreciaba su carácter rutinario y los beneficios que le reportaba.

Otro interno se ejercitaba en un aparato de remo. Era un tipo a quien los años de alcoholismo habían dado una cara enrojecida, una voz rasposa como papel de lija y unos ojos perpetuamente húmedos. Servaz lo saludó y se fue a las duchas. Cuando salió del antiguo granero transformado en sala de deporte, vio que Élise le hacía señales desde una de las ventanas del edificio principal. Con el cabello húmedo, se apresuró a atravesar el prado nevado con pantalón de chándal y sudadera con capucha.

—Ha llegado algo para usted —le informó la mujer en el vestíbulo.

Servaz reparó en el paquete que tenía en la mano. Por un instante, volvió a hallarse en el bosque de Polonia. Después se acordó de la llave del hotel.

—¿Está bien, Martin?

Se sobresaltó, plantado en medio del vestíbulo.

—Lo siento —se disculpó.

—¿Quiere que lo abra?

—No, gracias. Lo haré yo.

Se lo cogió de las manos. Examinó el matasellos: enviado desde Toulouse, como la vez anterior.

—Gracias —dijo, y ella comprendió que quería quedarse solo.

Tras dirigirle una última mirada, Élise asintió con la cabeza y se alejó.

Él aguardó a que la mujer hubiera desaparecido para romper el papel. La misma caja pequeña de cartón rígido de unos once centímetros por nueve. Respiró hondo. Levantó la tapa. Miró el fondo de la caja. «Una foto...» Al principio no comprendió lo que veía. Una especie de mecano gigante que flotaba en órbita alrededor de la Tierra,

237

nimbada por una fría aureola azul... Unas alas enormes compuestas por paneles solares, cilindros blancos, tirantes, ventanillas: lo que tenía ante él era una foto de la Estación Espacial Internacional...

Sí, eso era. La levantó. Debajo había algo; un trozo de papel cuadriculado, arrancado de un cuaderno de espiral, con unas palabras escritas con bolígrafo:

Un indicio más, comandante. Ahora hay que avanzar.

Volvió a fijarse en la foto. Se acordó del periódico que había hojeado en aquel bar antes de ir a ver a Charlène: el artículo rodeado por un cerco trazado con bolígrafo; Toulouse, plaza fuerte de la aventura y la investigación espacial. ¿Era por ahí por donde debía buscar? Pero ¿buscar qué? Reflexionó un instante. Primero lo orientaban hacia la habitación 117, donde una artista llamada Célia Jablonka se suicidó, y ahora, sin confusión posible, hacia el espacio... ¿Qué relación había entre ambas cosas?

—¿Charlène? —dijo cuando ésta respondió al teléfono—. Soy Martin...

Hubo un silencio.

—Querría hacerte otra pregunta con respecto a esa artista de tu galería...

—Dime.

—¿Antes de esa exposición, Célia Jablonka se había interesado por el espacio?

Nuevo silencio.

—Sí. Era el tema de su exposición anterior. ¿Por qué? ¿Has encontrado algo?

Servaz experimentó un hormigueo familiar.

—¿Habría podido conocer a alguien mientras investigaba el tema?

—¿Qué quieres decir con eso de conocer a alguien? Célia conocía a mucha gente por su trabajo. Se consideraba a la vez una artista y una especie de periodista.

—Pero ¿no sabes de alguien en concreto, no te habló de nadie?

—No... No fui yo quien se encargó de aquella exposición.

Le dio las gracias.

—¿Seguro que estás bien, Martin? Tienes una voz... rara.

—Sí —afirmó él—. Gracias por preocuparte.

—Cuídate —le recomendó ella—. Un beso.

Volvió a sacar la foto y la miró. La exploración espacial... Un terreno sensible, en la encrucijada de la ciencia y la política. ¿Cuántas personas habría en Toulouse y sus alrededores que se dedicaran a algo más o menos relacionado con ese ámbito? Probablemente miles... Y él ni siquiera sabía qué era lo que buscaba.

—No puedo creérmelo. ¡Se ha puesto a nevar otra vez! —dijo tras él una voz conocida.

Servaz se volvió y sonrió. El joven con una Burberry arrugada que se sacudía la nieve en la entrada tenía esa cara un poco mofletuda de los niños demasiado aficionados a los dulces, cabello castaño que le caía sobre la frente y el aire descuidado de un adolescente que pasa demasiado tiempo delante del ordenador con los videojuegos y los cómics. No obstante, a los treinta y dos años, el teniente Vincent Espérandieu tenía dos hijos —uno de los cuales era el ahijado de Servaz— y estaba casado con una de las mujeres más guapas de Toulouse. La misma a la que el policía acababa de llamar y a la que había ido a visitar hacía poco.

—Hola —saludó Vincent.

De los auriculares que aún le colgaban sobre el pecho salía una especie de música chirriante, como el canto de un grillo. Espérandieu sacó el iPhone del bolsillo de la gabardina y, con un dedo de uña roída, cortó la voz a los Killers mientras cantaban *All These Things That I've Done*.

—Charlène me dijo que habías ido a verla para hacerle preguntas sobre una artista que se suicidó... ¿A qué viene eso? ¿Tienes novedades?

Servaz lo miró. Luego se metió la mano en el bolsillo, sacó la cajita de cartón gris perla que acababa de abrir y se la tendió.

—Toma. ¿Podrías echarle una ojeada? ¿Ver dónde ha sido fabricada y dónde la venden? La marca está en el interior.

Su ayudante frunció el ceño y cogió la caja sin mirarla.

—¿Qué es esto? ¿Un encargo oficial? ¿Estás investigando algo? ¿Has vuelto con nosotros?

—Aún no.

—Me he informado. Ese caso está cerrado, Martin. Dictaminaron que era un suicidio.

—Ya lo sé. Igual que el caso Alègre.

—Salvo que en el caso de esa chica fue Delmas quien hizo la autopsia.

—Sí, también lo sé. Y es categórico: para él se trata de un suicidio.

—¿Has hablado con Delmas? —preguntó Espérandieu, estupefacto—. ¿Cuándo?

—Da igual. ¿Y si alguien la hubiera inducido a suicidarse?

—¿Has hablado con Delmas? —insistió su ayudante, perplejo—. ¿Qué es lo que estás haciendo, concretamente?

—¿Si hubiera alguien detrás de todo esto...?

—¿A qué te refieres?

—Acoso, manipulación, ensañamiento...

—¿Tienes pruebas de lo que insinúas?

—Aún no...

—Pero ¿de qué va todo esto? ¿Estás investigando? ¿No sabes que estás de baja? ¿Que se supone que no debes investigar nada de nada?

—¿Has venido hasta aquí sólo para decirme eso? Podrías haberlo hecho por teléfono. No investigo: sólo compruebo un par de cuestiones.

Espérandieu negó con la cabeza.

—Gracias por el recibimiento. ¿Cómo estás?

Servaz lamentó enseguida su arrebato. Vincent era la única persona que iba a verlo con regularidad.

—¿Charlène no te lo dijo?

—Sí... Te encontró bastante en forma.

Servaz negó con la cabeza despacio.

—Perdóname. Tú eres casi la única persona que ha venido a visitarme aquí semana tras semana.

—Este sitio no tiene muy buena fama entre la policía...

—¿Ah, no? ¡Vaya por Dios! ¿Por qué será? —ironizó—. La comida es horrible, pero aparte de eso, es bastante agradable. Hacemos deporte, respiramos aire puro, tenemos actividades como barrer las hojas secas o representar obras de teatro contemporáneo... Tienen miedo del contagio, ¿verdad?

Espérandieu asintió con la cabeza.

—Cuarenta suicidios de polis al año es como para preocuparse. —Señaló la caja—. ¿Qué es?

—La he recibido hoy por correo. Esta foto se hallaba dentro.

Tendió a Vincent la fotografía de la estación espacial.

—Y hace cuatro días recibí una llave de hotel electrónica. En una caja idéntica... La de la habitación donde se suicidó Célia Jablonka.

Vio que en los ojos de Vincent se encendía el equivalente de una bombilla de mil vatios.

—¿Por eso te has puesto a indagar?

Servaz se lo confirmó con un gesto.

—¿Tienes idea de quién te las ha enviado?

—No.

—Martin, si llegara a saberse...

—¿Quieres ayudarme o no?

—Dime...

—Necesito saber si Célia Jablonka puso alguna denuncia por acoso, o si se sentía amenazada, o si había hablado del asunto con sus allegados. No hay nada sobre eso en el expediente. Y también si esa chica tenía tendencias depresivas, si ya había llevado a cabo alguna tentativa de suicidio. Y quiero saber si ese tipo de caja se fabrica a gran escala o si se comercializa en serie reducida y dónde.

Espérandieu asintió con la cabeza.

—Supongamos que acepto ayudarte... No puedes presentarte en los sitios diciendo que eres policía y que realizas una investigación. La cosa acabará por llegar a oídos de los de arriba.

—¿Los de arriba? —A Servaz se le ensombreció el semblante—. ¿Tú crees que los de arriba vienen a menudo por aquí? Y además todavía somos policías, que yo sepa... Formamos parte de una gran familia, según dicen —añadió con sarcasmo—. ¿De qué clase de familia se trata, en tu opinión? ¿De una familia unida o de una disfuncional? ¿Quieres que te diga una cosa? La mayoría de los policías que hay aquí se han metido por lo menos una vez el cañón de su arma en la boca. ¿Dónde estaban los de arriba en ese momento, eh?

Vio que Vincent se apagaba.

—Una cosa no quita la otra. No puedes lanzarte así, sin más.

—Tiene razón, jefe —dijo una voz.

Servaz se volvió hacia la cara extraordinariamente fea que acababa de aparecer, enmarcada por una capucha orlada de piel falsa. Samira Cheung era la única integrante de su grupo de investigación que lo llamaba «jefe». Hija de un chino de Hong Kong y de una franco-marroquí, también era el miembro más joven del grupo y, sin lugar a dudas, uno de los más competentes.

—He dado una vuelta por el recinto —comentó—. Es muy bonito, parece una residencia de ancianos...

Hacía meses que Servaz no veía a Samira. Se dio cuenta de que había acabado acostumbrándose a su fealdad, porque verla en aquel momento le causó la misma conmoción que el primer día, cuando se integró a su sección. Paradójicamente, tenía cierta dosis de encanto, como a menudo ocurre con las personas feas. La joven se sacó un pañuelo del bolsillo y se sonó de manera ruidosa.

—¿Por qué no has venido a verme antes, Samira?

La interpelada esbozó una sonrisa torcida como una mueca y se ruborizó bajo la capucha.

—Por lo que me dijeron no estaba muy en forma, jefe —respondió con voz gangosa y la nariz hundida en el pañuelo—. No tenía muchas ganas de verlo en ese estado... Usted es un poco como una figura paterna para mí, si me permite decirlo. Es que no he acabado de resolver del todo lo del Edipo, ¿entiende? —concluyó con sorna.

—Tampoco soy tan viejo, ¿no? —contestó él sonriendo—. Así que una figura paterna, ¿eh?

—Bueno, algo por el estilo. Una especie de... maestro Jedi.

Con la nariz del color de una berenjena y los ojos llorosos, la joven volvió a trompetear en su pañuelo.

—¿Maestro qué?

—Es de *La Guerra de las Galaxias* —precisó Vincent.

Servaz los miró de forma alternativa y luego renunció a comprender.

—¿Qué es eso? —preguntó Samira señalando la foto que Vincent tenía en la mano.

Espérandieu le repitió lo que Servaz acababa de contarle. Éste los observó. A su llegada al departamento, ambos habían suscitado ataques más o menos disimulados: racismo antiárabe o antichino —o los dos— en el caso de Samira, homofobia en el caso de Vincent, quien, según las sospechas de ciertos policías veteranos, no se sentía atraído únicamente por las mujeres, pese a la belleza de la suya. Ello se debía sin duda a que Espérandieu tenía unas preferencias en cuestión de ropa y unos modales no demasiado masculinos. En cuanto a Samira, a algunos de la brigada les había costado admitir que una joven hija de emigrantes fuera mejor policía que ellos.

—¿Tienes idea de lo que significa esta foto? —le preguntó Vincent mientras la agitaba como si acabaran de revelarla.

—Ni la más mínima.

—¿Sabes si Célia Jablonka tenía alguna clase de relación con el campo de la investigación espacial?

—Según Charlène, su penúltima exposición estaba dedicada a ese tema, sí.

Espérandieu lo miró fijamente y Servaz identificó una expresión que conocía muy bien: la del coleccionista que tiene ante sí una pieza interesante.

—No entiendo, jefe —dijo Samira guardándose el pañuelo—. ¿Esa chica se suicidó o no?

—Tan seguro como que tú estás resfriada —respondió él.

● ● ●

Era la recepción a la que había que asistir en ese fin de año de 2010. En la sala de los Ilustres del Capitole. Una larga galería recargada con los dorados, pinturas y estucos característicos del estilo grandilocuente y burgués del siglo XIX donde los asistentes se apretujaban y se saludaban, congratulándose de estar allí. De haber llegado lo bastante alto, de tener suficiente influencia, de ser tan importantes como para haber sido invitados. En resumidas cuentas, de pertenecer a la flor y nata de la región. Todo era falso, por supuesto. O más bien, había un poco de verdad y mucho de falso; como en el caso de las columnas de mármol, por ejemplo: Christine se había enterado un día de que sólo cuatro de ellas eran auténticas y de que las demás no eran más que cilindros huecos recubiertos de imitación de mármol pintado en trampantojo. Un poco igual que aquella reunión de gente, había pensado aquella noche. Aparte de algunas joyas auténticas y unos cuantos vestidos creados por grandes modistos, lo demás no pasaba de ser elegancia de imitación. Con las personalidades presentes sucedía lo mismo: tal como ocurría con los bustos que habían dado nombre a la galería, allí había auténticas celebridades y glorias relativas, políticos y juristas, arquitectos y periodistas, artistas y atletas, personas poderosas y parásitos. Christine era consciente de que ella misma exageraba un poco su papel de presentadora de radio popular. Pasaba de un tema a otro y de un invitado a otro, adoptaba una actitud grave cuando convenía, pero no demasiado; ligera y alegre el resto del tiempo. Una mariposa...

Y, puesto que la velada estaba dedicada a ellos, allá en el fondo, alrededor del alcalde, estaba, cómo no, lo más granado del mundo de la conquista espacial europea. Ingenieros, directores, investigadores... con un protagonismo especial para los «cowboys del espacio». El escaparate de la casa. Más cargados de títulos universitarios que la mayoría de sus vecinos y, sin embargo, igual de viriles que los actores de Hollywood, causaban sensación entre las féminas; Christine ya había sorprendido más de una mirada pendiente de ellos mientras ella contemplaba las pinturas del techo. Por el momento, cerraban filas cerca del bufet, pero en cuanto se dispersaran, las damas disponibles —e incluso las que no lo estaban— se abatirían sobre ellos como una nube de langostas. Por otra parte, era comprensible: unos tipos capaces de catapultarse en el éter sin parpadear con una patada de cuatrocientas toneladas en el trasero quizá merecieran la pena. Unos individuos que se pasaban la vida entrenándose, que soportaban cientos de pruebas y exámenes médicos, que eran auscultados, examinados, escrutados y calibrados de continuo. Verdaderos ejemplares de concurso... Capaces de resistir todas las presiones y seguir sonriendo al pie de la plataforma de lanzamiento. Eso iba pensando ella, con una copa de champán en la mano, cuando alguien le dirigió la palabra.

—No me diga que también usted tiene ojos sólo para ellos.

Christine se volvió para observar al individuo con gafas cuyo aspecto, efectivamente, distaba bastante de la imagen que ella tenía de un astronauta.

—¿Y usted es...?

—Gérald Larchet, profesor e investigador del Instituto Superior de la Aeronáutica y el Espacio.

—En ese caso, usted es como yo, Gérald. Se conforma con mirar las estrellas desde abajo.

Y con aquellas palabras había dejado plantado al hombre de las gafas. Luego había estrechado unas cuantas manos, besado varias mejillas, intercambiado algunos comentarios superficiales... hasta el momento en que la voz de él volvió a llegar a sus oídos.

—Pero ¿quién se ha creído que es, caramba?

—¿Perdón? ¿Cómo ha dicho?

—¿Es que tiene por costumbre enviar a paseo a la gente?

Parecía muy enfadado. Lanzaba chispas por los ojos a través de la gafas. No estaban mal, por cierto, dichos ojos. Su enfado casi la hizo sonreír. Y, mirándolo con mayor detenimiento, el efecto de las gafas era engañoso: bajo el abrigo de lana, el traje gris y la camisa azul, se adivinaba una buena musculatura. Era alto. Tenía unas facciones agradables, casi hermosas.

—Debería cambiar de gafas —le había dicho.

—¿Otro desplante de los suyos?

—No, al contrario. Es un cumplido.

Así había empezado todo. Al cabo de una hora, sabía más o menos todo lo que había que saber de él. Por ejemplo, que estaba soltero y, sobre todo, que tenía un verdadero sentido del humor (en ese aspecto, también había bastante falsedad en la sala, donde resonaban las risas artificiosas). Sabía asimismo, sin margen de duda, que aquel hombre le gustaba.

Pero las cosas no habían acabado ahí...

En el transcurso de aquella velada había conocido también a Léo: Léonard Fontaine. Ése sí que era un auténtico y apuesto héroe de celuloide. Un cowboy del espacio. E incluso, para decirlo todo, el más célebre de ellos: la principal atracción del espectáculo, la estrella de la Agencia Espacial Europea. Fue ella quien abordó a Léo. Para invitarlo a su programa. Para conseguirlo, había tenido que abrirse paso entre la horda de admiradores, compuesta en un setenta y cinco por ciento de mujeres. Esperaba encontrarse a un tipo bastante insoportable y engreído, pero sólo era... tranquilo. Complexión atlética, una cara agradable cuyo encanto potenciaban las arrugas y una dentadura sin duda artificial. Cincuenta y cinco años. El arquetipo del tipo guay... «Casado y con dos hijos pequeños», había añadido su vocecilla interior. Aun así, se había sentido halagada, e incluso algo más que halagada, cuando él había querido ligársela.

—¿Se ha planteado alguna vez por qué la noche es negra ahí fuera, señorita Steinmeyer? —le había preguntado al cabo de un momento—. Si el universo fuera infinito como dicen, y por tanto el número de estrellas también infinito, la noche debería estar llena de luz, ¿no? Porque la mirada debería topar siempre con alguna estrella, se enfocara donde se enfocase...

La había llevado hasta los altos ventanales que daban a la gran plaza y le había mostrado la noche de diciembre.

—Verá, no debería haber el menor átomo de noche, sino un entramado continuo de estrellas y, por consiguiente, de luz... Ésa es la paradoja de Olbers. En realidad, como ya es sabido, el universo tuvo un comienzo. La luz de la mayor parte de las estrellas no ha tenido tiempo de llegar hasta nosotros, porque la luz viaja a una velocidad determinada y porque el tiempo de existencia de esas estrellas no es lo bastante largo. La segunda explicación es la contraria: la vida de una estrella es más corta que la del universo, las estrellas también mueren. ¿Cree en el azar, Christine?

—¿Y usted?

—El azar reina como dueño absoluto en la escala de los átomos. Allí todo es posible... pero desaparece en la escala macroscópica.

—¿Y en qué escala nos situamos nosotros?

—A usted le corresponde elegir...

Sintió un breve acceso de culpa: para su sorpresa, él la había llamado al día siguiente para decirle que aceptaba participar en su programa y, de paso, la había invitado a cenar. Se habían acostado aquella misma noche. Él era muy atrevido, directo... y eso a Christine le había gustado. Era un buen amante. Imaginativo. Durante aquel tiempo, ella había dejado que Gérald le hiciera una corte convencional, sin prisas. Léo no solía estar libre por las noches; tenía su vida de familia. En general sus encuentros tenían lugar por las tardes, en un hotel. Él le había advertido de entrada que no tenía intención de dejar a su mujer. Había sido honesto con ella. Como mínimo, eso era lo que Christine había creído entonces. Ahora pensaba que se trataba de una forma suprema de deshonestidad: se lavaba las manos, sabiendo que su pareja sufriría forzosamente, por más que aceptara sus condiciones. De ese modo estaba en paz consigo mismo y dirigía el juego a su antojo. Nada de promesas rotas, nada de responsabilidades... Al principio, se había sentido más enamorada de Léo que de Gérald, pero poco a poco la balanza se había decantado a favor de este último. Entonces ¿por qué no había puesto fin antes a su relación? ¿Por qué había esperado tanto tiempo? ¡Casi dos años! No había renunciado a Léo hasta hacía un mes: cuando Gérald le había enseñado el anillo de compromiso. E incluso en ese momento le había costado hacerse a la idea de que nunca más volvería a estar entre sus brazos, de que nunca más volvería a sentir sus manos fuertes y suaves sobre su cuerpo. Léo era la aventura, la incertidumbre, la exaltación, una persona que tenía necesidad de vivir constantemente en el filo de la navaja. Gérald no era astronauta, sino un terrícola. Un hombre de espíritu práctico y ambiciones más moderadas. Era eso, no obstante, lo que a la postre había acabado gustándole de él: la sensación de que su amor no ponía en peligro todo lo demás, de que no era tanto una tempestad desatada como un suelo estable sobre el que se podía construir.

¿Era posible que Léo estuviera detrás de todo aquello? Desde luego que no. Ya se lo había planteado antes, pero enseguida había concluido que no. Léo era la persona más egoísta y a la vez más equilibrada del mundo. Además, durante aquellos dos años, no había sentido en ningún momento que estuviera realmente enamorado de ella. Quizá por esa oscura razón había aguardado tanto antes de dejarlo. Porque esperaba, con un secreto apetito de revancha, la llegada de ese momento en el que lograría horadar su coraza, llegar a su corazón... y hacerlo sangrar.

Pero ese momento no había llegado nunca.

¿Qué ocurriría, por otro lado, si Gérald se enterase de que había estado viéndose con otro hombre durante los dos primeros años de su relación? ¿De que había estado mintiéndole constantemente, ocultándole la verdad? ¿De que, cuando se acurrucaba entre sus brazos, acababa de salir de entre los brazos de otro? Le dieron escalofríos; por un instante, la asaltó el pánico ante aquella posibilidad. Aunque él ya había tomado cierta distancia... «¿Durante cuánto tiempo?», se preguntó. Era de Gérald de quien estaba enamorada. Era con él con quien quería compartir su vida. Pese a que el recuerdo de las tardes pasadas con Léo todavía hacía nacer una bola de calor en su vientre.

Sin embargo, ahora, con el teléfono ya sonando, estaba a punto de retomar contacto con el hombre al que había expulsado de su vida hacía apenas un mes.

—¿Christine? ¿Has cambiado de opinión?

El tono no era de amargura. Ni de sorpresa. Era simplemente jocoso. La idea de que pudiera bromear con tanta facilidad a propósito de una relación que había durado dos años y terminado hacía sólo un mes le produjo una punzada en el corazón... igual que el sonido de su voz, cálida y profunda. Después se dijo que ésa era su manera de llevar la ruptura. De digerirla. Que el hecho de que no demostrara sus emociones no significaba que no las tuviese.

—Perdona —dijo con un tono más grave—. Qué idiota soy... ¿Qué pasa, ardillita? ¿Cómo estás?

Vaciló un instante: «ardillita». Uno de los apodos que solía darle. Al cabo de un mes, no había perdido ni un ápice de su poder.

—Tengo que verte, Léo. Es importante.

—Te noto rara... ¿Qué ocurre?

Respondió que prefería decírselo en persona. Adivinó su sorpresa en su silencio. Cerró los ojos. Se esforzó por cerrar también su espíritu frente a las dudas. ¿Cómo explicarle lo que había vivido aquellos últimos días? ¿Cómo lograr que se hiciera cargo de la inmensidad de su desamparo? Si alguien podía ayudarla, era él: un hombre fuerte y seguro de sí como ningún otro.

—Te lo ruego —murmuró con voz casi apagada.

—Desde luego —contestó—. ¿Tan grave es?

—Estoy en peligro, Léo. En peligro de muerte.

Siguió un silencio prolongado.

—¿Dónde? —preguntó él con voz solemne.

—En nuestro hotel, en la habitación de siempre. Reserva tú. Dentro de una hora.

—Muy bien. Allí estaré. ¿Christine?

—¿Sí?

—No sé lo que ocurre, pero confía en mí. Vamos a solucionarlo.

Ella cortó la comunicación con un inmenso alivio. La última frase de Léo la había llenado de esperanza. Sí, había hecho bien en llamarlo... El contacto suave de una camisa de invierno de franela... Un olor a colonia con aroma a limón... Un nudo en el vientre y la sangre que bulle, justo ahí —exactamente ahí—, siguiendo el meridiano del cuerpo hasta el punto neurálgico situado entre el abdomen y el pubis: Léonard Fontaine era un remedio casi igual de peligroso que el mal.

Al salir de la cafetería, se tapó la cabeza con la capucha. Miró a ambos lados. Volvía a nevar. Unos gruesos copos vaporosos, ligeros como plumas. Se dirigió a un cine que conocía y eligió una película con pocas posibilidades de haber llenado la sala, porque nunca había oído hablar de ella.

—La sesión ha comenzado hace media hora —le dijo la taquillera.

—Da igual —respondió—. Ya la he visto.

La mujer se encogió de hombros, tomó el dinero y le dio la entrada. Christine recorrió el pasillo enmoquetado, alumbrado por una hilera de luces a ras del suelo, en dirección a la sala. Una vez franqueada la doble puerta batiente, se encontró rodeada de oscuridad. En la pantalla, un hombre y una mujer se besaban. Fue a sentarse al fondo: apenas había media docena de personas. Le llevó unos minutos comprender que la película trataba del fin del mundo, o más bien del último día en la Tierra: al día siguiente, a las 4.44 horas concretamente, el mundo iba a desaparecer bajo el efecto de una irradiación solar mortal. Mientras tanto, la gente se tiraba por las ventanas, se emborrachaba a más no poder, encendía velas, hacía el amor... Cisco y Skye —un hombre de cincuenta y tantos años y una mujer mucho más joven, interpretados por Willem Dafoe y una joven actriz a la que no conocía— se disponían a pasar su última tarde juntos y aprovechar para un último encuentro amoroso. «Qué triste ironía», pensó Christine con amargura mientras lanzaba frecuentes ojeadas hacia la puerta por la que acababa de entrar. Al cabo de quince minutos, cuando tuvo la certeza de que nadie la había seguido, se levantó y se encaminó hacia la otra puerta, situada abajo a la derecha, cerca de la pantalla, encima de la cual brillaba la palabra «SALIDA». La película era deprimente.

Como había previsto, después de un pasillo y unos escalones, salió a una calle adyacente. Nadie a la vista; nada, aparte de una hilera de cubos de basura cubiertos de nieve.

Se detuvo en la boca del callejón. Barrió la calle con la mirada. Después, con la capucha puesta y las manos hundidas en los bolsillos, la recorrió con paso raudo y rodeó la fuente helada en dirección al Grand Hotel Thomas Wilson.

En el interior de la puerta giratoria, se quitó la capucha; aun así, sintió las miradas de los empleados de la recepción fijas en ella mientras se encaminaba a los ascensores. Las puertas se abrieron en el primer piso y después enfiló el pasillo largo y silencioso, cuya moqueta amortiguaba sus pasos. Se paró delante de una puerta oscura con una gran cerradura electrónica dorada. Llamó discretamente. La puerta se abrió casi al instante y Christine entró en la habitación 117.

El corto y familiar pasillo de paredes estucadas con el portaequipajes, los dos albornoces blancos colgados en perchas, la puerta del cuarto de baño entreabierta a la izquierda... Lo reconoció todo de inmediato, igual que el olor a limpio y a perfume floral que flotaba en la habitación. Léo cerró la puerta y la hizo volverse hacia él; Christine se dejó besar, pero interrumpió rápidamente el abrazo.

—Por favor, Léo... —dijo, erguida y rígida.

Después dio media vuelta y se adentró en la habitación. La gran cama de metro ochenta, la pantalla de televisión LCD, el escritorio recubierto de cuero negro, la cafetera, el minibar, la cabecera de la cama de rombos de color platecado, las almohadas rojas, las lamparillas cromadas que iluminaban la penumbra de las paredes de ébano...

¿Cuántas veces habrían ido allí? ¿Treinta? ¿Cuarenta? ¿Cincuenta? Al menos una vez por semana durante dos años, exceptuando las vacaciones: eso se acercaba más bien a las... cien citas...

«¡Cien!»

Sintió un acceso de culpa al pensar en la cantidad de veces que se había encontrado en aquel decorado *super-kitsch* envuelta en lencería fina, en todas las veces que él le había quitado los vaqueros en cuanto entraba por la puerta, que habían follado encima del escritorio, en el suelo, en el sillón, de pie contra las paredes, en el cuarto de baño, en la entrada... O también en aquellas veces en que acortaban el rato de sexo para pasar horas hablando, abrazados, contándose sus pequeños secretos y tomando champán. ¿Cómo habría reaccionado Gérald si lo hubiera sabido? Sólo de pensarlo se le revolvió el estómago.

Cuando Léo se acercó al escritorio, Christine se dio cuenta de que había pedido que les subieran champán.

—No, gracias —dijo.

—¿Estás segura? Dios, qué raro me resulta estar aquí...

La sorprendió la ternura y la leve nostalgia que distinguió en su voz: Léo no era, sin embargo, un tipo de hombre dado a mirar atrás. Cuando sus miradas se cruzaron, captó el mismo brillo de ternura en sus ojos. Él sacó la botella del cubo y Christine vio que ya se había servido mientras la esperaba.

—No he venido para eso, Léo.

—Christine, relájate. Vamos a hablar. Vas a explicarme qué pasa. Aquí no corres ningún peligro, ¿de acuerdo?

Léo se sentó en el borde de la cama, con la copa llena. Llevaba una camisa de pana descolorida, que dejaba entrever su pecho bronceado, y remangada como si fuera en verano. Un diente de tiburón le colgaba del cuello. Él le había contado que un escualo lo había atacado un día frente a las costas de Sudáfrica mientras hacía surf. El tiburón blanco lo había golpeado cuando se encontraba en la cresta de una ola. El choque había sido tan violento como si hubiera impactado contra un autobús y, después de cerrar las mandíbulas en torno a su pierna izquierda, el animal había tratado de arrastrarlo hacia el fondo. Léo había conseguido agarrarse a unas rocas y repeler el ataque a patadas. Lo habían trasladado al hospital en helicóptero. Christine se acordaba de la gran cicatriz que tenía en la pantorrilla derecha: le gustaba pasar la punta de los dedos sobre las nudosidades de la carne suturada; le producía una sensación extraña. El diente lo habían encontrado los cirujanos en su pierna... Léo era un poco menos alto que Gérald, pero más fuerte. El perfil de los músculos de su pecho y de los antebrazos era bien visible. En aquella misma cama, le había enseñado fotos en las que estaba sentado con el torso desnudo y el pecho lleno de electrodos, rodeado de un ejército de médicos y de instrumentos; otras en las que estaba sujeto a una mesa basculante para controlar el desplazamiento de la sangre hacia la cabeza, o bien en un sillón que giraba a gran velocidad: las sesiones de «tortura» en la Ciudad de las Estrellas, en las proximidades de Moscú. Aquel cuerpo era una máquina en perfecto estado. Lo mismo que el cerebro, que no conocía el miedo... Quizá por eso fuera incapaz de sentir emociones normales; pero era precisamente eso lo que ella necesitaba en aquel momento. Un caballero. Un héroe impávido. Como los de los relatos de su juventud. Como los de las novelas de quiosco que leía en su adolescencia. Colocó una silla delante de él y se sentó. Léo la observó con el ceño fruncido.

—Te escucho —dijo—. Por teléfono parecías alterada. Aún lo estás, por lo que veo. Tómate el tiempo que quieras, no tengo prisa...

—Quizá sí me tome media copa.

Él se levantó para servírsela. Ella aprovechó para empezar a hablar, con voz lenta y mesurada, cuando Léo le dio la espalda. Le explicó lo que había ocurrido con la mayor sinceridad y objetividad posible. Él permaneció inexpresivo todo el rato. Cuando hubo acabado, unos diez minutos más tarde, emitió un silbido. Tenía los ojos velados, como si estuviera ensimismado y buscase algo parecido en sus numerosas experiencias.

—Parece serio —declaró por fin al tiempo que le lanzaba una mirada de preocupación.

Sabía que para Léo la palabra «serio» significaba «grave», «inquietante», «dramático» incluso. Seguro que empleó esa misma palabra el día que un fuego originado por un generador de oxígeno deficiente se había propagado en la estación Mir, donde se encontraba en compañía de dos astronautas rusos. Oficialmente, el incendio tan sólo había durado noventa segundos; en realidad habían luchado contra él durante catorce minutos, durante los cuales el habitáculo se había llenado de humo tóxico. O cuando la decrépita estación espacial había sufrido el primer corte total de corriente, que los dejó a oscuras y ocasionó movimientos descontrolados de la estructura. «Esta vez parece serio, chicos.» Se lo imaginaba diciéndoles eso a sus compañeros rusos cuando corrían el riesgo de entrar en una deriva que los dejaría para siempre fuera de todo alcance en las tinieblas del espacio.

—¿Estás totalmente segura de que todo ha ocurrido tal como me lo has contado?

En su voz había un matiz de escepticismo que disgustó a Christine. Pero estaba demasiado exhausta para rebelarse.

—¿Qué insinúas? ¿Que me invento las cosas?

—¿Seguro que no tienes la menor idea de quién puede estar detrás de todo esto? —preguntó sin tomar en cuenta su reacción.

Christine vaciló.

—Por un instante, pensé que podías ser tú.

Vio que enarcaba una ceja.

—¿Yo?

—Ajá... Te planté hace apenas un mes. Te anuncié que todo había acabado entre nosotros y, de repente, alguien intenta hacerme la vida imposible...

Lo miró de hito en hito, con aire desafiante.

—No lo pensarás de verdad, ¿no, Christine?

Vaya, al menos había conseguido hacer mella en su coraza: su voz vibraba de cólera.

—No, claro que no... No sé nada, Léo... No me imagino a Cordélia actuando sola. Creo que lo hace exclusivamente por dinero.

Léo parecía preocupado.

—En todo caso, este asunto ya ha ido demasiado lejos, ¿eres consciente de ello? Tienes que avisar a la policía.

—¿Después de lo que pasó con la carta?

—Sí, incluso después de eso. No hay alternativa. Si quieres, te acompaño.

Consideró la propuesta. ¿Qué pensarían de ella los policías si se presentaba acompañada de un hombre casado que no era su novio y al que, para colmo, todo el mundo reconocería al momento?

—No, es mejor que no me acompañes.

—Christine, tienes que ir a la policía —insistió él mirándola a los ojos—. Ya has esperado demasiado. ¡Prácticamente has perdido tu empleo! Y lo que pasó con el perro no me gusta nada... Eso va más allá de un simple acoso... Ahí fuera, en algún sitio, hay alguien suelto que te tiene un odio mortal. Alguien que ya ha entrado en tu casa. Alguien que ha agredido a *Iggy*.

Ella frunció el ceño y apretó los párpados. Como si no lo supiera... De pronto, la aprensión le encogió el estómago. Buscaba desesperadamente una salida, ¿y lo único que él le proponía era que fuera a la policía? Si un tipo como Léo no veía otra alternativa, ¿qué opción le quedaba?

Debió de percibir su pavor, porque posó una mano sobre la suya.

—No te preocupes. Encontraremos una solución. Hay que proceder metódicamente —prosiguió—. Para empezar, vete a dormir a un hotel durante un tiempo.

—¿Y qué hago con *Iggy*?

—Llévatelo contigo. O confíaselo a alguien... a tus padres, a unos amigos.

«¿Qué amigos?», estuvo a punto de decir.

—¿Por qué no te instalas unos días en mi casa? —sugirió ella—. Te bastaría con decirle a tu mujer que estás en viaje de negocios.

Sabía que Léo llevaba una vida ajetreada tras concluir su carrera de astronauta. Había hablado con detenimiento de su reconversión cuando participó en su programa de Radio 5. Durante un tiempo había dirigido el centro de entrenamiento de los astronautas de Colonia, en Alemania; había trabajado como astronauta asesor en el proyecto del ATV, una nave de carga no tripulada destinada a reabastecer la Estación Espacial Internacional; había fundado su propia empresa, GoSpace, una filial del Centro Nacional de Estudios Espaciales que organizaba vuelos científicos parabólicos a bordo del Airbus A300 ZERO-G y cuya sede se encontraba en la zona industrial del aeropuerto de Toulouse-Blagnac; se había convertido asimismo en uno de los principales representantes de la ESA, la Agencia Espacial Europea, como propulsor de los vuelos tripulados y la exploración espacial humana ante el gran público, los políticos y las universidades.

Léo le dedicó una mirada acerada.

—No, no puedo hacer eso. Pero hay que actuar... Has hecho bien en llamarme. ¿Con quién más has hablado?

Se representó a Max en su salón, con la ropa sucia, la barba mugrienta y los largos cabellos grasientos.

—Con nadie... En el estado actual de nuestra relación, Gérald no me creería.

Él volvió a lanzarle una mirada aguda.

—Nunca supo lo nuestro, ¿verdad?

Ella negó con la cabeza.

—Bueno, vamos a hacer lo siguiente. Tú vas a la policía y yo voy a informarme...

—¿Informarte?

—Tengo algunos contactos en los cuerpos de seguridad. Voy a ver si otras mujeres han sufrido lo mismo que tú en Toulouse o en los alrededores, si las tomaron en serio, si hubo sospechosos...

Se levantó, fue hasta el escritorio, arrancó una hoja del papel con membrete del hotel y cogió el bolígrafo de la pequeña carpeta de cuero. Después volvió a sentarse.

—Vamos a empezar haciendo una lista de las personas con las que hayas mantenido algún contacto estos últimos meses y con quienes hayas tenido alguna diferencia. E incluso de aquellas sobre las que tengas la más ínfima sospecha. Yo veré qué puedo averiguar.

—¿Cómo vas a hacerlo? —quiso saber ella.

—Ya sabes que conozco a mucha gente —contestó él con una sonrisa enigmática y soñadora.

Christine reflexionó un momento y varios nombres le vinieron a la cabeza espontáneamente: Becker, el estúpido machista encargado de los informativos de Radio 5; Denise, su vecina Michèle... Y más nombres... No era nada agradable darse cuenta de que tenía más enemigos que amigos. Lo curioso era que cuanto más se alargaba la lista, más recuperaba la esperanza, pensando que el culpable tenía que encontrarse en ella por fuerza.

—Vaya, cualquiera diría que tienes el don de hacer amigos —ironizó él cuando hubieron acabado—. Mira todos estos nombres. Me juego algo a que tu acosador está aquí.

Tenía razón. ¡Debería haber empezado por allí! Bastaba con actuar y razonar con lógica.

—Insisto, ¿cómo vas a hacer para investigar sobre esas personas? Quiero saberlo.

Léo esbozó de nuevo su sonrisa enigmática.

—Conozco un detective privado... Me debe un favor. Hace unos años, lo pillaron investigando de manera ilegal sobre mi empresa. Era una cuestión de espionaje industrial puro... Lo había contratado una empresa de la competencia de un país extranjero. Lo sorprendí con las manos en la masa y, en lugar de mandarlo a la cárcel, le propuse un trato: él paraba de investigar y yo no lo denunciaba, pero cabía la posibilidad de que un día recurriera a él. Yo pensaba utilizar sus servicios en un tipo de asunto digamos... de carácter comercial, más que privado... Pero da igual.

Un detective, amigos policías... Sí, había hecho bien en llamar a Léo. Siempre había sido una persona llena de recursos, de las que no se daban por vencidas. Se preguntó cómo habría actuado Gérald en su lugar, pero sólo fue un pensamiento fugaz. Sentía cómo la inundaba una oleada de gratitud.

—Relájate —le repitió él con voz suave—. Las cosas se arreglarán.

Se había levantado y le había cogido la copa vacía para volvérsela a llenar. Se la dio de nuevo. Después se colocó a su lado y le posó las manos en los hombros.

—Déjate ir.

—Léo...

—¿Qué?

—Gracias.

Él le masajeó los músculos de los hombros con las manos fuertes y suaves. Como hacía en los momentos en que estaba estresada. Deshaciendo uno a uno los nudos de los trapecios y las cervicales, ejerciendo presiones firmes y precisas. Christine cerró los ojos. Quería abandonarse. Notó que los músculos se le calentaban y recuperaban poco a poco la flexibilidad, al tiempo que se le distendía la nuca. Se llevó la copa a los labios. Era un buen champán. Las burbujas se le subían a la cabeza.

—¿Te acuerdas de aquel hotel de Neuchâtel, del que estaba encima del lago, de la suite sobre pilotes? —dijo él—. Por la mañana sólo se veían las velas, los pájaros y las montañas a lo lejos.

Cómo no iba a acordarse. Uno de los pocos fines de semana que habían pasado juntos... Los reflejos del sol en el lago como fragmentos de mica, la blancura de las velas y de las gaviotas, la mesa del desayuno puesta por encima del agua, que se mecía contra los pilotes, y la montaña en el horizonte. Habría querido quedarse allí un mes, un año, en lugar de dos días...

—Vuelve a llenarme la copa —pidió.

De repente tenía ganas de emborracharse. Bebió un largo trago de champán, sintió el cosquilleo de las burbujas en el paladar y la lengua.

—Te he echado de menos —dijo él.

Le dio un beso en el cuello que le puso carne de gallina, y después otro, cerca de la boca. Ella volvió la cabeza, entreabrió los labios y él introdujo la lengua. Christine lo acogió y la respiración de ambos se aceleró. Antes de que comprendieran siquiera lo que ocurría, estaban de pie y ella tenía el pantalón por las rodillas y los muslos desnudos. Léo le metió una mano en las bragas y ella sintió que se humedecía de forma instantánea al contacto de sus dedos. Abrió las piernas. Gimió cuando sus dedos la acariciaron más íntimamente. Tenía ganas de sentirlo dentro, allí mismo, sin demora... Lo soltó para rodear con gesto amoroso su sexo duro y suave. Se separaron para quitarse la ropa más deprisa y después, una vez desnudos, ella paseó las manos por sus costados, sus costillas, su espalda, sus glúteos... Luego volvió a bajar la mano y acarició de nuevo el sexo brioso y rígido. Hicieron el amor encima de la cama. Christine lo recibió acoplándose a su ritmo, sus caderas chocando la una con la otra. Tal vez se debiera a la fuerza de su deseo, a la situación o simplemente a la urgencia, pero lo cierto fue que se trató de un acto sin ternura, brutal e instintivo. En un segundo de plenitud, ella reconoció el olor de su piel, el aroma de su pelo, la forma precisa de su cuerpo, el contorno exacto de sus costados musculosos y de su esqueleto bajo sus dedos. Ese territorio que durante mucho tiempo había considerado como su reino, pese a que lo compartía con otra mujer, porque ésta no contaba: como en la época de los reyes, la esposa oficial no podía rivalizar con la favorita. Con respiración anhelante, desplazó las manos de los costados y los omoplatos a los glúteos y las caderas. A través del vidrio doble, percibió los ruidos de voces y bocinas de la plaza, e incluso el arrullo de una paloma, como el contrapunto a sus propios jadeos. Vio el resplandor de las lámparas del techo como pequeñas lunas misteriosas... y cerró los ojos levantando las caderas aún con mayor vigor. Hundió los dedos en su pelo cuando él la inmovilizó sobre el colchón y eyaculó.

De pronto notó la dentellada del remordimiento y, cuando Léo se dejó caer a su lado, se sintió traicionada. No por él, sino por ella misma: por su cuerpo. Se levantó y se fue a toda prisa al cuarto de baño para lavarse.

—¿Adónde vas? —le preguntó él cuando salió y cogió la ropa.

—Me voy. No deberíamos haber hecho esto.

—¿Cómo?

Acabó de vestirse. Se planteó besarlo o decirle algo; luego renunció y se precipitó hacia la puerta.

—¡Ve a la policía! —le dijo él cuando ya estaba de espaldas—. ¿Me oyes, Christine? ¡Ve a la policía!

Cerró de un portazo. Volvió a encontrarse sola en el pasillo. Le zumbaba la cabeza.

El pasillo estaba en silencio.

Lo recorrió rápidamente, pasando de la sombra a la luz y de la luz a la sombra conforme los apliques iban interrumpiendo la penumbra con un efecto teatral. Un desfile de puertas. Todas parecidas. Un pensamiento fugaz: ¿cuántas parejas adúlteras habría detrás? ¿Era ella adúltera? Gérald había decidido poner distancia. ¿La eximía eso de toda lealtad? Lo imaginó enterándose de que había follado con otro en un hotel tan sólo unas horas después de su disputa. ¿Y él?

«¿Acaso no estaba follándose a Denise?»

En el ascensor notó que le flaqueaban las piernas. Una ola de miedo descarnado rompió contra ella. Miedo a perderlo todo... Se sentía profundamente desdichada. Debería haberse duchado; todavía tenía el esperma de Léo dentro. Con el martilleo de la sangre en las sienes, se precipitó fuera de la cabina en cuanto se abrieron las puertas.

Un individuo estaba parado delante. Chocó violentamente contra él. Para tratarse de un hombre, era muy bajo, más que ella. Tenía la cabeza rapada y una cara extraña —«afeminada», pensó en una fracción de segundo—, pero apenas se movió por el golpe mientras que Christine estuvo a punto de caer de espaldas.

—Ppp... perdón —farfulló la joven con una voz que dejaba traslucir más rabia que otra cosa—. ¡Lo siento!

El hombrecillo se apartó con una sonrisa. Christine apenas tuvo tiempo de entrever el tatuaje que asomaba de su cuello. Una Madona con su aureola, como las de los iconos rusos. «Qué raro», pensó dirigiéndose a toda prisa hacia la salida. Esa imagen insólita se grabó en su cerebro —como las de ciertos sueños en el momento del despertar— mientras corría a través del vestíbulo, empujaba la puerta giratoria y huía bajo la nieve que había empezado a caer otra vez.

20

OPERETA

La mujer policía miró la pantalla de su ordenador, miró la pared de detrás de Christine —en la cual, según recordaba ésta, había un póster de la película *Chinatown*—, miró el bolígrafo, se miró las uñas, miró a Christine.

—Dice que encontró orina en su felpudo. ¿No podría tratarse de la de su propio perro?

El escepticismo del tono era tan escandalosamente manifiesto que ella se puso rígida.

—¿No me cree?

—Le hago una pregunta.

—No —respondió con firmeza.

La mujer la escrutó y Christine tuvo la misma sensación que si la estuvieran escaneando con un haz de rayos X de la cabeza a los pies.

—¿Cómo puede estar tan segura?

—Ese día no saqué a mi perro —respondió encogiéndose de hombros—. Por consiguiente, no veo cómo habría podido...

—¿Que no lo sacó? Entonces ¿dónde hizo sus necesidades?

—Tiene una caja para los casos de urgencia, cuando... no tengo tiempo de sacarlo. —La mujer policía le lanzó una mirada severa—. Oiga, no vamos a estar comentando ese asunto durante horas, ¿no? Han ocurrido otras cosas mucho más graves.

La mujer consultó las notas que había tomado en la pantalla.

—Sí. Alguien entró en su casa y dejó un... CD de ópera... sin, por otra parte, llevarse nada. La misma persona que la llamó a la radio donde trabaja y a su domicilio... Y después la drogaron y la desnudaron en casa de esa joven, Corinne Délia, que hace prácticas en Radio 5, antes de llevarla inconsciente a su casa, donde se despertó desnuda. Ah, sí, se me olvidaba: esas personas también sacaron dos mil euros de su cuenta bancaria, pero sin robarle la tarjeta de crédito... y, eh, pusieron unos antidepresivos en su lugar de trabajo para desacreditarla...

Desplazó la mirada de la pantalla a Christine. Era una mirada hostil en la que afloraba no sólo el escepticismo, sino también la exasperación. Tenía entre treinta y cuarenta años, una alianza en el dedo y la foto de un niño rubio encima del escritorio.

—Parece agotada —añadió—. ¿La ha visto un médico?

Christine respiró hondo. Se arrepentía de haber ido. «Calma... Si te pones hecha una furia, no harás más que confirmar lo que ya piensan.»

—He impreso los mensajes que ese hombre me ha enviado —dijo apoyando una mano en la carpeta de cartón que había recogido en su piso después de ducharse—. ¿Quiere verlos?

La mujer no respondió ni sí ni no.

—¿«Ese hombre»? Entonces ¿cree que es un hombre? Hace un momento pensaba que era esa chica en prácticas la que había montado la cosa...

—Bueno... creo que son al menos dos...

—Una auténtica conspiración, vaya.

Aquella palabra fue como un latigazo. Sabía muy bien adónde quería ir a parar la agente.

—Piensa que estoy chiflada, ¿verdad?

De nuevo, la otra evitó responder sí o no y se limitó a mantener su brumosa mirada clavada en ella.

—Póngase en mi lugar.

—¿No debería ser al contrario?

—¿Cómo dice?

—¿No debería ser más bien la policía la que debería ponerse en mi lugar?

La mirada se enfrió un par de grados suplementarios.

—Le aconsejo que no emplee ese tono.

Christine apoyó las manos en los brazos de la silla.

—Bueno. Me parece que también esta vez estoy perdiendo el tiempo aquí.

—Permanezca sentada.

Era una orden, no cabía duda. Christine interrumpió su ademán.

—Hace unos días, vino con una carta supuestamente escrita por una persona que anunciaba su intención de suicidarse. Entonces se comprobó que en ella no había más huellas que las suyas, ni tampoco matasellos de correos.

—Sí, precisamente creía que me int... entrevistaría la misma persona que me recibió por el asunto de esa carta.

—Hoy dice que fue a ver a la señorita Délia a su casa y que ella la drogó, ¿no es eso? Que filmó un vídeo comprometedor en el que las dos aparecen desnudas con la clara intención de hacerle chantaje.

Christine asintió sin convicción. Era por lo menos la tercera vez que respondía a las mismas preguntas.

—Una carta... una llamada de teléfono... su perro en el cuarto de las basuras... orina en el felpudo de su casa... ese vídeo... ¿Qué lógica tiene todo eso? —planteó la agente—. ¿Por qué haría alguien eso? No tiene ningún sentido.

La mujer se sacó del bolsillo una pequeña llave con la que cerró los cajones de su escritorio. Después se levantó.

—Tenga la amabilidad de seguirme.

—¿Adónde vamos?

No hubo respuesta. La agente, que ya estaba en la puerta, salió sin volverse. Christine se apresuró a ir tras ella, sin dejar de pensar que Léo se había equivocado completamente, que había sido un error ir allí.

Un pasillo con paredes de ladrillo, luego un ángulo; Christine vislumbró a un individuo sentado en un banco de cemento, en un cuchitril iluminado con cristales translúcidos. Otro pasillo. La agente avanzaba deprisa, saludando a sus compañeros.

Después de pasar junto a una fotocopiadora, la policía se paró y abrió una puerta.

—Haga el favor de entrar.

Un cuarto exiguo de paredes de ladrillo, con una mesa y tres sillas. Un fluorescente vertía una luz cruda. No había ventana. A Christine se le aceleró el corazón. La mujer le indicó la solitaria silla situada a un lado de la mesa.

—Siéntese.

Volvió a salir y la dejó sola. La habitación olía a detergente industrial. El pulso le latía desbocado en las arterias. Había perdido todo rastro de valor, toda la esperanza que le había insuflado Léo. Al cabo de unos minutos, empezó a tener ganas de orinar. Se retorció en la silla. Aunque no había espejo sin azogue, como en las películas, sospechaba que se trataba de una sala de interrogatorio. Con las nalgas apenas posadas en el borde de la silla y la espalda lo más alejada posible del respaldo de metal, se preguntó qué clase de individuos habrían pasado por allí. Qué clase de delitos habrían confesado. ¿Iban a hacerle un careo con Cordélia? ¿Con alguna otra persona?

Al cabo de largos minutos, por fin se abrió la puerta y la agente reapareció acompañada de otra persona: el policía de la vez anterior, con sus ojos redondos y saltones, su espeso cabello rizado y su horrible corbata. Entró con cara inexpresiva y ni siquiera la saludó. Christine tragó saliva, considerándolo un mal presagio. El hombre dejó una carpeta encima de la mesa y se sentó al otro lado, en la silla libre, a la derecha de la agente. Sin despegar ni un segundo la vista de Christine.

Se produjo un silencio prolongado, extremamente incómodo; después, el señor Caniche —«Beaulieu, el teniente Beaulieu», se recordó— sacó unas fotos de la carpeta y las deslizó hacia ella.

—¿Reconoce a esta persona?

Se inclinó. Abrió los ojos como platos. La foto la golpeó como una bofetada. Por espacio de un segundo, olvidó cuanto había alrededor: la luz hiriente, los dos policías, las paredes de ladrillo, el olor a detergente...

«Oh, no...»

Sintió una arcada violenta; inspiró hondo.

«Cordélia.»

Su cara en primer plano. El brillo blanquecino de las mejillas y la frente no dejaba margen de duda: las fotos habían sido tomadas con flash y de muy cerca. Sin dejar escapar ninguno de los siniestros detalles. Ni el ojo izquierdo hinchado y casi cerrado, la ceja tumefacta y la ancha equimosis que viraba del amarillo mostaza al verde y al negro alrededor del ojo. Ni la nariz cuyo volumen se había multiplicado por dos. Ni el gran hematoma en la mejilla derecha y el labio inferior partido... Las costras de sangre también en el pelo y en la oreja izquierda... La barbilla estaba despellejada... como si la hubieran frotado con un rallador.

Cordélia había sido fotografiada de frente y de perfil. Christine tragó saliva. Se estremeció, incapaz de despegar la mirada de aquellas imágenes. Jamás había tenido delante la representación de una violencia tan descarnada, tan desatada. Reprimió las náuseas que la asaltaban. Los planes que habían trazado con Léo apenas dos horas antes le parecieron de repente muy lejanos.

—Oh, Dios mío... ¿Qué... qué le ha pasado?

Cuando levantó la mirada, se topó con la del policía muy cerca de su cara. Se había inclinado por encima de la mesa y la escrutaba intensamente con los ojos, castaños y saltones como los de un pez luna, a escasos centímetros de los suyos.

—Usted debería saberlo. Es usted quien se lo ha hecho, señorita Steinmeyer.

La luz del fluorescente parpadeó con un breve chisporroteo y de repente Christine vio las dos caras inmóviles ante ella animadas por un efecto estroboscópico. Bzzzzz-bzzzzz... Sus miradas, fijas en ella, desaparecieron y volvieron a aparecer una fracción de segundo más tarde. Una vez, dos veces. Igual que las fotos de Cordélia depositadas encima de la mesa... Cada intermitencia, cada fracción de oscuridad era como un clavo que le hincaban en la carne. Luchó contra el pánico que la invadía. Tomó conciencia de las gotas de sudor que le perlaban la frente.

—Vaya porquería de fluorescente —dijo Beaulieu, que se levantó con un movimiento fragmentado por el efecto estroboscópico.

Fue hasta el interruptor y lo manoseó. A Christine apenas le dio tiempo a ver desaparecer la mirada de la mujer policía cuando ya estaba de nuevo allí, en el mismo sitio. Clavada en ella, inexpresiva. El hombre volvió a sentarse. Ya no tenía la actitud de quien realiza su trabajo con desgana, como la última vez. Después de mirar a su compañera, se volvió hacia Christine.

—Bueno, veamos. Esta joven afirma que usted le pagó por hacer el amor con ella... una cantidad considerable: dos mil euros. Reconoce que aceptó porque tenía una necesidad terrible de dinero, para ella y para su hijo, y porque usted es una mujer atractiva, al fin y al cabo, y a ella le gusta hacerlo con mujeres. Eso es lo que ha declarado. Después usted quiso recuperar el dinero diciéndole que ella había disfrutado y que usted no tenía la costumbre de pagar por eso. Y como ella se negó y se enfadó, usted empezó a pegarle, ¿no es eso?

Las palabras caían en la habitación, silenciosa salvo por el fluorescente que había dejado de parpadear, pero cuya luz palpitaba con un débil ronroneo... Unas palabras absurdas, imposibles...

—Es ridículo. Nada de eso es verdad.

—¿No fue por decisión propia a casa de la señorita Délia?

—Sí, pero...

—Y cuando ella le abrió la puerta, ¿estaba desnuda?

—Sí.

—¿Y entró de todas maneras?

—Sí.

—¿Por qué?

—Ya se lo he dicho, quería...

—Esa carta la redactó usted, ¿verdad? —intervino la mujer.

—¡No!

—Entonces ¿cómo se explica que fuese a parar a su buzón?

—No me lo explico.

—Hemos interrogado a los inquilinos de su edificio. Ninguno de ellos tiene la menor idea de la identidad del autor de esa carta.

—Ya lo sé. Yo misma...

—Su vecina —la interrumpió el hombre— cree que usted está loca. Se presentó en su casa a las dos de la madrugada asegurando que su perro se encontraba en su piso. Entró por la fuerza en casa de una pareja de ancianos. Registró su piso sin su autorización. Los asustó...

La ligera vibración del fluorescente le daba dolor de cabeza. O tal vez fuera el olor del detergente.

—Yo...

—En realidad, su perro estaba en el contenedor de basura con una pata rota, ¿no es así?

—Sí.

—¿Fue usted quien lo arrojó por el conducto de basuras, señorita Steinmeyer? —preguntó con firmeza la agente.

Christine le lanzó una mirada desesperada. Que el hombre la tratara como una criminal, pase, pero ella... ¿Acaso las mujeres no habían sido víctimas de los hombres durante siglos? ¿No deberían mostrarse más... solidarias?

—¡No! ¡Estaba en un contenedor al lado del tubo!

—¿Al lado de qué?

—Al lado del conducto de basuras.

—Pero usted ha dicho...

—Oiga, yo...

—No es la primera vez que intenta intimidar a alguien, que lo amenaza...

El policía le puso delante una hoja impresa. Unos mails. Christine los reconoció de inmediato:

Cordélia, como no respondes a mis mensajes, debo deducir que no apruebas mi actitud, que me rechazas. Cordélia, ya sabes que tú estás en mis manos.

C.

Cordélia, te doy veinticuatro horas para darme una respuesta.

—Señorita Steinmeyer, ¿es usted la autora de estos mensajes? —preguntó la mujer policía.

—¡No!

—Sin embargo, proceden de su ordenador, ¿verdad? —señaló el hombre con impaciencia.

—Sí, pero ya le he explicado a esta...

—¿La han suspendido recientemente de sus funciones a causa de su comportamiento? —insistió la mujer.

No respondió. Tenía la impresión de que un abismo se abría bajo sus pies.

—Hemos hablado con su jefe, que es también el de Corinne Délia... —añadió el hombre.

—...

—¿Nos oye? —preguntó la mujer.

—...

—Son las dieciocho cuarenta —dijo el hombre frotándose los párpados—. A partir de esta hora queda en detención preventiva.

21

CONJUNTO

Esa noche, Christine no durmió nada, aparte de una hora, ya casi de día, en que dormitó. Esa noche comprendió que las ciudades albergan diferentes clases de infiernos, infiernos de tamaños y aspectos diversos, pero cuya principal tortura proviene, como en la célebre frase de Sartre, de quienes los habitan. Esa noche comprendió que Sartre tenía razón, pero que sin duda no tenía la menor idea de lo que significaba realmente su frase.

En todo caso, un detalle se ajustaba a la tradición: el infierno estaba abajo.

La tarde anterior le había dado un escalofrío cuando el teniente Beaulieu había pronunciado la frase de rigor:

—Son las dieciocho cuarenta. A partir de esta hora queda en detención preventiva.

Lo había escuchado exponerle las acusaciones que pesaban contra ella y leerle sus derechos, lo había mirado mientras ejecutaba los primeros gestos de la liturgia policial y luego llamaba al fiscal de la República, al tiempo que la agente se marchaba. Él le preguntó, entre otras cosas, si deseaba hablar con un abogado. Ella se dijo que cuantas menos personas estuvieran al corriente, menor sería el riesgo de que la noticia se filtrara a la prensa. Ya se imaginaba el titular: «Una presentadora de Radio 5 en detención preventiva por agresiones.» Podía pasar una noche encerrada. Le respondió que no lo deseaba, porque no tenía nada que reprocharse. Él se encogió de hombros y, hacia las siete de la tarde, la invitó a acompañarlo. En realidad no se trataba de una invitación. Se dirigieron hacia un ascensor distinto del que ella había usado antes, situado justo enfrente de éste. El policía pasó su tarjeta por la cerradura magnética y las puertas se abrieron. Una vez dentro, la pasó otra vez y el aparato empezó a bajar vibrando.

Cuando las puertas se abrieron de nuevo abajo, el aspecto frío y aséptico del lugar la hizo estremecer. Torcieron a la derecha y enseguida salieron a un pasillo de circulación con numerosas puertas en ambos lados. El corredor, vasto y sonoro, estaba bastante mal iluminado, igual que algunas de las celdas; otras estaban sumidas en la oscuridad. Christine entrevió a unos hombres tendidos en el suelo, con la cabeza pegada al cristal, como perrillos en una tienda de animales, y volvió a estremecerse. Al otro lado del pasillo, varios guardianes con uniforme la observaban desde un cuarto totalmente acristalado; dos de ellos se levantaron y salieron de la pecera para reunirse con ellos en un pequeño espacio contiguo, donde se alzaba un arco de seguridad. No había ni una sola ventana. En ninguna parte. Un sótano. Tragó saliva.

—Hola —dijo Beaulieu—, os traigo a la señorita Steinmeyer. ¿Qué tal está la noche?

—Tranquila —respondió uno de los guardianes—. Pero aún es un poco temprano. Aún no han llegado los ebrios.

Beaulieu advirtió la inquietud en su cara.

—Procurad que tenga una celda individual, si es posible.

El hombre asintió con la cabeza y la miró. Los otros también la observaban. Sintió que se encogía bajo el peso de sus miradas.

—Os la confío —declaró Beaulieu—. Hasta mañana. Buenas noches, chicos.

Al oír esa última frase, a Christine se le encogió el corazón. Reprimió las ganas de llamarlo, de suplicarle que volviera a llevarla arriba. Que no la abandonara en aquel subterráneo que apestaba a desesperanza y a inhumanidad administrativa. De gritarle que ella no era una delincuente, sólo una mujer que tenía miedo. De decirle que confesaría todo lo que quisiera con tal de que no la dejase allí.

Cuando lo vio desaparecer en el ascensor, comprendió que la pesadilla no había hecho más que empezar... y que nadie iría a ayudarla: estaba sola.

—Tenga la amabilidad de pasar por el arco —le indicó cortésmente uno de los guardianes.

Obedeció. Una mujer de uniforme se acercó a ellos. Saludó a los hombres y después se puso a cachearla. Aunque fue un cacheo superficial, sus manos la palparon con una repugnante falta de discreción que le puso la carne de gallina.

—Sígame.

La agente abrió la puerta de un cuartito donde había una cuarentena de casilleros. Christine advirtió los cascos de moto alineados encima. La mujer —bajita y rechoncha— cogió una caja de madera grande y profunda y la colocó encima de una mesa.

—Por favor, quítese todas las joyas, anillos, pulseras, pendientes, reloj y el cinturón y deposítelos en la caja —dijo—. Y también dinero, papeles, llaves, móvil...

Christine lo hizo, con la sensación de estar despojándose un poco más de su identidad con cada objeto que abandonaba. La guardiana realizó el inventario en voz alta al tiempo que lo anotaba en un grueso libro de registro abierto encima de la mesa. A continuación cogió un papel, abrió su pasaporte y escribió: «Christine Steinmeyer, 31/4817.» Luego metió la caja en uno de los casilleros, lo cerró con llave y pegó encima el papel con su nombre.

—¿Dónde la pongo?

Una vez que hubo obtenido respuesta, ambas franquearon la puerta acristalada y la mujer condujo a Christine por un gran pasillo mal iluminado. Celdas de fachadas de plexiglás y montantes metálicos pintados de color gris azulado. Hombres detrás: tendidos bajo la violenta luz encima de mantas marrones y colchones de plástico azules. Christine procuraba no mirar en su dirección.

—¡Eh! ¿Qué hora es? —soltó uno a su paso—. Hola, guapa. La primera visita, ¿eh? Cuidado con esa viciosa. ¡Le van las mujeres!

Algunas de las celdas sin luz tenían un rótulo con las letras «M. S.». Las grandes cerraduras y la especie de ventanilla situada a la altura de la litera estaban casi arrancadas de cuajo... como si allí dentro hubieran encerrado a animales rabiosos.

La mujer se paró dos puertas más allá, hizo girar la llave y después tiró con un golpe seco de la corta barra vertical. El estruendoso ruido metálico resonó por todo el pasillo... un ruido de cine, un ruido de cárcel. Christine se estremeció con tanta fuerza que los hombros se le subieron de golpe hasta la altura de la nuca.

—Quítese los zapatos.

Obedeció. La mujer abrió entonces un cajón de la fachada de vidrio y de metal, justo debajo de la litera, y los empujó en la oscuridad.

—Entre...

La aquejó un temblor cuando avanzó en calcetines sobre el cemento frío. Observó su celda: una cueva de color hueso de dos metros por tres, un banco de cemento con una pared baja detrás, que debía de disimular un retrete. Ángulos redondeados por todas partes. Un colchón. Un grifo en un hueco, al fondo. Y nada más.

—Dentro de poco vendrán a buscarla dos personas para tomarle las huellas dactilares. Mientras tanto, trate de descansar.

—Aquí hace frío —señaló.

—Voy a traerle una manta. ¿Quiere comer algo?

—No, gracias.

No tenía hambre: tenía frío... tenía miedo... estaba aterrorizada... Vio que la mujer de uniforme, ya al otro lado del cristal, levantaba un brazo y bajaba un estor que le tapó la vista por completo. Ninguna de las celdas que había visto —en las que había hombres— estaba camuflada de esa forma. Dedujo que la guardiana quería evitar que su presencia perturbara el frágil equilibrio que reinaba en el sótano. Cuando los pasos de la policía se alejaron, pasó al otro lado de la pared baja. Se bajó los vaqueros y las bragas hasta los tobillos y se agachó para hacer sus necesidades en el agujero. Se dio cuenta de que temblaba tanto que le castañeteaban los dientes. Tenía ganas de llorar, pero algo le impedía hacerlo. Una vez hubo vaciado los intestinos, volvió para sentarse en la litera, con la manta marrón sobre los hombros, y cerró los ojos tratando de cerrar a la vez el pensamiento respecto a aquel lugar, de olvidar dónde se encontraba... y cómo había llegado allí. «A fin de cuentas tampoco es tan terrible. Al menos aquí nadie puede hacerte daño. Ya verás, dentro de un par de horas, te sentirás mejor... aunque no va a ser fácil dormir en este catre...» Pasó la hora siguiente acurrucada sobre el colchón de plástico, delgado y duro, envuelta en una manta que olía a cerrado, y lamentó haber rechazado la comida, porque le rugía el estómago.

Al cabo de una hora fueron a buscarla una mujer y un hombre más jóvenes que ella. La llevaron a una habitación sin ventana, iluminada con un fluorescente (cerca del ascensor: experimentó una efímera y cruel esperanza, una llama que enseguida se apagó). Una mesa, un ordenador, una barra detrás de un cristal y un gran aparato que parecía un cajero automático. Un hombre equipado con guantes azules y la cara protegida con una máscara quirúrgica la esperaba detrás del cristal. La hizo sentar, le pidió que abriera la boca y efectuó lo que ella supuso que era una toma de muestra de ADN con un bastoncillo de algodón. A continuación, la joven le pidió que se acercara al voluminoso aparato y le tomó las huellas, primero de la mano completa y después de los cinco dedos, uno por uno. Le hablaba con amabilidad, como si se tratara de una simple formalidad administrativa. Para acabar, le sacaron la tradicional foto antropométrica en un rincón del cuarto. Cuando los dos jóvenes volvieron a llevarla a la celda, Christine tuvo la impresión de que aquella vez había superado el límite: había pasado al otro lado de la barrera. Le costó plantar cara al desánimo y la desesperación que se filtraban hasta lo más profundo de su ser. Su cerebro, que hasta entonces no se había hecho cargo de la gravedad de la situación, mugía de vergüenza, de confusión y de miedo.

Después se desató el infierno...

Todos los camellos, macarras, ladrones, prostitutas, borrachos y yonquis de la ciudad parecían haberse dado cita allí, como internautas que sin conocerse responden a una invitación de Facebook. «Proyecto X» en la comisaría. Fueron llegando unos tras otros con un tremendo trajín, de las diez de la noche a las dos de la madrugada. Christine se congratuló de que nadie pudiera verla detrás del estor de tela, porque al otro lado la locura iba in crescendo minuto a minuto. Y también la cólera: una tensión espantosa corría de una punta a otra del pasillo, lo atravesaba como haces de protones en un colisionador de partículas. Imposible pegar ojo: su celda era la antepenúltima de las individuales; dos puertas más allá se hallaban las celdas más grandes, en las que encerraban de cuatro a diez personas. Jaleo, furor, gresca: un sabbat frenético... Hacia las dos, el pasillo, lleno como un vestíbulo de estación, se había transformado en un zoológico ruidoso, nervioso y febril. «¡Eh, policías maricones, hijos de chupapollas!» «¡Eh, bollera, aquí hace un frío que pela! ¿No tienes una manta de sobra, cariño?» «¡Llamad a un médico! ¡Llamad a un médico! ¡Que me da un ataaaaaque!» «Señora, por favor, señora, venga rápido. ¡Está muy mal!» «¡Cállate, coño! ¿Es que no va a parar nunca este alboroto?» Esa noche, Christine oyó los aullidos estridentes de las fieras, sus bramidos dementes, los puñetazos y las terribles patadas descargados contra el plexiglás y el metal, las carcajadas siniestras de los borrachos, los llantos desesperados de los yonquis, los insultos provocadores y pendencieros de la putas, las lenguas, los acentos, los chirridos de los cerrojos, los portazos, los pasos, las llamadas, los timbres, los gritos. Con las manos húmedas y el cerebro encendido, parpadeó como un búho bajo la ducha de luz que no se acababa nunca, como una lluvia continua que atravesaba sus párpados cerrados. Presa de un sentimiento de soledad absoluta, de una angustia tan intensa como no había sentido nunca. Esforzándose por aislarse de la anarquía circundante, de toda aquella animalidad y todo aquel furor. Sin lograrlo. Hacia las tres, su cuerpo acabó reaccionando; invadida por las náuseas, se precipitó hacia el agujero para vomitar, de rodillas en el suelo recubierto de revestimiento industrial, escondida tras la pared baja, mientras otros recién llegados armaban un nuevo escándalo. Se enderezó, se enjugó el sudor de la frente y apretó el botón para abrir el grifo... que soltó un chorro que le salpicó la ropa. Esa vez se echó a llorar, de manera sofocada al principio —porque temía que la oyeran—, después cada vez más fuerte, sacudida por sollozos convulsos, con todos sus diques mentales rotos.

—Llora, niña, que te hará bien —le dijo con dulzura una voz de mujer desde la celda de al lado.

La despertó el frío. Había acabado por dormirse sobre el duro colchón, envuelta en la manta marrón, y cuando se sentó, la espalda y los riñones le asestaron mil cuchilladas lacerantes. Tenía la boca pastosa y una sed atroz. Constató que por fin se había hecho el silencio. El pasillo había recuperado la calma. De las celdas salían ronquidos estruendosos y murmullos de conversaciones en voz baja. Después volvieron a sonar cerrojos y pasos. Ruidos de puertas que se abren; personas que se despiertan, que gruñen, que tosen. Tres minutos después, la agente levantaba el estor, abría la puerta y le tendía una bandeja.

—Tenga.

Dos galletas y un pequeño envase de zumo de naranja...

—Gracias —dijo de todas formas.

La mujer bajó el estor y pasó a la celda siguiente. Christine observó aquel desayuno que en otras circunstancias habría desdeñado, pero los espasmos del estómago la apremiaban. No había comido nada desde la noche anterior, de modo que se abalanzó con avidez sobre el zumo, con las mandíbulas tan agarrotadas que sintió unos pinchazos en los maxilares al beber los primeros sorbos. Cuando hubo acabado, lejos de disiparse, su hambre y su sed se habían multiplicado.

Una hora después, mientras dormitaba, el estor se levantó y el cerrojo sonó otra vez.

—Sígame.

Recorrió el pasillo detrás de la mujer. Beaulieu la esperaba cerca de la garita de cristal de los vigilantes.

—Buenos días —dijo mientras se dirigían al cuarto de los casilleros—. Tenga la bondad de recoger sus cosas, señorita Steinmeyer. Compruebe que todo esté correcto y escriba aquí «recuperados efectos personales, completo».

La mujer de uniforme abrió el casillero, sacó la caja de madera y la depositó delante de ella, encima de la mesa. Christine sintió que la esperanza volvía a llenarle el pecho como si de una cámara de aire se tratara. Volvió a colocarse el reloj en la muñeca, se puso el cinturón, recogió sus papeles y sus cosas. Una por una. Con mano temblorosa. No reconoció la escritura entrecortada que le salió cuando deslizó el bolígrafo sobre la página con un movimiento sincopado, de sismógrafo.

—Sígame —le indicó Beaulieu.

Un nuevo acceso de esperanza cuando la acompañó hasta el ascensor. Subió a los pisos de arriba con la sensación de ser un submarinista que ha cortado las correas que lo retenían en el fondo y que, con un impulso de los pies, se eleva in extremis hacia la superficie cuando la botella de oxígeno está a punto de acabarse. Nunca habría imaginado que un simple ascensor pudiera simbolizar la libertad de una manera tan clara. Pero a continuación se quedó helada: Beaulieu iba a interrogarla. Y luego la devolvería abajo... «Oh, no, por compasión.» Se dio cuenta de que estaba dispuesta a confesar cualquier cosa para no volver a ese infierno. Pero no era tan ingenua. Sabía que si confesaba sería peor, mucho peor.

Cuando salieron del ascensor, en lugar de conducirla a la sala de interrogatorios, Beaulieu la llevó a su despacho. Le señaló una silla. Christine se dejó caer en ella con el mismo placer que le hubiera procurado arrellanarse en el mullido sillón de un hotel de lujo.

—Tiene usted suerte, señorita Steinmeyer —dijo él sentándose a su vez.

Ella no dijo nada, con todos los sentidos al acecho.

—Va a salir. Su detención preventiva ha terminado.

Le faltó poco para pedirle que lo repitiera.

—Corinne Délia ha retirado la denuncia.

Era evidente que eso contrariaba al teniente. Christine se preguntó si bromeaba, si no se trataría de alguna clase de tortura mental, como los simulacros de ejecución de los rehenes a quienes primero vendaban los ojos. No acababa de creerse lo que oía. El corazón le revoloteaba en el pecho.

—He intentado disuadirla, pero no ha querido escucharme —reconoció con severidad el policía—. Considera que ella tiene su parte de responsabilidad en este asunto y que esta lección es suficiente. Tiene mucha suerte. Pero no olvide que no vamos a perderla de vista.

En sus ojos saltones no había el menor asomo de simpatía. Cogió una hoja y se la tendió.

—Tenga. Es una lista de psiquiatras que podrían ayudarla. Ahora, si me permite, tengo trabajo.

Se levantó para acompañarla hasta el ascensor, que puso en marcha con su tarjeta. En el momento en que las puertas iban a cerrarse, se inclinó para decirle algo en voz baja.

—Un consejo —susurró—. Te tengo en el punto de mira, así que no me provoques, guapa. Más vale que no te hagas notar.

El tuteo y la amenaza fueron como una bofetada. Con las piernas flojas, se refugió en el fondo de la cabina. Sólo tenía una idea en la cabeza: salir de allí.

Así, en una glacial mañana de finales de diciembre como Toulouse no había conocido desde hacía siglos, Christine se arrastró hasta la boca de metro más cercana, avergonzada, culpable, desdichada y aterrorizada. Un perro encerrado en una perrera, abandonado por sus amos a causa de un cambio de domicilio después de años de comodidad, de buena comida, de caricias y abrazos de los niños, no habría tenido un aspecto más abatido. Aguardó en el andén y, una vez en el vagón, se sentó sin mirar a su alrededor. Era una mañana de domingo como las otras, temprano; había poca gente. Con la vista fija en el cristal de la ventana, intentó evocar un recuerdo feliz, pero no se le ocurrió ninguno. Había creído que podría resistir, luchar, pero tenía que rendirse a la evidencia: era inútil. La desesperación estaba a punto de tomar el control de su espíritu, de ganar aquel combate sin tregua cuyo desenlace podía resultar, tal como advertía ahora, fatal.

Al salir a la calle, resbaló en la acera helada y se torció el tobillo, pero esa vez, pese al dolor, no soltó siquiera una exclamación. El agotamiento le quitaba cualquier veleidad de rebelión. Vio a su ángel guardián, que dormía a pierna suelta entre sus cartones, y dio un respingo de rabia. «¡Menudo guardaespaldas!» Ese pensamiento le arrancó una risita siniestra, desprovista de humor. Luego se dijo que no podía permanecer despierto las veinticuatro horas del día.

Christine cruzó la calle y lo sacudió con suavidad por los hombros. Necesitaba hablar con alguien de lo que había ocurrido y él serviría para la ocasión. Al fin y al cabo, se había mostrado más atento y perspicaz que todos los demás. Sin embargo, no se movió. Lo sacudió de nuevo. Un sonoro ronquido se elevó a modo de respuesta y, cuando abrió la boca de dientes amarillentos, un potente tufo a alcohol la hizo retroceder como si acabaran de abrir un tonel. Había bebido... ¡estaba borracho! ¡Ese cabrón había cogido su dinero y se había apresurado a convertirlo en líquido! No tenía la menor intención de cumplir su parte del trato. Sintiendo la mordedura de la traición en el estómago, se dirigió con paso vacilante a su edificio.

Su apartamento volvía a estar helado y se preguntó si alguien habría bajado la calefacción. La respuesta no tardó en llegarle: en la sala de estar sonaba música; dos voces femeninas entrelazadas como lianas, enredadas entre sí... desgarradoras... Apartó a *Iggy*, que aun arrastrándose con aire lamentable y la cabeza rodeada con el embudo de plástico, meneó la cola al verla. Conocía aquella pieza. *Lakmé*, el «dúo de las flores».

Vio el CD encima de la mesa del sofá. Otra ópera.

Había estado allí...

El terror la hizo tambalearse y dio un paso atrás, alelada, titubeante... mientras la música se elevaba y alcanzaba hasta el más recóndito rincón del piso.

No obstante, en su interior despuntaba algo más. Una furia devastadora. Como una reacción en cadena, como si su corazón radiactivo hubiera alcanzado la masa crítica. Se le nubló la vista y su cólera empezó a arder de forma tan repentina como la brasa que cae en un lecho de agujas de pino resecas. Avanzó unos pasos, agarró el equipo de música y lo levantó con rabia, arrancando de golpe los cables de los enchufes y cortando en seco el lamento de las dos voces. Dando rienda suelta a su ira, dejó que la blanca explosión la cegara y arrojó el aparato contra la pared de enfrente, gritando:

—PERO ¿QUÉ DEMONIOS QUERÉIS DE MÍ? ¡IDOS A LA MIERDA, CABRONES!

»¡IDOOOS A LA MIEEEEEERDAAAAAA!

Servaz lamentaba que fuera domingo. Tenía llamadas que hacer, visitas pendientes. Bueno, tampoco tantas. Pero siempre había detestado los domingos.

Caminaba por el bosque nevado siguiendo un camino que discurría entre grandes robles torcidos y hayas. Algunas hojas doradas y rojas se mezclaban con la nieve. Cuando era niño, los domingos de invierno eran los peores. Nada de televisión en casa, por veto paterno. Y los ordenadores domésticos todavía no existían. Cuando sus amigos no iban a verlo, vagaba como alma en pena de una habitación a otra —gris fuera, gris dentro— mientras su padre, profesor de letras, se encerraba con sus libros y su madre corregía deberes o preparaba las clases del día siguiente para sus alumnos de primaria. Aquellas siniestras tardes de los domingos de invierno le habían dejado un gusto permanente por la soledad y el tedio. Los dos mayores enemigos del hombre.

Caminando por el bosque, se preguntaba sobre el significado de las dos pistas que le había enviado el misterioso remitente. La habitación 117 y la estación espacial... Célia Jablonka había frecuentado durante un tiempo el círculo de la investigación y la exploración espaciales antes de quitarse la vida en aquella habitación. Cierto. Pero ¿qué relación había entre ambas circunstancias? Todo apuntaba a que su informador anónimo sabía bastantes cosas. En ese caso, ¿por qué simplemente no le hacía llegar toda la información a Servaz? ¿Y por qué se mantenía en la sombra? ¿Acaso temía por sí mismo? ¿O era que no podía hacerlo sin romper el secreto profesional que debía mantener? Siguió ese hilo... ¿Un abogado? ¿Un médico? ¿Otro policía?

No se le ocurriría nada... ¿Habría perdido facultades? Deducir, construir, elaborar, extrapolar... todas operaciones elementales, pero el quid estaba en que siempre había que ir un poco más lejos, un poquito más... No se le escapaba que su interés por ese asunto se debía al profundo aburrimiento que le suscitaba su inactividad. Era el niño que llevaba dentro el que hablaba. Era ese niño el que quería investigar. De la misma manera que de pequeño inventaba con sus amigos misterios y secretos relacionados con los habitantes del barrio, fabulaciones en las que todos acababan creyendo a fuerza de ver indicios donde no los había. ¿Era eso lo que estaba haciendo de nuevo? ¿Contarse cuentos?

«Un poco más lejos...»

Una estación espacial: espacio, estrellas, astronautas... Una artista con tendencias suicidas, paranoica... o no. «Un poco más lejos...» Sabía por dónde debía empezar y de qué manera: como si investigara un asesinato y no un suicidio. Partir de ese postulado. Primera etapa: los padres...

22

LAKMÉ

Lo sacudió hasta que abrió los ojos. Él lanzó una sonda recelosa hacia el mundo exterior y abrió los párpados al reconocerla.

—¿Christine? ¿Qué hace aquí? ¿Qué hora es?

Tenía la mitad de la cara tapada con la manta, como un beduino, y el resto del cuerpo oculto bajo los cartones. Después Christine desplazó la mirada hacia la acera y se alarmó: el vaso estaba a la derecha...

—La hora de espabilarse un poco —respondió, y el vaho de su respiración se alzó entre ambos—. Lo espero en mi casa dentro de cinco minutos. Habrá café caliente.

Advirtió una expresión de asombro en la mirada de Max. Después dio media vuelta y subió. Él llamó al cabo de tres minutos.

—Tiene muy mala cara —observó él cuando Christine abrió—. ¡Qué frío! Si me ofreciera una sopa caliente, no diría que no.

Se encaminó a la sala de estar como si tuviera vía libre para entrar en su casa y ella reprimió una sonrisa. Lo miró mientras se sentaba en el sofá, con el faldón del abrigo mugriento e impregnado de barro y nieve, un trapo sucio, que tal vez le sirviera de pañuelo, colgando de un bolsillo y un libro baqueteado asomando por el otro. Se fijó en el nombre del autor: Tolstói.

—Se ha dormido —dijo—. Y alguien ha venido a mi casa.

Max la miró con sorpresa y se rascó la barba cana, como si le picara, lo cual era muy posible.

—Yo duermo por las noches, como todo el mundo —respondió—. Si quiere una vigilancia las veinticuatro horas del día, contrate una agencia de seguridad.

Por un momento, tuvo que resistir la tentación de echarlo a la calle.

—Ha puesto el vaso a la derecha. ¿Por qué?

Él negó con la cabeza, con el ceño fruncido y una repentina expresión de preocupación. Se puso a masticar con aire pensativo un palito de plástico para remover el café que asomaba entre sus labios cortados.

—Ayer un tipo pasó varias veces y se quedó un buen rato mirando el edificio. Al final, entró... Está claro que sabía el código.

—Quizá fuera algún vecino de la escalera.

—No. —Negó con firmeza—. Conozco a todos los vecinos de la calle, uno por uno. Él no vive por aquí. Era esa persona. El hombre que busca...

Christine sintió que se le iba el color de la cara.

—¿Por qué piensa eso?

El vagabundo le lanzó una mirada intensa, sin dejar de masticar.

—Tenía razón. Tiene graves problemas. No sé quién es, pero ese individuo... era de armas tomar... Un tipo duro, violento.

—¿Cómo lo sabe?

—Porque lo cogí por la parte baja del pantalón al pedirle dinero. No esperaba que me diera nada, la verdad. Reconozco de entrada a quién va a dar y a quién no. Sólo quería averiguar a qué clase de personas nos enfrentamos. De manera que lo cogí, sólo así... y se paró y me miró...

Se había quitado el palito de la boca.

—Tendría que haber visto esa mirada... Se inclinó y me cogió por el cuello diciéndome que si volvía a tocarlo me cortaría los diez dedos, uno por uno, con unas podaderas oxidadas, en un sitio bien oscuro, después de haberme amordazado y cuando todo el mundo estuviese durmiendo. ¿Y sabe qué? No era un farol. El tipo tenía la cara a unos centímetros de la mía y me miraba fijamente a los ojos. Pensaba realmente lo que decía... Sí, sin duda. Incluso habría disfrutado haciéndolo. En la calle abundan los tipos violentos. Yo he tratado a más de uno, pero ése era mucho peor que todos los que he conocido, créame. No sé qué le habrá hecho, pero si la ha tomado con usted, me parece que lo mejor sería que llamase a la policía.

Ella tuvo la sensación de que un ácido le corroía el estómago y las piernas se le llenaban de una materia flácida. Lo miró desesperada.

Max ignoraba que la policía no le serviría de ayuda.

—Y aparte de la policía —dijo con voz átona—, ¿qué puedo hacer?

Volvió a captar una expresión de sorpresa en sus ojos grises.

—¿Por qué no quiere llamar a la policía?

—Eso es asunto mío.

Max negó con la cabeza, incrédulo.

—Poca cosa... Desaparezca un tiempo. Haga lo posible para que no pueda encontrarla allá donde vaya. ¿Sabe quién es?

—No. ¿Qué aspecto tiene?

Pareció que no entendía la pregunta.

—¿Seguro que no sabe quién es? Debe de tener unos treinta años, es bajo, muy bajo. No debe de superar el metro setenta. Tiene mirada de chalado, si quiere que se lo diga. Ah, sí... y lleva un extraño tatuaje en el cuello.

Christine dio un respingo. Le vino un recuerdo vago... Pensó en los tatuajes que cubrían el largo cuerpo de Cordélia. No, no era eso. Había visto otro recientemente. «Es bajo, muy bajo», repitió para sí pensando que Max era muy alto y que alguien que medía mucho menos que él lo había asustado.

—¿Un tatuaje? ¿De qué clase?

—Algo poco común. Era como una Virgen con una aureola. ¿Ha oído hablar de Andréi Rublev?

Christine negó con la cabeza.

—Es el más famoso pintor de iconos rusos. Pues el tatuaje de ese tipo se parecía a una Virgen de Andréi Rublev.

¡Lo conocía! ¡Había visto ese tatuaje en alguna parte! ¿Dónde? ¿Dónde? De repente se acordó: en el Grand Hotel Thomas Wilson... En el momento en que salía del ascensor después de haberse visto con Léo... Había chocado contra ese curioso hombrecillo con una Madona tatuada en el cuello. La había seguido... Ella creía que lo había despistado, pero no.

Aquella constatación acrecentó su desesperación. ¿Habría identificado también a Léo?

—¿Qué es esto? —preguntó Max.

Ella siguió la dirección de su mirada. La había posado en la caja del CD.

—¿Lo conoce?

—Sí. Otra ópera.

Christine lo miró con solemnidad.

—Trata de otro suicidio, ¿verdad?

—Ajá. Lakmé es una joven hindú que se envenena con estramonio cuando comprende que el joven a quien ama, Gérald, va a volver con los suyos...

Ella lo miró fijamente, blanca como el papel.

—¿Qué ocurre? —preguntó Max—. ¿Qué he dicho?

—¿Ha dicho «Gérald»?

—Sí, ¿por qué? ¿Conoce a alguien que se llama así? Jesús, Christine, ¿se encuentra bien? Está muy pálida...

—Tome. Beba —le dijo Max—. Se ha mareado. Debería llamar a un médico.

—No, gracias, ya me siento mejor.

Cogió el vaso de agua.

—¿Conoce a un Gérald entonces?

Ella asintió con un gesto.

—¿Es el hombre del tatuaje?

La joven negó con la cabeza.

—¿No quiere hablar de eso?

Dudó un instante.

—Todavía no... Le agradezco todo lo que hace, Max. Y siento lo que he dicho antes. Pero aún no estoy preparada.

Él la miró con preocupación.

—Christine... hasta ahora no sabía muy bien qué pensar de lo que me había contado. Pero he visto a ese hombre, he visto su mirada. Conozco a esa clase de individuos. No la dejará en paz. ¿Ha pensado en lo que hará la próxima vez? ¿Hasta dónde está dispuesto a llegar? Porque tarde o temprano volverá a la carga. Ese tipo de enfermos tienen ideas fijas. Hágame caso, Christine. Debería llamar a la policía. Necesita ayuda.

—Ya tengo la suya. Y hay otra persona. Es alguien fuerte, al menos tanto como ese hombre.

Había elevado la voz, como para convencerse de lo que decía. Durante un instante creyó advertir un asomo de contrariedad en los ojos grises del vagabundo, pero debía de habérselo imaginado.

—Ahora, si no le importa, me gustaría quedarme sola —añadió.

Él asintió con los labios apretados. Se levantó despacio. Ya en el umbral, se paró y se volvió.

—Si me necesita, ya sabe dónde encontrarme.

Cuando se hubo ido, Christine esperó un buen rato a que le bajara la adrenalina. No comprendía nada de lo que ocurría. Aquello no tenía ningún sentido. Por lo visto, Max consideraba a aquel hombre un delincuente profesional. ¿Qué clase de delincuente? ¿Un mafioso? ¿Un ladrón? ¿Un asesino a sueldo? Lo de los tatuajes le recordaba las historias de bandas rusas o sudamericanas que había visto por televisión.

Pensó en Gérald y sintió que una culebra se le desenrollaba en el vientre. ¿Qué sabía ese individuo de su relación con su novio? ¿Había sido él quien había tomado las fotos de Denise y Gérald? ¿Y por qué esa alusión a su prometido a través de la ópera? No podía ser una coincidencia... Gérald formaba parte de la ecuación... Una vez más, notó que la paranoia la invadía y pensó en Denise. ¿Habría contratado a un mafioso, a un delincuente para asustarla y hacerla renunciar a Gérald? Absurdo. Ridículo. Ese tipo de cosas sólo ocurría en las películas. «Y en los casos de asesinato de los que hablan en la tele —le recordó su vocecilla interior con un punto de impaciencia—. Es decir, en la realidad, querida...»

Intentó ahuyentarla, pero la voz insistía:

«... los celos, la envidia, la venganza son los móviles más corrientes... Acuérdate de los abogados a los que invitaste a tu programa, de lo que te contaron. Te sorprendería lo que algunas personas son capaces de hacer empujadas por los celos o la rabia...»

¿Qué salida, qué alternativa le quedaba? Sacó el móvil y lo miró. ¿No tendría que haberla llamado Léo? Le había dicho que iba a informarse, a movilizar sus contactos. ¿Dónde estaba? Le habría gustado tener noticias suyas en ese momento...

No iba a permitir que aquel cabrón de mierda le amargara eternamente la vida.

Ese pensamiento la galvanizó. Iba a reaccionar. Pero no como ese tipo esperaba... Hasta entonces había ido siempre a remolque. Pero, gracias a Max, acababa de obtener una información capital. Sí. Iba a transmitirle esa información a Léo. Él le había hablado de un detective privado, así que sabría qué hacer con ella. En segundo lugar, tenía que marcharse de casa. Max tenía razón. No podía quedarse allí. Cuando miraba las paredes, tenía la impresión de ser Mia Farrow en *La semilla del diablo*. Veía a ese monstruo entrando en su casa durante su ausencia, orinando en su felpudo, agarrando a *Iggy* y rompiéndole la pata, bajando la calefacción y poniendo un CD de ópera en su equipo de música... Lo imaginaba entrando de noche, mientras ella dormía, a pesar del mueble que corría hasta la puerta y del cerrojo.

Pero ¿adónde iba a ir? Primero pensó: ¿por qué no hacer la maleta y pedir refugio a sus padres durante unos cuantos días? Pero la voz, a la que le encantaba hacer de aguafiestas, reaccionó al momento: «¡Por Dios, chica, espero que estés de broma! El simple hecho de que te lo plantees demuestra hasta qué punto has tocado fondo. ¿Tus... padres? ¿En serio? ¿Y qué vas a decirles? ¿Que necesitas cambiar de aires?»

La voz tenía razón: «¿Por qué ahora?», preguntarían ellos sin molestarse en disimular el hecho de que el regreso de su hija a su vida cotidiana no formaba parte de su proyecto de jubilación. Tampoco podía contarles lo que había pasado (ya se imaginaba la cara de su padre cuando le dijera que había invitado a un vagabundo a subir a su casa). Y si inventaba una patraña, la que fuera, su padre vería en ello la confirmación de lo que siempre había pensado, que su hija no daba la talla, que nunca sería capaz de encontrar su sitio en este mundo, que mejor habría sido, en el fondo, que su hermana y no ella siguiera viva (porque era eso lo que debía de pensar, ¿no?, cuando bebía lo suficiente para tener las agallas de reconocer su... su preferencia...). En cuanto a su madre... Bueno, ella la miraría preguntándose en qué se había equivocado como madre, convirtiendo el fracaso de su hija en su propio fracaso personal.

«Todo, menos eso...»

Regresó a la sala de estar y se sirvió un segundo tazón de café. Se le había ocurrido otra idea... Implicaba llamar a alguien que quizá no tuviera ganas de oírla ni de tener noticias suyas, pero no le quedaba más remedio. Buscó el número de Ilan en el directorio; sabía que a esa hora aún no habría salido para ir a la radio. Cuando llamó, percibió voces de niños en la casa.

—¿Christine?

Ella trató de detectar hostilidad o desconfianza en su voz, pero sólo captó sorpresa.

—Perdona que te moleste —dijo—, pero necesito que me hagas un favor. Sé que ya te he causado bastantes problemas y comprendería que te negaras... pero sólo puedo contar contigo, Ilan.

Sin darle tiempo a responder, le explicó de qué se trataba. Luego esperó. Él permaneció en silencio durante un largo momento.

—No te prometo nada —advirtió—, pero veré qué puedo hacer.

—Papá, ¿quién es?

Una voz de niña cerca del teléfono. Christine oyó que tenía otra llamada.

—No es nadie, cariño —dijo él.

Y luego colgó.

Ella contestó la otra llamada.

—¿Diga?

—¿Christine? Soy Guillaumot.

Se le cayó el alma a los pies. La voz de su jefe estaba tan desprovista de calor humano como un invierno en el Yukón.

—Ayer me llamó la policía. Me hicieron preguntas sobre ti y también me contaron lo que habías hecho. Después llamé a Cordélia. Me explicó lo que había ocurrido durante el fin de semana, que había puesto una denuncia y que al final la había retirado.

Dejó escapar un suspiro.

—¿Cómo has podido hacer algo así, joder? Es... es... Aquí todos sabíamos que tienes un carácter del demonio, pero esto... esto... es... No puedo creérmelo...

Se lo oyó rechinar los dientes, como si le hubiera dado un repentino dolor de muelas.

—No hace falta que vengas a la radio mañana por la mañana. Ni pasado mañana. Ni ningún otro día... Vamos a iniciar un procedimiento de despido por falta grave y poner en marcha diligencias judiciales contra ti.

Un silencio.

—Puede que esa chica considere que has tenido tu merecido, pero yo no. Tu conducta supone un gran perjuicio para la imagen de la emisora. Te aconsejo que te busques un buen abogado... puta chalada de mierda...

23

LEITMOTIV

Servaz pocas veces había visto semejante cantidad de nieve fuera de la montaña. En la radio estaban explicando precisamente que las nevadas eran excepcionales ese año. Como de costumbre, todo el mundo se preguntaba si aquello tenía algo que ver con el cambio climático. El frío, el calor, las inundaciones, las sequías... A los periodistas les encantaba el cambio climático, tanto como las crisis económicas, las revoluciones árabes, las quiebras de los bancos, los robos de joyerías...

Circulaba a través de blancas extensiones inmaculadas, junto a hileras de árboles desnudados por el invierno, con la única compañía de la música del viejo Gustav. El cielo gris formaba una segunda llanura invertida sobre él, con sus colinas de nubes. Esa parte central de la región no era tan pintoresca como el sur del departamento, donde la barrera de los Pirineos se erguía como una muralla china natural, ni como la zona de Albi, más ondulada y frondosa, ni tampoco como la del este tolosano, que se adentraba por valles salvajes antes de descender hacia las acogedoras riberas del Mediterráneo. Era tan sólo... monótona. En medio de una larga recta, abandonó la nacional para coger una carretera más estrecha y en mal estado y, al cabo de tres kilómetros, vio la granja a la derecha. Servaz avanzó prudentemente por la nieve, diciéndose que, de todas formas, si se quedaba atascado, el tractor que divisaba un poco más allá acudiría a sacarlo del apuro.

Aparcó delante del largo edificio que servía de vivienda, cuyas paredes de cemento gris no habían visto nunca una capa de pintura.

Bajó del coche y se levantó el cuello de la chaqueta para protegerse de la humedad y el frío.

Antes de entrar siquiera, se hizo una idea de la infancia y la juventud de Célia Jablonka en aquel lugar alejado de toda distracción que pudiera animar los largos días de una adolescente. Comprendió espontáneamente la naturaleza de su ambición. Sus sueños de niña con una imaginación demasiado rica para un marco tan limitado.

En la puerta había una mujer teñida de rubio. Lo miró acercarse con los ojos entornados y una actitud recelosa casi tan desabrida como los roncos ladridos del perro que se desgañitaba tirando de la cadena que lo sujetaba.

—Buenos días. Soy el comandante Servaz, de la policía de Toulouse. Tengo cita con el señor Jablonka.

Con un breve movimiento de barbilla, sin suavizar la expresión, la mujer le señaló el gran establo que había unos treinta metros más allá y Servaz se puso en marcha entre los profundos surcos grabados en la nieve y el barro por las ruedas de los tractores, los montones de balas de forraje cubiertos con lonas descoloridas y neumáticos, la hilera de silos y la maquinaria agrícola. Al franquear las dos grandes puertas metálicas, lo asaltó la peste que subía de las acequias por donde se evacuaba un líquido pardusco y humeante.

—Por aquí —lo guió una voz.

Volvió la cabeza hacia la izquierda y vio a un hombre de pelo blanco sentado delante de una pantalla de ordenador en una pequeña oficina. Tenía delante un montón de papeles y notas. La mano que manejaba el ratón estaba oculta bajo un guante azul, como si fuera un cirujano o un técnico en la escena de un crimen. Servaz entró en el cuartito. En la pantalla se veían columnas de números. También había una pizarra blanca en la pared, en la que había anotadas un serie de recomendaciones con rotulador. Podría pensarse que se trataba de una oficina de la Policía Judicial.

—Si me permite —dijo el hombre—, tengo que controlar el robot y ver si todo ha funcionado bien durante la noche.

—¿El robot?

—El robot de ordeño.

El hombre se volvió por primera vez y le dirigió una mirada aguda. Tenía la misma expresión recelosa que su mujer.

—Se nota que es un policía de la ciudad... ¿Tiene alguna identificación?

Servaz, que ya lo había previsto, metió una mano en el bolsillo de la chaqueta. El sexagenario, frunciendo el ceño, comparó la foto del documento que sujetaba en la mano enguantada con la cara del recién llegado. Después se volvió de nuevo hacia la pantalla.

—Perdone, pero tengo que comprobar que todo ha ido bien esta noche y ocuparme de las vacas que van retrasadas con el robot.

—Haga lo que tenga que hacer. Yo tengo tiempo de sobra —aseguró Servaz.

—Mejor.

—¿O sea que es el robot el que ordeña las vacas? —quiso saber Servaz.

El hombre se levantó por fin.

—Venga.

Salieron de la pequeña oficina y enfilaron el pasillo central. Entre las barreras metálicas, Servaz veía decenas de vacas apretadas unas contra otras, con el morro hundido en el heno, rodeadas por el vapor de su respiración. El padre de Célia le mostró las que hacían cola delante de una gran máquina, como coches delante de un tren de lavado. Una de ellas se había situado por sí sola en el aparato, agachando la cabeza hasta el pesebre, y Servaz vio un gran brazo articulado que se acercó a sus ubres cargadas de leche. Primero, unos cepillos cilíndricos le limpiaron las ubres, después una lucecilla roja parpadeó encima de sus mamas y a continuación unos manguitos de plástico se colocaron en torno a cada una de ellas. El animal, al parecer totalmente acostumbrado a ese procedimiento, no se inmutó lo más mínimo.

—El láser reconoce las ubres de cada lechera y coloca adecuadamente el robot para el ordeño —explicó el hombre.

—¿Cuántos animales tiene?

—Ciento doce.

—¿Y cuánto cuesta una instalación como ésta?

—Todo depende de la instalación. Entre ciento veinte mil y ochocientos mil euros...

Servaz pensó en todos aquellos casos de agricultores lastrados por las deudas que acababan suicidándose.

—¿Y cuándo salen del establo? —preguntó.

La respuesta cayó como una cuchilla.

—Nunca.

Servaz se preguntó por la salud mental de unas vacas y terneros que no veían nunca la luz del día. Él veía todos los veranos vacas de carne —rubias de Aquitania, lemosinas— en los prados. Se dijo que tampoco las vacas nacían iguales. Ganaderos que dominaban la informática, atendían robots, controlaban las existencias y tenían sin duda competencias en otros terrenos; ordenadores, pantallas táctiles, láseres y cámaras: todo eso quedaba bien lejos de los clichés sobre el campo.

—No ha venido hasta aquí para hablarme de mis vacas...

Servaz lo observó. Tenía los ojos azules y una cara bronceada por el sol y surcada de arrugas, pero firme.

—¿Han reabierto el caso? ¿Por qué?

—No —reconoció—. No ha vuelto a abrirse la investigación, señor Jablonka. Mi trabajo consiste sólo en examinar ciertos casos archivados —mintió.

—¿Por qué?

—Es así. Cosas de la administración.

—¿Por qué éste?

Optó por no responder.

—Su hija se crió aquí, ¿verdad?

El hombre le dedicó una sonrisa aviesa.

—Ya sé lo que piensa —afirmó.

—¿En serio?

—Señor policía... Lo que hacemos aquí es algo concreto. No especulamos con dinero que no existe; no vendemos productos inútiles a gente que cree necesitarlos; trabajamos día y noche; quizá seamos los últimos que sabemos que el mundo real existe... y por eso quieren que desaparezcamos. Pero, por lo que respecta a Célia, debe saber que ella se crió en medio de libros. Si lo invitara a entrar en esa casa que ve allá, cosa que no voy a hacer, vería que hay libros por todas partes, libros gastados, libros anotados, libros leídos... Célia adoraba los libros. Y nosotros siempre la animamos a leer. No tenía esa afición para evadirse de aquí, ni para ser mejor que sus padres. Más bien era al contrario, quería que estuviéramos orgullosos de ella. Cada vez que sentía la necesidad de volver a sus raíces, de respirar un poco, volvía aquí. Tendría que ver esta campiña en primavera. Era su lugar preferido sobre la Tierra...

Servaz miró la vaca que acababa de ocupar el lugar de la anterior delante de la máquina. Cada vez que ésta trataba de colocarle los manguitos de plástico en torno a las ubres, el animal hacía un ligero movimiento hacia delante o hacia atrás y los manguitos se replegaban con un chasquido seco mientras los láseres volvían a iniciar su lenta labor de detección. La máquina tenía todo el tiempo del mundo; al final acabaría venciendo la resistencia de la vaca.

—¿Ella entraba a menudo aquí? —preguntó—. ¿O se mantenía al margen?

El padre de Célia le lanzó una mirada dura.

—Célia se había opuesto a la instalación de la máquina —dijo una voz femenina a su espalda—. Decía que era inhumano que las vacas estuvieran siempre encerradas. Quizá tuviese razón... —Le dirigió a su marido una mirada poco grata—. Célia era una joven muy inteligente. Y equilibrada. Por lo menos hasta que conoció a ese tipo.

Servaz se volvió. La mujer rubia lo miraba de hito en hito.

—¿Qué tipo?

—No lo sé. Nunca lo vimos. Creo que estaba casado y que era alguien importante. Por eso no quería hablar de él. Sólo decía que había conocido a alguien. Un hombre excepcional, según ella. Por lo menos, al principio... Antes de que empezara a cambiarle el humor...

Servaz se acordó de las palabras del director del centro social autogestionado.

—Célia nunca hizo las tonterías que hacen los jóvenes en la adolescencia —intervino su padre—. Era una joven tímida y estudiosa. Quizá por eso se puso a hacerlas de mayor, y a salir con tipos poco claros. Nos trajo a uno o dos, siempre de la misma calaña: unos miserables que se daban aires de duros.

Echaba chispas por los ojos y Servaz comprendió que la rabia lo corroía como un cáncer, una rabia contenida que tal vez ya existiera antes en su personalidad, pero que desde la muerte de su hija le envenenaba la sangre como si fuera arsénico.

—Y después cambió... Se convirtió en una joven alegre, feliz... o al menos eso nos parecía. Empezaba a salir adelante como artista, por lo que creí comprender, y eso le daba confianza en sí misma. Yo me llevaba muy bien con ella. Sólo... sólo tenía una hija, ¿entiende? Por eso siempre la mimé.

Se miró las manos fuertes y atezadas, por cuyos dorsos corría una red de gruesas venas.

—No nos hablaba de los hombres con los que salía —continuó la mujer— y nosotros no le hacíamos preguntas. Después, un día, acabó por anunciarnos que había conocido a alguien. Una persona cabal, que nos gustaría —dijo—. Pero era demasiado pronto... Había obstáculos, según ella. Ésa fue la palabra que empleó. Enseguida comprendimos que debía de estar casado. Pensamos... pensamos que nuestra niña había crecido, pero que en esas cuestiones seguiría siendo la misma, que seguiría dejándose engañar una y otra vez...

Calló un momento.

—Creo que al final tenía una depresión, pero no quería hablar de eso. En los últimos tiempos parecía tener miedo hasta de su sombra. Había algo que la aterrorizaba. Algo o alguien... Aun así, jamás habría pensado que...

Servaz tenía la sensación de que el tiempo se había ralentizado, de que corría a una velocidad muchísimo más lenta que la leche en los ávidos tubos del robot.

—¿Seguro que no les comentó nada sobre ese hombre?

—Una vez dijo algo extraño. Dijo que era un auténtico cowboy, un cowboy del espacio o algo por el estilo... No entendí qué quería decir. Pero así era Célia. A menudo hablaba con enigmas.

Servaz miró al padre de Célia acordándose de la foto de la caja —la foto de la estación espacial— y sintió un escalofrío... El hombre había bajado la vista. Cuando la levantó, Servaz se quedó impresionado por la intensidad del fuego que brillaba en sus ojos.

—Si de veras se suicidó, ¿qué hace usted aquí al cabo de un año? —preguntó.

—Ya se lo he dicho. Comprobaciones de rutina.

—No me tome por idiota. ¿A qué vienen todas estas preguntas? ¿Han vuelto a abrir la investigación sí o no?

—No, señor. Este caso está archivado.

—¿Archivado?

—Sí.

—Muy bien. Entonces, va a marcharse usted de aquí, inspector, teniente, comisario o lo que coño sea. Va a marcharse de aquí ahora mismo.

Servaz redujo la marcha a la entrada del Centro Espacial, que parecía un peaje de autopista coronado por un gran símbolo que representaba un planeta y una lanzadera.

El Centro Espacial estaba situado en un vasto complejo científico y universitario compuesto por laboratorios, escuelas de ingenieros y empresas aeroespaciales, al este de la Universidad Paul-Sabatier y al sur del área metropolitana. El lugar se correspondía con la idea que Servaz tenía de un campus a la americana: jóvenes en bicicleta —estudiantes, ingenieros o informáticos—, amplias avenidas bordeadas de árboles, de antenas altas y de edificios funcionales y casi idénticos. También había visto un par de aviones dispuestos en los parterres con fines decorativos. Los dos guardianes de la puerta, con uniforme azul, intercambiaban bromas. Parecían igual de eficaces que los figurantes de un programa de telerrealidad. Bajó el cristal y explicó que tenía cita con el director. El guardián se quedó con su carnet de identidad y a cambio le dio una tarjeta de visitante donde constaba el nombre de la persona con quien debía reunirse (por si acaso sentía la tentación de «perderse» en el interior). Después lo invitaron a dejar el coche en el aparcamiento de la izquierda, justo pasada la entrada.

Servaz obedeció la indicación, apagó el motor, se bajó y paseó la vista por los alrededores. En el aire frío revoloteaban algunos copos de nieve; vio unos abetos grandes, proyectores encima de pilonas altas, un cohete y una enorme antena parabólica que sobresalía de la nieve delante de uno de los edificios. Todas las fachadas estaban formadas por altas láminas de cemento verticales separadas por estrechas troneras.

No observó la presencia de medidas de seguridad especiales en el recinto, aunque seguramente debía de haberlas. Se dirigió al sitio que le habían señalado como «el edificio de los directores». Delante se elevaba el edificio Fermat, que albergaba las salas de control de los satélites lanzados por el *Ariane*. Justo al lado se encontraba el CADMOS, el centro de ayuda al desarrollo de las actividades en microgravedad y las operaciones espaciales. Al llamar, Servaz se había presentado como investigador de la Policía Judicial y había pedido hablar con el director del centro, rogando por que éste no tuviera ningún conocido en la Policía Judicial. Explicó que investigaba la muerte de aquella artista, Célia Jablonka, que había utilizado la investigación espacial como tema de una de sus exposiciones. Por teléfono, el director le había confirmado que, efectivamente, la señorita Jablonka había visitado el centro. Aunque no veía que pudiera aportar gran cosa a la investigación, según declaró, tampoco veía inconveniente en dedicarle un momento a Servaz pese a que tenía una agenda bastante cargada, como no dejó de subrayar. Y no, la policía no se había puesto en contacto con él anteriormente, ¿por qué habrían tenido que hacerlo? ¿Acaso Célia Jablonka no se había suicidado? Al cabo de menos de tres minutos de conversación telefónica, Servaz ya sospechaba que la modestia no era una de las principales virtudes de su interlocutor. Con una rápida ojeada a su currículum, había averiguado que era licenciado por la Escuela Politécnica, de la promoción del 77, doctor en Filosofía y que poseía un Master of Sciences de la Universidad de Stanford.

Sin embargo, el individuo gordo que lo recibió en su despacho cinco minutos más tarde tenía unos ojillos chispeantes de humor y un apretón de manos afable, aunque sudoroso.

—¡Siéntese, haga el favor!

Volvió a instalarse detrás de su escritorio —en el que sólo había un Mac, un flexo, unos cuantos papeles y una maqueta de lanzadera— y se ajustó la gran pajarita de topos que llevaba. Miró a Servaz con aire bonachón y abrió las manos.

—No sé qué espera exactamente de mí, comandante, pero vamos allá: hágame las preguntas —lo animó—. Intentaré responderlas.

Servaz resolvió no entrar en materia todavía.

—¿Y si me hablara, para empezar, de lo que se hace aquí?

La sonrisa se ensanchó en los labios del director.

—El CST es el centro operacional del Centro Nacional de Estudios Espaciales. Aquí se conciben, desarrollan, se ponen en órbita, controlan y explotan los vehículos y sistemas espaciales que quedan bajo la responsabilidad del CNES. Seguramente haya oído hablar de los programas Ariane, Spot, Helios... y sobre todo del robot Curiosity que los estadounidenses enviaron a Marte, ¿verdad?

Servaz asintió con la cabeza, tal como se esperaba de él.

—Pues bien, la ChemCam, la cámara láser que se encuentra en lo alto del mástil del robot, la que ha efectuado ya noventa mil disparos láser sobre rocas para analizarlas, se pilota desde aquí y fue concebida aquí por el CNES y el

IRAP, el Instituto de Investigación en Astrofísica y Planetología.

Toulouse y el espacio, Toulouse y la aeronáutica... Una vieja historia que se remontaba a principios del siglo anterior, a los aviones de la compañía Latécoère, a los legendarios pilotos de Aéropostale, a Mermoz, a Saint-Exupéry: *Tierra de hombres*, *Correo del sur*, las dunas del Sahara, las luces de Casablanca, de Dakar, de Saint-Louis del Senegal... relatos llenos de palabras como Patagonia, T. S. H., la Cruz del Sur, gracias a los cuales él se evadía de su cuarto en la adolescencia.

—Pero no ha venido para hablar de robots e investigación, ¿me equivoco?

—¿Se acuerda de qué era lo que le interesaba más en particular a la señorita Jablonka?

El director cruzó los dedos bajo la barbilla.

—Le interesaba todo. Era una joven curiosa e inteligente. Y también muy guapa —añadió al cabo de un instante—. Quería saberlo todo, verlo todo, fotografiarlo todo... La última demanda era, desde luego, imposible de satisfacer.

—¿Diría usted que era una persona depresiva?

—Yo no soy psicólogo —respondió el hombre—. Además, no la vi más de dos veces en total. ¿Por qué quiere saberlo?

Servaz se acordó de algo.

—Había conocido a alguien —dijo sin responder la pregunta—. Le habló a su padre de un «cowboy del espacio».

El director torció el gesto.

—Si lo que le interesa son los cosmonautas, se ha equivocado de sitio. Aquí no encontrará ninguno. El centro de entrenamiento de los astronautas europeos está en Colonia, y tanto las sedes de la Agencia Espacial Europea como el Centro Nacional de Estudios Espaciales están en París. De todas maneras, pudo contactar con otras personas sin pasar por mí. ¿A qué se debe su interés por ellos?

—Lo siento, pero no estoy autorizado a decírselo.

Advirtió con satisfacción el leve asomo de irritación en los ojos de su interlocutor.

—Oiga, no sé muy bien lo que busca o lo que imagina, pero se trata de individuos hiperentrenados, hiperpreparados, tanto a nivel físico como mental. Los someten a entrenamientos de una dureza tremenda: la centrifugadora, el sillón giratorio, la mesa basculante... Suenan a instrumentos de tortura porque son instrumentos de tortura. Y esos tipos lo resisten todo sin perder la sonrisa. Son increíbles. Y también hacen un sinfín de pruebas, psicológicas entre otras...

—¿Y la señorita Jablonka no habría podido cruzarse con alguno aquí, de una manera u otra? —insistió Servaz haciendo caso omiso de la observación.

—Acabo de decirle...

La impaciencia era cada vez más patente en el tono de voz del director. No obstante, reflexionó un momento.

—Ahora que lo menciona... La invitaron también a una fiesta de gala que dio el CNES en el Capitole. Asistió la flor y nata del mundillo espacial francés. Yo me ofrecí a acompañarla, pero cuando vio a todos aquellos machos dominantes con esmoquin, se olvidó por completo de mí —reconoció riendo el rechoncho director.

—¿Quiere decir que...?

—Sí, todos los astronautas franceses estaban presentes, los «cowboys del espacio», como usted dice.

Servaz lo observaba. Se imaginó la humillación del hombre al ver como aquella mujer pizpireta abandonaba su brillante intelecto por los músculos y las radiantes sonrisas de aquellos señores. Se le aceleró el pulso.

—¿Recuerda la fecha de esa fiesta?

El director descolgó el teléfono e intercambió unas palabras con su secretaria. Después aguardó la respuesta.

—Veintiocho de diciembre de 2010 —le informó tras colgar—. Si busca un astronauta, va a quedar servido. Todos estaban allí aquella noche. Le costará decidir cuál prefiere.

El crepúsculo caía sobre Toulouse pese a que aún no habían pasado dos tercios de la tarde. 31 de diciembre. La ciudad estaba iluminada como un árbol de Navidad. Bajo un techo de nubes, el sol sangraba al oeste como un corazón herido... y el viento glacial de las estepas polacas empezó a soplar sobre él.

«¿Por qué has vuelto a mi vida? —pensó—. Ya te había olvidado.»

«No me habías olvidado.»

«Pero estás muerta.»

«Sí.»

«Ya me he olvidado de tu cara.»

«Igual que te olvidarás de todo lo demás.»

«¿Es así entonces? Todas esas palabras pronunciadas. Todas esas promesas. Todos esos besos, todos esos instantes compartidos, todos esos gestos, todas esas esperas, todo ese amor... ¿no quedará nada?»

«Nada.»

«¿Para qué vivir, entonces?»

«¿Para qué morir?»

«¿Tú me lo preguntas?»

«No.»

Miró a los viandantes, pálidos y apresurados, las guirnaldas, las decoraciones de Navidad, las chicas guapas y bien abrigadas que reían en las terrazas. Las risas callarían, las guirnaldas se apagarían, las chicas guapas envejecerían, se cubrirían de arrugas y morirían. Marcó el número del ayuntamiento.

—¿Diga?

Una voz de mujer. Se presentó. Explicó quién era y mencionó la fiesta de gala del 28 de diciembre de 2010.

—¿Y bien? —contestó ella con un tono de suficiencia burocrática.

—¿Es posible que conserven alguna copia de la lista de invitados?

—¿Está de broma?

Reprimió las ganas de soltarle un comentario mordaz.

—¿Le parece que sí?

—Lo siento, pero el asunto no entra dentro de mis competencias. Voy a pasarle con alguien que quizá pueda informarle...

—Gracias —dijo sin pasar por alto el «quizá».

Esperó con música de Mozart de fondo.

—¿Quién lo ha remitido aquí? —le soltó de entrada la segunda persona, como si fuera culpable de una mala acción.

—Su compañera... Me ha dicho que quizá podría...

—Le juro que hay veces en que uno se pregunta si la gente es consciente de... Yo tengo trabajo, ¿sabe?

«Yo no —pensó él—. No tengo nada más que hacer...» Pero no dijo nada. Necesitaba aquella información.

—Mire, voy a pasarle a otra persona. No sé si está o no. Es que es treinta y uno de diciembre, ¿sabe?

«Bravo, gracias. Que disfrute del cotillón...»

Otra espera, otra música.

—¿Sí? —dijo una tercera voz.

Sin hacerse muchas ilusiones, Servaz expuso el motivo de su llamada.

—No cuelgue. Voy a buscárselo.

Se quedó asombrado. La voz era firme y decidida. Al oír como su interlocutora se desplazaba y llamaba a otra persona con tono autoritario, recobró la esperanza. Al fin y al cabo, en la policía pasaba lo mismo. También había funcionarios competentes y trabajadores. Al cabo de unos minutos, volvió a oír ruido de pasos.

—Lo siento, pero no está aquí. Voy a pasarle con alguien.

Iba a renunciar y a cortar la comunicación cuando le respondió una vocecilla delicada.

—¿Sí? ¿Diga? ¿Diga?

Titubeó. ¿Para qué?

—¿Diga? —insistió la vocecilla.

Volvió a explicarle lo mismo con desgana.

—Eh... ¿la lista de invitados del veintiocho de diciembre de 2010? —repitió la vocecilla, con patente inseguridad.

—Sí. ¿Sabe a qué fiesta me refiero?

—Desde luego. Yo asistí. La velada de los astronautas...

Una minúscula esperanza.

—Eso es.

—Voy a ver si puedo encontrarla. ¿Se queda en línea o prefiere volver a llamar?

Pensó en lo que le había costado obtener un interlocutor y se dijo que si colgaba no tendría ánimos de volver a llamar.

—Me quedo en línea.

—Como quiera...

Al cabo de diez minutos, empezaba a preguntarse si aquella persona se habría olvidado de él y se había ido a celebrar la Nochevieja dejando el teléfono descolgado en un rincón de la oficina, cuando la oyó:

—¡La tengo! —anunció con aire triunfal.

—¿De verdad?

—Sí. Lo archivamos todo, incluso las fotos.

—¿Las fotos? ¿Qué fotos? —Reflexionó a toda velocidad—. No se mueva... voy enseguida —decidió de repente.

—¿Cómo? ¿Ahora? Pero es que... yo termino dentro de media hora y... ¡es Nochevieja!

—Estoy a cien metros del ayuntamiento y no me llevará mucho rato. Es muy importante —añadió.

La vocecilla se volvió aún más diáfana.

—En ese caso...

24

VOZ

Eran las 19.46 horas del 31 de diciembre. Aunque hacía menos de dos grados, ella había abierto el balcón de su habitación de hotel de todas formas y los ruidos subían de la plaza en la oscuridad. Desde su cama, más allá de la balaustrada, podía admirar la iluminación de la fachada del ayuntamiento, perpendicular a la del hotel. El Grand Hôtel de l'Opéra, en el 1 de la plaza del Capitole. Cincuenta habitaciones, dos restaurantes, una sauna, unos baños turcos y un salón de masaje en pleno corazón de la ciudad. Su habitación era roja: paredes rojas, sillón rojo, suelo rojo... sólo el techo, la cama y las puertas eran blancos.

Iggy había husmeado el lugar hasta el más mínimo rincón —la entrada, el cuarto de baño— chocando con los marcos de las puertas, porque todavía no se había acostumbrado al collar. Después, cansado, se había dormido encima de la colcha de la cama.

Ella misma se había adormilado después de vaciar sus dos maletas. Al sentirse a buen recaudo, la tensión de las últimas horas había cedido al fin. Había sido su madre quien le había buscado aquel sitio: «Coge una habitación en el Grand Hôtel de l'Opéra. El director es amigo mío.» Christine le había hecho prometer que no le diría nada a su padre. De todas maneras, había tenido que darle una explicación plausible, pues su madre no era una mujer que se conformara con evasivas. Lo que le había dicho venía a resumirse así: un ladrón había forzado la puerta de su casa mientras dormía y no se sentía segura en ella. «¿Habrás avisado a la policía, supongo?» Le había mentido en su respuesta, antes de añadir que sólo era una cuestión de días, mientras le cambiaban la cerradura. Sus padres habían ido dos veces a su piso desde que vivía allí. Era poco probable que su madre quisiera comprobar la veracidad de la información...

Las voces de bronce de la catedral de Saint-Sernin y de otras iglesias retumbaron en el aire; el monótono concierto de la circulación subía bajo las ventanas, entreverado de solos de gritos y de risas y, de vez en cuando, por la nota discordante de un claxon impaciente. Fijó la vista en el ventilador del techo. Las campanas sonaban, vibrantes y fervientes. También percibía retazos de músicas más paganas que flotaban como jirones de alborozo entre los ruidos de la noche. Oía el latido del corazón de la ciudad. Toda esa vida que la animaba. Toda esa vida y esa alegría que ahora le resultaban inaccesibles.

«¿Por qué no la llamaba Léo?»

Cansada de esperar, sacó el móvil y lo buscó en sus contactos. Oyó que el timbre sonaba cuatro veces antes de que se activara el contestador. ¡Mierda! Cortó la comunicación con rabia y volvió a llamar. Esa vez, Léo descolgó a la segunda señal.

—Christine...

—Sí. Soy yo. Siento molestarte. Ya sé que debes de estar en tu casa, pero no sé si has intentado llamarme, porque se me ha descargado el móvil —mintió.

—No, no he llamado.

Notó que se le encogía el estómago. Su voz era distante, fría, más bien indiferente... ¿o eran figuraciones suyas?

—¿Y no tienes nada que decirme? —preguntó—. ¿No hay novedades?

—Christine, ya sabes que ahora no puedo hablar contigo —le advirtió él en voz baja.

—¿Quién es? —oyó preguntar a una voz de mujer que le sonó conocida.

Había visto a la esposa de Léo una vez, en una fiesta. Incluso habían hecho buenas migas.

—No es nada. ¡Es por lo de ese viaje del que te hablé!

—¡Niños! —gritó la misma voz—. ¡Niños, id a prepararos!

—¿Cuándo nos vemos? —preguntó ella—. ¿Has podido contactar con ese detective?

Un silencio.

—Mira, no es el momento... ¿Cómo ha ido con la policía?

¿Debía decirle la verdad? Mejor más tarde. No quería hablarle de la supuesta agresión de Cordélia en ese instante. No estaba segura de cómo iba a tomárselo.

—Regular —mintió—. Me ha dado la impresión de que no me creían...

Un largo lapso de silencio de nuevo.

—Necesito verte —añadió al tiempo que se estremecía a causa del aire frío que levantaba las cortinas como si algo alzara el vuelo en la habitación.

Pero el escalofrío estaba motivado por algo más.

—Christine... tengo que pensar las cosas... He hablado con ese detective, el que me debe un favor... Ha averiguado cosas de ti.

Tragó saliva.

—¿Qué cosas? ¿Le has pedido que me investigara a mí?

—Que estuviste en tratamiento psiquiátrico durante la adolescencia. Que agrediste a tu médico de cabecera...

—¡Tenía doce años!

—También ha recurrido a sus contactos con la policía. Está el asunto de esa chica a la que también has agredido... Estoy al corriente.

—¡No fui yo!

—Tengo que pensarlo bien —repitió—. Seré yo quien te llame. Cuídate.

Había colgado. Volvió a marcar mientras la ira crecía en su interior. ¡No iba a escurrir el bulto así como así! Ella tenía derecho a explicarse. ¡Qué injusto, por Dios! ¡Todo el mundo tenía derecho a defenderse! Él la conocía, ¿no? ¡Se habían acostado al menos cien veces! Respondió el contestador.

Era verano y ella tenía doce años la noche del 23 de julio de 1993. Ese verano —un verano de pesadillas y fantasmas— había contraído una mononucleosis que le había ocasionado un estado de agotamiento tan profundo que apenas salía de la cama. Sufría casi todo el tiempo unas fiebres más o menos intensas que le empapaban el cuerpo de sudor tibio; tenía el cuello y las axilas hinchados por los ganglios y el cráneo atormentado por la tenaza de recurrentes dolores de cabeza. El médico de cabecera le ponía una inyección todas las noches antes de acostarse para contrarrestar el aumento de los glóbulos blancos en la sangre y, sobre todo, las complicaciones bronquiales. Después, su madre apagaba la luz. Aquellas noches de fiebre estaban llenas de pesadillas extravagantes, hasta tal punto que había acabado por temer el momento en que su madre apretaba el interruptor y las tinieblas se abatían. Además, estaba convencida de que las misteriosas inyecciones del doctor Harel eran la causa de aquellas pesadillas.

Sin embargo, aquella noche del 23 de julio no fue su madre quien apagó la luz: se había marchado a ayudar a su propia madre enferma. Fue su padre quien se encargó. «Duerme bien, monito», le había dicho —como si no supiera nada de sus pesadillas ni de sus subidas de fiebre— antes de apagar la luz y cerrar la puerta.

En la oscuridad, notó que el corazón se le desbocaba, sumida en un terror absoluto.

Después, medio dormida, oyó voces provenientes de la piscina, bajo su ventana. Las voces susurraban, pero la temperatura había subido a más de treinta grados esa noche y la ventana estaba entreabierta. O tal vez simplemente estuviera soñando. Quizá fuese el sueño de un sueño... porque había algo irreal en aquellas voces y en el indolente balanceo, casi lánguido, de las palmeras en la brisa.

Christine se había dado cuenta de que la oscuridad no era total, como antes: debían de haber encendido la luz de la piscina, abajo. Aguzó el oído y entonces lo oyó: el chapoteo de alguien que nadaba. Volvió la cara, pálida y febril, hacia el despertador. Las doce de la noche. La mejilla pegada a la almohada humedecida por el sudor nocturno. Un sol ardiente dentro de la cabeza. Y, una vez más, volvió a oírlas: voces susurrantes, voces misteriosas. Las voces que llegaban de la piscina la atraían. Sin embargo, por la noche la piscina era un sitio muy diferente al del día: un lugar inaccesible y peligroso, un sitio prohibido. El agua profunda brillaba con una claridad algo perturbadora en la oscuridad, un rectángulo luminoso que pasaba del azul claro al rojo más denso y al verde claro tras los cristales del comedor. Aun así, se levantó de la cama y salió al pasillo. Abajo, en el salón, no había nadie a pesar de que todas las luces estaban encendidas. Bajó...

La piscina la atraía. Las voces la atraían. En su joven cerebro febril nacían y se formaban asociaciones libres e inconscientes: agua, fuego, peces, angustia, náuseas, deseo... La piscina era una imagen singularmente atractiva, pero también intolerable y rehuida. Descalza, atravesó el salón hacia la puerta corredera que daba al patio. La abrió con suavidad y salió a la noche cálida y estrellada. Un escalofrío de placer entreverado de turbación le recorrió la piel. Ante ella se extendía la superficie iluminada interrumpida por un chapoteo. Alguien estaba bañándose. Una silueta recortada por las lámparas encendidas en el fondo de la piscina. La reconoció enseguida: su hermana Madeleine. Maddie nadaba en medio de las olitas irisadas, de espaldas, con los cabellos ondulando como algas en torno a su cabeza. Completamente desnuda... Por un instante, Christine distinguió el triángulo sedoso entre sus piernas.

—¿Maddie?

Su hermana mayor se incorporó y se volvió hacia ella agitando los brazos.

—Christine, ¿qué haces aquí? ¿Sabes la hora que es?

—Maddie, ¿qué haces?

El aire temblaba encima de la piscina; despedía un olor a cloro que le cosquilleaba en la nariz y estaba lleno de un ballet luminiscente de luciérnagas. Al contemplar su danza centelleante, a sus doce años, Christine sintió la fuerza alucinatoria de aquella imagen: Madeleine desnuda en la piscina y las luciérnagas bailando a su alrededor.

—Vete, Christine. Vete de aquí. ¡Vuelve a la cama!

—Maddie, ¿qué haces?

—¿Me has oído? ¡Te he dicho que vuelvas a acostarte!

La violencia —y la angustia— de la voz de su hermana tuvo el efecto de un latigazo, pero el hechizo —o tal vez el sueño— la mantenía paralizada.

—Maddie...

Estaba a punto de echarse a llorar. En aquella noche de verano, impregnada de un extraño encanto, había algo profundamente siniestro y desagradable. Percibía una especie de perturbación, un desarreglo que la aturdía. Debía de ser un sueño, porque hubo otra cosa que atrajo su atención a la derecha, en la otra punta de la piscina. «Una sombra...» Serpenteaba y se ondulaba con ligereza en la superficie del agua y, de nuevo, las asociaciones entraron en acción. «Serpiente, veneno, peligro...» Christine se quedó helada. Una serpiente nadaba en la superficie del agua en dirección a su hermana. Quiso avisarla del peligro, pero de su garganta no brotó ningún sonido. Estaba demasiado aterrorizada, el miedo la había enmudecido. La serpiente oscura ondulaba, pero, curiosamente, no avanzaba y su cola no se alejaba del borde de la piscina. Después comprendió que no era más que una sombra. La sombra de una sombra: la de la figura que permanecía de pie, inmóvil, al lado del agua. No le veía la cara, pero lo reconoció. Reconoció sus hombros, reconoció su torso, su porte...

—¿Papá? —dijo.

La sombra no se movió. No dijo nada.

Pero no podía ser él. Su padre dormía arriba, en su habitación. Era alguien que se le parecía. Alguien de su edad... También estaba desnudo. Esa revelación le produjo una opresión extraña, un profundo malestar.

¿Qué hacía Maddie desnuda en la piscina con un hombre de la edad de papá, también desnudo? Tuvo la sensación de que la presión que sentía en la cabeza iba a hacerle estallar el cráneo. Se dio cuenta de que no tenía ganas de saberlo. Estaba acostada en su cama, soñando. Enferma de miedo. De fiebre. De angustia. Sin embargo, el sueño no quería acabarse. Se alargaba. Era como esas películas que duran demasiado, como un tiovivo del que uno querría bajarse cuando aún quedan dos vueltas.

—Por favor, Christine, vuelve a la cama. Enseguida voy.

La voz de Madeleine: suplicante, inmensamente triste. Entonces Christine dio media vuelta y entró en el comedor para después subir despacio hasta su habitación, con paso de sonámbula. Tras ella, los susurros habían vuelto a reanudarse, y también oyó una zambullida. «La piscina es un sitio peligroso y prohibido por la noche», su padre se lo había repetido a menudo.

Al día siguiente le había subido aún más la fiebre. 39,5 °C. El cabello pegado a la frente, las mejillas ardientes, el sudor, la astenia muscular y mental, las sábanas mojadas y permanentemente enredadas en torno a las piernas. El doctor Harel había abierto la caja de jeringas. Ella había dicho que no, que no quería ninguna inyección. Él había sonreído... «Vamos, vamos. Ahora ya eres una chica mayor.» NO, había repetido ella, con la impresión de que los ojos iban a saltársele de la cabeza a causa de la fiebre. NO. «Sé buena», había dicho su padre antes de dejarla sola con el médico. Su padre y su madre abrieron la puerta de un empujón unos segundos más tarde, al oír los gritos de dolor del médico, que tenía la aguja clavada en el muslo.

Después, debía reconocerlo, se había vuelto loca. Había chillado, escupido, arañado. Y cuando su padre quiso calmarla, lo mordió. Fue el doctor Harel quien les aconsejó al psiquiatra.

• • •

«¿Cómo podía contentarse Léo con la versión de los policías?», se preguntó. ¿Cómo podía tomar en cuenta hechos que habían sucedido hacía veinte años? Habían sido amantes durante dos años. ¿Acaso eso no contaba? ¿Acaso no debería haber escuchado al menos su versión? ¿Quiénes eran todas esas personas que pasaban por nuestra vida exigiendo nuestra atención, nuestro amor, para después abandonarla de repente? Como se cierra una tienda, como se declara en quiebra una empresa. («Te recuerdo que fuiste tú quien lo dejó a él», alegó la vocecilla.) Si no podía contar con Léo, ¿quién le quedaba? ¿Max, ese borrachín sediento? ¡Por favor!

Fuera, las campanas habían parado de sonar. Se levantó para cerrar la ventana, pues hacía un frío glacial en la habitación. Abajo, en la plaza, los transeúntes caminaban bien abrigados entre las luces de Navidad. Se fijó en un hombre de unos cuarenta años, solo entre la multitud, con una botella de champán en la mano. Igual de solitario que ella...

¿Quién más? «Nadie...» Estaba sola, lo más sola que se puede estar. Esa vez no cabía duda.

25

CONTRAPUNTO

La noche del 31 de diciembre, Servaz entró en el patio Enrique IV del ayuntamiento de la ciudad de Toulouse por
la gran puerta de madera que da a la plaza del Capitole.
Mientras caminaba sobre el adoquinado entre turistas
y jaraneros, vio las guirnaldas multicolores que iluminaban el edificio y se dijo que sin duda el rey galante y juerguista no habría desaprobado aquellos excesos. Bajo su
estatua habían añadido una inscripción en la época de la
Revolución: «En vida, el pueblo entero lo amó. A su muerte, todos lo lloraron.» Servaz sonrió al leerla. Como siempre, quienes reescribían la historia embellecían los hechos:
en vida, Enrique IV había sido uno de los reyes más odiados; habían quemado su efigie y asociado su nombre al
Anticristo. Y aunque al final Ravaillac le dio muerte, antes
había escapado como mínimo de una decena de tentativas
de asesinato. Pero, como de costumbre, las mentiras gozaban de larga vida. Atravesó el patio hasta una doble puerta corredera acristalada y, una vez dentro, se dirigió a la
derecha hasta llegar a una hermosa reja de hierro forjado
seguida inmediatamente de una alta puerta de madera con
un rótulo que proclamaba en grandes letras doradas: «SER
VICIO DE ELECCIONES Y FORMALIDADES ADMINISTRA
TIVAS.» Tras ella lo aguardaba su guía: una mujer muy
menuda, curiosamente vestida con un amplio chándal de
color lila. Lo condujo a toda prisa a través de un dédalo

de pasillos y de oficinas mucho menos pomposos hasta que llegaron a un pequeño espacio donde había un ordenador. La funcionaria señaló la pantalla.

—Todo está ahí —dijo—. Las fotos de la velada del veintiocho de diciembre de 2010. —Le mostró una carpeta de cartón—. Y la lista de los invitados está aquí.

Él señaló las hileras de fotos de la pantalla.

—¿Cuántas hay?

—Unas quinientas.

—¿Quinientas? —Señaló la silla—. ¿Puedo sentarme?

La mujer miró el reloj con inquietud.

—¿Cuánto tiempo va a tardar?

—No tengo la menor idea.

—Oiga —dijo, al parecer algo contrariada por aquella respuesta—, me gustaría llegar a tiempo para el cotillón...

Fuera había anochecido hacía rato, y en aquel reducido cuarto sólo una lámpara combatía la penumbra creciente.

—Si quiere, ya cerraré yo —sugirió.

—No, no puedo hacer eso. ¿Es muy importante?

Él asintió con la cabeza, muy serio, mirándola directamente a los ojos.

—¿Y urgente?

Servaz la miró con la misma expresión grave. Ella negó con la cabeza, abatida. Su silueta envuelta en guata lila giró sobre los menudos pies calzados con deportivas de color amarillo y naranja chillón.

—Muy bien, haga lo que tenga que hacer. ¿Quiere café?

—Sin leche y sin azúcar, gracias.

Al cabo de media hora, empezaba a desanimarse: más de doscientos invitados, sin contar los extras... y el fotógrafo se había lucido: había disparado la cámara a mansalva. Nadie se había tomado, por lo visto, la molestia de hacer una selección, a no ser que el hombre hubiera conservado sólo un par de instantáneas para la prensa local y hubiera olvidado el resto en el vientre de aquel ordenador.

Ciertas caras aparecían con frecuencia; otras sólo salían una vez o dos, borrosas y lejanas, casi desenfocadas. A juzgar por la lista, la flor y nata del mundillo espacial francés estaba allí, empezando por el director del Centro Espacial de Toulouse, a quien Servaz vio en varias fotos, y el del CNES. También había periodistas locales y nacionales, invitados de todos los sectores, el alcalde, un diputado e incluso un ministro. No tuvo dificultades para identificar a Célia Jablonka; la joven estaba espléndida con un vestido de noche que le dejaba la espalda al descubierto y la nuca realzada por un moño adornado con pequeñas perlas rosas y mechones sueltos hábilmente repartidos a los lados, un peinado elaborado para el que debía de haber pasado bastante rato en la peluquería. Pocas mujeres podían rivalizar con ella y el fotógrafo había considerado sin duda que captaba bien la luz, o que era una buena publicidad para la fiesta, porque le había sacado abundantes fotos.

El problema era que la artista había hablado con bastantes personas.

El segundo ángulo de ataque de Servaz eran los famosos «cowboys del espacio», la «boy band» galáctica. Tenía la lista ante los ojos y las fotos en la pantalla, y creía haber llegado a localizar a los trece astronautas presentes, aunque sin conseguir relacionar todos los nombres con una cara. Eran individuos sonrientes, de mandíbulas cuadradas, mirada vivaz y un aspecto saludable comparable al de los surfistas californianos. Todos vestidos con el mismo tipo de traje, un poco a la manera de los jugadores de un equipo deportivo de gira oficial. Una vez hubo memorizado sus caras, volvió a repasar las fotos de Célia. Había hablado con tres de ellos. Al menos eso era lo que reflejaban las fotos. Nada garantizaba que una joven bonita como ella no hubiera sido abordada por otros en ausencia del fotógrafo. Con el primero sólo aparecía una vez. Con el segundo, la conversación debía de haber durado un poco más, porque había dos fotos; su interlocutor tenía cuarenta y tantos años y desplegaba todos sus encantos para impresionarla. Célia le correspondía, pero sin mucho entusiasmo. Con el tercero la habían fotografiado en tres sitios distintos de la sala y, en la última instantánea, tenían las caras casi pegadas. A Servaz se le aceleró el pulso. En aquella imagen ocurría algo... El fotógrafo había usado el zoom y había captado a Célia en un ángulo en que se la veía con las pupilas dilatadas y toda su atención acaparada por el hombre con quien hablaba. Además, ella se le había acercado lo bastante para que el intercambio adquiriese un cariz más íntimo. Una cuestión de «proxémica», la distancia física que separa a los individuos en una comunicación. Todo espacio es compartido; no existe ningún territorio neutro. Ya fuera Célia o el astronauta quien hubiese dado el primer paso, lo cierto era que tanto el uno como el otro habían acabado por aceptar una distancia que estaba en la frontera entre la esfera personal y la esfera íntima, lejos en todo caso de la simple esfera social.

Se recostó en el respaldo del asiento, con las manos detrás de la nuca. Y a partir de ahí, ¿qué? ¿Qué demostraba aquello?

La empleada municipal eligió ese momento para asomar la cabeza por la puerta.

—¿Ha terminado?

Lamentando que lo hubiera sorprendido en aquella postura relajada, retomó enseguida la posición de trabajo colocando la nariz a escasos centímetros de la pantalla.

—Todavía no. Concédame un poco más de tiempo...

—¿No va a celebrar la Nochevieja, comandante?

—Eh, sí... ¿Tan tarde es?

—Las siete.

—Ah, sí. Empieza a hacerse tarde.

Volvió a llamarla.

—Eh... Cécile, ¿no es eso?

La cara redonda rodeada de cabellos rizados volvió a aparecer.

—¿Sí?

—Esta cara me resulta familiar —dijo señalando la pantalla—. ¿Sabe quién es?

Ella se desplazó en el exiguo espacio con la misma precisión milimétrica que antes, como si dispusiera de un radar o un sónar integrado, y se inclinó hacia la pantalla.

—¿No ve nunca la tele? —preguntó.

—No me gusta mucho.

Lo miró como si pensara que bromeaba.

—Es Léonard Fontaine. El astronauta —añadió al ver que enarcaba una ceja.

—Ah, sí, claro —dijo él con una sonrisa contrita.

Anotó el nombre.

—¿Está casado, comandante?

—Divorciado —repuso—. Libre y sin compromiso.

Ella soltó una carcajada y volvió a mirar el reloj.

—Voy a buscar un USB y voy a cargarle todas esas fotos. Así podrá mirarlas tanto como quiera. Y también puede llevarse la lista. Me extrañaría mucho que otra persona la pidiera. Lo siento, pero tengo que cerrar las oficinas.

En toda la ciudad reinaba un ambiente festivo. No tenía ganas de volver a la residencia, ni tampoco de encerrarse en algún sitio con desconocidos que le dieran palmadas en el hombro entre confeti y serpentinas mientras sus mujeres insistían en hacerlo bailar.

Sabía, no obstante, que si volvía a la casa de reposo sería peor. Allí nadie le tenía aprecio y se encontraría solo en un rincón, aparte, tratado como un apestado mientras los otros bailaban solos, en fila o en corro. En un momento u otro, seguro que habría algún imbécil que la tomaba con él porque consideraba que no era más que un idiota engreído y animaba a los demás a reírse de él... hasta que al final Servaz acabara por levantarse y darle un puñetazo, con lo cual pondría fin a la fiesta. Mejor beber solo que mal acompañado. Había comprado una botella de champán con unas copas de plástico que había tirado a una papelera, excepto una. Volvió a servirse en ella mientras se desplazaba por la vasta explanada llena de gente. A su alrededor, las parejas caminaban apresuradas en el aire gélido, con abrigos de invierno encima de los trajes de noche, unos con una botella en la mano, otros con un regalo. Algunas mujeres lo miraban con sorpresa, preguntándose sin duda cómo un hombre como él podía estar bebiendo solo en una noche como aquélla; los hombres se las llevaban cogidas del brazo, encogiéndose de hombros, contentos de no estar en su lugar.

Justo cuando se sentaba en un banco de la plaza Charles-de-Gaulle, al pie del torreón, el móvil le vibró en el bolsillo. Respondió sin mirar quién lo llamaba, lo que demostraba que, aun sin estar borracho, tampoco se encontraba en un estado normal.

—¿Dónde estás, Martin?

La voz de Vincent... Un asomo de sonrisa afloró un instante a sus labios.

—Acabo de salir del ayuntamiento —dijo mientras calculaba que había transcurrido una hora y media desde que había dejado libre a la funcionaria municipal del chándal lila y las zapatillas chillonas.

—¿Del ayuntamiento? ¿A esta hora? ¿Qué hacías allí?

No respondió, distraído por un vagabundo que miraba su copa medio llena con avidez. Servaz se la tendió con un guiño.

—¡Feliz año, amigo! —le deseó el hombre al cogerla.

—¿Con quién estás?

—Con nadie... ¿No estás de cotillón? —le preguntó a su ayudante.

La pregunta era tonta como pocas.

—Por eso te llamo. Ha sido Charlène quien ha insistido para que lo hiciera, pero a mí también me gustaría, ¿eh? Organizamos una pequeña fiesta entre amigos. Deben de estar a punto de llegar. ¿Por qué no vienes?

—Sois muy amables, pero...

—Oye, Charlène me hace señales. Te la paso. Espero que vengas —añadió—. No pensarás pasar la Nochevieja en ese sitio tan siniestro, ¿no, Martin? ¿O es que tienes una cita...?

Sonaba una música de fondo, uno de esos grupos de rock a los que Vincent era aficionado. No, algo más pegajoso, una chica que maullaba como un gato al que le han pisado la cola, seguramente elección de Mégan, su hija de diez años.

—¿Martin?

Una voz cálida y melosa como un trago de Baileys.

—Hola —la saludó él.

—¿Cómo estás?

—Estupendamente.

—¿Por qué no vienes? —dijo Charlène levantando la voz—. Estaríamos encantados de tenerte aquí. Tu ahijado te reclama, ¿sabes? —Debía de haberse alejado un poco, porque de repente bajó el tono—. Ven. Por favor...

—Charlène...

—Te lo ruego. Últimamente apenas hemos tenido tiempo de hablar. Cuando volví a verte, me... Tengo ganas de verte, Martin. Tengo necesidad. Te prometo que me portaré bien —aseguró con una risa ahogada.

Servaz dedujo que había bebido. Cortó la comunicación y apagó el móvil. Con el estómago encogido, se acercó la botella de champán a los labios, pero en el último momento se detuvo, pensando en los policías alcohólicos que frecuentaban la residencia. Volvió a mirar la botella: había olvidado hasta qué punto podía deprimirlo el alcohol. Se levantó despacio. Observó el grupo de vagabundos sentados en el suelo, al otro lado de la avenida. Aquel a quien le había dado la copa la tenía aún en la mano, vacía. La elevó en dirección a él, sonriendo. Los demás siguieron su mirada y todos inclinaron la cabeza para saludarlo cortésmente, acabando por fijar, quien más quien menos, la vista en la botella de champán. No se les había escapado que aún estaba medio llena.

Servaz se acercó a ellos y se la ofreció.

—Feliz Nochevieja —les deseó.

Su gesto fue recibido con aplausos y hurras.

—Eh, ¿no tendrías también un cigarro, tío, ya puestos? —le preguntó con un tono entre hostil y provocador un muchacho que debía de ser el camorrista de la banda, un joven de cara demacrada y pálida y unos ojos en los que brillaba una rabia inagotable.

Llevaba un aro en la ceja derecha y otro en el labio inferior, además de tres piercings más en la ceja izquierda, en la nariz y en la mejilla, y media docena de aros en las orejas. Servaz sacó de la chaqueta el paquete que siempre llevaba consigo, aunque nunca fumaba, y se lo tendió.

—Gracias —soltó a duras penas el chico.

—De nada —contestó él con el mismo tono, sosteniéndole la mirada.

El joven acabó bajando la vista. Servaz se encaminó al aparcamiento subterráneo donde había dejado el coche.

Se apresuró a apagar los faros al llegar a la casa de reposo. Por nada del mundo quería que Élise o alguno de los policías voluntarios reparara en él y lo presionase para que se sumara a la fiesta. Cerró la puerta de la cancela con la mayor suavidad posible, aunque difícilmente habrían podido oírlo, porque la música salía a todo volumen del edificio. Había luz en todas las ventanas de la planta baja, detrás de las cuales vio siluetas que se agitaban.

Avanzó de puntillas pese a que la nieve apagaba el ruido de sus pasos y, al llegar al vestíbulo, lo cruzó pegado a la pared. Allí la música era ensordecedora. Risas, aplausos, exclamaciones. Enfiló la escalera con sigilo, sin encender la luz. Incluso después de haber cerrado la puerta de su cuarto, la vibración de los bajos siguió atravesando las paredes. Miró el reloj. Faltaban siete minutos para las doce. Bueno, de todos modos, no lograría dormir, así que encendió el ordenador y abrió su cuenta de correo. Enseguida vio el mensaje... Lo había mandado un tal malebolge@hell.com. Una referencia evidente. Dante. «*La Divina Comedia*. Podrías demostrar un poco más de imaginación», pensó. Aun así, cuando abrió el mail, se le erizó el vello como las limaduras de hierro en contacto con un imán.

¿Adelantas, comandante? Ya te he dado muchos indicios, no obstante. Estás perdiendo facultades, comandante.

Sus facciones iluminadas por la pantalla. El corazón desbocado. Fustigado a la vez por el tuteo y por la familiaridad del tono, y también por su carácter imperioso. Una persona autoritaria, impaciente, tiránica incluso. Alguien que sabía, pero que jugaba con él al gato y al ratón. «¿Por qué motivo?», pensó. Si esa persona, fuera quien fuese, tenía interés en que se resolviera el caso —suponiendo que hubiera algo que resolver—, ¿por qué no revelaba la información de que disponía de una vez por todas en lugar de jugar así con él? Una vez más, pensó en alguien obligado a guardar un secreto profesional: un médico, policía o abogado... Sin embargo, en el tono del mensaje había otra cosa: una impresión de tenacidad...

«A no ser que...»

Sí, claro... Era él... El individuo que había impulsado a Célia al suicidio. El mismo que ahora lo desafiaba para que lo identificase. Con la garganta seca, tuvo la sensación de que aquella idea penetraba en su cerebro como una broca... ¿Era una posibilidad real o estaba montando, una vez más, hipótesis estrafalarias para paliar el tedio?

Con la respiración cada vez más agitada, se levantó en la penumbra y metió la mano en el bolsillo de su chaqueta para coger el lápiz USB que le había dado Cécile. Lo enchufó. Su ordenador tardó una eternidad en cargar las quinientas fotos. De repente, el ruido de abajo se intensificó y le llegó el eco lejano de gritos y salvas de aplausos. Miró el reloj a la luz de la pantalla. Las doce. Un nuevo año... Se preguntó si habría vuelto al trabajo antes de que se acabara... y si se habría curado. De pronto, se acordó de que había apagado el móvil después de haberle colgado a Charlène y pensó en Margot. Se precipitó hacia la chaqueta y lo encendió a toda prisa. Había un mensaje grabado y otro de texto. La voz de Margot en el primero: «Feliz año nuevo, papá. Espero que estés bien. Procuraré pasar a verte esta semana. Cuídate, papi. ¡Te quiero!» Al oír el fondo sonoro de música y voces se preguntó si Margot estaría con su madre o con amigos. El SMS era de Charlène. «Feliz año, Martin. Tendrías que haber venido. Espero que te diviertas, al menos. Hasta pronto...» Volvió a leerlo, pero las palabras no hicieron mella en él; tenía la mente en otra parte.

Se sentó de nuevo a la mesa, activó el diaporama y las caras comenzaron a desfilar otra vez. Decenas de caras entre las cuales estaban las de los astronautas y la de Célia, y también la del director del Centro Espacial y la del alcalde. Todos absortos en conversaciones. Una multitud de caras. ¿Cómo hacer una selección? ¿Cómo encontrar la que tenía relevancia? Después se detuvo en la foto que ya le había llamado la atención: Célia Jablonka y aquel astronauta, Léonard Fontaine. Muy pegados. Tanto que cada uno debía de sentir el aliento del otro en la cara. ¿Una posible pista? La probabilidad era remota. Escribió el nombre en Google y comprendió el asombro demostrado por la funcionaria ante su ignorancia. Estaba claro que Léonard Fontaine era una figura emblemática de la aventura espacial francesa: segundo francés en ir al espacio, primer francés en haber puesto los pies a bordo de la ISS, la estación espacial internacional; había pasado una temporada en la estación Mir, viajado en los *Soyuz* y el transbordador *Atlantis* y estado más de doscientos días en órbita —el récord francés, por lo visto, aunque lejos de los ochocientos tres días del ruso Serguéi Krikaliov, según el artículo—; comandante de la Legión de Honor, caballero de la Orden Nacional del Mérito, de la Orden rusa del Valor, tres Space Flight Medals y dos Exceptional Service Medals otorgadas por la NASA, miembro del consejo para la Academia del Aire y del Espacio, miembro del American Institute of Aeronautics and Astronautics, miembro de la Academia Internacional de Astronáutica y de la Space Explorers Association, fuera eso lo que fuese. Había incluso un centro de secundaria que llevaba su nombre en su ciudad natal... Había acudido a menudo como invitado a los platós de televisión y Servaz habría tenido que invertir la noche entera para leer todos los artículos en los que figuraba su nombre.

Perdido en sus pensamientos, volvió a ver la foto de la Estación Espacial Internacional que les había entregado a Vincent y Samira...

Como cada vez que tenía algo, sintió una especie de ebriedad, una embriaguez pese a todo moderada, porque en esa fase el manojo de presunciones era muy delgado. «Léonard Fontaine.» Al mismo tiempo, le preocupaba otra sensación, casi opuesta a la primera: la de haber pasado algo por alto. La impresión de que su inconsciente había captado alguna cosa durante el desfile de las fotos, pero él no había reaccionado. Quizá porque estaba anquilosado o un poco achispado y cansado, o bien porque la música de abajo lo distraía... o las tres cosas a la vez.

No obstante, la sensación seguía presente, anclada en su cabeza: había visto algo, pero ¿qué? ¿En qué momento? ¡Tampoco era cuestión de volver a repasar las quinientas fotos!

Pero eso fue lo que hizo. Y no una vez, sino dos, porque la primera revisión no le aportó nada. La música había parado. Los residentes habían ido a acostarse. Eran la 1.23 horas cuando por fin se paró en el detalle que, de manera inconsciente, le había llamado la atención. Un reflejo. En un espejo... Un gran espejo situado encima del bufet, detrás de un grupo de personas: en él se veía a Célia Jablonka. Y no estaba sola.

Hablaba con un hombre. O más bien era él quien le hablaba al oído mientras le entregaba una tarjeta de visita que ella ya tenía entre el pulgar y el índice. Sonreía. Estaba en la gloria. «Fue tu noche, ¿eh? Dos conquistas en la misma velada...» Centró su atención en el hombre. Treinta y tantos años, pelo corto. Llevaba un abrigo, traje gris y camisa azul. Con gafas... No tenía en absoluto aspecto de astronauta, con su abrigo de lana y sus gafas, aunque era tirando a guapo. Tenía cierto aire de intelectual. «¿Quién eres?», le preguntó. En su mano bronceada, el desconocido sostenía un vaso lleno de una bebida verde con cubitos de hielo. Caipiriña.

26

ARGUMENTO

Martes, 1 de enero. Un año nuevo, nuevas esperanzas. Al poner el pie en el suelo esa mañana estaba ansioso por proseguir con su investigación, pero su impaciencia se topó enseguida con un hecho concreto e ineludible: era el día de Año Nuevo. Había, por consiguiente, muy pocas posibilidades de que alguien tuviera ganas de responder a las preguntas de un investigador, por más motivado que estuviera. Pero como no veía en qué podría invertir el tiempo si tenía que esperar hasta el día siguiente, resolvió probar suerte de todos modos.

Trató de recordar dónde había metido la tarjeta del director del Centro Espacial. Una vez que la hubo encontrado, la examinó y esbozó una sonrisa: había un número de móvil. Consultó el reloj. Las 8.01 horas. Un poco temprano para sacar a un director de la cama después de Nochevieja.

Mientras hacía tiempo, bajó a servirse media taza de café en la sala común. Una gruesa alfombra de confeti y serpentinas amortiguó sus pasos. Las mesas eran un caos de vasos de cartón, copas de plástico y botellas vacías, y el tufo del zumo de uva flotaba por todas partes. No se veía un alma. Servaz se acercó y miró las botellas. Etiquetas doradas sobre fondo negro, restos de papel dorado alrededor del cuello. Su cerebro tradujo: champán... «¿De veras podían tomar alcohol?» Observó una de las botellas más de cerca. La marca no le sonaba de nada, pero la cifra de la esquina inferior izquierda de la etiqueta le llamó la atención: «0 %.» Huyendo del olor a mosto, decidió ir a tomarse el café al pequeño salón del lado norte, lo más lejos posible de aquel campo de batalla. Encendió el televisor, pero enseguida lo apagó al ver desfilar las imágenes festivas por las diferentes cadenas de información. Al volver la cabeza, advirtió un muñeco de nieve que lo miraba desde el otro lado del ventanal. «Ayer no estaba ahí...» Tenía un aire triste, con la boca en forma de «V» invertida, y alguien le había escrito «MARTIN» en el pecho. Servaz volvió a subir a su habitación.

A las nueve en punto, cogió el teléfono. El director del Centro Espacial se mostró un tanto sorprendido por la llamada.

—¿Sabe qué día es, por el amor de Dios?

—No, ¿qué día?

El hombre soltó un suspiro.

—Abrevie. ¿Qué quiere?

—Léonard Fontaine.

—¿Otra vez? No se da por vencido fácilmente, ¿eh, comandante? ¿Qué pasa con Fontaine?

—¿Informaciones jugosas? ¿Un escándalo? ¿Acusaciones de acoso? ¿Algo negativo que decir de él? ¡Un poco de maledicencia, qué demonios! La última vez me contestó de manera un poco vaga...

El silencio se prolongó de manera anormal.

—¿De qué va esto, comandante? ¿Habla en serio? Mire, voy a verme obligado a consultarlo con sus superiores... Dejando aparte el hecho de que las estancias en el espacio no son competencia del Centro, tal como le dije, yo sería el último en difundir chismes sobre quien sea, ¿me entiende?

—Perfectamente. ¿Quiere decir que sí ha habido... chismes?

La línea se quedó muda: le había colgado. Bueno, quizá no hubiera elegido el enfoque adecuado. ¿Quién podría darle un soplo sobre la faceta turbia de los astronautas? El problema era que no sabía por dónde empezar y que no podía ir a ver a los colegas del servicio técnico —unos apasionados de las ciencias y la tecnología— para que le echaran un cable. Una búsqueda en internet, introduciendo uno tras otro los nombres de los trece astronautas presentes en la velada, le aportó un montón de datos parecidos a los que ya poseía, pero ningún contacto. En la búsqueda, asoció asimismo palabras como «astronauta» y «escándalo» o «astronauta» y «acoso», pero lo único que encontró fue un artículo titulado «Rumores sobre el programa Apolo», que se hacía eco de la leyenda urbana que aseguraba que los norteamericanos nunca habían puesto los pies en la Luna y que toda la misión no había sido más que una gigantesca puesta en escena filmada en la Tierra. Había que tener en cuenta que aquello había ocurrido en la época de Nixon, del escándalo Watergate y de la guerra de Vietnam, y que ningún organismo estadounidense inspiraba confianza, ya fuera la NASA o cualquier otro. El artículo explicaba que ese rumor no pasaba de ser una teoría de la conspiración más y desmontaba de manera metódica los argumentos de quienes lo habían propagado. Estaban, por ejemplo, quienes destacaban que la bandera flotaba al viento cuando en el único satélite de la Tierra no había atmósfera y, por lo tanto, tampoco soplaba la menor brisa (¡Ah, muy agudos, chicos!). Dejando a un lado el hecho de que habría sido una absoluta tontería dejar que una corriente de aire agitara la bandera si la escena se había filmado en un hangar, una sucesión rápida de imágenes captadas por los astronautas demostraba que la susodicha bandera no se movía en absoluto y que su forma y sus pliegues eran idénticos de una toma a otra. En realidad, la tela del estandarte estaba reforzada por un armazón de alambres que le daban precisamente el aspecto de una bandera ondeando al viento, sin lo cual habría quedado colgando del asta con laxitud y ofreciendo una imagen un poco penosa... En resumen, los trucos que los técnicos de la NASA habían imaginado para volver más espectacular el momento desde un punto de vista visual se volvían contra ellos y alimentaban la paranoia de los partidarios de la teoría del complot del mundo entero.

Hojeando páginas de Google y decenas de entradas que no guardaban relación con el tema de su búsqueda, acabó topando, en la página once, con una información que despertó su interés. Hacía referencia a un volumen titulado *El libro negro de la conquista espacial*. Estaba escrito por un tal J.-B. Henninger. Servaz anotó el nombre y al cabo de diez minutos había localizado un número de teléfono y una dirección: aunque era francés, el periodista en cuestión vivía en el Pirineo español, en un lugar que quedaba a menos de trescientos kilómetros de Toulouse. Por fin la suerte le había sonreído un poco... Había llegado el momento de comprobar qué hacía ese tal Henninger el día de Año Nuevo. El teléfono sonó muchas veces sin que saltase ningún contestador. Ya empezaba a temer que el número no fuera válido cuando, de pronto, una voz estentórea rugió en el auricular.

—¿DIGA?

Servaz se alejó el aparato del oído. El hombre debía de ser sordo.

—¿Señor Henninger? —preguntó elevando automáticamente la voz.

—¡Sí! ¡Soy yo!

—¡Me llamo Servaz! ¡Comandante Servaz! ¡De la Policía Judicial de Toulouse! ¡Quisiera hablar con usted!

—¿A propósito de qué?

—A propósito de ese libro que escribió, *El libro negro de la conquista espacial*.

—¿Lo ha leído?

—Eh... no. Acabo de enterarme de su existencia.

—¡Ah! Ya me extrañaba... El círculo de mis lectores es casi igual de limitado que el de los astronautas de los que habla. ¿En qué puedo ayudarlo, comandante?

—Tendría que hacerle unas preguntas.

—¿Sobre qué?

—Bueno, usted es una especie de... de historiador, de especialista de la conquista espacial, ¿no es así?

—Sí. Supongo que podría definirse así.

—Necesitaría saber si ha habido escándalos relacionados con ciertos, eh... astronautas franceses...

—Disculpe, ¿qué tipo de escándalos?

—No sé... agresiones... acoso... ese tipo de cosas, ya sabe... Esas cosas que se dan más o menos en todas partes, pero, por lo visto, no entre ellos.

Su interlocutor soltó una risa ahogada.

—Comportamientos reprobables, incidentes que se hayan silenciado, secretos no muy loables, ¿es eso de lo que quiere hablar?

—Sí.

Silencio.

—¿Y tiene algún nombre en particular?

Servaz se lo dio. La respuesta se hizo esperar bastante.

—Voy a darle mi dirección —anunció el hombre de improviso—. No podemos hablar de esto por teléfono. Además, tendré que comprobar su identidad.

Servaz sintió que se le aceleraba el pulso. El señor Henninger tal vez fuera sordo, pero no parecía muy extrañado por su peculiar pregunta.

—¿Cuándo podemos vernos?

—¿Qué ocurre exactamente, comandante?

—Se lo diré cuando nos veamos.

—Bueno. Muy bien. Lo espero.

—¿Se refiere a hoy?

—Es usted quien tiene prisa, ¿no? ¿Por qué? ¿Había previsto otra cosa? A mí me parece que no.

Emprendió el viaje hacia el sur después de ducharse. Como no había consultado las previsiones del tiempo, de pronto lo asaltó el temor de que el acceso al Pas de la Casa y al túnel de Envalira estuviera cerrado a causa de las nevadas. El collado más alto de Europa culminaba a 2.409 metros y su ascenso se iniciaba treinta kilómetros más abajo, en Ax-les-Thermes, al final de la Nacional 20, la carretera que partía de París e iba a parar a los Pirineos, a la frontera de Andorra y España. Hacía unos años, el último tramo del collado había sido sustituido por un túnel de tres kilómetros de longitud cuya boca estaba situada, aun así, a dos mil metros de altitud, con lo cual a veces también quedaba cerrada en invierno.

Al cabo de casi dos horas y media de trayecto entre muros de nieve cuya altura no cesaba de aumentar a medida que se alejaba de Ax-les-Thermes y circulaba cada vez a mayor altitud, vio aparecer con alivio el viaducto que marcaba la frontera entre Francia y Andorra y, más allá, el túnel. Al salir de él, recorrió unos veinte kilómetros rodeado de un paisaje montañoso de gran belleza antes de entrar en las populosas calles de Andorra la Vella, esa especie de Montecarlo pirenaico que, al contrario de lo que su nombre sugería, contaba con flamantes edificios nuevos, comercios de lujo y de productos electrónicos libres de tasas, hoteles recientes, una fiscalidad paradisíaca y unas calles embotelladas de coches. Siguió su camino, siempre en dirección sur, atravesando la frontera entre el Principado y España y descendió hacia la Seu d'Urgell, un municipio de trece mil habitantes situado en la confluencia del Segre y el Valira.

La dirección que Henninger le había dado quedaba un poco más lejos, en el parque del Cadí-Moixeró, el mayor parque natural de Cataluña. La casa de Henninger se encontraba en plena naturaleza, en medio de los pinos silvestres, los abedules, los arces y los álamos temblones. Al bajar del coche, Servaz tuvo la impresión de encontrarse en Canadá. Aspiró el aire puro y vigorizante y escuchó el silencio, casi esperando ver una presa de castores o un oso rascándose contra un árbol. Era un lugar de una belleza increíble. Un lugar donde se habría quedado con gusto unos días o unas semanas, pensó. ¿O tal vez unos años?

Dirigió la mirada a la casa. Era toda de madera, con una terraza orientada al sur que dominaba el valle.

El hombre que salió de ella no parecía, sin embargo, un leñador canadiense. No debía de medir más de un metro treinta y se apoyaba en un bastón que hundía profundamente en la nieve a cada paso. Aparte de eso, era todo barba y músculos, y estrechó la mano de Servaz con fuerza.

—¡Buenos días! ¿Le ha costado mucho encontrar la casa? ¡Ha tenido suerte de que ayer quitaran la nieve de la carretera!

Hablaba igual de alto que por teléfono. Entre los síntomas frecuentes de la acondroplasia —el tipo más común de enanismo—, se encuentran las otitis recurrentes, que dejan como secuela una timpanoesclerosis que se traduce en una sordera más o menos acusada. Era una suerte, se dijo Servaz, que no tuviera vecinos. Henninger lo examinaba con ojo crítico.

—Policía, ¿eh? No me ha dicho de dónde.

—Brigada criminal de la Policía Judicial de Toulouse.

—¿Y cómo es que la brigada criminal está interesada en los astronautas?

A Henninger le brillaban los ojos.

—¿No tendrá intención de dejar que me hiele aquí fuera? —preguntó a su vez Servaz.

—¡No! —contestó el hombrecillo con una carcajada—. Es que sus preguntas me han picado la curiosidad. La verdad es que ardo de impaciencia desde que hemos hablado por teléfono.

—¿No será que anda falto de compañía?

El interior le inspiró aún más ganas de quedarse: paredes de leños, suelo de planchas de madera de castaño, viejos sillones profundos y cómodos, una chimenea en la que crepitaba el fuego, una barra con encimera de cobre, pilas de libros por todas partes y un gran ventanal con vistas al bosque.

Servaz miró en derredor.

—¿Por qué se instaló aquí? —quiso saber.

—¿A este lado de los Pirineos, quiere decir? Por una razón muy sencilla: cuando uno los sobrevuela a bordo de un avión de línea, de Francia a España, ve cómo la capa de nubes topa con esas cimas igual que los ejércitos de Saruman con la fortaleza del rey Théoden.

—¿Los ejércitos de quién?

—Dejémoslo. Dos minutos antes, uno sobrevolaba un lecho impenetrable de nubes y, pasadas las montañas, de repente divisa ríos, carreteras, pueblos y lagos, sin una nube en el horizonte. Lo mismo ocurre cuando uno pasa por el túnel de Envalira y el Principado de Andorra de norte a sur: dos de cada tres veces, pasa de un clima lluvioso a un tiempo soleado y seco. Por eso me vine a vivir aquí. Para poder contemplar las estrellas lo más a menudo posible.

Servaz ya había reparado en el gran telescopio que, instalado en su trípode, aguardaba noches más favorables. También había advertido las fotos en blanco y negro del 21 de julio de 1969, las maquetas de los cohetes *Apolo 11* y *Soyuz* y el *Sputnik* en miniatura colocados en las estanterías de la biblioteca. Henninger lo invitó a sentarse en un sillón y se dejó caer en el otro, con lo que adquirió la apariencia de un niño encaramado a un asiento para adultos.

—A veces me pregunto de dónde me viene esta pasión por el espacio... El caso es que a los siete u ocho años ya quería ser astronauta. Dibujaba cohetes, escafandras, planetas, contemplaba la Luna por la ventana de mi habitación soñando que un día caminaría por ella. Como puede figurarse, fue al crecer, por así decirlo, cuando comprendí que nunca sería astronauta... —Sonrió—. Eso no hizo más que aumentar mi interés por esa profesión y por el espacio. Saber que jamás podría salir de la atmósfera terrestre, que estaba condenado a soñar con ello desde abajo, a tratar de imaginar en vano lo que sería estar allá arriba... En la adolescencia, devoraba novelas de ciencia ficción y libros de divulgación. El año pasado, pude volar por primera vez en ingravidez a bordo de un Airbus A300 ZERO-G. ¡Me costó la friolera de 5.980 euros, pero fue genial! Por supuesto, soy consciente de que eso no es nada en comparación con lo que ellos viven allá arriba. Ésa es la aventura humana definitiva, insuperable. No hay nada por encima de eso: abandonar la Tierra... Pero ¿quién sabe? Quizá vivamos el tiempo suficiente para poder permitirnos un vuelo espacial. Cada vez hay más empresas privadas que se lanzan a la aventura.

Servaz vio que su mirada estaba lejos de allí. Al cabo de un segundo, volvió a aterrizar frente a él.

—Pero usted ha venido por algo mucho más prosaico, creo —dijo el hombre.

—Intento averiguar si ciertos astronautas han podido verse implicados en escándalos.

—¿Escándalos? De acuerdo. ¿Y qué entiende por eso?

—Agresiones, acoso sexual, comportamientos inadecuados. El que más me interesa, de hecho, es Léonard Fontaine. Cuando he citado su nombre por teléfono, me ha parecido que usted reaccionaba de manera especial.

—¿Por qué él en concreto?

«Sí, ¿por qué él? —se preguntó Servaz—. Al fin y al cabo, es posible que Célia conociera a otro astronauta en esa fiesta.»

—Él o cualquier otro —rectificó—. ¿Tiene usted constancia de que haya habido incidentes de ese tipo en los que participaran astronautas?

Henninger lo miró entornando los párpados, pensativo.

—Hay que tener en cuenta que los astronautas son, por lo general, personas con un montón de títulos, gente fiable y superentrenada —comentó—. Pasan un sinfín de test psicológicos y se someten durante años a exámenes médicos de todo tipo. Pero también son individuos de acusada personalidad, con caracteres fuertes. Y allá arriba, a oscuras, con el ruido y la promiscuidad permanentes, hay que tener la cabeza realmente en su sitio. Detrás de la pantalla oficial, la historia de la aventura espacial está salpicada de incidentes que siempre se han silenciado. Es muy poco lo que aflora, ya sea en la Ciudad de las Estrellas, en Houston o aquí...

Separó las manos y después las encajó como si cerrara una caja.

—En las agencias espaciales hay casi tanto secretismo como en las agencias de espionaje, pero aun así, de vez en cuando se filtra alguna información en la prensa. Se sabe que una pareja de cosmonautas soviéticos padeció graves problemas psicológicos en el curso de los últimos lustros, que unos astronautas estadounidenses reconocieron haber sufrido de aislamiento e incluso ligeras formas de depresión durante su estancia en la ISS. Se sabe también que a lo largo de los años ha habido incidentes, situaciones de tensión y de crisis a bordo de la Mir y de la Estación Internacional, pero se trata de hechos bien sepultados en el fondo de informes extraconfidenciales que raras veces salen a la luz. Sin embargo, los dos incidentes más notables, el caso Judith Lapierre en 1999 y el caso Nowak en 2007, tuvieron lugar en la Tierra.

Se inclinó hacia delante antes de continuar.

—Entre 1999 y 2000, el Instituto ruso de Problemas Médicos y Biológicos llevó a cabo una serie de experimentos para observar la reacción humana frente a condiciones de aislamiento en el espacio. Una de dichas pruebas consistía en mantener a varios cobayas aislados en tierra durante ciento diez días en una réplica de la estación Mir. Un equipo de psicólogos filmaba, escrutaba y analizaba las veinticuatro horas del día sus interacciones y comportamientos. El tres de diciembre de 1999, tres personas de otros países y un ruso fueron invitados a sumarse a los cuatro rusos que ya se encontraban presentes en aquel espacio limitado desde comienzos de verano. Eran un austríaco, un japonés y la doctora Judith Lapierre, una encantadora mujer de treinta dos años y con un doctorado en ciencias de la salud enviada por la Agencia Espacial canadiense.

Henninger se levantó, se acercó a la barra y regresó con un pequeño porro que encendió con precaución.

—Menos de un mes después de su llegada, en la fiesta de Nochevieja, el comandante ruso, borracho, intentó besar por la fuerza a Judith Lapierre en dos ocasiones. La tocó y trató de sacarla del campo que cubrían las cámaras para mantener relaciones sexuales con ella. A raíz de ello, entre dos astronautas rusos estalló una pelea tan violenta que la sangre llegó a salpicar las paredes. Judith Lapierre sacó fotos de la pared con su cámara digital y las envió por correo electrónico a Canadá. El japonés y el australiano, por su parte, pidieron a sus respectivos países que intervinieran para hacer entrar en razón al comandante ruso. La respuesta fue que ese tipo de comportamiento era normal para los rusos y que o bien los aceptaban, o bien abandonaban el experimento. Al día siguiente se produjo otro incidente durante el cual uno de los astronautas tuvo que esconder los cuchillos en la cocina de la estación, porque los dos pendencieros de la noche anterior amenazaban con matarse. En vista de las tensiones reinantes, de las agresiones verbales y físicas, el japonés consideró que le era imposible proseguir con la misión y abandonó el proyecto. Lapierre, en cambio, no quería darse por vencida tan pronto. Después de conseguir que le pusieran cerraduras en la habitación, decidió quedarse. A consecuencia del incidente, el doctor Valeri Gushin, coordinador del proyecto, culpó a Lapierre de haber estropeado el ambiente de la misión al negarse a que la besaran, y, por consiguiente, siguiendo su razonamiento, al negarse a mantener relaciones sexuales con el comandante ruso. De regreso en su país, Judith Lapierre denunció a la Agencia Espacial canadiense en los tribunales por haberse negado a prestarle ayuda. Finalmente, después de cinco años de litigio, ganó el juicio.

El hombrecillo se inclinó un poco más hacia delante, con los ojos relucientes como gemas.

—El segundo incidente estuvo relacionado con Lisa Marie Nowak, experimentada astronauta de la NASA que había volado a bordo del transbordador *Discovery*. El cinco de febrero de 2007, Lisa Nowak fue detenida por la policía, acusada de agresión y tentativa de secuestro en el aeropuerto de Orlando contra una oficial de las fuerzas aéreas de Estados Unidos, la capitana Colleen Shipman, que mantenía una relación sentimental con otro astronauta, William Oefelein, con quien Nowak acababa de romper. En el coche de Nowak encontraron unos guantes de látex, una peluca y unas gafas de sol, así como una pistola BB y municiones, un spray de pimienta, un cuchillo con una hoja de cuatro pulgadas, unas bolsas de basura grandes y un tubo de goma. Nowak atacó a Colleen Shipman en su coche cuando ésta acababa de bajar de un avión procedente de Houston. La roció con el spray de pimienta en el aparcamiento del aeropuerto, pero su víctima consiguió escapar y llamar a la policía. Las cámaras de vigilancia del aeropuerto filmaron a Nowak disfrazada con la peluca, una gabardina y las gafas. Hasta aquel día, el trabajo y el comportamiento de Lisa Nowak como astronauta habían sido siempre irreprochables. —Se inclinó un poco más—. No he tenido acceso al expediente, pero, teniendo en cuenta el material encontrado en su coche, considero que se parece bastante a una tentativa de asesinato, ¿no? Aunque el fiscal lo entendió de otra forma. Rebajó los cargos iniciales, olvidando incluso el intento de secuestro, y todo el mundo acabó pensando, a pesar de que la propia Colleen Shipman afirmaba: «Iba a matarme», que quizá no fuera tan grave como parecía... Seamos serios. Tenemos a una mujer brillante, inteligente, a quien todo le sale bien a excepción de, por lo visto, su vida privada, que conduce durante novecientos kilómetros a través de cinco estados disfrazada con una peluca, una gabardina y gafas de sol, con unos guantes de látex, un cuchillo de cuatro pulgadas, una réplica de aire comprimido de una pistola automática, un tubo de goma y unas bolsas de basura en el maletero, ¿sólo para tirar un poco de spray de pimienta a la cara de su rival? Al final a Lisa Nowak la sentenciaron a dos días de cárcel y un año de condicional.

Henninger hizo una pausa para darle una calada a su canuto, con la mirada fija en Servaz. La imagen de los superhombres había sufrido un serio menoscabo. Servaz advirtió que los dos «incidentes» principales estaban protagonizados por hombres y mujeres. En ambos casos se trataba de cuestiones de celos, de acoso y de deseo sexual.

—Ese incidente condujo a la NASA a replantearse todos los procedimientos de seguimiento psicológico de los astronautas —prosiguió el periodista—. Realizaron estudios sobre su nivel de estrés y también sobre el comportamiento a adoptar para tratar a un astronauta suicida o psicótico en el espacio. En 2009 llevaron las cosas incluso más lejos: se preguntaron ante qué jurisdicción penal deberían responder el o los culpables de un delito cometido a bordo de la ISS, teniendo en cuenta que allí dentro siempre hay diversas nacionalidades representadas. Dicha cuestión suscitó vivos debates entre varios países. Que yo sepa, los franceses nunca han tomado en consideración ese tipo de situaciones. Es un tema que les resulta incómodo.

Servaz enarcó una ceja.

—¿Y... y el incidente con Fontaine también estuvo relacionado con una mujer?

—¿Una mujer? —El hombrecillo miró a Servaz y asintió con la cabeza—. Sí, en efecto.

—¿Cuándo?

—En 2008. En Rusia.

Una cinta de humo pasó ante sus ojos entornados.

—En la Ciudad de las Estrellas...

Servaz sintió un escalofrío a lo largo de la columna.

—¿Qué pasó?

Henninger lo miró de nuevo.

—Primero permítame que le cuente una historia. La de las relaciones entre hombres y mujeres en el curso de la conquista espacial. La historia de la larga lucha de las mujeres para ganarse su lugar en el espacio... Enseguida comprenderá adónde quiero ir a parar. A partir de 1960, antes incluso de que Gagarin hubiera efectuado el primer vuelo, el doctor William Randolph Lovelace realizó un estudio sobre la posibilidad de incluir mujeres en los programas espaciales. Un determinado número de mujeres piloto se habían sometido a pruebas físicas y psíquicas muy severas, las mismas que los hombres, y trece de ellas habían mostrado respuestas extraordinarias, superiores incluso a las de sus homólogos masculinos. Fueron seleccionadas, en consecuencia, para un nuevo programa de pruebas en la escuela de Medicina Naval de Pensacola, Florida. Sin embargo, dos días antes de su partida, la Armada estadounidense y la NASA anularon el proyecto repentinamente alegando que se trataba de una iniciativa privada y que esas mujeres piloto no eran militares. Como bien sabe, el primer norteamericano que llevó a cabo un vuelo orbital alrededor de la Tierra fue John Glenn en 1962, diez meses después de Gagarin. El mismo John Glenn por esa época declaró que: «El papel de los hombres es ir a la guerra y al espacio; las mujeres no participan en esas actividades.» Pero bueno, eran otros tiempos, otras costumbres... Hubo que esperar hasta 1983 para ver a una mujer estadounidense en el espacio. Fue Sally Ride, a bordo del transbordador *Challenger*. Falleció en 2012 de un cáncer de páncreas. Con ocasión de su muerte, el director de la NASA destacó, tal como le cito, que «rompió barreras con gracia y profesionalidad, y cambió literalmente la cara del programa espacial americano»... —Miró a Servaz—. Curiosa elección de palabras, ¿no? «Barreras... gracia... profesionalidad...» Pero Ride no fue la primera mujer que viajó al espacio, ni mucho menos. Al igual que ocurrió con el primer hombre, la primera mujer fue rusa, o más bien soviética. Valentina Tereshkova, veinte años antes... Después del colosal éxito propagandístico que supuso el vuelo de Gagarin, Kruschev decidió enviar una mujer al espacio. Valentina Tereshkova fue seleccionada entre decenas de candidatas. En realidad, el vuelo orbital de la astronauta, apodada la Gaviota, no fue muy bien que digamos. En primer lugar, las condiciones de vuelo eran terribles. Valentina debió de encontrarse mal allá arriba, tal como le había sucedido a Titov el año anterior, y, el segundo día, no consiguió hacerse cargo del control manual de la nave. Su comportamiento también suscitó cierta preocupación. Aun así, a su regreso fue recibida como una heroína de la Unión Soviética y efectuó una gira mundial triunfal. Pero en la Ciudad de las Estrellas, sus colegas masculinos, así como los científicos responsables del programa, consideraban que era la prueba de que las mujeres todavía no estaban preparadas para viajar al espacio, y de que quizá no lo estarían nunca, y a pesar de que la Unión Soviética siguió produciendo un mayor número de mujeres ingeniero, oficiales y pilotos que cualquier otro país, éstas se entrenaban invariablemente para vuelos espaciales que siempre eran anulados en el último momento. Hasta 1982 ninguna otra mujer rusa viajó al espacio. Una vez más, los soviéticos lo hicieron más que nada para ganarles la partida a los norteamericanos, que se disponían a enviar a Sally Ride... ¿Quiere otra anécdota? En 1979, el presidente Giscard d'Estaing efectuó una visita oficial a la URSS. Brézhnev le propuso entonces mandar un astronauta francés al espacio. Fue la primera vez que la URSS abrió sus vuelos espaciales a un país no comunista. De cuatrocientos candidatos, se seleccionaron finalmente cinco: cuatro hombres y una mujer, pero como los rusos no querían mujeres, sólo participaron los cuatro hombres.

El periodista se inclinó hacia él y dejó escapar un suspiro.

—A día de hoy las cosas no han mejorado, al contrario. Sólo tres mujeres rusas han viajado al espacio en cincuenta años, entre un total de cincuenta y siete mujeres astronautas, cuarenta y tres de ellas norteamericanas. Cuando, en 2010, la estación Espacial Internacional acogió por primera vez a cuatro mujeres al mismo tiempo, no había ni una rusa entre ellas. Y actualmente no hay una sola mujer entre los cuarenta astronautas del programa espacial ruso. La última hasta la fecha, Nadejda Kuzhelnaya, dimitió en 2004 del cuerpo de astronautas, después de diez años de preparación. Sus vuelos a bordo del *Soyuz* habían sido anulados en varias ocasiones y asignados a astronautas de la Agencia Espacial Europea o incluso a pasajeros multimillonarios como Dennis Tito. A sus compañeros hombres nunca les sucedían cosas parecidas, por supuesto... —Se arrellanó en el asiento—. Sólo existe otro país donde el desequilibrio entre astronautas hombres y mujeres es igual de importante —concluyó mirando a Servaz—: Francia.

—O sea que, resumiendo, la mayor parte de los astronautas son unos machistas y unos falócratas... y de ahí a convertirse en acosadores no hay más que un paso, ¿no es eso?

Henninger negó vigorosamente con la cabeza.

—No, no, no, no me haga decir lo que no he dicho. La gran mayoría de nuestros astronautas son unos caballeros, tipos estupendos con una educación que les ha enseñado a respetar a las mujeres y sus competencias. Como ya le he dicho, las cosas están cambiando poco a poco. Pero Fontaine pertenece a la vieja generación. Ha frecuentado mucho a los antiguos astronautas rusos y los americanos de la vieja guardia. Son ellos quienes más o menos se ocuparon de su instrucción en la época en que no era más que un *rookie*, un principiante. Y esos individuos, al menos un cierto número de ellos, tenían una visión casi medieval de la mujer, se lo aseguro. Era una mezcla de código caballeresco y discriminación.

—Aún no me ha dicho lo que ocurrió...

—Ahí es donde se complica el asunto —admitió Henninger—. Ya sabe cómo van las cosas en este país. Somos muy hábiles para llamar la atención sobre las disfunciones de los demás, pero ocultamos sistemáticamente debajo de la alfombra lo que va mal entre nosotros. La ESA, la Agencia Espacial Europea, y el CNES nunca realizaron ningún comunicado sobre ese asunto. Lo poco que se sabe proviene de filtraciones; tampoco se produjo nunca una denuncia. Por consiguiente, les faltó tiempo para echar tierra al asunto.

—¿Echar tierra sobre qué? —preguntó Servaz.

—Le repito que la cosa no está muy clara. Lo único que se sabe es que ocurrió en 2008. La Agencia Espacial Europea había enviado a Fontaine y a una joven astronauta franco-rusa a entrenarse en la Ciudad de las Estrellas para después llevar a cabo una estancia a bordo de la Estación Internacional, vía un vuelo *Soyuz*. La misión fue anulada en el último momento. A su regreso, Fontaine no era el mismo... Yo creo que la policía rusa lo acusó allí de acoso y agresión contra la joven astronauta. Algo por el estilo. No conozco toda la historia. La ESA acalló el asunto para no empañar la imagen de uno de sus «héroes» más famosos y los rusos hicieron lo mismo para no empañar la imagen de la Ciudad de las Estrellas. Sea como fuere, a partir de aquel momento Fontaine no volvió a participar en ningún programa. Desde entonces, la Agencia Espacial lo saca sólo para los actos mediáticos, las operaciones de comunicación... Se ha convertido en el VIP número 1, el Tom Cruise de la Agencia, pero como astronauta está acabado.

—¿Conoce la identidad de esa joven?

—Por supuesto —asintió Henninger—. Incluso hablé con ella, pero se negó a entrar en detalles... Fue... —Se tomó un momento para buscar la palabra adecuada—. Raro... Por un lado, noté que la chica tenía miedo de decir demasiado; por otro, ardía en deseos de liberarse de aquel peso. Recuerdo que le pregunté si era verdad que había habido agresiones... y ella respondió afirmativamente con la cabeza, pero cuando le pregunté de qué clase de agresiones se trataba, se negó a responder.

Servaz se estremeció: quizá hubiera encontrado a su hombre.

—¿Está seguro de lo que dice? —preguntó—. Cuesta creer que una persona como él pueda ser un perverso manipulador.

—No tanto si se tiene en cuenta lo que pasó en 1999: Judith Lapierre estuvo a punto de ser violada y dos astronautas no se mataron por poco, y también debe recordarse el caso Nowak, ocurrido en 2007. Asimismo, circula otro rumor según el cual un astronauta habría perdido la chaveta en la estación Mir y habría querido abrir una escotilla. Cuentan que a los otros les costó mucho retenerlo. ¿Por qué los astronautas deberían ser diferentes de la otra gente, comandante? ¿Por qué no iban a tener también sus debilidades, sus ovejas negras? Ésa es la imagen que quieren darnos de ellos, pero no corresponde a la realidad.

Servaz se tomó un momento para digerir las palabras de Henninger. Tenía la impresión de haber descorrido una parte del velo más allá del cual lo aguardaba una noche llena de estrellas. Una noche cuya profundidad aún no había acabado de sondear.

—¿Sería posible obtener la dirección y el número de teléfono de esa mujer? —preguntó.

Henninger se puso en pie.

—Sí. No hay problema. Voy a buscárselo.

El periodista salió de la habitación y él aprovechó para reflexionar. Aparte de sufrir acoso, ¿habían golpeado o violado a Célia? Todo apuntaba a que se trataba de un reincidente: en ese caso, quizá hubiera otras víctimas... Henninger volvió con un post-it. Servaz leyó:

Mila Bolsanski
Carretera de la Métairie Neuve

—Mila es un nombre eslavo —señaló.

—Sí. Ya se lo he dicho, tiene la doble nacionalidad franco-rusa. Ahí está el problema.

—¿Por qué?

—Pues verá, en general, en la Ciudad de las Estrellas, los astronautas rusos no se comportan exactamente de la misma manera con sus colegas femeninas que con las astronautas llegadas de otros países. Fíjese en Claudie Haigneré: ella siempre ha elogiado a sus compañeros rusos, «tan alegres, tan amables», siempre ha dicho que en la Ciudad de las Estrellas todo el mundo la colmaba de atenciones, incluso el viejo general Aléxei Leonov, que era su «ojito derecho». Ése es el mismo Leonov que en 1975, mientras era comandante de la *Soyuz 19* y participaba en la primera misión soviético-americana, explicó a los periodistas que el proyecto espacial ruso no tenía necesidad de mujeres. Lo mismo puede decirse de Shannon Lucid. Estuvo en la Estación Internacional en compañía de dos astronautas rusos a los que llamaba afectuosamente «sus dos Yuri». Había oído hablar del machismo y la misoginia de los astronautas rusos, pero ella no vivió nada de eso y la convivencia de esa mujer, sola, con dos hombres en un espacio superconfinado, se desarrolló en perfecta armonía. Las astronautas rusas, en cambio, han denunciado a menudo el trato que les daban: de elementos prescindibles, astronautas de segunda categoría... Parece ser que en la Ciudad de las Estrellas a Mila la consideraban más una rusa que una francesa, a causa de su doble nacionalidad.

Se sentó de nuevo en el sillón.

—Pero si quiere saber más, le aconsejo que hable directamente con ella.

Observó a Servaz.

—Ahora me toca a mí hacerle algunas preguntas. ¿A qué viene ese repentino interés de un policía de la criminal por Léonard Fontaine?

El comandante dudó, quizá demasiado, antes de responder.

—¡Eh, yo le he contado todo lo que sabía!

—Es que no se trata de una investigación oficial...

—¿A qué se refiere?

—Digamos que... que estoy investigando por mi cuenta.

Los dos hombres se miraron un instante en silencio.

—Ajá. ¿Y esa investigación es sobre Léonard Fontaine?

Servaz asintió con la cabeza.

—¿Otro caso de violación?

Negó con un gesto.

—¿Acoso?

—Sí.

—¡Vaya por Dios! La verdad es que no me extraña nada. Esa clase de individuos siempre reincide. ¿No puede decirme nada más?

—Es demasiado pronto.

—¡Mierda, quiero que me dé su palabra de que si esclarece el asunto seré el primero en ser informado!

—La tiene.

—A esa mujer le pasó lo mismo que a Mila Bolsanski, ¿no es eso? ¿La violaron?

—No, está muerta.

La curiosidad se manifestó como una llamarada en los ojos del periodista.

—¿Muerta? ¿Fue un asesinato?

—Suicidio.

27

DIVA

A las cuatro menos cuarto de la tarde, Servaz emprendió de nuevo viaje bajo un cielo cada vez más sombrío. La nieve volvía a caer mansamente. Las montañas se cubrían de nubes, desafiándolo a transponer una vez más su mole antes de que se hiciera de noche. De repente, se sintió impaciente por encontrarse ya al otro lado.

Mientras circulaba con los faros encendidos, pese a que aún no había oscurecido, y con los limpiaparabrisas en marcha, se preguntó cómo escogería Fontaine a sus presas. En el caso de Mila Bolsanski, el azar y la Agencia Espacial la habían puesto en su camino. El encuentro con Célia fue también fruto del azar... como ocurría con muchas otras relaciones que no desembocaban en acoso ni violencia, se dijo. ¿Habría habido otras víctimas? ¿Las observaba primero? ¿Aprendía a conocer sus costumbres? ¿Procuraba saber el máximo de ellas antes de abordarlas? ¿O más bien se trataba siempre de personas a las que el destino, esa gran lotería celeste, colocaba en su trayectoria? Servaz se encontró bloqueado detrás de un autobús en la larga subida hacia Andorra. Cada vez que intentaba adelantar, se hallaba frente a frente con coches que bajaban a toda velocidad en sentido contrario. Finalmente, justo después del puesto de policía de la frontera, aparcó y sacó el teléfono para llamar a Mila.

Ésta respondió al segundo tono con una voz prudente y tímida. Servaz había leído que, para esas mujeres, el recuerdo de la violencia física acababa difuminándose, mientras que las humillaciones y las injurias padecidas día tras día dejaban huellas indelebles.

—Buenas tardes —saludó—. Me llamo Martin Servaz. Soy comandante de policía. Necesitaría verla y hablar con usted. Ha sido un periodista, el señor Henninger, quien me ha dado su número.

—¿Qué quiere de mí?

—Tiene que ver con Léonard Fontaine.

La mujer tardó tanto en responder que a Servaz le dio tiempo a contar cuatro coches y tres camiones que pasaron delante de él.

—No tengo ganas de hablar de eso —contestó.

—Sé que retiró la denuncia en su momento, y el señor Henninger me ha hablado de su reticencia a evocar ese... episodio. Pero hay novedades.

—¿A qué se refiere?

—Preferiría explicárselo en persona, si no le importa.

Un bocinazo hendió el aire.

—Mire, no veo en qué puedo serle útil —dijo ella—. Por mi parte, ese asunto está cerrado. No me apetece volver a removerlo. Lo siento.

—Lo entiendo, señora Bolsanski.

—Señorita...

—Señorita Bolsanski, ¿y si le dijera que otras personas han sufrido lo que usted sufrió y que Léonard Fontaine tiene las manos manchadas de sangre?

Silencio de nuevo.

—¿Puede demostrarlo?

—Creo que sí.

—¿Van a detenerlo?

—Por desgracia, aún no hemos llegado a ese punto.

—Ya veo. Gracias, comandante, pero preferiría mantenerme al margen de todo eso.

—Comprendo.

—Entonces me coaccionaron para que retirase la denuncia. Sufrí presiones enormes. ¿Por qué iba a ser distinto ahora?

—Porque yo no soy ellos.

—Bueno... no dudo de su buena fe ni de su buena voluntad, pero...

—Lo único que le pido son cinco minutos de su tiempo. Tal como le he comentado, parece ser que otras personas han padecido lo mismo que usted. Si, de un modo u otro, consigo establecer una relación entre ellas, quizá logre acorralarlo...

Contó cuatro coches y dos camiones más antes de que ella volviera a hablar.

—De acuerdo. Lo espero.

Había anochecido cuando enfiló la larga recta flanqueada de plátanos. La gran casa en la que desembocaba, situada en medio de la llanura, era casi cúbica, con dos pisos de ventanas todas iguales. Tal vez se tratara de una antigua granja. En todo caso, la vivienda estaba ahora rodeada de un vasto espacio despejado limitado por una grácil línea de chopos, sin rastro de pajares ni anexos. Una lámpara ardía por encima del dintel. Por lo demás, todas las ventanas estaban a oscuras. Cerró la puerta del coche en medio del silencio y miró en torno a sí: aparte de una débil lucecilla a un kilómetro de distancia de allí, el lugar estaba completamente desierto.

Pensó que se trataba de una elección bastante audaz por parte de una mujer que había padecido lo mismo que Mila Bolsanski. Pero también había leído que las mujeres víctimas de violencia reiterada podían acabar encerrándose en sí mismas, convencidas de que el mundo exterior les era hostil. Al cabo de los años, aún temían el más mínimo acontecimiento que pudiera volver a sumergirlas en el pasado. Servaz sabía que al ir allí iba a remover recuerdos dolorosos... si Mila no lo echaba antes de su casa.

No veía ningún vehículo, pero en la oscuridad distinguió un garaje con techo de chapa, a unos diez metros de distancia. La puerta se abrió mientras se dirigía hacia ella. La mujer que quedó enmarcada en el vano era alta y delgada; la luz procedente de las profundidades de la casa dejaba sus rasgos en la sombra. No dijo nada hasta que él hubo subido los tres escalones de la entrada.

—Entre —lo invitó entonces con una voz que a Servaz le pareció más firme que cuando había hablado con ella por teléfono.

Lo condujo por un pasillo tan interminable como la galería de una mina, un pasillo sumido en las tinieblas. La única luz provenía de una habitación del fondo, y la sombra de la mujer que caminaba delante de él se alargaba como la cola negra de una novia que hubiera enviudado antes de hora. La observó con atención. Una silueta mantenida sin duda gracias a la práctica del deporte, de hombros anchos y un largo cuello grácil. En la penumbra atisbó unos radiadores antiguos y unos cuadros todavía más antiguos. La habitación del fondo era una amplia cocina reformada, iluminada con la cruda luz proveniente de dos focos empotrados en el techo.

Por más que aguzó el oído, el policía no alcanzó a oír ningún ruido. Teniendo en cuenta los pasos que habían dado para llegar hasta allí y los dos pisos de encima, se dijo que la casa debía de tener una treintena de habitaciones.

—¿Vive sola?

—No. También está Thomas. —Le dirigió una tenue sonrisa—. Mi hijo.

Al verla a la luz de los focos, le calculó unos treinta y cinco o treinta y seis años. Pelo oscuro, ojos castaños, pómulos altos y unas cuantas arrugas en las comisuras de los ojos; una cara bonita con una boca grande y bien perfilada, de piel mate y mandíbula cuadrada. Un rostro con carácter. Pero lo que la volvía especial era la mirada. Una mirada penetrante y comprensiva en la que se percibía un brillo a la vez grave e indulgente, como si hubiera experimentado todas las bajezas y mezquindades humanas y hubiese decidido perdonar de una vez por todas. Servaz no tuvo la menor duda de que tenía delante a una persona inteligente. La mujer llevaba un grueso jersey de lana de cuello alto y unos vaqueros.

—¿Un café? Lo siento, pero no hay alcohol en la casa.

—Gracias. Un café está bien.

Le dio la espalda y alargó el brazo hacia uno de los armarios de arriba. Después de depositar la taza en la gran mesa, donde habrían podido cenar diez personas, se la llenó y se sentó al otro lado... al menos a un metro de él. Servaz se preguntó si mantendría la misma distancia con todos los hombres con los que trataba después de lo ocurrido, y recordó la otra, mucho más corta, que separaba a Célia de Léonard Fontaine en la foto.

—Gracias por haberme recibido —dijo.

—Escucharé lo que tenga que decirme, pero eso no significa que vaya a responder a sus preguntas.

—Comprendo.

—Adelante, comandante. Dígame qué novedades hay.

Antes de pronunciar esas palabras, había respirado hondo, como si se dispusiera a saltar al vacío. Había retenido lo que le había dicho por teléfono.

—¿Ha oído hablar de Célia Jablonka?

—No.

—Célia Jablonka es una joven que se suicidó el año pasado. Antes, había mantenido una relación con Léonard Fontaine. Sospecho que él tiene algo que ver con su suicidio...

—¿Por qué?

—¿Usted qué cree?

Ella no había apartado los ojos de Servaz. No parecía ni intimidada ni temerosa. Su mirada se había endurecido de manera casi imperceptible.

—¿Eso es todo? ¿Eso es lo único que tiene? ¿Una vaga sospecha? ¿Por eso ha venido aquí?

Su tono se había vuelto tajante. El policía intuyó que si no se mostraba más convincente se cerraría en banda. Sacó la llave magnética y la foto del bolsillo y se inclinó para deslizarlos por encima de la mesa.

—¿Qué es?

—¿Me los envió usted?

Ella lo miró sin comprender.

—Alguien me envió por correo esta llave y esta foto... ¿Le dicen algo?

Mila Bolsanski examinó la llave con atención y después posó un dedo en la foto.

—Claro que me dice algo. Es la ISS, la Estación Espacial Internacional. ¿Y eso? —preguntó refiriéndose a la llave.

—Es de la habitación del hotel donde se suicidó Célia Jablonka. ¿Nunca fue a ese hotel con Léonard Fontaine?

Volvió a observar el rectángulo de plástico y negó con la cabeza.

—Ni con él ni con nadie...

—Una persona que está claro que no quiere darse a conocer me mandó primero esta llave y después esta foto. Y también mensajes en los que me incitaba a reabrir la investigación sobre el suicidio de Célia Jablonka. El caso es que el único vínculo que existe entre ambas cosas se llama Léonard Fontaine.

—Explíquemelo mejor.

—Léonard Fontaine fue amante de Célia Jablonka. Y estuvo en la Estación Espacial Internacional.

Se hizo un silencio. Aquél era el momento en que ella podía pararlo todo, negarse a volver a abrir la puerta del pasado. Pero fue otra puerta la que se abrió. Servaz la oyó chirriar débilmente a la derecha y volvió la cabeza. Un pasillo en el que no se había fijado antes se iluminó. Una sombra se alargó en el suelo y luego apareció un niño con un pijama de felpa azul y rojo. A Mila le cambió la cara. Le hizo un gesto al niño para que se acercara y éste se refugió en su regazo apoyándole la frente en el pecho, vencido por el cansancio de un día de actividad. Mila le besó la cabeza a través de los finos cabellos.

—Di buenas noches, cariño.

—Buenas noches —dijo el niño con voz adormilada, y se volvió hacia Servaz con el pulgar en la boca y los párpados pesados.

—Buenas noches. Yo me llamo Martin. ¿Y tú?

—Thomas.

—Mucho gusto, Thomas.

Debía de tener unos cinco años. Servaz no habría sabido decir cuál era el personaje representado en la pechera de su pijama. Era un niño rubio que había heredado los hermosos ojos castaños de su madre; tenía la cara rubicunda propia de las criaturas de su edad y unos rasgos algo indefinidos todavía.

—Mamá, ¿vienes a acostarme? —preguntó.

—Disculpe, será cuestión de un minuto.

Madre e hijo desaparecieron y Servaz los oyó conversar en voz baja sin lograr entender lo que decían.

Algo lo preocupaba. Una señal anclada en la memoria. Aunque difuminadas todavía por la infancia, las facciones de Thomas le recordaban a alguien. Una cara que había visto últimamente, en persona o en foto. La buscó en su cabeza y de repente lo supo. La revelación se abrió camino en su mente. Le ofrecía perspectivas insospechadas, sin que por el momento pudiera hacerse una idea de su alcance.

—¿Qué edad tiene? —preguntó cuando volvió la mujer.

—Cinco años.

2008, calculó. Ella lo miraba con fijeza, como si adivinara qué estaba pensando.

—¿De veras cree que esa mujer se suicidó a causa de Léo? —quiso saber.

—Estoy convencido. Y creo que ha habido otras. Quizá muchas más, teniendo en cuenta la edad de Fontaine... El problema está en que no puede condenarse a nadie por el suicidio de otra persona, ni siquiera aunque haya contribuido a él en gran medida... Sí puede condenársclo, en cambio, por delitos previstos en la ley, antes de que prescriban.

La mujer asintió con la cabeza.

—Lo que le ocurrió a usted tuvo lugar en 2008 —prosiguió despacio—. La prescripción por esos delitos, es decir, por golpes, lesiones y agresiones sexuales al margen de la violación, es de tres años. Pero para los crímenes, el margen es de diez años. La cuestión es saber si hubo crimen o no...

La miró a la cara. Ella volvió a asentir, sosteniéndole la mirada. No era una respuesta, sino una indicación de que comprendía adónde quería ir a parar.

—Y el hecho de saber qué le ocurrió exactamente a usted también me permitiría saber en qué dirección debo indagar con las otras víctimas, con qué servicios conviene contactar, qué expedientes hay que examinar...

Mila guardó silencio y él no insistió. La dejó rumiar lo que acababa de decir.

—No voy a hablar de aquello —se reafirmó al cabo de unos segundos—. No puedo, ya se lo he dicho. Es superior a mis fuerzas.

—Comprendo.

—¿De veras cree que puede pillarlo?

—Eso dependerá de lo que encuentre.

—Pero ¿cree que tiene alguna posibilidad?

—En general, soy bastante bueno en lo que hago —respondió.

Ella asintió por tercera vez, después de haberlo escrutado, como si estuviera de acuerdo con él.

—Creo que sí.

—¿Sí, qué?

—Que es bastante bueno. Si le doy algo, ¿me da su palabra de que no se lo enseñará a nadie?

—Puede contar con ello, Mila.

La mujer se levantó y salió de la cocina. Servaz oyó el roce de sus pasos a su espalda y una puerta que se abría. Al cabo de un minuto, una mano depositaba un objeto delante de él, bajo la luz. Lo miró. Un libro encuadernado en cuero, atado con una cinta. La desató. Lo abrió. Una letra femenina, pulcra. Y una fecha en el inicio: «un diario íntimo...».

—¿A qué período corresponde?

—Al de los hechos —respondió ella.

—¿Está todo aquí?

—Sí.

—Después de aquello dejó de ser astronauta, ¿verdad? Prescindieron de usted.

—Me dieron a entender que mi presencia no era bienvenida. Por lo visto, denunciar una violación era casi tan grave como haberla cometido. Lo típico: que si yo no me lo habría buscado un poco y cosas por el estilo.

Servaz respiró hondo.

—Entonces ¿hubo violación?

—Es más complicado que eso... Léalo —lo invitó señalando el diario—. ¿Me da su palabra de que nadie, aparte de usted, lo verá?

—Le repito que sí.

—Ahora, si no le importa, quisiera ir a leerle un cuento a mi hijo.

Servaz se levantó con el diario en la mano y sonrió de repente.

—¿Qué cuento? —preguntó.

—*El principito*.

—«Mi estrella será para ti una de las estrellas» —recitó Servaz—. «Entonces te agradará mirar todas las estrellas. Todas serán tus amigas.»

La mujer le dirigió una larga mirada de perplejidad, con expresión más animada.

—¿Quién es el padre de Thomas?

Su semblante se endureció de inmediato.

—Ya lo ha adivinado, ¿no? Es verdad que se le parece.

—¿Se negó a reconocerlo?

Ella dudó una fracción de segundo antes de hacer un gesto afirmativo con la cabeza.

—¿Por qué?

—Lea, comandante... Y ahora, buenas noches.

INTERMEZZO

Christine se desnudó, se cepilló los dientes, se puso un pijama y volvió a la habitación. *Iggy* seguía dormido en la cama, con los ojos cerrados al fondo del embudo. Por la ventana entraba una luz tenue. Al acercarse, vio que la luna le sonreía por encima del Capitole. Se preguntó qué estaría haciendo Max en ese momento, si dormiría en su trozo de acera, en medio de sus cartones y sus pertenencias.

«La única compañía que te queda. Un indigente... Igual es él quien está detrás de todo esto, ¿no lo has pensado? No, por supuesto que no.»

Miró las dos pastillas que tenía en la palma de la mano, el vaso de agua que sostenía en la otra. Las engulló de un trago. Había cerrado la puerta con llave, oído a los clientes que caminaban por el pasillo. Su vida se parecía cada vez más a la de esos fugitivos que van de un antro a otro buscando refugio, como las ratas... ¿Hasta cuándo? Su madre había insistido en hacerse cargo de la factura, pero no podía quedarse allí de manera indefinida. Además, Max tenía razón: ese hombre no la dejaría en paz.

Su madre había pasado a verla y había tomado un café con ella en el bar del hotel. «Tienes un aspecto horrible. Es como si hubieras envejecido diez años en unos cuantos días.» Por suerte, su madre tenía —como siempre— cosas que hacer, citas: en el gimnasio, para una manicura, una pedicura, un tratamiento facial, un masaje con piedras calientes, con su peluquero, con su psicólogo, con un periodista para una entrevista del tipo «¿Qué ha sido de ellos?», con la presidenta de una asociación caritativa, con su *coach* de desarrollo personal, en un taller de terapia artística, una subasta... Christine había pasado el resto del día vagando sin rumbo en busca de una idea, de una solución. Durante un rato, se había planteado refugiarse en el hogar para mujeres maltratadas a cuya directora había entrevistado un día. El problema era que ella no había sufrido malos tratos. Todavía... Por otra parte, ¿no realizaba esa gente discretas llamadas a la policía para asegurarse de que no tenían que vérselas con mentirosas? Quizá debería haberse golpeado a sí misma para hacer más verosímil la cosa... Lo había considerado muy en serio... También había entrado en una tienda donde vendían armas de fuego y cuchillos —e incluso sables y catanas—, además de Tasers, inmovilizadores eléctricos y sprays de defensa. El vendedor era un hombre obeso que olía a sudor y, cuando se acercó un poco más de la cuenta a ella, Christine se dijo que tenía el perfil del individuo capaz de abusar de una mujer indefensa. Sabía que estaba dejándose llevar por los prejuicios, pero desde que había descubierto que el mundo era un infierno para los más vulnerables, estaba mucho menos dispuesta a concederles a los demás el beneficio de la duda. Se daba cuenta de que estaba volviéndose cada vez más vulgar y agresiva. Intolerante.

«Bienvenida a la selva, chica...»

Empezó a adormecerse, vencida por las moléculas de las pastillas. No tenía la menor idea de lo que iba a hacer al día siguiente, y aún menos al cabo de dos días, o de una semana. Igual que para el bueno de Richard Kimble, no había ningún refugio estable para ella, ni posibilidad de reposo.

«Eso es lo que eres: una fugitiva de tu propia casa, acusada de delitos que no has cometido... ¿y quién sabe si el tipo que te persigue no es también manco?»

Soltó una risita boba, con los párpados pesados. Una lágrima le cayó rodando por la mejilla. Se llevó las rodillas al pecho bajo la colcha y se las rodeó con los brazos.

Después posó la mejilla sobre la almohada y se dejó envolver por el caparazón de los somníferos, en el que sus temores fueron desvaneciéndose uno por uno como brumas matinales. Lo malo era que no se veía arrastrada hacia la luz, sino hacia las tinieblas y el olvido... Cerró los ojos y se dejó ir.

Una tregua. Hasta el día siguiente.

29

LIBRETO

Servaz se apoyó en el cabecero de la estrecha cama, puso música de Mahler de fondo, miró la luna llena por la ventana y después cogió el diario de Mila de la mesita de noche.

Al abrir la tapa de cuero en la que había dibujada una rosa, volvió a pensar en la hermosa mujer morena y en el niño rubio, solos en aquella gran casa aislada... El hijo de Léonard Fontaine... Y en la importancia de lo que iba a leer para comprender lo que le había sucedido no sólo a Mila Bolsanski, sino también a Célia Jablonka. En esas páginas tal vez se encontrara la respuesta a todos sus interrogantes. ¿Quién era realmente Léonard Fontaine? ¿Cómo actuaba para empujar a las mujeres al suicidio o a hacerlas vivir solas con sus hijos, alejadas del mundo? ¿Qué clase de monstruo de doble cara era? Mila y Célia eran mujeres inteligentes, que no carecían de personalidad... y sin embargo había logrado tenerlas bajo su influencia y destrozarlas. ¿Cómo se las había ingeniado?

La noche iba a ser larga. Aunque no era timorato, la perspectiva de lo que iba a leer le producía una tenaz aprensión. No se había olvidado del diario de Alice Ferrand. El que había encontrado en la habitación de la joven, allá arriba, en la montaña, cinco años atrás. Las palabras de la muchacha habían quedado grabadas a fuego en su cerebro. Pasó las dos primeras páginas blancas y comenzó a leer. El relato de Mila se iniciaba con su llegada a Moscú.

· · ·

20 de noviembre de 2007. Llegada a las ocho y media de la mañana. Aterrizamos en la recién estrenada terminal C de Sheremétievo: nada que ver con el inmenso y sórdido aeropuerto antiguo. Larga espera en la aduana. Estoy un poco nerviosa. Léo, en cambio, parece muy tranquilo. Guennadi Semionov, el responsable del proyecto de la misión Andrómeda, y Roman Rudin, el correspondiente de la Ciudad de las Estrellas, nos esperaban a la salida.

El autobús que nos lleva también ha cambiado. Ya no noto ese horrible olor a tubo de escape de la vez anterior, cuando vine sola. Hemos pasado por Moscú y después hemos seguido por la carretera del noreste, la que va a la Ciudad de las Estrellas. Junto a ella se multiplican las dachas detrás de las empalizadas. Hay isbas graciosas, parecidas a casas de muñecas pintadas de azul o de rojo; otras son simples cabañas. Todas ilustran el profundo apego a la tierra que tienen los moscovitas, a pesar de la contaminación del aire, de las grúas, el cemento, los coches, los cientos de carteles publicitarios que desfiguran el paisaje... La gran tendencia uniformizadora se deja sentir aquí como en otras partes; el cemento es sin lugar a dudas obra del diablo...

En el autobús, miro a Léo. Habla con Roman y Guennadi. No me presta atención... o, más bien, tengo la impresión de que se esmera por no prestarme atención... No sé qué pasa. De repente me invade un mal presentimiento y recuerdo la escena de ayer. Todavía no entiendo qué pasó. Nunca había ocurrido algo así. Antes de salir para ir a una velada organizada por el CNES en nuestro honor, mientras terminaba de vestirme y maquillarme sentada delante del espejo, se acercó por detrás y me miró.

—¿De veras necesitas maquillarte como una puta? —me dijo.

Al principio, creí que había oído mal. No podía haber pronunciado esa palabra. Era imposible. Lo miré a través del espejo.

—¿Cómo?

—Me has oído perfectamente.

354

—Pero ¿de qué hablas? ¡Léo, por el amor de Dios, espero que estés de broma!

Entonces me apoyó las manos en los hombros, pero no fue un gesto afectuoso.

—Claro que era broma. De todas maneras, te has pasado un poco...

Habría querido enfadarme, rebelarme, pero estaba demasiado sorprendida, demasiado atónita. Nunca lo había visto de esa manera. ¿Acaso soñé su reproche? Reconoció que bromeaba, claro, pero... algo me dice que no era así. No es él, no es el Léo que conozco. Durante los tres meses que llevamos juntos, siempre ha sido tan atento, tan divertido, tan cariñoso... Tres meses idílicos, tres meses perfectos. Nunca me había sentido tan bien con un hombre. Lo quiero. Sí, quiero a este hombre caluroso, sólido y fuerte.

Sé que es el hombre de mi vida, lo supe enseguida.

Debo concentrarme en lo que nos espera, únicamente en eso. Es la experiencia más importante de mi vida, no debo olvidarlo. Vamos a disponer de nueve meses en lugar de dos años para prepararnos. ¡Es muy poco tiempo! Ya sé de antemano que los horarios van a ser infernales. No es el momento de flaquear. Aun así, esta mañana, durante el trayecto en autobús, e incluso mientras circulábamos por la larga pista forestal y pasábamos el control militar, a la entrada del centro, no he podido evitar acordarme de esa escena de anoche y, sobre todo, de esa palabra. Todavía no me creo del todo que la pronunciara.

No es posible. No acabo de entenderlo.

20 de noviembre, noche. Zviozdni Gorodok, la Ciudad de las Estrellas, la muy mal nombrada. Es una ciudad gris que, con sus largas avenidas desiertas y sus edificios sin gracia, parece una localidad de extrarradio francesa perdida en medio del bosque ruso. Tiene, sin embargo, un centro comercial, un cine, una escuela, una oficina de correos, una discoteca... Y, por supuesto, todas las instalaciones necesarias para el entrenamiento y la preparación de los

astronautas: el planetario, el Hydrolab, las aulas, la centri-fugadora, los simuladores Soyuz... Pese a su fealdad, me siento enormemente entusiasmada por este lugar, por todo lo que representa. Aquí uno se cruza con astronautas japoneses, canadienses, americanos, alemanes, italianos... A Léo y a mí nos han instalado en el Prophylactium, la «clínica-hotel» de los cosmonautas, mientras preparan nuestro apartamento en el Dom 4. Aquí Léo es toda una celebridad. Lo tratan con mucha consideración. Yo he requisado un ropero entero, él ha sonreído mirando mis tres maletas. Se está más tranquilo que la vez anterior; ya no se oye el rugido continuo de los Antonov y los Iliuchin que despegaban con destino a Chechenia desde la base militar vecina, al otro lado de las vías del tren. Esta noche, Léo ha salido. Tenía que ver a unos viejos amigos rusos. Sola, miro el lago oscuro que hay al pie del hotel y el inmenso bosque helado que hay más allá. Esos millones de abetos y abedules vestidos de blanco que se hunden en la noche rusa... Un poco de la melancolía del alma eslava se apodera de mí. ¿Qué ocurre? Desde ayer, Léo no es el mismo. Primero su comentario y hoy lo he encontrado distante, frío.

Tengo miedo... Ya es difícil de por sí estar aquí. Si me deja ahora, no lo soportaré.

21 de noviembre. El programa está supercargado desde el primer día: curso intensivo de ruso con una hora para comer. Mis temores se confirman: mi nivel de ruso es catastrófico. Léo, que lo habla con fluidez, dice que es la lengua más hermosa del mundo. Probablemente tenga razón, pero por ahora están la gramática y las declinaciones. Además, durante las próximas semanas hay que asimilar toda clase de términos técnicos, ya que la formación se imparte en ruso... Momento de desánimo.

Y después, de pronto, momento muy agradable en la Stalovaia, el comedor. Léo me ha presentado muy amablemente a todo el mundo. Tras las clases, hemos disfrutado de nuestra primera sesión de esquí de fondo en el bosque.

Magnífico. Nos hemos lanzado por la pista, que forma una especie de túnel en el espléndido paisaje de abedules y abetos, con el cielo incoloro por encima. El silencio era casi total, turbado sólo por el deslizamiento de los esquíes, nuestros gritos y el roce de las ramas cargadas de nieve. Hemos reído, nos hemos besado, nos hemos tirado bolas de nieve y, al volver, hemos hecho el amor. Luego, mientras estábamos aún abrazados, Léo me ha hablado largo rato de su primera estancia en el espacio, de los nuevos pasajeros que agitan brazos y piernas en todos los sentidos en ingravidez y que se desplazan como marionetas por la estación. Me ha hablado de esa vez en que todo el mundo había perdido algo —ocurre muy a menudo, por lo visto— y los cuatro astronautas se cruzaban sin parar, uno buscando su reloj, otro su cepillo de dientes, otro los auriculares.

He recobrado esperanzas y la confianza en el futuro. He recuperado a mi Léo: parece haber olvidado el incidente por completo.

28 de noviembre. Ha vuelto a empezar. Me ha acusado de querer ligar con los rusos. Habíamos salido a cenar con un pequeño grupo. Era una salida excepcional, porque por las noches hay muchas cosas que estudiar y revisar y estamos muy cansados. El primer vaso de vodka lo tomamos a palo seco, como manda la tradición, pero después yo casi no toqué el alcohol mientras Léo y los rusos bebían una cantidad impresionante de cervezas y chupitos. Al volver, mientras me desvestía, me dijo de repente con voz venenosa:

—¿Crees que no te he visto?

Tuve una especie de shock. Léo echaba chispas de rabia por los ojos y tenía la cara roja a causa del alcohol.

—¿A qué te refieres? —pregunté.

—¡No me tomes por imbécil! ¡Te he visto!

Estaba atónita. Creo que no podía acabar de creerme que todo aquello fuera real.

—¿Qué es lo que has visto?

—Te he visto comportarte como una puta...

Otra vez esa palabra. Me sentó peor que una bofeta-
da. Me dejó atontada, K.O.

Jamás habría creído que pudiera ser celoso hasta ese
punto. Lo miré sin comprender, incapaz de reaccionar. Él
se encogió de hombros y fue a acostarse.

He estado pensando en eso todo el día. Quizá tenga
razón... quizá, sin darme cuenta, claro, coqueteara con los
rusos... o más bien que tuviese un comportamiento que
aquí no resulta adecuado. No lo sé. Es verdad que les gus-
tan las chicas guapas y que a veces son un poco pesados...
Tendré que tener mucho cuidado para no transmitir men-
sajes que puedan ser malinterpretados. Sé que existen hom-
bres con unos celos enfermizos, y también que hay hombres
violentos, pero no puedo creer que Léo sea uno de ellos.
No es posible. Un hombre tan seguro de sí mismo, tan
encantador. Tiene que ser un malentendido. Quizá esté es-
tresado o enfermo y no quiera decírmelo. Puede que tema
ser demasiado viejo, no estar a la altura esta vez. O tal vez
sean todos esos hombres guapos y más jóvenes que él que
abundan por aquí lo que lo pone nervioso.

No tendría por qué estar celoso. Yo lo quiero.

Servaz miró la hora: 23.53 horas. Se frotó los ojos. En el
cielo nocturno, la luna velaba entre las nubes. Llegaría hasta el final de la lectura aunque tuviera que invertir toda la
noche en ello. Una vez más, experimentaba un desasosiego
creciente. El relato de Mila transmitía la sensación de una
tragedia inminente, de un engranaje imposible de parar. ¿O
acaso se debía a lo que ya sabía? Como en la *Sinfonía n.º 6*
de Mahler, en la que los nubarrones se acumulaban desde
las primeras notas, allí también había una fuerza siniestra.

Lo sobresaltó una carcajada que estalló en algún lugar,
seguida por una espesa capa de silencio. Arrellanado en los
cojines, se estremeció.

Reanudó la lectura.

• • •

Iggy levantó la cabeza.

Le había parecido oír un ruido. En la grisura de su visión monocromática, el animal paseó la mirada por la cama y la habitación —bañadas por el claro de luna silencioso— como desde el fondo de un túnel, con el campo visual muy limitado por aquel dichoso plástico.

Profundamente dormida a su lado, su dueña roncaba un poco. En una fracción de segundo, el cerebro del perrillo olvidó lo que lo había despertado para concentrarse en otra sensación más urgente: tenía hambre... Analizó deprisa todas las posibilidades que se le presentaban. No estaba en su casa: aquel lugar era desconocido y mucho más exiguo que su territorio habitual; no obstante, había explorado cada rincón —algo que no le había llevado mucho tiempo— y sabía que su dueña había dejado su escudilla en el cuarto de baño. Y en ese momento la puerta de esa habitación estaba abierta... Quizá quedara algo de comer allá adentro. Apenas ese pensamiento atravesó su cerebro, el animal movió la cola de placer, anticipando la posible comida, y decidió ir a mirar sin dilación. Saltó de la cama y trotó hacia el cuarto de baño. Sus cortas patas casi no hacían ruido sobre la moqueta, envuelta en un velo de luna, y la tablilla de la pata trasera izquierda le entorpecía la marcha. Su agudeza visual era menor que la de los humanos, pero su visión nocturna necesitaba cinco veces menos luz. Avanzaba pues sin vacilar por aquel entorno oscuro, iluminado sólo por el halo que entraba por la ventana.

En el cuarto de baño —donde su dueña había dejado la luz encendida—, sus garras produjeron un repiqueteo más audible sobre las baldosas. Ahora ya distinguía la escudilla junto a la bañera. Desde allí parecía vacía, pero no veía el fondo. Al llegar frente a ella, hundió en su interior el hocico hipersensible y sintió la mordedura de la decepción: ¡no quedaba absolutamente nada que llevarse a la boca! Disgustado, bebió un poco de agua tibia del tazón de plástico y regresó con la cola baja a la habitación.

Al franquear el umbral, volvió a captar lo que lo había despertado. ¿Qué era? Se detuvo en la entrada de la habitación aguzando el oído. Se le erizó el pelo del lomo. Apretó la mandíbula y enseñó los dientes dudando si aventurarse más lejos. Estaba dividido entre dos emociones contradictorias: el miedo al peligro y la obligación, dictada por siglos de comportamientos instintivos, de proteger a su dueña. Había una presencia... Aún no la había identificado, pero el instinto le gritaba que había alguien más que su ama en la habitación. Era alguien que permanecía inmóvil, y él sólo veía bien lo que estaba en movimiento. Oía, no obstante, una respiración lenta, a la que era capaz de asociar una gama de olores cien veces más amplia que la de cualquier ser humano para crear así una cartografía precisa de su entorno, en ese caso, la habitación. Conclusión: allí había alguien vivo, cerca de la ventana, detrás de la cortina de la derecha. Una sombra. Escondida en la oscuridad. Podría haberse tratado de una ilusión óptica ocasionada por un rayo de luna, pero las ilusiones no tienen olor. Husmeó el aire. No cabía duda, lo que se encontraba allá era un hombre. El perrillo percibió asimismo otro olor menos habitual; químico, medicamentoso: le recordó los desagradables efluvios de la clínica veterinaria. Se puso a gruñir, primero con timidez —seguía asustado— y después con más fuerza. En ese momento, el murmullo surgió de detrás de la cortina, suave, tierno, afable:

—Hola, *Iggy*... qué perrito más guapo... ¿tienes hambre?

La última palabra iluminó su débil intelecto. Su memoria la había grabado hacía mucho en su córtex como una de las palabras esenciales para su supervivencia. Se sentó en el suelo y, meneando alegremente la cola, soltó un ladrido.

—Chis... muy bien, *Iggy*... no hagas ruido... voy a darte de comer, ¿eh?

El movimiento de su cola se aceleró. Había reconocido su nombre en dos ocasiones. El intruso salió despacio de su escondite y el animal sintió la tentación de retroceder hacia el interior del cuarto de baño como medida de precaución. Aún no estaba del todo tranquilo. Estaba ese olor a medicamento que acompañaba al hombre... Por otra parte, esa manera de esconderse detrás de las cortinas le daba mala espina... Pero el hombre repitió: «¿Tienes hambre?», y la perspectiva de la comida disipó todo lo demás. Cuando el intruso se dirigió hacia él, *Iggy* lo esperó alegremente, meneando la cola como un metrónomo.

1 de diciembre. Son las seis de la mañana, aún es de noche y, aunque estoy agotada, no consigo dormir. No paro de pensar en lo que Léo me dijo ayer. Ocho horas de clases teóricas y dos horas de gimnasia diarias, más las sesiones de taburete giratorio, que en realidad es un sillón que transforma en peonza humana a quien se sienta en él. Se gira cada vez más deprisa, con la frente cargada de electrodos, con esos tipos de bata blanca que te dicen por los cascos que inclines la cabeza hacia delante, hacia atrás, a la izquierda, a la derecha... hasta que estás empapado de sudor frío y te mareas...

Sorprendidos por mi resistencia, los médicos rusos me dijeron que tengo mejores resultados que la mayoría de los hombres. Muy orgullosa, quise explicárselo a Léo cuando nos encontramos por la noche (como él domina el ruso y ya ha estado aquí, no seguimos la misma formación). Me lanzó una mirada fría que me dejó helada, con expresión lúgubre. Después sonrió y dijo: «Estos rusos son todos unos ligones. No es culpa suya. Eres tú quien debería tener más cuidado con cómo se comporta...»

3 de diciembre. Nieva en abundancia. Eso confiere a la ciudad silenciosa una suavidad, una paz y una serenidad que yo no siento ni de lejos. Léo está cada vez más raro, cada vez más distante. Multiplica las frases hirientes, los comentarios descorteses. Hoy he pasado por primera vez por la centrifugadora. Está instalada en un gran edificio cilíndrico. En el interior hay un inmenso brazo de dieciocho metros fijado a un eje central y que termina en una cabina que parece un casco. Es como un tiovivo de trescientas toneladas. Cierran la puerta y empieza el viaje. El

brazo se pone a girar y nos desplaza por la gran sala a una
velocidad cada vez mayor. La centrifugadora es capaz de
producir una aceleración de 30G, pero no pasan de los
8G, es decir, de una aceleración a la que los pilotos de ca-
zas como Léo están acostumbrados. Yo no lo estoy. Tenía
la impresión de ser un trozo de plastilina entre los dedos de
un gigante. Me sentía el corazón en la boca y el pulso a mil
por hora. Y, sin embargo, incluso allá dentro pensaba en
Léo, en lo que está convirtiéndose nuestro amor...

El hombre que había estado oculto detrás de la cortina
observó la figura dormida. De pie en la puerta del cuarto
de baño. Inmóvil como una estatua. Como si tuviera toda
la noche por delante. Con la cara iluminada por la luna,
mantenía la mirada clavada en Christine... Se sentía tranquilo, relajado. La calma se desparramaba en su interior
como una corriente de agua helada sobre un lecho de
guijarros.

Era su momento de triunfo, el ruido de la sangre en las
venas, el crescendo de las sensaciones. Hasta el apogeo.
Sólo llevaba unos calzoncillos, el reloj y unos guantes de
látex. El resto de la ropa estaba en la bañera.

Había sido muy sencillo entrar en la habitación. Tal
como le había explicado el tipo que le había vendido el
material, la cerradura electrónica, con codificación de 32 bits,
presentaba un nivel muy limitado de seguridad. Había bas-
tado con un microcontrolador programable de tipo Arduino
y con una conexión eléctrica adaptada a la cerradura,
todo lo cual se vendía sin restricciones. Después sólo había
sido cuestión de enchufar el aparato a la puerta. Antes se
había presentado en la recepción con una pequeña maleta
y había pedido una habitación.

Paseó el haz de la linterna sobre los hombros y la espalda desnudos de Christine, que se levantaban de manera
rítmica. Bajó hacia el arco de los riñones, que formaban
una bonita curva bajo el camisón. Continuó a lo largo de
las piernas hasta los pies enredados en las sábanas. Empe-

zaba a estar excitado. Volviendo con desgana la espalda al espectáculo, se encaminó, descalzo, al minibar. Abrió la pequeña nevera y el interior iluminado se reflejó en sus iris negros. Cogió un botellín de vodka, lo destapó y se lo llevó a los labios. Se lo bebió todo, en tres largos tragos frescos y deliciosos. Dejó la pequeña botella encima del escritorio. «No olvidar llevármela...» Limpió el gollete, por si acaso.

Dos menos cuarto de la madrugada.

El hombre cogió el bolso de Christine, vació su contenido en la mesa y lo examinó de manera metódica a la luz de la linterna: tarjeta bancaria, tarjetas de fidelidad, monedero, paquete de chicles, llaves, bolígrafos, móvil... Su mirada inexpresiva y sin vida se demoró en una foto desgastada. Christine, sonriente, sentada en una muralla. Un pequeño puerto abajo. ¿Quién la había sacado? ¿Dónde? Volvió a colocarlo todo en su sitio y cogió el neceser transparente cerrado con una cremallera lateral. Sacó, uno por uno, jeringa, cúter, las dos ampollas de cincuenta mililitros de ketamina y la horripilante máscara de goma.

Tras romper la ampolla, introdujo la aguja y llenó el pistón con el líquido incoloro, ligeramente viscoso y con leve olor a cloro. Después dio un golpecito a la jeringa e hizo brotar un poco de líquido de la aguja con una ligera presión en el pistón.

Satisfecho, dejó la jeringa, levantó los brazos y se estiró, con las piernas abiertas y los dedos de los pies bien apoyados en la moqueta. Volvió a abrir la nevera. Cogió un segundo botellín. Bebió otro trago de vodka. Eructó. Fue a orinar, con una sonrisa en los labios. Se sentía fuerte, lúcido, despejado... Tiraría de la cadena antes de irse. Sin dejar de sonreír, se detuvo delante del cadáver del perrillo, junto al váter.

Iggy todavía llevaba el collarín alrededor de cuello, pero justo debajo, en el punto en que la garganta había sido rebanada por la hoja del cúter, una herida abierta dejaba a la vista el cartílago de la tráquea bajo el pelaje embadurnado de sangre. Debido a la posición de la cabeza, la sangre había manado hacia el interior del embudo manchando el plástico transparente de filamentos rojizos que imitaban la forma del coral. El animal tenía los ojos cerrados y la lengua fuera. Una sangre espesa como la pintura epóxica iba desparramándose debajo de él.

El hombre miró el reloj; era hora de pasar a la acción. Cogió la máscara —una cara de demonio roja, con una mueca horrible, nariz larga, dientes puntiagudos y cuernos— y se la colocó hasta situar los ojos delante de los orificios. Los entornó bajo la máscara, sintiendo su contacto frío, el olor a goma, la presión en la barbilla y la dificultad para respirar... Pero se la ajustó lo mejor que pudo y, a través de las estrechas rendijas, posó la implacable mirada sobre Christine.

7 de diciembre. La dacha. Es magnífica, con la fachada de madera pintada de rojo, los marcos de las ventanas blancos y el techo inclinado a la manera de las granjas americanas. Se encuentra en un claro todo blanco, aislada en el bosque, como una casa de cuento de hadas.

He mirado a Léo, sorprendida y turbada. Supongo que debería estar encantada con este espectáculo, pero más que nada he pensado que pretende que estemos apartados de los otros, lo más lejos posible de la Ciudad, aunque nos hallemos a unos cientos de metros del linde del bosque.

Apenas me extraña que le hayan dado una dacha en lugar de un piso: Léo es una de las figuras más famosas del proyecto espacial francés y tiene muchos contactos aquí. Además, Francia ha pagado nuestra estancia. Hace ya unos cuantos años que los rusos empezaron a construir dachas alrededor de la Ciudad de las Estrellas. Las primeras fueron para los astronautas estadounidenses.

Léo no me ha preguntado si me gustaba. Ya no estamos en esa fase. Nuestra comunicación se ha reducido casi a cero. Quizá no le haya demostrado suficientemente que lo amaba, o puede que no se lo haya dicho lo bastante a menudo... O quizá crea que quiero utilizarlo para ascender en mi carrera... Ya no sé qué pensar.

Me siento cada vez más aislada, vaciada, gastada mentalmente por la repetición de estas situaciones. ¿A quién podría confiarme aquí? No conozco a nadie, y Léo hace todo lo posible para que siga siendo así. La dacha es una prueba de ello. Preferiría mil veces tener mi propio apartamento, yo que en Francia estaba tan contenta de poder compartir esta aventura con él. ¿Me atreveré a decirlo? Léo me da miedo.

—¿Sabes de qué tengo ganas ahora mismo? —me dice en cuanto estamos dentro.

Veo su mirada llena de concupiscencia, esa mirada nueva, con la que me observa como observaría un objeto, un juguete. Me coge por el brazo, me lo tuerce a la espalda.

—Léo, no, para, por favor —le digo.

Pero él no me escucha, completamente concentrado en su puñetero deseo. Me hace daño, me empuja contra el marco de la ventana, me abre la cremallera del pantalón y me lo baja junto con las bragas. Yo me quedo quieta, me dejo hacer. Sé que no sirve de nada y, sobre todo, que después me dejará en paz.

Me penetra enseguida, sin la menor caricia. Me lame la mejilla y la oreja en sus idas y venidas. Me pellizca dolorosamente un pezón a través del sujetador.

Se corre pronto y, mientras se aleja, las lágrimas me ruedan por las mejillas y miro las estalactitas que lloran sus lágrimas heladas al otro lado del cristal, empañado por mi aliento.

9 de diciembre. Por fin empieza la segunda fase.

El entrenamiento a bordo del simulador. Es un concentrado de todas las maniobras posibles: comprobación de los sistemas de la nave a partir de la salida de la atmósfera, control de radio, control térmico, medidas del oxígeno y el anhídrido carbónico, cálculo de la altitud en el referencial orbital. Durante cuatro horas repetimos sin cesar los procedimientos estándar, pero también todos los problemas técnicos que pudieran presentarse. Ahora, como astronauta titular, trabajo con mi suplente, un joven piloto ruso llamado Serguéi. He notado que, desde el comienzo

de esta fase, Léo me pregunta sistemáticamente qué he he-
cho durante el día y de qué he hablado con él. Me interro-
ga una y otra vez. Es agotador. Cada vez me cuesta más
retener todo lo que hay que memorizar. Eso es de capital
importancia, porque aquí las clases se dan sin documenta-
ción escrita y continuamente oímos un montón de pala-
bras nuevas en ruso.

Pero a Léo eso le da igual. La otra noche lo encontré
de pie junto a la cama, a oscuras. No sé cuánto tiempo
debía de llevar allí. Cuando le pregunté qué hacía, no me
respondió.

Otra vez, volvió hacia las dos de la madrugada envuel-
to en una nube compacta de olores diversos: vodka, cerve-
za, tabaco, mujeres... En lugar de ir a dormir —o de echár-
seme encima—, me hizo sentar en una silla en medio de la
habitación y empezó a interrogarme. Eso duró toda la no-
che. Me preguntó por lo que hago durante el día, sobre mis
entrenamientos con Serguéi, mis profesores, los hombres
con los tengo contacto... En realidad, quería saber si me
acostaba con otros, si era la ninfómana loca que él se ima-
gina, esa zorra siempre dispuesta a abrirse de piernas ante
el primero que llegue. Esa vez, sin embargo, no pronunció
la palabra. Quiso hacer el amor varias veces a lo largo de la
noche. Estoy segura de que había tomado algo, no estaba
normal... Después me obligó a escucharlo mientras se jus-
tificaba interminablemente: por qué era así conmigo, que
para él tampoco era «divertido», que si yo no comprendía
lo que él me reprochaba, que yo tenía que hacer un exa-
men de conciencia, que él no era así por lo general, que era
yo —¡el colmo!— la que lo volvía malo con mi comporta-
miento, pero que él iba a cambiar, que también él debía
esforzarse. Estuvo repitiendo esa clase de tonterías una vez
y otra. Incluso creí que iba a echarse a llorar. Parecía un
niño histérico que se desahoga con su madre. Así estuvo
toda la noche, cuando al día siguiente yo tenía una prueba
importantísima.

Duermo mal. El menor ruido me sobresalta. Tengo pe-
sadillas que no consigo recordar, pero que me dejan en un

*estado de temor y debilidad extrema. A veces siento que
detesto este lugar. Y también a Léo...*

*13 de diciembre. ¡Qué experiencia tan extraordinaria, mi
primer entrenamiento en salidas extravehiculares! Se efec-
túa en el Hydrolab, una piscina circular que contiene cinco
mil toneladas de agua. Está iluminada con una luz tan potente que el agua se vuelve casi invisible. A doce metros de
profundidad se encuentra una maqueta a escala real de una
sección de la Estación Internacional. Embutida en el traje,
me han bajado a la gran piscina en un torno, suspendida de
unos cables como una marioneta, rodeada de buzos, y después me han encerrado en la oscuridad. Y allí, de repente, al
abrir la escotilla, he vivido ese momento único que conocen
los astronautas que efectúan una salida al espacio: deslumbrada por toda esa luz solar blanca y cegadora, flotando
torpemente con el lastre de la escafandra, sacudida por los
buzos encargados de reproducir los movimientos ocasiona-
dos por la inercia en el espacio, he tenido que atornillar unos
pernos a la superestructura con los gruesos guantes, allá, en
el fondo de la piscina iluminada... A pesar del agotamiento,
a pesar de todas mis dudas, he superado con creces el ejercicio. Eso me ha serenado un poco: voy a conseguirlo. Voy
a resistir. Voy a cumplir mi sueño, cueste lo cueste...*

18 de diciembre. Todavía no puedo creérmelo: Léo me ha
pegado. *Me repito esas mismas palabras una y otra vez:*
Léo me ha pegado..,
    No es posible
    Es una pesadilla

    Anoche, cuando volví, Serguéi me llamó para hablar
del programa del día siguiente. Vi que a Léo le cambiaba
la cara. En cuanto colgué, quiso quitarme el móvil de las
manos para leer los mensajes. Me negué. Entonces dijo:

—Te los follas a todos, ¿eh? A todos esos jóvenes machos rusos en celo... ¿Te aburres aquí conmigo? Preferirías estar allá, para tenerlos todos a mano... ¡al alcance de tu coño!

Yo no daba crédito a lo que oía. Esta vez le di una bofetada. Me miró con los ojos como platos y se tocó la mejilla, pasmado. Después, al cabo de un instante, recibí un puñetazo tan violento en el vientre que me dejó sin respiración.

Me doblé hacia delante y recibí otro golpe en la nuca. Caí al suelo y todavía me dio una patada.

—¡Cerda! ¡Puta, que sólo sabes chupar pollas! ¡Como vuelvas a empezar, te mato!

Lanzó por los aires mi móvil, que se hizo añicos contra el suelo. Después se marchó dando un portazo.

Me quedé tendida en el suelo un buen rato, llorando. No sé dónde ha pasado la noche. Esta mañana he encontrado su mitad de la cama vacía. Siento un dolor horrible en las costillas, en el vientre, en las cervicales. Hoy tengo un entrenamiento importante. No sé cómo voy a hacer para sobrevivir a este día...

Oscuridad. Algo la ha despertado. De repente, Christine se sienta en la cama. En medio de... ¡la oscuridad! ¡Una negrura absoluta! Un vértigo helado, la sensación de caer... Alarga la mano hacia la lamparilla. Busca a tientas, febril. Aprieta el interruptor. No pasa nada. Una avería...

Todo está oscuro. Alguien ha corrido las cortinas de la habitación y ha apagado la luz del cuarto de baño. Le cuesta respirar. La boca, la nariz, los globos oculares se le llenan de tinieblas, como de agua los del que se ahoga. Se asfixia, respira las tinieblas, se las come. No obstante, a pesar del pavor, tiene todos los sentidos alerta, como si su subconsciente hubiera detectado algo más que no acaba de precisar...

Oscuridad. El corazón le late desbocado. «¿Hay alguien?», grita. ¡Qué idiota, como si fueran a responder!

Entonces, para su gran sorpresa, en la otra punta de la habitación se enciende una luz, un haz deslumbrante enfocado sobre ella, que la obliga a parpadear con fuerza. No ve nada más que ese ojo cegador. Esa estrella de luz difractada que emite sus rayos en la oscuridad y le hiere los nervios ópticos. Se hace pantalla con la mano delante de la cara.

—¿Es... es usted? —pregunta Christine con una voz tan débil que duda de si la habrá oído.

Sabe que es Él. ¿Quién iba a ser si no? De pronto, la luz empieza a moverse. Rodea muy lentamente la cama en dirección a ella, temblorosa, sin dejar de deslumbrarla. La joven parpadea como un búho. Tiene ganas de chillar, pero la campanilla se le contrae a causa del pánico y el grito se le estrangula en la garganta. Cierra los ojos, aprieta los párpados, niega esa realidad: hay un hombre en su habitación. El hombre que la persigue desde hace días está allí, con ella... No, no, no; no quiere admitirlo.

«Todo esto no es más que una pesadilla.»

Sigue con los ojos cerrados, las cejas juntas, los párpados apretados.

—Abre los ojos —dice la voz.

—¡No!

—Abre los ojos o mato a tu perro.

¡Iggy! ¿Dónde está? No lo oye... Los abre y casi desfallece. El horror se desata en su pecho provocándole un hipido de terror: una máscara horripilante, grotesca, se inclina a unos centímetros de su cara. Una máscara de goma roja. La larga nariz ganchuda y bulbosa casi la toca. ¡Y esa sonrisa! ¡Esos labios gruesos, esos dientes amarillos y puntiagudos! Pedalea frenéticamente bajo las sábanas para alejarse de esa cosa, retrocede tanto como puede, pega los omoplatos, la nuca y los riñones a la pared, como si quisiera hundirse en ella.

Vuelve la cabeza rehuyendo la máscara, apoya la sien contra la pared con todas las fuerzas, con la boca torcida y la cara desfigurada por el miedo.

—Se lo ruego... se lo suplico... no me haga daño... por favor...

Se da cuenta de que está cubierta de sudor, tiene la impresión de que va a darle un ataque al corazón, tiembla de pies a cabeza. Como él no dice ni hace nada, recupera un poco de ánimo.

—¿Por qué hace esto? —pregunta, aunque sin atreverse a mirar en dirección al hombre—. ¿Qué quiere? ¿Qué espera de mí? ¿Por qué trata de volverme loca?

Las preguntas salen ahora atropelladas de su boca.

—Porque me han pedido que lo haga —responde él.

Eso la deja muda. Respira cada vez con mayor dificultad, como si hubieran retirado todo el oxígeno de la habitación.

—Porque me pagan por esto... Y tengo que acabar el trabajo...

La voz suena calmada, neutral. «Acabar el trabajo...» La expresión le arranca un nuevo hipido de terror. Querría resistirse, golpearlo con los pies, con los puños, patear como un caballo furioso, arañarle los ojos, abalanzarse hacia la puerta, pero los miembros se le han vuelto gelatina y la han abandonado las fuerzas. Tiene la sensación de estar pegada a la cama y a la pared con superglue y de que su cerebro ha entrado en bucle como si lo hubiera atacado un virus informático. Las palabras «acabar el trabajo... acabar el trabajo... acabar el trabajo...» giran sin cesar en la cámara de resonancia de su cráneo.

—Oh, no, no, no, no —es cuanto se le ocurre decir.

—Sí.

—Por favor... no...

De repente, lo mira. Porque acaba de posarle una mano envuelta en látex en el muslo. Evita, con todo, mirar la máscara, demasiado terrorífica; lo mira más abajo. Ve un cuerpo delgado, pálido, con tatuajes por todas partes. Piensa en Cordélia. Ve que está empalmado bajo el calzoncillo. La punta del miembro duro sobresale por encima de la goma, casi tan roja como la máscara. Sufre una violenta arcada. La mano enguantada sube a lo largo de su muslo. Ella percibe más tatuajes a través del látex translúcido y en la muñeca. No lo ve bien: la mano y los dedos están recubiertos de motivos, como de hiedra. Su cerebro sigue bloqueado: «no no no no». Sin embargo, de su boca abierta no brota ningún sonido. Respira con pequeñas inspiraciones rápidas.

Le ha cogido el faldón del camisón con las dos manos. Se lo sube por encima de los hombros, por encima de la cabeza. Se lo deja allí, detrás del cuello, como un gran elástico tensado por la nuca y las axilas. Luego le pasa la mano enguantada por los pechos, uno tras otro. Despacio. Palpando su firmeza, su elasticidad. Dice cosas como: «Me gustan tus pechos, tus pezones; tienes un cuerpo tremendo; voy a pasármelo en grande...» Le tienta el vientre, hunde un dedo en su vulva árida. Con un último resto de energía, ella aprieta las rodillas con toda la fuerza de que es capaz y se pone a gemir, a suplicar:

—No, no, no... No haga eso... Por favor, no haga eso...

Ve sus ojos inexpresivos detrás de la máscara. Unos ojos vacíos. Después él retira el dedo, se inclina hacia atrás, deja la linterna encima de la mesita de noche y coge otra cosa.

¡Una... jeringa!

Esa vez está a punto de gritar cuando él le pone una mano que huele a goma encima de la boca y eleva la aguja reluciente hacia la luz antes de clavársela en el brazo.

—Ya verás, guapa. Te irá directa al cerebro. Es Super K, de la de verdad. Con esto vas a flipar a tope. Vas a despegar de golpe, cariño. Va a ser un viaje espectacular.

Aprieta el pistón con gran suavidad y ella nota con horror —ella, que tiene fobia a las jeringas y a las agujas— que la varilla ultrafina se adentra en su músculo, en su carne. Va a desmayarse, seguro.

—Cincuenta miligramos de Kit-Kat intramuscular para empezar. Vamos a ver qué tal resulta. Y después cincuenta más. Apuesto a que es tu primer colocón...

30

ÓPERA SERIA

NAVIDAD. *La nieve cae sin parar. Enormes copos húmedos que se acumulan en el bosque, capa tras capa, silencio tras silencio. A diferencia de en la Ciudad de las Estrellas, donde reina un ambiente de fiesta, no hay ningún abeto ni ninguna guirnalda en nuestra dacha negra y fría, y yo me siento vacía, cansada, sin fuerzas...*

Estos últimos días ha habido una escalada en la frecuencia y la intensidad de los ataques de Léo. Porque ahora ya no tengo duda de que se trata de ataques. *Este hombre es malo, quiere destruirme. Está lleno de veneno, mala fe, malignidad. ¿Cómo puede dar el pego, tener esa doblez?*

Debería denunciarlo. Esto no puede seguir así. Tiene que parar. Pero si lo hago, toda la misión Andrómeda se irá al garete. Y sé que después de eso no me darán otra oportunidad. Ir al espacio es toda mi vida, mierda. No debo renunciar por él. Debo resistir, de una manera u otra...

27 de enero. Ha empezado la tercera fase, la fase en que cada equipo trabaja unido. Pasamos los días en los distintos simuladores. El comandante de a bordo, que se sitúa en el centro y dirige el equipo, es Pavel Koroviev, un astronauta experimentado, antiguo piloto de pruebas. El inge-

niero de vuelo, que se sienta a su izquierda y se encarga de controlar todos los sistemas, suele ser otro ruso, pero dos franceses van a volar al mismo tiempo a bordo del Soyuz por primera vez, y esa función está reservada a Léo. Yo, situada a la derecha, realizo los análisis, me encargo de controlar la calidad del aire, de la radio, etc. Koroviev es de la vieja guardia —estable, serio, riguroso— y me siento mejor teniéndolo entre ambos. Más vale así, porque estamos apretados como sardinas ahí dentro, con las rodillas subidas hacia el pecho, muy poco espacio y poca libertad de movimientos. Como ya no estamos solos, Léo está nervioso, pero sólo de puertas adentro (lo conozco muy bien). De cara al exterior, da el pego, es alegre, jovial y se entiende muy bien con Pavel. Sin embargo, cuando habla de mí no puede evitar denigrarme, rebajarme de un modo u otro, aunque siempre como si fuera en broma: «Mila es mejor en la cama que en una cápsula», ha dicho hoy. Yo me he ruborizado de vergüenza. Me he sentido ensuciada, humillada. Pero sé que Léo pretende enfurecerme, hacerme quedar como una persona carente de sangre fría, una histérica. No pienso darle ese gusto. Esta vez, envalentonada por la presencia de Pavel entre ambos, me he atrevido a responder: «Todo lo contrario de ti, cariño.» Silencio por parte de Léo; Pavel ha soltado una risa incómoda.

28 de enero. No debería haberlo provocado, no debería haber replicado. Todavía ignoraba de lo que es capaz.

Este hombre está loco...

Ayer por la noche, después del ejercicio, le dijo a Pavel que tenía algo que hacer y desapareció. Yo tomé una copa con Serguéi, que me consta que me aprecia, y volví a pie a la dacha. Como era noche cerrada, seguí el sendero nevado a la luz de la linterna, a través del bosque. En el claro, la dacha parecía oscura y lúgubre. No brillaba ninguna luz en las ventanas. Su mole proyectaba una sombra inquietante sobre la nieve. Por un instante, estuve tentada de dar media vuelta. Subí los escalones de madera, que crujieron bajo mis pasos, y abrí la puerta. En el momento en que iba a encender la luz, sentí el frío de la hoja de acero en la garganta.

—No enciendas.

La voz de Léo en medio de la oscuridad. Suave, amenazadora. Esa voz siniestra que tiene cuando se vuelve loco. Esa voz que significa: «Soy capaz de todo... tú y yo sabemos que no hay límites para mi locura...» Me inundó un miedo glacial, sola con su lado sombrío en aquel viejo edificio oscuro en pleno bosque. Lejos, muy lejos de los demás... Me arrastró hasta un rincón del suelo polvoriento y encendió una lamparilla. Me sobresalté. Estaba desnudo. Tenía sangre o pintura en el torso. No sé de dónde provenía, pero tenía el torso rojo, de los pectorales hasta el pubis. Me agarró por el pelo, me obligó a arrodillarme delante de él y me paseó la hoja fría por las mejillas.

—Eres una inútil, eres fea y encima me humillas delante de Pavel, me dejas como un imbécil y un impotente. Quieres hacerme daño, me detestas, lo sé. Eres una cruz. Vas a pagármelo, puta de mierda. ¿Sabes qué me muero de ganas de hacer ahora mismo? Matarte... Voy a matarte. ¡Voy a matarte, puta de mierda, juro que voy a hacerlo!

—¡No, Léo, por favor! Te lo suplico. Tienes razón. No debería haber hecho eso. No volverá a ocurrir. Te lo juro. Nunca más. Nunca más. Nunca más...

Me tiró del pelo con tanta fuerza que casi parecía que fuera a arrancarme el cuero cabelludo, me sacudió con violencia, me abofeteó varias veces, tan fuerte que los dientes me entrechocaban y empezaron a zumbarme los oídos.

—Estás loca —me dijo—. Eres una loca peligrosa. ¿Te das cuenta al menos?

Y de repente, antes de que pudiera comprender lo que pasaba, me puso el cúter en la mano, me cerró el puño en torno al mango y adelantó la cadera hacia la hoja. Dio un traspié y luego se puso a gritar:

—¡Me lo has clavado, puta! ¡Chalada de mierda, me lo has clavado!

*Yo estaba atontada, aturdida. Sacó el teléfono y me
hizo una foto con el cúter ensangrentado en la mano,
y después tomó otra de su cadera cubierta de sangre.*

*—Y ni se te ocurra volver a humillarme delante de
quien sea —me advirtió.*

Después fue a curarse al cuarto de baño.

*Luego me dijo que durmiera en el sofá, que no quería
compartir la cama con una prostituta. Hacía frío en el salón y he pasado buena parte de la noche tiritando bajo la
fina manta que me dejó. Esta mañana me he notado con
fiebre al despertar. Me ha asaltado el pánico. Todos los
astronautas tienen miedo a los microbios, a resfriarse, a
caer enfermos. Una gripe o un virus pueden ser motivo
para que los dejen al margen del programa antes de que los
equipos estén definitivamente constituidos. Los médicos
rusos no se arriesgarán a que un solo elemento pueda contaminar al resto. Oh, no: cualquier cosa menos eso...*

[Christine levanta la vista. Se queda mirando al hombre.
Está tumbada debajo de él, inmóvil. Oye su respiración.
¿Cuánto tiempo hace que está allí? Ha tenido un desva-
necimiento, una pérdida momentánea de conciencia. El
hombre no hace ningún ruido, la penetra en silencio. Siente que sus riñones se hunden en las sábanas empapadas de
sudor cada vez que él adelanta las caderas. Después advierte que, a su alrededor, la habitación cambia de color:
rojo anaranjado, verde fluorescente, azul eléctrico, rosa
fucsia, violeta, amarillo limón... Los colores chorrean unos
sobre otros, como pintura al agua diluida por la lluvia.]

*15 de febrero. Me pregunto si Léo habrá estado difamán-
dome con sus colegas rusos, porque éstos han cambiado
de actitud conmigo. Han dejado de ser caballerosos
y amables, y ahora cada vez me hacen más alusiones
abiertamente sexuales y tienen comportamientos más ma-*

chistas. El otro día, Pavel me puso una mano en el muslo en el simulador. Me quedé rígida de pies a cabeza, como si hubiera recibido una descarga eléctrica, y él no insistió... Pero noto que cada vez me respetan menos, recibo miradas cargadas de concupiscencia, sorprendo sonrisas y gestos de complicidad, o expresiones de desprecio.

Ayer, Léo volvió a eso de medianoche. Yo dormía. Estaba borracho. Encendió la luz, se quitó el pantalón y se abalanzó sobre mí. Percibí en él el perfume y el olor de otra mujer, un olor casi tan fuerte como el de su aliento, que apestaba a vodka y cerveza. Me murmuró al oído:

—Feliz San Valentín... acabo de follar con una prostituta... una mujer de verdad... todo lo contrario a ti...

[Christine está dominada por un vértigo cálido y extraño. De repente la visión se le vuelve borrosa. Mira la máscara de goma, muy cercana, pero esta vez no la encuentra tan horrorosa. Sólo le parece... divertida. Se echa a reír sin saber por qué. La nariz ganchuda destaca en medio de su visión difuminada con una curiosa limpidez, mientras que el resto de la grotesca cara se pierde en la niebla, como si estuviera viendo un vídeo mal codificado que alargara los píxeles en ciertas zonas. El efecto es sobrecogedor. Pierde la noción del tiempo. Piensa que no siente nada en absoluto, todo su cuerpo está como agarrotado, insensibilizado. Baja la vista y ve con claridad la punta de sus pechos, pero, un poco más lejos, su sexo está tan desdibujado que sólo distingue una vaga sombra triangular.]

17 de mayo. Van pasando las semanas. No sé cómo he podido aguantar tanto tiempo. Anoche, navegando por internet, descubrí el verdadero significado de Andrómeda, el nombre oficial de nuestra misión. Sin saberlo, los que lo eligieron acertaron de lleno... En la Grecia antigua, y también en Babilonia, esta constelación representaba una dio-

sa de la fertilidad, pero en latín era Mulier Catenata: *la «mujer encadenada». Según un especialista, era una joven a la que ataron a una roca en medio del mar para que la devorase un monstruo al que era ofrecida en sacrificio. A ella la liberó Perseo, pero ¿a mí quién va a liberarme?*

30 de mayo. Ha llegado el momento de las revisiones médicas exhaustivas, de los médicos puntillosos. Léo ya no se atreve a tocarme. Sabe que si me descartan por alguna razón médica, él también quedará descartado. Los rusos tienen un enfoque distinto al de los norteamericanos. En Estados Unidos, si un miembro de la tripulación se hace daño o se pone enfermo, lo sustituye otra persona del mismo equipo. Los rusos, en cambio, componen con paciencia equipos compactos en función de las afinidades, de la complementariedad de sus componentes. Una vez formadas, esas tripulaciones son indisociables. Si se descarta a un miembro, se sustituye la tripulación entera.

[De pronto, tiene la impresión de que su cuerpo empieza a fundirse como si fuera cera caliente. Se deforma y se desliza por la cama, acoplándose a los movimientos ondulatorios que agitan la habitación. Toma conciencia de su propia risa, extraña, cavernosa. Siente el cerebro ardiendo, pero sus extremidades están heladas. Tiene la sensación de que sale de su cuerpo y flota encima de la cama. Después se reintegra a él, vuelve la cabeza y, sentada a su lado, ve a Madeleine, que le dice: «Mira, así ahora ya sabes lo que se siente, hermanita... nos vemos dentro de nueve meses...» Ver a su hermana le da ganas de llorar. Se sorbe los mocos y dirige la vista al techo, lo ve retirarse a toda velocidad, las paredes se estiran, se alargan, sus extremos se alejan a kilómetros de distancia en el espacio, mientras que ella retrocede, se vuelve pequeña, minúscula, como cuando de niña tenía fiebre metida en su cama.]

10 de junio. Serguéi está furioso. Ha hablado de partirle la cara a Léo, porque por fin he encontrado el valor de confiarme a él. Me ha confesado que hace mucho que tenía sospechas y me ha sondeado con tacto hasta el momento en que se lo he contado todo. Creo que está enamorado de mí. También ha dicho que esto no puede seguir así, que en la Ciudad de las Estrellas todos ven que estoy que no puedo más, que hay que hallar una solución. Me ha explicado que conoce a alguien, un vory, *ha dicho. Le he preguntado qué es un* vory. *Un* vory v zakone *es una especie de padrino de la mafia rusa, me ha explicado. Uno de sus primos trabaja para ella. Serguéi me ha dicho que va a hablar con su primo. Estoy inquieta. Si le ocurre algo grave a Léo, todo nuestro equipo podría quedar descartado de la misión. Serguéi ha adivinado mi preocupación:*

—Tranquila, les diré que no estropeen demasiado a ese desgraciado de Moki...

Moki es el apodo de Léo. Creo que significa «burlón», porque le gusta gastar bromas y pitorrearse de la gente.

Servaz se incorporó de golpe. Releyó las dos últimas frases. Dejó el diario abierto encima de la manta gris y sacó las piernas de la cama. Fue hasta el pequeño escritorio donde se encontraba la agenda que Desgranges le había entregado. La abrió y pasó las páginas a toda velocidad. Paró. Allí estaba... delante de sus ojos: «Moki, 16.30», «Moki, 15.00», «Moki, 17.00», «Moki, 18.00»...

—Moki, ya te tengo —dijo.

25 de junio. Léo está en el hospital. Unos skinheads le han dado una paliza. Normalmente la toman con los gitanos, los estudiantes africanos y los homosexuales. El incidente ocurrió cuando salía de uno de los numerosos clubes de striptease moscovitas, donde los clientes pueden acostarse con las chicas. Léo tiene múltiples fracturas. Ha perdido tres dientes, pero nada que sea irreparable. Estoy segura de que Serguéi habló con su primo para que sus matones no se excedieran, porque, aunque él no me haya dicho nada, sé que está detrás de todo esto.

He ido a ver a Léo al hospital. No ha pronunciado ni una palabra, ni ha despegado los labios. Se ha limitado a mirarme en silencio. Y esa mirada me ha dejado helada: el odio ardía en ella, un odio tan intenso que lo he sentido como una bofetada.

[Al principio no repara en el viento que ha empezado a soplar, en las hojas secas que revolotean ni en los animales que huyen de un peligro invisible. De improviso, la habitación se transforma en un claro azotado por un viento glacial y ve unas sombras amenazadoras que oscurecen el cielo y la tierra. La invade un sentimiento de desazón, la certeza de que se acerca algo peligroso la hiela hasta la médula. Querría huir, como los animales, pero es incapaz. Todo su cuerpo está paralizado, clavado a esa dichosa cama, en medio del claro. Intenta deshacerse de la carga que tiene encima, rechazarla con vigor. Pero él le da una bofetada y, parpadeando, Christine descubre horrorizada que está poseyéndola un homúnculo, un pequeño ser repugnante, afeminado y maligno que no parece disfrutar de lo que hace, sino que la penetra por otro motivo, sin hacerle caso, con la mirada al frente, fija en la pared.]

1 de julio. Hace calor en Moscú. Ayer fui con Serguéi al parque Gorki. Estaba a rebosar. Había jóvenes jugando al vóley playa en la arena, familias con niños, estudiantes en bicicleta o tomando el sol en el césped, vendedores de salchichas, patinadores y colas en las atracciones... Parece que van a rediseñar el parque pronto. Dicen que se parece-

rá a Central Park, pero mejor. Serguéi quiso que diéramos una vuelta en barca por el río, pero yo le dije que no. Temía que nos viera alguien de la Ciudad de las Estrellas. Con Léo en el hospital, ¿qué pensarían de mí? En un momento dado, mientras estábamos sentados en un banco, Serguéi me miró y me cogió la mano. Esa vez no lo rechacé.

3 de julio. Léo salió ayer del hospital, con muletas. Los rusos le han asegurado que podrá reanudar muy pronto los entrenamientos. Han retrasado nuestra misión quince días para que pueda participar en ella. La medicina rusa ha obrado milagros.

¡Qué sorpresa! Ha tenido un comportamiento casi normal conmigo. ¿Le habrá servido de lección la paliza? ¿Habrá recibido amenazas de sus agresores? ¿Le habrán ordenado que me deje en paz? Me preguntó cómo iban los entrenamientos y le expliqué que, en su ausencia, lo habían sustituido en el simulador para no perder tiempo.

—Sí, la misión es lo importante —comentó.

Ni siquiera intentó tocarme. Tampoco dijo nada hiriente. Yo me comporté como si nada, como si nunca hubiera ocurrido nada anormal entre nosotros. Se fue a dormir al sofá sin una palabra, dejándome la cama que ocupo desde que entró en el hospital. Esta mañana hasta me ha dado los buenos días. Lo odio, lo desprecio. Si cree que podrá volver a ganarse mi confianza, se equivoca. Pero si podemos continuar así hasta el final de nuestra estancia aquí —y concentrarnos en la misión—, ya me quedaría conforme.

[Al fin comprende cuando él eyacula en su interior y se acerca a su oreja para decir con voz chirriante: «Sopero positivo.» «¿Qué?», contesta ella, y él repite: «Soy seropositivo.» Christine siente que cae en un túnel interminable, donde su corazón empieza a latir cada vez más despacio para seguir aminorando más y más el ritmo...

como si... fuera a dejar de... latir... de un momento a...
otroooooooooo...]

*4 de julio. Ha ocurrido algo horrible... Todavía no me
hago cargo del todo. Tengo la impresión de que todo se
derrumba a mi alrededor, de que estoy a un paso de la locura. A Serguéi lo ha atropellado un coche. Ha muerto
a causa del golpe que se ha dado en la cabeza al chocar
contra la calzada. No han encontrado al conductor. Estoy
segura de que Léo está detrás de todo esto. ¿Cómo se ha
enterado de que fue Serguéi el que encargó su agresión?
¿Lo ha atropellado él mismo o ha pagado para que otro lo
hiciera? ¿Y dónde está en este momento? Yo no lo he visto
en todo el día. Son más de las doce y no consigo dormir.
Oigo los árboles que se mueven con el viento nocturno
alrededor de la dacha y pego la nariz al cristal tratando de
penetrar las sombras, escrutando la oscuridad.*

*Y, de pronto, una estrella en el bosque... Con un sobre-
salto, pego la frente al vidrio frío, tratando de ver algo en
las tinieblas.*

*He debido de soñarlo, porque no hay nada... nada
más que la oscuridad, el viento y la nieve... Después vuelvo
a distinguir la lucecilla a lo lejos, temblorosa, en movimiento. No cabe duda, es una linterna que se acerca por el
sendero. Noto que las entrañas se me contraen en el fondo
del vientre y los nervios se me tensan. Un zumbido se me
dispara en las sienes. Me precipito a la habitación principal y cierro la puerta con llave. Vuelvo a la ventana del
cuarto. La luz se ha acercado más y ahora distingo una
silueta. Es él... Avanza a grandes zancadas hacia el claro.
De repente, su voz potente resuena en la noche: «¡¡¡Mi-
laaaaaaaaaaaaaaaa!!!» Estoy aterrorizada. Con el corazón
en un puño, busco una salida, pero no la hay.*

*Oigo los escalones de madera que gimen bajo su peso,
el pomo de la puerta que gira con furia. Empuja, se da
cuenta de que he cerrado con llave, sacude la puerta con
violencia, la aporrea.*

—Mila, abre la puerta... ¡ABRE LA PUERTA, POBRE IDIO-
TA! ¡MISERABLE GILIPOLLAS! ¡ABRE!

*Carga con el hombro, pero la puerta resiste. Después,
nada. El silencio... Tengo la impresión de que el corazón
va a salírseme por la boca de tan fuerte como me late. El
viento silba alrededor de la dacha y unas ramas rozan el
techo. ¿Qué hace? ¿Dónde está? En ese instante, la ventana de detrás estalla. Me precipito hacia la puerta, intento
meter la llave en la cerradura, pero la mano me tiembla de
tal manera que se me cae al suelo —¡mierda!—. Me aga-
cho para recogerla, me enderezo, la introduzco. Hago girar la llave en la cerradura, tiro de la puerta, que resiste...
Tiro más fuerte. La puerta se abre por fin... Voy a salir
cuando, de repente, me rodea con los brazos y pega la mejilla a mi cara.*

—¿Adónde vas? Eres mía, Mila. Tanto si te gusta
como si no, ahora estamos ligados el uno al otro. Para
toda la eternidad.

*Tiemblo de miedo. Me coge la cara con la mano y me
aprieta tanto que por un momento creo que va a hacer que
me salten los dientes de las encías.*

—Nada podrá separarnos. ¿Aún no lo has comprendido?

*Un zumbido atronador hace temblar de repente el aire
nocturno, un enorme ruido de motor. Una masa de acero
surge de la noche por encima de nosotros: uno de los Iliuchin de la base militar vecina. Él levanta la voz para sobre-
ponerse al ruido, apretándome contra él, con la mejilla
pegada a la mía.*

—NUNCA PODRÁS ESCAPAR DE MÍ, MILA. AUNQUE CO-
GIERAS UN AVIÓN HASTA LA OTRA PUNTA DE LA TIERRA. TE
SEGUIRÉ HASTA EL INFIERNO. SI HACE FALTA, TE MATARÉ
Y ME MATARÉ YO TAMBIÉN.

Hacia las cuatro de la madrugada, Servaz hizo una pausa.

Se sentía atrapado en la red de palabras, arrastrado
hacia las profundidades de la pesadilla de Mila. Toda esa

violencia física y psicológica acababa por contaminar. También notaba que en su interior crecía la rabia contra ese hombre que utilizaba la intimidación, la amenaza, los golpes y la humillación como armas de destrucción masiva. Servaz presentía que aquella historia tendría un final trágico. Calentó agua y puso café soluble en una taza; al otro lado del cristal negro, había empezado a nevar otra vez. En las páginas —y las semanas— siguientes, Mila parecía haber aceptado la situación creada tras la muerte de Serguéi. Servaz pensó que, aunque no estuviera escrito en el diario, ella debía de contar los días que faltaban para su primer vuelo espacial. Como un preso cuenta los que faltan para su liberación. Mila había comprendido de igual modo que Fontaine ya no podía permitirse pegarle a causa de las visitas médicas, más frecuentes a medida que se acercaba el día D. En lugar de ello, multiplicaba las amenazas, ladraba como un perro rabioso, pero no pasaba de ahí. Ambos conocían la línea roja que no había que rebasar.

No obstante, un acontecimiento imprevisto iba a cambiar radicalmente la situación a finales del mes de julio, cuando sólo faltaban cuatro semanas para el vuelo espacial.

31

GRAN ÓPERA

22 de julio. El cuarto día y sigue sin venirme la regla... Ya se me ha retrasado otras veces, pero nunca más de cuarenta y ocho horas... ¡Dios mío, que no sea eso!

Servaz interrumpió la lectura. Con el diario abierto ante sí, miró el techo y volvió a ver al pequeño Thomas sentado en las rodillas de su madre. Su pelo rubio, su carita de sueño... Y de repente se hizo una pregunta: «¿Por qué siguió Mila adelante con el embarazo?»

Ha sido culpa mía. Estoy tan descentrada, agotada, perturbada y nerviosa que me olvidé de tomar la pastilla dos días seguidos. ¡Dios mío, haz que sólo sea un retraso! Si es otra cosa, abortaré. No pienso tener el hijo de ese perro...

25 de julio. ¡Estoy embarazada! Aún tengo en el bolsillo el test que he comprado en una farmacia de Moscú. Todavía no me lo creo. Si los rusos se enteran, perderé mi puesto en la ISS. Y toda la misión se irá al garete. No sé qué hacer.

Empiezo a tener síntomas que, por si el test no bastara, no dejan lugar a dudas. Nunca me había sentido tan cansada.

26 de julio. Léo ha encontrado el test. ¡Qué imbécil! Debería haberlo tirado.. No sabía que registraba mis cosas sistemáticamente. Seguro que lo hace para encontrar pruebas de mi mala conducta, el muy tarado. Se ha presentado con el test en la mano y me ha dicho:

—¿Qué es esto?

¿Y a ti qué te parece, idiota? ¿Un test de pH para piscinas? Lo malo es que ha acompañado la pregunta con una bofetada que no me ha despegado la cabeza del tronco por poco. Tenía los ojos a punto de salírsele de las órbitas.

—Estoy embarazada —he anunciado.

—¡¿Cómo?!

—Lo que has oído. Tengo que ab...

Otra bofetada. Increíble: aún más fuerte que la anterior.

—¿Cómo has podido? —ha dicho.

Me he frotado la mejilla, pero no he conseguido calmar el escozor.

—¿Quién es el padre?

—Tú, Léo.

—¡Mientes!

Me ha cogido del pelo y me ha levantado del asiento.

—¡Mientes, puta degenerada!

Habría querido contener el llanto, pero el dolor era demasiado intenso y las lágrimas me han subido a los ojos como la leche a los pechos.

—¡Te lo juro, Léo! ¡Es hijo tuyo! ¡Yo... lo siento mucho!

Ha vuelto a agarrarme por el pelo.

—¿Es que no lo entiendes, estúpida? ¡La misión va a fracasar por tu culpa! ¿Acaso crees que no van a darse cuenta de nada? Lo has hecho a propósito, ¿verdad? Vas a pagármelas, joder. Voy a matar a ese niño, lo juro por Dios. Voy a matarlo dentro de tu vientre.

—Yo voy a subir a la estación, Léo. Y tú también. Vamos a subir los dos.

Por una vez, mi voz ha sonado firme.

—¿Ah, sí?

—No tienes alternativa. Si hablas del asunto con quien sea, tienes razón, nuestro equipo quedará descartado y nos sustituirán por el de reserva. Es imposible que pueda abortar antes, con todas las actividades que tenemos y con los médicos haciéndonos revisiones constantemente.

He visto que entornaba los ojos.

—¿Y qué es lo que propones?

—Hacer como si no ocurriera nada. Resistiré.

—¡Pero si hemos de pasar un mes allá arriba, imbécil!

—Ha habido muchos casos de mujeres que han conseguido ocultar su embarazo hasta el último momento. Y aunque lo descubrieran, sería demasiado tarde. Hasta podría ser una primicia para la investigación espacial: una mujer embarazada en el espacio... —he añadido, pero él no ha dado muestras de percatarse del sarcasmo de mi voz.

—Ese niño no nacerá, que te quede bien claro —ha dicho—. Cuando volvamos a la Tierra, buscaré a alguien que te practique el aborto... aunque estés de tres meses...

D-10, 15 de agosto. Hemos llegado a Baikonur. Estamos en el hotel Cosmonaut. He conseguido evitar las últimas sesiones de mesa basculante y taburete giratorio simulando que llevaba varios días con migrañas. Como ahora es demasiado tarde para dar marcha atrás, me han dispensado de los últimos ejercicios. No he podido evitar, en cambio, la cama inclinada a 10º, en la que hay que dormir con las piernas elevadas para que el organismo se empiece a acostumbrar. La llegada de las tripulaciones espaciales dos veces al año es todo un acontecimiento en esta ciudad, que, desde la caída de la Unión Soviética, padece graves problemas de seguridad y fuga de cerebros, así que todo el personal se desvive por nosotros. No estoy a solas con Léo ni un segundo.

• • •

D-1. *Última noche. Tal como manda la tradición, asisti- mos a la proyección de la vieja película* Bielo Tsonce v'pus- tinie, «El sol blanco de la estepa», *una especie de western a lo* John Wayne *que glorifica la figura del gran héroe ruso. El día ha transcurrido a la velocidad de la luz. He hecho los últimos preparativos: mis fichas para no olvidarme de nada, crema hidratante para la atmósfera artificial de la estación, los cascos, ópera en* MP3... *A nuestro alrededor, todo el mundo —técnicos, médicos, personal de la base— está eufórico.*

Le dedico una mirada a Léo. Hace como que no me ve, me ignora. Lo noto inquieto. Tiene miedo de que me ven- ga abajo. Yo, en realidad, me siento más fuerte y más viva que nunca con MI *hijo en las entrañas, ese hijo que va a su- bir allá arriba conmigo...*

Después vuelvo a mi habitación. Al ver en la puerta las firmas de todos los que han pasado antes por aquí, me embarga la emoción.

DÍA D. *26 de agosto. Ya está. Ha llegado el gran día. Nos levantamos a las siete y media de la mañana. Visita médi- ca, desinfección, lavativas. De repente, siento miedo por el niño y me vienen sudores fríos. El médico me pregunta si estoy bien y yo asiento con la cabeza, le sonrío y aprieto la mandíbula. Después viene la partida hacia Baikonur y su leyenda, a treinta kilómetros de allí.*

Tres horas antes de marcharnos, en una habitación de paredes marrones, se lleva a cabo el ritual de la puesta de las escafandras. Cada una pesa treinta y cinco kilos. Lo hacemos rodeados de gente que nos filma y examina. Des- pués, el trayecto en autobús, los últimos consejos, los téc- nicos que revisan una y otra vez las escafandras, una bola de angustia en el estómago. Cuando bajamos del autobús, al pie del área de lanzamiento nos espera una pequeña multitud a pleno sol. Nuevos abrazos, nuevas efusiones. Me siento extrañamente sola, sin ningún pariente ni fami- liar que me estreche en sus brazos, a diferencia de Pavel y de Léo, que están rodeados de mucha gente. Sólo hay oficiales rusos... Es extraño cómo aflora todo a la superficie en este instante: la niña taciturna, la adolescente inquieta, las familias de acogida, las compañeras con las que nunca forjaba una relación duradera y que me miraban como si tuviera una especie de enfermedad vergonzosa, a excepción de aquella pobre chica fea y regordeta cuyo nombre he olvidado, que quería ser amiga mía a toda costa a pesar de mi rechazo... Después, los amores pasajeros, los sueños artificiales, hasta Léo... Esta vez, después de abrazar a su familia, me mira. Su mirada es dura, llena de odio, pero me da igual. No puede hacerme nada. Ya estoy en otra parte. Allá arriba. He ganado...

Los últimos metros: nos acercamos lentamente a la lanzadera balanceándonos como pingüinos y cargando con los ventiladores en la mano como si fueran pequeñas maletas. Después de unos cuantos saludos más, subimos la escalera hasta el viejo ascensor y nos paramos en la mitad. Hace mucho calor, tengo la impresión de que voy a desmayarme, sudo mucho. Nos volvemos, nos despedimos de la pequeña muchedumbre que grita y gesticula, con los grandes chorros de vapor a tan sólo unos metros de nosotros y la bestia que ruge, sopla y jadea, lista para salir disparada hacia el cielo. Y por fin experimento esa sensación: esto es lo que siempre he querido, esperado y deseado, estar por fin en mi lugar...

Servaz se interrumpió y cogió su cuaderno. Anotó algo. Una sensación, una intuición... vaga... inconsistente... pero que no se disipaba... La destacó con tres interrogantes.

6
5
4

3
2
1...
SOY UN PÁJARO. Soy un ángel.
Pero primero soy un insecto.

Acurrucada, encogida dentro de la crisálida. Con las rodillas plegadas encima del asiento, intento relajarme. Metida en este minúsculo ataúd de acero.

6-5-4-3-2-1...

El cohete despega y se arranca de las lanzaderas con un torrente de fuego, un rugido de trueno. Choques, vibraciones, chispas, chirridos. Una presión enorme en el trasero. A los 118 segundos, se separa de los aceleradores laterales. Velocidad: 1.670 metros por segundo. Al cabo de otros 286 segundos, se produce otra violenta sacudida: la expulsión de la segunda etapa. Velocidad: 3.680 metros por segundo. La vibración persiste. Cada vez más fuerte... Jesús... 300 segundos: desprendimiento de la tercera etapa. Velocidad: 3.809 metros por segundo.

De repente, el Soyuz entra en órbita.

Velocidad: 7.700 metros por segundo.

El último empujón nos expulsa con un estrépito de choques metálicos, y después sobreviene una calma celestial... El silencio, la ingravidez... Una profusión de estrellas tras los abundantes destellos. Sólo se oye el ruido de la circulación del aire dentro de mi escafandra Sokol. Los objetos flotan sin traba en la cabina. Vuelvo la cabeza y LA veo. El lugar de donde venimos, la Tierra, majestuosa en su aureola deslumbrante, azul y fría. Veo continentes, océanos, vórtices de nubes... Y alrededor, el cosmos: negro, muy negro, oscuridad por todas partes.

El reino del vacío...

—Es bonito, ¿eh? —me dice Pavel a mi lado, con su acento de Kazán.

Apenas lo oigo, ni a él ni el ruido del aire en los tubos. Noto que una sensación que me arrebata se apodera de mí. La curva inmensa del horizonte, el sol cegador, la noche como un campo de estrellas, la masa enorme de los continentes, de los océanos, las nubes, las cadenas montañosas, los ríos, las ciudades...

De pronto, todo deja de tener importancia y advierto con sorpresa que ya no siento ni odio, ni rabia, ni miedo... sólo una extraña forma de amor.

28 de agosto. El acoplamiento a la Estación Internacional se ha desarrollado sin problema. Hemos compartido el pan y la sal, conforme a la tradición rusa, con los tripulantes que ya la ocupaban, un ruso y dos estadounidenses. La Estación es un vasto espacio de novecientos metros cuadrados, cuatrocientos de ellos habitables, con una vista fabulosa de la Tierra y miles de metros cuadrados de paneles solares. Está rigurosamente dividida en dos zonas bien diferenciadas. La primera está formada por los módulos presurizados estadounidenses, construidos según los principios arquitectónicos de la NASA, y por el módulo europeo Colombus. La segunda, unida a la primera por el «nudo» Unity, está constituida por los módulos rusos, inspirados en la arquitectura de la estación Mir. El módulo estadounidense Harmony y el Colombus están situados en la parte delantera de la estación —y están por tanto más expuestos a las colisiones con escombros espaciales—, mientras que los módulos rusos Zaria y Zvezda se encuentran a popa. Pavel, Léo y yo nos quedaremos en la parte rusa...

4 de septiembre. Hace una semana que estamos en la Estación. Yo paso casi todo el tiempo en Zvezda y, más concretamente, en el compartimento de trabajo de este módulo, un espacio del tamaño de un apartamento de estudiante y lleno de un fárrago indescriptible. Sólo he ido a la otra parte de la Estación una vez (pasando a través de Zaria, que mide trece metros de longitud y sirve de almacén, y luego del PMA-1 —el *Pressurized Mating Adapter*— y el «módulo-nudo» Unity, donde se toman la mayoría de las comidas). Léo y Pavel, en cambio, han ido ya cuatro veces. Tengo la impresión de que quieren aislarme, mantenerme al margen del resto de la tripulación. También tengo la sensación de que Pavel y Léo conspiran a mis espaldas, de que Léo anima secretamente a Pavel a mostrarse cada vez más desconsiderado conmigo con sus gestos y palabras.

11 de septiembre. Me gusta la extraña visión cósmica que se tiene a través de la ventanilla... La inmensa claridad que se despliega a nuestro alrededor, el espacio desmesurado y sin fondo, la oscuridad abismal de la noche celeste... Me gusta contemplar el arco terrestre que tapa el horizonte, aborregado de nubes, azul allá donde los mares son visibles y algo vaporoso cuando el continente africano se revela. En la parte que queda sumida en la noche, diviso los millones de luces de las grandes ciudades, e incluso las de los pueblos de las islas de la Sonda, pequeñas, maravillosamente frágiles.

Vistos desde aquí, los ultrajes que la humanidad inflige a su planeta son evidentes: avance de las zonas desérticas, deforestación masiva, contaminación atmosférica por encima de China, marcas de los vertidos de los buques petroleros visibles desde el espacio...

12 de septiembre. Como cada mañana, contemplo el espacio desde la ventanilla, fascinada, con lágrimas en los ojos, cuando de pronto noto que alguien se pega torpemente a mí pese a la ingravidez. Primero creo que es Léo y le digo que pare, pero la voz que resuena en mi oído es la de Pavel:

—Léo se ha ido con los estadounidenses... Estamos tú y yo solos...

Me pone las manos encima de los pechos a través de la camiseta.

—Podríamos probar algo nuevo. ¿No tienes ganas de saber qué tal es hacer el amor en ingravidez? Yo sí...

Forcejeo, pero él insiste. Salimos propulsados boca abajo a través del módulo, golpeándonos por todas partes, y veo que la Tierra da vueltas detrás de la ventanilla mientras Pavel trata de manosearme y besarme. Le doy una violenta bofetada. Entonces me mira con sorpresa y se aparta. Después se aleja hacia Zaria, con expresión furiosa.

13 de septiembre. Sigo escribiendo en el diario a escondidas. Lo hago cuando Pavel y Léo duermen, acurrucada en mi saco, arrimada a la pared. Ya no sufro mareo espacial como al principio. Han desaparecido las náuseas y los vértigos que no sabía si se debían al embarazo y que sin duda provenían de la desorientación de los otolitos, unos pequeños cristales del oído interno. También he acabado por acostumbrarme al ruido constante, a la ausencia de ducha, a lavarme con toallitas, a la pasta dentífrica que se traga, a tener que atarme a la taza del váter. Me he acostumbrado incluso al desorden que reina por todas partes. Lo peor es lo que ocurre cuando nos quedamos solos del lado ruso, Pavel, Léo y yo. Creía que todo acabaría ahí, que la promiscuidad los neutralizaría. Pero desde que le di la bofetada a Pavel, éste se ha vuelto casi tan hosco e inquietante como Léo. Noto su desprecio y su desconfianza en cada una de sus palabras, en cada una de sus miradas. Hoy me han pedido que desmonte el destilador de orina, que estaba estropeado. Después han hecho un montón de bromas en ruso a mi costa. Cada vez que quiero entrenarme en la cinta de correr instalada en Zvezda o descansar en mi cabina, encuentran una nueva labor que encargarme. También me he percatado de que cada vez se mantienen más alejados del resto de la tripulación. Por su parte, los otros vienen con mucha menos frecuencia por aquí... No sé qué habrá pasado allí, pero me da la impresión de que no hay muy buen ambiente entre los veteranos y los nuevos...

• • •

*14 de septiembre. Creo que están volviéndose locos. Léo
ha logrado convencer a Pavel de que hay que desconfiar de
los otros ocupantes de la Estación. Oficialmente, Pavel es
quien dirige esta misión, pero en realidad está totalmente
influido por Léo. He sorprendido algunos fragmentos de
conversación entre ellos: Léo cree —o finge creer— que los
estadounidenses tienen instrucciones para realizar experimentos psicológicos con ellos. También sé que hubo un
conato de pelea en el otro lado, pero yo no estaba presente. No sé qué está pasando aquí...*

*15 de septiembre. Esta noche he querido ir con el resto de
la tripulación al otro lado de la Estación, pero Léo me ha
agarrado por la muñeca.*

—¿Adónde crees que vas?

*Le he respondido que a ver a los demás. Él ha mirado
a Pavel sin soltarme y se lo ha traducido. Pavel me ha dirigido una mirada vacía, inexpresiva, que me ha helado la
sangre, y ha negado con la cabeza. Entonces Léo ha dicho:*

—De ninguna manera. Tú te quedas aquí.

*19 de septiembre. Las cosas degeneran cada vez más. Aho-
ra, varias veces al día sufro manoseos furtivos, bromas sa-
laces, indirectas... Me enfadé con Pavel y él me contestó
a gritos, igual que lo habría hecho el propio Léo. No podía
creérmelo. Me puse a temblar. Acabó abofeteándome con
una violencia inaudita:*

*—¿Crees que no veo el juego que te traes entre manos?
Como se te ocurra hablarles a los otros de lo que pasa
aquí, sufrirás un accidente...*

• • •

21 de septiembre. Miro el sol que se eleva sobre el horizonte curvo, al otro lado de la ventanilla. Es como una franja de fuego que se convierte en bola en el centro: parece una explosión nuclear. El cielo vira del violeta oscuro al rosa pálido; la tierra es naranja cerca del foco de luz y cada vez más parda a medida que se aleja de él. Los rayos del sol inundan la ventanilla y el interior del módulo. Las lágrimas me enturbian la visión.

23 de septiembre. Se acabó. Es el final. Después de lo que acaba de pasar, ya no hay vuelta atrás posible. Game over. *Esta noche, Léo y Pavel estaban completamente borrachos. Era el cumpleaños de Pavel. Han sacado varios botellines de vodka que estaban disimulados en diferentes lugares del módulo. No es la primera vez que los astronautas llevan bebida en su equipaje a pesar de que lo someten a un riguroso control. Se los han bebido con paja. Aquí todo se bebe con paja...*

Al cabo de un momento, han empezado a mirarme de una manera rara. Entonces me he acordado del aire de conspiradores que han tenido a lo largo de todo el día y he sentido un escalofrío. Tenían los ojos vidriosos. Me han obligado a beber. Yo me he negado, pero, como insistían, he acabado por tomar un poco de vodka para brindar por los cuarenta y tres años de Pavel. Después, un momento después, sus bromas han ido subiendo de tono y sus miradas se han vuelto más insistentes. Cuando he querido ir a acostarme, Léo ha dicho:

—Tienes razón. Es una puta, la mitad de la Ciudad de las Estrellas se la ha tirado. ¿Tú también, Pavel?

Éste ha negado con la cabeza, mirándome de una forma extraña.

—¿Te has fijado en que no para de provocarte desde que estamos aquí? —ha insistido Léo—. Lo hace con todo el mundo. Como esas mujeres que se ponen minifalda y camisetas de tirantes, que se emborrachan, coquetean, se dejan besar y después, una vez en la habitación, dicen:

«*Para, esto no es lo que quería. Perdona, es un malenten-dido. No tenía intención de acostarme contigo, no, no, no, hemos ido demasiado lejos...*» *Todas esas zorras hipó-critas y manipuladoras a las que les gusta calentar a los tíos y luego dejarlos plantados, ya sabes... Se divierten así. Tienen derecho a hacerlo, pero nosotros no tenemos dere-cho a reaccionar como hombres...* ¿QUIERES FOLLÁRTELA, PAVEL?

Me he estremecido. Pavel seguía mirándome. He inten-tado marcharme, pero Léo ha vuelto a retenerme por las muñecas. Le he dicho que me soltara, que gritaría tan fuer-te que me oirían desde la otra punta de la Estación. Enton-ces, sin que pudiera hacer nada para impedirlo, me han tapado la boca con una mano y me han sujetado entre los dos. He gruñido y forcejeado, presa del pánico, pero Léo me tenía bien agarrada mientras flotábamos libremente por la atmósfera de Zvezda. Entonces he sentido que Pavel me metía en la boca la manaza húmeda, que olía a metal.

Supongo que, de alguna manera, lo que ha ocurrido después debería servir para hacer progresar su maldita ciencia espacial: dos cabrones de astronautas totalmente borrachos han demostrado que una violación con ingravi-dez es posible, a condición de que se lleve a cabo al menos entre dos.

Se ha acabado.

Es el final.

Mi sueño del espacio...

Termina aquí...

¿Y qué he hecho yo? Nada en ese momento. ¿Qué ha-bría podido hacer o decir? A esas alturas, nada habría po-dido detenerlos.

He esperado a que estuvieran bien dormidos y después me he escabullido hacia Zaria. Lo he atravesado agarrán-dome a todo lo que encontraba, flotando y basculando en esta jodida ingravidez, muerta de miedo, aterrorizada ante la posibilidad de que uno de ellos se despertara y me atra-pase. He franqueado las cámaras estancas, el PMA-1 *y el Unity y he llegado a la zona de los estadounidenses y los europeos, donde el otro ruso, Arkadi, optó por instalar su saco de dormir, puesto que no aprecia ni a Pavel ni a Léo. Todos dormían. Los he despertado. He visto sus caras de estupor cuando han descubierto mi estado, mi rostro tumefacto, mi camiseta y mis pantalones desgarrados, mi labio partido... Les he pedido que llamaran con urgencia al centro de control.*

Se ha acabado. En el transcurso de la conferencia de control que ha tenido lugar esta noche, durante la cual se han intercambiado palabras muy violentas e incluso amenazas entre la Tierra y la Estación, los estadounidenses y el segundo ruso han solicitado mi repatriación por vía de urgencia.

Los dos norteamericanos y el otro ruso se han portado de una manera formidable cuando Léo y Pavel han venido a buscarme por la mañana. La situación ha estado a punto de degenerar, pero Pavel y Léo han comprendido enseguida que tenían las de perder. Al final se ha decidido que yo me quedaría en la parte de delante y el ruso y uno de los estadounidenses han ido a buscar mis cosas atrás, sin que Pavel ni Léo se opusieran.

Abajo, en la Tierra, están asustados.

Las operaciones que se realizan a bordo de la Estación dependen de un reparto riguroso y delicado de las tareas, y aquí todo se ha vuelto muy caótico. Además, deben de tener miedo de que el incidente llegue a divulgarse... Yo, sin embargo, me siento segura por primera vez en mucho tiempo.

32

ABUCHEOS

—¡Despierta ! ¡Despierta, joder!

Le dio otra bofetada, todavía más fuerte que la anterior. Christine abrió los ojos. Sus globos oculares iban y venían en todas direcciones, incapaces de fijarse en un punto. Él volvió a abofetear la cara cubierta de sudor.

—¡Vuelve! ¡Vuelve aquí! —exclamó—. ¿Adónde te habías ido? ¡Joder, niña, qué canguelo me has hecho pasar!

La puso sentada, pero de repente a la joven le dio hipo. Se inclinó a un lado y vomitó al pie de la cama.

—¡Agh, mierda, niña, qué asco!

Se apartó, bajó de la cama y se fue al cuarto de baño. Cuando volvió, llevaba un vaso de agua en una mano y una pastilla en la otra.

—Has tenido un mal viaje, ¿eh? —dijo—. Ten, tómate esto. Te calmará y después dormirás como un ángel. ¡Caray, qué susto me has dado!

Le sostuvo la nuca, a la que se adherían sus cabellos empapados.

—Abre la boca.

Obedeció. La droga la volvía sumisa. No en vano la ketamina estaba incluida entre las drogas de la violación. Sacó dócilmente la lengua, tal como se le pedía. Él le dio la pastilla y Christine bebió con avidez.

—Muy bien —aprobó el hombre—. Bebe. Así te dormirás.

La chica cabeceaba. Él le puso varias almohadas detrás para mantenerla incorporada, pues no quería que se ahogara en su vómito: no era ésa la manera como debía palmarla. Esperó a que el sedante le hiciera efecto. Después se levantó, regresó al cuarto de baño y volvió con el cuerpo inerte de *Iggy*. A continuación efectuó varias idas y venidas entre el minibar y la cama. Luego contempló la carnicería desde la entrada de la habitación y cerró la puerta tras de sí.

7 DE DICIEMBRE. PARÍS

Llueve en el aeropuerto de Roissy. Nadie ha venido a recibirme. Evidentemente. Ha ocurrido lo que me temía. Ha habido interrogatorios y después una comisión de investigación. El proceso ha durado varias semanas, durante las cuales me han mantenido en un régimen casi de aislamiento en un apartamento de la Ciudad de las Estrellas. Me han hecho toda clase de preguntas, con expresiones hostiles y severas y tono mordaz, demostrando abiertamente su escepticismo. Al final, han dicho que me lo he inventado todo, que ha sido una puesta en escena. Psicosis paranoide, ése ha sido su diagnóstico. Según ellos, la muerte de Serguéi fue sólo un trágico accidente, y mis acusaciones con respecto a lo que ocurrió allá arriba, invenciones ridículas o un intento de desacreditarlos.

La policía rusa ha archivado el caso. Su Instituto de Problemas Médicos y Biológicos me ha hecho pasar unas pruebas psiquiátricas. Todos esos estúpidos psiquiatras me miraban como si ya se hubieran formado una opinión. La Agencia Espacial Europea me ha llamado a Moscú. Me han hecho comprender que ya no tengo ningún porvenir en el proyecto espacial. Saberlo ha sido como si algo se rompiera en mi interior. Léo, en cambio, va a mantener su puesto, aunque me ha parecido entender que los rusos no tienen ganas de volver a verlo durante un tiempo. Estoy destrozada...

Destrozada, sin trabajo, sin porvenir y embarazada...

• • •

Servaz cerró el diario. Entonces eso era lo que había sucedido allá arriba. Una violación... En el espacio. Era mucho peor de lo que había imaginado. Una vez más, se preguntó por qué Mila había seguido adelante con el embarazo. Creía adivinar la razón: cuando Léo había amenazado con matarlos al niño y a ella si no abortaba, algo debió de rebelarse en su interior. En todo caso, la prueba de que no era una paranoica era que Fontaine había reincidido: había llevado a Célia Jablonka al suicidio. Nadie había establecido una conexión entre esos dos casos porque no se había abierto ninguna investigación criminal. Y, de haberla habido, ningún investigador habría podido relacionar las dos historias sin un buen golpe de suerte.

«O el soplo de alguien que estaba enterado...»

¿Había sido Mila quien le había enviado la llave magnética y la foto? Había parecido genuinamente sorprendida cuando le habló de ello. Por otra parte, después de lo sucedido vivía retirada del mundo con su hijo. Aun cuando hubiera oído hablar del espectacular suicidio de Célia, era muy poco probable que estuviese al corriente de la relación de ésta con Léonard Fontaine.

Entonces ¿quién? Fuera como fuese, había un culpable, y eso era lo único que contaba por el momento. Una vez concluida la lectura del diario de Mila, era muy consciente de que sería difícil, por no decir imposible, llevar a Fontaine a juicio. El astronauta había sido absuelto por la justicia rusa. Además, un individuo como ése sabía cubrirse las espaldas y no era sin duda una persona fácil de impresionar.

Tendría que mostrarse más astuto que él. Más astuto que el diablo. Porque su adversario lo era en gran medida. Dejó el diario sobre la manta y apoyó la nuca en la almohada. Los pensamientos lo mantenían despierto. Se sentía de regreso, se sentía vivo. Por fin tenía un combate que librar. Estaba impaciente por que terminara la noche para poder iniciarlo. Miró la luna sonriente y la noche inquieta por la ventana, y supo que no iba a conciliar el sueño.

SEGUNDO ACTO

«¡Oh, me hace daño,
mucho daño, mucho!
No es nada, nada.
He creído morir, pero enseguida pasará.»

Madama Butterfly

33

REINA DE LA NOCHE

Abrió los ojos. Estaba oscuro.

—¿Quién está ahí?

—¡Silencio!

—¿Eres tú, Madeleine?

—Sí.

—¡Me has asustado!

—No hables tan alto, Chris. ¿Quién querías que fuera?

—¿Qué haces en mi cama?

—Chis... ¿Te importa que duerma aquí esta noche?

—No.

—Gracias, hermanita. Te quiero mucho, ¿sabes?... Dame un beso. Ahora ya puedes volver a dormirte.

—¿Por qué quieres dormir aquí?

—Digamos que hacía tiempo que no dormíamos las dos en la misma cama, ¿no te parece? Y que lo echaba de menos... ¿Tú no?

—¿Es por papá?

—¿Qué?

—¿Vienes a dormir aquí por él?

—Pero ¿qué dices?

—No quieres que te encuentre, ¿verdad?

—Chris...

—Lo vi.

—¿Cuándo?

—La otra noche.

—¿Qué es lo que viste?

—Lo vi entrar en tu cuarto.

—Chris, ¿con quién más has hablado de esto?

—¡Con nadie!

—Chris, escúchame bien. No tienes que decirle nada a mamá, ¿me entiendes? Nunca.

—¿Por qué?

—¡Para de hacer preguntas de una vez! Y prométemelo, por favor.

—Te lo prometo, Maddie.

—Papá dormía conmigo porque había tenido una pesadilla, nada más.

—¿Qué te pasa?

—¿Cómo?

—Estás llorando.

—¡No!

—Entonces, si tengo una pesadilla, ¿puedo pedir a papá que venga también a dormir conmigo?

—Chris, por el amor de Dios... Nunca, ¿me entiendes? PAPÁ NUNCA TIENE QUE DORMIR CONTIGO. Júramelo.

—Pero ¿por qué?

—¡Júralo!

—Bueno... vale, lo juro, Maddie...

—Si tienes una pesadilla, vienes a verme a mí, ¿de acuerdo?

—De acuerdo.

—Buenas noches.

—Buenas noches, Maddie.

Abrió los ojos... Definitivamente esta vez... No tenía trece años, sino treinta y dos... La luz del día se filtraba entre las cortinas y todas las luces de su habitación del hotel estaban encendidas. El ruido de la circulación entraba a través de las ventanas. Bostezó. Sentía un dolor horrible y en la cabeza y en el vientre. En realidad le dolía todo, como si la hubiera pateado una manada de elefantes. Miró un instante el techo... después bajó los ojos.

34

DRAMA LÍRICO

¿¿¿???

No... no es posible... no han podido... hacer eso...
¿Qué es lo que...?

«Espera, Chris, espera. No mires... no mires eso, chica... O te quemará la retina y ya nunca podrás olvidar esa imagen. No mires. Por favor.»

Sin embargo, lo hizo. Miró. Y su alma se puso a aullar como un teléfono estropeado. Una línea directa con la centralita de la locura. Porque sólo había una palabra para calificar lo que veía. Demencia. Desatino. Aberración.

Un paso más hacia la suya, hacia su locura. Porque eso era lo que querían, ¿no? Estaba claro que no les faltaba imaginación para lograr sus propósitos. Habían construido a su alrededor un infierno que sólo ella veía, una sutil pesadilla. Al salir del sueño medicamentoso, primero se había sentido grogui y había recordado que había tenido un sueño horroroso. Pero al ver las manchas en las sábanas, amarillas y endurecidas, supo que la pesadilla había sido absolutamente real. Se aventuró a mirar más allá y tuvo la sensación de que el cráneo se le partía en dos. Literalmente. No gritó, no lloró. Fue incapaz de proferir un sonido. Su alma, sin embargo, daba alaridos. El cadáver de *Iggy*... yacía entre sus piernas. Con los ojos cerrados, sin el collarín, parecía dormido, pero la herida del cuello no dejaba duda.

En torno a *Iggy*, las sábanas estaban cubiertas de una montaña de minúsculas botellas de alcohol destapadas y vaciadas en la cama, de cacahuetes, de latas de cerveza vacías, de patatas fritas y de todo cuanto había en un minibar, así como del contenido de la papelera del cuarto de baño: discos desmaquilladores, palitos de algodón, pañuelos de papel, cabellos... La ola de inmundicias desbordaba por encima de los dedos de sus pies. Los apartó bruscamente y los agitó, como si le treparan escorpiones por las piernas.

Se puso a temblar y los dientes empezaron a castañetearle como si hiciera un frío atroz en la habitación. Al cabo de varios minutos, saltó de la cama y se precipitó al baño para vomitar, pero ya había devuelto todo lo que tenía dentro en el transcurso de la noche, así que los espasmos de su estómago vacío sólo lograron impulsar a la superficie un poco de bilis mezclada con saliva.

Había tirado de la cadena y regresaba a la habitación cuando, de repente, el hedor que reinaba en ella la impresionó. Una amalgama indefinible de alcohol, sangre seca, esperma, vómito, sudor... con un fondo como de cloro. Titubeó ante aquella agresión olfativa y retrocedió bruscamente.

Primero tenía que limpiarse de aquel que la había ensuciado...

En el cuarto de baño, se abalanzó hacia la ducha y, sin preocuparse de la temperatura del agua —que pasó de glacial a ardiente—, se enjabonó y se frotó meticulosamente por todas partes. Pasó y repasó por los lugares más íntimos, se lavó el pelo con abundante champú, se aclaró y después salió de la ducha para lavarse los dientes con furia, hasta que le sangraron las encías. A continuación estuvo haciendo gárgaras durante varios minutos con una solución para enjuagues.

Quería borrar hasta el más mínimo rastro del Otro, de lo que le había hecho, de lo que había dejado encima de ella, pero sabía que no borraría lo que había dejado en su interior...

«SOY SEROPOSITIVO.»

La frase la golpeó como una bofetada. Se quedó petrificada. Las piernas le flaquearon y tuvo que agarrarse del lavabo. ¿La había pronunciado realmente o formaba parte de los delirios inducidos por la droga?

«No es más que un delirio, chica, igual que el techo que subía, la habitación que cambiaba de color y el claro del bosque...»

No... Era real. Todavía oía la voz en su oído... la misma que le había hablado por teléfono.

«¡Bobadas!... Estabas alucinando, recuerda...»

Tenía que hacerse la prueba... Tenía que ver a su médico... Tenía que...

«¿E *Iggy*? ¿Qué vas a hacer con él?»

Ese pensamiento le retorció las tripas. *Iggy*... ¡No podía recorrer los pasillos con un perro muerto en los brazos! Y si lo dejaba allí, la camarera acabaría encontrándolo. ¿Y si lo metía en una maleta? ¿Para ir adónde? De ninguna manera pensaba abandonarlo en una papelera cualquiera, como un vulgar desperdicio. Un pensamiento empezó a cobrar forma... «No tendrías necesidad de pruebas, ni de médico, ni tampoco de maleta...» Dejó que la idea fuera madurando. Pensar en ello era como caminar sobre un estanque con una capa de hielo demasiado fina, pero ya no tenía miedo. «No temáis.» La frase se repetía una y otra vez en las Escrituras. De pronto, fue como una revelación. Sí, ¿por qué no? Al fin y al cabo, todo aquello se encaminaba desde el principio hacia ese desenlace, ¿no? Se sentó frente al escritorio, cogió una hoja con el membrete del hotel y redactó una nota. Le temblaba tanto la mano que el primer intento resultó ilegible. Hizo una bola que tiró a la papelera y volvió a empezar. Después, reprimiendo un sollozo, se fue al cuarto de baño, cogió dos toallas plegadas que olían a lavanda y las dispuso al lado del lavabo.

A continuación fue a buscarlo. Le dio una arcada cuando pasó las manos bajo el cuerpecillo sin vida, con el pelo pegado, procurando sostenerle la cabeza por miedo a que se le desprendiera del tronco.

Con *Iggy* en brazos, regresó al cuarto de baño. Lo depositó suavemente en el plato de ducha, cogió la manguera y abrió el agua al máximo. Lo lavó con detenimiento, le limpió la sangre y los excrementos, lo enjabonó con champú y lo aclaró, tratando de evitar la horrenda herida del cuello. Con el pelo enredado y mojado, el perrillo parecía haberse quedado dormido después de bañarse en el mar. Cerró el agua, lo cogió tal como había hecho antes y lo posó sobre el lecho de toallas limpias y blancas. Sin saber muy bien por qué, tenía la impresión de que el blanco era el color más apropiado para aquel momento. Con un secador y un peine, le secó meticulosamente el pelaje y lo peinó hasta que hubo recuperado su aspecto normal, su pelo leonado rizado y su hocico blanco con el morro negro. Por fin, le inclinó la cabeza hacia el pecho para hacer desaparecer la herida y lo miró.

En ese momento se puso a gritar.

Gritó como una demente. Gritó sin freno.

Dejándose caer al suelo, con la espalda sobre las baldosas, golpeando el aire con los pies como si pateara a un enemigo invisible.

Miró hacia abajo. Tres pisos altos... Las piernas le temblaban a causa del vértigo. Y no sólo las piernas, sino también los brazos, las manos, el abdomen... que le vibraba como el parche de un tambor. Volvió a lanzar una ojeada y se arrepintió. Desde allá arriba, los escasos coches que pasaban tenían la apariencia de juguetes. De los peatones sólo veía el cráneo, los hombros y los pies que avanzaban. Con los suyos posados en la cornisa que dominaba la plaza del Capitole, permanecía con la espalda y las nalgas pegadas a la fachada, con una mano en la pared mientras con la otra seguía agarrando el montante de la ventana.

Increíblemente, nadie en toda la vasta explanada había reparado aún en ella, pero era sólo cuestión de tiempo.

Inspiró hondo. «¿A qué esperas? Salta...»

El viento le aullaba en los oídos; a su alrededor, la ciudad vibraba-zumbaba-trepidaba de energía y ganas de vivir. ¿Cuántas personas pensaban en ella en ese momento, a excepción de aquellas que querían verla saltar? ¿Qué recuerdos dejaría? ¿Y a quién? El único compañero que le había sido indefectiblemente fiel reposaba muerto en el cuarto de baño, donde el personal del hotel y la policía lo encontrarían después de que ella se tirara. Había dejado una breve nota encima del escritorio: «*Iggy* será inhumado en Beaumont-sur-Lèze, en el cementerio de animales. Contactar con Claire Dorian.»

Gimió. Se sentía abrumada por un sentimiento de soledad tan absoluta, tan horrorosa —en medio de aquella ciudad de setecientos mil habitantes— que comprendió que iba a saltar. Que iba a hacerlo. Que ya sólo era cuestión de segundos, el tiempo necesario para encontrar el último gramo de valor que aún le faltaba.

Entonces la vocecilla volvió a dejarse oír:

«Salta... Pero si lo haces, nunca sabrás quién ni por qué... ¿No te apetece saberlo? ¿De verdad es eso lo que quieres, morir sin tener la última palabra de la historia?»

Y por primera vez en su vida, con una lucidez implacable, con una clarividencia nueva, comprendió de repente que la voz que le hablaba desde hacía años era la de su hermana. La de Madeleine... Una Madeleine que había crecido a escondidas en su interior. Una Madeleine adulta: a veces sentenciosa, a menudo exasperante, exigiendo siempre su atención, exactamente igual que la Madeleine de su infancia. Una Madeleine que sin embargo velaba por ella: la única persona, tal vez, que la quería de verdad. Y esa persona tenía otros planes para su hermana.

Permaneció largo rato postrada, con la mirada perdida, sentada contra la balaustrada, con los pies en la habitación.

Una vez volvió en sí, cuando emergió de su estado de trance, estaba cambiada. Ya no era la Christine de los días anteriores, que trataba con torpeza de parar los golpes y entenderlos, que había buscado apoyo y sólo había encontrado un vagabundo aficionado a la bebida.

«No necesitas apoyo. Puedes hacerlo sola, hermanita. Sólo necesitas una cosa: la rabia que bulle en ti.»

Sí. Había regresado hacia la ventana con un movimiento de reptación extremadamente cauteloso, aferrándose con las uñas a la superficie granulosa de la pared. Pasó por encima de la barandilla de piedra y entró en la habitación en el preciso momento en que, abajo, en la plaza, alguien acababa de fijarse en ella al fin y la señalaba con el dedo.

Estaba empezando a experimentar de forma retrospectiva el impacto interior de lo que había estado a punto de hacer. Estaba aterida hasta la médula tanto por el viento helado que se le colaba por el camisón como por la idea de que, en ese instante, podría estar tendida en la acera, con todos los huesos rotos y las vísceras reducidas a un amasijo informe. Pero eso no le impedía sentir una nueva corriente de voluntad que corría por sus venas. ¿Querían su muerte? Muy bien. Perfecto. Quizá muriera... pero que no siguieran contando con que fuera a suicidarse. Tendrían que pagar el precio... Una persona que no tiene miedo a morir y que alberga suficiente odio en su corazón es un adversario temible. No había más que fijarse en todos esos idiotas de kamikazes. Tenía la impresión de que, de repente, lo veía todo con mucha más claridad. Una transmutación profunda... Sabía que corría peligro de muerte, pero ahora le daba igual. Acababan de cometer un error: habían despertado en ella algo que dormía desde hacía mucho tiempo. Sin darse cuenta, sus torturadores la habían endurecido, preparado para ese momento en que la fuerza y la rabia que aguardaban en su interior tomarían las riendas. Sin duda, habrían conseguido su objetivo con alguien más débil, más manipulable, más desesperado, pero ella no estaba hecha de esa pasta. Por fin acababa de comprenderlo.

«Tú eres fuerte, más fuerte de lo que creen, más fuerte de lo que tú misma creías, hermanita.» Era un sentimiento de una gran pureza: gracias a ellos, que le habían quitado todo cuanto poseía, ya no tenía nada que perder.

Como solidarizándose con su nuevo estado de ánimo, un rayo de sol surgió entre las nubes plomizas e iluminó el suelo de la habitación delante de ella. Acarició la moqueta roja con polvo de oro y Christine advirtió que también alumbraba el cesto vacío de *Iggy*, olvidado en un rincón. Esa vez las lágrimas afluyeron, imposibles de reprimir.

Las dejó correr, pues sabía que no eran lágrimas de debilidad.

Cerró las maletas y salió de la habitación. Dos personas esperaban delante de ella en la recepción. Cuando le llegó el turno, la recepcionista frunció el ceño.

—¿Nos deja ya? Creía que iba a quedarse varias noches... ¿Algo que no sea de su agrado?

—Todo está muy bien —respondió ella—. Pero vuelvo a mi casa. Los obreros han hecho milagros y lo han reparado todo. Ya no hay fugas.

La mujer del mostrador le dirigió una mirada circunspecta. Se acordaba de que al llegar había hablado de un robo y de unas cerraduras que había que cambiar.

—Muy bien.

—Cárguelo todo a la cuenta de la señora Dorian.

—Sí. ¿Ha tomado algo del minibar?

—Sí. Inclúyalo también en su cuenta.

Echó a andar por las calles de Toulouse haciendo rodar las maletas tras ella. No vivía muy lejos y no tenía ganas de coger el metro. Además, el cadáver de *Iggy* no pesaba tanto. Ahora contaba con todo el tiempo del mundo.

«Todo eso está muy bien —dijo la voz de Madeleine—, pero ¿por dónde empezamos?»

Christine lo sabía, desde luego. Era evidente. No había otra manera posible de empezar...

Al amanecer, Servaz ya estaba en su puesto. Sentado en su coche. La adrenalina le corría por las venas. Después de cerrar el diario de Mila, se había duchado y vestido y luego había bajado a prepararse un termo de café en la cocina de la planta baja. A continuación había salido en silencio del aparcamiento de la casa de reposo.

Era temprano en el mundo. En toda la región, miles de cafeteras de primera categoría debían de borbotear en las cocinas espaciosas y señoriales de los ingenieros, de los directivos y de los técnicos que trabajaban en la aeronáutica y la industria espacial, mientras los soñolientos empleados rasos de los peajes de autopista se preparaban para recibir sus berlinas, sus cupés deportivos y sus 4×4 último grito. Aparcado en la colina, al borde de un campo, Servaz bebía un café fuerte de baja gama. Había visto encenderse una luz abajo, en la casa de diseño orlada de niebla matinal. Una gran casa moderna que parecía salida del estudio del mismísimo Mies van der Rohe: un ensamblaje de cubos de cemento de líneas horizontales y techo plano, grandes ventanas rectangulares y puertas acristaladas del lado de la piscina, e incluso una pequeña caballeriza. Unas cercas blancas y pradera alrededor. La luna llena velaba sobre ese paisaje, redonda y mofletuda, eterna; el cielo clareaba por el este; los bosquecillos se veían negros y las colinas de un azul todavía oscuro.

Una figura pasó detrás de la ventana iluminada. Servaz enfocó los gemelos. Era él... Se le aceleró el pulso. Era madrugador. Las seis y media. Servaz lo miró mientras se tomaba tranquilamente el café, en batín, sentado cerca de la ventana. Estaba claro que no le preocupaba que alguien pudiera observarlo. Después lo vio salir de la habitación y otra ventana rectangular se iluminó. Durante una hora y media, Léonard Fontaine permaneció sentado delante de su ordenador. El cielo se aclaró aún más; el paisaje emergió lentamente de la oscuridad, como un decorado de teatro que se alumbra de manera progresiva. Servaz retrocedió, sin encender los faros, para disimular el coche detrás de un grupo de árboles. Salió al intenso frío y se levantó el cuello de la chaqueta. Después cruzó una valla eléctrica y caminó sobre la nieve que se derretía y la hierba alta y mojada hasta el borde de la colina. Aunque llevaba consigo el termo de café para calentarse, ardía en deseos de encender un cigarrillo, de sentir entrar el humo en sus pulmones infectados y ávidos. Cuando llegó al extremo de la colina, tenía el bajo del pantalón empapado.

A las 7.28 horas, el sol apareció por fin y sus pálidos rayos rasantes acariciaron el paisaje helado, incapaces de calentar el ambiente. A las ocho, bascularon por encima de la colina para iluminar el fondo del pequeño valle, y entonces se abrió la vidriera de la parte delantera de la casa. Servaz vio a Fontaine dando unos pasos por la terraza de madera, todavía en batín, descalzo a pesar del frío. Con otra taza en la mano, tomaba el café mirando al frente. A través de los gemelos, Servaz veía humear la taza. También distinguía unas lamparillas que brillaban en el suelo.

Cuando se terminó el café, Fontaine rodeó la piscina en dirección a la caseta. Aunque habían barrido la nieve, las planchas debían de estar resbaladizas de todas formas, porque el astronauta caminaba con cuidado. Entró en la pequeña construcción, encendió la luz y desapareció en el interior. Enseguida, un ronroneo eléctrico se expandió por el valle y la cubierta de PVC que tapaba el agua comenzó a retirarse. Servaz seguía el espectáculo con la misma extraña fascinación que la del *voyeur* que mira a escondidas a una chica hermosa.

«No irá a bañarse...»

Cuando el astronauta volvió a salir de la caseta, Servaz se quedó impresionado: a pesar del frío, Fontaine estaba desnudo. Se agachó para desconectar la alarma de seguridad con una llave y, al cabo de unos segundos, se había sumergido en el agua.

«Madre mía...»

Crol, espalda, mariposa. Servaz estuvo mirando al astronauta hacer largos durante más de una hora. El agua debía de estar caliente, porque desprendía vapor. El sol iluminaba ya el pequeño valle; una hermosa mañana de invierno, fría y clara. Servaz estaba helado. Fontaine salió por fin del agua, corrió a secarse al interior de la caseta y después regresó a la casa en batín. Servaz no volvió a verlo durante un rato. Aprovechó para examinar los alrededores a la luz del día. El edificio más cercano era una granja situada a quinientos metros.

Cuando volvió a aparecer, el hombre llevaba un jersey grueso y pantalones y botas de equitación. Bordeó la valla blanca hasta las caballerizas y entró. Un cuarto de hora más tarde, salió con un caballo magnífico. Servaz lo observó mientras lo ensillaba y después lo montaba con agilidad antes de lanzarse al asalto de la colina de enfrente. El policía cobró conciencia de que si el astronauta hubiera elegido el altozano donde se encontraba él, lo habría alcanzado antes de que hubiera podido llegar hasta el coche. Lo recorrió un escalofrío; todas las fibras de su cuerpo le gritaban que la casa estaba vacía, aislada, y que Fontaine estaría cabalgando durante al menos treinta minutos. Sabía que estaba casado y que tenía niños pequeños, pero todo le decía también que aquella mañana estaba solo. No había el más mínimo movimiento, ni el menor asomo de una presencia que no fuera la suya. La tentación de bajar a husmear era grande, pero por un parte ignoraba cuánto tiempo estaría ausente el astronauta, y por otra dejaría un rastro en la nieve.

A no ser que aparcara el coche delante de la puerta... Fontaine vería que alguien había ido y se había marchado durante su ausencia, pero no tendría manera de saber de quién se trataba. Un personaje público como él debía de recibir visitas.

Dudando, inspeccionó la casa sumida en el silencio y la quietud. No vio nada que pareciera un sistema de alarma, ni siquiera un proyector en la fachada, a la altura del techo, de los que se activan por medio de un detector de movimiento. Tampoco había nadie a la vista. Era muy consciente de que si entraba en aquella casa sin orden judicial —lo que los policías llamaban una «mexicana»— y lo pillaban in fraganti, sería el final de su carrera. Después de eso ya podía ir buscándose un trabajo de vigilante... Claro que, en un primer momento, podía limitarse a llamar a la puerta. Eso no lo comprometía a nada. Volvió a atravesar el campo cubierto de nieve hasta el coche, se sentó al volante y arrancó despacio. Bajó lentamente por la pendiente hasta el punto, a la altura de dos robles, en que la carretera confluía con la avenida que pasaba por detrás de la casa, siguió por ella y paró el motor delante de la entrada.

«¿Y ahora qué?»

¿Y si su mujer y sus hijos estaban durmiendo dentro? ¿Qué diría? ¿Que sospechaba que el hombre con el que estaba casada era un monstruo? ¿Un enfermo peligroso? Bajó del coche. Levantó los ojos hacia las colinas. Observó una vez más el paisaje helado. Su aliento se elevaba, blanco, en medio del frío. El pulso le latía un poco más deprisa. Subió los dos escalones de cemento y llamó. No hubo respuesta. Volvió a apretar el timbre de baquelita. Nada. La puerta se burlaba de él. Igual que el silencio de la casa. Un cuervo graznó en un árbol, a su espalda, y lo sobresaltó.

«Venga. Decídete. Demuestra que estás vivo, que todavía tienes arrestos...»

Hacía tiempo, un ladrón le había enseñado cómo abrir una cerradura en treinta segundos. Aquélla parecía ser de un modelo de los más corrientes. Cabía, no obstante, la posibilidad de que hubiera detectores de movimiento en el interior de la vivienda. Si Fontaine tenía algo que ocultar, no era probable que lo hubiera dejado en un lugar de fácil acceso. Además, ¿qué esperaba encontrar? De todas maneras, no le daría tiempo a husmear en su ordenador. Ni en sus carpetas. Volvió a mirar la cerradura: parecía nueva. Mejor. El óxido y la suciedad habrían podido dificultar el movimiento de los piñones.

«¿Qué pretendes demostrar?» Volvió al coche, abrió la puerta del acompañante y buscó en la guantera. Sacó un manojo con una decena de llaves envueltas en un trapo. No se trataba de unas llaves cualesquiera, sino de las denominadas «bump», utilizadas por los ladrones para forzar las cerraduras de cilindro. Por lógica, habría sido necesaria una llave distinta para cada marca, pero con una decena de modelos bastaba para abrir más de la mitad de las existentes en el mercado. Servaz se puso manos a la obra. Cuando llegó a la octava llave, todavía no había encontrado la forma de abrir y tenía las manos mojadas y la cara bañada en sudor. La novena se le resbaló entre los dedos húmedos, pero respondió de manera favorable. Una vez que la hubo introducido en posición de reposo, le aplicó un golpe seco desde arriba con la palma de la mano y la hizo girar de inmediato. Bingo. La puerta osciló, dando paso a un silencioso pasillo.

Miró el reloj. Habían transcurrido unos quince minutos desde que Fontaine había salido al galope.

Las paredes del largo corredor, de hormigón pulido, creaban un bonito efecto, pues estaban completamente desnudas. El suelo, de antracita, era magnífico. No había muebles. Ni tampoco ningún detector de movimiento visible... Al pasar, Servaz atisbó un cuarto de baño minimalista a la derecha, con una ducha italiana flanqueada por dos finas paredes de cristal, un suelo de guijarros y un lavamanos que parecían recién salidos de un catálogo de decoración. Allí todo era sin elaborar, depurado, elemental, reducido a la mínima expresión.

Siguió avanzando por el pasillo. Se quedó paralizado. Dejó de respirar un instante. Una escudilla en el suelo... Vacía. Grande... «Escudilla grande = perro grande», se dijo. Notó un sudor helado que le resbalaba por la espalda: lo horrorizaban los perros. Y los caballos. Aún podía dar media vuelta... Se adentró en el espacioso salón de techo alto. La estancia confirmó su primera impresión: blanco combinado con negro, grandes cuadros con pinturas abstractas en las paredes, un escritorio moderno delante de una pequeña biblioteca, una gran pantalla de plasma por encima de una también enorme chimenea mural de bioetanol cuyas llamas bailaban sobre un lecho de guijarros... Al otro lado de la puerta vidriera se veía la piscina. Había una puerta a la derecha. Servaz advirtió una cama grande. No había alarma... Pero sí un perro... ¿Dónde estaba? Se quedó inmóvil un instante en medio de la habitación. Una escalera exenta hecha de madera clara subía, como suspendida en el espacio, hasta un altillo situado encima de una cocina americana. Siguió los escalones con la mirada...

Y lo vio.

El perro. Aunque no identificó su raza, la cara ancha, el hocico corto y el belfo abultado del animal dormido no dejaban margen de duda: pertenecía a la categoría de los molosoides, cuyo nombre provenía —según sabía Servaz— de la tribu griega de los molosos, que regaló a Alejandro Magno un perro capaz de despedazar un león. Pitbulls, rottweilers, bulldogs y otras alimañas de mandíbulas de acero y ojos pequeños, mezquinos y feroces. Sintió que se le helaban las entrañas. El animal dormía en el borde del altillo, con el morro aplastado contra el suelo, dominando el salón. De haber abierto los ojos, habría abarcado todo el espacio con la vista y descubierto con ello al intruso que allí se encontraba. Servaz notó que se le secaba la garganta. No le quedaba ni una gota de saliva en la boca.

«Vete de aquí, retrocede por el pasillo... ahora...»

Ante el menor ruido sospechoso, el perro se despertaría. Además, Fontaine podía aparecer de un minuto a otro. «¡Márchate!» El escritorio. Se acercó de puntillas: un montón de papeles sin interés colocado cerca del ordenador... apagado. Lanzó una ojeada al monstruo que dormía arriba. Abrió los cajones con el mayor sigilo posible. Uno por uno. Levantó los documentos. Facturas, recibos, correspondencia... ¡Nada! Se volvió hacia los libros, sacó algunos, volvió a dejarlos en su sitio. Increíble, el chucho no movía ni una pestaña: ¡menudo perro guardián! ¡Servaz lo oía incluso roncar un poco! A él, en cambio, le zumbaba la cabeza como los altavoces de un ordenador cuando hay otro aparato eléctrico cerca. Tenía la sensación de que toda la sangre se le bajaba a las piernas. «Sal de aquí, ahora mismo. Esto no sirve de nada...» Dio una vuelta rápida por la cocina: una nevera grande metalizada, placas de inducción, armarios transparentes, un calendario de Correos. Luego entró en la habitación. Una litografía erótica en la pared. Una cómoda. Una gruesa alfombrilla con filamentos rizados. Armarios. Los abrió. Apartó chaquetas, camisas. Se secó las manos, cada vez más húmedas, en el pantalón. Sobre todo, no debía dejar ninguna huella. Encontró varios uniformes con charreteras; en un estante, justo encima, había una gorra de piloto: como la gran mayoría de los astronautas, Fontaine había sido piloto de caza y jefe de escuadrilla antes de incorporarse a la Agencia Espacial.

Se volvió hacia la cama. Un libro en la mesita de noche. Se acercó.

La sangre se le espesó en las venas como una salsa a punto de cuajar: el libro se titulaba *La perversidad en acción, el acoso moral en la empresa y en la pareja.* Servaz se quedó mirando un momento la ilustración de la tapa, que representaba unos nudos de alambre de espino.

Allí, encima de la mesita de noche, a la vista de cualquiera, un libro que podía ser útil para quienes querían protegerse de los perversos... pero también para los propios perversos.

Experimentó el extraño sentimiento de poder que invade a un investigador cuando da en la diana. Al mismo tiempo, el pánico comenzó a apoderarse de él. El reloj. Veinticinco minutos: ¡hacía veinticinco minutos que Fontaine se había ido con el caballo! «¡Lárgate, sal corriendo! ¡No pierdas más tiempo!» Bruscamente, un sonido estridente quebró el silencio y él dio un salto como si hubieran hecho estallar un petardo en sus pies. ¡El teléfono! El timbre insistió hasta que el contestador se activó en la sala de estar. Una voz sintética invitó a dejar un mensaje después de la señal, y luego se oyó una voz de mujer, tensa: «Léo, soy Christine. Tengo que hablar contigo. Llámame.»

¿Quién era Christine? ¿Su próxima víctima?

El perro: el teléfono debía de haberlo despertado... «Vete de aquí.» Volvía con paso vacilante al salón cuando, bajo los pies, sintió una vibración que parecía el preámbulo de un seísmo. Era aún lejana, pero concreta. Se propagaba por el suelo. La notaba a través de las suelas de los zapatos... ¿Qué sería? ¿Una caldera o alguna máquina que acabara de ponerse en marcha en las entrañas de la casa? No, no era eso... Y de repente, en un segundo, lo comprendió. Eran unos cascos que repiqueteaban el suelo. Un caballo que se acercaba al galope...

«¡Lárgate!»

Esta vez puso pies en polvorosa... a través del salón primero y después a lo largo del interminable pasillo. Al pasar entrevió un ojo que se abría arriba, todavía soñoliento, aunque no por mucho tiempo. La vibración se amplificó, resonando en el suelo, en las paredes. Los latidos desordenados de su corazón casi la sofocaban. Estaba llegando a la puerta cuando percibió un coche que se acercaba por la avenida. ¡Mierda! Se detuvo en medio del corredor. El repiqueteo había parado, no así el de la sangre en sus venas. Lanzando una ojeada hacia la sala de estar y el ventanal, divisó la figura de Fontaine, que desmontaba en el extremo de la pradera, al otro lado de la piscina. En el lado contrario, oyó que el coche aparcaba junto al suyo: ¡estaba atrapado!

Aventuró una mirada por la puerta entornada. Una mujer bajaba del coche. ¡En menos de un minuto habría entrado en la casa! Si al menos hubieran sido los bomberos o el cartero que pasaban a pedir el aguinaldo... «El cartero...» Claro: ¡era su última oportunidad! Volvió a la sala de estar, se precipitó hacia el dormitorio, abrió el armario y cogió la gorra de piloto del estante. Luego fue corriendo hasta la cocina y arrancó el calendario de la pared. En ese momento lo oyó: el golpeteo descendente de las garras en la escalera del altillo. Rodeó la barra de la cocina y se quedó petrificado. El enorme animal bajaba lentamente, observándolo. Una vez que llegó al suelo de la sala de estar, avanzó impávido hacia él. Los ojillos con que lo miraba tenían el brillo de las monedas bruñidas. Su hocico negro y potente era la cosa más terrorífica que Servaz hubiera tenido que ver tan de cerca... exceptuando, quizá, el cañón de un arma de fuego. Le dio la impresión de que la columna vertebral se le convertía en un circuito de refrigeración. También sintió —de manera inequívoca— que las rodillas empezaban a temblarle y pensó que el animal iba a oler su miedo, lo cual, según la creencia popular, no era nada bueno.

Después el perro se puso a gruñir y a enseñar los colmillos. La frecuencia grave de aquel sonido impactó en el plexo solar de Servaz. La fiera lo miraba, mostrando una hilera de dientes dignos de un escualo. Cincuenta kilos de músculos listos para saltar y arrancarle el cuello y parte de la cara. Temblaba, sudaba como un cerdo... estaba empapado de sudor...

—¡*Darkhan!*

La voz de la mujer hizo reaccionar al animal.

—¡*Darkhan!*

Volvió a llamarlo desde fuera y —¡oh, maravilla!— de repente el monstruo perdió el interés en él para irse corriendo alegremente hacia la entrada. A pesar de sus ganas de huir en dirección contraria, Servaz se obligó a ir tras él, todavía temblando. Al pasar junto al escritorio, cogió el montón de papeles y, poniendo el calendario encima, caminó hacia la puerta y la alcanzó en el preciso instante en que la mujer entraba, seguida por el chucho. De unos cuarenta y tantos años, con abrigo de invierno y guantes, segura de sí y autoritaria. Se quedó parada al verlo y a sus ojos asomó un brillo de sospecha. Él rogó por que no le diera tiempo a reconocer la gorra que llevaba en la cabeza, ni a reparar en el sudor que le empapaba las sienes.

Servaz le dedicó una sonrisa y levantó un poco el calendario en dirección a ella.

—Buenos días, señora —la saludó con tono calmado y profesional, sorprendentemente firme después de lo que acababa de vivir.

Pasó de largo a toda prisa bajo la mirada desconfiada del moloso, que esa vez no le gruñó. Adivinando que ella se volvía, bajó los escalones hasta llegar al coche, convencido de que iba a llamarlo de un momento a otro. Tampoco era cuestión de huir como un ladrón, porque, obrando de ese modo, lo más probable sería que ella apuntara su número de matrícula... El corazón le latía con el mismo brío con el que el caballo cabalgaba hacía un momento. Tiró la gorra y el calendario en el asiento del acompañante y después rodeó tranquilamente el vehículo y se sentó al volante. Luego dio media vuelta y se alejó por la avenida. Lanzó una mirada por el retrovisor: ni ella ni el monstruo lo habían seguido. Debía de estar jugando con el animal, o contándole a Fontaine que se había cruzado con un cartero un poco raro. Al cabo de unos minutos o unas horas, éste se percataría de que habían arrancado el calendario de la pared de la cocina y cogido los papeles del escritorio. También descubriría —más adelante, quizá— que le habían sustraído la gorra de piloto. Pensarían que habían sido víctimas de un intento de robo que ella había impedido con su llegada. En todo caso, la mujer no había tenido los reflejos necesarios para anotar su número de matrícula. ¿Por qué iba a hacerlo, de todas formas? Servaz podía considerarse afortunado: seguiría en la policía, tenía la confirmación de que Léonard Fontaine sentía un gran interés por el tema del acoso y no moriría despedazado entre los caninos de una pura máquina de matar...

Llamó a Ilan al salir del ascensor.

—¿Tienes lo que te pedí?

—Sí.

—Muy bien. ¿Puedes mandármelo a mi mail?

—No hay problema. ¿Christine...?

—¿Sí?

—¿Cómo estás?

Estuvo a punto de hablarle de *Iggy*, pero se contuvo.

—Muy bien —contestó—. Gracias por la grabación.

—Mantenme al corriente —dijo él.

—¿De qué?

—No sé... —repuso Ilan tras un instante de duda—. De lo que pasa...

—Ajá.

Colgó y abrió la puerta. Su aprensión se disipó enseguida, sustituida por el extraño sentimiento de volver a casa. Puesto que ya no estaba segura en ninguna parte, no veía ningún motivo para ausentarse por más tiempo. Y, de todas maneras, el miedo la había abandonado allá arriba, por encima del vacío.

Efectuó una rápida inspección del piso. No había nada fuera de lugar. Ni CD de ópera, ni huellas de ninguna intrusión. Abrió una de las maletas, sacó a *Iggy* envuelto en sus toallas blancas, como una momia, y lo dejó en el cuarto de baño. Después marcó otro número.

—¿Sí?

—¿Gérald?

Silencio al otro extremo de la línea.

—Ya sé que no tienes ganas de hablar conmigo, y lo entiendo —prosiguió con firmeza—. Con todo lo que te han dicho, todo lo que crees saber...

—¿Lo que «creo» saber? —dijo irritado.

Muy bien: «Enfádate. Tú eres tan perfecto, tan irreprochable, ¿verdad? Y, además, tú nunca te equivocas, claro... O muy poco... Te comportas como hay que comportarse, de manera razonable... Eso es: eres una persona razonable, asquerosamente razonable...»

—¿Lo que creo saber? —repitió él como si Christine acabara de decir un absurdo.

—Sí. Lo que crees saber no es la verdad. Y tengo la prueba.

Oyó un suspiro por el teléfono.

—Por el amor de Dios, Christine, ¿de qué me hablas?

—Piensa. Piensa en lo que sabes exactamente... y en lo que supones. ¿Has oído hablar de la tendencia de la gente a dar por buena la información que coincide con sus hipótesis de partida? Es lo que llaman «confirmación sesgada»... Y bien, ¿qué dirías si te hiciera oír una información que pone todo eso totalmente en entredicho?

—Christine, yo...

—Gérald, por favor. Concédeme cinco minutos de tu tiempo. Unos minutos para escuchar una cosa... Después decidirás por ti mismo lo que debes creer o no. Y te dejaré en paz. Definitivamente. Te doy mi palabra. Lo único que te pido son cinco minutos. Me debes al menos eso.

Él suspiró de nuevo.

—¿Cuándo?

Christine respiró y le dijo dónde y cuándo. Después colgó. Se dio cuenta de que el tono de súplica que había empleado no era más que una comedia esa vez. Una comedia destinada a Gérald. Le encantaba que le suplicaran... A partir de ese momento no volvería a suplicarle a nadie nunca más.

• • •

Cuando Christine entró en el café de la calle Saint-Antoine-du-T, vio que Gérald tenía un aire entre furioso y atemorizado. Parecía un niño, pensó ella.

—Hola.

Él levantó la cabeza sin decir nada. La joven cogió una silla y se sentó al otro lado de la mesa. No se había maquillado ni había hecho ningún esfuerzo para estar atractiva, así que debía de tener un aspecto espantoso con las ojeras, el pelo reseco y los ojos enrojecidos, pero él no hizo ningún comentario. Sólo parecía tener prisa por salir del trance.

—Denise ha recibido una visita de la policía —dijo de todos modos.

Ella se irguió.

—Por lo de esa chica en prácticas a la que pegaste. Le enseñaron las fotos...

—Yo no la toqué —replicó ella con firmeza.

—Deberías ir a un psiquiatra. Estás enferma, Christine.

—En absoluto.

Él le dirigió una mirada muy poco grata a través de los cristales de las gafas. Ella encendió su smartphone, abrió su mail y conectó los auriculares.

—¿Te acuerdas de aquella carta que recibí en el buzón? Fue entonces cuando empezó todo... ¿Te acuerdas?

—Ellos creen que la escribiste tú misma.

—¿Por qué iba a hacer algo así?

—No lo sé... Porque estás... enferma...

Christine adelantó el torso.

—¡Para de repetir eso, joder! —gruñó a media voz.

Oh, Dios. Él había retrocedido en la silla y presentaba todos los síntomas de estar aterrorizado. ¡Gérald tenía miedo de ella!

—Toma, ponte esto —lo conminó secamente.

Él la miró con fijeza y, después de negar con la cabeza con expresión de asco, cogió los auriculares y se los puso en las orejas. Ella conectó la grabación del programa de radio que acababa de proporcionarle Ilan: la parte durante la cual el hombre la había llamado para hacer alusión a la carta. Aguardó su reacción. Vio como fruncía el ceño y después se concentraba, con la mirada baja. Luego se quitó los auriculares.

—Entonces ¿también me inventé yo esa llamada?

Él no respondió.

—Es el programa del veinticinco de diciembre, o sea el día después de que encontrase la carta en el buzón. Puedes comprobarlo. Todavía está disponible en podcast —mintió—. Explícamelo: si la escribí yo misma, ¿cómo se entiende que ese hombre estuviera al corriente de su existencia?

Él guardó silencio. Ya no parecía tan seguro de sí mismo.

—Y si no fui yo quien la escribió, ¿cómo se explica que él conociera la existencia y el contenido de la carta, cuando eras tú quien la tenía en el momento en que llamó?

Gérald se ruborizó.

—Quizá fuera una coincidencia —aventuró—. No habla de la carta... sólo de que alguien se suicidó.

Christine puso los ojos en blanco.

—¡Por Dios, Gérald! Dice exactamente esto: «¿No te sientes mal por haber dejado morir a alguien? Dejaste que alguien se suicidara la noche de Navidad pese a que te había pedido ayuda...» ¡Es evidente que se refiere a la carta! ¿A qué si no? ¡Dice lo justo para que yo fuera la única que lo entendiese, nada más!

Gérald parpadeó y ella vio una bruma de incertidumbre en su mirada. Finalmente, negó con la cabeza, incrédulo.

—De acuerdo —concedió—. Tienes razón, habla de la carta. Pero lo que le dijiste a Denise...

—¡Es que Denise me dijo que yo no era la persona que te convenía! ¡Y sí, me sacó de mis casillas! ¿Cómo habrías reaccionado tú en mi lugar?

—Te has olvidado del mail que le enviaste.

—Yo no le escribí ese mail, igual que tampoco escribí esa carta —afirmó con aspereza—. Mierda, ¿es que no lo entiendes? Ese tipo no se limitó a llamarme a la radio. Se introdujo en mi cuenta de correo... y también entró en mi casa. Es una... una especie de... de esos *stalker*, que se ponen a perseguir a alguien y no paran.

Esa vez, él abrió la boca y volvió a cerrarla sin saber qué decir. Ella vio que reflexionaba.

—¿Cuándo? —preguntó por fin.

—¿Cuándo, qué?

—¿Cuándo entró en tu casa?

—La noche en que te llamé por lo de *Iggy* —respondió—. Lo encontré con la pata rota en el cuarto de las basuras. Conseguí localizarlo por los ladridos. En un momento dado, incluso creí que estaba en casa de la vecina, la misma vecina a la que le faltó tiempo para decirle a la policía que estaba chalada...

—¿Cómo está?

—Está muerto.

—¿Qué?

—Han matado a *Iggy*, Gérald. Por cierto, no sé qué hacer con su cadáver. Todavía está en... en mi casa... Si no me crees, no tienes más que venir a verlo.

Vio cómo digería la información. Después captó en sus ojos que empezaba a ceder al pánico.

—¡Dios santo, Christine, hay que avisar a la policía!

Ella soltó una breve carcajada sarcástica.

—¿La policía? ¡Si tú mismo acabas de decirme que la policía me considera culpable! ¡Y que me tienen por loca! ¡Hasta tú te creíste que yo había pegado a esa pobre chica, joder!

Él la miraba fijamente, con patente inquietud.

—¿Qué piensas hacer?

—Dos cosas: averiguar quién y por qué. Y sólo hay una persona que pueda aportarme información...

Gérald frunció el ceño.

—La chica de las prácticas —dedujo—. Claro... ¿Qué quieres que haga?

—Creo que me vigilan. He tomado muchas precauciones para venir aquí, con lo cual aún no saben que tú y yo hemos retomado el contacto.

—Hablas en plural, o sea que crees que... Sí, claro, la chica y ese individuo...

—Creo que hay otra persona —añadió Christine—. Ellos sólo son unos granujas de poca monta. Seguro que alguien les paga. No tenían ningún motivo para tomarla conmigo y, sobre todo, no pudieron conseguir toda esa información sin la ayuda de alguien más...

Gérald le dirigió una mirada interrogativa a través de las gafas.

—¿Tienes idea de quién puede ser?

Ella lo miró pensativa.

—Es posible... Quiero que vigiles a esa chica por mí —dijo.

—¡Joder, Christine! ¡Yo no soy poli! ¡No sé si sabría hacerlo!

Ella lo observó, escrutó aquella cara lisa, las gafas a la moda, sobrias, elegantes, el abrigo de lana de buen corte, la bonita bufanda de seda gris. Aspiró el olor a limpio que desprendía, con aquella agradable fragancia de fondo... «¿Cuándo dejarás de ser un niño bien educado, Gérald?» Apretó la mandíbula y contestó con voz firme:

—Tan sólo tendrás que seguirla un día o dos, decirme si se ha encontrado con alguien y llamarme si está sola en su casa.

—¿Dónde vive?

—En la Reynerie.

—Estupendo.

De repente, le cogió la mano a Christine y se la apretó.

—Perdóname —dijo—. Lo siento. Debería haber indagado más y no limitarme a las apariencias. Lamento mucho lo de *Iggy*. Quiero redimirme.

Sonrió con bravuconería, en un gesto de escarnio de sí mismo.

—De acuerdo, voy a seguir a esa chica. Y los tipos de la Reynerie que se preparen. Todavía no han visto de qué es capaz este menda criado en Pech-David.

Ella no pudo reprimir una sonrisa ante aquella baladronada típica de Gérald. Intuyó que tenía miedo, pero que aun así quería estar a su lado. La miraba sonriendo. «Puedes contar conmigo —le decía esa sonrisa—, no soy más valiente que la media de la gente, pero voy a hacer esto por ti.»

Christine correspondió a su apretón. Habría querido inclinarse por encima de la mesa y darle un beso, pero aún no estaba del todo dispuesta a perdonarlo.

—Un consejo —le dijo—. Cámbiate antes.

· · ·

Servaz miraba los aviones que despegaban con un interva-
lo de cinco minutos —salvo en los momentos de máxima
afluencia, en que lo hacían cada uno o dos minutos— desde la zona industrial de Blagnac. Le horrorizaban los aviones.

Había algo que le rondaba la cabeza. El diario de Mila,
a su lado en el asiento del acompañante, no dejaba de
atraer su mirada. ¿Por qué había seguido adelante con el
embarazo? Evocó la imagen del niño en pijama sentado en
el regazo de su madre y volvió a sentir ese amor de una
fuerza incomparable, el lazo indestructible que los unía.
Servaz había percibido su existencia con la misma nitidez
con que un perro habría captado los pitidos de un silbato
de ultrasonidos. ¿Por qué demonios había cambiado de
parecer? ¿Por qué no había abortado?

Devolvió su atención al edificio de cristal y cemento,
de esa arquitectura intercambiable que tanto podía encontrarse en Tokio como en Sídney o en Doha, con las letras
GOSPACE en el techo. Léonard Fontaine seguía dentro.
Servaz cogió el teléfono.

—¿Vincent? —dijo cuando Espérandieu respondió—.
Necesito otra cosa. Busca entre las denuncias recientes por
si hay alguna presentada por una tal Christine. Tiene que
ser por agresión o acoso.

—¿Christine? ¿No sabrás su apellido por casualidad?
—Hizo una pausa—. Olvídalo...

35

BIS

El interno de Urgencias era más joven que ella. Tenía el pelo moreno, unas facciones y un color de piel que sugerían unos orígenes hindúes o paquistaníes y parecía agotado y estresado. Christine pensó que más bien era él quien necesitaba cuidados. ¿Cuántas horas debía de llevar sin dormir?

—Usted dirá —la animó a hablar él después de dedicarle una breve mirada—. Le ha dicho a la enfermera que creía haber sufrido un trastorno cardíaco esta noche... —Miró la ficha—. Según los síntomas que veo aquí, podría tratarse de una simple crisis de taquicardia.

—He mentido.

A su cara asomó una sombra de sorpresa. Tan sólo una sombra: había visto de todo.

—¿Ah, sí?

—Es algo... delicado...

Vio que se recostaba en el respaldo de la silla y se ponía a toquetear el bolígrafo que llevaba en el bolsillo de la bata fingiendo tener todo el tiempo del mundo, cosa que estaba lejos de ser verdad, porque, detrás de Christine, el pasillo estaba lleno a rebosar.

—La escucho.

—Esta noche he tenido... una relación sin protección. Había... bebido y también... había...

—¿Consumido droga?

—Sí.

Simuló vergüenza y culpabilidad.

—¿Cuál?

—Da igual. No he venido por eso, sino a causa de... del... posible contagio.

—Comprendo. Querría hacerse la prueba, ¿es eso?

Christine asintió con la cabeza. Él reflexionó.

—Puedo prescribirle un test Elisa para dentro de tres semanas. Antes no serviría de nada, de todas maneras. Y un segundo test de confirmación para seis semanas después. Mientras tanto, debo... eh... hacerle unas cuantas preguntas... para decidir qué clase de tratamiento «postexposición» debo recetarle. Es para ver si basta con un simple tratamiento profiláctico o si bien hay que plantearse, de entrada, la administración de una multiterapia para tratar de contener la infección, ¿comprende?

—Creo que sí.

—Bien. ¿Hubo una relación oral, vaginal o anal?

—Eh... vaginal.

—¿No hubo contacto anal? —insistió.

—No.

—¿Qué sabe de su pareja? ¿Lo conoce bien?

—En absoluto. Era un... un desconocido, ¿sabe? —respondió ruborizándose.

—¿Cómo lo conoció?

—Pues, en un bar... dos horas antes.

Durante una fracción de segundo, tuvo la desagradable sensación de que la juzgaba.

—Disculpe. Dice que lo conoció en un bar. ¿Cree que podría ser seropositivo? ¿Piensa que su conducta es de riesgo?

—Me folló sin condón —contestó secamente—. Y no me conocía de nada. O sea que sí, pienso que hay probabilidades...

«¡Te violó, no te folló!...», gritó su voz interior. Volvió a oír la del hombre diciéndole muy cerca de la oreja: «Soy seropositivo.» El joven interno se puso rojo como una amapola y frunció el ceño antes de coger una hoja de receta.

—Voy a prescribirle de inmediato una combinación de varios antirretrovirales que deberá tomar durante cuatro semanas. Después, pare el tratamiento durante tres semanas antes de hacerse la prueba. ¿Tiene médico de cabecera?

—Sí, pero...

—Bueno. Da igual quién se encargue. Lo importante es que lo haga, ¿de acuerdo?

Ella asintió con la cabeza.

—Debe tomarlos con las comidas —precisó mientras escribía la receta—. Respete bien las horas de las tomas y las dosis. Es posible que tenga diarreas, náuseas o vértigos, pero sobre todo, sobre todo, no interrumpa el tratamiento, ¿comprendido? Esas molestias desaparecerán al cabo de unos días.

—De acuerdo.

—Si se olvida una toma...

—No me olvidaré.

—...si se olvida una toma —insistió, seguramente pensando que una mujer de su edad capaz de follar sin condón con un extraño al que había conocido en un bar era una irresponsable total—, espere a la hora de la siguiente y, sobre todo, no tome una dosis doble. Si vomita menos de treinta minutos después de la toma, repítala. En caso contrario, no. Voy a prescribirle también análisis de sangre para detectar eventuales complicaciones.

Le dedicó una mirada que consiguió que fuera a la vez de apuro y severa.

—Tenga cuidado. Este tratamiento no la protege de un nuevo contagio. Tampoco protege a sus... a su pareja... eventual... ¿comprende?

La tomaba por una ninfómana, estaba claro. Después, de repente, suavizó la expresión.

—Oiga, hay muchas posibilidades de que no tenga nada. Se trata de simples medidas de precaución. Pero en caso de que, por desgracia, se hubiera contagiado, es mejor seguir un tratamiento durante cuatro semanas que verse obligada a tratarse toda la vida.

Él sabía —igual que ella— que aquel tratamiento no garantizaba que fuera a quedar libre de todo contagio. Aun así, hizo un gesto afirmativo para indicarle que lo había comprendido.

«REPLICANTE.» Eso era lo que había escrito encima de la puerta. La «R» tenía forma de pistola ametralladora. Qué bonito... Christine empujó la puerta de cristal y, en lugar del tintineo de la campanilla, sonó una estridente sirena de policía como las que se oyen en las calles de Chicago o de Río.

A su alrededor, vitrinas, expositores, estanterías cerradas, fluorescentes, reflejos y vidrio templado. Y todos los artefactos fruto del empeño de la especie humana en destriparse desde la noche de los tiempos. Armas de fuego: fusiles de caza, escopetas de bombeo, armas de puño, pistolas y revólveres de categoría B, de acero pardo, bruñido, viril. Carabinas de balines, pistolas de aire comprimido, pistolas de bolas... Municiones de todos los calibres... Artilugios ópticos: gafas de tiro, gemelos, miras de punto rojo, de visión nocturna... En el sector cuchillería: puñales, cuchillos arrojadizos, machetes, catanas, tomahawks, hachas, estrellas de ninja, todos relucientes, hermosos, delicados, esbeltos, casi obras de arte... Artículos de regalo: peluches, botiquines de primeros auxilios y bolígrafos de defensa... Y también ballestas, tirachinas, nunchakus, cerbatanas, porras... Hasta las latas de bebidas energéticas tenían nombres guerreros: Monster, Grizzly, Dark Dog, Shark, Kalashnikov... La mayoría de esos chismes eran de venta libre. Fascinante...

El alto individuo obeso y barbudo llevaba la misma gorra de béisbol que la vez anterior. Cualquiera habría podido pensar que se encontraba en una pequeña ciudad del Medio Oeste o en un stand de la Asociación Nacional del Rifle. Aquel tipo era un verdadero cliché ambulante.

—¿Puedo ayudarla en algo? —preguntó con una voz débil como la de un niño.

Christine frunció la nariz: el olor a sudor seguía allí, flotando como un gas en torno a él.

—Seguramente —respondió.

Él la escrutó, preguntándose sin duda si aquello significaba sí o no. Tras un instante de reflexión, optó por el sí.

—No se siente segura, ¿eh? Todos queremos más seguridad —afirmó con contundencia—. Todos queremos un mundo donde se castigue de verdad a los golfos y a los criminales y donde las personas honradas estén defendidas por los que se supone que deben hacerlo. Todos queremos paz y orden. El problema es que las cosas no funcionan así... Nadie nos defiende realmente. Nadie acude a ayudarnos. Nadie se preocupa por nosotros.

Christine se preguntó de pronto si tras aquel «nosotros» debía entender «mí».

—O sea, que debemos asumir nuestra propia defensa. Debemos hacernos cargo de nuestro destino. Y más siendo una mujer en un mundo de hombres...

—Es exactamente eso —se mofó la joven.

No obstante, Christine también se planteó la posibilidad de que, sin querer, aquel payaso acabara de decir una verdad.

El hombre le guiñó un ojo como diciendo: «Ya sabía yo, en cuanto la he visto entrar, que íbamos a entendernos muy bien los dos, mi damisela.»

—Bueno, pues ha venido al sitio adecuado —proclamó con orgullo.

—Eso veo —prosiguió ella en la misma línea—. Y todas estas armas, ¿están autorizadas por la ley?

—Que se joda la ley.

Le dirigió una sonrisa de disculpa por la palabrota; tenía una boca minúscula, pero de labios gruesos, como la de una carpa, en medio de la barba rizada.

—¿Dónde está la ley cuando uno tiene necesidad de ella, eh? Pero no se preocupe, todo lo que voy a enseñarle es de venta libre para todas las personas de más de dieciocho años. ¿Es ése su caso?

Decididamente, tenía un sentido del humor particular. El hombre señaló una vitrina llena de enormes pistolas automáticas como las que empuñan los asesinos en las películas de John Woo y de Tarantino.

—Son modelos de alarma y modelos de gas —precisó—. Esas armas no pueden matar. Pero no me negará que dan miedo, ¿eh?

Debían de darles miedo sobre todo a los joyeros y los pequeños comerciantes cuando los delincuentes, que eran los principales consumidores de tales artículos, los atracaban con ellas.

—No —dijo ella, y sacó un papel—. Busco más bien esto.

El hombre pareció decepcionado al consultar la lista.

—Tendría que habérmelo dicho antes. Venga por aquí.

Al cabo de diez minutos, Christine salió con una bolsa de deporte negra que contenía un llavero lacrimógeno Mace, un puño eléctrico recargable de quinientos mil voltios con lámpara LED incorporada y una porra telescópica Piranha de acero inoxidable, cincuenta y tres centímetros de largo y empuñadura de neopreno. Le produjo una curiosa sensación tener todo aquello a sus pies cuando se paró a tomar un café en un bar, y también cuando cogió el metro con la bolsa a cuestas. Su siguiente destino fue una droguería cercana a su casa, donde adquirió un rollo de cinta adhesiva gruesa y un cúter.

Cuando salió de la tienda, le sonó el móvil. Era Gérald.

—Está sola en su casa.

Faltó poco para que Christine se echara a reír a carcajadas cuando lo vio a la salida de la parada de Reynerie. La ropa que llevaba —una especie de informe sudadera con capucha, un inmenso pantalón abombachado negro y unas zapatillas Puma con estampado de leopardo— era al menos cuatro tallas más grande, con excepción de las zapatillas. También lucía una gorra Snapback con visera plana y roja bajo la capucha y unas gafas de sol. El pantalón, en el que habrían cabido tres como él, caía formando varias capas desmadejadas encima de las deportivas y se arrastraba por la nieve. Parecía una caricatura de un rapero de un episodio de «South Park».

—¿Dónde has encontrado esos trapos? —preguntó horrorizada.

—Es que soy un personaje de «Yo Momma» —respondió él.

—Van a dejarte sin lo puesto sólo para quedarse con ellos —bromeó Christine.

—Que se preparen sus madres. Tú tampoco estás nada mal —señaló Gérald.

Ella dejó de sonreír, porque cayó en la cuenta de que con aquella pinta tenía muchas posibilidades de llamar la atención. Miró con inquietud hacia los grandes bloques de pisos del otro lado de la explanada y el pequeño lago. Aunque había dejado de nevar, del suelo ascendía una fina bruma de humedad.

—Creo que esos tipos de allá se han fijado en mí —comentó Gérald cuando se pusieron en marcha—. Deben de haberme tomado por un policía de paisano. Esto pinta mal.

Christine le lanzó una mirada cautelosa y sonrió.

—Ningún policía de paisano estaría tan chalado como para disfrazarse así. ¿Aún está sola?

Él señaló el edificio mientras subían lentamente la loma. Christine distinguió las mismas siluetas inquietantes de la vez anterior entre la niebla.

—Con su hijo, sí —confirmó Gérald.

—Vuelve a casa.

—¿Qué vas a hacer?

—Vuelve a casa... si te atreves a coger el metro con esa ropa... Si te quedas aquí vestido de esa manera, acabarás en calzoncillos.

Adoptó una expresión de niño terco bajo la visera y la capucha, una versión de Eminem con gafas.

—No, te acompaño.

Christine se paró en seco y se volvió hacia él.

—Escúchame bien, Gérald. ¿Sabes qué parecemos los dos? Unos estúpidos... Les bastarán treinta segundos para calarnos, y aún menos para echársenos encima. Pero ¿tú has visto la pinta que tienes? ¡Pasaríamos más desapercibidos con traje y corbata!

—¿Qué vas a hacer? —insistió él.

—No te preocupes, tengo un plan.

—¿Un plan? ¿De qué plan hablas? Aparte de disfrazarse...

—Te agradezco lo que has hecho, pero ahora te vuelves a tu casa.

—No, me quedo aquí.

Se detuvo al pie de un árbol y se levantó la manga de la desproporcionada sudadera para mirar el reloj.

—Quince minutos. Luego, voy a buscarte.

Christine se sentía los nervios tensos como cuerdas de piano. La situación no era como para sonreír, en realidad corrían un gran peligro. Aun así, la obstinación de Gérald y su tentativa de hacer alarde de valor le arrancaron una mueca.

—De acuerdo. Pero concédeme veinte.

Él miró a su alrededor con inquietud.

—No sé si podré aguantar tanto —reconoció.

Christine paseó la mirada en torno a sí, al acecho del menor movimiento sospechoso, mientras las capas de bruma iban espesándose.

—Yo tampoco estoy muy segura —convino—. Igual te toman por un miembro de una banda rival... —Lo miró de arriba abajo y sonrió—. Pero en lo que averiguan de cuál, yo ya habré vuelto —dijo en tono de broma mientras se alejaba.

Sin embargo estaba lejos de sentir la jocosidad que acababa de aparentar. Ella se había puesto la misma sudadera oscura de la otra vez... pero estaba casi segura de que observaban sus manejos con lupa. En el interior de los bolsillos, apretó el llavero lacrimógeno y el puño eléctrico. Aunque sabía que, si se encontraba rodeada, aquello no sería suficiente. También tenía la cinta adhesiva, el cúter y la porra telescópica en el bolso que llevaba en bandolera... No quería ni imaginarse cómo reaccionarían aquellos pandilleros si le pedían que lo abriera.

No obstante, llegó sin percance hasta el vestíbulo del edificio. Los niños de la vez anterior habían desaparecido. El viento barría la nieve y la bruma formando pálidas serpentinas, la nieve se derretía. No había nadie en la entrada. Dejó un rastro de fango al encaminarse a los ascensores. En los oídos percibía un martilleo lejano, y se preguntó si provenía de un equipo de música de los pisos de arriba o de su propia sangre. Era un ruido que empezaba a resultarle familiar: el ruido de la adrenalina.

En el interior del ascensor sacó el llavero y el puño eléctrico, cuya extremidad parecía una mandíbula. Había metido dos pilas en su interior. Se colocó el cordón alrededor de la muñeca y retiró el seguro. El vendedor le había aconsejado que comprara un gel en lugar de un spray para la bomba lacrimógena; le había explicado que el gas puede acabar volviéndole a uno a la cara en caso de viento contrario. Sin embargo, ella había optado por el spray, porque exigía menos precisión y porque, además, pensaba utilizarlo en un espacio cerrado. De todas maneras, había tomado la precaución de atarse un pañuelo al cuello. A partir de ese momento, todo era cuestión de ritmo y coordinación. Había repetido los gestos por lo menos diez veces delante del espejo antes de ir a reunirse con Gérald, pero no estaba segura de que bastara con eso. Ese tipo de cosas sólo salían bien en las películas. Tragó saliva y apretó los puños en torno a los dos objetos en el fondo de los bolsillos. Le dolían el vientre y los riñones. Cuando se abrieron las puertas del ascensor, respiró hondo.

Pasillo. Ruidos de televisores. Pintadas.

Puerta 19B. Christine trató de respirar pausadamente. Como la vez anterior, le llegaba música desde el otro lado de la puerta. Con el pulso a ciento sesenta, llamó al timbre. Bang-bang, latía su corazón. Unos pasos en el interior. Adivinó que la observaban por la mirilla. «Respira...»

La puerta se abrió de golpe.

—¿Qué coño haces aquí?

Cordélia la observaba desde su metro ochenta de estatura. Esa vez la alta joven llevaba una camiseta y bragas. Su cara todavía conservaba las marcas de los golpes que había recibido: morados que viraban del amarillo mostaza al negro, ojos inyectados en sangre, nariz como una patata... Christine se preguntó quién se los habría propinado y si los habría recibido contra su voluntad o no.

—¿Estás sorda o qué? Te he preguntado que qué haces...

Christine se quitó la capucha. Cordélia la miró asombrada. Se había rodeado los ojos de lápiz negro y de sombra, cubierto la cara de maquillaje blanco y pintado los labios de negro. Parecía una gótica, o una chalada. O bien alguien disfrazado para Halloween.

—Joder, no sé a qué estás jugando, pero...

En sus ojos, abiertos como platos, Christine percibió rabia e incredulidad.

—... si se entera de que has venido, te va a...

El brazo que se levanta y arroja un chorro hacia los ojos.

—¡Jodeeer! —chilló la joven.

Retrocedió, vaciló, se dobló hacia delante. Se llevó las manos a la cara. Tosió. Christine se tapó la boca y la nariz con el pañuelo. La empujó con la palma de la mano hacia el interior del piso y cerró la puerta tras de sí. Doblada en dos, Cordélia se frotaba los párpados de manera convulsiva, con los ojos llenos de lágrimas, incapaz de mirar en dirección a Christine, sacudida por ataques de tos. Los pequeños electrodos del puño eléctrico se posaron entre sus omoplatos, en la base del cuello, a través del fino tejido de algodón, tan delgado que Christine notaba la forma de las vértebras de debajo. Quinientos mil voltios: un chisporroteo y la luz azul del arco eléctrico... Recorrida por violentos temblores, a Cordélia le fallaron las piernas y cayó como una marioneta a la que le hubieran cortado los hilos. Christine acompañó el movimiento sin apartar el puño eléctrico de su cuerpo. Prolongó la descarga más de cinco segundos. Final de la partida. *Game over*. La estudiante yacía en el suelo. No estaba desmayada, sino desorientada, incapaz de levantarse ni de reaccionar: la descarga eléctrica había bloqueado transitoriamente los mensajes que su cerebro enviaba a sus músculos.

Christine dejó resbalar la correa del bolso, lo depositó en el suelo y abrió la cremallera. «¿Qué? ¿Qué tal sienta eso de ser la víctima en lugar del verdugo, eh? Produce una sensación rara, ¿no? Apuesto a que no te ha gustado mucho. Pues, para que lo sepas, eso no es nada comparado con lo que voy a hacerte.»

· · ·

Una momia. Con la gruesa cinta adhesiva metalizada rodeándole los tobillos, las pantorrillas, el torso y los brazos. Tumbada de lado en el suelo, con las piernas dobladas. En posición fetal. Con los brazos atados en «L» y las muñecas y las manos juntas. Sólo algunas partes del cuerpo eran visibles bajo la cinta: rodillas, codos, clavículas... y la parte superior de la cabeza. El cuello, la barbilla y la boca de Cordélia también quedaban bajo espesas capas de cinta adhesiva. La mordaza acababa justo debajo de la nariz... de la que surgía una respiración ruidosa.

Christine miró sus ojos chispeantes de cólera e incredulidad. Cordélia soltó un furibundo gruñido a través de la cinta ancha, agitándose como un gusano clavado a un anzuelo. Christine la observaba sentada en el borde de la mesa baja, a un metro de ella; la porra telescópica había sustituido al puño eléctrico en su mano.

—¿Te duele mucho? —preguntó—. Dicen que ese chisme no deja secuelas ni lesiones físicas, los muy embusteros.

—Gggrrrmmmhhh...

—Cierra el pico.

Acercó la punta de acero de la porra a una zona descubierta de la espalda de Cordélia, por la que asomaban las quemaduras superficiales dejadas por la descarga eléctrica. La joven se estremeció cuando Christine las rozó.

—Esto no estaba previsto —declaró con tono impasible.

—Gggrrrmmmhhh...

—Que te calles.

—Qqq... ttte... ddden... pppo... cccculll... pu... ttt...

Suspirando, Christine estudió la rótula que la cinta dejaba a la vista. El hueso liso, abombado, vagamente triangular bajo la piel fina y pálida. Dudó, con una garra en el pecho. Por un instante, se preguntó si no sería mejor que parase. Por más que hubiera visualizado la situación durante el trayecto, pasar a la acción era otra cosa. Sintió que de repente empezaban a temblarle la mano y las rodillas y se puso rígida para que no se le notara. Apuntó, haciendo oscilar la porra. El movimiento hendió el aire con un suave silbido. Luego sonó un ruido extraño, como el de una taza que se rompe al caer al suelo. A Cordélia casi se le salieron los ojos de las órbitas. Soltó un alarido que el adhesivo redujo a un relincho apagado. Con las lágrimas rodándole por las mejillas, miró a Christine con una cara de sufrimiento y rabia espantosos. Ésta se preguntó con angustia si le habría pulverizado la rótula.

Cordélia le lanzó una mirada perpleja e inquieta, con los ojos anegados en lágrimas. Christine le dejó un tiempo para que se recuperara. Sus ojos perfilados con lápiz negro eran dos guijarros de hielo.

—Voy a quitarte la cinta de la boca. Si pides socorro, si intentas gritar o levantar la voz, te destrozo los dientes con esto...

Su tono era tan frío, tan áspero, tan metálico que ni ella misma lo reconoció. Otra Christine estaba a punto de suplantar a la que ella conocía. «Pero esa Christine te gusta, ¿verdad? ¿Por qué no lo reconoces? Aunque un resto de esa Christine civilizada, bien pensante y llena de buenos sentimientos hipócritas siga desaprobando lo que estás haciendo, no puedes dejar de pensar que sienta estupendo eso de tomarte la justicia por tu mano. Ojo por ojo, diente por diente. Como en el Antiguo Testamento. Esta nueva Christine te gusta, admítelo.»

Estaba claro que Cordélia también había comprendido que las tornas habían cambiado, porque movió vigorosamente la cabeza en señal de asentimiento. Christine se agachó y le arrancó el adhesivo de la boca. La chica hizo una mueca de dolor, pero no emitió sonido alguno.

—Apuesto a que no te esperabas esto, ¿eh? ¿A que no esperabas que Christine, la víctima ideal, el blanco perfecto, la pobre Christine, se transformara en Christine la loca peligrosa? ¿Te das cuenta? Hasta mi lenguaje ha cambiado. Debo reconocer que lo que habéis conseguido hacer de mí en pocos días ha sido extraordinario. Extraordinario, sí.

Cordélia no hizo ningún comentario. La observaba desde el suelo, con mirada calculadora y prudente. Una mirada que iba y venía entre Christine y la porra.

—La gran pregunta —añadió Christine en voz baja— es quién se esconde detrás de ese plural, de ese «vosotros».

Cordélia la miró fijamente.

—Era una pregunta, Cordélia... ¿No has oído el tono de interrogación del final?

No hubo respuesta.

—Cordélia...

—No me preguntes eso. Por favor.

—Cordélia, no estás en posición de negarte a responder.

—Pégame si quieres, no diré nada...

—Cordélia, voy a hacerte daño...

—Pierdes el tiempo.

—No creo... Si hay algo que me sobra, es precisamente tiempo...

Su voz era cada vez más calmada y glacial. Veía pánico en los ojos de la joven, y la certeza creciente de que su antigua jefa se había vuelto loca.

—Para, te lo suplico... Ese hombre es capaz de todo... Sé que me vigila... Lo mejor sería que te marcharas de aquí... No tienes la menor idea de lo que haces. No sabes a quién te enfrentas ni lo peligroso que es.

Christine suspiró.

—Cordélia, eso no es lo que te he preguntado. ¿Quién? Es la única cuestión que me interesa.

—Vete —insistió la joven—. Vete antes de que sea demasiado tarde... No diré nada de lo que acaba de pasar, te lo juro.

Al ver que Christine no se movía, añadió:

—No te imaginas de lo que es capaz. No tienes ni idea...

Christine suspiró, volvió a colocarle la cinta y apretó varias veces con los dedos para cerciorarse de que estaba bien pegada. La otra sacudió la cabeza vigorosamente, con los ojos desorbitados por la inquietud.

Christine observó el hombro huesudo que sobresalía bajo la camiseta.

Su cerebro sopesó, evaluó. Luego levantó la porra, esforzándose por controlar el temblor de la muñeca. Percibió el dolor, enorme, cuando la clavícula cedió bajo el impacto, y después la resignación en la mirada de la joven, que cerró los párpados, aunque unas gruesas lágrimas bajaron rodando entre las pestañas.

Por un instante, Christine pensó que tal vez se hubiera desmayado. Apartó el adhesivo.

—¿Estás segura de que no quieres decirme nada?

Los ojos se abrieron de golpe.

—Vete a la mierda.

Ella reflexionó. Por más que hubiera cambiado, no tenía madera de torturadora. Lo que acababa de hacer podría calificarse de «secuestro y actos de tortura» delante de un tribunal. Sin duda. Lo que no impide que, a fin de cuentas, cada cual actúe según sus principios y su moral, se dijo. Cada individuo establece sus propias normas y, según sus criterios, una verdadera sesión de tortura no era aquello, sino lo que podía venir a continuación...

—Vete —le suplicó Cordélia—. Por favor. No lo conoces. Te hará daño. Y a mí también.

—A mí me parece que ya me lo ha hecho —replicó.

Volvió a poner la cinta sobre los labios de la chica. Sin embargo, en su cerebro despuntaban también la duda y el miedo... otra vez. Mientras movía los miembros anquilosados para reactivar la circulación, con los ojos desorbitados, Cordélia parecía genuinamente asustada. ¿Quién era el hombre que la aterrorizaba hasta ese punto?

Quizá hubiera una solución... Una solución que le repugnaba. Que le producía náuseas.

Metió la mano en el bolso y sacó el cúter. En la hoja vio el reflejo agrandado de la mirada de pavor de la estudiante.

—¿Anton está durmiendo?

La mirada se endureció, se volvió feroz.

—¿Quieres que me ocupe de tu niño? —dijo Christine de improviso.

Le retiró el adhesivo.

—Como le toques un solo pelo, te mato —espetó la chica con una voz llena de odio—. No lo harás... Es un farol, una fantasmada. Te conozco. No eres esa clase de persona. Eres incapaz de hacer algo así.

—«Era.» Eso era antes, Cordélia...

—No lo harás —insistió la otra, pero la voz había empezado a temblarle un poco.

—¿Ah, no? Mira: esto es lo que habéis hecho de mí.

Se levantó. Se dirigió a la habitación de al lado. Empujó la puerta entornada. Tuvo la impresión de que los zapatos se le llenaban de plomo. El pequeño estaba allí, apaciblemente dormido en su cochecito. Encima de él pendía un móvil con una luna y varios planetas, y también había colgado un sonajero al alcance de sus manitas. El cúter le tembló en las manos cuando se acercó, con la sangre zumbándole en las sienes. Cordélia tenía razón, por supuesto: era un farol. Lo del cúter, por lo menos... Alargó la mano libre. «Mierda...» Pellizcó la piel fina y suave, el bracito regordete y rosado. Anton abrió los ojos en el acto y se puso a berrear. Volvió a pellizcarlo, más fuerte. Los berridos aumentaron de volumen.

—¡Vuelve! —gritó Cordélia desde el comedor—. ¡Vuelve aquí! ¡Te lo suplico!

Christine se sentía al borde de la náusea. ¿A qué estaba jugando?

—¡Vuelve! ¡Te lo suplico! —volvió a gritar Cordélia en la habitación de al lado—. ¡Hablaré!

Oyó a la madre que daba rienda suelta al llanto.

«No te dejes ablandar. Concéntrate en tu rabia.»

Regresó a la sala de estar. El niño seguía chillando. Cordélia levantó una mirada azorada hacia ella y empezó a hablar con precipitación:

—No sé su nombre... Se puso en contacto con nosotros, con Marcus y conmigo, y nos ofreció dinero. Al principio sólo había que hacer una llamada a la radio, dejar una carta... Nos dijo qué había que hacer exactamente... Y después quiso que te metiéramos miedo, que...

Las lágrimas inundaron las pestañas de la joven.

—Que... le rompiéramos una pata a tu perro... Yo no estaba de acuerdo... pero era demasiado tarde para echarse atrás... y había mucho dinero de por medio... Mucho. Lo siento. No sabía que la cosa iría tan lejos, ¡te lo juro!

—¿Quién es Marcus?

—Mi compañero.

—¿Es él quien me ha violado? ¿Quien ha matado a mi perro?

El estupor fue patente en los ojos de la joven. Christine también percibió en ellos una espantosa duda.

—¿Cómo? ¡Sólo debía... debía drogarte!

Sacudía la cabeza, totalmente desconcertada.

—¿Quién es ese hombre que os contactó?

—¡No lo sé! ¡Yo no sé nada! ¡No sé cómo se llama, te lo juro!

—¿Qué aspecto tiene?

Cordélia desplazó la mirada hacia algo que había detrás de Christine.

—El ordenador... Hay una foto de él... Se lo ve subiendo a su coche. Marcus se la sacó sin que se diera cuenta, por si nos pasaba algo, después de la primera cita... El archivo se llama...

Christine se volvió. El ordenador estaba encima de la mesa del sofá, abierto y encendido. Sintió una extraña sensación, como de vértigo, cuando se levantó. ¿Lo reconocería? ¿Se trataría de alguien de su entorno? De repente, ya no tenía tanta prisa por descubrir la verdad.

—Hay un icono en el escritorio —explicó Cordélia a su espalda—. Donde está escrito «X»...

Christine rodeó el aparato. Se inclinó hacia la pantalla. Localizó el icono. La sensación seguía allí. Acercó el índice a la superficie táctil y desplazó el puntero. Un temblor. Hizo doble clic. El documento se abrió. Contenía una media docena de fotos.

Antes de haber ampliado la primera, lo supo: lo había reconocido.

Ya no sentía nada, aparte del vacío que aspiraba todo pensamiento.

«Léo...»

36

PALCOS

La puerta de la calle se abrió en ese mismo momento.

—¿Cordie? ¿Estás ahí?

Christine se volvió e intercambió una mirada con ella. «¡Mierda!» Se precipitó hacia el llavero lacrimógeno y el puño eléctrico.

—¡MARCUUUS! ¡SOCORRO! —chilló Cordélia.

Haciendo caso omiso de la joven que se retorcía en el suelo, Christine se abalanzó hacia la figura que acababa de aparecer y la roció de gas lacrimógeno. Pero el hombrecillo se había protegido los ojos con la mano y sólo una parte de la nube alcanzó su rostro afeminado. Aun así, lo asaltó una violenta tos y empezó a parpadear sin parar abriendo mucho los ojos, con la esclerótica tan roja que apenas se le distinguían los iris. Suficiente para darle a Christine tiempo de descargarle quinientos mil voltios en el hombro. Vio que se ponía rígido y empezaba a temblar. Luego se desplomó. Como antes, la joven prolongó el arco eléctrico más de cinco segundos, pero las pilas estaban descargándose. Cogió la porra y le golpeó las dos rótulas varias veces antes de asestarle un último golpe entre las piernas, aunque no llegó a alcanzar del todo su objetivo, porque el hombre se había hecho un ovillo.

«Así eres tú, hermanita: nunca haces las cosas a medias. ¡Perfecto! Tardará un poco en correr después de esto... Ahora, huye.»

Cogió su bolso negro, metió el spray, la porra y el puño eléctrico y cerró la cremallera.

—¡Puta cabrona! —gimió Cordélia detrás de ella—. ¡Vas a pagárnoslas! ¡Marcus te hará fosfatina, gilipollas!

Salió dando un portazo y recorrió el pasillo a grandes zancadas. El pulso le galopaba como si acabara de correr los cien metros lisos. En el ascensor, se dio cuenta de que estaba empapada, tenía el corazón en la garganta y el cuerpo recorrido por espasmos. Aunque la bajada se le hizo interminable, cuando salió al vestíbulo procuró respirar con calma y caminar más despacio. Salió a la bruma fría y húmeda y se llevó un susto al ver las dos siluetas encapuchadas que rodeaban a Akenatón-Gérald un poco más allá. Todavía llevaba la correa del puño eléctrico enrollada en la muñeca, en el bolsillo, y con la punta de los dedos comprobó que aún tenía el seguro quitado. Ya no debía de quedarle mucha carga, sin embargo.

—Ahí viene —dijo Gérald al verla acercarse.

Christine se tensó, sin dejar de avanzar hacia ellos. El aliento de los hombres formaba pequeñas nubes de vapor delante de sus caras mientras hablaban. Pero Gérald no parecía inquieto ni nervioso.

—No dudéis en enviarme vuestros currículos, chicos —dijo—. Veré qué puedo hacer, ¿de acuerdo?

—Genial. Muchas gracias, señor.

—De nada. Que paséis un buen día.

—Usted también. Buenas tardes, señorita.

Ella les devolvió el saludo y después se pusieron rápidamente en marcha hacia la estación de metro.

—¿Ahora haces entrevistas de trabajo en la calle?

—Esos chicos fueron alumnos míos —explicó.

Christine lo miró con asombro.

—¿Y te han reconocido a pesar del disfraz?

Él soltó una risita.

—Me han preguntado qué hacía ahí y he respondido que esperaba a una amiga... También me han preguntado si iba a una fiesta de disfraces...

Se volvió hacia ella.

—Y tu plan, ¿ha funcionado?

—Como una seda —contestó guiñándole el ojo.

—¿Y qué has descubierto? —preguntó Gérald con cara de curiosidad.

—El nombre del cabrón que está detrás de todo esto...

Había pronunciado la frase con voz glacial. Lo miró a los ojos. En la expresión de él había una muda interrogación. El móvil de Christine eligió ese momento para emitir una corta vibración en el bolsillo de sus pantalones. Lo sacó y examinó la pantalla. Nada. Entonces comprendió: la llamada no provenía de su teléfono «oficial», sino del de tarjeta de prepago, que había utilizado para ponerse en contacto con Léo. Lo buscó en otro bolsillo y vio que acababa de recibir un mensaje. Lo abrió y leyó:

Nos vemos en el McDonald's de Compans, Léo.

Se quedó mirando la pantalla. Su cerebro trataba de analizar, de comprender. ¿Dónde estaba la trampa? ¿Marcus y Cordélia habían avisado ya a Léo? Pero si la chica temía su reacción tanto como afirmaba, ¿por qué lo habría hecho? Sin embargo no podía ser una coincidencia: su visita, las revelaciones de Cordélia y, enseguida, ese mensaje... Algo no encajaba. Si era una trampa, ¿por qué habría elegido Léo un McDonald's, un sitio público, frecuentado por jóvenes, estudiantes e incluso familias con hijos, y que debía de empezar a llenarse a esa hora?

Había algo que se le escapaba en la lógica de los acontecimientos, y que no le gustaba nada. Tenía la misma sensación que el capitán de un navío que se da cuenta, en medio de la tempestad, de que ha perdido el rumbo y de que no se encuentra ni por asomo donde creía estar...

—¡Eh! ¿Qué pasa? —le preguntó Gérald.

Habían llegado a la gran explanada.

—He de irme... —dijo volviéndose—. Ya te explicaré...

Él la observó perplejo. Christine se puso a trotar en dirección a la boca del metro.

—¡Chris! ¡Espérame, por el amor de Dios!

Había echado a correr detrás de ella. Christine lo miró.

—¡No! ¡Tengo que ir sola! ¡Ya te lo explicaré!

Gérald se quedó paralizado en el centro de la explanada, con aire contrariado. U ofendido tal vez. La niebla lo cercaba y lo envolvía. Su figura inmóvil y grotesca desapareció de la vista de Christine cuando ésta se hundió en las entrañas del metro.

La miró acercarse sin sonreír, con la vista fija en ella durante todo el tiempo que tardó en atravesar la sala de decoración vagamente modernista que parecía una lección de geometría en el espacio. Léo llevaba un abrigo gris de paño por encima de un jersey de cuello alto de lana gruesa. Christine se sentó frente a él, en uno de los asientos en forma de remo, sin dejar de sostenerle la mirada.

—Hola, Léo.

Parecía preocupado. ¿Porque sabía que ella sabía? Léo bajó un instante la vista hacia su Royal Bacon chorreante de queso fundido, de mostaza y kétchup, y luego la levantó de nuevo. Las finas patas de gallo se plegaron aún más en las comisuras de sus ojos.

—Tengo que pedirte disculpas —dijo.

Ella enarcó las cejas.

—Por lo que te dije por teléfono el otro día. Fue injusto, y cruel...

Christine guardó silencio.

—Pero tenía un buen motivo para ello...

Miró a su alrededor como para cerciorarse de que no había nadie lo bastante cerca para oírlos y, cuando bajó la voz varios decibelios, Christine comprendió que había elegido ese sitio que no iba con él porque el nivel sonoro y la afluencia de clientes les garantizaban cierto grado de confidencialidad.

—...necesitaba ganar tiempo y... temía que... alguien me hubiera pinchado las llamadas.

A su lado, un niño y una niña de unos diez años se peleaban ruidosamente por los últimos Chicken McNuggets de la caja mientras su madre trataba de ejercer de árbitro sin parar de aspirar con fruición la paja de su batido de mango-fruta de la pasión.

—¿Pinchar las llamadas?

—Sí.

Lo observó un instante, pensativa.

—¿Ganar tiempo para qué? —preguntó a continuación elevando la voz para que resultara audible en medio de la creciente bulla.

—Para comprobar ciertas cosas...

Léo se inclinó hacia delante y penetró en su territorio personal con la mirada clavada en la de Christine. Las numerosas luces del techo y las pantallas de las paredes se reflejaban en sus iris, y ella percibió su propia cara, minúscula, en el negro de sus pupilas.

—Marcus y Corinne Délia, ¿te suenan de algo esos nombres? —preguntó él.

Christine asintió con la cabeza. Su mirada se volvió dura y fría.

—Acabo de verlos —respondió.

—¿Cuándo? —preguntó él con una sorpresa que parecía auténtica.

—Hace unos minutos.

—¿Cómo?

—Me han dado un nombre, Léo...

Él se quedó mirándola con fijeza, los músculos de las mandíbulas se le movían nerviosamente bajo la piel de las mejillas.

—¿Ah, sí?

—El tuyo...

—¿Qué?

—¿Es porque te dejé por Gérald? ¿Porque tu orgullo y tu amor propio no lo soportaron? ¿Es eso? ¿O es que hay algo más? ¿Una especie de juego perverso al que te gusta jugar con las mujeres en general, con excepción de la tuya?

Léo parpadeó. Ella vio que buscaba una respuesta.

—Marcus estaba en el hotel el día en que nos vimos —prosiguió Christine—. Me acordé de su tatuaje. No es muy discreto que digamos... Y tampoco lo es su estatura...

Choqué con él al salir del ascensor. ¿Cómo podía estar allí? Yo había tomado un montón de precauciones para asegurarme de que nadie me seguía. —Le lanzó una mirada de desafío—. ¿Quién, aparte de ti, estaba al corriente de nuestra cita?

Léo negó con la cabeza.

—Por Dios, Christine. ¿No se te ocurrió pensar que pudo seguirte de todas formas, que no eres una profesional? ¿O que podían haberte pinchado el teléfono?

—Utilicé uno nuevo, con tarjeta de prepago.

Él hizo una pausa.

—Pudieron meterte un busca en el bolso... y encontrarte después de haberte perdido... ¡Por Dios, nos vimos en la plaza Wilson! ¡Tampoco es que nos citáramos en pleno bosque!

Ella lo observó con los labios apretados, consciente de que su cara había perdido todo rastro de color.

—Cordélia me lo ha confesado todo... Cuando he amenazado a su hijo, se ha derrumbado.

—¿Que has hecho qué?

Volvió a negar con la cabeza, con aire de estupefacción.

—Estás muy equivocada —afirmó—. Estás totalmente equivocada. No entiendes nada...

—¿Qué es lo que no entiendo, Léo? Es verdad, no entiendo por qué te comportas así, o sea que explícamelo.

Un velo de tristeza le nubló la cara, que de repente apareció vieja y arrugada, con una expresión que ella no le había visto nunca. Era como si hubiera envejecido diez años de golpe. Clavó la mirada en los ojos de la joven.

—Es una larga historia —dijo.

No sabía qué pensar. Había escuchado a Léo hasta el final y, de camino a casa, estuvo repasando sus explicaciones, tratando de encontrar alguna contradicción. Se sentía desorientada. Le costaba creer que alguien pudiera entregarse a unos manejos tan complicados sólo por odio, celos o maldad. Era como si descubriera un mundo desconocido, lleno de sombras y trampas, un mundo que siempre había estado ahí, pero que ella veía por primera vez, que había permanecido invisible mientras se desataban unas fuerzas de cuya existencia Christine ni siquiera sospechaba.

Léo le había hablado de una persona que lo acosaba... la que tiraba de los hilos. «Qué historia tan rara... —pensó—. Alguien acosa a Léo desde hace años. Alguien que acosa también a las personas con las que se relaciona, o más bien a las mujeres que se acercan a él. Que convierte su vida en un infierno.» Christine recordó la expresión inquieta de Léo. ¿Debía creerlo? Se había negado a darle el nombre del acosador por el momento.

—Todavía tengo que hacer algunas comprobaciones... No se puede acusar sin pruebas... Pero ¿sabes?, el detective del que te hablé, o más bien «la» detective, siguió a esa persona y así logró establecer la conexión con Cordélia y el tal Marcus...

De improviso, en su voz afloró el peso de la preocupación y, por un instante, permaneció abstraído.

—Tengo treinta mil euros en una cuenta —anunció de sopetón—. ¿Tú tienes dinero en algún sitio?

—Veinte mil euros en un seguro de vida —había respondido ella con sorpresa—. ¿Por qué?

—Desbloquéalos. Mañana mismo, a primera hora. Es posible que los necesitemos.

—¿Para qué?

—Para comprar tu libertad, Christine. Para liberarte de sus garras. Para acabar con esta historia, si en efecto se trata de lo que yo pienso.

Tenía la impresión de que la oscuridad que la envolvía estaba sembrada de trampas. Llovía y la ciudad era un combinado de sombras, reflejos, faros, luces... Todo en ella era afilado, cortante y engañoso. Caminaba sumida en una especie de trance, digiriendo las palabras de Léo. Él también le había hablado de una mujer a la que había conocido y que se había suicidado. Por aquel entonces, no había sospechado nada, sobre todo, le había explicado, porque Célia, que así se llamaba, se había distanciado de él de manera repentina. Ahora creía que todo estaba relacionado. Estaba seguro. Finalmente, Léo le había anunciado una noticia que en otros tiempos la habría alegrado: iba a divorciarse. Su mujer se había ido con los niños. Hacía ya tiempo que su matrimonio no funcionaba, pero habían ido retrasando el momento de aclarar la situación por los pequeños. Se habían puesto de acuerdo para la custodia. Ese mismo día había visto a su abogado.

El ruido de un autobús al pasar interrumpió el hilo de sus pensamientos. ¿Debía creerlo? Cordélia había acusado a Léo y éste había acusado a otra persona... Bajó por la calle Languedoc hacia los Carmes, con la capucha de la sudadera ajustada sobre la frente, dejando atrás los bares adonde los estudiantes acudían a calentarse y las grandes casas unifamiliares que se perdían en la noche, evitando la nieve fundida que jalonaba la calzada mojada bajo las ruedas de los coches. Al girar hacia su calle, redujo bruscamente el paso al ver las luces giratorias que se reflejaban en las fachadas, en los balcones de hierro forjado, las cornisas, las molduras, los cimacios y los medallones: toda esa profusión de ornamentos que le recordaban las tartas de varios pisos expuestas en el escaparate de un pastelero. La mayoría de las ventanas y los balcones tenían luz y la gente se pegaba a las barandillas para mirar hacia abajo, como los espectadores en los palcos de teatro.

Dos coches de policía impedían el paso a los vehículos. De ellos provenían las luces de colores que barrían las fachadas. Christine se puso en alerta. Una cinta cortaba el paso a una parte de la calle, aquella donde se encontraba su edificio. Se quitó la capucha y se acercó a un policía de uniforme. Delante de la cinta había un grupo de gente.

—Yo vivo ahí —dijo señalando la entrada del edificio, situada a unos metros.

—Un momento —contestó el policía.

Se volvió hacia un hombre que ella reconoció al instante: Beaulieu, el teniente que la había detenido. El mismo Beaulieu que se acercó mirándola fijamente.

—Señorita Steinmeyer —dijo.

Su tono sonó más gélido que nunca. La lluvia constelaba de finas gotas su pelambrera de caniche y le goteaba en la punta de la nariz. Su corbata de ese día, aparte de ser tan fea como de costumbre, también era de una tela propensa a empaparse de agua con la misma facilidad que una bayeta. Los ojos saltones reflejaban el centelleo naranja y azul de las luces giratorias.

—¿Lo conocía?

Chisporroteos de mensajes en las radios, palpitaciones de flashes, gotas de lluvia en los proyectores, efervescencia, agitación... Christine se esforzó por controlar su desazón y respirar con calma. Max... Estaba tendido en medio de sus cartones. Desde donde estaba, sólo le veía la cara... y los ojos, muy abiertos, encarados hacia el cielo, sin parpadear a pesar de la lluvia, o hacia las nubes, o hacia cualquier otro lugar más acogedor que aquel pequeño retazo de planeta. Unos hombres vestidos con monos blancos, guantes y cubrecalzado azul se afanaban junto a él. Tomaban fotos con un gran aparato cuadrado, iban y venían entre su cadáver y un furgón de techo alto.

—Sí. Se llamaba Max.

—¿Max...?

—No conozco su apellido. A veces charlaba con él... Había sido profesor en otro tiempo... Y después había vivido la decadencia de la calle... ¿Qué ha pasado?

—Oh —dijo Beaulieu al tiempo que negaba con la cabeza con expresión convencida.

Después la observó con severidad.

—No se llamaba Max —la corrigió.

—¿Qué?

—Se llamaba Jorge Do Nascimento y nunca fue profesor. Hacía casi treinta años que Jorge vivía en la calle. Creo que siempre lo he conocido así... Jorge era toda una celebridad en esta ciudad, se lo aseguro... Ya debía de estar en la calle cuando yo gastaba la culera de los pantalones en los bancos de la escuela. Dicho sea de paso, era toxicómano. Por la época en que yo era guardia urbano, ya lo llevábamos al cuartelillo por estado de ebriedad pública manifiesta. Lo vi descalzarse una vez... Si le hubiera visto los pies, señorita Steinmeyer... cómo los tenía... ¿Sabe por qué? Por la politoxicomanía —se respondió a sí mismo—. Dada su falta de ingresos, los indigentes se meten todo lo que cae en sus manos. En primer lugar, alcohol y medicamentos, porque éstos están cubiertos en parte por la Seguridad Social: benzodiazepinas y ansiolíticos que les recetan médicos con pocos escrúpulos. Y luego hachís, claro está. Y también heroína, que es menos cara que la coca... No hace falta que le diga que las bolsitas que se consiguen en la calle raras veces son de buena calidad. La cortan con toda clase de porquerías: paracetamol, cafeína e incluso tiza... Como la droga es floja, la mezclan con alcohol y medicamentos para potenciar los efectos y eso vuelve las bajadas aún más difíciles. Por eso los vagabundos toxicómanos caminan por las calles por la noche, porque les ayuda a soportar el malestar de la bajada. De ahí viene el desastroso estado de los pies. Una cosa sí le aseguro, sin embargo, Jorge no tenía el sida. Sólo hepatitis crónica por virus B y C. Debió de pillarlo compartiendo jeringuilla con otros drogadictos... Ah, y acababa de pasar una tuberculosis... Quizá lo viera un poco cansado y más delgado. Sólo tenía cuarenta y siete años, aunque parecía que tuviera quince más.

De repente parecía agotado. Tenía en los ojos aquella expresión de cansancio que ella había observado la primera vez, la de quien reconoce su derrota, lo absurdo del combate que libra.

—Pero es verdad... es verdad que le encantaban los libros.

Levantó la mano derecha y Christine advirtió que sujetaba una bolsa para pruebas que contenía un libro: la novela de Tolstói que había visto en el bolsillo de Max cuando había subido a su casa. Se estremeció: tenía manchas de sangre.

—Y también la música clásica. Recuerdo que era capaz de perorar durante horas sobre los novelistas rusos, sobre la música barroca, la ópera... En comisaría algunos le decían que se callara; yo anotaba títulos, autores... Creo que le debo una buena parte de mi cultura general —concluyó con una media sonrisa triste.

—¿Está... estuvo casado?

Beaulieu negó con la cabeza. Después se secó el agua que le chorreaba por la nariz.

—Que yo sepa no.

—¿Por qué me mintió?

El teniente encogió los hombros empapados.

—Verá, a Jorge le encantaba inventar historias, anécdotas, atribuirse existencias ficticias. Un poco como usted... Quizá buscase colmar un vacío, adornar una realidad demasiado prosaica. O tal vez le viniera de la afición por lo novelesco, ¿quién sabe? A través de sus mentiras, en cierta manera se convertía en un personaje de novela, en una especie de vástago de Dickens y de Dumas. —Le hizo un guiño—. Descubrí a todos esos escritores gracias a él... Sí, le tenía mucho aprecio.

Le lanzó una mirada que sólo podía calificarse de suspicaz.

—Y ahora está muerto. Al pie de su escalera. Y, por lo que dicen sus vecinos, los dos hablaban a menudo... Incluso lo hizo subir a su casa.

Su vecina... Le dieron ganas de estrangular a esa cabrona moralizadora e hipócrita. Notaba el repiqueteo de los múltiples dedos de la lluvia en su cráneo.

—¿Qué ha pasado? —volvió a preguntar ella.

—Lo han apuñalado. Ocurrió anoche, pero nadie se ha dado cuenta de nada hasta que un peatón se ha percatado de que había sangre en la acera.

La noche anterior... La noche en que habían matado a su perro. Cuando la habían drogado y violado a ella... Tuvo la impresión de que todo su cuerpo se petrificaba como si fuera un bloque de hielo.

—¿Estaba en su casa esa noche, señorita Steinmeyer?

—No.

—¿Dónde estaba?

—En el Grand Hôtel de l'Opéra. Pasé la noche allí.

—¿Por qué?

—Eso es asunto mío...

De nuevo, el brillo de sospecha en la mirada.

—¿Por qué hizo subir a este hombre a su casa? —preguntó—. Un sin techo, un tipo que bebía, que apestaba y del que no sabía nada...

Christine buscó una respuesta.

—¿Por... compasión? —la ayudó él—. ¿Se compadeció de él porque hacía frío, nevaba y lo veía todas las mañanas debajo de su ventana? ¿Es eso? ¿Y decidió ofrecerle una comida caliente y un poco de calor humano?

—Sí, eso es.

Beaulieu se inclinó hacia Christine, que sintió su aliento en la oreja.

—No me tome el pelo. No está en condiciones de jugar ese juego... Miente y se nota. Ya van dos veces que se cruza en mi camino... y en esas ocasiones siempre ocurren cosas bastante violentas, ¿no? No sé qué se trae entre manos, ni quién es exactamente, ni qué hace, pero voy a descubrirlo. Y voy a hacerle la vida imposible hasta que descubra qué es lo que esconde.

El policía sorbió por la nariz. Estaba pillando un resfriado. O quizá fuera su manera de expresar desprecio. Christine sacudió el cabello mojado y volvió a subirse la capucha.

—¿Ha terminado?

—Por ahora.

La lluvia había mojado la fachada tornando oscura y reluciente la piedra clara. La joven temblaba tanto, de rabia y de inquietud, que no consiguió marcar el código de la puerta hasta el segundo intento.

Servaz sacó un pañuelo y se sonó. Tenía escalofríos, con aquella lluvia helada que le escurría por la nuca, bajo el cuello empapado de la camisa. ¿Quién era aquella mujer? Se había fijado en que Beaulieu se ponía colorado mientras hablaba con ella, en que los ojos le relampagueaban de ira cuando por lo general el teniente sólo expresaba indiferencia y apatía. Antes, mientras vigilaba a Léonard Fontaine, había visto a esa misma mujer acudir al McDonald's para reunirse con él, y había observado su tenso diálogo sentado a una mesa apartada. De vez en cuando los perdía de vista, pero de todas maneras había reparado en la expresión preocupada de Fontaine y también en la cara de perplejidad e inquietud que tenía la mujer al salir. ¿Sería ella su próxima víctima? De repente había tomado la decisión de seguirla. Sabía dónde vivía Fontaine, dónde trabajaba; conocía ya sus costumbres y no le costaría localizarlo, mientras que de ella lo ignoraba todo...

Y ahora la encontraba en lo que parecía ser el escenario de un crimen sacando de sus casillas a un teniente de la criminal. Los agentes de identificación judicial ya estaban actuando. Beaulieu... Habría preferido coincidir con Vincent o con Samira. Tras cerciorarse de que no había ningún fiscal por los alrededores, se agachó levantando la cinta de plástico y le mostró al guardia urbano la placa que llevaba prendida en la cintura.

—¿Martin? —dijo Beaulieu al verlo—. ¿Qué haces por aquí? Creía que estabas de baja.

—Me han llamado unos amigos que viven en este edificio. Quieren saber qué ha pasado. Como estaba por el barrio...

Beaulieu lo escrutó, sin dejarse engañar.

—Diles que la próxima vez miren las noticias del canal regional —replicó señalando la cámara que había debajo de un gran paraguas.

Servaz también vio varios curiosos que filmaban la escena con los móviles. Mirones de mierda. El teniente sacó un paquete de cigarrillos y le ofreció uno.

—No, gracias. Lo he dejado.

—Un vagabundo —dijo Beaulieu—. Lo apuñalaron ayer por la noche, pero como nadie se fijaba en él, han tenido que pasar horas hasta que alguien se ha dado cuenta de que salía sangre de debajo de los cartones... Se llamaba Jorge. ¿Te suena de algo? Durante un tiempo rondó cerca de la comisaría, por el lado de Canal y de Compans.

Servaz asintió con un gesto.

—¿Dormía en esta calle?

—Últimamente sí.

Servaz estornudó y volvió a sacar el pañuelo.

—Te he visto hablando con una mujer cuando llegaba. Parecías... muy irritado. ¿Quién era?

El teniente lo miró circunspecto.

—¿Por qué te interesa?

El comandante se encogió de hombros con fingido desinterés.

—Ya sabes cómo es esto... El trabajo es como la droga. El síndrome de abstinencia es terrible.

Beaulieu lo miró como si fuera a decir «No, no lo sé ni me interesa».

—Una chalada —respondió finalmente.

Servaz vio que adoptaba un aire pensativo.

—Es extraño... Estuvo implicada en un incidente hace poco. Yo mismo la metí en prisión preventiva... Me cuesta creer que sea una coincidencia...

—¿Ah, sí?

—Una chica puso una denuncia por agresión. Estaba hecha un cromo... Declaró que fue esa mujer la que le pegó. Trabajaban juntas en Radio 5. Por lo visto, había habido de por medio ciertos juegos sexuales que habían acabado mal. La víctima había... cobrado... para participar y la otra quiso recuperar el dinero. Un lío por el estilo. Dos bolleras que llegan a las manos, igual de chifladas la una que la otra, en mi opinión.

Beaulieu negó con repugnancia, como si le resultara incomprensible adónde había ido a parar el mundo.

—Pero la cosa no acaba ahí —continuó—. Antes, esta cabrona se había presentado dos veces en comisaría. La primera afirmó que había encontrado en su buzón una carta de alguien que anunciaba que iba a suicidarse. Quería que investigáramos. Claramente, era ella misma quien la había escrito. La segunda el asunto se había vuelto toda una conspiración: un hombre se había meado en su felpudo, había entrado en su casa, la había llamado a la radio donde trabajaba, a su domicilio... Hasta dijo que esa chica que la acusaba de agresión la había drogado y desnudado y luego había vuelto a llevarla inconsciente a su casa, donde se había despertado... ¡en pelotas! De lo más descabellado... Y ahora encontramos un fiambre enfrente de su edificio, el cadáver de este pobre Jorge con el que ella hablaba a menudo y al que hizo subir a su casa al menos una vez, según su vecina... Joder, ya me dirás qué clase de mujer hace subir a un indigente a su casa y se folla a una chica de veinte años a cambio de dinero...

Beaulieu miraba la alta fachada, donde casi todas las ventanas estaban iluminadas y los balcones casi tan abarrotados como los palcos de la Fenice en una noche de estreno.

—¿Cómo se llama? —preguntó Servaz al cabo de un momento.

—Steinmeyer. Christine Steinmeyer.

«Christine...»

—¿Te habló de ópera?

El teniente dio media vuelta y lo observó con gravedad.

—¿Cómo?

—«Ópera...» ¿Pronunció esa palabra?

Los ojos de Beaulieu quedaron reducidos a dos rendijas. Primero se quedó absorto en la contemplación de su corbata chorreante y luego fulminó al comandante con la mirada.

—Joder, ¿cómo lo sabes? Dijo que el tipo que la acosaba había dejado un CD de ópera en su casa... No estás aquí por casualidad, ¿verdad?

—No.

—¡Mierda, Servaz, podrías haberlo dicho antes! ¿Qué sabes concretamente de este asunto? ¡Porque, por si no te has enterado, soy yo el que lleva esta investigación!

Durante un momento, Servaz contempló las casas, los pequeños canalones de las esquinas de las cornisas, los saledizos por los que caían rutilantes cataratas y las lámparas colgadas de los techos, tras las siluetas que los observaban.

—Déjame hacerle unas cuantas preguntas —pidió—. Después te pondré al corriente... ¿Y si hubiese dicho la verdad?

Vio que Beaulieu palidecía, boquiabierto de asombro.

—¡Si crees eso, es que estás igual de majara o drogado que ella! No puedes interrogarla así como así. ¡Me corresponde hacerlo a mí!

—¿Tienes el código del portal?

—¡Coño, Servaz! Pero ¿de qué vas?

—Te aseguro que no ves el cuadro en su conjunto. Vas totalmente descaminado. Dime una cosa: ¿suelo equivocarme muchas veces? ¿Acaso tengo por costumbre meter la pata? —Advirtió un principio de duda en la cara del joven teniente—. No estoy de servicio, estoy de baja... O sea, que serás tú el que saque las castañas del fuego. Yo sólo quiero hacerle un par de preguntas, nada más.

Vio que Beaulieu negaba con la cabeza.

—1945.

—¿En serio?

—En serio.

Christine encendió la luz y escuchó el silencio. Él había estado allí... Sintió la certeza de inmediato. Durante su ausencia. Se necesitaba mucho atrevimiento para volver al lugar del crimen con el cadáver de Max... de Jorge abajo. Conteniendo la respiración, buscó con la mirada un rastro de su presencia y lo vio: un CD. Encima de la mesa del sofá. Se acercó.

La violación de Lucrecia, de Benjamin Britten.

Habría apostado a que terminaba con un suicidio...

Reparó en otra cosa que había al lado. Una hoja de papel. Una carta manuscrita... La cogió con un ligero temblor en la mano, que se acentuó al leerla:

Ya ves lo que te espera. Valdría más que hicieras tú misma el trabajo. Acabemos de una vez. Y si intentas rebelarte de nuevo, iremos a por tu madre...

Le daba vueltas la cabeza. Por un instante, estuvo tentada de ir a la ventana de la habitación y llamar a aquel policía de abajo. Después se percató de un detalle. Y le flaquearon las piernas. Era su letra. Perfectamente imitada... al menos para un ojo inexperto. Se preguntó si un grafólogo sería capaz de distinguir la falsedad. Estaba atrapada.

Una vez más... Sabía lo que pensaría ese gilipollas de policía: que la había escrito ella misma, igual que la otra. Que estaba loca. Que era peligrosa. Oh, sí, superpeligrosa.

Una vez más, su enemigo le tomaba la delantera.

Sin duda, antes habría sentido la tentación de compadecerse de sí misma pensando en lo que acababa de pasar, pero ahora tenía los ojos secos. Pensó en el cadáver de *Iggy*, que aguardaba en el cuarto de baño. Tenía que buscarle una sepultura, no podía dejarlo allí indefinidamente. ¿Qué pasaría si lo encontrara la policía? Pensó que su enemigo había matado a su perro, la había violado y había matado a un hombre, todo en una misma noche. Había pasado a la velocidad máxima. A partir de entonces no habría límite, nada que contuviera su furor: era una lucha a muerte. La idea la hizo tambalearse. Se acordó de la mujer que se había suicidado. «Célia.» Sintió que la rabia volvía: ella sería más fuerte, iba a presentar batalla; ya no tenía nada que perder. Tenía que avisar a Léo de lo que había ocurrido esa noche, decirle que aquel individuo había vuelto a superar otra línea... Tenía que avisarlo del peligro. Y también a Gérald...

Entonces el timbre resonó en el silencio del piso y se quedó paralizada.

Desvió la mirada hacia la entrada. ¿Sería tan loco, tan temerario, tan inconsciente como para ir a visitarla con la calle llena de policías? ¿Por qué no? Sería una apoteosis de miedo... Por un momento lo imaginó empujándola al vacío desde la ventana para luego desaparecer. Todo el mundo pensaría que se había sentido angustiada y que había optado por quitarse la vida. Un final digno de una ópera... Hasta era posible que pusiera música antes de pasar a la acción...

«No —dijo la voz de Madeleine—. Para de montarte películas. Es demasiado prudente para presentarse aquí ahora. Intenta liquidarte por desgaste, Chris. No va a correr ningún riesgo inútil.»

El timbre volvió a sonar. Alguien insistía...

«Los policías —se dijo—. Vienen a detenerme.»

Se encaminó a la puerta con sigilo y miró por la mirilla. Nunca había visto al hombre que había al otro lado, estaba segura. De unos cuarenta y tantos años. Con el pelo castaño tupido y barba de una semana. Ojeroso, con la cara chupada, pero de presencia agradable. No tenía aspecto de asesino. Ni de loco.

Entonces, delante de la mirilla apareció una placa de policía que le bloqueó la vista. Retrocedió.

Mierda...

Puso la cadena y entreabrió la puerta. Él parpadeó como si acabara de despertarse y luego ambos intercambiaron una mirada cautelosa por el resquicio.

—¿Sí?

El hombre volvió a parpadear. Guardó silencio un momento, observándola, evaluándola, mientras guardaba la placa sin prisas. En su mirada no había ninguna hostilidad. En sus labios despuntaba incluso una sonrisa.

—Me llamo Martin Servaz —se presentó—. Soy comandante de policía. Y, a diferencia de mis colegas, yo creo en su historia.

37

ATREZO

En un momento dado, ella se había adormilado, acurrucada en el sofá, con la manta de lana subida hasta la barbilla.
Era el efecto de la bajada de adrenalina, pensó Servaz.
¿Cuánto tiempo haría que no se sentía segura? Siguió observándola sin decir nada, hundido en el sillón.

Comparado con ella, casi parecía estar en plena forma. Las ojeras marcaban una concavidad junto a sus mejillas, tenía el pelo reseco y alborotado y los huesos de los
pómulos afloraban bajo la piel como fósiles en una exca-
vación de paleontólogos. Lo había pasado mal y se notaba. No obstante, debía de ser fuerte para haber resistido el
seísmo que había devastado su vida de improviso provo-
cando en tan sólo unos cuantos días el hundimiento de
fragmentos fundamentales de su existencia. Una verdadera
Blitzkrieg... Ese cabrón era todo un experto en guerras relámpago, desde luego.

También le había hablado de su entrevista con Fontaine. Le había revelado sus dudas, la confesión de Cordélia.
Sin embargo, había un elemento del que ella no disponía:
el diario de Mila. ¿Por qué no se lo había mencionado él?
Se sirvió otra copa de aquel excelente vino de Côtes du
Rhône que ella había descorchado hacía un par de horas.
¿Por qué? Pues porque no podía confiarle que quería pillar
al astronauta con las manos en la masa y que, en resumidas cuentas, ella era su... su... anzuelo.

Su teléfono vibró. Era Beaulieu otra vez. Ya le había enviado cuatro mensajes. Servaz se levantó y se fue al dormitorio. Las luces giratorias atravesaban los cristales y pintaban el techo y el cubrecama de colores vivos.

—Servaz —contestó.

—Pero ¿qué haces, por Dios? ¡Has dicho un par de preguntas! ¿Y por qué hablas en voz baja?

—Chisss, está dormida.

—¿Cómo?

—No es ella. Ella no lo mató.

—¿Ah, sí? ¿Y cómo lo sabes?

—Porque tengo una idea de quién fue.

Oyó bien claro el suspiro de Beaulieu.

—Martin, ¿deliras o qué? Pero ¿qué tonterías dices? ¿Apareces salido de la nada y estás más enterado que nadie? ¿Y los interrogatorios a los vecinos? ¿Y las conclusiones del forense? ¡Si ni siquiera le has echado un vistazo al cadáver, demonios! ¿Y quién fue, según tú?

—Si te lo digo, no me creerás.

—¡Dios santo! ¡Ya basta de adivinanzas, Servaz! ¡Desembucha!

—Léonard Fontaine.

Siguió un breve silencio lleno de incredulidad antes de que la voz de Beaulieu volviera a sonar en el teléfono.

—¿El astronauta?

—Ajá.

—Es una broma, ¿no? Dime que es una broma...

—En absoluto.

—Servaz, no sé qué pasa, pero si estás quedándote conmigo...

—No había hablado más en serio en toda mi vida. Fontaine está implicado en una historia que ni te figuras... Es astuto, retorcido y está detrás de todo esto, tan seguro como que dos y dos son cuatro. ¿Te acuerdas de esa artista que se suicidó el año pasado en el Grand Hôtel Thomas Wilson? Era su amante... Igual que Mila Bolsanski, la exastronauta, que me ha confiado un diario en el que describe todo lo que Fontaine la hizo sufrir. En él lo acusa de haberle pegado y violado muchas veces durante el tiempo en que vivieron juntos en la Ciudad de las Estrellas, pero el asunto fue sofocado por los rusos y por la Agencia Espacial Europea para no empañar la gloria de la conquista espacial, supongo. En cuanto a Christine Steinmeyer, se ha reunido con él esta misma tarde en un bar, a petición de Fontaine, antes de toparse contigo al volver a su casa...

—¿Cómo lo sabes?

—Porque estaba allí.

Esa vez el silencio duró más.

—Hasta ahora no disponía de ningún medio de pillar a ese canalla —prosiguió—. Pero si llegamos a demostrar que Fontaine es el responsable de la muerte de Jorge, todo cambia...

Beaulieu silbó por lo bajo.

—Joder. ¿Seguro que no estás tomándome el pelo?

Servaz oyó, bajo la voz del teniente, el tenue sonido que lo avisaba de la llegada de un nuevo SMS al móvil.

—Entonces, esas historias de las llamadas, del perro agredido y del acoso, ¿no eran invenciones?

—Todo es verdad. Esta mujer es víctima de un tarado muy inteligente y muy enfermo que le amarga la vida desde hace un tiempo...

—Acojonante —comentó en voz baja el policía al otro lado de la línea.

—Exacto.

—¿Qué hacemos?

«Ya era hora, por fin», se dijo Servaz. Aun sin ser un as, Beaulieu era un hombre concienzudo y legal... Y sobre todo una persona que no se preocupaba sólo de su carrera, de las nuevas circulares y de las nuevas directivas, cosa que hacía de él un buen policía sobre el terreno.

—Corinne Délia —dijo—. A partir de mañana, no te despegues de ella. Ni de ella ni de su compañero, un tal Marcus. Sobre todo de él. Quizá sea él quien ha matado a Jorge. No veo a Léonard Fontaine ensuciándose las manos. Si están en contacto, y si conseguimos atraparlos, nos ayudarán a hacerlo caer.

—¿Y tú?

—Yo voy a ver qué puedo sacar de esta mujer.

—¿Qué les decimos a los de arriba?

—Nada. Se supone que estoy de baja, ¿lo has olvidado? Y si el nombre de Fontaine empieza a salir a la luz, todos harán lo posible para cubrirse y nos darán por saco.

—He sido un poco duro con esa mujer —reconoció Beaulieu con tono algo contrito.

—Bueno, ya le pedirás disculpas la próxima vez.

Colgó. Vio el pequeño «1» en rojo sobre el sobre que simbolizaba el buzón de mensajes del móvil. Lo tocó con la yema del dedo. Flop. Margot. Abrió el mensaje. Flop.

Paso mañana a las 8 h. Besos.

Sonrió. Ni siquiera le preguntaba si le iba bien que fuera. Si tenía intención de levantarse tarde. Si estaría presentable a esa hora. Ni siquiera si estaría allí. No. No le preguntaba nada de todo eso. En realidad no le daba opción. Pero ¿cuándo le había dado su hija opción para algo? Sonrió y tecleó «OK», porque era más corto que el «De acuerdo» que él prefería, por supuesto, y lo envió.

Flop.

Todavía seguía sonriendo.

Menuda porquería de smartphones.

Se había despertado. Por un instante, pareció que no lo reconocía, porque a sus ojos afloró un fugaz destello de terror. Que desapareció enseguida.

—Me he dormido —constató—. ¿Hace mucho?

—Menos de media hora.

La joven hizo un vago mohín de disgusto y, en ese momento, Servaz percibió un atisbo de la especie de belleza discreta que debía de poseer cuando no se parecía a Madame Bovary en su lecho de muerte.

—Hace frío aquí. Voy a subir la calefacción.

Se quitó la manta de encima y se detuvo delante de la botella de Côtes du Rhône.

—¿Me equivoco o el nivel ha bajado?

—Dos copas —se excusó él—. Mientras usted dormía.

Señaló las cajas de medicamentos que se acumulaban encima del sofá.

—Usted... ¿toma todo eso?

—Es temporal —respondió ruborizada—. Lo necesitaba... para resistir.

—Ya.

Servaz se acercó a la ventana, apoyó la frente en el cristal frío y miró la noche constelada de luces. Distinguió el reflejo de su propia cara, muy cercano, con expresión preocupada. Allá fuera había algo. Algo maligno. Retorcido. No debía subestimarlo... Sus víctimas no eran presas fáciles, sino mujeres fuertes e inteligentes. Pero su verdugo lo era más aún. Era un adversario temible... incluso para él. Ese ente que maniobraba en la sombra se mantenía a la espera del próximo movimiento, de nuevas señales. Como un escualo. A partir de entonces, deberían procurar emitir las menos posibles.

—Conozco un sitio —dijo—. Un sitio maravilloso, en la montaña Negra, más arriba del lago de Saint-Ferréol. Es un lugar magnífico en otoño y en primavera. Y también en invierno, cubierto de una fina capa de nieve... En realidad, es hermoso en todas las estaciones. Podríamos enterrarlo allá arriba, ¿qué le parece? Queda a poco más de una hora.

—¿Me acompañará? —preguntó ella.

—Desde luego.

Servaz depositó el cadáver de *Iggy* en el cajón del congelador, del que antes había sacado las cajas de pizza, las bolsas de arroz cantonés, los platos precocinados y los botes de salsa congelada de la marca Philippe Faur, con cebollino, aceite de oliva y trufa. Pese a que el perrillo estaba ovillado, tuvo que colocarlo en diagonal para que cupiera.

«Una morgue improvisada...»

—Está en el cajón de abajo —le dijo—. No vuelva a abrirlo hasta que yo regrese, ¿de acuerdo?

—De acuerdo.

—Prométamelo.

—Prometido.

Miró el reloj.

—Esta noche no vendrá —dictaminó—. No me cabe duda de que no vendrá estando por aquí la policía.

—¿Está seguro? —preguntó ella mirándolo fijamente—. ¿Y cuando todos sus colegas hayan vuelto a sus casas? ¿Cuando en el edificio todos estén dormidos y la calle se quede desierta? ¿Quién me lo garantiza?

Servaz vio que la joven dudaba.

—¿No podría quedarse? Sólo esta noche... Hasta que yo me organice...

Pensó que no podía solicitar un equipo de vigilancia, porque no estaba oficialmente de servicio.

—Tengo que ver a alguien mañana a primera hora —explicó mientras buscaba el número de Beaulieu en el directorio.

—Podría utilizar mi despertador. Por favor...

Tras un titubeo, Servaz interrumpió la búsqueda.

—Bueno, de acuerdo. Pero yo me quedo en la cama. Detesto dormir en un sofá.

Ella sonrió.

La mujer encendió un cigarrillo. La llama del encendedor iluminó sus facciones fugazmente. Aparcada junto a la acera, a un centenar de metros, había asistido a toda la escena al amparo de la oscuridad del interior de su coche sin que nadie se fijara en ella. En cuanto había oído el aullido de las sirenas en el barrio, había dejado de pasear por la calle para ir a buscar su vehículo, que la esperaba en el tercer piso del aparcamiento de los Carmes.

Después había ido a estacionar en la calle, a una distancia que le permitía pasar inadvertida y al mismo tiempo ver la puerta del edificio. Cuando los dos policías encargados de interrogar a los vecinos habían llegado a su altura, al cabo de un par de horas, había salido del coche y lo había cerrado delante de ellos, mirándolos acercarse con aire indiferente. Le habían preguntado si hacía mucho que estaba allí; ella les había respondido que acababa de llegar. «¿Por qué? —había preguntado a su vez—. ¿Qué ocurre?» Los policías habían perdido enseguida todo interés por ella.

La mujer puso el coche en marcha con tranquilidad y aparcó un poco más cerca, ahora que la policía científica y los curiosos se habían ido y la calle había recuperado la calma. Las tres de la madrugada. El policía no había vuelto a salir... Permaneció inmóvil dando una calada tras otra, expulsando el humo hacia el techo, en la oscuridad, pensando que Christine había resultado más dura de lo previsto. Jamás habría creído que aquella zorra fuera a resistir semejante cataclismo. Ni menos aún que fuera a contraatacar. Cordélia la había llamado aquella tarde. Le había dado la impresión de que la chica estaba bastante irritada... y nerviosa. Iba a tener que tomar medidas también con ella. Las cosas estaban desmandándose un poco, pero sólo era una cuestión de correcciones y ajustes. Lo más problemático era el encuentro entre Christine y ese policía. Ahora ella tenía un aliado de peso; ya no estaba aislada, abandonada a su suerte; ya no podía contar con que fuera a suicidarse. Mierda. Quizá hubiera sido un error poner a ese agente tras la pista de Célia Jablonka y de Léonard. Pero sabía muy bien por qué lo había hecho, aunque en ese momento no le pareciera tan buena idea... De todas formas, ese hombre debía de sospechar de Léonard por fuerza. Esa vez Léo no saldría tan bien parado, porque ella había dejado suficientes piedrecitas que conducían hasta él.

Christine no se suicidaría. La mujer sintió una bocanada de odio que le subió por el esófago hasta la garganta.

«Calma...»

Era hora de acabar con ella. De una manera más... radical. Su instinto se lo susurraba: el juego había durado lo bastante. Si su plan tan bien urdido no había culminado en suicidio, tendría que conformarse con una desaparición.

Aspiró una última calada y envió el delicioso veneno a sus pulmones; el odio, los celos y la rabia eran otros tres venenos no menos exquisitos.

38

SALIDAS DE ESCENA

Eran las siete cuando el despertador sonó, pero Servaz ya estaba en la ducha. No quería llegar tarde a la cita con su hija, porque si Margot se presentaba en la residencia y él no estaba allí, querría saber dónde había pasado la noche.

La solución era adelantarse.

Y hacer como si hubiera dormido en su nuevo «hogar». Se miró en el espejo al salir de la ducha. Habría querido afeitarse, pero no tenía con qué hacerlo. Ni siquiera tenía con qué cambiarse. Lo haría rápidamente al llegar al centro: la ropa se le había mojado la noche anterior y, ya seca, se veía acartonada. Se peinó el pelo húmedo con los dedos y salió. En la sala de estar, echó un vistazo a una foto enmarcada que había encima de uno de los escasos muebles. En ella se veía a Christine en compañía de un hombre de treinta y tantos años, con gafas. Ambos entornaban los ojos a causa del sol del atardecer que se reflejaba en las lentes del hombre. Los dos sonreían.

Encontró a Christine sentada en un taburete, con un tazón de café en las manos y los codos en la barra, y le preguntó:

—¿Quién es?

Christine miró por encima de su hombro.

—Gérald. Mi... compañero.

—¿Todo bien con él?

Ella volvió a girar la cabeza para mirarlo por encima del hombro, con aire dubitativo. Luego asintió.

—Bueno, como en todas las parejas, supongo... con sus más y sus menos. Pero Gérald es una buena persona.

—¿A qué se dedica?

—A la investigación... en el campo espacial.

Una puerta que se abre, otra que se cierra. Gérald... Un nombre con una etiqueta mental. Y una lucecilla que empieza a parpadear: «espacial...». Se sintió agitado.

—Tengo que irme —dijo—. No le abra a nadie excepto a mí o al teniente Beaulieu. Tiene mi número. Puede llamarme a cualquier hora. Éste es el de Beaulieu, en caso de que yo no esté localizable. Y si alguien se presenta a su puerta con una placa de policía, mándelo a paseo. Por ahí corren muchas placas falsas.

Ella asintió preocupada.

—¿Y si le tendiéramos una trampa? —dijo.

Él enarcó una ceja.

—¿Y si yo saliera de casa y alguien lo esperase dentro?

Servaz negó con la cabeza.

—No va a dejarse engañar. Sabrá que estamos aquí. Es demasiado astuto.

Esa última frase pareció ponerla nerviosa. Indicó que lo había comprendido haciendo un movimiento de barbilla, sin mirarlo, con la mandíbula apretada. Luego se llevó el tazón a los labios, con la mirada gacha, y le dio la espalda.

—Volveré en cuanto haya terminado y planificaremos una estrategia.

Una palabra un tanto rimbombante, reconoció. Tampoco resultaba muy tranquilizadora, además: con ello daba a entender que aún no había encontrado ninguna.

Ese jueves por la mañana había niebla. Una niebla húmeda y densa que inundaba los campos y los bosques, atravesada por los graznidos de los cuervos como si fueran flechas.

Servaz subió a toda prisa a su habitación y volvió a bajar en el momento en que un DS3 rojo con el techo blanco entraba en el aparcamiento de la casa de reposo. Salió afuera y Margot le dedicó una sonrisa radiante mientras cerraba el coche.

Al verla, sintió como si un puño se le cerrara en torno al corazón. Sin embargo, era una presión que le gustaba, y mucho.

Su hija empezó a cruzar el aparcamiento con sus piernas largas y finas, el cuerpo esbelto enfundado en unos vaqueros y un jersey grueso. Decir que había cambiado en los últimos tiempos habría sido un eufemismo total. Tres años antes —cuando Margot se había encontrado en el epicentro de un drama que se había saldado con el suicidio de un joven de su clase y el encarcelamiento de otro— llevaba piercings y tatuajes y el pelo teñido de colores estrambóticos y desfilado en rebeldes mechones. La habían admitido en los cursos preuniversitarios más prestigiosos de la región (todavía se acordaba del magnífico día de verano en que la había llevado por primera vez a Marsac). Era un sitio impregnado de tradiciones ancestrales y de rigor casi monástico, pero aun así, por aquella época ella tapizaba las paredes de su cuarto con pósteres de películas de terror y escuchaba música como la de Marilyn Manson.

Actualmente ya no sabía muy bien lo que escuchaba. Lo que sí sabía era que, en apenas más tiempo del que tarda un renacuajo en convertirse en rana, su hija se había transformado en mujer.

—Papá —dijo simplemente, y le dio un beso.

Hasta la voz le había cambiado. La primera vez que se percató de ello fue cuando la confundió con su madre por teléfono.

La cara era, sin embargo, la misma. Siempre conservaría ese leve aspecto de animal salvaje que debía de ser un componente esencial de su éxito con los jóvenes, junto con su impresionante aplomo y su lado rebelde. Llevaba una bolsa en la mano, de la que sacó un paquetito de regalo con un lazo y una cinta dorados. Él sonrió como un niño.

—¿Qué es?

—Ábrelo.

La humedad de la niebla lo traspasó.

—Ven, vamos dentro —dijo—. Aquí hace frío.

La llevó al pequeño salón del lado norte. Tal como preveía, no había nadie. En el resto de la casa comenzaban a oírse, no obstante, voces.

Rasgó el papel. Una caja de discos. Mahler, *The Complete Works*. Un perfil del músico sobre un fondo de varios colores que evocaba un poco el estilo de Klimt, con su aire *kitsch*. Dieciséis CD... EMI Classics. Había oído hablar de esa recopilación editada en 2010. Creía recordar que no había ninguna de las versiones que él tanto apreciaba, como las de Bernstein, Haitink o Kubelik, pero le bastó un rápido examen para detectar con alivio los nombres de Kathleen Ferrier, Barbirolli, Christa Ludwig, Bruno Walter, Klemperer y Fischer-Dieskau.

—Como eres una de las últimas personas que aún utilizan CD... —se mofó ella al tiempo que se sentaba.

—Dieciséis CD. ¿Tienes miedo de que me aburra?

—De que te anquiloses —lo corrigió—. ¿Qué?

—¿Qué de qué?

—¿Te gusta?

—Me encanta. No podía soñar un regalo más maravilloso. Gracias.

El elogio sonó algo excesivo, pero Margot fingió no reparar en ello. Volvieron a darse un beso.

—Se te ve mejor que la última vez...

—Lo estoy.

—Voy a irme, papá.

Servaz levantó la vista.

—¿Ah, sí? ¿Adónde?

—A Quebec. He conseguido trabajo para una temporada allí.

«¿A Quebec?» Tuvo la sensación de que se le formaba una bolsa de aire en el estómago. ¡A él lo horrorizaban los aviones!

—¿Y por qué no... aquí?

Tomó conciencia de la ingenuidad de la pregunta en cuanto la hubo formulado.

—En un año apuntada al paro, me he presentado a ciento cuarenta ofertas. Resultado: diez respuestas... todas negativas. Eso es lo único que he recibido. El mes pasado, escribí cuatro mails a unas empresas de Quebec y recibí cuatro respuestas, dos de ellas positivas. Aquí todo está muerto, papá. En este país ya no hay futuro. Me voy dentro de cuatro meses, con un programa de vacaciones-trabajo.

Sabía que su hija quería trabajar en la comunicación, aunque no tenía la menor idea de qué significaba eso. Panadero, policía, bombero, ingeniero, mecánico, incluso traficante de droga o asesino a sueldo: eso eran oficios concretos. Pero ¿la comunicación? ¿Qué se hacía en esa profesión?

—¿Para cuánto tiempo? —preguntó.

—Un año. Para empezar...

¡Un año! Se imaginó atravesando el Atlántico durante horas a bordo de un avión, en clase turista, pegado a la ventanilla, con el océano interminable como única vista, las nubes, las turbulencias, las azafatas que lo mirarían con aire compasivo o condescendiente.

Su mirada topó con la foto de Mahler... Se acordó de la del novio de Christine, la que había visto en el comedor. Gérald... Había experimentado una sensación extraña al verla.

—...pero si me dan un permiso de joven profesional, me quedaré allí y después...

«Allí...» Esa palabra sonaba como una sentencia de su relación padre-hija.

La cara... De repente le asaltó el pensamiento de que le resultaba familiar. Estaba seguro de que la había visto en alguna parte. No lo había reconocido de entrada porque... ¿porque qué? De pronto lo entendió: porque en la otra foto estaba de perfil y no de cara... La velada en el Capitole. El individuo con gafas que se reflejaba en el espejo, el que le había entregado su tarjeta a Célia Jablonka.

—...papá, ¿me estás escuchando?

—Sí, cariño.

¿Significaría algo aquello? ¡Seguro que sí! El tal Gérald había conocido tanto a Célia como a Christine... era otro vínculo de unión entre ellas, junto con Fontaine... Sí, pero nada demostraba que su camino se hubiera cruzado con el de Mila. Además, era a Fontaine a quien ésta acusaba en su diario. De todas maneras, aquel detalle lo perturbaba. Era policía y no creía en las coincidencias.

—¿Sabes?, allí uno sube deprisa en el escalafón si se mueve —prosiguió su hija—. Se puede progresar rápido...

El teléfono sonó en el bolsillo del comandante.

—Disculpa.

Margot lo miró con mala cara. Era Beaulieu. Servaz notó un hormigueo en la nuca.

—¿Sí?

—Tenemos un problema serio —anunció el teniente con voz tensa—. He perdido a Marcus. Esta mañana se ha ido directamente al metro. Lo he seguido. Hemos recorrido toda la línea. Lo malo es que un coche, el suyo o el de otra persona, lo esperaba en el aparcamiento de Balma. Se me ha escapado. Me ha dado el tiempo justo de apuntar la matrícula.

—¡Mierda!

—¿Qué pasa? —preguntó Margot—. ¿Ocurre algo malo? ¿Has vuelto a trabajar? Creía que estabas de baja...

Lo que oía en su voz no era tanto una pregunta como una queja. La decepción de que, una vez más, no dispusiera de tiempo para dedicárselo, justo cuando le anunciaba que acababa de tomar una de las decisiones más importantes de su vida. Una decisión que tendría consecuencias para ambos durante varios años.

—No es nada —dijo—. Continúa.

No era cierto. Se le había formado un nudo en el estómago.

En el cuarto de baño, Christine dejó que los chorros ardientes de la ducha sacaran de su cuerpo las tensiones y también las agujetas de la noche pasada en el sofá. Había echado el cerrojo. Cerrado con pestillo la puerta del cuarto de baño. Dejado la porra, el llavero lacrimógeno y el puño eléctrico cerca del lavabo.

Se relajó un poco hasta el momento en que le pareció oír algo a través del estruendo del agua. Cerró el grifo, alerta, pero debía de haber sido un ruido proveniente de la escalera o de las tuberías, porque ya no oía nada. Salió, se secó con la gran toalla colgada del radiador e iba a cepillarse los dientes cuando sonó el teléfono. No era el «oficial», sino el de la tarjeta de prepago.

«Léo...»

—Christine, ¿dónde estás? ¿En tu casa? Tenemos que vernos.

—¿Qué pasa?

—Ya te lo explicaré. Hoy va a ocurrir algo. Escúchame bien. Esto es lo que vamos a hacer...

Anotó el lugar y la hora. ¿Qué se proponía Léo? Se preguntó si debía informar a ese policía, pero el astronauta le había pedido que no hablara con nadie del asunto por el momento. El otro teléfono también sonó, y se disponía a responder cuando vio que era su madre. Dejó que siguiera sonando. Una señal le indicó que había grabado un mensaje. Lo escuchó, por si acaso: «Christine, soy mamá. He visto un reportaje en la tele, sobre ese crimen horrible que ocurrió debajo de tu casa. ¿Va todo bien? Llámame...» Apretó la tecla 3 para suprimirlo. Salió del cuarto de baño y fue a la sala de estar. El ordenador portátil estaba abierto encima de la barra de la cocina. La asaltó la duda: ¿lo había abierto esa mañana? Retrocedió para coger el puño eléctrico y la porra y volvió a la cocina americana. Había llegado un nuevo mail. Se le aceleró el pulso.

Mientras se sentaba en el taburete alto, vio que provenía de Denise. Lo abrió con un nudo en la garganta.

Perdóname. No te creí y te tomé por una loca. Estaba equivocada. Tenemos que vernos para hablar de Gérald. Aquí tienes mi dirección. No le digas a nadie que vas a venir. Te esperaré todo el día.

Denise

—¿Vendrás a verme?

El avión, las turbulencias, las nubes desgarrándose contra el aparato, las vibraciones en el asiento y en el coxis para recordarle que había once mil metros de vacío debajo de él y que estaba encerrado en un grueso estuche de puro habano absurdamente equipado con potentísimos reactores y lastrado con varios cientos de miles de litros de queroseno altamente inflamable. Sintió que se le bloqueaba la laringe.

—Por supuesto, mi vida.

«Una tormenta de nieve en el aeropuerto de Montreal: −5 °C en tierra, −50 °C arriba, prohibido aterrizar... el queroseno se agota... las azafatas cada vez más nerviosas, tensión en la cabina... el viento que aúlla contra las ventanillas y las sacude cada vez con más fuerza... solos en el mundo volando en círculo en medio de la noche...»

—¿Es una decisión definitiva?

—Sí, papá.

Conocía a su hija. Era inútil intentar hacerla cambiar de opinión. Además, ¿qué argumentos podía darle? ¿El frío? ¿La nieve? ¿Los inviernos interminables? ¿Su miedo a ir en avión? ¿El francés tan raro que hablaban en Quebec? ¿La calidad de vida en Francia? ¿Qué calidad de vida? Él era policía y sólo veía la cara posterior del decorado, lo que los otros preferían ignorar.

Pensó en Christine. ¿Qué estaría haciendo en ese momento?

Se observaron un instante en silencio. Luego Margot volvió a tomar la palabra.

—Cuídate, papá.

Apretó el mando y el coche rojo y blanco emitió un «bip».

—¿Nos veremos antes de que te vayas?

—Claro.

Se quedó mirándola mientras efectuaba la maniobra en el aparcamiento, se despedía con la mano —un gesto al que él respondió— y después se alejaba por la estrecha carretera recta hasta desaparecer. Era consciente de que lo que acababa de suceder era importante, pero su mente estaba absorbida por otra cosa. Sacó el móvil y marcó el número de Christine. La señal de llamada... después, el contestador.

• • •

Aparcó en un sitio prohibido, bajó a la acera de un salto y corrió hacia la puerta del edificio a través de la niebla. «1945...» Cuando el ascensor llegó al tercer piso, abrió con violencia. Apretó el botón del timbre. Una vez, dos veces. Nada. Golpeó con el puño. Llamó. Estuvo tentado de echar la puerta abajo.

Pegó la oreja a la madera. Silencio. Aparte de la percusión en su pecho. Estaba empapado. Se abrió una puerta en el rellano.

—¿Busca a la señorita Steinmeyer?

Una voz severa, aguda. Se volvió y examinó a la mujer bajita y canosa que lo miraba con cara de pocos amigos.

—Sí —respondió sacando la placa.

—Ha salido.

—¿No le ha dicho adónde iba?

Un bufido desdeñoso.

—Lo que haga la señorita Steinmeyer no me interesa lo más mínimo.

—Muchas gracias —contestó él con un tono con el que quería expresar exactamente lo contrario.

¡Mierda! No sabía qué era lo que le daba más rabia, que Beaulieu hubiera dejado escapar a Marcus o que ella hubiese salido sin avisarlo. Se puso a pensar febrilmente. ¿Por qué demonio no respondía al teléfono? Era como si le inyectaran dosis regulares de adrenalina en las venas; ya no sentía ni cansancio ni lasitud. Sólo un desasosiego creciente. Una sensación de catástrofe inminente. Volvió a bajar y salió a la acera. Una policía municipal estaba a punto de deslizar una multa debajo del limpiaparabrisas de su coche. Le enseñó la placa sin decir una palabra. Ella le correspondió con una mirada casi igual de hostil que la de la vieja lechuza de arriba. Su hija se marchaba a la otra punta del mundo, Marcus se había esfumado, Christine se evaporaba, había niebla... ¡Menuda mañana!

A mediodía aún no la habían encontrado. Y a Marcus tampoco. Y Christine no contestaba al teléfono. Algo iba mal.

En su cerebro, las señales de alarma se encendían una tras otra.

—¿Qué hacemos? —preguntó Beaulieu por teléfono.

Sin duda, era su pregunta preferida.

—Tengo su número. Solicita una movilización de urgencia... para «preservación de la vida humana». Después avisaremos a la fiscalía... Una orden para el operador y otra para el servicio de Deveryware. Transmíteselas a Lévêque, de documentación operacional. Él los conoce y así la cosa irá más rápida. Explícale que soy yo quien lo pide.

—Muy bien —dijo Beaulieu.

—Mantenme informado.

El teniente colgó. Servaz estaba nervioso. Muy nervioso. Confiaba en que Lévêque comprendiera la urgencia del caso, porque de ese modo ganarían un tiempo precioso: como analista criminal, tenía relaciones privilegiadas con los tres operadores telefónicos. Por su parte, Deveryware era una empresa especializada en la geolocalización de smartphones que había vendido su solución a la policía. Una vez que Lévêque, el operador, les enviara las coordenadas a través de internet, le facilitarían un acceso a un portal cartográfico desde donde el analista podría seguir de manera continua las localizaciones del teléfono de Christine. En condiciones normales se necesitaban de tres a cuatro horas, y de treinta a cuarenta y cinco minutos si se producía una movilización especial. Pero Servaz no se hacía ilusiones: si Christine se encontraba en la ciudad, eso implicaría cientos, por no decir miles de direcciones y de escondites posibles. Sería imposible verificarlos todos. Imposible incluso si afinaban la posición triangulando varias antenas, y eso siempre y cuando presionaran lo bastante al operador para que consintiera en dedicar un técnico concienzudo a ello. Sólo les quedaba rezar para que la zona estuviera en pleno campo. O para que correspondiese a la dirección de alguien que ya conocían: Fontaine, Gérald o Cordélia...

Miró la puerta. Había vuelto a subir al piso. «Qué diablos...» Introdujo la palanca entre el batiente y el marco y tiró hacia él con todas sus fuerzas. Un crujido. Oyó el tintineo que produjo la cerradura al caer al suelo al tiempo que la puerta cedía. Se precipitó dentro.

—¿Christine?

No hubo respuesta. Se adentró en la sala de estar. Lo vio de inmediato: el teléfono de Christine.

El suyo le sonó en el bolsillo. Respondió.

—Está en su casa —declaró Beaulieu—. O cerca. Lo han localizado.

Miró el aparato.

—No, ella no está en su casa. Sólo está su teléfono.

Colgó. Y de repente lo supo. Ya había vivido la misma situación. El momento en que las cosas se escapan de las manos. En que no ocurren como se ha previsto. En que el suelo se abre bajo los pies. La había perdido. Y, una vez más, había sido por su culpa: no debería haberla dejado sola.

La dirección de correo electrónico y el número de tarjeta bancaria dejados en la página web del hotel no habían dado ningún fruto; lo mismo que la lista de los clientes que habían perdido su llave. La caja en la que Servaz recibía las pistas se fabricaba a gran escala: la persona que había detrás de todo aquello sabía borrar sus huellas.

Cerró los ojos, apretó los párpados, respiró hondo.

Se maldijo.

Sabía que no volvería a verla viva.

39

FOSO

Los árboles desfilaban en la bruma, fantasmagóricos, a ambos lados de la carretera. Las hileras de plátanos surgían de la niebla para volver a confundirse con ella, como imágenes de un sueño que se esfuman al despertar.

Todo estaba inmóvil. Como si todo estuviera ya muerto. El cielo, la tierra, la niebla: el mismo color indistinto. Y el silencio. Sólo oía el ligero roce de las ruedas sobre la calzada mojada. Y también el sonido de su respiración. Otra carretera, otro cruce: una gran cruz oxidada se erguía sobre un pedestal de piedra en la intersección de dos carreteras. Aminoró la marcha. Le dio tiempo a distinguir una corneja que daba vigorosos picotazos en el vientre de un animal muerto al pie de la cruz. Se excedió un poco al apretar el acelerador en la curva... Había hielo... Le pareció que las ruedas de atrás se habían convertido en patines. El coche se quedó atravesado. Volantazo a la derecha, a la izquierda. «Nunca frenar...» Levantar el pie del pedal. Acompañar el movimiento. Nada de gestos bruscos. Recuperó el control. Ufff.

Su corazón era como una pelota de squash golpeada por jugadores potentes. «Respira, ya ha pasado...» Los neumáticos volvían a sujetarse al asfalto.

Pero su pulso no quiso calmarse. La calefacción, que por una vez funcionaba, roncaba con excesivo brío. La bajó al darse cuenta de que tenía la nuca y las axilas sudadas. Oyó graznar otros cuervos, sin verlos. Un poco más allá, pasó delante de una pequeña figura de la Virgen en una hornacina, bajo un gran olmo de ramas desnudas. Alguien le había dibujado unos pechos obscenos y rodeado los ojos con un cerco de negro carbón. Como los de Cordélia. Su mirada captó el conjunto en un abrir y cerrar de ojos. Aquella aparición siniestra surgida de la bruma le produjo un escalofrío.

Pensó en el policía que había dormido en su casa, Servaz. Parecía una buena persona. Tenía ganas de confiar en él, pero Léo le había explicado que, tal como estaban las cosas, por muy buena intención que tuviera ese hombre, no disponía de ninguna prueba y no podría presentar ninguna acusación contra su enemigo; o, lo que era lo mismo, que ningún juez lo imputaría, y menos aún dictaría una orden de detención preventiva sobre la base de unos elementos puramente teóricos e intangibles. El poli lo sabía, por supuesto. Fuera como fuese, no permitiría que se tomaran la justicia por su mano. Para Christine la disyuntiva era otra: o el enemigo o ella... No había alternativa: una ecuación con dos incógnitas.

Pensó en Max/Jorge —cuyo cadáver debía de dormir en el depósito de cadáveres de Toulouse— y su motor interno recibió una inyección directa de rabia que al instante se transformó en combustión.

Una casa amarilla en medio de la bruma...

La veía ya, en medio del paisaje difuminado por la niebla. El GPS era categórico. Era allí.

Redujo velocidad hasta pasar a segunda.

Una casita sin gracia ni clase. Aislada. Un jardín rodeado por una cerca de alambre, una caseta para el perro, una construcción de jardín de madera estilo chalet debajo de un gran abeto desplumado. A su alrededor, campos labrados sobre los cuales se desplazaban los bancos de niebla. La verja estaba abierta.

Siguió adelante por el camino de grava y aparcó. Antes de bajar, cogió el puño eléctrico y el spray y se los metió en los bolsillos de la sudadera. El frío húmedo la caló. La bruma tenía un ligero olor a quemado, a tierra removida y a vacas. El motor estaba en marcha. El humo que salía del tubo de escape se disolvía en el aire gris. Los guijarros crujieron bajo sus pies cuando se encaminó a la puerta.

—Hola, Christine.

Había reconocido la voz. Se volvió, blandiendo el puño eléctrico.

—Eh, eh, tranquila... No tendrás intención de volver a utilizarlo, ¿no? Con una vez tuve bastante, gracias.

Estaba sentado en la caseta del perro con las piernas cruzadas, casi tocando el techo inclinado con la coronilla, la cara medio oculta en la sombra... y la apuntaba con el ojo negro del cañón de su arma.

—Tíralos, por favor —dijo Marcus.

Salió de la caseta agachado, se enderezó, efectuó unos cuantos estiramientos e hizo una mueca.

—Tengo que reconocer que me diste una buena...

Llevaba una sudadera con la efigie del rapero afroamericano Lil Wayne. Se aproximó cojeando sobre la grava y, cuando estuvo lo bastante cerca, levantó la cabeza hacia ella y le dio una bofetada. Christine titubeó, dio un paso atrás y se llevó la mano a la mejilla encendida. Pensó en la extraña pareja asimétrica que formaba con Cordélia, que era delgada y larga como un espárrago.

—Esto por mis rodillas —dijo mirándola tranquilamente desde su metro sesenta y cinco de estatura. Luego señaló la casa—. No te preocupes. Los propietarios se han ido de vacaciones. Soy yo el que ha abierto los postigos.

Avanzó y comenzó a palparla.

—¿No es lo que habías previsto?

Fingió sorpresa mientras seguía paseando las manos por todo el cuerpo de la chica.

—No pasa nada... Vamos a hacer las cosas a mi manera, si te parece... Yo tampoco tengo ningunas ganas de que la policía aparezca por aquí. ¿Dónde está tu teléfono?

—En el asiento del acompañante.

Él rodeó el coche, abrió la puerta, cogió el móvil de prepago, lo tiró al suelo y le dio unos fuertes golpes con el tacón hasta dejarlo en el mismo estado que el animal muerto de antes: con las entrañas al descubierto. Christine se fijó en que llevaba unos botines puntiagudos de piel de serpiente, con tacones de ocho centímetros.

—Bueno, vamos. Conduce tú.

Se pusieron en marcha. Marcus hizo una breve llamada: «La tengo.» Durante media hora larga, fue indicándole el camino: «a la derecha... a la izquierda... recto...». Hasta que remontaron una larga recta cubierta por un túnel de plátanos cuyas ramas nudosas se entrelazaban por encima de la calzada como los arcos y nervaduras de una catedral. Al final del sendero se alzaba una gran casa, desvaída entre la niebla. Aminoró la velocidad en los cien últimos metros y la casa surgió de la bruma, acercándose despacio, casi cúbica con sus dos pisos de altas ventanas prácticamente iguales. Cúbica pero imponente: paredes gruesas, chimeneas dobles en cada esquina y claraboyas a ras del suelo para aportar luz a un sótano que imaginó vasto, profundo y muy oscuro. A diferencia de la anterior, aquella casa tenía siglos de historia; había visto crecer y morir varias generaciones de familias; había conocido secretos y sido testigo de muertes y nacimientos. Eso fue lo que se le ocurrió pensar a Christine mientras circulaba por el espacio despejado, desnudo y acotado por una grácil línea de chopos que los rodeó a la salida del túnel de árboles. No se veía ningún vehículo, pero a una decena de metros había un garaje de chapa ondulada.

—Hemos llegado.

La puerta de la casa se abrió mientras bajaban del coche. Enmarcada entre las volutas de niebla, en el umbral apareció una mujer alta y delgada. A Christine no le cupo duda de que no la había visto nunca y, sin embargo —misteriosamente—, su cara le resultaba familiar. La joven le lanzó una mirada a Marcus, que le señaló los tres escalones de la entrada con un movimiento del arma negra y mate que empuñaba. La mujer sonreía.

—¿Quién es usted? ¿Dónde está Denise?

Su sonrisa se ensanchó al tiempo que se arrebujaba en su chal de punto. Tenía unos hombros sólidos y constitución atlética.

—Buenas tardes, Christine. Por fin nos conocemos.

Un soplo de música salió volando por el aire frío, proveniente del interior de la casa. Christine se estremeció.

Una voz de soprano, cuyas vocalizaciones se dispersaron en la bruma.

«Ópera...»

El pasillo. Un tubo interminable que conducía a la cocina. Una cocina bien acondicionada, vasta y moderna, todo lo contrario del pasillo, que parecía viejo, lleno de muebles y cuadros antiguos.

La niebla lamía los cristales, pero no había ninguna lámpara encendida. «Ópera...» La música subía de otra habitación y se propagaba por toda la casa. Se inflaba, perdía cuerpo, volvía a inflarse... como las velas de un navío. Christine tuvo la impresión de que le corría directamente por las venas.

Después se encontró allí, frente a ella: la mujer morena de hermosa cara un poco ajada por los años.

—¿Esperabas ver a otra persona? Seguro que pensabas que estabas muy cerca...

—¿Dónde está Denise?

—No hay ninguna Denise.

La mujer apretó un interruptor y la cocina se iluminó de golpe. Christine vio superficies brillantes de acero inoxidable e hileras de cacerolas relucientes.

—He sido yo quien te he enviado ese mensaje. ¿No lleva armas? ¿La has cacheado?

Marcus asintió con un gesto casi imperceptible, como para dar a entender que aquel tipo de pregunta era inútil, que sabía hacer su trabajo de sobra.

—O más bien —prosiguió la mujer volviéndose hacia ella—, Denise no tiene nada que ver con esto... Y, ah, ya que sale el tema, te diré que se tira a tu Gérald. Ya se lo tiraba mucho antes de que él se distanciara de ti. Menudo número te montó la chica en ese bar, ¿eh? Oh, vamos, no te enfades con él. ¿Quién podría resistirse a Denise? ¿Qué hombre normalmente dotado, me refiero? En todo caso, uno como Gérald no lo habría logrado jamás. Demasiado cobarde, demasiado perezoso, demasiado aburrido: se cansará de él, ya lo verás.

La mujer hablaba con un tono ligero, pero Christine percibía algo siniestro y amenazador por debajo.

—¿Quién es usted?

Su voz aún era firme. Casi se extrañó al oírla.

—Me llamo Mila Bolsanski.

La mujer gritó «¡Thomas!» y Christine atisbó un movimiento a su derecha... Una puerta se entornó y, precedido de unos pasos menudos y livianos como un soplo, apareció un niño de unos cuatro o cinco años que la observó con unos grandes ojos castaños y tristes.

—Éste es mi hijo Thomas —explicó la mujer—. Saluda, Thomas. Thomas es hijo de Léo...

—Hola —dijo el niño.

—Vuelve a tu cuarto, cariño.

Él obedeció y se fue. No parecía especialmente curioso. Por una décima de segundo, le recordó a la Madeleine de los últimos tiempos, a quien todo le resbalaba sin dejarle huella. «El hijo de Léo...» Christine tuvo la impresión de que todo se mezclaba, de que perdía el hilo de sus pensamientos, de que la aguja de su brújula interior se estropeaba y buscaba el norte en vano.

Advirtió que Marcus volvía a apuntarla con el arma ahora que se había marchado el niño. Miró a la mujer. ¿Dónde la había visto? Intuyó que la respuesta a la pregunta se hallaba muy cerca...

—Ven —dijo la mujer.

Abrió una puerta que conducía a una habitación detrás de la cocina y accionó un interruptor. Christine vio una pared cubierta de arriba abajo con una inmensa foto que representaba la Tierra vista desde el espacio. Era una foto de una nitidez extraordinaria a pesar del tamaño. Contemplándola, casi se tenía la sensación de estar flotando en la noche celeste, lejos, por encima de las costas y los continentes, de las islas, los glaciares, las zonas urbanas y desérticas, los ciclones y los tifones. Delante había un sofá blanco y una mesita con libros. Por las tapas, Christine vio enseguida que todos trataban del mismo tema. Pensó en Léo y luego, de repente, se hizo la luz. Mila Bolsanski. Claro, la astronauta... Había visto su cara en la televisión hacía unos años. «La segunda francesa que fue al espacio.» Si no le fallaba la memoria, la misión había sido interrumpida, había ocurrido algo allá arriba... Un accidente... Le parecía recordar incluso que Léo había participado en la misión. Cayó en la cuenta de que se trataba de una cuestión que nunca había abordado con ella y le dio un escalofrío.

Habían hablado de tantas cosas en el curso de sus citas bisemanales... ¿Por qué no le había hablado nunca de aquella misión? ¿Era realmente su hijo? Demasiadas cosas a la vez...

—¿Oyes esa música? —preguntó Mila—. Otra ópera. *El crepúsculo de los dioses*. Al final, Brunilda, la antigua valquiria, se precipita en la hoguera funeraria de Sigfrido con su caballo. Siempre me ha gustado la ópera... Es increíble la cantidad de óperas que hablan de suicidio. Pero tú le tienes demasiado apego a la vida, Christine, ése es tu defecto.

Ella paseó la mirada por el resto de la habitación. Un piano barnizado en negro. Unas partituras y fotos enmarcadas encima. En el fondo, delante del ventanal, una curiosísima chimenea de mármol blanco cuyo hogar vaciado dejaba ver las capas de niebla del exterior.

—La ópera es el territorio de la emoción pura. Cuando la pasión, la pena, el sufrimiento y la locura alcanzan un grado tal de saturación que las palabras son incapaces de expresarlo, sólo el canto lo consigue. Es algo que supera los límites del entendimiento y de la lógica. Es indescriptible...

La música se elevaba, potente. Christine pensó en el niño, que debía de oírla desde su cuarto pese al grosor de las paredes. Sus juguetes —figuras de Transformers, camión rojo de bomberos, pelota de baloncesto— estaban diseminados por la alfombra.

—¿Sabes qué es lo que caracteriza un buen libreto? Es muy sencillo: la acción tiene que avanzar rápidamente y hay que encadenar los momentos fuertes hasta el desenlace... trágico, por supuesto. Desde el punto de vista musical, la clave de bóveda es el *aria da capo*, que tiene tres partes, la tercera de las cuales es una repetición de la primera. Es importante, sin embargo, que no entorpezca la progresión dramática: todo es cuestión de dosis...

La voz de la soprano subió hacia los agudos.

—Mira, ¿la oyes?

—¿Y qué? —replicó Christine sin dejarse impresionar—. ¿Esos gorgoritos ridículos? Un poco excesivo, ¿no?

Vio que el relámpago de la duda cruzaba un instante las pupilas de la astronauta como la línea de un monitor de electrocardiograma.

«Pues sí, guapa, creías que me habías destrozado, anulado y que ibas a saborear tu victoria. Esta vez no. Esta vez no ha funcionado como esperabas. Debes reconocer que fue mucho más divertido con esa tal Célia... Sobre todo su suicidio, al final. Como en una de tus putas óperas...»

Mila se volvió hacia Marcus.

—¿Tienes lo que te pedí?

Él se lo confirmó con un gesto, se metió la mano enguantada en el bolsillo de la parka y sacó una pequeña ampolla. Luego dirigió una breve mirada vacía a Christine entre sus largas pestañas rubias.

Ésta se fijó en la jarra de agua. Y en el vaso dispuesto encima de la mesa del sofá. Vio que Mila se inclinaba, cogía la jarra y llenaba el vaso hasta la mitad. «Que no se te note que tienes miedo», pensó Christine. Entonces Mila rompió la ampolla encima del vaso y lo removió con una cuchara. Después retiró la cuchara.

—Toma. Bebe esto —dijo.

—¿Otra vez? ¿No le resulta un poco... repetitivo?

—Bebe —insistió Mila.

—Oiga, yo... —quiso protestar Christine mientras cogía el vaso con mano temblorosa.

—BEBE —ordenó Marcus agitando el cañón del arma hacia ella—. Date prisa. Tienes tres segundos... uno... dos...

Christine titubeó, miró el vaso, se lo llevó a la boca. Tenía el sabor de las ampollas de vitaminas que su madre compraba en la farmacia cuando era pequeña. Bebió.

—O sea que lo de Célia, ¿fue usted?

La mirada de Mila la acarició con un brillo glacial.

—Pretendía tener derechos sobre Léo, se aferraba a la relación. Y él parecía dispuesto a dejar a su mujer por ella. Fue un acto de legítima defensa. Léo es mío. Es el padre de mi hijo.

—Pero está casado...

Su mirada se oscureció aún más.

—¿A eso lo llamas matrimonio? Yo lo llamo una broma. Están tramitando el divorcio, ¿lo sabías? —Se encogió de hombros—. Tarde o temprano volverá a mí. Cuando comprenda, cuando no tenga a nadie más que a mí. Pero esa imbécil de Célia se interponía en nuestro camino, igual que tú... Por eso convertí su vida en un infierno. Y cuando empezó a parecer una loca delante de todo el mundo, perdió peso, se volvió cada vez menos guapa, cada vez menos divertida, cada vez más demacrada y siniestra... bueno, nuestro querido Léo abrió los ojos. No se le da muy bien eso de hacer de Teresa de Calcuta, hay que reconocerlo... —Calló un momento—. O sea que la dejó. Ella no pudo soportarlo. Ya sabes cómo acabó...

—Ya —asintió Christine—. Y ahora me toca mí. Es una lástima que hayas hecho todo esto para nada. Dejé plantado a Léo el mes pasado. Él mismo habría podido decírtelo si se lo hubieras preguntado.

—Mientes.

—¿Por qué iba a mentir? De todas maneras, es un poco tarde para dar marcha atrás, ¿no?

Mila volvió a mirarla, sorprendida. Sin duda esperaba que Christine le suplicara. Que le implorase que la dejara vivir. Que se echase a llorar.

—Y a Marcus, ¿cómo lo encontraste?

Ambas desplazaron la mirada hacia el hombrecillo de cráneo liso, piel pálida y cara femenina.

—Lo conocí gracias a ciertos «amigos» de Moscú. Unos amigos muy valiosos... Amistades surgidas durante nuestra estancia en la Ciudad de las Estrellas. Marcus es en cierta manera una de sus... «sucursales» en Francia... Llegó aquí hace tres años, aunque aprendió francés en Rusia.

Sus amigos y él tienen un gran talento para revisar las papeleras, encontrar información, introducirse con nocturnidad en casa de la gente, averiguar todo cuanto se pueda saber de esas personas, obtener confesiones, forzar cerraduras y manipular ordenadores...

Acarició con la punta de una uña el tatuaje del cuello del hombrecillo.

—Marcus no es muy curioso. Ésa es su principal cualidad. No hace preguntas, salvo en lo que concierne a sus honorarios. ¿Sabes que hay países donde puedes hacer que asesinen a alguien por un puñado de dólares o una simple dosis de droga?

Christine advirtió que fuera había aclarado y estaba escampando la niebla. Detrás del ventanal percibía unas sombrías masas de follaje y una luz rojiza.

—Marcus y Cordélia, qué pareja tan extraña, ¿no? Según me dijo él, conoció a Cordélia cuando ella trataba de vaciarle los bolsillos en el metro. Seguro que pensaba que era un hombrecito inofensivo. No estaba previsto, pero como Cordélia parecía muy hábil para el engaño y la estafa, cuando me enteré de que en tu radio buscaban una asistente, le sugerí que se presentara para el puesto... con un currículum falso, claro. Tu Guillaumot no se enteró de nada. Debo admitir que Cordélia tiene mucho arte para encontrar el punto débil de la gente. ¿Sabías que a tu jefe le gusta que le hagan un striptease en la oficina después de la jornada laboral? Todos los hombres son iguales...

—Yo... no me encuentro muy bien...

Era verdad. Christine tenía la impresión de que la habitación empezaba a girar lentamente, como un tiovivo que se pone en marcha. ¿Y a qué se debía esa sensación de sofoco?

—Yo... ¿Qué había en esa ampolla? —Parpadeó varias veces—. No va a salirse tan fácilmente con la suya... Léo tiene sospechas... Y ese policía va a seguir el hilo hasta usted...

En los labios de Mila apareció una sonrisa igual de fina que el filo de una cuchilla.

—Escribí un diario —explicó con suavidad—. Un diario falso sobre lo que supuestamente ocurrió en la Ciudad de las Estrellas, sobre lo que supuestamente me hizo el pobre Léo...

Sonrió abiertamente.

—Se lo entregué a ese poli. En este momento debe de estar leyéndolo y, cuando haya terminado, no tendrá la menor duda sobre la culpabilidad de Léo.

—¿Por qué...?

—Porque cuando acabe solo, abandonado por todos, yo iré a verlo a la cárcel, lo reconquistaré día tras día. —Mila volvió a sonreír—. Y comprenderá que sólo me tiene a mí, comprenderá la fuerza de mi amor, de mi devoción. Verá todo lo que he hecho por él... Abrirá los ojos y me querrá como antes, como al principio...

Christine se mordió el labio inferior. «Dios, esta mujer está chalada. Como para meterla en un manicomio...» Lanzó una ojeada a Marcus, que la apuntaba con total indiferencia. Le habían pagado y con eso le bastaba.

—Vamos —dijo Mila tras mirar su reloj.

Abrió una puerta baja de madera en la gruesa pared de piedra, detrás de ella. Fuera, la niebla casi había desaparecido; sólo quedaban unas cintas de bruma enroscadas en la base de los troncos. Por ese lado, una pérgola de cemento partía de la casa hasta el linde del bosque, cubierta por una viña virgen que el invierno había vuelto reseca y gris. Christine vio unas camelias de un color púrpura intenso, hiedra, unas pálidas rosas de Navidad. Un estanque con un muro de piedra bajo y recubierto de musgo. Las losas del suelo, despegadas, con las junturas llenas de hierbas y ortigas, se levantaban bajo sus pies.

—Avanza —dijo Marcus empujándola por la espalda con el cañón de la pistola.

Se puso rígida. Dio tres pasos. Se paró.

—¿Qué van a hacer?

—¡Te he dicho que avances!

Llegaron al bosque. Un sendero apenas visible. El sol se ponía detrás de las hileras de árboles y de las ramas que lo arañaban como una alambrada. Desde lo alto de la colina, proyectaba unos rayos pálidos, rojos y fríos como sangre helada, que se colaban entre los delgados troncos negros. Un riachuelo brillaba como una escultura de cobre. Corría en medio de una alfombra de hojarasca gruesa y mullida. De ésta se elevaba un aroma a tierra y humus, a descomposición.

Notó que el corazón se le aceleraba, que sus latidos se descontrolaban. El cielo sangraba.

—Sigue.

Bordearon el riachuelo y subieron la abrupta pendiente. Marcus se colocó delante de ella. Christine sabía que no llegaría muy lejos si intentaba escapar.

—Mierda, me da vueltas la cabeza —dijo aminorando el paso.

Resbaló en las hojas y aterrizó sobre las manos y las rodillas. El barro negro y las hojas se le pegaron a la piel. Se levantó y se paró un instante para recobrar el equilibrio y limpiarse las manos. Marcus se había detenido y esperaba, su cara femenina rigurosamente impasible. Mila llegó a su altura.

—Vamos.

Empezó a caer una lluvia fina. Diminutas gotas frías como un atomizador en su cara.

—Entonces ¿es aquí donde va a acabar todo? —preguntó—. ¿En pleno bosque?

El corazón se le salía del pecho. Delante de ella, el hombrecillo rapado y tatuado se encorvó para evitar una rama.

—¡Date prisa! —dijo con su ligero acento extranjero—. No tenemos todo el tiempo del mundo.

Retrocedió y la cogieron cada uno por un brazo para hacerla avanzar más deprisa.

—Me parece que voy a... vomitar.

No vomitó, sin embargo. Bajaron hasta una hondonada donde el bosque era menos denso. Casi un claro. De repente, empezó a ofrecer resistencia, a hundir los talones en el suelo blando, cuando descubrió el gran hoyo oscuro que había en el fondo de la cañada... con una pala al lado. Siguieron tirando de ella.

—¡No! ¡No!

Empezó a forcejear.

La soltaron; Marcus la apuntó con el arma.

—Acuéstate en el agujero.

Un viejo árbol nudoso se contorsionaba como un gimnasta al borde de la fosa. El hierro de la pala había segado algunas de sus raíces.

Christine se volvió para encararse a ellos.

—¡No! ¡Esperad! ¡Esperad!

Marcus la empujó. Cayó de espaldas. Se sumergía. Se hundía. Se ahogaba. Por suerte, la tierra del fondo del hoyo estaba blanda y cayó sobre un colchón muy suave. Volvió a abrir los ojos. Estaba tendida de espaldas. El olor a tierra recién removida le inundaba la nariz; la lluvia arreciaba contra su cara, le corría por los ojos y los cabellos llenos de tierra.

—Las mujeres son mejores asesinas que los hombres —declaró Mila desde arriba—. Son más sofisticadas, más imaginativas, más reflexivas.

—Hazlo tú —dijo Marcus señalando a Christine con la cabeza.

Desde el fondo del hoyo, ella vio que le tendía el arma a Mila sosteniéndola por el cañón. También percibió la ferocidad con que ésta lo miró.

—¿Cómo? ¿A qué viene eso ahora? ¡Haz tu trabajo! ¡Para eso te he pagado!

—*Niet*. No tanto como para arriesgarme a una pena de cadena perpetua. *Pojalusta*: por favor.

Mila soltó una malévola carcajada mientras cogía el arma por la culata.

—Y yo que creía que tenías un par de cojones... ¿Así ha terminado la mafia rusa?

Imperturbable, él sacó un paquete de cigarrillos sin darse por enterado del comentario. Encendió uno. Sonrió. Christine volvió un poco la cabeza. ¿Estaba soñando o efectivamente eran lombrices aquello que se retorcía en el lugar donde la pala había tajado la carne tierna del bosque? Se agitaban a unos centímetros de su mejilla, bajo una malla de finas raíces blancas.

La voz de Marcus:

—Ahora te toca a ti, *Gaspaja* —Señora—. Sólo quedan dos balas, así que no las desperdicies...

Christine cerró los ojos.

De repente, se puso a temblar de miedo y de agobio a la vez, con la piel erizada y el cuerpo cubierto de sudor, sacudida por un escalofrío eléctrico. Le dieron ganas de saltar de la fosa y de huir corriendo.

Con los ojos cerrados, no vio que Mila daba un paso hacia el borde de la tumba y dirigía el arma hacia ella.

No la vio temblar un poco.

Apuntar.

Apretar el gatillo.

El disparo resonó en el bosque, reproducido por el eco. Todos los pájaros alzaron el vuelo. Las dos balas la alcanzaron en pleno tórax y su cuerpo se sacudió con cada impacto. Un instante después, dos flores rojas se desplegaban e impregnaban su sudadera mojada. Un último sobresalto. El cuerpo que se arquea y se pone rígido. Un hilo de sangre en la comisura de los labios...

...y todo queda consumado.

Simple.

Limpio.

Definitivo.

El cañón del arma todavía humeaba. Mila observaba el cuerpo de Christine, con los ojos muy abiertos. El arma temblaba con violencia en su mano. Nunca había matado a nadie hasta ese momento. Al menos no con sus propias manos.

Marcus cogió la pala.

—Bienvenida al club —dijo mientras arrojaba la primera paletada de tierra sobre la cara de la muerta.

TERCER ACTO

«Ya sé que para sus penas
no hay consuelo posible.
Pero hay que asegurar
el futuro del niño.»

Madama Butterfly

40

ARIA DA CAPO

Una mañana clara y fría de enero, Fontaine nadaba desnudo en la piscina y Servaz observaba con unos prismáticos la espalda musculosa, las nalgas redondas y las piernas finas que hendían el agua humeante. Después volvió a su coche, frío como una nevera, guardó los prismáticos en la guantera y se puso en marcha lentamente.

Demasiado pronto. Todavía era demasiado pronto para desafiar a Léonard Fontaine, pero sabía que el enfrentamiento tendría lugar tarde o temprano. Era inevitable. Cuando tuviera más bazas. Un juego más favorable.

¿Dónde se había metido Christine Steinmeyer?

Hacía diez días que no daba señales de vida. Mientras Servaz conducía en las pálidas horas de la madrugada con los ojos bien abiertos y la penumbra del habitáculo apenas atenuada por las luces del salpicadero, con la vista fija en la cinta de la autopista que se extendía ante él y en las luces de los coches de delante, tenía la impresión de que una palabra parpadeaba, cegadora, con letras de neón en su mente. «Muerta.» Christine Steinmeyer estaba muerta. Enterrada en alguna parte... Habían intentado por todos los medios reconstruir el trayecto que había hecho la mañana que salió de su casa para no volver. En vano. Nadie la había vuelto a ver desde entonces. Ni su novio, ni sus padres, ni sus excompañeros de Radio 5. Se había abierto una investigación por desaparición. Corinne Délia y Marcus —cuyo verdadero nombre era Egor Nemtsov— habían sido largamente interrogados, pero no habían revelado nada.

Servaz lamentaba no haber podido participar en los interrogatorios. Había obtenido, no obstante, un relato detallado de los mismos por parte de Vincent y Samira... y también de Beaulieu, que había decidido colaborar y parecía sentirse un poco culpable.

Al igual que él, Beaulieu ahora estaba convencido de que Egor *Marcus* Nemtsov estaba implicado en la desaparición de Christine. Servaz pensó en el diario de Mila, que aún tenía en su poder. En las fotos en las que Fontaine aparecía en compañía de Célia Jablonka. En las confidencias de Christine. Mila-Célia-Christine: el triángulo de tres mujeres que habían sido amantes del astronauta. El testimonio de Mila era abrumador. Desde su incursión en la casa de Fontaine, en la que vio el libro sobre la mesita de noche, el comandante tenía la certeza de que era el hombre que buscaba... Y ahora Christine había desaparecido... Pero ningún juez abriría una instrucción a partir de tan pocos elementos. Daba vueltas en círculo. Sabía que tendría que presionar a Fontaine para que cometiera un error. Pero ¿cómo? Era un hombre prudente y tenaz.

Mila miró a Thomas mientras éste le dirigía un último gesto de complicidad antes de correr hacia sus compañeros de clase, con la cartera a la espalda, bajo los grandes plátanos del patio de recreo. Después regresó al coche. Era viernes. Los viernes no trabajaba. Arrancó el todoterreno y tomó la dirección del hipermercado donde solía hacer las compras, paró en el aparcamiento, caminó hasta las hileras de carros e introdujo una moneda en uno de ellos.

Estuvo empujando el carro por los pasillos durante casi una hora, sin apresurarse. Pese a que era el viernes por la mañana, había mucha gente. Se coló entre el gentío, zigzagueó entre quienes se interponían en su camino, recibió los empujones de otros... Consultaba su lista a intervalos regulares a pesar de que siempre compraba los mismos productos semana tras semana. Se permitió un capricho comprando una botella de Clos Vougueot. Al día siguiente, en el mercado, se ocuparía de la comida más delicada.

Buscó la cola menos larga y se colocó en ella: tenía quince personas delante y, en el rato que tardó en llegar a la caja, se habían acumulado otras tantas detrás. Al acercarse cogió también unos paquetes de chicles de menta y una revista de programación de televisión.

La cajera —una joven con un piercing en la nariz y un mechón azul en la frente— le dirigió un saludo educado y empezó a pasar sus compras por el lector de código de barras. Mila avanzó por el arco de control para recuperarlas al otro lado. Un aullido estridente le desgarró los tímpanos. La cajera levantó la cabeza bruscamente y la miró con más atención.

—Tenga la amabilidad de retroceder, señora, y vuelva a pasar por el arco, por favor —le pidió.

Mila suspiró. Dio un paso atrás. Otro hacia delante. El aullido volvió a sonar, ensordecedor, atrayendo las miradas de todos. La cajera la observó con mala cara.

—Retroceda, señora, atrás —dijo con creciente irritación—. ¿Seguro que no lleva nada en los bolsillos?

No era exactamente una acusación, pero tampoco una pregunta neutra. Mila se dio cuenta de que no sólo la observaban los clientes de su cola —que ya manifestaban los primeros signos de impaciencia—, sino también los de las filas de al lado. El rojo de la vergüenza afloró a sus mejillas.

Metió una mano en el bolsillo del abrigo. De hecho, sí había algo, en el fondo... Cerró los dedos en torno a una caja de plástico, que sacó del bolsillo. La miró: una tarjeta-regalo de perfumería. Valor: ciento cincuenta euros. Estaba escrito encima. Advirtió la expresión de la cajera se ensombrecía.

—No lo entiendo... —dijo.

—¿La quiere o no?

El tono era cortante, la mirada dura. Estaba claro que la cajera la tomaba por una ladrona, pero no tenía tiempo que perder: no era el primer caso con que se encontraba. Mila sintió que la rabia se adueñaba de ella.

—Le repito que no sé qué hace esta tarjeta en mi bolsillo —contestó con sequedad y fulminando a la cajera con la mirada.

—De acuerdo. Démela y vuelva a pasar por el arco, por favor.

El tono del «por favor» indicaba que, aunque no le gustase la idea, Mila tenía que hacerlo igualmente. Tragándose la furia, depositó la tarjeta-regalo en la mano tendida y dio un paso atrás y otro adelante, con el estómago encogido.

El arco aulló de nuevo.

Poniendo a prueba sus nervios. Oyó las exclamaciones que surgían detrás de ella en la cola.

—¡Joder! —exclamó la cajera.

Miró a Mila furibunda, descolgó un teléfono y habló rápidamente por él. Después se volvió hacia el pasillo que bordeaba las cajas tamborileando con impaciencia sobre el mostrador. Detrás, la gente empezaba a refunfuñar. Mila oyó preguntas: «¿Qué pasa?», «¿Por qué no avanza?», y respuestas sin indulgencia: «Una ladrona», «Sí, ésta es la Francia de hoy en día»... Vio que un vigilante se acercaba a paso vivo. Alto. Vestido con un traje de color antracita. Negro. Después de echarle un vistazo rápido y profesional, se inclinó para escuchar las explicaciones de la cajera. Todo con un máximo de discreción: nada de aspavientos, allí se trataba el problema con eficacia, estaban acostumbrados.

A Mila le flaqueaban las piernas, la cabeza le daba vueltas. Había decenas de miradas clavadas en ella.

—Tenga la amabilidad de seguirme, por favor.

—Oiga, no entiendo qué...

—Tenga la amabilidad de seguirme, por favor, señora. Sin armar jaleo. Vamos a solucionar esto con calma, ¿de acuerdo?

—¿Qué pasa? —preguntó alguien detrás de ellos.

Otro vigilante. Ése, blanco. Mayor que el otro. Un poco embutido en su uniforme. Un tipo fornido que había dejado de cuidarse. Con la mirada astuta y las mejillas picadas como una viña después de una granizada. La contempló fijamente con unos ojillos taimados mientras el otro le repetía en voz baja las explicaciones de la cajera. Posó una mano recia en el brazo a Mila y ésta la apartó con una sacudida.

—¡No me toque!

—Bueno, ahora deja de hacerte la chula y síguenos, ¿vale? Y, sobre todo, no me busques las cosquillas, porque no estoy de humor, ¿entendido?

En el aparcamiento, apoyó las manos temblorosas en el volante. Se asfixiaba de rabia y de vergüenza. El director del hipermercado la había interrogado en una habitación pequeña y sin ventana. El hombre había aceptado no presentar denuncia porque Mila no aparecía en su archivo y porque había devuelto las dos tarjetas-regalo «sustraídas».

—¿Está llamándome ladrona? —había replicado ella.

Los dos vigilantes estaban presentes y había notado el peso de los ojos de los tres hombres fijos en ella. El cerdo de la cara picada le había mirado los pechos con descaro; el director era despreciativo y condescendiente: lo habría abofeteado con ganas; el primer vigilante, en cambio, pasaba de todo. Joder, le daban ganas de volver y prender fuego al supermercado. O de pedirle a Marcus que le diera un repaso a ese jefecillo arrogante. Puso el coche en marcha y salió despacio de la fila donde estaba aparcada. El sonido de un claxon la sobresaltó. Absorta en sus pensamientos, no se había dado cuenta de que un Prius se le acercaba por la derecha.

Un postigo rechinaba en la oscuridad produciendo un irritante sonido de metal oxidado. Mila miró el despertador. La una menos cuarto de la mañana. Salió de la cama de mala gana. Bajó a la planta baja. La casa estaba en silencio y hacía un frío tremendo. Además, estaba segura de que había cerrado todos los postigos. Tardó siete minutos en localizar la ventana responsable: la casa era enorme. Una de las ventanas de la sala. Unas ramas agitadas por el viento creaban un juego de sombras en los cristales. Las abrió. Un viento tibio y oloroso le pasó por la cara como una mano perfumada. Aunque estaban a finales de enero, el invierno parecía haber terminado. El viento y ella libraron una breve lucha por la posesión del postigo. Mila lo cerró y subió a acostarse de nuevo. El incidente del supermercado la tenía preocupada. Se había sentido humillada, rebajada; estaba furiosa y no lograba conciliar el sueño. Empezaba a dormirse cuando volvió a oír el chirrido. Se incorporó en la cama. Silencio absoluto. Después el postigo volvió a crujir. Era un sonido tenue, agudo y obsesivo. La inquietud se apoderó de ella. Volvió a bajar descalza a la planta baja, pero esa vez llevó consigo la pistola de defensa que guardaba en el cajón de la mesita de noche. «Otra ventana...» El postigo giraba en torno al eje, a merced del fuerte viento, para acabar chocando contra la pared. Se inclinó para cogerlo, con medio cuerpo fuera en la noche ventosa, y lo cerró. De nuevo notó la caricia tibia en la cara. No hubo más ruidos aquella noche, pero no consiguió dormirse hasta las tres de la madrugada.

El lunes se produjo un nuevo incidente que la dejó perpleja. Mila trabajaba desde hacía varios años para Thales Alenia Space, una de las empresas más importantes del mundo en el campo de los satélites. Su sede futurista ocupaba un vasto espacio en el barrio del Mirail, al sudoeste de Toulouse, cerca de la A64. Ella se encargaba de la comunicación y de las relaciones con los medios. Mila no tenía amigos en el trabajo: a algunos compañeros les molestaba su rigidez de carácter, poco dado a las concesiones y la diplomacia. Eso no explicaba, no obstante, que le hubieran pinchado las cuatro ruedas en el inmenso aparcamiento reservado a los dos mil doscientos empleados de la casa...

Su rabia todavía no se había disipado cuando volvió a casa con dos horas de retraso —había tenido que llamar de urgencia a la niñera para que fuera a buscar a Thomas al colegio—. Esa noche, después de haberle leído un cuento a su hijo y con intención de recuperar la calma, puso un CD de su ópera favorita: *Don Carlo*, de Verdi. Otra historia de amor contrariado, imposible. Lo que le gustaba de la ópera era precisamente eso, que siempre se hacía eco de su propia vida. «De todas las vidas...» ¿Acaso no luchaban todos por lo mismo? El dinero, el poder, el éxito... todos con un único objetivo, el mismo desde la infancia: ser amados. Se arrellanó en el cómodo sillón que había colocado en el punto exacto de la habitación que gozaba de mejor acústica. Pero a esa hora no podía dejar que la música brotara a todo volumen de los altavoces esféricos Elipson Planet L, así que se puso los cascos Bose y apretó el botón del mando a distancia.

Cerró los ojos y procuró respirar con calma en el delicioso silencio previo a los primeros compases... Volvió a abrirlos en cuanto oyó las primeras notas.

No eran las de *Don Carlo*.

Escuchó unos segundos más...

«*¡Lucia di Lammermoor!*»

Debía de haberse equivocado de caja al guardar los CD... Se levantó y fue hasta las estanterías de su discoteca. Buscó la caja de la trágica ópera de Donizetti en la que Lucia se hunde en un estado de locura irreversible. La abrió previendo que encontraría *Don Carlo* en su interior. Se quedó mirando, perpleja, el CD que se encontró: *Los cuentos de Hoffmann*... Algo no encajaba. Con creciente desasosiego, abrió otra caja al azar: la de *La italiana en Argel*. En su lugar halló *La Traviata*. Volvió a probar con la caja de *Moisés y Aarón*, de Schönberg: *Tannhäuser*... Después con la de *Las Indias galantes*: *Cavalleria rusticana*... Al cabo de diez minutos, había decenas de cajas diseminadas en el suelo. ¡Ni una sola contenía el CD correcto! Y no había manera de dar con *Don Carlo*.

O estaba volviéndose loca, o...

Alguien jugaba con ella... Alguien había entrado allí...

Miró a su alrededor, como si la persona pudiera estar todavía allí. «Eso es», se dijo. El incidente del hipermercado, las cuatro ruedas pinchadas en el aparcamiento, los postigos que se soltaban solos en plena noche y ahora aquello... Alguien trataba de pagarle con la misma moneda. «De vengar la muerte de esa puta.» Infligiéndole lo mismo que ella había hecho sufrir a Christine Steinmeyer... como en el aria da capo, cuya última parte es una repetición de la primera. «Thomas...» Lo había dejado solo con la lamparilla encendida. Como todas las noches. Subió los escalones de cuatro en cuatro. Dormía con el pulgar en la boca y la cabeza hundida en tres almohadas. El halo de la lamparilla de su mesita iluminaba la penumbra de la habitación, que olía a champú para niño. Tras comprobar que los postigos estaban bien cerrados, se acercó a su hijo, le acarició el hombro donde el pijama se lo dejaba al descubierto y notó la frágil estructura de su esqueleto bajo la piel.

Cundo iba a apagar la lámpara, reparó en el libro abierto encima de la colcha. Mila había estado leyéndole a Thomas, pero no recordaba haberse olvidado de guardar el cuento ilustrado en la estantería. Se acercó para cogerlo y lo cerró. Luego dio un respingo.

No era el libro de Thomas, sino uno titulado *La ópera o la derrota de las mujeres*. Lo reconoció: formaba parte de las numerosas obras de su biblioteca dedicadas a la ópera, entre el Kobbé, *Las cinco grandes óperas*, de Henry Barraud, el *Diccionario de enamorados de la ópera*, de Alain Duault, y una docena más. Sin embargo, estaba casi segura de no haber subido nunca con él al cuarto de Thomas. En realidad, no era una lectura muy indicada para un niño de cinco años...

Se disponía a devolverlo a la biblioteca sin darle más importancia, cuando, en lo alto de la escalera, se quedó paralizada. Aunque hacía varios años que había leído aquel libro, se acordaba muy bien de su contenido: hablaba del largo cortejo de mujeres destronadas, heridas, abandonadas, traicionadas, burladas, asesinadas, abocadas a la locura o a la muerte, cuyas desdichas hacían desde siempre las delicias de los amantes de la ópera. En ese género todas las mujeres morían. Sin excepción. En la ópera, las mujeres siempre eran desgraciadas. Siempre tenían un final trágico.

Princesas, plebeyas, madres, putas: la ópera era el escenario de su derrota inevitable... El desasosiego de Mila iba en aumento.

Esa noche recorrió dos veces la casa para comprobar que todas las puertas y postigos estuvieran bien cerrados. Aun así, no durmió más que un par de horas y estuvo escuchando el ruido del viento de invierno contra su ventana hasta la mañana.

Al día siguiente llamó al trabajo para decir que tenía treinta y nueve de fiebre y que iba a quedarse en casa. Después se puso a buscar un instalador de sistemas de alarma en internet. Comparó los productos, las empresas, las prestaciones e hizo varias llamadas. El sistema que acabó eligiendo comprendía detectores de movimiento en los lugares estratégicos de la casa —que tomarían fotos de todo visitante «no deseado»—, una potente sirena de ciento diez decibelios, una señal enviada a un centro de televigilancia en caso de intrusión —con llamada de control e intervención de un agente de seguridad si la persona que respondía no contestaba de manera satisfactoria las preguntas de reconocimiento— y SMS de alerta enviados a intervalos regulares a su móvil. En caso de duda, podía incluso verificar a distancia si había activado la alarma correctamente. El instalador acudió esa misma tarde. Era un hombrecillo de pelo gris que, a pesar de su aspecto de jubilado, transmitía una tranquilizadora impresión de experiencia. Instaló el sistema en un tiempo récord. Tras comprobar con el centro de televigilancia y el móvil de Mila que todo funcionaba, aseguró:

—Ya está, ahora ya puede dormir a pierna suelta.

Y se marchó a bordo de su furgoneta azul.

El hombrecillo tenía razón: esa noche durmió como un lirón. No hubo ningún chirrido de postigo y, al día siguiente, dejó a Thomas en el colegio y volvió al trabajo.

• • •

La bombilla del rellano de arriba debía de haberse fundido, porque cuando a la noche siguiente accionó el interruptor, no se encendió. Le dijo a Thomas que la esperara abajo y fue a buscar una nueva y una escalera al cobertizo. Se subió a esta última, cambió la bombilla y la luz volvió a funcionar. Luego le leyó un cuento a su hijo —*Cómo el Grinch robó la Navidad*—, lo arropó y cerró la puerta cuando ya se había dormido.

Una vez abajo, en la sala de estar, puso *Don Carlo* en el equipo de música. Había ido a la FNAC, donde no tenían la versión con Renata Tebaldi, Carlo Bergonzi y Dietrich Fischer-Dieskau, con lo cual había tenido que conformarse con la interpretada por Plácido Domingo, Montserrat Caballé y Ruggero Raimondi. Escuchó la ópera entera antes de ir a acostarse. Por descontado, ya había reservado una localidad para el mes de junio en el Teatro del Capitole, donde habría una representación de *Don Carlo* con Dimitri Pittas y Tamar Iveri.

Pensó en Leo y en ese policía. ¿Cuándo iba a pasar a la acción el comandante? Sabía que la policía necesitaba más pruebas para atrapar a Léo, pero no tenía prisa. Cada cosa a su tiempo. También tendría que ocuparse de Cordélia y de Marcus, dos testigos demasiado molestos. Además, debía encontrar la manera de responder a aquellos ataques. ¿Sería Léo el instigador? Sí, era posible... Christine había recurrido a él. Lo sabía porque Marcus la había seguido hasta aquel hotel, a pesar de sus torpes tentativas de escapar a su vigilancia. Sin duda, Léo habría comprendido que Christine estaba muerta... Y quién se hallaba detrás de su muerte... Quizá hubiera acabado por atar cabos. Consideró y analizó esa posibilidad. ¿Qué tenía contra ella? Nada. Al contrario, todos los indicios lo acusaban a él. Incluido aquel diario cuya existencia él ignoraba... Tanto si iba a parar a la cárcel como si no, Léo era suyo, le pertenecía. Era el padre de su hijo. Acabaría volviendo a ella... De una manera o de otra. Aunque él no lo supiera aún. Puede que Mila tuviera que invertir toda la vida en ello, pero Léo volvería a ser suyo. Era lo único que ella deseaba. Mientras tanto, si se acercaba demasiado a su casa, se las arreglaría para que el policía lo sorprendiera. Eso constituiría una prueba más, una prueba abrumadora de su implicación. Había recobrado la calma. La inquietud se había disipado. Todo estaba en su sitio. Controlaba la situación.

La ópera se acabó con el acto V, cuando la tumba de Carlos V se abre y su fantasma surge de las tinieblas arrastrando consigo a don Carlo. («Hijo mío, las penas de la tierra nos siguen aún en este lugar. La paz que vuestro corazón espera sólo se encuentra junto a Dios.»)

Apagó la luz y subió a acostarse.

Hacia las dos de la madrugada se despertó con brusquedad. Le dio el tiempo justo de llegar corriendo al cuarto de baño antes de vomitar hasta las tripas. Tiró la cadena. Apenas estaba recuperando el aliento, con una respiración ronca que salía de sus pulmones como un silbido y el cabello pegado a la frente a causa del sudor, cuando una segunda oleada le subió desde las entrañas. El chorro agrio salió de nuevo proyectado contra la loza. Vomitó, carraspeó, escupió, respiró. Al cabo de veinte minutos, todavía agazapada encima de las baldosas, con el vientre convulso, estremecida y con los ojos cerrados, se planteó la conveniencia de llamar al servicio de Urgencias.

Sentado en su Porsche 911, Léonard Fontaine observó que las luces de la casa se apagaban después de haberse encendido en plena noche, a quinientos metros de allí. Lo único que iluminaba su cara era la luciérnaga del cigarrillo en el momento en que daba una calada. Puso en marcha el motor del coche y abandonó despacio el sendero lleno de baches que desembocaba en la carretera bordeada de plátanos. Después se alejó en segunda bajo el túnel de árboles, sin encender los faros: las estrellas y la luna, visibles entre los brazos nudosos de las ramas, alumbraban la ruta. El viento había dispersado las nubes y la temperatura aumentaba día a día. Cuando tuvo la certeza de haber puesto suficiente distancia de por medio, encendió las luces largas y aceleró sin excederse, porque el sonido del legendario motor de seis cilindros podía oírse desde lejos y era fácil de identificar. Si Mila creía que su sistema de alarma iba a protegerla, estaba muy equivocada. La mayoría de aquellos nuevos sistemas sin cables eran extremadamente vulnerables: un simple distorsionador de frecuencias podía inutilizarlos.

No, el peligro venía de otra parte: de ese policía que le pisaba los talones. Estaba claro que creía que Léo no se había dado cuenta, pero el comandante no sabía que la mujer con la que se había cruzado en su casa era la detective de la que le había hablado a Christine, una profesional competente y perspicaz. Dos veces por semana, acudía a su domicilio a presentarle el informe de las novedades. No había dejado de tomar nota de la matrícula de aquel curioso cartero. Léo iba a tener que maniobrar con tiento. Si el poli lo sorprendía rondando por los alrededores de la casa de Mila, las consecuencias serían graves, porque el hombre parecía convencido de que él tenía algo que ver con la desaparición de Christine.

41

«SOLA, PERDUTTA, ABBANDONATA»

La lámpara de la escalera volvió a apagarse. Debía de haber un cortocircuito en alguna parte que hacía que se fundiera la bombilla. La cambió. Al día siguiente fue otra: la de su despacho-discoteca. Después, al otro día, la de la escalera de nuevo. Y pronto también uno de los focos de la cocina.

Mila rompió un objeto con rabia antes de llamar a un electricista que, por supuesto, no podía acudir antes de cuarenta y ocho horas. Llegado el día, el hombre examinó con detenimiento los interruptores, los enchufes, el tablero de la luz y las propias lámparas. Diagnóstico: todo estaba normal. Ella le dijo unas cuantas cosas desagradables y él se marchó dando un portazo, sin aceptar que le pagara.

A la noche siguiente, volvió a enfermar. Se disponía a tirar toda la comida de la nevera, cuando cayó en la cuenta de que Thomas no sufría ningún trastorno. Por la noche comió lo mismo que él. A las dos y media de la madrugada, un dolor de estómago terrible la hizo retorcerse entre las sábanas. Por si acaso, había colocado una palangana junto a la cama, y vomitó en su interior. Un olor agrio se expandió por toda la habitación, pero no tuvo ánimo ni fuerzas para ir a vaciar la palangana. Esa noche durmió muy mal, con una acuciante sensación de hambre después de que su estómago se hubiera vaciado unas horas antes. Al día siguiente fue al trabajo agotada y estuvo arrastrándose todo el día con cara de muerta. Unos con solicitud y otros con intención aviesa, varios compañeros le hicieron comentarios sobre su mal aspecto. Ella los puso en su sitio.

Al volver a casa por la tarde, probó el sistema de alarma, que enseguida lanzó un estridente alarido. Tecleó el código y el alarido cesó. Volvió a empezar. Otro alarido. El teléfono sonó al cabo de un minuto.

—Buenas tardes, aquí el centro de televigilancia. ¿Puede responder a la pregunta de seguridad?

—¿*Qué fue de Baby Jane?* —El nombre de su película favorita—. No es nada —aseguró—. Sólo un momento de despiste.

—Gracias.

—Eh... por cierto... ¿no han registrado ningún indicio de intrusión en el sistema?

—¿Cómo?

—No, nada, déjelo...

Las bombillas siguieron fundiéndose. Y ella siguió vomitando a pesar del antiemético que tomaba todas las noches y de que encargaba comida preparada por internet a distintos restaurantes. Al final acabó por no cenar.

Cada vez que apretaba un interruptor y la lámpara seguía apagada, era un golpe a su moral. Sabía lo que ocurría: alguien había decidido sembrar el caos en su existencia, tal como había hecho ella con Célia Jablonka y Christine Steinmeyer. Pero el hecho de saberlo no le resultaba de gran ayuda. Debía encontrar la manera de contraatacar. Por lo visto, alguien era capaz de entrar en su casa durante su ausencia a pesar del sistema de alarma.

Necesitaba ayuda. Pero ni Marcus ni Cordélia respondían al teléfono. Les había dejado más de veinte mensajes. Un sábado por la mañana, se presentó en la Reynerie. Llamó al 19B. Le abrió un joven al que no conocía.

—¿Sí?

—¿No está Corinne Délia?

Él la escrutó.

—Se ha mudado. ¿No se lo ha dicho?

—¿Quién es usted?

—El nuevo inquilino. ¿Y usted?

Se marchó.

El 14 de febrero, Servaz se despertó sobresaltado a las cuatro de la madrugada. Había soñado que flotaba en ingravidez alrededor de la Tierra. Pasaba de un módulo a otro, agitando con torpeza los brazos y piernas, pero una mujer que no se parecía a Mila Bolsanski y que sin embargo era Mila Bolsanski —no sabía cómo lo sabía, pero lo sabía— lo perseguía sin parar de decirle cosas como: «Poséeme, fóllame; aquí, ahora mismo...» Por más que le explicara educadamente que no, que estaba casado, que no quería, gracias, de ningún modo... y que los hombres también tienen derecho a decir que no, igual que las mujeres, ella seguía atosigándolo con sus atenciones por toda la Estación. Se había despertado en el momento en que la voz de su madre, muerta hacía treinta y tres años, decía: «Martin, ¿qué haces con esta señora?» Conocía el origen de ese sueño: había releído el diario de Mila Bolsanski antes de acostarse. Y en su sueño había música: ópera.

Permaneció un buen rato sentado en la cama, abrumado por una gran tristeza a causa de la voz y la cara de su madre. Tan nítida, tan viva...

«Uno nunca se cura de las heridas de la infancia.» ¿Quién había dicho eso? Se levantó, fue a ducharse y después se preparó un café soluble encima del escritorio. El viento soplaba fuera, en la oscuridad. Aguardó a que el día acudiera a pegarse al cristal, cavilando. Había tenido un sueño. Un sueño con música. Durante el mismo, un proceso inconsciente se había puesto en marcha... poco a poco había ido colocando en su sitio elementos que hasta entonces no encajaban. A las siete y cuarto, no pudo aguantar más y bajó a tomar un café de verdad en la sala común. Algunos internos lo saludaron, otros no. Bebió el café pensando en lo que sabía: en lo que tenía delante de la vista desde el principio, aunque no lo veía. A las siete y media, salió del centro y se alejó conduciendo por estrechas carreteras secundarias bajo un cielo gris cada vez más luminoso.

Léonard Fontaine hendía el agua de la piscina casi sin ruido, con agilidad y fluidez, como los nadadores profesionales.

Sentía el agua deslizarse por su cara y su espalda como por el casco de un velero, cuando oyó una voz proveniente del borde de la piscina.

—Hola.

Léonard Fontaine paró de nadar. Sacó la cabeza del agua y levantó la vista hacia el hombre que permanecía de pie cerca del bordillo. Tenía unos cuarenta y tantos años y no parecía muy en forma. Tenía el semblante pálido y expresión preocupada, una especie de lasitud que le curvaba un poco los hombros. Lo reconoció, pero aun así hizo la pregunta.

—¿Quién es usted? ¿Quién le ha autorizado a entrar?

—He llamado a la puerta —mintió Servaz—. Como nadie respondía, me he permitido... dar la vuelta.

—No ha respondido a mi primera pregunta.

Servaz echó un vistazo a los musculosos hombros y brazos del astronauta antes de sacar la placa.

—Comandante Servaz, de la Policía Judicial.

—¿Tiene un papel? ¿Algo que lo autorice a entrar sin permiso en las casas de la gente? El hecho de que no haya valla no implica que...

Servaz levantó una mano.

—Tengo algo mejor que eso. Creo saber quién mató a Christine Steinmeyer. Porque está muerta, desde luego. Tal como usted ya sabe. Pero la buena noticia es que no creo que fuera usted.

Fontaine le dirigió una mirada que por un instante dejó entrever la profundidad de su desamparo y de su pena. Negó tristemente con la cabeza y después nadó hasta la escalera y salió despacio del agua.

• • •

—Venga.

Al pasar por la puerta acristalada, a Servaz se le encogió un poco el estómago al pensar en la última vez que estuvo allí y en *Darkhan*, el monstruo de cincuenta kilos que lo había mirado como si fuera un trozo de carne en el mostrador de un carnicero. El perro bajó del altillo, pero no dio señales de reconocerlo. Se acercó a su amo, que le acarició cariñosamente la frente.

—Ve a acostarte —le dijo.

El animal regresó a su punto de observación, satisfecho.

Encima de la gran chimenea mural de bioetanol, el televisor difundía las imágenes de una cadena de noticias en inglés: Euronews o BBC World. Cubierto con un albornoz de color marfil que se veía grueso, mullido y suave —con sus iniciales bordadas en el bolsillo del pecho—, Fontaine le señaló el sofá y le ofreció un café antes de dirigirse a la cocina americana. No intercambiaron ni una sola palabra hasta que tuvieron las tazas de café servidas delante. Fontaine acabó de secarse el pelo con una toalla y después se sentó en un gran puf, al otro lado de la mesa del sofá. Servaz reparó en la enorme cicatriz que tenía en la pierna izquierda, una media luna dentada de unos treinta centímetros que le recorría la pantorrilla y la tibia del tobillo a la rodilla. El astronauta dejó la toalla a un lado y miró a Servaz. Parecía como si el orgullo y la fuerza lo hubieran abandonado y en su interior no quedara más que desasosiego y tristeza.

—Entonces ¿cree que Christine está muerta?

—Usted también, ¿no?

Fontaine agachó la cabeza. Por un momento, dio la impresión de que iba a decir algo, pero se limitó a asentir.

Servaz se sacó el diario de Mila del bolsillo y lo empujó hacia el astronauta.

—¿Qué es?

—El diario de Mila Bolsanski...

Advirtió la reacción casi imperceptible que tuvo Fontaine ante la evocación de ese nombre. Luego dejó la taza y cogió el diario.

—Afirma haberlo escrito durante su estancia en la Ciudad de las Estrellas —explicó Servaz—. Échele un vistazo.

Fontaine lo miró con sorpresa antes de abrir el cuaderno cautelosamente. Empezó a leer. Servaz vio que fruncía el ceño desde las primeras líneas. Al cabo de cinco minutos, se había olvidado por completo de la presencia del policía y su café se enfriaba en la taza. Se puso a pasar las páginas cada vez más deprisa, leía en diagonal, se demoraba en ciertos pasajes, se saltaba otros, volvía atrás...

—Es increíble —dijo finalmente al cerrarlo.

—¿Qué es lo que es increíble?

—Que se haya tomado la molestia de redactar esta... cosa. ¡Es una auténtica novela! ¡Mila se equivocó de profesión!

—¿No fue eso lo que ocurrió?

—¡Claro que no! —replicó Fontaine, indignado.

Servaz percibió una mezcla de rabia e incredulidad en la cara del hombre.

—¿Y si me contara su versión...?

—No es mi versión —lo corrigió con aspereza—. Sólo existe una versión: la de lo que pasó realmente. Aunque vivamos en una sociedad en la que la mentira y la deformación de los hechos casi se han convertido en la norma, la verdad sigue siendo la verdad, joder.

—Lo escucho.

—Es muy sencillo. Para empezar: Mila Bolsanski está loca. Siempre lo ha estado.

—No sé cómo hizo para superar las pruebas psicológicas. Parece que ciertas personas con trastornos mentales lo consiguen. A fin de cuentas, yo mismo tardé en comprender que estaba desequilibrada.

Depositó su taza, ya vacía, en la mesa. Servaz advirtió que era zurdo y que tenía la marca de una alianza en el dedo anular. En ese punto había un minúsculo círculo donde la piel se había encogido ligeramente, como si ése fuera el significado del matrimonio: un encogimiento. Servaz, que había estado casado siete años antes de divorciarse, pensó que no era una casualidad que el anular fuera el dedo menos útil.

—La investigación que se llevó a cabo después de los incidentes reveló que en la adolescencia había pasado una temporada en un hospital psiquiátrico después de varias tentativas de suicidio. El diagnóstico era una forma de esquizofrenia, creo. Eso da igual. Cuando conocí a Mila, era una joven hermosa, inteligente, ambiciosa y extremadamente atractiva... Un rayo de sol... Era casi imposible no enamorarse de ella. El problema era que, como todas las personas de ese tipo, Mila llevaba una máscara. Toda esa alegría, toda esa energía, eran pura comedia, una fachada. Mila adapta su apariencia a lo que la persona que tiene delante desea ver. Tiene una gran habilidad para eso. Yo acabé por darme cuenta cuando la vi desenvolverse en sociedad: cambiaba sutilmente de actitud en función de quién fuera su interlocutor. Parecía tener una personalidad fuerte y definida cuando en realidad era todo lo contrario: Mila Bolsanski está vacía por dentro. Es como un molde que se adapta a la forma del otro. Un espejo de sus deseos que ella le ofrece. Capta de manera instantánea lo que busca su interlocutor... y se lo da. Después de lo ocurrido, empecé a interesarme por esa cuestión. He leído bastante literatura sobre el tema. —Servaz pensó en el libro que había visto encima de su mesita de noche—. Quería comprender quién era ella... qué era... Forma parte de esa clase de individuos a los que se denomina manipuladores, que son como trampas humanas: al principio se muestran alegres, agradables, extrovertidos, atentos con los demás, sonrientes y generosos... Es bastante común que ofrezcan pequeños regalos, que se deshagan en elogios, que lo culmen a uno de atenciones. A todo el mundo le resultan simpáticos y adorables a la fuerza. Eso no quiere decir, claro está, que todas las personas sonrientes y simpáticas sean manipuladoras, pero el dicho que asegura que la primera impresión es siempre la correcta es una gran tontería. Los buenos manipuladores siempre causan buena impresión la primera vez. ¿Cómo desenmascararlos, entonces? A base de tiempo, precisamente... Si uno forma parte de su círculo de amigos o familiares íntimos, sus fallos y sus mentiras acabarán por aflorar tarde o temprano. A no ser que uno se haya vuelto ya demasiado dependiente como para ver los signos evidentes cuando comienzan a manifestarse...

Servaz cruzó una mirada con él.

—Cuidado, no estoy diciendo que Mila no sea una mujer brillante. Hay que serlo para llegar donde llegó ella. Durante toda su juventud trabajó mucho para cumplir sus objetivos. Mila detesta el fracaso. Siempre fue primera de la clase. En la facultad, mientras sus compañeras descubrían las fiestas, los tonteos y la política, ella se quedaba a trabajar durante noches enteras con su termo de café y sus apuntes. Acabó primera entre quinientos alumnos el primer curso de Medicina. ¡Apenas tenía diecisiete años entonces! Y ese mismo año se prometió en matrimonio. Ése es otro aspecto de su personalidad: a Mila Bolsanski le horroriza la soledad, necesita tener siempre a alguien a su lado, alguien que la admire, que le devuelva una imagen impecable de sí misma.

Fontaine calló. Servaz pensó en la gran casa aislada. ¿No resultaba contradictoria con aquella descripción? No. Porque estaba Thomas... El pequeño Thomas, el adorable niño rubio para quien su madre era un sol más brillante que todos los demás. Por fin un hombre al que podía moldear a su gusto.

—Ocurrió, sin embargo —prosiguió Fontaine—, que la campeona de concursos y exámenes no disponía de mucho tiempo para dedicárselo a su novio y éste acabó dejándola. Ése fue su primer fracaso. Algo humillante para ella, que conseguía cuanto se proponía. Por lo visto, le costó bastante digerirlo. También llevé a cabo una pequeña investigación en ese sentido. ¿Y sabe qué? El pobre desdichado acabó en la cárcel por un asunto de violación de una menor. Aunque las pruebas del expediente parecían abrumadoras, él nunca dejó de proclamar su inocencia. Hasta el día en que se ahorcó. En la cárcel. Si la vida no es fácil en chirona para los delincuentes, imagínese para alguien que no ha hecho nada... Tendría que haber visto fotos de cuando estaban juntos. Él parecía manso como un cordero. No daba la talla al lado de ella, ni de lejos. Desde el principio estaba destinado a ser devorado...

—¿Por qué está tan seguro de su inocencia?

—La chica que lo acusó fue acumulando una lista de antecedentes más larga que el túnel del canal de la Mancha: robo, extorsión, timo, denuncia calumniosa, abuso de confianza, organización fraudulenta de insolvencia, fraude fiscal... Su vida adulta no es más que una letanía de tentativas de estafa, robo e intentos de aprovecharse del prójimo. En el momento de los hechos sólo tenía dieciséis años y no estaba fichada, evidentemente. No sé cómo la encontró Mila, pero seguro que le ofreció una buena cantidad de dinero... O puede que no, porque estoy seguro de que esa muchacha era capaz de vender a su madre por unos cientos de francos.

Servaz se estremeció pensado en Célia Jablonka y en Christine Steinmeyer, que se habían encontrado en el punto de mira de Mila Bolsanski. No dejó de notar, de paso, que Fontaine debía de tener contactos en la policía para haber obtenido ese tipo de información.

—Bueno, una vez que hubo castigado a su novio, Mila prosiguió su camino hacia el éxito y, según creía ella, la felicidad. Siempre quería ser la mejor, en todas partes, en todo momento. Incluso en la cama hacía cosas que pocas mujeres hacen, y no porque le gustaran, sino porque sabía que les gustan a los hombres. Actúa así al menos al principio... Cuando necesita conquistar, convencer, asentar su influencia, Mila no escatima esfuerzos; después, cuando ya posee el control, pone menos entusiasmo, va dejando caer la máscara... de manera progresiva. Poco a poco, la vi ir cambiando. No podía evitar censurarme, dirigirme críticas directas que se repetían sin cesar, y alusiones más solapadas. Casi todas eran infundadas o exageradas. También se mostraba cada vez más celosa con respecto a mi pareja, a mi familia; me acusaba de tener otras amantes... Ya sé que no soy un santo. Me gustan las mujeres y ellas me corresponden. Pero nunca he tenido más de una amante a la vez y, a mi manera, he querido a todas esas mujeres. Nunca han sido relaciones motivadas sólo por el sexo. Me casé con mi mujer porque creía que ella sería la que me haría olvidar a todas las demás, pero resultó que no. —Hizo una pausa—. En definitiva, una persona psicológicamente más frágil que yo sin duda habría acabado por sentirse culpable de todas esas faltas; se habría preguntado en qué fallaba... en lugar de preguntarse, tal como hice yo al cabo de poco tiempo, dónde estaba el fallo de Mila. No soy una persona que se deje influir así como así, comandante. Cuando se dio cuenta de que sus manejos habituales no funcionaban conmigo, se puso histérica. Amenazó con llamar a mi mujer y contárselo todo... Cuando nos fuimos a la Ciudad de las Estrellas, nuestra relación se había deteriorado mucho y yo me planteaba ponerle fin cada vez con más frecuencia, pero estaba atrapado. Tenía miedo de que se vengara contándoselo todo a Karla, de que destrozase mi pareja y mi familia. Por más que contemplara el problema desde todas las perspectivas, no veía salida. Me tenía pillado y lo sabía.

Se le nubló la mirada y, por un momento, el héroe del espacio dejó paso a un hombre vencido, desvalido, un hombre también culpable, como lo son todos desde que nacen.

—Y después, allá, pareció que volvía a ser la Mila entusiasta, la Mila vivaracha, la Mila rayo de sol. Hizo propósito de enmienda, me pidió disculpas por su actitud. Me dijo que nadie había tenido tanta importancia como yo en su vida y que por eso se le habían cruzado los cables... ese tipo de camelo... pero que nunca más se comportaría de esa forma. Que no temiera, que jamás se permitiría romper mi familia y separarme de mis hijos. Me lo juró y yo acepté sus excusas. Volvía a ser la Mila alegre, espontánea, divertida e irresistible del principio. Parecía que todos los nubarrones habían desaparecido. Y cuando Mila es así, es muy difícil resistírsele. Vi como volvía a convertirse en aquella niña-mujer maravillosa, terriblemente atractiva, capaz de iluminar cada instante del día, y creo que, en el fondo, eso era lo que yo esperaba. Me dije que había sido la tensión, la espera y la incertidumbre lo que la había puesto así cuando estábamos en Francia. Es duro entrenarse durante meses y años con un solo objetivo, ir al espacio, sin saber si irás algún día. Además, debía resultarle duro estar condenada al secreto, no poder mostrarse al lado del hombre que amaba... Qué idiota fui... Quería que me perdonara, me sentía culpable —levantó la vista— y, de alguna manera, como seguro que usted piensa, lo era, sin lugar a dudas. Seguía queriendo romper con ella, pero más adelante, de manera menos traumática. Mientras tanto, pensaba hacer todo lo posible para que ese período transcurriera lo mejor posible y ella fuera feliz en la Ciudad de las Estrellas. Fui cobarde, desde luego. Me mentía a mí mismo, me limitaba a ganar tiempo, volvía a caer bajo su influjo. Y, sin embargo, se lo repito: no soy una persona fácilmente influenciable. Debería haber desconfiado... Ella afirmaba que tomaba anticonceptivos, así que cuando me anunció que estaba encinta y que tenía intención de seguir adelante con el embarazo, comprendí que me había tomado el pelo... Me puse como loco, la insulté, le dije que nunca reconocería a ese niño, que nunca la había querido y que podían irse al infierno... ella y su hijo. Que se había terminado y que no quería volver a verla al margen de los entrenamientos. La cogí por el brazo y la eché fuera con sus cosas. Fue enseguida a ver a su profesora de ruso... —Calló, negando con la cabeza, como si todo aquello no tuviera sentido—. No sé qué hizo exactamente, pero cuando se presentó allí tenía hematomas y marcas de golpes por toda la cara y la ceja abierta. Dijo que yo le había pegado. Que no era la primera vez. Que solía someterla a actos de violencia, intimidaciones e insultos. Causó un alboroto tremendo. Esa vez creí que la misión se había ido al traste, y mi matrimonio, también. Por suerte, el responsable de la misión quería sofocar el escándalo, porque los preparativos estaban muy avanzados. Además, el prestigio de la Ciudad de las Estrellas podía verse comprometido. Nos separaron y todo siguió como antes... Ese día comprendí que si quería ir al espacio tendría que actuar con discreción hasta el día del lanzamiento. Creía que, una vez allá arriba, en medio de los demás, ella ya no tendría ningún ascendiente sobre mí. Pero estaba completamente equivocado —añadió con voz siniestra.

De repente, se oyó un gran alboroto en la entrada y dos niños irrumpieron en el salón y lo atravesaron corriendo para arrojarse en brazos de su padre.

—¡Huuuy! ¡Menudo huracán! —exclamó éste abrazándolos entre risas—. No sabía que hubieran anunciado un cambio de tiempo para hoy. ¡Socorro!

Los dos niños se echaron a reír y los tres se mecieron, abrazados, encima del puf.

—¿Y mamá? —preguntó de repente Fontaine.

—Ha dicho que vendrá mañana a las cinco.

Servaz vio que al astronauta se le ensombrecía el semblante.

—¿Tenía prisa?

—No. Pero no quería entrar —explicó la mayor, una niña espigada de unos doce años.

—¿Por qué no quiere entrar en la casa, papá? —preguntó el niño, que no pasaría de los siete años.

—No lo sé, Arthur, no lo sé. Seguramente tendrá sus motivos... ¿Habéis traído vuestras cosas?

La niña señaló las pequeñas mochilas que habían dejado en la entrada de la sala.

—Subidlas a vuestros cuartos. Yo tengo que hablar con este señor. Después, prepararemos unos gofres, ¿de acuerdo, taponcito?

—¡Qué bien! —exclamó el pequeño—. ¡*Darkhan*! —llamó.

Al instante, el monstruo negro se levantó y bajó del altillo meneando la cola. El niño lo rodeó con los brazos como si se tratara de un peluche.

—¿Qué vamos a hacer? —quiso saber la niña.

—Primero tomaremos un buen desayuno. Después habrá equitación y cine... Y luego iremos un poco de compras. ¿Te parece bien, bonita?

La cara de la muchachita se iluminó con una amplia sonrisa. Luego desapareció junto con su hermano con la misma rapidez con que habían entrado.

—Parecen majos —comentó Servaz.

—Lo son.

—Estaba diciendo que allá, en el espacio, las cosas no habían ido según lo previsto.

Fontaine se tomó un momento para organizar sus ideas.

—Sí...

De repente, daba la impresión de que todo aquello ya no le importaba, de que tenía prisa por terminar aquella conversación y reunirse con sus hijos.

—Igual que embaucó a aquel tal Serguéi en la Ciudad de las Estrellas, Mila empezó a manipular a los astronautas ya presentes en la Estación Espacial Internacional y a ponernos a unos contra otros. Los recién llegados éramos tres: el comandante Pavel Koroviev, Mila y yo. A bordo había tres personas más: dos estadounidenses y un ruso. La ISS está compuesta por una serie de módulos construidos por los rusos, los norteamericanos, los europeos y los japoneses, aunque en ese momento el laboratorio japonés, Kibo, aún no estaba instalado. Es como un tubo largo con compartimentos, un poco a la manera de un submarino o de un Lego gigante, que flota en el espacio. Los compartimentos rusos se encuentran en la parte de atrás. Allí era donde Pavel, Mila y yo dormíamos y pasábamos la mayor parte del tiempo, si bien todo el mundo circula más o menos por la ISS. Aunque ignorábamos lo que ella contaba a nuestras espaldas, sí nos percatamos de que había algo extraño, por la frialdad con que nos trataban los otros. Al principio tomábamos las comidas juntos en el nudo 3, Unity, que comunica las partes de atrás y de delante. Después, poco a poco, sin que supiéramos muy bien por qué, fue creándose un clima de tensión entre los antiguos y los nuevos, y las fricciones se volvieron cada vez más frecuentes. Nosotros no sabíamos que Mila era la causante de todo ello. Pasaba mucho tiempo con los otros. Debía de decir pestes de nosotros, pero la conozco bien: debió de ser lo bastante hábil como para metérselos en el bolsillo y actuar con la sutileza suficiente para que ellos no se dieran cuenta de nada y nos tomaran por dos cabrones rematados. Tuve oportunidad de leer los originales del informe que realizaron los rusos después de los incidentes, con los testimonios de los ocupantes de la ISS: aparentemente, esos tres imbéciles se lo tragaron todo; creyeron que le tiraban de la lengua y ella fingió confesarles con grandes reticencias que Pavel y yo la sometíamos a humillaciones y a un acoso cotidianos, que pretendíamos aislarla y que no hacíamos más que rebajarla y ridiculizarla, que incluso teníamos un comportamiento obsceno con ella y que la sometíamos a tocamientos: ese tipo de barbaridades. —Rió con sarcasmo—. Pavel Koroviev es la persona más recta, más valiente y más íntegra que he conocido. Y tampoco he conocido a un hombre más respetuoso con las mujeres en mi vida. Nunca se ha recuperado del golpe que supusieron esas acusaciones...

Echó una mirada hacia el lugar por donde se habían ido sus hijos. Desde arriba llegaban gritos y alegres llamadas.

—Mila y yo tuvimos otra conversación sobre el niño allá arriba. Me dijo que era demasiado tarde para abortar y yo le respondí lo mismo que la otra vez, que nunca lo reconocería. Me suplicó. Estaba completamente trastornada. Esa noche fue cuando simuló la violación y se presentó en el otro lado con la ropa desgarrada y la cara cubierta de hematomas. Los exámenes médicos revelaron que... ¡que incluso tenía... lesiones internas en el recto, joder! No sé cómo se lo hizo... Pero incluso cuando empecé a sospechar que tenía una vena de locura, distaba mucho de imaginar que estuviera tan sonada como para lesionarse así... Debió de hacerlo mientras Pavel y yo dormíamos. Después de aquello, los demás montaron tal escándalo que enviaron una misión de socorro para recogernos a los tres.

Se levantó de un salto y fue a servirse un vaso de agua en la cocina. Luego volvió a sentarse y clavó en Servaz una mirada dura, en la que afloraba algo más que rabia. En ella había odio. El vaso le temblaba en la mano.

—Nos mantuvieron aislados durante semanas. Al final, la comisión de investigación nos exculpó, pero tanto Pavel como yo sabíamos que, después de aquel asunto, tanto si habíamos sido víctimas como si no, nuestra carrera espacial estaba acabada, jodida... En especial la mía. Al fin y al cabo, Mila era mi compañera... todo el mundo lo sabía... y me consideraron responsable de lo ocurrido. A partir de entonces, represento a la Agencia Espacial en los cócteles, sirvo de escaparate, hago de actor, en resumidas cuentas. También monté una pequeña empresa. Pero echo de menos el espacio, no se imagina hasta qué punto... Al principio sufrí una especie de depresión. Es algo bastante frecuente entre los antiguos astronautas: el «blues del espacio». Algunos caen en el misticismo, otros se aíslan del mundo, otros ahogan su melancolía en alcohol. Cuesta admitir que uno no volverá a subir allá arriba, comandante... y, además, cuando la cosa termina así...

Servaz negó con la cabeza, pensativo.

—Cuando ha llegado —continuó Fontaine— me ha dicho que sabía quién había matado a Christine. ¿Pensaba en Mila?

—Sí —confirmó él.

—¿Cómo lo ha descubierto?

Servaz se acordó de la frase del diario de Mila en la que ésta explicaba que escuchaba ópera allá arriba, en la Estación Espacial. Sin duda se le había escapado... Nadie puede preverlo todo.

—Gracias a la ópera —respondió.

Fontaine lo miró sin comprender.

—Esta noche he soñado con ópera, y al despertarme he recordado que en el diario leí que Mila escuchaba ópera...

—¿Y... nada más? ¿Qué piensa hacer?

—Atraparla. No importa cuánto tiempo me lleve. Habría que hacer un registro en la casa y los alrededores, pero por ahora no dispongo de suficientes indicios para convencer a un juez...

Fontaine lo miró con escepticismo.

—Ya sé qué piensa —dijo Servaz—. Pero créame si le digo que, igual que su perro cuando muerde a alguien, yo no suelto una presa así como así. Y aunque su «amiga» lo ignore, ya le tengo clavados los colmillos en la pantorrilla. Sólo necesito que me ayude un poco, señor Fontaine. Va a tener que darme alguna cosa, lo que sea, que me permita presentar el caso ante un juez...

Fontaine clavó en los ojos de Servaz una mirada penetrante y recelosa a la vez, una mirada que pretendía captar lo que había en el interior de su mente.

—¿Qué le hace pensar que tengo lo que busca?

Servaz se levantó y se encogió de hombros.

—Usted es una persona con muchos recursos, señor Fontaine, y si hay un papel que no le va a alguien como usted es el de víctima. Piénselo.

El mes de febrero fue lluvioso, ventoso y triste. La lluvia caía oblicua, interminable, de la mañana a la noche. El cielo estaba constantemente gris, tapado, las carreteras ahogadas bajo una cortina líquida, y Mila sentía que la tristeza y la desesperación penetraban hasta lo más profundo de su ser.

La semana anterior había hecho añadir cuatro cámaras exteriores para filmar los cuatro costados de la casa. Ante la menor actividad, se activaban gracias a unos detectores de movimiento. No obstante, las únicas imágenes que habían grabado eran las de las idas y venidas de su coche. Pese a ello, había seguido vomitando. Noche tras noche. Y cambiando bombillas que se fundían sin explicación.

Aquella mañana se había pesado. Había perdido ocho kilos en cinco semanas. Ya casi no tenía apetito. Y la falta de sueño se acumulaba. Ni siquiera los juegos con Thomas le procuraban la alegría de antes. La tristeza se le adhería a la piel como una pegajosa telaraña perlada de lluvia. Cuando se miraba en el espejo, veía un fantasma: ojeras oscuras bajo los ojos, mirada febril, cara chupada y huesuda, piel translúcida... ¡parecía la Mimí del último acto de *La Bohème*! Le había salido un eccema en la cara interior de los codos y alrededor de las muñecas. Se roía las uñas hasta hacerse sangre. En el trabajo, había cometido varios errores graves y olvidado responder a mensajes importantes. Su jefe le había echado un rapapolvo. Había captado las risas sarcásticas y vengativas de más de un compañero.

Esa noche, tras volver de recoger a Thomas de casa de la niñera, se conformó con un té caliente con abundante azúcar y se puso a mirar a su hijo mientras éste comía con apetito.

—¿Qué te pasa, mamá? —le preguntó el niño.

—¿Qué quieres decir?

—Se te ve triste.

Le alborotó el pelo y se esforzó por sonreír mientras contenía las lágrimas.

—No lo estoy, cariño. En absoluto.

Le leyó un cuento, esperó a que se durmiera, apagó la lamparilla y fue a acostarse —agotada—, no sin antes haber verificado el sistema de alarma, aunque cada vez estaba más convencida de que no servía de nada. Se había tomado medio somnífero y se durmió rápidamente.

Sintió algo en la frente. Algo frío. Fue ese contacto lo que la despertó. Abrió los ojos en la oscuridad, preguntándose si lo habría soñado. Sin embargo, la sensación de humedad persistía. Después, otra vez, notó un ligero choque justo encima de las cejas. Ploc. Entonces comprendió: una gota de agua...

Alargó el brazo y tanteó en busca del cable de la lámpara, lo siguió con los dedos hasta el interruptor y la encendió. Se llevó una mano a la frente. La tenía mojada. Un hilillo de agua le corría hasta la base de la nariz, donde acababa decantándose hacia un lado para seguir rodándole por la mejilla derecha. Mila levantó la vista y vio la mancha de humedad en el techo. Se secó la cara con la sábana. El borrón oscuro tenía unos cincuenta centímetros de diámetro y, en el centro, se formaba una nueva gota en suspensión... semejante a una gran lágrima a punto de desprenderse.

«La bañera de arriba...»

Había un cuarto de baño que no se usaba en el último piso, con una antigua bañera de patas. Mila había preferido instalar una nueva y funcional en la planta baja cuando adquirió la casa. Las tuberías de arriba estaban viejas, igual que las paredes, la calefacción y la propia bañera...

«La pistola de defensa...»

Abrió el cajón de la mesita de noche. La cogió. Se sentó en el borde de la cama y respiró hondo. Su cerebro soñoliento —«maldito somnífero»— todavía se debatía entre la preocupación y la ira.

Cogió la bata de la silla y se la puso encima del camisón. Recorrió el pasillo, pasando por delante de la habitación de Thomas, y llegó a la escalera.

La condenada lluvia se escurría por los cristales sin parar. El interruptor. Lo accionó. Nada. «¡Mierda!» Su cerebro dejó que la ira la dominara. Sin embargo, la claridad que entraba por el tragaluz le permitió subir los escalones de dos en dos, con la pistola de defensa encarada hacia arriba. Una vez en el rellano, siguió el pasillo en dirección al cuarto de baño, situado al fondo. Había empezado a hacer obras de aislamiento, y de las paredes colgaban unos enormes jirones de lana de vidrio que parecían una gigantesca pelambrera animal. Empujó la puerta entornada en medio de la penumbra y ésta se abrió con un crujido...

Apretó el interruptor. «Luz...» Dio un paso adelante.

Notó el roce del agua fría en los dedos de los pies. Bajó la vista. El suelo del baño estaba inundado, con más de dos centímetros de agua. Miró la bañera, atrapada por una red de telarañas que partían de las esquinas del cuarto y formaban un polvoriento entramado donde permanecían atrapados los cadáveres de toda clase de insectos. La vieja bañera estaba llena y rebosaba por todos lados... Avanzó chapoteando en el suelo lleno de agua, apartó una de las pegajosas telarañas y se inclinó para cerrar el viejo grifo de cobre, que giró un buen rato en su mano, con un chirrido: alguien lo había abierto. «A tope...»

Se volvió. El corazón dejó de latirle un instante. Tuvo la impresión de que perdía la razón. La misma persona había escrito en la pared, con enormes letras rojas:

VAS A PALMARLA, MALDITA PUTA

La pintura roja —suponiendo que fuera pintura— chorreaba por las baldosas blancas recubiertas de una espesa capa de polvo. En el resto de las cuatro paredes, habían escrito con rotulador de punta gruesa:

ENFERMA CABRONA MENTIROSA
DEMENTE TARADA ZORRA
LOCA NEURÓTICA CERDA FURCIA
PROSTITUTA GILIPOLLAS LOCATIS PUTA
BUSCONA CHIFLADA MONSTRUO IDIOTA

Esas palabras repetidas decenas de veces...

Fue como si le hubieran dado una bofetada. Notaba un zumbido en las sienes. De repente, sintió calor en todo el cuerpo. ¡Dios santo! Bajó a toda prisa la escalera y corrió hasta su habitación. Abrió el armario, cogió una bolsa de viaje y metió dentro, en desorden, toda clase de ropa. Se abalanzó al cuarto de baño. Llenó el neceser con todo lo que encontró. Se precipitó luego a despertar a Thomas.

—Despierta, cariño. Nos vamos.

—¿Cómo? —preguntó el niño sin dejar de parpadear.

El gran despertador amarillo y rosa que sonreía estúpidamente en su mesita de noche, bajo un póster de *Ice Age 4*, señalaba las tres de la madrugada.

Su hijo se sentó y se frotó los párpados.

—Tenemos que irnos ahora mismo.

Thomas se dio la vuelta para volver a dormirse, pero ella lo sacudió por los hombros y entonces él se incorporó de golpe.

—¿Y ahora qué pasa?

—Lo siento, mi amor, pero tenemos que irnos enseguida... Vístete... Deprisa...

Vio en sus ojos que empezaba a tener miedo. La voz de su madre lo había asustado. Mila lamentó haber perdido la sangre fría. Ahora Thomas lanzaba breves miradas inquietas hacia la puerta.

—Hay alguien en casa, mamá. ¿Es eso?

Mila miró fijamente a su hijo, frunciendo el ceño.

—¡Claro que no! ¿Por qué dices eso?

—Porque a veces por la noche oigo ruidos raros.

El sentimiento de horror le llegó por oleadas. El miedo se abatió sobre ella mientras su imaginación se embalaba, como un tren desbocado a punto de descarrilar. Entonces, era verdad. «¡Vaya un sistema de alarma de mierda!» Estaba sola con su hijo en aquel caserón, a merced de un enfermo, de un loco agresivo. Bastaba con ver lo que había escrito en el cuarto de baño... Soltó el edredón.

—¡Venga! ¡Rápido! ¡Levántate!

—Mamá, ¿qué pasa? ¿Qué pasa, mamá?

El pequeño estaba aterrorizado. Ella procuró calmarse y sonreír.

—Nada. Es sólo que han anunciado riesgo de inundaciones a causa de las lluvias. No podemos quedarnos aquí, ¿entiendes?

—¿Esta noche, mamá? ¿Esta noche?

—Chis... No hay nada que temer. Nos habremos ido mucho antes, cielo. Pero no debemos perder tiempo...

—Mamá, tengo miedo...

Rodeó a su hijo con los brazos y lo estrechó contra sí.

—Estoy aquí... No hay nada que temer, ya ves... Sólo vamos a irnos a un hotel a esperar a que pase, ¿de acuerdo? Y después volveremos.

Lo vistió a toda prisa y, después de ponerle los calcetines y los zapatos, bajó con él al comedor, donde encendió el televisor. Pero a esa hora ya no había programas infantiles. Puso un DVD. Su preferido: resultados garantizados.

—Voy a buscar el coche.

Thomas ya estaba absorto en las imágenes de la pantalla —o a punto de volver a dormirse—, acurrucado en el sofá. En el pasillo, Mila cogió el impermeable y después abrió la puerta principal. Encendió la lámpara de fuera. «Vaya, al menos ésta funciona...» Llovía a cántaros; el campo era una masa negra alrededor; el garaje de chapa quedaba a una decena de metros. Nunca lo cerraba. No le resultaba nada emocionante correr hasta allí en medio de las tinieblas. Pero no tenía más remedio.

Respiró hondo y se lanzó.

La lluvia la cubrió al instante; le lavó la cara, le atravesó las suelas de los zapatos, se le coló en los oídos y en el cuello. Cuando llegó a la puerta metálica, estaba empapada; estiró y la puerta corredera emitió un herrumbroso chirrido. Buscó a tientas en el bolsillo del chubasquero y encontró la llave del coche. Se sentó al volante y encendió las luces, que transformaron la lluvia en una miríada de centellas. Metió la llave, arrancó despacio y avanzó unos metros. El chaparrón martilleó en el techo del coche. Salió del todoterreno bajo la lluvia, dejando el motor en marcha, y ya se dirigía a la puerta de la casa cuando el vehículo dio una sacudida y se paró en seco. El pánico se apoderó de ella. Se apresuró a volver a ponerse al volante, le dio al contacto. «¡Nada!» Probó de nuevo, sin resultado. «¡Mierda!» Por más que lo intentó, el motor se negó a ponerse en marcha. Estaban atrapados allí... «¡Thomas!» ¡Ese loco podía seguir en la casa! Empujó la puerta del coche con tanta fuerza que casi la arrancó, fue al galope hasta la casa y enfiló el pasillo a la carrera, dejando tras ella un reguero de agua. Su hijo había vuelto a dormirse, con el pulgar en la boca. Las luces de colores de la televisión se reflejaban en sus párpados cerrados.

«El teléfono...»

Esa vez necesitaba ayuda. Hasta entonces, siempre había procurado mantener a la policía alejada de la casa... y sobre todo del bosquecillo de detrás. Se precipitó hacia el aparato, descolgó. ¡No había señal! Le habían cortado la línea... ¡El móvil! Normalmente lo dejaba en la encimera de la cocina. O en la mesa donde comían. Pero no estaba allí. No estaba en ningún punto de la cocina.

«La habitación...» Debía de haberlo dejado en la mesita de noche...

Comprendió que había algo extraño cuando no lo encontró ni en el dormitorio, ni en el cuarto de baño, ni en ninguna de las habitaciones donde buscó. Después de recorrer todas las estancias en las que había entrado a lo largo del día, tuvo la certeza de que «él» lo había cogido...

Estaba allí... Siempre había estado allí...

Se estremeció. No fue un simple estremecimiento, sino un largo escalofrío que le recorrió todo el cuerpo, como una avalancha de hielo en los huesos, la nuca y el corazón. Terror en estado puro. Quizá estuviera escondido en el desván y todos los días los oyera volver del colegio y del trabajo —tal vez los escuchase vivir, hablar, afanarse— hasta el momento en que se dormían y por fin podía bajar, mirarlos, tocarlos, envenenarle la comida, drogarla... Le dieron ganas de chillar, pero no quería asustar a Thomas. ¿Dónde había puesto la pistola de defensa? La encontró en su cuarto, encima de la cama. La cogió. Con desesperación, se planteó subir al último piso, abrir la trampilla del desván, sacar la escalera y subir. Pero ¿qué ocurriría si él estaba allá arriba? Le resultaría fácil neutralizarla en cuanto asomara la cabeza, y la idea de dejarlo solo con Thomas la enloqueció de pavor. Bajó de nuevo a la planta baja.

El miedo le pisaba los talones. A ella, que había estado en el espacio, que había superado todas las pruebas, que siempre había sido fuerte.

«¡Domínate! ¡Reacciona!»

Pero estaba tan cansada... Desde hacía tanto tiempo... Hacía ya tanto que no comía nada... que se despertaba por la noche para vomitar... que dormía mal y poco... «¡Thomas! ¡Hazlo por él!» El instinto de tigresa prevaleció. Ni por asomo permitiría que le tocaran un pelo a su hijo. Lo protegería como una leona protege a sus cachorros. Abajo todo estaba en silencio. Con excepción del rumor de la lluvia que cercaba la casa. Un silencio atroz. Thomas dormía en el sofá. Fue a buscar su anorak de invierno, su bufanda, un paraguas...

Calculó que la granja más cercana, la de los Grouard, quedaba a un kilómetro de distancia. A diez minutos a pie yendo sola. Seguramente veinte con Thomas medio dormido... De noche... Bajo la lluvia...

Lo despertó con ternura.

—Vamos, cariño.

Por un instante pareció desorientado. Volvió a frotarse los párpados, hinchados de sueño.

—La inundación, ¿es eso? —dijo.

—Sí —respondió ella esforzándose por adoptar un tono tranquilizador—. Vamos.

Él se dejó poner el anorak y la bufanda dócilmente. Mila renunció al paraguas. Iba a llevarlo a cuestas. Se cubrió la cabeza con la capucha y abrió la puerta de par en par.

—Súbete a mi espalda.

Él obedeció. Cuando lo tuvo bien apretado contra sí, con los brazos enlazados en torno a su cuello, la mujer se enderezó y bajó los escalones. Después atravesó el espacio desnudo y siniestro que rodeaba la casa en dirección a la negra carretera.

—Mamá, ¿por qué no cogemos el coche?

—No funciona, cariño.

—¿Adónde vamos, mamá?

—A casa de los Grouard.

—Mamá, volvamos. Tengo miedo, mamá. Por favor...

—Chis... No te preocupes. Dentro de diez minutos estaremos bien calentitos, bajo techo.

—Mamá...

Notó que Thomas empezaba a sollozar sin contención contra su espalda. Oyó la lluvia que crepitaba sobre la capucha de su hijo, pegada a su oreja, y la recibió —fría y hostil— encima de la cabeza.

—...tengo miedo...

Una parte de sí misma —que no quería escuchar— respondió que ella también tenía miedo. En realidad, no se trataba simplemente de miedo: estaba aterrorizada. La lluvia paró bruscamente y ella levantó la cabeza. La luna no tardaría en aparecer; atisbó su silueta borrosa, que se desplazaba detrás de las nubes. Bajó la vista y observó el túnel de árboles que se abría delante de ellos. Todo estaba en silencio. El campo estaba completamente negro junto a la carretera, más allá de los troncos. Se puso en marcha por el centro de la calzada recta. Cada paso sobre el asfalto le producía una minúscula sacudida en el cuerpo a causa del peso del niño, que temblaba sobre sus hombros. Ella también temblaba, de frío y de miedo. Las recias ramas nudosas se entrelazaban por encima de sus cabezas. La luna llena bogaba ahora entre las nubes y las ramas de los árboles, como si quisiera indicarles la dirección que debían seguir. Notó lágrimas en las mejillas y un sabor a sal en los labios. No quería, sobre todo, ponerse a llorar delante de Thomas. Aunque él no decía nada, percibía los violentos temblores que lo sacudían.

—Tengo miedo, mamá. Volvamos...

La vocecilla volvió a sonar, suplicante y atemorizada, en su oído... No respondió nada. Apretó los dientes. Con los dedos entumecidos, afianzó la sujeción bajo las nalgas de su hijo. Debían de haber recorrido un centenar de metros y ya estaba cansada. No se atrevía a volverse para ver si había alguien detrás de ellos. Alguien que los hubiera seguido en silencio en medio de la noche. Sólo de pensarlo le flaquearon las piernas. Mantenía la vista al frente con obstinación, en el túnel de árboles que se perdía en la oscuridad, sólo en el túnel de árboles... sin pensar en nada más. Lo más horrendo era no saber quién. No saber cuándo. Ni cómo. Tener sólo la espantosa certeza de que aquello iba a continuar. Día tras día. Noche tras noche. Hasta la extenuación. Hasta...

Sabía muy bien hasta dónde... Ella había hecho lo mismo...

Se dio cuenta de que casi había cerrado los ojos mientras caminaba. Sacudió la cabeza para despertarse. Cabizbaja, mantenía la mirada clavada en la punta de sus zapatillas, que recorrían el asfalto paso tras paso. De manera mecánica. De repente, percibió un cambio... El firme de la carretera: estaba iluminado. Cada pedazo de grava, cada protuberancia, cada hoyo, cada fisura iban acompañados de una sombra dura y negra, y el suelo brillaba con una luz amarilla como una hoja de metal colocada bajo una lámpara...

—¡MAMÁ!

Había sido casi un alarido. Mila levantó la cabeza. Parpadeó, deslumbrada por el par de faros que había al final de la recta. Un coche... frente a ellos... a menos de trescientos metros... Inmóvil. Sus luces iluminaban el túnel de árboles como si hubieran enchufado un proyector en el interior de una catedral. Tuvo la impresión de que el cerebro se le fundía. Después los faros se apagaron. Noche cerrada... Excepto por la claridad de la luna. No oía nada aparte del sonido del viento. Sus pulsaciones le excavaban un túnel en el pecho. Trató de pensar. ¿Qué podía hacer? El pánico se adueñó de ella. Después los faros volvieron a encenderse, cegándolos, y percibió el ruido de un motor que se ponía en marcha.

—¡Mamá, mamá!

Thomas se puso a gritar a su espalda. Mila sintió que su cerebro cedía como un dique que se rompe bajo la presión. Se agachó, dejó al niño en el suelo. Se volvió hacia la casa, lo cogió de la mano y gritó:

—¡Corre! ¡CORRE!

Oyó que el coche pasaba a primera y después a segunda tras ellos.

42

FINAL
(«ASÍ ACABA QUIEN MAL OBRA»)

Servaz se reunió con Fontaine en un bar de la plaza de los Carmes al día siguiente, 24 de febrero. Era el astronauta quien le había propuesto la cita. Al verlo llegar, éste apartó la cerveza e introdujo la mano en su cazadora.

—Hola —dijo.

Tiró las fotos encima de la mesa húmeda, delante del comandante.

—¿Es lo que le había pedido? —quiso saber Servaz.

El otro se lo confirmó, sonriendo:

—Sí, esa «cosita».

Servaz se inclinó. La reconoció al instante: Mila. Entrando en el edificio donde vivía Cordélia, en la Reynerie... Y volviendo a salir, visiblemente contrariada. Eran fotos tomadas con teleobjetivo.

—¿Cómo se ha hecho con ellas?

El astronauta siguió sonriendo.

—¿Las tomó usted?

De nuevo, una sonrisa por respuesta.

—A propósito, ¿sabe qué ha sido de ellos? —inquirió Fontaine.

Servaz lo escrutó.

—¿De Cordélia y Marcus? Han desaparecido sin dejar rastro. En mi opinión, han abandonado el país.

—A estas alturas puede que ya estén en Rusia —aventuró Léo.

Pensó en los veinte mil euros que había invertido en Marcus... y en la llamada telefónica que había realizado a sus amigos de Moscú, que a su vez tenían otros amigos... Jamás habría creído que fuera a hacer semejante llamada algún día. Había ingresado el dinero en una cuenta de Luxemburgo, especificado a su interlocutor la hora de llegada y el número del vuelo... Nadie encontraría el cadáver de Marcus jamás. Y a aquellas alturas, Cordélia debía de estar ya en otro avión...

—Repito: ¿las tomó usted?

—¿Es importante? —replicó Léo—. No, ¿verdad? Lo que sí es importante es que ya tiene lo que quería, una prueba que relaciona a Mila con el tal Marcus y con Corinne Délia... quienes se han dado a la fuga y están considerados por la policía como sospechosos, implicados en la desaparición y posible asesinato de Christine Steinmeyer. Con eso podría obtener una orden judicial.

—Un día de éstos tendremos que hablar, Léo —dijo Servaz mientras se levantaba con las fotos en la mano.

—Yo creía que ya lo habíamos hecho —contestó—. De todas maneras, será un placer, comandante. De lo que usted quiera. Del espacio, por ejemplo. Es interesante.

Servaz sonrió a su vez. Definitivamente, aquel hombre le caía cada vez mejor. ¿Quién fue el idiota que dijo que la primera impresión siempre era la correcta?

Mila abrió la puerta y echó un vistazo fuera. No se veía a nadie. El día amanecía plomizo en la llanura gris, entre los chopos. Volvió a entrar, en bata, con aspecto cansado y el pelo alborotado. Se acordó de la época —no tan lejana— en que ella llevaba la batuta. Tenía la impresión de que había transcurrido un siglo desde entonces, de que alguien había vuelto a barajar las cartas. ¿Cómo había podido perder la mano en tan poco tiempo? ¿En qué momento había empezado la partida a ponerse en su contra?

Aquella noche, de vuelta en casa, después de que Thomas y ella se encerraran a cal y canto, había colocado encima de la mesa de la cocina todo lo que podía servirle de arma: los cuchillos, un martillo, un tronco de la chimenea, la pistola de defensa, un enorme tenedor de dos dientes para trinchar carne... Aterrorizado ante ese panorama, Thomas había mirado a su madre con los ojos como platos. Mila había tenido que darle un calmante suave, mecerlo y tranquilizarlo hasta que por fin se durmió en el sofá del salón. Por su parte, ella se había insuflado ánimos con dos gin-tonics y había permanecido en vela hasta que la luz blanquecina del amanecer asomó por las ventanas.

Una vez llegada la mañana, se encontraba demasiado cansada para concentrarse, incapaz de elaborar la menor estrategia. Las horas y los días precedentes habían supuesto un serio desgaste para sus nervios. Thomas continuaba dormido. Se tomó el segundo café. Cuando se despertara, irían a casa de los Grouard a pedir ayuda. Sin embargo, en ese momento oyó llegar la moto del repartidor de periódicos y se precipitó fuera.

—¿Tiene un teléfono? —preguntó—. El mío está estropeado y el coche también. —Señaló el garaje abierto—. ¡Estamos incomunicados!

—Qué mala suerte —comentó el joven tendiéndole el móvil.

—¿Puede esperar cinco minutos? Lo que tardo en llamar a una grúa...

Cuando salió, el chico le preguntó:

—¿Fue usted la que se olvidó de cerrar la tapa del depósito?

—No.

—Entonces es probable que alguien le haya metido una porquería dentro, como azúcar o arena. Hay que ser imbécil para divertirse con ese tipo de cosas...

El mecánico confirmó el diagnóstico: motor bloqueado. Un desaliento brutal se apoderó de ella al verlo alejarse. Thomas seguía durmiendo. Despeinada, aturdida y en bata, se puso a merodear por la casa acompañada del penoso eco del roce de sus zapatillas contra el suelo. Estaba agotada, con los nervios destrozados. Thomas no iría al colegio ese día: lo dejaría dormir. Quiso llamar al trabajo para decir que ella tampoco iría, pero se acordó de que ya no tenía teléfono. ¡Mierda! Soltó una maldición, furiosa consigo misma. ¡Tendría que haber pedido un taxi al mismo tiempo que la grúa! Encendió el ordenador para conectarse a Google, pero el veredicto fue instantáneo: «conexión imposible». Claro... La maldita conexión dependía de la línea telefónica. Clavó la mirada en el techo.

Alguien quería amargarle la vida y, por lo visto, estaba consiguiéndolo.

Reflexionó un momento.

«¡El cartero!» No tardaría en pasar... Esa mañana estuvo esperando su llegada durante horas, cada vez más nerviosa a medida que pasaba el tiempo, ajustándose los faldones de la bata de franela a causa del frío que se le colaba en los huesos. ¿Y si no había correo? ¿Y si no pasaba? Ya no se sentía con fuerzas para ir hasta la granja de los Grouard. ¿Qué pensarían si la veían en ese estado? Tal vez al día siguiente... Cuando se hubiera recuperado... Era mucho más fácil dejarse ir, bajar los brazos, esperar al día siguiente...

—¿No voy al colegio hoy, mamá?

—No, cariño. Hoy tienes vacaciones. Sube a tu cuarto y diviértete.

No tuvo que repetírselo dos veces. Ella vigilaba la carretera por la ventana. Por fin, vio acercarse la moto amarilla... Salió a la entrada y reiteró las explicaciones; la primera llamada fue para Isabelle, su compañera de trabajo.

—Mila, ¿qué pasa? —preguntó ésta con inquietud.

—Ya te lo explicaré.

—¡Mila, es la cuarta vez este mes! Y, aparte, ha habido dos incidentes...

Sabía a qué se refería su colega. Había habido dos incidentes graves cuando se había presentado en sendas reuniones con importantes socios extranjeros en un estado físico lamentable y sin haber preparado la documentación.

—Sería mejor que vinieras —insistió Isabelle—. Esta vez no va a colar... créeme... La dirección ya te tiene fichada...

Farfulló unas excusas antes de colgar. Estaba demasiado cansada para discutir. Después llamó un taxi. Lo primero que debía hacer era alquilar un coche y comprar otro teléfono. «Romper este aislamiento...»

—Tenga —dijo el cartero, que le entregó el correo y recuperó su móvil con una mirada de reprobación por su aspecto.

Mila lo observó mientras se alejaba bajo la luz menguante. Por el oeste llegaba un sombrío frente de nubes que se desparramaba por todo el horizonte. El cielo viraba a negro y se oían truenos. Nerviosos por la inminencia de la tormenta, los cuervos volaban en círculo. Entre el correo, reparó en un sobre sin sello ni remitente. Se parecía al que ella había introducido en un buzón la víspera de Navidad... Lo abrió con mano temblorosa. Unas fotos... Sufrió una conmoción al verlas: alguien había fotografiado la tierra removida al pie del viejo árbol torcido... Eran tres fotos casi idénticas: tres fotos de la tumba.

Unas perlas de sudor le humedecieron la frente.

Presa del pánico, subió la colina a través del bosque mientras el viento se levantaba y caían las primeras gotas de lluvia. Después, bajó corriendo hasta la hondonada. La alfombra de hojas que disimulaba la fosa seguía intacta: nadie había tocado nada.

Un bocinazo proveniente de las cercanías de la casa.

¡El taxi! ¡Lo había olvidado!

Bajó corriendo la pendiente, con la lluvia arreciando. Otro bocinazo impaciente. Rodeó la casa e irrumpió delante bajo el chubasco, jadeando. El chófer observó con estupefacción su aspecto y su ropa: bata chorreante, zuecos rebozados de barro, cabellos empapados y enredados, ojos extraviados... Mila advirtió que el hombre miraba el reloj con mala cara.

—Lo siento. ¡Me había olvidado! Como ve, no estoy lista... Márchese.

—¿Y quién va a pagarme la carrera? Señora mía, tiene usted toda la pinta de sufrir un problema grave —le espetó mirándola con expresión de censura al tiempo que se señalaba groseramente la sien con el índice.

—¿Cómo dice? ¡Lárguese ahora mismo de aquí! —replicó ella con furia.

—Jodida chiflada —masculló el hombre al subirse al taxi.

Trazó una curva cerrada que envió una cascada de agua y barro en dirección a ella.

—¡Gilipollas! —gritó el conductor por la ventanilla reservándose el último turno de réplica.

El insulto le recordó a Mila los que habían escrito en las paredes del cuarto de baño.

Revisó con desgana el resto del correo. Facturas, publicidad, ofertas... Su mirada se detuvo de nuevo en algo: un sobre de la Ayuda Social a la Infancia del Alto Garona... Lo abrió con un presentimiento siniestro y sacó una hoja escrita a máquina y doblada en dos.

Señora Bolsanski:

Hemos recibido una denuncia de Valérie Dévignes, directora del colegio de Névac, y de Pierre Chabrillac, maestro de dicho centro, por sospecha de maltrato psíquico y físico a su hijo, Thomas, de cinco años. En varias ocasiones, su hijo ha acudido a nuestra escuela con hematomas en los codos, en las rodillas y en la cara (hay fotos adjuntas a la denuncia). La señorita Dévignes y el señor Chabrillac han comunicado también a las autoridades las frecuentes ausencias de Thomas últimamente, su falta de interés en clase, su comportamiento errático y su tristeza recurrente. Tras ser entrevistado por una psicóloga, acabó confesando que tenía miedo de usted.

La Ayuda Social a la Infancia ha constituido un equipo pluridisciplinar con el fin de esclarecer los hechos. Próximamente la citarán para escuchar su versión. Por lo pronto, habida cuenta de la supuesta gravedad de la situación, se ha transmitido al tribunal de menores una demanda de retirada de custodia. En caso de que Thomas nos fuera confia-

do por decisión judicial, usted podrá, no obstante,
dar su opinión con relación a su futuro ingreso en
un centro o en un hogar. También se consultará al
respecto al propio Thomas. Las opiniones expre-
sadas no serán, con todo, vinculantes para la deci-
sión que acaben tomando nuestros servicios.
    Reciba, señora, nuestro más cordial...

Mila se quedó paralizada un instante. Incrédula, volvió a recorrer con la vista la misiva, que temblaba en sus
manos. Había varias fotos adjuntas en las que se veían, en
efecto, morados en los brazos, las piernas y la cara de Thomas. Intentó reír, pero su risa se transformó en sollozo.
¡Qué absurdo! Thomas era un niño intrépido, atrevido,
que no paraba de darse golpes y caerse. En más de una
ocasión lo había dejado en el colegio con cortes y chicho-
nes, pero de ahí a imaginar que...

En otro tiempo, habría reaccionado de inmediato. Habría llamado a su abogado y a esa imbécil de directora;
habría sacado las uñas y atacado como una fiera, volcando
sobre ellos todo el peso de su indignación; los habría puesto en su sitio. ¡Imaginar que ella hubiera podido tocarle un
pelo a su hijo! Ahora estaba, sin embargo, tan débil, tan
enflaquecida... Tan desamparada... «Mañana...» Aquello
podía esperar un día... o dos... El tiempo suficiente para
que recuperara fuerzas. Estaba tan cansada... Dejó el correo encima de la mesa de la cocina, se sirvió otro gin-tonic, fue a buscar la caja de benzodiazepinas al botiquín
y se tomó tres pastillas de golpe.

Servaz miró las notas que había tomado mientras realizaba varias llamadas telefónicas:

«Mila Hélène Bolsanski, nacida el 21 de abril de 1977
en París. Hija única de Konstantin Arkadievich Bolsanski
y de Marie-Hélène Jauffrey-Bertin (fallecidos el 21 de agosto de 1982 en un accidente de coche). Familias de acogida
y luego internado, donde sus notas mejoran gracias a la

influencia de un tutor: el señor Willm. Se convierte en la mejor alumna de la clase. Médico, especialista en medicina aeronáutica, doctora en ciencias, segunda mujer que viajó al espacio, en 2008, a bordo de un *Soyuz*, para realizar una estancia en la Estación Espacial Internacional.

»Pasa dos temporadas en un hospital psiquiátrico en 1989, a los doce años, tras dos tentativas de suicidio (diagnóstico: depresión y trastornos graves de personalidad). Después sigue un tratamiento psiquiátrico y terapéutico que interrumpe al llegar a la mayoría de edad en contra de la opinión de sus tíos. Prosigue sus estudios con excelentes resultados, se promete con Régis Escande el 21 de abril de 1995 al cumplir los dieciocho años, también en contra de la opinión de sus parientes. Noviazgo interrumpido seis meses más tarde. Es de destacar que Escande se suicida en la cárcel dos años después, tras haber sido condenado por violación de una menor.

»Seleccionada como astronauta por el Centro Nacional de Estudios Espaciales en 2003, antes de incorporarse en 2005 al grupo de astronautas de la Agencia Espacial Europea. Es evidente que ni el CNES ni la ESA tuvieron conocimiento de la existencia de antecedentes psiquiátricos y que ella superó sin percance las pruebas psicológicas.

»Viaja a la Ciudad de las Estrellas en compañía de Léonard Fontaine el 20 de noviembre del 2007.»

No era mucho, pero corroboraba las declaraciones de Fontaine... Sin un motivo concreto, el recuerdo de la casa de Mila se impuso en su pensamiento. Evocó el largo pasillo que conducía a la cocina, oscuro como la galería de una mina, y la figura altiva de la mujer caminando delante de él. ¿Había tenido un escalofrío premonitorio en ese momento? ¿Un presentimiento? No, en absoluto.

Miró el teléfono que había dejado encima del pequeño escritorio. ¿Qué diablos hacía Beaulieu? Debería haberse puesto en contacto con el fiscal hacía rato ¿Por qué tardaba tanto? Su mirada topó con el paquete de cigarrillos. Sacó uno y se lo colocó entre los labios, sin encenderlo. Su móvil vibró.

—Servaz.

—Soy Beaulieu.

—¿Sí?

—Esa dichosa juez es de las que se cubren bien las espaldas y protegen su carrera. Una antigua astronauta, la segunda mujer que fue al espacio, una persona famosa, ya me entiendes... He tenido que presionarla un poco... Ha habido un intercambio un poco áspero, pero ya está, ya la tenemos... Supongo que esta vez querrás unirte a nosotros, ¿no?

—Ya que me lo proponéis...

Aplastó el cigarrillo en la palma de la mano hasta reducirlo a un millar de hebras de tabaco.

Su hijo. Iban a quitarle a su hijo. A confiárselo a unos desconocidos, a una familia de sustitución. Era tan frágil... tan dependiente de ella... ¿Qué iba a ser de él? Su Thomas, su tesoro. ¡No tenían derecho! ¡Nadie iba a tocarlo! Su padre había renegado de él; ella era su única familia. «Thomas, cariño, amor mío, no se lo permitiré...» Iba por el segundo o tercer gin-tonic... había dejado de contarlos. En la mezcla, la proporción de ginebra iba aumentando cada vez. Las pastillas le enturbiaban el cerebro. Tenía que dominarse. «Mañana... mañana estaré mejor... lucharé... por mi hijo, por los dos...» Estaba tan cansada, tan cansada...

«Mañana...»

Tuvo que ir corriendo de nuevo al baño para vomitar. Un infecto chorro de bilis, de ginebra y de café salpicó la porcelana. Con la respiración ronca y las sienes empapadas de un sudor que le supuraba por todo el cuerpo y le empapaba los cabellos, lloró un buen rato, hipando, sentada en el suelo, con la mejilla ardiendo de fiebre pegada a la fría pared.

Subió al piso de arriba de puntillas y prosiguió descalza hasta la habitación. Lanzó una ojeada por la puerta entreabierta. Thomas jugaba con la consola, sentado en la cama. Estaba concentrado, pero sonriente y relajado. Notó que las lágrimas le inundaban las mejillas y le bañaban la cara dejándole un gusto salado en la boca mientras volvía a bajar a la cocina. Durante un largo y pavoroso minuto, mantuvo la mirada fija en uno de los cuchillos dispuestos encima de la mesa para después posarla en la muñeca que le asomaba por la manga de la bata. En su memoria apareció, como un fogonazo, un recuerdo de sí misma a los doce años, con las muñecas vendadas, en una ambulancia.

La tormenta había estallado. El pálido resplandor de los relámpagos atravesaba los cristales azotados por la lluvia. Sonó el timbre de la entrada. Se estremeció. ¿Sería él, que venía a reivindicar su victoria? Enfiló el largo pasillo.

—¿Señorita Bolsanski? Es la policía —anunció una voz desde el otro lado de la puerta—. ¡Abra!

«La policía...» Esas palabras la traspasaron como una espada. Abrió la puerta despacio y el ruido de la lluvia la envolvió. Alguien le puso una placa de policía delante de la cara. Eran varios, protegidos con impermeables y chubasqueros, con brazaletes naranja en las mangas. Uno bajito y de pelo rizado como un caniche la miraba desde el escalón de arriba; le goteaba la nariz. El hombre se irguió, parpadeó bajo el agua y hundió una mano en su parka.

—Tenemos una orden judicial. Si me permite, se la mostraré en el interior —dijo elevando los ojos hacia la lluvia que les caía encima.

Mila paseó la vista sobre el resto del grupo —tres hombres y una mujer— y, de repente, su mirada se detuvo en uno que permanecía un poco apartado, con los brazos colgando. Lo reconoció. Era el policía al que había enviado la llave de la habitación 117 y la foto de la Estación Espacial Internacional. El que había aparecido en varias ocasiones en primera plana de los periódicos. El mismo al que le había confiado su diario íntimo. Estaba allí plantado, inmóvil bajo la lluvia. Con la cabeza descubierta. Y la observaba en silencio. Se sostuvieron la mirada, en un desafío que duró varios segundos interminables.

En ese instante comprendió que había perdido.

Lo que ocurrió a continuación sólo lo percibió en forma de flashes, de fragmentos desordenados. Palabras impresas en una hoja: «oficial de Policía Judicial... actuamos en virtud de la orden judicial aquí designada... nos presentamos para proceder a un registro en el domicilio de Mila Bolsanski —su nombre escrito en bolígrafo—... nos recibe él mismo —sic—... le damos a conocer nuestra identidad...». Un sello... Una firma... La cabeza le daba vueltas. Se dispersaron por todas las habitaciones. Con las manos enguantadas, levantaron los cojines, abrieron los libros, las cajas de CD, los cajones, los armarios, los cubos de basura, las puertas...

—Mamá, ¿quién es esta gente? —preguntó Thomas precipitándose hacia ella.

—No es nada, tesoro. Son policías —respondió apretándolo contra su vientre.

—¿Qué buscan?

—He sido yo la que les he pedido que vinieran. Están aquí para ayudarnos —mintió.

Miró al hombre que había ido a visitarla una tarde de enero, el que había leído su diario, al que había creído poder manipular. No participaba en el registro. Se limitaba a observar y, de vez en cuando, a mirar a Thomas con expresión triste.

—¿Por qué no se lo dice a sus compañeros? —lo interpeló—. Lo que sabe... lo que yo le mostré.

—Porque ese diario es falso —respondió él.

Mila vaciló. La desesperación ganó terreno. Notó que sus pensamientos se atropellaban, se solapaban. Estrechó a Thomas, apretándolo contra su vientre de madre, le tomó la cara entre las manos y le besó la frente pálida. Clavó su mirada de madre en los hermosos ojos de su hijo, tan rubio.

—Te quiero, no lo olvides nunca, tesoro.

—Mamá, no pasa nada —dijo él como si de repente se hubiera convertido en el cabeza de familia y hubiese tomado conciencia de que en aquel momento le correspondía a él protegerla.

—Sí... no pasa nada... —confirmó ella con los ojos húmedos.

Lo apartó suavemente, por temor a desplomarse y arrastrarlo en su caída. Thomas miraba a su madre con expresión inquieta. Estaba tan adelantado para su edad... Tenía la inteligencia y la madurez de un niño de siete u ocho años. Una mujer de cara extraordinariamente fea escogió ese momento para irrumpir por la puerta que daba a la pérgola, del lado del bosque.

—¡Venid a ver! —exclamó—. ¡Creo que he encontrado algo!

La siguieron. Uno de los policías invitó a Mila a cubrirse con algo para acompañarlos. Otro se quedó con Thomas. La lluvia crepitaba en las capuchas; la tierra blanda y las hojas se les pegaban a los zapatos. Subieron la colina tras la joven policía, en medio de toda aquella lluvia y todo aquel barro, de aquel universo líquido sin comienzo ni fin. Mila tenía la impresión de estar experimentando una regresión, de reencontrar la humedad y la paz del líquido amniótico. La paz, por fin... Sabía adónde iban. «La habían encontrado...»

La joven estaba arrodillada cerca del viejo árbol nudoso, torcido como un contorsionista demente. El rectángulo de tierra recientemente removida aparecía más oscuro entre las raíces, bajo la alfombra de hojas que había apartado con las manos enguantadas. Tenía los guantes azules llenos de tierra. Levantó hacia Mila su feísima cara bajo la capucha. Todos la miraban. Y Mila leía lo mismo en todas aquellas miradas convergentes: «culpable–culpable–culpable».

—¿Qué es? —le preguntó el caniche.

Ella no respondió.

—Llamad a los de Identificación Judicial —dijo el que se llamaba Servaz al tiempo que posaba en ella una mirada neutra—. Y avisad al fiscal.

. . .

Los truenos resonaban con estruendo. Antes incluso de empezar a cavar, los técnicos de mono blanco habían tomado varias muestras de tierra y de hojas que habían guardado en tubos de ensayo. Habían sacado fotos con flash, con cintas graduadas para determinar las dimensiones de la fosa. También habían encendido proyectores para paliar el rápido descenso de la luz, y los cables corrían como serpientes por encima del fango. En ese momento, todos tenían la vista clavada en la fosa, bajo la violenta luz blanca estriada de lluvia. «Vacía...» Los especialistas de Identificación Judicial hacían restallar sus guantes de látex azul, hechos unas fieras.

—Gracias, chicos. Os recuerdo que el día de las inocentadas pasó hace mucho —dijo uno de ellos.

Los policías intercambiaban miradas que acabaron convergiendo en Servaz.

—¡Mierda! —exclamó Beaulieu antes de dar media vuelta.

—Una fosa vacía —comentó éste sentado al volante del coche.

Todos se habían marchado salvo ellos dos.

—No la excavaron para nada —recalcó Servaz observando la casa a través del borboteo del parabrisas.

—No. Y ese hoyo en medio del bosque tiene un curioso parecido con una tumba. ¿Por qué está vacía, entonces?

—Ni idea —contestó Servaz con un encogimiento de hombros.

—Seguramente ella podría decírnoslo —apuntó Beaulieu señalando la casa.

—No hablará.

—Y entonces ¿qué hacemos?

—Esperar.

—¿Esperar qué?

—Los resultados de los análisis de las muestras. Bastaría con un poco de ADN...

• • •

Intenta dormir, pero no lo consigue. Hace rato que se han ido. La tormenta no ha cejado en su asedio de la casa. Al contrario. Intenta dormir, en vano... ¿Cómo podría dormir con esa tumba vacía allá, en el bosque? ¿Qué significa? Trata de comprender el sentido, pero su pensamiento está enturbiado, confuso. Ella misma mató a esa puta. Vio que su cuerpo se estremecía con el impacto de las balas y después se ponía rígido. Vio que corría la sangre. Que Marcus arrojaba las primeras paladas de tierra sobre el cadáver. Después dejó que acabara el trabajo y bajó de nuevo hacia la casa.

¿Fue él quien desplazó el cadáver? Pero ¿con qué fin? ¿Temía que un día u otro las sospechas recayeran sobre Mila y, a través de ella, sobre él? Marcus ya no estaba allí para responder. ¿Dónde se habría metido? ¿Dónde se habrían metido Cordélia y él?

Escucha el silencio. Se estremece, tiembla, tiene frío. Permanece inmóvil, acurrucada bajo el edredón, con la mente aletargada. A través de los estores, la luz de los relámpagos se proyecta en el techo. El silencio reina en toda la casa... y después, de repente, lo oye.

Viene de abajo. Sube por la escalera, se propaga por el pasillo, entra por la rendija de la puerta del dormitorio... No cabe duda, no está soñando. Es ópera... La identifica desde los primeros compases: el tercer acto de *Madama Butterfly*, en el que Cio-Cio San se quita la vida. La invade un frío glacial. El dúo entre Pinkerton y Sharpless asciende desde la planta baja:

SHARPLESS: *Habla con esa mujer caritativa*
y condúcela hasta aquí.
Aunque Butterfly la vea,
no importa.
Sería incluso mejor
si comprendiera la verdad al verla.

PINKERTON: *Pero reina un ambiente mortal.*

Reconoce la voz de Pinkerton: el tenor sueco Nicolai Gedda, en la versión de Herbert von Karajan, con Maria Callas en el papel de Butterfly. La grabación proviene de su discoteca.

Se incorpora en la gran cama; la voz taladra, implacable, las tinieblas de la casa. «Thomas... Va a despertarse...» Mira las saetas rojas del despertador, que cambian de las 3.05 a las 3.06 horas. Un nuevo relámpago hace temblar los cristales. Ahora, tiene los ojos bien abiertos en la penumbra.

Sí, en un instante veo
todo el alcance de mi falta,
y siento que este tormento
no me dará tregua jamás.

Esa música... Casi le daban ganas de llorar.

Adiós, refugio florido, lugar querido, adiós.

Aparta el edredón, sale de la cama, se pone la bata. Tiene la mente en blanco, el cuerpo sin fuerza. Como una sonámbula, camina hasta la puerta y sale al pasillo. Aprieta el interruptor, pero la luz no se enciende. Claro...

La puerta de la habitación de Thomas está cerrada.

En tres pasos, llega al rellano de la escalera. Abajo percibe una claridad opaca y lejana.

Debe de haber una lámpara encendida en algún sitio. Acciona el interruptor de la escalera, pero, tal como preveía, no ocurre nada. Baja entonces la escalera midiendo los pasos, con la escasa luz de que dispone. Su corazón casi se acompasa al ritmo de la música... como si se hallara entre las bambalinas de un teatro, a punto de hacer su entrada en escena.

Con cientos de miradas concentradas en ella, en la oscuridad. Atentas. Aguardando su triunfo, temiendo su fracaso.

Al final de los escalones, más fuerte, más clara, la voz de la mezzo-soprano Lucia Danieli en el papel de Suzuki:

En este trance,
llorará mucho.

Sus pupilas escrutan la penumbra. Se orienta: la luz viene del pequeño pasillo que conduce al cuarto de baño, al otro lado de la cocina. Al pasar, coge uno de los cuchillos. «¡Dios mío, esa música!» ¡Qué belleza! ¡Qué tristeza! La voz de Maria Callas/Butterfly se eleva por fin:

¡Suzuki, Suzuki! ¿Dónde estás?

Otro trueno: el tramoyista se está esmerando... Atraviesa la cocina y continúa por el pasillo. La claridad se ensancha. La puerta entreabierta a la izquierda... No se ha equivocado: la luz proviene del cuarto de baño.

¡Está aquí! ¡Está aquí! ¿Dónde se ha
escondido?

Empuja la puerta con la punta de los dedos y el cuchillo en la otra mano. El olor a cera se expande, pesado y agobiante, y la luz de decenas de velas danza en el techo y en las paredes como un incendio. También baila en la cara de la muerta que no está muerta, en el cráneo que se ha rapado y en el que ha empezado a crecer un fino vello. Baila en sus pupilas, su mirada fija, calmada y resuelta, ahogada en medio de un océano negro de rímel y, durante una décima de segundo, Mila tiene la impresión de estar enloqueciendo. ¡Es Madama Butterfly quien está ahí! «Cio-Cio San.» ¡Con su kimono oscuro, la cara empolvada de blanco, los ojos reducidos a dos rendijas, la boca estrecha como una cuchillada!

La alucinación se disipa y entonces es peor: un fantasma. Una aparecida. Un espectro difuminado por el denso vapor de agua que se expande por el cuarto. El espectro lleva ropa de hombre. Apunta el cañón de un arma en dirección a ella.

—Buenas noches —dijo Christine mientras la Callas seguía cantando:

Mila tiene la mente en blanco. Piensa en Thomas: ¿cómo puede dormir con semejante música?

—Suelta ese cuchillo —ordena Christine—. Desvístete y entra en la bañera.

Podría negarse, resistirse, pero ¿para qué? Todo —la música, su debilidad, la inmensa fatiga de los días anteriores, el último acto que resuena por toda la casa— la incita a obedecer. Ya no tiene voluntad propia ni ganas de luchar. Sólo está... cansada... Y el arma que empuña el espectro no le deja opción, de todas formas. Suelta el cuchillo, que cae al suelo con un tintineo, y luego va dejando caer sus prendas de ropa —una por una— a sus pies. El vapor que flota en el cuarto, exhalado por toda el agua caliente que llena la bañera, se enrosca en torno a ella. Enseguida tiene el cuerpo reluciente de sudor.

—Por favor —insiste tranquilamente Christine.

Se queda quieta un largo momento; después, levanta la pierna sobre el borde la bañera. Advierte que encima hay una gran navaja de afeitar, abierta. Su larga hoja brilla con la luz vacilante de las velas. Hunde una pierna en el agua caliente, y después el cuerpo entero. Se sienta en el fondo. Por un instante se siente bien, aliviada, liberada tras haber abandonado el control. El líquido amniótico la acoge una vez más. Si no fuera por Thomas...

—¡Mi hijo! —exclama de improviso.

—No te preocupes. Duerme. Y nosotros cuidaremos de él.

—¿Nosotros?

Fuera de la habitación, Butterfly canta:

> *¡Quieren quitármelo todo! ¡Mi hijo!*
> *¡Ah! ¡Desdichada madre! Renunciar a su*
> *propia sangre.*

—Su padre y yo —explicó Christine—. Léo se ocupará de su hijo, lo reconocerá, lo criará. Me lo ha jurado. Y Thomas llevará vuestros dos apellidos. Irá a los mejores colegios, disfrutará de la mejor educación, Mila... Léo no le revelará nunca a Thomas la verdad de lo ocurrido, de lo que ha hecho su madre. Le dirá que sufrió un accidente. Lo ha jurado. Pero con una condición...

Mila parpadea a causa del sudor que le resbala por la cara y del vapor. Escucha hablar al fantasma, tratando de comprender lo que dice. Poco a poco, las palabras penetran en su conciencia. Se abren camino. Al mismo tiempo que su espantoso significado.

—¿Qué condición? —murmura por fin, con una voz tan débil como el aliento de un pájaro.

La mirada del fantasma se desplaza hacia la navaja abierta en el borde de la bañera. Mila se estremece.

—Te vi morir —le dice al fantasma—. Yo misma te disparé.

—Con balas de fogueo —precisó Christine.

—¿Y la sangre?

—Simples accesorios de cine disimulados debajo de mi jersey. Bolsitas de hemoglobina que estallan cuando uno quiere. Se consiguen fácilmente. Sólo tuve que imitar las convulsiones en el momento del impacto... y morderme la lengua hasta hacerme sangre...

—Pero... ¿Marcus?

—En cuanto te fuiste, me ayudó a salir de la fosa. —Sonrió—. Además, la supuesta droga que te dio para mí era una simple ampolla de vitaminas, de las que venden en todas las farmacias.

—¿Por qué?

—Porque Marcus se vende al mejor postor, Mila. Ya deberías saberlo... Y porque Léo y yo rompimos la hucha. Tú misma lo dijiste: «Marcus no es muy curioso. Salvo en lo que concierne a sus honorarios.» No costó mucho convencerlo, la verdad. Aunque para eso tuve que renunciar a mi seguro de vida... Aquella mañana, cuando recibí el SMS remitido por Denise, enseguida comprendí que era una trampa. Léo ya me había llamado para decirme que iba a ocurrir algo. Lo sabía por Marcus, a quien tú habías puesto al corriente. Fue Marcus quien lo organizó todo. No tenía más alternativa, o eso o la cárcel.

—¿Dónde está?

—¿Quién? ¿Léo? Le he dicho que vigilara a ese policía esta noche...

—¿Y... Marcus?

—A punto de servir de abono para su amada tierra rusa, mucho me temo. Le pagamos un billete para Moscú, pero intuyo que alguien lo esperaba allá. A fin de cuentas, me drogó... me violó... degolló a mi perro, joder... aunque, en el fondo, lo único que hizo fue ejecutar tus órdenes, ¿no es así?

Silencio. Mila dirige una mirada a la navaja abierta en el borde de la bañera. Podría tratar de cogerla y atacar al espectro, pero sabe que Christine sería más rápida. Piensa en Léo, en su hijo, en los dos... juntos... reunidos por fin... La música mengua y se infla alternativamente... Toda la sala está pendiente de sus labios. De su aliento. Todo el público está en trance, petrificado de emoción y de éxtasis.

Empieza a resonar el célebre fragmento final, tan esperado: *Con onor muore*: «Muere con honor... quien no puede sobrevivir con honor...»

Sí. ¿Por qué no?

—Entonces, las bombillas, las náuseas, las ruedas pinchadas, el supermercado... ¿eras tú?

Está tan cansada...

—Sí.

—¿Cómo lo hiciste? —pregunta.

Tan cansada de todo eso...

—¿El qué?

—Todas las noches en que vomitaba, en que no conseguía dormirme. Tiré la comida, compré medicamentos nuevos en la farmacia; comía lo mismo que Thomas y a él no le sentaba mal.

El espectro desplaza el cañón del arma hacia el otro lado de la bañera. Ella sigue el movimiento con los ojos. Al principio, no comprende. Luego, de repente, se hace la luz. «Las sales de baño...» Ella se bañaba todas las noches, después de acostar a Thomas. A él no lo bañaba, en cambio. Siempre lo duchaba. Bruscamente, el espectro coge un mando a distancia, aprieta un botón y la música se para de golpe.

—Hace semanas que te observo. Es increíble lo que se encuentra en las tiendas hoy en día... una microcámara en la cocina, otra en tu habitación, otra en el cuarto de baño y todo solucionado. Probablemente estoy más enterada de tus costumbres y tus manías que tú misma, Mila. Y ese sistema de alarma que instalaste es como para echarse a reír.

De su pantalón, lleno de bolsillos, saca una caja rectangular negra con tres antenas cortas.

—Un distorsionador —explica—. Cien euros por internet. Los ladrones viven una buena época.

—Por tu culpa quieren quitarme a mi hijo —le espeta Mila en un último arranque.

Christine la mira; no le dice que la carta de la Ayuda Social a la Infancia es falsa, que la redactó ella misma. Acerca su cara hasta escasos centímetros de la de Mila.

—Por eso debes dejar que Léo críe a su hijo... Pero ya basta de charla.

Señala la navaja con un movimiento del arma... y Mila no advierte el temblor cada vez más marcado del cañón. Ni las lágrimas de sus mejillas.

—Tú te suicidas... esta noche... y yo me aseguraré de que Léo se ocupe de Thomas... de que lo críe... lo reconozca... Te doy mi palabra.

Se enjuga el sudor y las lágrimas de la cara con el dorso de la mano enguantada. Le brillan los ojos en medio del oscuro cerco de sombra.

—O te niegas, vas a la cárcel... y confían a Thomas a una familia de acogida, después a otra y luego a otra más... ¿Y sabes cómo acabará? ¿Te lo imaginas? ¿Es eso lo que quieres para él? Tú decides... Mila, eres tú quien decide... ahora...

—¿Puedes volver a poner la música, por favor? Me gustaría escuchar el final.

Christine coge el mando. La música se reanuda en el punto donde se había detenido: el último acto. Las voces se combinan, se suceden, se encadenan.

—¿Mila?

—Cansada...

—¿Qué?

—Estoy cansada...

—Puedes liberarte de todo esto, Mila.

Tú, tú,
pequeño dios, mi amor, flor de lis y de rosa,
que no lo sepas nunca, pero es por ti,
por tus ojos puros,
que muere Butterfly.

Un largo momento de silencio durante el cual las dos mujeres escuchan la música. Después, de repente, Mila coge la navaja. Christine la mira sin decir nada. El sudor hace que le escuezan los ojos, y también lo ve resbalar por la cara de Mila.

Mira bien,
con tus ojos, la cara de tu madre,
para conservar su imagen.
¡Mira bien!
¡Amor mío, adiós, adiós!
¡Mi amorcito!

—Cansada... estoy tan cansada...

—Entonces, descansa, Mila.

—Él me quiso.

—Ya lo sé, me lo ha dicho —miente Christine.

Mila sonríe. Con la mirada perdida en la lejanía, corta la piel del antebrazo, el músculo, la arteria radial... del codo a la muñeca, con un solo movimiento preciso y lento. Brazo izquierdo. La navaja pasa a la otra mano. Brazo derecho. Con menor destreza... La sangre brota: dos géiseres... Salpica la porcelana y el agua de la bañera, que se tiñe de rojo.

Con cada latido de su corazón palpitante, surge una nueva oleada de sangre. Después, bruscamente, las pulsaciones se reducen. Nota el hielo que le sube de golpe por el torso. Tiene la impresión de estar helándose a toda velocidad, como un estanque en invierno.

La música cobra alas y alcanza su apogeo. Mila vierte una última lágrima, con el grito final de Pinkerton:

¡Butterfly! ¡Butterfly! ¡Butterfly!

Christine dedicó los cinco minutos siguientes a borrar sus huellas y preparar su salida. Sacó el teléfono de Mila de uno de los bolsillos de su pantalón y lo colocó entre los dedos, ya fríos, antes de marcar el número de Urgencias. Cuando por fin le respondieron, murmuró en voz baja:

—Vengan deprisa... se lo suplico... voy a morirme... y mi hijo está solo...

—¿Cómo dice? ¿Qué? ¿Puede repetirlo, señora? ¿Señora?

Repitió el ruego y dejó el aparato entre los dedos inertes, encima del borde de la bañera. De repente, se volvió hacia la puerta y se sobresaltó: Thomas estaba allí. Mirándola fijamente, con los ojos muy abiertos... Parpadeó y la visión desapareció. «Sólo era una sombra en el pasillo...» Salió del cuarto de baño y subió al piso de arriba con las zapatillas húmedas en fundas plastificadas. Entreabrió la puerta: el niño dormía con el pulgar en la boca. De repente sintió náuseas, se apresuró a volver a la planta baja de la gran casa silenciosa y corrió hacia la salida. Aspiró con avidez el aire húmedo de fuera. «No debes vomitar... aquí... en este momento...» Se dirigió a su coche, aparcado un poco más lejos, dejando la puerta de la casa abierta de par en par. No se quitó la funda de las zapatillas ni los guantes hasta hallarse dentro.

Arrancó despacio, avanzó hasta el túnel de árboles, enfiló la recta, giró en el cruce... Había parado de llover. La luna asomaba entre un desgarrón de las nubes. Aparcó en la noche ventosa. Paró el motor, apagó las luces y saltó fuera. Justo a tiempo para dejar subir la bilis y vomitar toda la cena en la cuneta llena de agua de lluvia que brillaba en la oscuridad, cerca de la rueda delantera.

Le costaba respirar, inspiró hondo esforzándose en tranquilizar los latidos de su corazón. Volvió al coche y permaneció inmóvil, esperando. La tormenta se alejaba. Los relámpagos ya no eran más que pálidas fosforescencias en la noche y los truenos un borborigmo distante. Transcurrieron trece minutos hasta que oyó el característico ulular y después vio pasar, a toda velocidad, un furgón de gendarmes. Sus faros recorrieron rápidamente el túnel de árboles iluminando los troncos. Christine cogió los gemelos y enfocó el furgón en el momento en que aparcó delante de la casa. Los observó bajar del vehículo y entrar en ella. Eran tres.

Guardó los prismáticos en la guantera y se miró en el espejo. Con la luz cenital del coche tenía la mirada vacía: el negro de las pupilas se había comido todo el iris. No se reconocía.

Cerró la puerta con suavidad y se alejó en medio de la noche.

EPÍLOGO

El milagro de la vida, una vez más. Estaba al final del quinto mes y su vientre crecía, redondo y encantador. Sabía que el cerebro y la médula espinal estaban ya completamente formados y que, hasta el final de su vida de adulto, no adquiriría ni la más mínima neurona suplementaria. «Lo siento por ti, Léo júnior, vas a tener que conformarte con eso, guapo. Espero que al menos sepas utilizarlas de la mejor manera posible. Cuento contigo.» Había cogido la costumbre de hablarle y de llamarlo Léo, pese a que todavía no habían logrado ponerse de acuerdo en un nombre. Su padre se inclinaba por Mathis o Louis. Él no lo sabía aún, pero ella había decidido que se llamaría Léo... y no había más que hablar.

Volvió la cabeza hacia la puerta vidriera abierta.

Había amanecido hacía apenas una hora y ya hacía calor. Tenía hambre. Un hambre canina, a decir verdad. Tenía ganas de devorar, sin parar. Un desayuno completo, con cereales, café, zumo de fruta, huevos pasados por agua con pan, mermelada, mantequilla... Se le hacía la boca agua. Sonrió. Se sentía estupendamente: las náuseas y la fatiga de los primeros meses habían desaparecido. Estaba en plena forma.

Él se movió y abrió los ojos.

—¿Ya estás despierta?

La miró. Luego, casi de inmediato —como cada mañana—, desplazó la vista hasta su vientre.

—Hola, Mathis —dijo posando la mano sobre su hijo.

—Léo.

—Hola, Louis.

—Léo...

—No se mueve.

—Duerme mucho. Es normal.

La miró. De otra manera.

—En ese caso, no se dará cuenta de nada si... —Y, en vista de que ella no reaccionaba, prosiguió—: Estás magnífica, ¿sabes? El embarazo te...

—Chis.

Se besaron y se acariciaron un momento, mientras la luz del verano y su temperatura corporal aumentaban en la habitación... y ella advirtió que sudaba cada vez más.

—Thomas no se despertará hasta dentro de un buen rato y Karla no traerá a los niños antes de las nueve —le musitó él al oído—. Tenemos tiempo de sobra...

—Silencio.

Christine se echó a reír. Sólo eran las seis de la mañana. Se inclinó hacia la mesita de noche para coger la caja de preservativos del cajón, procurando olvidar lo que significaban. Marcus no había mentido aquella noche: antes de abandonar esta tierra, había dejado un último recuerdo. Lo había dejado en su sangre: era seropositiva... El tratamiento no había servido. Estaban condenados a mantener relaciones con protección de por vida. Cuando Léo había manifestado su deseo de tener un hijo con ella, Christine había dudado mucho. Leyendo sobre el asunto, había descubierto que el riesgo de transmisión del VIH de madre a hijo era extremadamente bajo —menos del uno por ciento— con un seguimiento estricto y si la madre se sometía a un tratamiento antirretroviral a partir del segundo trimestre de embarazo. Numerosas mujeres afectadas por el virus se convertían en madres de esa forma.

Y, puesto que Léo no estaba contagiado, habían recurrido al viejo método conocido como «inseminación artesanal». Recordaba con una mueca el ritual que habían repetido hasta que el dios de la fertilidad accedió a recompensar sus esfuerzos: la toma de la temperatura por la mañana al despertar y, en los días apropiados, la recuperación del esperma de Léo, depositado en un preservativo sin espermicida, aspirándolo por medio de una jeringuilla sin aguja antes de que el propio Léo inyectara por el mismo procedimiento su simiente en la vagina de Christine. Por suerte, el tercer intento había dado resultado... Para mayor precaución, daría a luz por cesárea. Sabía, asimismo, que no podría amamantar a su hijo.

Hicieron el amor delante de la puerta vidriera abierta. Cualquiera que pasara por el sendero próximo a la casa habría podido verlos, pero les daba igual. Christine lo dejó tomar la iniciativa y hundió los dedos en su pelo. Él colocó un cojín debajo de ella y fue muy dulce y muy lento, como aquel verano que se alargaba de forma interminable. La joven se preguntó si el pequeño Léo sentiría lo que sucedía, esa fusión de sus deseos y sus miedos, de sus esperanzas y sus temores... y del amor de sus padres. Sí, porque en realidad se querían mucho más que antes. La clandestinidad en la que ella había tenido que vivir durante meses —unos meses durante los cuales él la había mantenido escondida de todos, incluidos sus propios hijos—, los riesgos que habían asumido juntos, el secreto que compartían y la presencia de Thomas habían fortalecido su relación hasta un punto que no habían imaginado. Además, ella había cambiado. Tenía que reconocer que los trances pasados la habían transformado en una persona distinta. Era consciente, aun cuando a veces le causara pesar, de que era de esa nueva Christine de quien Léo estaba enamorado.

Él se apoyó en un codo y la miró.

—¿Quieres casarte conmigo?

—¿Qué?

—Ya me has oído.

—¿Acabas de divorciarte y ya quieres volver a casarte? Él se echó a reír.

—Ya sé qué piensas...

Paró de sonreír y adoptó un aire de seriedad casi cómico.

—Por lo general, los hombres son fieles al principio e infieles después. Yo he empezado por el final.

—¿Y eso qué quiere decir?

—Que puedes contar razonablemente con mi fidelidad.

—¿Razonablemente?

—Digamos que con un noventa y ocho por ciento de probabilidades. ¿Te conviene?

—¿Y si es el dos por ciento el que sale ganando?

—Prometo que no te mentiré nunca... y que nunca te ocultaré nada.

—Es un buen comienzo, pero no estoy segura de si será suficiente. ¿Te das cuenta de que es una petición de matrimonio poco normal?

—Si querías algo normal, tendrías que haberte buscado a un contable... No estás obligada a decir que sí —añadió—. No de inmediato.

—Yo opino lo mismo.

—Entonces ¿es un no?

—Es un sí. Pero sólo porque no estoy obligada.

Esa mañana, Servaz se despertó con música. Como cada mañana. Mahler, por supuesto. *Das klagende Lied*. El primer lied se titulaba *Waldmärchen*, «Cuento del bosque». Sonrió pensando que él también conocía un cuento muy bueno... que transcurría en un bosque... La música fue in crescendo. Era el regalo de su hija, que ya vivía al otro lado del océano, entre caribús, ardillas grises y gallinas Chantecler.

Oyó una sirena de policía, el petardeo de una motocicleta y, al mirar a su alrededor, tuvo un momento de pura desorientación antes de reconocer su habitación. No era la del último piso de la residencia. Estaba en su dormitorio, en su piso. Se incorporó en su cama, se desperezó y recordó que también tenía un trabajo y una oficina que lo esperaban. Se duchó, se vistió, tomó un café solo y, quince minutos después, ya estaba de camino a la comisaría.

Salió de la escalera del metro y atravesó la explanada que había delante de la alta fachada de ladrillo, con su entrada semicircular y el fresco rectangular que la rodeaba... algo que siempre le llamaba la atención, porque no acertaba a descifrar su significado. El sol brillaba sobre el polvoriento follaje que bordeaba el canal del Midi y la gente pasaba haciendo jogging con chándales de vivos colores y auriculares en los oídos. Los coches circulaban a toda velocidad por el bulevar. Los funcionarios de policía ataban sus bicicletas a la verja, subían la escalera y desaparecían por la puerta. Un poco más lejos, en las orillas del canal, las putas se habían ido a dormir y los empleados municipales recogían los preservativos diseminados entre los arbustos... y también las jeringas. Los traficantes contaban las ganancias y los camellos se despertaban en las barriadas. Ésa era la partitura de la ciudad, su ópera cotidiana: el coro de los coches y autobuses, las arias de las horas punta, la cadencia del dinero ganado con excesiva facilidad, el leitmotiv de los delitos. Se sentía extrañamente bien. Se sabía esa música de memoria. Era su ciudad, su música. Conocía todas y cada una de las notas...

El expediente lo esperaba encima del escritorio.

Después de leerlo rápidamente, bajó al aparcamiento a buscar un coche. Salió de Toulouse por el noroeste y circuló durante menos de una hora por carreteras secundarias. La casa de diseño seguía allí, en la hondonada, con su piscina, sus vallas blancas y su cuadra.

Aparcó encima de la hierba, cerca del Porsche 911, y bajó. Ella salió al umbral con un tazón en la mano, vestida con vaqueros, sudadera con capucha y zapatillas deportivas de plataforma. Servaz la observó. Llevaba el pelo muy corto, a lo chico, y no iba maquillada, lo cual, unido a sus caderas estrechas y su metro setenta de estatura, le daba un aspecto andrógino, un cierto aire de lesbiana, pese a su más que evidente embarazo, a la prominencia de su vientre. Estaba radiante. Tan segura de sí misma, de sus encantos y de su poder como pueda llegar a estarlo una mujer.

—¿Un café? —le ofreció Christine.

Él se acercó sonriendo y entraron en la casa uno detrás del otro. Léo y Thomas jugaban en la piscina. Los vio a través de la puerta vidriera. Las carcajadas cristalinas del niño llegaban a sus oídos mezcladas con el ruido del agua que le arrojaba su padre.

—Traigo lo que me pidió —dijo Servaz.

Ella estaba de espaldas, de cara a la cafetera. Servaz vio que se le crispaban los hombros. Dudó un segundo antes de darse la vuelta.

—Tenía razón —añadió él, entregándole la carpeta.

De improviso, se acordó del día de abril en que la joven había vuelto a aparecer de repente. Fue ella quien lo llamó. «He vuelto», le había dicho simplemente. Habían quedado en un bar del centro. Le preguntó dónde había estado todo aquel tiempo. Ella le contestó que había huido, que había sentido la necesidad de escapar de todo aquello, de estar sola... y que había viajado mucho. Él no la había creído, desde luego. Ya no tenía importancia. Suicidio. Caso cerrado...

—No estoy muy seguro de que, si comparásemos la voz de la persona que llamó aquella noche con la de Mila Bolsanski, fuese la misma... —había comentado él de todas formas mientras la miraba con aire soñador.

—¿Piensa que se trata de un homicidio? —había contestado ella sin alterarse lo más mínimo.

Él había negado con la cabeza.

—El forense es categórico: fue ella quien se cortó las venas. Eso no impide que alguien que no quiere darse a conocer la hubiera encontrado así y llamado a la policía haciéndose pasar por ella... A causa del niño, me refiero... Sin esa llamada, sabe Dios qué habría sido de él... Tuvo que ser una mujer, claro...

La había observado un instante, pero ella había aprendido a disimular sus emociones.

Él empujó un poco más la carpeta.

—Por supuesto, hubo una autopsia antes de la incineración de su hermana —dijo—. Tenía razón: estaba embarazada. Nadie intentó averiguar quién era el padre. Aunque eso guardara relación con su suicidio, no había ninguna investigación criminal en curso. Además, en aquel tiempo, los análisis de ADN eran muy poco frecuentes. El feto fue incinerado con la madre...

—¿Se sabe quién solicitó la cremación?

—Sí. —Sacó una hoja de la carpeta—. Estaba en el expediente.

Una autorización de cremación. Christine leyó:

«Teniendo en cuenta la petición de la persona que sufraga el funeral,
»en vista de la decisión del fiscal de la República asignado al tribunal de primera instancia de Toulouse,
»se autoriza en consecuencia que se proceda a la cremación de la difunta.»

Volvió a leer los dos nombres que constaban en el documento: su padre y aquel médico a quien ella había agredido a los doce años... el médico de la familia.

—Gracias.

Servaz le acercó otro papel.

—Eso no es todo. Hay algo más —explicó—. Tiene que ver con lo que ocurrió en casa de Mila Bolsanski. Tenga, lea... y después deshágase de él. No es una copia.

—¿Qué es?

—Lea.

Ella se inclinó y Servaz vio que se tensaba aún más. Después levantó la vista hacia el comandante, estupefacta.

—¿Por qué?

—Porque ignoro qué significa y porque, de todas maneras, esa investigación está cerrada.

Christine lo miró fijamente.

—Gracias —dijo por segunda vez.

Él se encogió de hombros y se volvió para marcharse. El papel que la mujer tenía en la mano era un extracto del informe policial. En él se afirmaba que habían encontrado dos rastros de ADN en la fosa excavada detrás de la casa de Mila Bolsanski. El primero correspondía a Marcus, pero el segundo era el de Christine Steinmeyer...

Servaz se disponía a salir cuando se dio media vuelta.

—¿Y su perro? ¿Qué hizo con él? —preguntó.

—Léo y yo lo enterramos donde usted me dijo —respondió ella sonriendo—. Tenía razón. Es un sitio muy bonito.

• • •

Circulaba por la carretera de circunvalación, donde habían anunciado atascos, aunque en ese tramo el tráfico era fluido, cuando, de repente, se desvió hacia el arcén sin resuello. No oyó los pitos que sonaron airados detrás de él. Tampoco vio las caras de rabia. Tenía la vista clavada en el arcén, con la boca abierta y el corazón desbocado.

«Dos ADN...»

¿Era posible? Tenía la vista perdida y ella lo miraba, le sonreía. Él miraba el vacío... y la veía a ella.

Era como si de repente rebobinara la película. ¿Era posible? ¡Sí, Dios santo, sí!

No había rezado en toda su vida.

Pero rezó.

Rezó aplastando el pedal del acelerador para propulsarse a toda velocidad hacia la carretera. Rezó en medio del concierto de cláxones y de insultos que acompañó su brusca aceleración y luego sus zigzags entre los coches, avanzando hacia una esperanza totalmente insensata.

Aparcó en el patio de la comisaría y corrió como un loco hacia el edificio, algo apartado, del laboratorio de la policía científica. Franqueó la puerta como si su vida dependiera de ello y, casi atropellando a un asombrado funcionario, prosiguió hasta la unidad de biología.

La ingeniera Catherine Larchet, que dirigía la unidad, se encontraba allí. Había sido a ella a quien había pedido que analizara con urgencia, unos meses atrás, el ADN del corazón de Marianne. La ingeniera lo había hecho en un tiempo récord, doce horas, porque había adivinado lo importante que era para él. Lo había visto desmoronarse, volcar una mesa y dar alaridos de dolor cuando le anunció la terrible verdad.

—¿Martin? —dijo al verlo abalanzarse hacia ella como un jugador de rugby a punto de marcar.

—El ADN... —empezó sin resuello.

Catherine comprendió de inmediato a qué ADN se refería y se cerró en banda. Conocía su historia: hasta sus oídos había llegado el rumor de su depresión y su estancia en el centro.

—Martin...

Él negó con la cabeza.

—No te preocupes, estoy bien... El ADN —repitió—. ¿De dónde lo sacaste?

—¿Cómo?

—¿Qué ADN utilizaste para el análisis?

—¿Acaso dudas de mi competencia? —replicó molesta.

Él agitó las manos y luego hizo una profunda reverencia, como si la saludara al estilo nipón.

—¡Catherine, eres la persona más competente que conozco! Es sólo que quiero saberlo. Hiciste un cotejo de parentesco, ¿no? ¿Ascendente/descendente?

—Sí. Tú querías que comparase el ADN con el de su hijo, Hugo. Era la sangre de Marianne, Martin. No cabe la menor duda. El ADN mitocondrial se transmite intacto de la madre al hijo. Todos los seres humanos heredan el ADN mitocondrial exclusivamente de la madre.

Servaz volvió a ver la bolsa isotérmica con el corazón humano de Marianne inmerso en su sangre ya coagulada: el regalo diabólico que había enviado el suizo a su policía favorito...

—¿La sangre, dices?

—Sí, la sangre... La sangre es el elemento que más carga de ADN tiene, junto con el esperma. La gota más diminuta contiene ochenta mil glóbulos blancos, cada uno de los cuales posee una unidad completa de ADN en el núcleo. Por otra parte, te recuerdo que tenías muchísima prisa y querías tener los resultados cuanto antes. Por eso tomamos la muestra de sangre intracardíaca con una jeringa. Era la mejor manera de proceder para ir deprisa, y no había ninguna razón para hacerlo de otro modo.

Él tuvo la impresión de que el suyo iba a salírsele del pecho.

—¿Y no hicisteis más pruebas?

Ella se encendió de nuevo y le dirigió una mirada interrogativa.

—¿Para qué? El resultado era positivo...

—¿Todavía tenéis el corazón?

—Desde luego. Es una prueba en un caso criminal abierto. Está guardado en el IML. Oye, Martin, deberías...

El Instituto Médico Legal se encontraba en el recinto del Hospital Universitario de Rangueil, al sur de Toulouse.

—¿Podrías hacer otro análisis? —la interrumpió—. Esta vez a partir de las células del propio corazón.

Ella lo miró.

—¿Hablas en serio?

Servaz vio que la forense rumiaba la cuestión.

—¿No creerás que...? ¡Dios mío! Si fuera cierto, sería una primicia. ¡De ser verdad, causaría sensación en todas las publicaciones del ámbito de la medicina legal!

Se precipitó hacia el escritorio y descolgó el teléfono sin apartar la vista de su cara.

—Ahora mismo los llamo.

Denise sonreía desde la penumbra del palco. Abajo, la soprano Natalie Dessay se despedía de los escenarios líricos en la misma sala donde había debutado hacía veinticinco años: el Teatro del Capitole de Toulouse. Esa noche, la última, encarnaba a la Manon de Massenet.

Denise se llevó la mano al vientre... El quinto mes... El mes de los viajes. Al día siguiente, tomarían un avión rumbo a Tailandia. Sería una especie de luna de miel, aunque no estuvieran casados. Denise miró a Gérald, sentado a su lado. Había conseguido quedarse con él, a fin de cuentas. Tenerlo para ella sola... Así lo había querido desde la primera vez que lo vio. Y cuando ella quería algo...

Lo observó, serio, concentrado, con las luces del escenario reflejadas en los cristales de las gafas. Tenía sus dudas de si había valido la pena. De si no lo habría sobrevalorado un poco. Mientras Christine había luchado para conservarlo, no había escatimado esfuerzos para arrebatárselo, para ganar aquella guerra. Pero ahora que tenía lo que quería, que se había terminado la guerra, que ya no había nadie que se lo disputara, ya no estaba tan segura...

Sería un buen padre y un buen marido, de eso no cabía duda. Pero no eran la pareja que ella había soñado. Para empezar, en la cama era más bien... soso. Nada que ver con el «pequeño» Yannis, el nuevo chico de prácticas. Moreno como un príncipe oriental, con largas pestañas, un cuerpo impresionante, unos dientes blanquísimos y sonrisa de pirata. Habría apostado a que como amante era Spiderman y Jack Sparrow juntos. Las mujeres captan ese tipo de cosas.

Pero el hijo que gestaba era de Gérald. Y lo quería. Sí, claro que lo quería. No había hecho todo aquello por nada. Lo malo era que había visto cómo la miraba el joven Yannis... y cómo se las arreglaba para encontrarse a solas con ella lo más a menudo posible, y para decirle piropos tan atrevidos que la hacían ruborizarse. Y eso que ella no se ruborizaba fácilmente. Trató de concentrarse en la ópera, pero no lo logró. No dejaba de pensar en el joven Yannis, en su cuerpo, en sus vaqueros rotos, en sus brazos bronceados y tatuados. Sí, iba a ser madre, esperaba un hijo de Gérald. Había conseguido lo que quería, ¿no?

En cuanto a lo demás, ya se vería. En su momento... Las vacaciones en Tailandia empezaban al día siguiente. Un mes entero... Ya tenía ganas de estar de regreso.

Cordélia le entregó el pasaporte y el billete a la azafata, que la hizo pasar en embarque prioritario. La muchacha le dedicó una sonrisa al descubrir a Anton, que dormía pegado a su espalda, en su *mei-tai* acolchado. Recorrió la pasarela de acceso arrastrando su pequeña maleta roja y, sin hacer caso a la auxiliar de vuelo que les daba la bienvenida con una amplia sonrisa, se dirigió hacia su asiento en el centro de la cabina. 29 D. Pasillo central. Cerca de las salidas de socorro y del baño. Era claustrofóbica. No quería tener que comprimir su largo cuerpo entre dos personas, ni quedarse pegada a una ventanilla con su pequeño en las rodillas y el respaldo de un asiento a escasos centímetros.

Estaba nerviosa. Como siempre que volaba en avión, cosa que sólo había sucedido en tres ocasiones en sus diecinueve años de existencia. En menos de quince minutos, habría dejado Moscú a sus espaldas. Las personas que los habían recibido al bajar del avión —y que habían hecho desaparecer a Marcus— la habían dejado elegir su próximo destino. Les habían pagado el pasaje a ella y a su hijo, e incluso unas maletas nuevas. También le habían procurado todos los documentos necesarios. Con una condición: debía irse lejos, muy lejos. Sabía que el padre de Anton estaba muerto. Pese a que él la había preparado para aquella eventualidad repitiéndole que los hombres como él no llegaban a viejos, la perspectiva de ser una madre soltera de veinte años en un país desconocido, sin empleo y con sólo quince mil euros en el bolsillo, no resultaba muy halagüeña.

De todas formas, ella tenía un carácter tenaz y no iba a darse por vencida. Durante su estancia en Moscú, se había quitado los piercings y había gastado la cuarta parte de los veinte mil euros que guardaba en la maleta en hacerse borrar con láser algunos tatuajes demasiado visibles —sólo los negros, porque los de color eran prácticamente indelebles— y comprarse ropa sencilla pero con clase —como el traje de chaqueta gris que llevaba ese día— en el Tsvetnoy Central Market, cerca del circo Nikulin. Había adoptado un peinado y un maquillaje acordes con los gustos de los pasajeros de la clase *business* y los clientes de hoteles de lujo, inspirándose en las revistas. Habría preferido estar sentada en primera, desde luego. Quizá el azar le hubiera presentado allí a algún ingenuo forrado de dinero, pero en clase de turista seguro que no encontraría ninguno. De todas maneras, antes de marcharse, había solicitado en la embajada del país de destino una serie de documentos que ya había empezado a estudiar antes de subirse al avión. Disponía de listas de empresas que proporcionaban asistentas, mujeres de limpieza y niñeras a una clientela de gente rica. En la maleta llevaba un currículum y referencias falsas. No tenía intención de limpiar u ocuparse de otros críos que no fueran el suyo durante mucho tiempo, pero aquello era una puerta de entrada hacia un porvenir más interesante. Bastaría con un ingenuo o dos... Apoyó la nuca en el respaldo y cerró los ojos cuando sintió el impulso de los reactores en los riñones. La vida no la había tratado bien. Entonces ¿por qué tendría ella que tratar bien a los otros?

Guy Steinmeyer sonreía al bajar de su Fisher Karma deportivo y ecológico de más de cien mil euros. Esa mañana se había paseado por las calles de Toulouse y tres personas lo habían reconocido y le habían pedido un autógrafo. Lo habían llamado «señor Dorian». Claro. Si lo hubieran llamado Steinmeyer, no sabía si habría reconocido su apellido. Hacía tanto tiempo que era Guy Dorian... ¿Acaso no era ése el nombre con el que quedaría para siempre en el recuerdo como uno de los pioneros de la radio y la televisión francesas? ¿De la edad de oro? ¿El mismo con el que aparecería en las enciclopedias, las historias de la televisión y las retrospectivas?

Saludó de lejos a una vecina que segaba el césped montada en un pequeño tractor y abrió el buzón cilíndrico, que descansaba, como los de los estadounidenses, sobre una estaca, a diez metros de su hermosa casa, situada junto al Golf-Club de Toulouse: la propiedad quedaba delante del noveno hoyo. Sacó el correo. Enseguida le llamó la atención un sobre marrón a su nombre, sin sello ni dirección. Desplegó la hoja que había en su interior. Unas letras recortadas de un periódico... pegadas unas detrás de otras para formar palabras...

Vas a suicidarte... Todavía no lo sabes, pero vas a suicidarte.

La carta no estaba firmada.

Fue a anunciarle el resultado personalmente. Se desplazó hasta su oficina sin llamarlo antes. Servaz no estaba. Catherine Larchet, jefa de la unidad de biología del laboratorio de la policía científica, lo buscó por todas partes hasta que acabó encontrándolo en el despacho de Espérandieu, inclinado por encima de la espalda de su ayudante, con la mirada fija en una pantalla. Llamó a la puerta. Él se volvió y, antes incluso de que ella hubiera pronunciado una palabra, comprendió.

No era el suyo. No era ella.

Servaz abrió la boca: estaba en lo cierto.

—Tenías razón —confirmó Catherine—. En efecto, era su sangre, pero el corazón era de otra mujer... Incluso hay un agujero minúsculo, por donde inyectó la sangre de Marianne.

Durante unos segundos eternos, él se quedó inmóvil, embobado. Sin saber qué hacer, qué decir, ni cómo reaccionar. Algo iba agrandándose en su pecho, algo que no era alegría, ni siquiera alivio, sino tal vez esperanza... una esperanza ínfima, pero real.

«Hirtmann, miserable cabrón...»

Pasó en tromba delante de ella y corrió hacia el ascensor. Luego atravesó el vestíbulo y salió a la calle en medio de la cálida y cremosa luz del verano. Necesitaba estar solo. Echó a andar a lo largo del canal, bajo los árboles polvorientos. Instintivamente, su mano encontró el paquete de cigarrillos en el bolsillo. Lo cogió. Sacó un cigarrillo, se lo metió entre los labios y esa vez lo encendió.

El veneno bajó despacio, con una deliciosa sensación, hasta los pulmones. La esperanza —era consciente de ello— era un veneno igual de mortal.

Pensó en el hombre que le había enviado aquel regalo, el exfiscal de Ginebra, antiguo interno del Instituto Wargnier. «No se deja ver, pero está ahí, en alguna parte, a miles de kilómetros tal vez, o quizá no tan lejos, pero una cosa es segura, Martin: no deja de pensar en ti. Lleva un disfraz perfecto, no conoce la piedad, pero a su manera, conoce el amor. Y te quiere. De no ser así, habría puesto su verdadero corazón en lugar del otro. Ese regalo, esa ofrenda, es una invitación.»

Servaz caminaba sin ver nada de lo que sucedía a su alrededor... El sol y las sombras se deslizaban por su cara, tenía la frente sudorosa, la boca seca y el cerebro ardiendo.

«Es como un hermano no deseado, un hermano mayor, un Caín. Hace cosas terribles y tiene a Marianne... Porque está viva. Tú sabes que está viva. Un día, una mañana, te levantarás y encontrarás otra señal en el buzón: no te dejará en paz. Ella te espera... porque sólo te tiene a ti. Siete mil millones de seres humanos y sólo uno que pueda salvarla...»

Un timbre de bicicleta lo sacó de su ensimismamiento. Reaccionó y se dio la vuelta para observar emocionado la luz deslumbrante que atravesaba el follaje. A punto estuvo de hacer caer al ciclista, que lo evitó por muy poco. Sentía las ondas de calor, oía el zumbido del bulevar... Tenía una risa muda en la cara. Le brillaban los ojos. El milagro de la vida, una vez más.

Marianne...

AGRADECIMIENTOS
Y FUENTES PRINCIPALES

Quiero expresar mi agradecimiento a los señores Christoph Guillaumot, Yves Le Hir, José Mariet y Pascal Pasamonti, del Servicio Regional de la Policía Judicial de Toulouse; y a André Adobes, compañero-sparring, por el tiempo que me han dedicado con generosidad. A ninguno de ellos pueden achacársele mis errores y mis opiniones.

En la investigación que he llevado a cabo para dotar a esta obra de ficción de cierta base de realidad, encontré una ayuda inestimable en los libros siguientes: *Mujeres maltratadas* y *El acoso moral, el maltrato psicológico en la vida cotidiana*, de Marie-France Hirigoyen; *Los manipuladores*, de Isabelle Nazare-Aga; *La Perversité à l'œuvre. Le harcèlement moral dans l'entreprise et le couple*, de Jean-Paul Guedj; *Une Française dans l'espace*, de Claudie André-Deshays y Yolaine de La Bigne; *Carnet de bord d'un cosmonaute*, de Jean-Pierre Haigneré y Simon Allix; *L'Exploration spatiale*, de Arlène Ammar-Israël y Jean-Louis Fellous; *Almost Heaven, the Story of Women in Space*, de Bettyan Holtzmann Kevles; *À leur corps défendant. Les femmes à l'épreuve du nouvel ordre moral*, de Christine Détrez y Anne Simon; *Toulouse hier, aujourd'hui, demain*, de Fernand Cousteaux y Michel Valdiguié; *L'Opéra ou la Défaite des femmes*, de Catherine Clément; *Tout l'opéra, de Monteverdi à nos jours*, de Gustave Kobbé; *Las cinco grandes óperas*, de Henry Barraud; *Dictionnaire amou-*

reux de l'opéra, de Alain Duault; *Russian Criminal Tattoo Encyclopaedia*.

Caroline Sers me ayudó a mejorar este texto, igual que Gwenaëlle Le Goff y Christelle Guillaumot.

Mi más ferviente agradecimiento, por su extraordinario trabajo, a los equipos de las editoriales XO y Pocket; en especial a Bernard, Caroline y Édith, los primeros lectores.

Todos los errores son míos. Mis personajes son pura invención. Los presentadores de televisión y radio que conozco, por ejemplo, no se parecen en nada a los aquí descritos. De igual manera, ni la Agencia Espacial Europea ni el CNES han pretendido, que yo sepa, impedir que salga a la luz incidente alguno. En lo concerniente a los gustos musicales de Servaz, estoy una vez más en deuda con Jean-Pierre Schamber por haberme guiado por esos espinosos derroteros que él recorre más a menudo que yo. Hay que añadir aquí la contribución del eminente Georges Haessig en lo tocante a esos maravillosos fragmentos grabados en cilindro, interpretados por el propio Mahler.

Finalmente, querría precisar que las cerraduras del Grand Hôtel de l'Opéra no son sin duda tan fáciles de abrir como se afirma en el libro. Pero ello no altera el hecho de que los millones de cerraduras electrónicas de los hoteles de lujo de todo el mundo presentan un nivel de seguridad muy limitado para un ladrón mínimamente experto y equipado.

Además, debo hacer extensivos mis agradecimientos a mi familia, mis amigos y todos aquellos —ellos se darán por aludidos— que en su día hicieron posible que llegase a tener lectores. Y, *last but not least*, a esos mismos lectores.